한국 서사민요의 짜임과 스밈

한국 서사민요의 짜임과 스밈

서영숙

역락

첫머리에

울도 담도 없는 집에서 시집삼년을 살고 나니
시어머님 하시는 말씀 애야 아가 며늘아가
진주낭군 오실 것이니 진주남강 빨래가라
진주남강 빨래가니 산도 좋고 물도 좋아
우당탕탕 두들기는데 난데없는 말굽소리
곁눈으로 힐끗 보니 하늘같은 갓을 쓰고
구름 같은 말을 타고서 못 본 듯이 지나더라
흰 빨래는 희게 씻고 검은 빨래는 검게 씻어
집이라고 돌아와 보니 사랑방이 소요터라......

대학 시절, 여자 선배에게서 이 노래를 처음 들었을 때 가슴에 큰 파문이 일었다. 우리 민요에 이렇듯 아름답게 잘 짜인 노래가 있다는 데에 대한 놀라움의 파문이었고, 우리 여성들의 슬픈 현실이 오래 전부터 불려온 우리 노래에 고스란히 잘 스며들어 있다는 데에 대한 감동의 파문이었으며, 못 본 체하고 지나가는 남편에 대한 절망감에 목을 맸던 여성의 아픔에 대한 공감의 파문이었다. <진주낭군>은 이후 민요 조사의 현장에서 필자와 할머니들을 잇는 고리가 되었고, 대학원에 입학해 <시집살이노래>를 연구하고 계속해서 여성들의 다양한 현실과 꿈을 노래하는 서사민요로 연구를 넓혀가는 벼리가 되었다.

문학 연구는 감동과 공감에서 시작되며, 감동과 공감은 문학 작품의 짜임과 스밈에서 비롯한다. 문학 작품의 짜임은 일상의 말과 다른 호흡과 얼개로 우리를 비일상의 공간으로 떠나게 하며, 문학 작품의 스밈은 불합리한 현실에 대한 저항과 호소의 목소리로 우리를 일상의 공간으로 다시 돌아오게 한다. 짜임이 뛰어난 문학도 있고, 스밈이 뛰어난 문학도 있다. 짜임이 뛰어난 문학은 우리로 하여금 상상의 공간으로 넘나들며 가슴을 뛰게 하고, 스밈이 뛰어난 문학은 우리로 하여금 우리의 현실 문제를 돌아보며 마음을 움직이게 한다.

서사민요는 짜임과 스밈이 모두 뛰어난 문학이다. 운율과 가락을 지닌 비일상적 언어의 짜임을 통해 고된 노동의 힘겨움을 달래주는 노래 문학이며, 우리 주변에서 흔히 볼 수 있는 일상적 인물이 겪는 사건과 감정의 스밈을 통해 현실 문제를 자각하게 하는 이야기 문학이다. 특히 근대 이전 여성들이 오랜 세월 동안 겪어왔던 경험과 감정이 노래 속 날실과 씨실이 되어 짜이고 스며들어 그 어떤 시인이나 소설가가 써내려간 시나 소설보다도 큰 울림과 깨달음을 주는 훌륭한 문학이다.

이 책은 한국 서사민요의 짜임과 스밈에 대한 19편의 글을 5부로 나누어 엮는다. 여러 학술지에 발표한 글을 얼개를 새롭게 짜 수정 보완한다. 원 출처는 참고문헌으로 대신한다.

1부 '서사민요에 나타나는 서사의 원리와 전통'에서는 서사민요가 어떤 원리와 전개방식에 의해 어떻게 짜여 있으며 이는 언제부터 형성, 전승되어 온 것인지 그 전통을 모색한다. 「서사민요 연행에 나타나는 서사 전개방식의 원리」, 「현전 민요에 나타난 고려 속요의 전통」, 「고려 속요에 나타난 민요적 표현과 슬픔의 치유방식 : <만전춘별사>, <오관산>, <정석가>를 중심으로」, 세 편의 글로 이루어져 있다.

2부 '서사민요의 지역문학적 성격과 문화적 특질'에서는 서사민요가 지역문학으로서 각 지역의 고유한 문화와 지역민의 정서를 어떻게 담아내고 있는지 경기 · 충청 · 호남 지역의 서사민요를 통해 살펴본다. 「서사민요의 지역문학적 성격 : 충청 지역을 중심으로」, 「서울 · 경기 지역 서사민요의 전승양상과 문화적 특질」, 「충청 지역 서사민요의 전승양상과 문화적 특질」, 「전남 지역 서사민요의 유형분류와 존재양상」, 네 편의 글로 이루어져 있다.

3부 '서사민요의 지역문학적 융합과 소통'에서는 각 지역 서사민요들이 자기 지역 서사민요의 고유성을 바탕으로 인접 지역 서사민요들과 서로 융합하고 소통하면서 어떻게 새로운 지역유형을 창출하고 전승해 왔는지를 강원·영남·제주 지역 서사민요를 통해 논의한다. 「서사민요에 나타난 지역문학의 창의와 융합: 강원 지역을 중심으로」, 「영남 지역 서사민요의 전승적 특질: 호남 지역 서사민요와의 비교를 위하여」, 「영·호남 서사민요의 소통과 경계」, 「제주 지역 서사민요의 전승양상」, 네 편의 글로 이루어져 있다.

4부 '가족 갈등 관련 서사민요의 짜임과 스밈'에서는 서사민요 중 큰 비중을 차지하고 있는 가족 갈등 관련 서사민요 속에 여성들의 일상적 경험과 인식이 어떻게 짜여 있고 그 속에 어떠한 현실에 대한 의식이 스며있는지를 고찰한다. 「<그릇 깬 며느리 노래>의 전승양상과 향유의식」, 「<친정부음 노래>의 서사구조와 향유의식」, 「<사촌형님 노래>에 나타난 체험과 정서의 소통」, 「<사촌형님 노래>의 소통 매체적 성격과 교육」, 네 편의 글로 이루어져 있다.

5부 '사랑과 죽음 관련 서사민요의 짜임과 스밈'에서는 가족 갈등 관련 서사민요와 함께 서사민요 중 대다수를 차지하고 있는 사랑과 죽음 관련 서사민요를 살핀다. 사랑을 그리면서도 죽음을 노래할 수밖에 없었던 이들 서사민요가 어떻게 짜여 있고 어떤 현실의식이 스며있는지를 논의한다. 「<쌍가락지 노래>의 서사구조와 전승양상」, 「<이사원네 맏딸애기> 노래의 전승양상」, 「<이사원네 맏딸애기> 노래의 서사적 특징과 현실의식」, 「<저승차사가 데리러 온 여자> 노래의 특징과 의미: <애운애기>, <허웅애기> 노래의 관계를 중심으로」, 네 편의 글로 이루어져 있다.

이 책은 서사민요의 짜임과 스밈에 대한 필자의 오랜 연구 노정을 되돌아본 것이다. 몇 년에 걸쳐 써 온 글이라 성글고 거칠어 부끄럽지만, 한국 서사민요가 주는 감동과 공감을 함께 나누어야 한다는 조바심에 거친 베를 잘라 널판에 내어놓는다. 잘 푸새하고 마름해 결이 멋진 옷으로 만들어줄 독자를 기다린다.

2018년 2월
북한산 잔설 속 진달래꽃을 그리며
지은이 서영숙 적음

차례

1부

서사민요에 나타나는 서사의 원리와 전통

1장_ 서사민요 연행에 나타나는 서사 전개방식의 원리

1. 머리말

서사민요는 이야기를 노래로 부른다.[1] 이야기를 노래로 부른다는 것은 일상적인 말이 아닌, 운율과 가락을 갖춘 비일상적인 말로 이야기를 전달한다는 것이다. 그러므로 서사민요는 일상적인 말로 이야기를 연행하는 설화와 달리, 운율과 가락에 맞추어 이야기를 연행하는 것을 전제로 한다.[2] 이야기는 부연과 상세를 통한 내용의 전달을 기본 성격으로 하고 있다면, 운

---

1) 조동일은 서사민요를 '일정한 인물과 사건을 갖춘 이야기로 된 민요'라고 규정하고, 서사민요의 장르론, 유형론, 문체론, 전승론 등을 통해 한국 서사민요 연구의 출발점을 마련하였다. 서사민요에 대한 연구는 주로 이정아, 「서사민요 연구: 양식적 특성을 중심으로」, 이화여대 석사논문, 1993; 고혜경, 「서사민요의 장르적 성격」, 『민요론집』 4, 민요학회, 1995, 35~51쪽; 박경수, 『한국서술시의 시학』, 태학사, 1998; 허남춘, 「서사민요란 장르 규정에 대한 이의」, 『고전시가와 가악의 전통』, 월인, 1999, 355~374쪽; 김학성, 「시집살이노래의 서술구조와 장르적 본질」, 『한국시가 연구』 14, 한국시가학회, 2002, 263~295쪽과 같이 주로 장르론에 집중돼 왔다. 이후 본인은 서사민요의 유형분류를 비롯해, 서사민요의 지역별 전승양상, 서사민요와 영미 발라드의 비교 등으로 서사민요 연구의 폭을 넓혀 왔다. 자세한 내용과 연구사는 조동일, 『서사민요 연구』, 계명대 출판부, 1970 초판, 1979 증보판; 서영숙, 『한국 서사민요의 날실과 씨실: 우리 어머니들의 노래』, 도서출판 역락, 2009; 서영숙, 「한국 서사민요에 나타난 지역문학의 창의와 융합 연구: 강원 지역을 중심으로」, 『한국문학이론과 비평』 56, 한국문학이론과 비평학회, 2012; 서영숙, 「한국 서사민요와 영미 발라드의 유형분류방안 비교」, 『한국민요학』 40, 한국민요학회, 2014 등 참조. 이 연구는 이들 기존 성과에 힘입어, 이들을 총괄하고 집약할 수 있는 서사민요의 '서사' 원리를 찾고자 한다.

2) 서사민요를 포함해 민요는 말로 표현되고 말로 전승되는 연행예술의 하나로서, 연행될 때 비로소 존재하며 연행상황에 따라 새로운 작품이 창작된다. 임재해, 「민요의 사회적 생산과 수용의 양상」, 『한국의 민속예술』, 문학과 지성사, 1988, 257~258쪽; 서영숙, 「서사민요의 연행예술적 서술방식」, 『우리민요의 세계』, 도서출판 역락, 2002, 51~52쪽 참조.

율과 가락을 갖춘 말은 함축과 생략을 통한 정서의 환기를 기본 성격으로 하고 있어서 이야기와 노래는 자못 서로 모순된다. 그렇다면 서사민요의 서술자-창자는 이 두 가지 모순 조건, 즉 이야기와 노래라는 서로 상치되는 조건을 어떤 방식으로 함께 엮어내는가, 서사민요의 서술자-창자가 서사민요를 연행하는 데 나타나는 서사 전개방식의 기저 원리를 발견해내고자 하는 것이 이 글의 주 목적이다.

서사민요 서사의 중심 요소는 인물과 사건이다.[3] 하지만 서사민요의 인물과 사건은 다른 구비서사와 달리 매우 평범하고도 일상적이다. 시집살이하는 며느리, 첩으로 갈등하는 아내, 친정부모의 부고를 받은 딸 등 주변에서 흔히 볼 수 있는 사람들과 사건들로 되어 있다. 그런데도 이 평범한 사람들의 이야기가 매우 특별한 각편으로 끊임없이 재생산될 수 있었던 힘은 무엇일까. 이는 바로 이 평범한 노래 속에 서술자-창자마다의 개별적 감정과 경험이 녹아있기 때문이다. 서사민요의 서술자-창자는 노래 속 인물들에 특정한 태도를 가지고 사건을 이야기하며, 사건 역시 서술자-창자의 개별적 경험과 인식에 따라 다르게 전개된다.

서사민요의 서사 전개방식이 달라지는 또 하나의 중요 요소는 연행상황이다. 연행상황은 서사민요를 어떠한 기능과 환경에서 부르느냐 하는 것이다. 즉 서사민요를 언제, 어디서, 무엇을 하면서, 왜, 누구 앞에서 누구와 함께 부르느냐 등등 다양한 연행의 조건을 말한다. 연행상황이 어떠하냐에 따

---

3) 서사민요는 다른 서사와는 달리 배경은 중요하게 다루지 않는다. 배경은 뚜렷하게 드러나 있지 않거나, 드러나 있다 하더라도 지역적 개별적 특성을 드러내기보다 보편적, 관용적, 상징적 의미를 드러내는 공간으로 치환된다. 그러므로 시·공간적 배경은 개별적으로 특수하게 그려지지 않고 전형적인 묘사로 이루어진다. 영·미·유럽 지역 서사민요라 할 수 있는 발라드에 대한 탁월한 이론을 펼친 바 있는 리치(Leach)는 이야기의 구성 요소인 행동, 인물, 배경, 주제 중에서 발라드는 주로 행동에 집중한다고 하면서, 인물은 관습적이고 일반적이며, 배경 역시 보편적이고, 정적이라고 설명한 바 있다. (MacEdward Leach, *The ballad book*, New York: A.S. Barnes & Company, INC., 1955, p.1.) 본인은 그의 이론에 대체적으로 공감하면서, 인물이나 사건 자체보다는 인물 또는 사건에 대한 서술자-창자의 태도와 인식에 따라 각편이 달라지는 양상을 중점적으로 살펴보려고 한다.

라 서사민요의 서술자-창자는 그에 적절히 대응하여 노래를 짧게 잘라 부르기도 하고, 길게 늘여 부르기도 하며, 서정적으로 응축해 부르기도 하고, 극적으로 부르기도 하며, 교술적으로 부르기도 한다.[4]

이렇게 볼 때 서사민요의 전개방식은 서술자-창자가 서사민요의 내적 요소인 인물과 사건을 어떤 태도와 인식으로 바라보느냐와 외적 요소인 연행상황에 어떻게 적응하느냐에 달려있다고 할 수 있다.[5] 이 글에서는 서사민요 연행에 나타나는 서사 전개방식의 원리를 이 세 가지 측면에서 다룰 것이다. 즉, 서술자-창자가 서사민요를 연행하는 데 있어 인물에 대해 어떤 태도를 갖는지, 일련의 사건들을 어떻게 인식하는지, 연행상황의 변화에 어떻게 적응하는지에 따라 전개방식이 달라지는 양상을 차례로 살펴보려고 한다. 대상 자료는 『한국구비문학대계』를 주 자료로 삼고, 『한국민요대전』과 필자 및 조동일의 자료를 보조 자료로 삼는다.[6]

2. 인물에 대한 태도: 몰입하기와 거리두기

서사민요는 다른 구비 서사와 마찬가지로 서술자(Narrator)가 어떤 인물(Character)에게 일어난 사건(Event)을 청중에게 서술한다. 하지만 서사민요의

4) 서사민요가 서사 갈래에 속하면서도 각편에 따라 서정적, 극적, 교술적 경향을 보이는 양상에 대해서는 서영숙, 앞의 책, 2009, 27~47쪽에서 분석한 바 있다.

5) 서사민요 전개방식의 변이 요소에는 이외에도 다양한 요소가 있으나 논의의 편의상 세 가지 측면에 초점을 맞추려고 한다. 특히 지역의 역사, 지리적 환경 및 지역 사람들의 가치관에 따라 오랜 세월에 걸쳐 형성되는 지역유형(oicotypes)을 중요하게 고려할 필요가 있으나, 이에 대해서는 서영숙, 앞의 논문, 2012 등에서 각 지역별로 고찰한 바 있어 여기에서는 논외로 한다. 지역유형(oicotypes)은 Carl Wilhelm von Sydow가 *Geography and Folk-tale Oicotypes*, 1948에서 주창한 것으로, Alan Dundes, *International Folkloristics: Classic Contributions by the Founders of Folklore*, Rowman & Littlefield, 1999, 137~153쪽에 소개돼 있다.

6) 『한국구비문학대계』(총85권), 한국정신문화연구원, 1980~1989; 『한국민요대전』(총9권), (주)문화방송, 1993~1996; 서영숙, 앞의 책, 2009; 조동일, 앞의 책, 1970 초판 1979 증보판.

서술자는 노래를 부르는 창자(Singer)로서, 작품 속 주인물의 행위, 경험, 감정 등을 노래로 이야기한다.[7] 엄격히 말하면 서사민요의 서술자, 곧 창자는 작품 내 주인물과는 분리돼 있다. 서술자는 자신이 아닌 어떤 사람이 겪은 일을 청중에게 노래로 이야기할 뿐이다. 그러므로 서사민요는 작품 내 인물에 대해 3인칭 전지적 또는 관찰자 시점으로 거리를 두고 서술해야 마땅하다. 하지만 작품 내 주인물이 서술자-창자와 비슷한 처지에 있는 인물일 경우, 서술자-창자는 마치 자신의 일을 서술하듯이 몰입하여 1인칭 주인물 시점으로 서술한다. 즉 서사민요의 연행에는 서술자-창자가 노래 속 주인물에게는 자신의 감정을 이입하고 상대인물들에게는 일정한 거리를 두는, 몰입하기와 거리두기가 갈마들며 나타나는 것을 볼 수 있다.[8]

서사민요가 서사에 기반을 두면서도 서정화 경향을 보이거나, 서사와 서정의 복합적 양상을 보이는 것은[9] 서사민요의 서술자-창자가 주인물의 입장에서 서사를 전개하면서, 인물에 따라 몰입하기와 거리두기를 통해 자신의 감정을 달리 표출하기 때문이다. 이는 특히 시집식구와 며느리 관계에서 벌어지는 사건을 다루는 유형의 경우에 두드러지게 나타난다. 서사민요의 서술자-창자는 대부분 작품 내 주인물인 며느리에게는 감정을 몰입하는 한편, 상대인물인 시집식구에게는 거리를 두며 서사를 전개한다. 이는 서사민요가

---

7) 필자는 서사민요의 사건에 등장하는 인물을 크게 주인물과 상대인물로 구분해 분석해 왔다. 주인물은 사건 전체의 중심이 되는 주체적인 인물이고 상대인물은 사건이 전개되는 과정 속에서 주인물의 인식과 행동의 대상이 되는 인물을 말한다. 주인공, 주역, 중심인물 등의 기존 용어 대신에 주인물이란 용어를 사용하는 이유는 상대인물과의 대칭 용어로 사용하기에 '주인물'이란 용어가 가장 적합하다고 판단하기 때문이다. 서영숙, 앞의 책, 2009, 47~75쪽 참조.

8) 서영숙, 앞의 논문, 2002, 51~78쪽에서 서사민요의 서술자와 작중인물 특히 주인물과의 관계에 따라 작품의 서술과 구성, 청중의 반응이 어떻게 달라지는지를 면밀히 고찰한 바 있다.

9) 이는 서사민요를 서사 장르가 아닌, 서정 장르, 서정과 서사의 혼합 장르, 다양한 성격이 공존하는 복합장르로 보아야 한다는 주장을 불러일으키는 원인이 되기도 한다. 필자는 서사민요는 서사 장르에 속하면서 구연된 각편에 따라 그 부차적 속성을 달리하게 된다고 본다. 서사민요 장르에 대한 논란은 서영숙, 앞의 책, 2009, 16~22쪽 참조.

대부분 며느리의 처지에 있는 여성들에 의해서 불려왔기 때문일 것이다.

소설의 주인공이 개성적인 인물로 성격이 뚜렷한 데 비해, 서사민요의 주인물은 비개성적인 인물로, 보편적, 집단적 전체성을 드러낸다. 이름도 뚜렷하게 드러나 있지 않을 뿐만 아니라, 시집살이를 하는 여자, 혼인을 앞둔 여자와 같이 노래를 부르는 사람들 대부분에게 해당하며 공감을 불러일으킬 수 있는 처지에 있는 사람이 주인물로 나타난다. 서사민요가 다른 사람의 이야기인데도 자기 이야기인 것처럼 쉽게 부르는 이유가 거기에 있다. 하지만 서술자-창자가 1인칭으로 사건을 서술한다고 해서 작품 내 주인물인 며느리가 창자 자신은 아니며, 자신과 비슷한 처지에 있는 어떤 며느리가 겪은 사건을 공감하며 서술할 뿐이다. 서사민요 중 대중적으로 잘 알려진 <진주낭군> 중 한 각편을 예로 살펴보기로 하자.[10]

울도담도 없는나집에 시집삼년을 살고나니
시어마님이 하신말씀
야야아가 며늘이아가 진주낭군을 볼라그던
진주야걸에(진주의 냇물에) 빨래가라
진주야걸에 빨래를가니 들도좋고 물도좋네
껌은빨래는 껌게나하고 흰빨래는 희게하니
난데없는 말굽소리 털크덕털크덕 들리는데
뒤로설픈 돌아보니 하늘같으나 서방님이
구름같은 관을쓰고 용마같으나 말을타고
털크덕 절크덕 못본듯이 지나가네
그빨래를 속속히하여 나에집으로 당도하니
앞에다('삽짝에다'의 잘못) 들어서니

10) <진주낭군>을 대표 사례로 택한 이유는 서술자-창자가 자신이 아닌 다른 사람에게 일어난 사건임을 분명히 인식하고 서술하는 노래이기 때문이다. 대부분의 <시집살이 노래> 유형의 경우는 서술자-창자가 자신에게 일어난 경험을 이야기하듯 서술하기 때문에 <진주낭군>보다 더 뚜렷하게 주인물에게 몰입하고 상대인물에게 거리를 두는 것을 볼 수 있다. 지면 관계상 더 많은 예시는 생략한다.

시어머니가 하시는말씀 야야아가 며느리아가
진주야낭군을 볼라그던 사랑문을 열치고보게
사랑문을 열고보니
진주낭군이 기상첩을 옆에다 끼고
소주약주를 벌리놓고 오색가지 안주에다가
권커니자커니 먹고 덜커덕덜커덕 놀고있네
그꼬라지가 보기싫어 머리방에 당도하여
편지아홉장 다써놓고 명주수건에 목을매이 자는듯이 죽었단다
진주낭군이 그말씀듣고 버선발로 쫓아나와
여보당신이 왜죽었소 [한참 웃다가 다시 계속] 여보당신이 왜죽었소
첩의정은 일년이요 본처정으는 백년인데
당신은죽으만 일년복이요 첩의복으는 삼년복이라
여보당신아 왜죽었소 원통하게도 왜죽었소
원통하다 내마누라 여보당신아 왜죽었소[11]

이 노래의 서술자-창자는 진주 지역의 한 여자가 남편의 기생첩 문제로 인해 자살한 사건을 노래한다. 주인물은 며느리(아내)이며, 상대인물은 시어머니와 남편이다. 서술자-창자는 며느리이자 아내의 처지에 공감하고 감정을 몰입하며, 며느리이자 아내의 입장에서 시어머니와 아내를 거리를 두고 바라본다.[12] "시어머니가 하시는 말씀", "진주낭군이 그 말씀 듣고 버선발로 뛰어나와"와 같이 3인칭으로 서술하는 듯하면서도 "나에 집으로 당도하니"와 같이 1인칭으로 서술하는 것은 그 때문이다.

또한 서술자-창자는 사건의 내막을 자세히 서술하기보다는 일어난 사건으로 인해 상대인물이 주인물에게 어떻게 말을 했는지, 대화를 중심으로 서사를 이끌어나간다. 이는 서술자-창자가 청중에게 사건의 줄거리를 설명하

11) [월성군 현곡면 민요 24] 진주낭군, 이선재(여 61), 가정 2리 갓질, 1979. 2. 25., 조동일, 임재해 조사, 『한국구비문학대계』 7-1.
12) <진주낭군>에 대한 작품 해석은 서영숙, 『금지된 욕망을 노래하다: 어머니들의 숨겨진 이야기노래』, 도서출판 박이정, 2017, 72~83쪽 참조.

기보다는 상대인물이 주인물에게 어떤 식으로 말하고 대우했는지를 보여주는 데 더 중점을 두고 있음을 보여준다.

"야야아가 며늘이아가 / 진주낭군을 볼라그던 / 진주야걸에(진주의 냇물에) 빨래가라."

거의 모든 <진주낭군>이 "울도담도 없는나집에 시집삼년을 살고나니"에 이어 곧바로 이런 시어머니의 말로 시작한다. 시어머니가 왜 하필 진주낭군이 오는 날 며느리에게 빨래를 시켰는지 이유를 알 길이 없다. 낭군이 올 것이니 며느리에게 조금이라도 빨리 보게 하기 위해 빨래를 나가라고 한 것인지, 아니면 집안에서 아들이 기생첩을 불러들여 놀 것이기 때문에 며느리를 잠시 나가있게 하기 위한 것인지, 이유가 어떻든 간에 서술자-창자는 시어머니의 이 말을 그대로 옮김으로써 비슷한 말을 들어왔던 자신과 청중의 처지를 환기한다.

시집간 지 삼년 만에 남편이 돌아온다니 아내는 남편을 위해 맛있는 음식도 장만해놓고, 모처럼 고운 옷으로 갈아입고 곱게 단장하고서 남편을 맞이하고 싶을 것이다. 하지만 시어머니가 빨래를 가라고 한다. 작품 내 주인물의 처지에 공감하는 서술자-창자는 시어머니의 말을 짐짓 그대로 전하면서, 그 속에 시어머니에 대한 서운한 감정을 담아놓는다. 시어머니가 이 상황에 이런 말로 아들과 며느리의 반갑고 멋진 재회를 훼방 놓거나 유예시켰다는 것이 서술자-창자가 청중에게 말하고자 하는 이면의 주제로 여겨진다.

서사민요의 서술자-창자는 이렇게 작품 속 인물에게 극히 객관적인 태도로 거리를 두는 듯하지만, 실상은 서술자-창자의 시각으로 선택한, 시어머니의 말을 전한다. 시어머니가 왜 그랬는지, 며느리는 이에 대해 어떻게 생각했는지 등 인물들의 내적 감정은 서술하지 않는다. 대사 역시 상대인물인 시어머니의 말만을 전할 뿐 이에 대한 며느리의 말은 전하지 않는다. 이러한 서술방식은 남편의 아내에 대한 태도를 서술하는 데에도 마찬가지로 나타난다.

"하늘같으나 서방님이 / 구름같은 관을쓰고 / 용마같으나 말을타고 / 털크덕 절크덕 / 못본듯이 지나가네."

서술자-창자에게 진주낭군은 아무 관계도 없는 존재일 뿐이나, 이 각편에서는 주인물의 입장과 시선에서 서술한다. 하늘같은 서방님, 구름 같은 관, 용마 같은 말은 주인물의 눈에 비친 남편의 모습이지, 서술자-창자에게까지 그런 존재는 아니기 때문이다. 빨래터에서 초라하고 꾀죄죄한 모습으로 빨래를 하다말고 일어나 다리 위를 치어다보는 아내에게 남편은 하늘 위에 존재하는 듯 위엄 있고 멀게만 느껴지는 대상이다. "털크덕 절크덕" 말발굽 소리는 단순히 소리를 표상화한 의성어가 아니라, 아내와 남편의 사이를 가로막는 무정함과 무심함, 아내의 가슴을 내리찧는 절망감을 나타내는 소리이기도 하다. 남편은 다리 위를 지나고 있어 다리 아래 여자가 누구인지 알아챌 리 만무하건만, 서술자-창자는 남편이 "못 본 듯이 지나가네."라고 함으로써 주인물인 아내에 몰입하여 남편에 대한 서운한 감정을 내비친다.

집으로 돌아온 아내가 사랑방에서 기생첩과 놀고 있는 남편에게 아무런 항의도 하지 않고 자살에 이른 이유는 그 자초지종을 이야기하지 않아 쉽게 파악하기 어렵다. 하지만 아내의 행동이 급작스럽고 충동적인 것이 아니라 이런 좌절감과 상실감이 중첩되어 나타난 것임은 쉽게 짐작할 수 있다. "그꼬라지가 보기싫어 머리방에 당도하여 / 편지아홉장 다써놓고 명주수건에 목을매이 / 자는듯이 죽었단다"에 이런 아내의 심정이 축적돼있다. 하지만 이 노래에서 결말 부분에 나타나는 남편의 대사는 궁극적으로 서술자-창자가 남편들에게 가장 듣고 싶은 말이었을 것이다. 노래 속 남편의 말 "여보당신이 왜죽었소 / 첩의정은 일년이요 본처정으는 백년인데 / 당신은 죽으만 일년복이요 첩의복으는 삼년복이라 / 여보당신아 왜죽었소 원통하게도 왜죽었소 / 원통하다 내마누라 여보당신아 왜죽었소"는 그러므로, 실제 남편의 말이라기보다는 서술자-창자를 비롯한 많은 아내들의 감정이 투사된 말이라고 할 수 있다.

서사민요 대부분의 주인물은 이처럼 서술자-창자와 비슷한 처지에 있는 여성이며, 서술자-창자는 이 여성의 입장과 시각에서 상대인물에게 거리를 두고 주인물에게 몰입하며 사건을 전개해나간다.[13] 이는 서사민요가 서사에 기반을 두면서도 다른 구비서사와 달리 서정적 경향을 띠게 되는 주 요인이 된다. 즉 서사민요의 서술자-창자는 이야기의 자세한 정보를 전달하기보다, 벌어진 사건으로 인해 일어난 감정을 청중과 함께 나누는 데 더 중점을 둔다고 할 수 있다. 이를 통해 서사민요를 부르고 듣는 여성들은 단순히 함께 일을 하는 '노동 공동체'에 머무르는 것이 아니라, 서로의 아픔을 공유하고 위로하는 '감정 공동체'로 나아갈 수 있었으리라 본다.[14]

3. 사건에 대한 인식: 건너뛰기와 지연하기

서사를 복잡한 사건들의 연속과 결합으로 이루어진 장편서사와 단일한 사건에 초점을 둔 단편서사로 분류한다고 한다면, 서사민요는 단편서사에 속한다. 이는 서사민요의 서술자-창자가 일어난 일련의 사건을 순차적, 계

13) 필자가 대상으로 한 자료집 중 서사민요는 총 1,256편이며 이중 주인물이 서술자-창자와 비슷한 처지에 있는 여성으로 되어 있는 서사민요는 시집식구-며느리 관계 유형 205편, 남편-아내 관계 유형 230편, 친정식구-딸 관계 유형 68편, 부모-자식 관계 유형 25편, 오빠-동생 관계 유형 117편, 신랑-신부 관계 유형 134편, 총각-처녀 관계 유형 149편, 본처-첩 관계 유형 47편으로 총 975편에 해당한다. 이들 서사민요에서 서술자-창자는 대부분 주인물인 며느리, 아내, 딸, 자식, 여동생, 신부, 처녀, 본처의 입장에 심정적으로 일치하며 서술한다. 이와 달리 외간남자-여자 관계 유형 110편과 처가식구-사위 관계 유형 11편의 경우는 서술자-창자가 주인물과 전혀 다른 입장에 있으므로, 대체로 객관적 거리를 두고 서술하는 것을 볼 수 있다. (서영숙, 앞의 책, 2009, 73~75쪽 표 참조.) 물론 이는 주된 경향을 이야기하는 것이지 절대적인 것이 아님을 밝혀둔다.

14) '감정 공동체'는 특정한 이념보다는 감정을 함께 공유하고 나누는 공동체라는 의미로, 전통 사회에서 같은 또래의 비슷한 처지에 있는 평민 여성들이 함께 모여 일하고 노래하면서 자연스레 이루었던 공동체의 성격을 나타내는 용어로 사용한다. 근래에 밴드, 페이스북, 인스타그램 같은 네트워크에서 비슷한 성향의 사람들이 친구를 맺고 글과 영상을 공유하는 것도 일종의 'SNS 감정 공동체'라 할 수 있다.

기적으로 전개하기보다는 자신에게 큰 파장과 공감을 일으키는 충격적 사건을 집중적으로 소개하기 때문이다. 또한 서사민요의 서술자-창자는 다른 서사와는 달리 사건을 노래로 부름으로써, 사건의 전말이나 세부 사항에 대해 자세하게 설명하기보다는, 자신에게 중요하게 인식되는 핵심사건을 중심으로 그 사건이 일어난 당시 상황을 극적으로 제시하는 데에 치중한다.[15] 이 핵심사건은 대부분 출생이나 성장, 가문 등에 대한 설명 없이 곧장 등장한다. 일반 서사와 비교하면, 발단이나 전개 없이 절정(클라이맥스) 부분부터 서사가 시작되는 셈이다.[16]

예를 들면, <진주낭군>에서는 남편 없는 시집살이를 삼 년이나 견뎠는데, 남편이 돌아오는 날 시어머니는 며느리에게 빨래를 나가라 한다. <중되는 며느리 노래>에서는 시집간 지 삼일 만에 밭을 매라 해서 나갔는데, 점심때가 되어 돌아오니 일찍 돌아왔다고 야단을 친다. <이사원네 맏딸애기 노래>에서는 맏딸애기가 지나가는 총각에게 용기를 내어 구애하지만 거절당한다. 서사민요의 서술자-창자는 이렇듯 처음부터 예기치 않게 벌어진 '고난'을 제시하고,[17] 이에 주인물이나 상대인물이 어떻게 대응하는가,

---

15) 서사민요의 사건은 핵심사건(Core event)과 보조사건(Auxiliary event)로 나눌 수 있다. 핵심사건은 특정한 유형에 고정된 사건이고, 보조사건은 여러 다른 유형과 갈래에 공통적으로 나타나는 사건이다. 핵심사건은 한 유형에 필수적인 사건이라고 한다면, 보조사건은 핵심사건에 덧붙여져 서사를 풍부하게 만든다. Youngsook Suh, "Meaning of death in tragic love songs: Comparison between Korean narrative songs and Anglo-American ballads", *Journal of Ethnography and Folklore* 1-2/2017, the Academy of Romania, 2017, p.121.

16) 이러한 양상은 발라드의 서사 전개방식에서도 동일하게 나타난다. 리치는 발라드가 절정적 행위에 집중하는 경향이 나타난다고 하면서, "민중에 의해 재창조되면서, 일반적인 서사에서처럼 자세하게 스토리가 이야기되는 초기 형태에서, 느린 요소와 극적이지 않은 요소들은 탈락되고 오직 긴장의 핵심부분-극적인 순간-만 남는다."고 설명하고 있다. MacEdward Leach, op. cit., p.3.

17) 조동일은 서사민요의 유형구조를 '고난－해결의 시도－좌절－해결'의 단락소로 분석하면서 서사민요는 모두 '고난'부터 사건이 시작된다고 보았다.(조동일, 앞의 책, 86~94쪽.) 하지만 서사민요의 유형에 따라서는 서두 부분에 '고난'이 아닌 미래의 행복에 대한 '기대'가 길게 서술되다가 '고난'이 나타나는 경우도 있어 서사민요의 단락소를 '(기대)－고난－해결의 시도－좌절－ (해결)'로 수정할 필요가 있다. 물론 각편에 따라서는

주인물이 이를 어떻게 해결해나가느냐에 관심을 집중한다.

주인물이 여성이 아닌, 남성으로 나오는 <강실도령 노래>의 경우를 들어 살펴보기로 하자. <강실도령 노래>는 대체로 강실 도령이라는 인물이 신부의 출산에 의해 혼인이 어그러지는 이야기가 핵심을 이룬다. 첫 장면에 강실 도령이 등장하고 곧장 장가를 간다. 주인공이 어떤 가문에서 어떻게 출생하고 성장했는가가 중요하게 다뤄지지 않는다. 주인공은 장가간 날 첫날밤에 신방에서 아이를 낳는 신부와 맞닥뜨리게 된다. 혼인이라는 일생일대의 중대사가 신부의 출산이라는 돌발적 사건에 의해 한순간에 깨어지게 된다.

> 강돌강돌 강도령이
> 강돌책을 옆에찌고 부안때(땅)로 장개간께
> 서른두칸 대문간에 마흔두칸 지와집에
> 정게있는 정아그야 너그아씨 행실봐라
> 하방솥도 재쳐노코 집도성만 지으란다
> 이국저국 다버리고 미역국만 드리란다
> 아릿방아 하인아들아 볼끄댕이 돌려시워라
> 오던질로 도성하자
> 짓고가소 짓고가소 애기이름 짓고가소
> 뭣이라고 짓고갈께 조대초로 짓고가소[18)]

일부 각편에서는 서두 부분에 '삼촌양육' 화소를 삽입함으로써 주인공이 어려서 부모를 잃고 삼촌 밑에서 어렵게 성장한 인물임을 보여주기도 하는데, 서사 전개에 있어 독자적인 구실을 하기보다는 서사의 '고난'을 강조하는 요소로 기능한다. 이는 서사무가 <도랑선비 청정각시>에서 삼촌의 잘

이중 어느 하나 이상의 단락소가 없는 경우도 흔하게 나타난다.

18) [화순군 한천면 민요 10] 강도령 장가간 노래(1), 정고녀(여 60), 한계리 2구, 1984. 7. 26., 최래옥, 김균태, 이일승 조사, 『한국구비문학대계』 6-11.

못된 택일이나 혼수가 도랑선비에게 가해진 액운의 원인이 되는 것과 대조된다.[19]

즉 설화나 서사무가와 같은 서사에서는 서사의 전개상 일련의 사건들이 일정한 인과관계를 맺으며 전개되지만, 서사민요에서는 사건의 원인에 대해 자세히 이야기하지 않는다. 어떤 원인이나 과정에 의해 신부가 아이를 가지게 되었는지, 아이의 아버지는 누구인지, 다른 사람의 아이를 가지고도 왜 다른 사람과 혼인을 하게 되었는지 등등에 대해 인과관계를 밝히거나 따지려고 하지 않는다. 서사민요의 창자나 청중은 그 원인보다는 이 기막힌 사건 자체에 인물들이 어떻게 반응하는지를 더 중요하게 인식하고 더 많은 관심을 둔다.

위 <강실도령 노래>에서는 첫날밤 벌어진 신부의 출산이라는 사건에 미역국을 끓여주라며 돌아가는 신랑의 말과 행동, 아기이름을 지어달라는 신부와 이에 대한 신랑의 대응 등이 노래의 초점을 이룬다. 각편에 따라서는 장인장모와 신랑의 실랑이, 신부의 한탄 등이 이어지기도 한다. 사실 주인물이 어떻게 아이를 갖게 되었는지에 대한 이야기는 겉으로 드러나 있지 않은 속이야기이며, 이는 본인이 직접 이야기하지 않는 한 알 수 없는 것이다. 서사민요의 서술자-창자는 겉으로 드러난 실제 사건만을 제시하고, 그 속이야기는 청중의 상상이나 추론에 맡겨둘 뿐이다. 이를 엮어내는 것은 설화나 소설과 같은 서사의 몫이다.

이러한 전개방식은 오빠에게 정절을 의심받자 여동생이 자살을 하는 <쌍가락지 노래>에도 여실히 드러나 있다. <쌍가락지 노래>에서 여동생

19) 대체로 서사민요는 처음부터 '고난'이 발생하는 데 비해, 서사무가는 서두 부분에 주인물이 출생하기까지의 내력과 성장과정이 길게 서술된 후에 중반 부분에 가서야 비로소 '고난'이 발생한다는 점, 서사민요는 사건중심적으로 사건을 전개하는 데 비해, 서사무가는 인물중심적으로 사건을 전개한다는 점, 서사민요가 현실 세계 중심인 데 비해 서사무가가 초현실 세계 중심이라는 점 등을 차이로 들 수 있다. 서영숙, 「서사민요와 서사무가의 거리」, 『우리민요의 세계』, 도서출판 역락, 2002, 271쪽.

방에서 왜 두 가지 숨소리가 들렸는지, 쌍가락지는 누가 가지고 있었던 것인지, 여동생은 왜 끝까지 자신의 결백을 증명하지 않고 자살을 택할 수밖에 없었는지 등 사건의 전말은 노래에 자세히 나타나있지 않다. 단지 오빠로부터 정절을 의심받은 동생이 오빠에 대한 항의로 자살을 한다는 충격적인 사건만을 제시할 뿐이다. 다른 서사가 사건을 순차적으로 엮어 인과관계를 따져가며 설명하려고 한다면, 서사민요는 놀랍고 황당한 사건을 보여줄 뿐이다.

이렇게 예기치 않은 고난으로 시작된 서사민요는 앞뒤 서사의 전개가 부드럽게 연결되지 않고 장면과 장면의 전환이 급격하게 이루어지며, 전환된 장면에서 긴 묘사와 반복적 표현 등을 통해 오래 머무른다.[20] 마치 징검다리를 건너뛰듯이 장면에서 장면으로 급격하게 건너뛰며, 일단 건너뛴 후에는 그 장면에서 한참 동안 서사가 지연된다. 이러한 전개방식은 서사민요의 서술자-창자가 주요 핵심사건을 서술한 뒤, 그 사건에 대한 인물들의 반응을 등장인물을 여럿 교체해가며 반복적으로 보여주는 데에 집중적으로 나타난다. 즉 서사민요의 서술자-창자는 특정한 장면에 여러 등장인물들을 번갈아가며 거의 같은 동작과 대사를 반복적으로 되풀이한다.

위에서 언급한 <쌍가락지 노래>를 예로 들어보자.

> 쌍금쌍금 쌍가락지 호작질로 딱아내라
> 먼데보니 달을란가 절에보니 처젤란가
> 저처제가 자는방에 숨소리가 둘일레라
> 홍달복숭 오라바시 거짓말씀 말으시소
> 동남풍이 디리불어 풍지떠는 소릴래요

---

20) 이렇게 장면이 급격하게 전환됐다가 반복어구에 의해 서사 진행이 늦춰지는 양상을 발라드에서는 건너뛰기(leaping)과 서성이기(lingering)이라고 표현한다. MacEdward Leach는 발라드의 특징을 설명하면서, “발라드는 빈틈을 채우지 않고 장면에서 장면으로 지나간다. 시간과 장소를 건너뛰고 화려하고 드라마틱한 장면에서 서성이면서.”라고 설명하고 있다. MacEdward Leach, op.cit., p.4.

조끄만한 지피방에 비상불을 피와놓고 자는듯이 죽고지라
명지수건 목에걸고 삼베수건 발에걸고
자는듯이 죽고지라 연대밑에 죽었구나
울엄마가 날찾거든 연대밑에 보내주소
울아부지 날찾거든 연대밑에 보내주소
우리동무 날찾거든 연대밑에 보내주소
울엄마가 날찾아서 이몸을 시담으니
자난듯이 누었는데 죽은내가 어찌리요
울아부지 날찾아서 나를 치거나 죽은내가 어찌리요
우리동무 나를찾아 연대밑에 달라드니 죽은내가 어찌겠노
동무동무 내동무야 나는이제 죽었는데 너거나 잘살아라
이별일세 이별일세 오늘날 이별일세
이몸은 연대밑에 있건마는 후원공산 찾아가네 하직일세 이별이라[21]

<쌍가락지 노래>의 핵심사건은 매우 단순하다. '오빠가 누이동생의 정절을 의심한다.'-'동생이 결백을 주장한다.'-'동생이 자살을 결심하고 유언한다.'의 세 가지이다. 즉 오빠가 누이동생을 의심하자 동생은 이에 대해 항변하다가 갑자기 자살을 결심하는 결말로 전환된다. 사건이 발단하자마자 파국에 이르는 셈이다. 하지만 급격하게 전환된 장면에서 다시 비슷한 행동이나 대사가 반복적으로 교체되면서 서사의 전개가 늦춰진다. 즉 한 장면에서 다른 장면으로 급격하게 건너뛰며, 일단 건너뛰면 그 장면에 멈추어 인물 간의 대화나 주인물의 독백 또는 방백을 길게 서술함으로써 서사의 진행을 지연한다. 위 노래에서 주인물이 죽는 방법이 한 가지가 아니라 두 가지가 중복 제시되며, 주인물이 어머니, 아버지, 친구들에게 동일한 말을 반복해서 유언하는 것이 서사 지연의 좋은 예이다.

이는 서사민요의 서술자-창자가 자신이 중요하다고 인식하는 몇 개의 핵

21) [성주군 대가면 민요 213] 쌍금쌍금 쌍가락지, 이귀분(여 79), 옥성 2동 안터, 1979. 4. 18., 강은해 조사, 『한국구비문학대계』 7-4.

심사건을 결합하면서 비약적으로 서사를 전개하며, 각각의 핵심사건은 유사한 상황의 교체와 반복, 확장으로 서사를 지연하는 데서 나타나는 양상이다. 서사민요의 서술자-창자는 사건의 인과관계에 대한 자세한 설명보다는 그 사건으로 인해 주인물이 상대인물로부터 받은 부당한 처사와 대우를 가능한 한 직접적인 말과 행동으로 표현함으로써 노래를 부르고 듣는 사람들 간에 감정을 공유하고자 한다. 서사민요가 건너뛴 장면마다 서사의 진행을 멈추고 비슷한 상황으로 이루어진 반복적 표현을 길게 이끌어나가는 것은 노동의 단조로움으로 인한 것이기도 하지만, 그 반복이 환기하는 주제나 정서를 강조하면서 서사민요 향유집단의 공감대를 굳건히 하는 데 큰 기여를 하는 것으로 판단된다.

또 하나의 예로, <혼인날 죽은 신랑 노래(처자과부 노래)>를 보기로 하자. 다음 노래는 <쾌지나칭칭나네>의 앞 사설로 이 노래를 부른 것이다.

> 쾌지나칭칭 나아네 딸아딸아 딸아야(만딸아야)/(후렴을 /로 대신함)
> 삼딴겉은 니머리를 / 구름겉이도 풀어줘라 /
> 얼수다야 울아부지 / 지언제라 날봤다꼬 /
> 삼딴겉은 요내머리 / 구름겉이 풀어주꼬 /
> 딸아딸아 딸아야 / 비단공단 감던몸에 /
> 상처매를 입어줘라 / 얼수다야 울아부지 /
> 지언제라 날봤다꼬 / 비단공단 감던몸에 /
> 상처매를 입어주꼬 / 딸아딸아 딸아야 /
> 은까락지 끼던손에 / 상짐대(상주가 짚는 지팡이)를 짚어줘라 /
> 얼수다 울아부지 / 지언제라 날봤다꼬 /
> 은까락지 끼던손에 / 상짐대를 짚어주꼬 /
> 딸아딸아 딸아야 / 깐동깐치 신던발에 /
> 우묵신(상주가 신는 짚신)을 신어줘라 /
> 얼수다야 울아부지 / 지언제라 날봤다꼬 /
> 깐동깐치 신던발에 / 우묵신을 신어주꼬 /[22]

혼인날을 기다리다 갑작스레 신랑의 부고를 받은 아버지는 혼례도 치르지 않은 딸에게 다짜고짜 상복을 입으라고 말한다. 아버지는 머리부터 발끝까지 차례차례 상복 차림을 하라고 반복해서 말하며, 딸은 번번이 그에 대해 반발하는 것으로 되어 있다. 위 노래에서 상복 차림을 세부적으로 나누어 여러 차례 반복하는 것은 아버지의 딸에 대한 예법 강요와 이에 대한 딸의 저항을 강조하는 효과가 있다. 이러한 반복적 표현은 며느리가 시댁에 들어섰을 때 모든 시집식구가 차례차례 나서면서 며느리에게 어느 방으로 들어갈지 물어보며, 며느리 또한 모든 식구에게 자신은 초상방으로 들어간다고 똑같이 대답하는 대목에도 잘 나타난다. 마지막 부분에서도 역시 시집식구와 친정아버지 모두 며느리(딸)에게 어떻게 늙어갈고 하고 인물을 교체해가며 반복적으로 물으며, 이에 며느리(딸)는 매번 "임이 묵던 하주설대 / 구식구식 세워놓고 / 임본 듯이 늙을라요."라고 대답한다.

이렇게 같은 상황을 세부적으로 나누어서 반복하거나, 등장인물을 교체하며 똑같은 말을 반복하는 것은 서술자-창자가 이를 당하는 주인물(딸-며느리)의 입장에서 사건을 진행해나가며, 이 장면에서 주인물이 받아들여야 하는 상황의 불합리함과 부조리함, 주인물의 원통함과 안타까움을 극대화해서 나타내기 위한 것이라 할 수 있다. "상복으로 갈아입어라"는 한 마디 지시로 끝날 말을 머리부터 발끝까지 수차례 되풀이하는 아버지, 그로부터 벗어나지 못하고 어쩔 수 없이 받아들여야 하는 딸의 처지, 다른 선택 상황이 없는 데도 어느 방으로 들어갈지 물어보는 시집식구들의 무신경한 배려를 시집식구의 수만큼이나 중첩되어 받아야하는 데에 대한 답답함과 억울함을

22) [진주시 미천면 민요 20(1)] 쾌지나칭칭나아네, 앞소리:김순금(여 47). 뒷소리:공만순(여 42) 외 5명, 오방리 중촌, 1980. 8. 4., 류종목, 빈재황 조사, 『한국구비문학대계』 8-4. 서사민요를 <쾌지나칭칭나네>와 같은 유희요의 앞소리로 부르는 것은 서사민요의 다양한 기능을 보여주는 좋은 예이다. <강강술래>나 <쾌지나칭칭나네>와 같이 앞소리를 길게 엮어나가야 하는 경우에 서사민요가 매우 적절히 빈번하게 사용되는 것을 볼 수 있으며, 후렴 없이 부르는 경우와 사설이 크게 다르지 않다.

이러한 전개방식이 효과적으로 드러내고 있다.

이러한 서사의 지연은 여러 서사민요 유형에서 인물이나 집안의 치장 묘사를 장황하게 서술하는 데에도 나타난다. <이사원네 맏딸애기 노래>의 옷차림이나 <강실도령 노래>의 신방 치장, <처자과부 노래>의 혼인음식 장만 등이 그 좋은 예이다. 이들은 인물이나 집안의 개별적 특성을 나타내기보다는 옷차림, 방안 치장, 음식 장만의 전형적, 보편적 묘사로 이루어져 있다. 하지만 긴 치장 묘사는 단지 분량을 늘이거나 시간을 채우기 위한 수단이 아니라, 인물들 간에서 벌어진 혼사장애의 비극성을 강화하는 기능을 한다. 더할 나위 없이 솜씨 좋고 재간 좋은 재자가인들의 결연, 여러 사람들의 정성을 모은 신방 치장과 혼인 음식들도 혼사의 파탄을 막을 수 없다는 데에 더욱 큰 비장감을 안겨준다. 또한 이렇게 오랫동안 지연된 서사는 이 장면 다음에 건너뛴 장면이 더욱 인상적, 충격적으로 받아들여지게 하는 효과를 준다.

이처럼 서사민요는 서술자-창자가 사건을 어떻게 인식하느냐에 따라 장면과 장면의 전환에서 급격하게 건너뛰기와 각 장면에서 오래 머무르며 서사를 지연하기와 같은 극적 전개방식을 사용함으로써, 노래를 부르고 듣는 사람들로 하여금 일상에서 겪는 충격적 경험과 감정을 표출하고 공유하며 나아가 이를 다스리고 극복할 수 있는 하나의 치유 기제가 될 수 있었으리라 본다.

4. 연행상황에의 적응: 확장하기와 압축하기

연행된 서사민요의 실상을 살펴보면, 같은 유형인데도 각편에 따라 매우 긴 장편 서사로 부르는가 하면 매우 짤막한 단편 서사로 부르기도 한다. 또한 각편에 따라서는 어느 한 유형의 극히 일부분만을 초점화하여 서정적,

극적으로 부르는가 하면, 두 가지 이상의 유형을 결합해 유기적인 한 편의 서사로 부르기도 한다. 때로는 창자에 따라 서사무가, 판소리, 설화와 같은 다른 서사문학 유형이나 각편이 지니고 있는 모티프를 삽입해 매우 복합적인 장편 서사로 확장하기도 하며, 교환창 <모심는 소리>의 한 대목이나 선후창 <모심는 소리>의 앞소리로 부르면서 두 줄 또는 네 줄로 이루어진 서정적 노래로 압축하기도 한다. 즉 연행된 서사민요 각편은 단선적으로 추상화된 유형 체계만으로는 포괄할 수 없을 만큼 다양한 전개 양상을 보인다.

이는 서사민요의 서술자-창자가 서사민요를 자신이 듣거나 배운 그대로 부르는 것이 아니라 자신의 개성에 따라, 또는 노래를 부르는 기능과 상황의 변화에 따라 확장하기도 하고 압축하기도 하며 연행하기 때문에 나타나는 양상이다. 서술자-창자가 서사민요를 연행할 때 조사자가 알고 있는 내용의 처음부터 끝까지 모두 부르기보다는 중간 부분까지 부르고 만다든지, 어느 한 부분만을 집중적으로 부른다든지 하는 것은 실제로는 기억의 상실 등으로 연행이 중단되었다기보다는 그렇게 부르는 것이 당시 연행상황에서 자연스럽게 여겨졌기 때문이라 생각된다. 서술자-창자 본인은 그 노래를 그렇게 배웠을 뿐이거나, 연행상황에 따라 그렇게 불렀을 뿐이다.

따라서 연행된 서사민요 하나하나는 대부분 그자체로 완결편이라 보아야 한다. 서술자-창자는 자신이 원하는 어느 부분에서건 완결 지으며, 조사자가 더 길게 불러달라고 요청할 경우 거기까지밖에 모른다고 하기도 하고, 거기가 끝이라고 하기도 하며, 마지못해 더 길게 이어나가기도 한다. 서사민요 서술자-창자는 이렇듯 서사민요 연행 당시의 기능과 상황에 맞추어 서사를 확장하기도 하고 압축하기도 한다. 중단편이라 여겨졌던 대다수의 서사민요는 완결편을 전제로 한 조사자나 연구자의 관념에 의해 잘못 다루어진 것일 수 있다. 서술자-창자가 노래를 시작해 "끝이여."라고 한 그 부분까지가 길건 짧건 모두 하나의 완결편이며, 그 각편 나름대로의 개성과 의미를 지니고 있다.

다음 두 편의 노래를 예로 살펴보기로 하자. 창자와 청중들이 <의붓어멈노래>라고 일컫는 노래로, 형제가 논을 다 매놓고 쉬는데 의붓엄마가 나오다가 이를 보고는 아버지에게 이르자 아버지가 형제들을 죽인다는 내용으로 되어 있다.

울어무니 살아서는 들 가운데 바닥(바다)겉은 저논배미
호망동군(호미일꾼)이 매더마는
울어무니 죽고나니 우리 형자(형제) 매라 허요
굵은 지심 묻어놓고 잔 지심을 띄야 놓고
물깨(물꼬) 물깨 돋아놓고 정심(점심)으 때가 일찍에서
들 가운데 정자밑에 잠든 듯이 누웠으니
계모 어마니 거둥보소
어제그제 묵던 밥을 식기에 눈만 덮어 이고
어제 그제 묵던 반찬 중발로만 덮어 이고
가만가만 나오더니 오던 길로 돌아간다
집으로 돌아가서 아이고 영감 무작헌(우악스럽고 무지한) 저 놈들이
논은 아니 매고 들 가운데 정자 밑에 잠만 자고 누어있소
집으로 돌아오니 저그 아버지 거둥보소
은장도라 드는 칼을 댓잎겉이 갈아들도 날 직일라 작두허요
형님 목을 먼제 비매 동성마음 어떻겄소
동성 목을 먼저 비매 형님마음 어떻겄소
한 칼로 목을 비어 궤짝안에 배반하여(배치하여)
대천 하고 한 바닥에 고기밥으로 띄아놓고
논에 가서 돌아보니 어허둥둥 내 자슥아
굵은 지심 묻어 놓고 잔 지심을 띄야 놓고
물깨물깨 돋아놓고 어허 둥둥 내 자슥아
전처에 자슥 두고 후실 장개는 들지 마소
물명지 석 자 수건 눈물닦기 다 젖는다[23]

---

23) 계모가 의붓자식을 죽게 하는 노래, 임부근(여 41), 남해 서면 옻개, 1967. 7. 23., 임석재 채록, 『한국구연민요자료집』, 민속원, 2004, 498쪽.

담성담성 닷마지기 좁쌀서말 지든 배미
쉰다섯 매든배미 우리나성지 곱기매어
모지석자 지체(세치)수건 명이나(목에나) 잘숙 걸어놓고
분지(물꼬) 동동 돋아놓고 지심동동 띠워놓고
놀기좋은 정자밑이 바람이나 띄웠는가 구름이나 날렸든가
아리아리랑 쓰리쓰리랑
아라리가났네 응응 아라리가 났네[24)]

같은 내용을 바탕으로 하고 있는데도 두 노래의 길이와 전개방식이 완전히 다르다. 앞 노래에서는 "계모 어마니 거둥보소", "저그 아버지 거둥보소"와 같이 3인칭 시점에 의해 작중인물들의 행동과 대화를 자세하게 제시하고 있는 반면, 뒤 노래에서는 1인칭 시점에 의해 주인물의 행동과 심리상태를 묘사하고 있다. 특히 뒤 노래의 경우 <아리랑 타령>의 앞소리로 부르면서 <의붓어멈 노래> 중 형제가 일을 마치고 잠들어있는 장면만을 압축적으로 묘사하고 있다. <의붓어멈 노래>를 모르는 사람이라면 일을 마치고 쉬는 한가로운 정경을 떠올리겠지만, 이 노래를 아는 사람이라면 처참한 비극이 일어나기 전의 고요함 속에서 서글픔을 떠올릴 것이다. 이렇게 서사민요는 <모심는 소리>나 <아리랑 타령>과 같은 노래의 앞소리로 불리면서 그 내용의 전체 또는 일부가 압축되며 서정화하곤 한다. 서술자-창자는 같은 서사민요 유형이라 하더라도 연행상황의 변화에 따라 자세히, 길게 서사적으로 부르기도 하고, 압축해서 짧게 서정적으로 부르기도 하는 것이다.

한편, 서사민요에서는 기존 서사민요 유형의 모티프에 다른 서사민요나 서사무가, 설화 등에 전승되는 다양한 모티프를 결합하여 장편 서사로 확장해 나가는 것을 흔히 볼 수 있다. 서사민요 중 전쟁에 나간 남자가 죽음의

24) [새터 3] 아리랑 타령, 정춘임(여 69), 곡성군 곡성읍 신기리, 1981. 7. 19., 서영숙 조사, * <고사리노래(시집살이노래)>를 부르고 나서 곧 불렀다. 어깨, 고개, 손을 움직이며 앉은 채로 불렀다. 끝부분은 <아리랑 타령>의 후렴이 나왔고, 청중들이 모두 합창을 했다. 서영숙, 앞의 책, 2009, 553쪽.

공포 속에서 식구들에게 자신의 죽음을 알리는 편지를 쓴다는 내용을 노래하고 있는 <나라맥이 노래>를 예로 들어보자.[25]

한살묵어 말배와서 두살묵어 걸음배와
세살묵어 천자배와 홑다섯에 절에올라
열다섯에 [청취 불능] [청취 불능]
첫내만에 편지가 왔네 편지가왔네 날오라고 편지가왔네
우리아부지 지워주든 지우장옷도 열여다섯
지우갓도 열여다섯 우리어머니 지워주든
우리형님 지워주든 지우책도 열여다섯
우리누님 지워주든 지우토시가 열여다섯
우리형수 지워주든 지우보선이 열여다섯
우리아내 지워주든 지우줌치(주머니)가 열여다섯
청보에다 몰아갖고(말아서) 황보에다 싸여갖고
지추독(주춧돌)에 영저(얹어)놓고
앞논폴아서 백마를사고 뒷논폴아서 숫말을사고
백마끝에 집을띄여 십리만큼 띄워놓고
한잔등을 넘어간께 총소리가 야단이고
두잔등을 넘어간께 활소리가 야단이고
앞에가는 처남손아 뒤에가는 매부손아 편지한장을 전해주게
무삼편지 전하랑가 맞어죽어 편지말고 병들어서 죽었다
[말] 그리고 본께 인제 죽었지라잉. 죽은께 인자 죽은 사람이 하는 말이,

---

25) <나라맥이 노래>는 서사민요 중 그리 잘 알려져 있지 않은 유형이나, 남성이 주인물인 노래를 여성 서술자-창자들이 어떤 방식으로 부르는지를 보여주기에 적합한 유형이다. 서사민요가 다양한 모티프를 결합해 장편서사로 만들어나가는 방식은 필자의 기존 논문들에서 분석한 대부분의 복합 유형들에서 나타나는 공통적 양상이다. 대표적인 예가 <그릇 깬 며느리 노래>에 '출가' 모티프가 결합해 <중 되는 며느리> 유형과 복합된다든지, <이사원네 맏딸애기 노래>에 '신부한탄', '후실장가', '저승결합' 등의 모티프가 결합해 다양한 하위유형들이 형성된다든지 하는 것들이다. 서영숙, 「서사민요 <그릇 깬 며느리 노래>의 전승양상과 향유의식」, 『한국민요학』 29, 한국민요학회, 2010, 161~186쪽; 서영숙, 「<이사원네 맏딸애기> 노래의 서사적 특징과 현실의식」, 『한국고전여성문학연구』 22, 한국고전여성문학회, 2011, 375~411쪽 참조.

[노래] 우리아부지 들으시면 받든밥상을 퇴쳐놓고 대성통곡을 하실라
우리어무니 들으시면 들어오든밥상 퇴쳐놓고
삼갈만일 때불으고 토실통곡을 하실라
우리형님 들으시면 보든책상을 덮어놓고 토실통곡을 하실라
우리누님 들어시면 연지분통을 밀쳐놓고 토실통곡을 하실라
우리형수 들으시면 [말] 형수가 어째 그리 망했든 것입디다.
[노래] 엱든머리 반만엱고 살강뿌리를 더우잡고
할갸웃음(남몰래 웃는 웃음)을 살짝웃고 뒷마당으로 나서
[말] 시동생 죽었다고 그렇게 좋을 것이요잉?(이하 생략)[26]

이 각편에서 보면 첫 부분에 '조실부모' 대목이 나오는데, 이는 이 유형의 고유한 서사단락이라기보다는 <삼촌식구에게 구박받은 조카> 유형이나 <첫날밤에 애 낳은 신부(강실도령 노래)> 유형에 전형적으로 나오는 서두 단락이 덧붙은 것으로 보인다. 이 대목은 노래의 뒷부분에 아버지, 어머니, 형님 등 가족들이 연이어 나오고 있어 앞뒤가 모순되는 데도 불구하고 남성 주인물의 불행을 강조하는 일종의 투식구로 사용된 듯하다. 이어 전쟁에 나간 자식이 자신이 죽었다는 편지를 가족에게 보내며 식구들이 편지를 받고서 보일 반응을 상상하는 대목이 나오는데, 이 역시 이 유형 고유의 것이라기보다는 <시집살이 노래> 중 <친정에 편지한 딸 노래>에 나오는 다음과 같은 대목을 거의 그대로 차용한 것이다.

순천댐양(담양) 왕대를 비어 어깨동동 상지(쌈지)를 지어
한심으로 밑을 앉켜 눈물로는 봉지를 지어 친정으로 보내면은
우리 아부지 받으시면 금과 옥과 내아 딸아 이 소리가 웬 소리냐
삼간만리(삼간 마루) 뚜드림서 대성통곡을 허시리라
울어머니 받어보면 금과 옥과 내아 딸아 이 소리가 웬 소리냐

26) [해남군 화산면 민요 4] 전쟁 노래, 윤아기(여 75) 송산리, 1984. 7. 22., 이현수 조사, 『한국구비문학대계』 6-5.

이간말리(이간 마루) 뚜드림서 대성통곡을 허시리라
우리 오라버니 들으시면 보든 책상 개쳐놓고
금과 옥과 내 동생아 이 소리가 웬 소리냐
말안장을 둘러타고 나한테를 오시리라
우리 성님 들으시면 간장에다가 처널 년아
된장에다 박을 년아 홍두깨로 밀을 년아 방망치로 뚜들 년아
너도 간께 그러디야 나도 온께 그러드라
사랑부리(살강) 조리걸고 조리춤을 추끄나 함박춤을 추끄나[27]

이 노래는 시집살이가 고되다고 시집간 딸이 친정식구에게 편지를 보내자 아버지, 어머니, 오빠는 모두 대성통곡을 하는데 오직 형님(올케)만 춤을 춘다는 내용으로 되어 있어, <나라맥이 노래>에서 전쟁에 나가 죽은 아들의 편지를 받고 나타내는 식구들의 대응과 거의 동일하다. 이는 <친정에 편지한 딸 노래>가 <나라맥이 노래>의 편지 대목 속에 삽입된 것으로 보이는데, 이와 같이 될 수 있었던 이유는 <나라맥이 노래>가 남성 화자의 목소리로 되어 있는 데도 불구하고 남성이 아닌 여성 창자들에 의해 전승되면서 '가족들에게 쓴 편지'라는 동일 모티프로 이루어진 <친정에 편지한 딸 노래>를 쉽게 떠올릴 수 있었기 때문일 것이다. 특히 시동생의 죽음을 놓고 형수가 좋아한다는 것에는, 여성 서술자-창자들의 형님(올케)에 대한 좋지 않은 감정이 투사된 것이라 할 수 있다.[28]

이외에도 <나라맥이 노래>의 각편에 따라서는 아내가 남편을 찾아 나서면서 중 차림을 하기 위해 머리를 깎는 장면에 <중 되는 며느리 노래>의 대목을, 죽은 남편을 살리기 위해 생명수를 먹이는 장면에 서사무가 <바리데기>의 모티프를, 아들이 집에 돌아와 아내를 모함하는 식구들에게 항의

27) [영광 11-11] 시집살이노래, 한양임(여 71), 1990.2.13., 문화방송 조사, 『한국민요대전』 전남.
28) 서영숙, 「<나라맥이 노래>의 서사적 짜임과 심리의식」, 『어문연구』 87, 어문연구학회, 2016, 73쪽.

하는 장면에 <자살한 며느리 노래>의 대목을 가져와 장편으로 엮어 나가는 것을 볼 수 있다. 그중 머리를 깎고 남편을 찾아 나서는 대목을 예로 들면 다음과 같다.

> 제피문을 반만열고 시누아가 잘있거라
> 잘있으나 못있으나 오빠없다고 하옵시고 실농절에 니가갈래
> 제피문을 반만열고 시누아가 잘있거라
> 잘있으나 못있으나 오빠없다고 하옵시고 실농절에 니가갈래
> 깎아주소 깎아주소 요내머리를 깎아주소
> 깎는기사 깎지마는 뒷감당은 누가하리
> 쇠겉은(소 같은) 내뒤에는 개도고 소도소 요내머리를 깎아주소
> 한귀때기 깎고나니 달구똥겉은 눈물이흘러 차매앞이 흔젖었네
> 두귀때기 깎고나니 달구똥겉은 눈물이흘러
> 대동강 한바닥이 되였구나
> [잠시 중단] [청중이 웃으면서 참견하자, 그러면 다 잊어버린다 하고는 다시 시작했다.]
> 제피문을 반만열고 아홉폭 주리차매(주름치마)
> 한폭따서 고깔씌고 두폭따서 바랑지고
> 세폭따서 중아장삼 집어입고(기워입고)[29]

이 부분만을 보면 <시집살이 노래> 중 <중 되는 며느리 노래>와 거의 다르지 않다. 여기에도 시아버지, 시어머니, 시누 등 가족들에게 차례차례 인사하면서 같은 대사를 반복함으로써 앞에서 살펴본 '지연하기'의 수법이 나타난다. <나라맥이 노래>의 내용에 맞춰, 중의 모습으로 남편을 찾아가겠다는 며느리에게 가족들이 하나같이 남편 없는 것을 견디지 못하고 나간다고 핀잔을 주는 것만이 달라졌을 뿐이다.

한편 <나라맥이 노래>는 <강강술래>의 앞소리로 불리기도 하는데, 이

29) [의령군 정곡면 민요 56] 애처요 (2), 강순남(여 57), 중교리 장내, 1982. 1. 31., 류종목, 성재옥 조사, 『한국구비문학대계』 8-11.

는 이 노래가 여성들에게 매우 잘 알려진 노래로서 다양한 방식으로 전승되었음을 말해준다. 다른 <나라맥이 노래>의 결말이 대부분 식구들이 남편의 편지를 받는 대목이나 아내가 남편을 찾아오는 대목으로 끝나는 것과 달리, 이 <강강술래> 각편에서는 아내가 전장에 간 남편을 기다리다 칠성판에 실려 오는 남편을 맞이하는 <베틀 노래>의 마지막 부분을 연결함으로써 전혀 다른 결말을 창조해내기도 한다.[30] 이처럼 같은 <나라맥이 노래>인데도 서두 부분에 자식이 전쟁에 나가면서 작별 인사를 하는 공통적인 부분 이후에는 각편마다 다른 서사민요, 서사무가, 설화 등에 전승되는 여러 가지 다양한 서사 모티프가 연결됨으로써 거의 동일한 유형으로 보기 어려울 만큼 다양한 서사로 변이, 확장되는 것을 볼 수 있다.[31]

이렇게 서사민요의 서술자-창자는 때로는 기존의 서사민요 또는 서사무가, 설화 등 다양한 서사의 모티프를 활용하여 장편 서사를 엮어 나가기도 하고, 때로는 긴 서사민요 중 인상 깊은 대목만을 떼어내어 부르기도 하며, 때로는 전체 내용을 압축하여 단편적으로 부르기도 하고, 자신의 감정을 이입하여 서정적 노래로 부르기도 한다. 게다가 때로는 비극적 서사민요의 결말에 해학적인 모티프를 붙여 희극적 서사민요로 전환시키기도 한다. <강실도령 노래>의 전형적 결말에 아이 아버지가 미역을 사가지고 오더라는 결말이 붙는다든지,[32] <갱피 훑는 마누라 노래>의 결말에 아내가 나무에 올라 울다가 매미가 되었다는 결말이 붙는 경우[33] 등이 좋은 예이다. 이들

30) [고흥 2-12] 강강술래 1, 앞소리: 김봉심(여 1931), 고흥군 도덕면 용동리 한적, 1990. 2. 8., 문화방송 조사, 『한국민요대전』 전남.

31) 서영숙, 앞의 논문, 2016, 70쪽.

32) 안동에서 조사된 <베틀노래>(진주낭군)의 경우로, 이 노래는 주로 호남 지역에서 불리는 <강실도령 노래>의 주인물 이름을 '진주낭군'으로 바꾸어 놓았을 뿐만 아니라 노래의 결말을 완전히 뒤집어 놓았다는 점에서 매우 흥미롭다. 임재해, 「민요의 기능별 전승 양상과 소리판의 상황」, 『전통과 상생의 산촌마을 신전』, 안동대학교 민속학연구소 편, 안동민속박물관, 2015, 256~258쪽.

33) [영동 3-3], <징기맹기 갱피뜰에>, 김소용(여 1911년생), 1993. 12. 9. 문화방송 조사, 『한국민요대전』 충북.

은 모두 서사민요의 서술자-창자들이 주어진 연행상황에 적절하게 대응하여 서사민요를 확장하거나 압축함으로써, 연행상황에 알맞은 각편을 매번 새롭게 창조하면서 나타나는 양상이라 할 수 있다.

5. 맺음말

서사민요는 주로 기층 여성들이 일상생활에서 겪는 이야기를 노래로 부르는 갈래이다. 이 글은 서사민요의 서술자-창자가 이야기와 노래라는 두 가지 상치되는 조건을 어떻게 조화롭게 엮어내는가, 서술자-창자가 서사민요를 연행하는 데 사용하는 서사 전개방식의 기저 원리는 무엇인가를 발견해내는 것을 목적으로 이루어졌다. 이를 위해 서사민요의 연행에 나타나는 서사 전개방식의 원리를 세 요소－인물, 사건, 연행상황의 측면에서 고찰하였다. 즉, 서술자-창자가 서사민요를 연행하는 데에 있어 인물에 대해 어떤 태도를 갖는지, 사건을 어떻게 인식하는지, 연행상황의 변화에 어떻게 적응하는지를 차례로 살펴보았다. 그 결과 다음과 같이 세 가지 원리를 찾아낼 수 있었다.

첫째, 서사민요의 서술자-창자는 서사민요 속 인물에 대해 몰입하기와 거리두기라는 상이한 태도를 드러낸다. 서사민요 대부분의 주인물은 서술자-창자와 비슷한 처지에 있는 여성으로, 서술자-창자는 이 여성의 입장과 시각에서 주인물에게 몰입하고 상대인물에게 거리를 두며 사건을 전개해나간다. 이는 서사민요가 서사에 기반을 두면서도 다른 구비서사와 달리 서정적 경향을 띠게 되는 주 요인이 된다.

둘째, 서사민요의 서술자-창자는 사건에 대한 인식에 따라 건너뛰기와 지연하기라는 변별된 전개방식을 사용한다. 서사민요의 서술자-창자는 일련의 사건들을 인과적으로 상세하게 서술하기보다, 충격적이고 인상적인 핵심사건을 중심으로 장면과 장면을 건너뛰면서 서사를 비약적으로 전개한다. 하지만 일단 전환된 장면에서는 인물의 교체와 동일한 대사나 행위의 반복을 통해 서사를 지연한다. 서사민요의 서술자-창자는 이렇게 장면과 장면의 건너뛰기와 전환된 장면에서의 지연하기를 통해, 대사와 행동 위주로 이루어진 장면 중심의 극적인 전개 방식을 보여준다.

셋째, 서사민요의 서술자-창자는 연행상황의 변화에 따라 적절하게 대응해 서사를 확장하거나 압축함으로써 새로운 갈래와 유형, 각편을 창출해낸다. 같은 서사민요 유형에 속하면서도 일을 하며 길게 불러야할 경우에는 기존의 서사민요, 서사무가, 설화 등 다양한 서사 모티프를 연결하여 장편서사로 확장하기도 하고, <모심는 소리>나 <아리랑> 등의 앞소리로 짧게 불러야 할 경우에는 전체 내용을 서정적으로 압축해 단편적으로 부르기도 한다. 하나의 서사민요 유형이 여러 가지 하위유형으로 나뉘며, 수없이 많은 개성적 각편이 형성되는 것은 바로 이러한 이유에서라고 할 수 있다.

이렇게 볼 때 서사민요가 서사 갈래이면서도 서정적, 극적 경향을 보이는데다가, 장편으로 부르기도 하고 단편으로 부르기도 하며, 각편에 따라 매우 다양한 전개방식을 보이는 것은 서사민요가 이야기 자체의 고정성보다는 서술자-창자의 성격이나 태도, 경험과 인식에 좌우되는 유동성이 큰 갈래임을 보여준다. 서사민요의 서술자-창자는 서사민요를 통해 단순히 이야기를 전달하는 데 목적을 두는 것이 아니라, 핵심사건을 중심으로 주인물이 처한 상황과 대응을 보여주고 그 속에 자신의 감정을 표출하는 데 중점을 둠으로써, 이를 듣는 사람들과 함께 공유하고자 했다. 그 결과 서사민요는 노래를 부르고 듣는 사람들의 일상에서 일어난 보편적 경험을 끊임없이 개인화하여 재생산하면서 기층 여성들의 생활서사시로 자리 잡을 수 있었으리라 본다.

2장_ 현전 민요에 나타난 고려 속요의 전통

1. 머리말

민요는 오랜 시간 동안 민중들의 입에서 입으로 구비 전승되어 온 노래이다. 하지만 현재 전승되는 민요들이 언제부터 불려왔는지는 쉽사리 단정하기 어렵다. 따라서 현전하는 민요가 불리기 시작한 시기는 지금부터 그리 오래지 않은 조선 후기 어느 즈음부터라거나, 아니면 상당히 오래 전 원시 고대 시대부터라거나 하고 막연하게 추측할 뿐이다. 그러나 현재 우리가 살펴볼 수 있는 근대 이전의 민요에 대한 기록이나 본래 민요였으리라 추정되는 노래들의 사설을 살펴보면, 현재 전승되는 민요와 상당히 유사하거나 관련이 있을 것으로 여겨지는 노래들을 찾을 수 있다.

특히 고려조부터 조선조까지 궁중 속악으로 불렸거나 『고려사』 악지 또는 소악부 등에 그 노래에 대한 해설 또는 한역시가 전하는 고려 속요[34]의 경우 당시 민중들에 의해 불렸던 민요와 상당한 친연성을 가지고 있었으리라는 점에서,[35] 현전하는 민요 속에서 이들 고려 속요와 유사하거나 관련이

34) 고려 시대에 불렸던 노래를 총칭하는 명칭으로 그간 고려가사, 고려가요, 장가, 별곡, 속가, 속악가사, 속요 등 다양한 명칭이 사용되었으나, 이 글에서는 그에 대한 논의는 유보하고 고려 시대에 민간에서 불린 민요와 이를 바탕으로 궁중 속악으로 개편되거나 한역된 노래까지 두루 포함하는 의미에서 '고려 속요'라는 명칭을 쓰기로 한다.

35) 고려 속요의 발생 및 정착 과정에 대해서는 여러 가지 논란이 있지만, 단일한 과정으로 이루어졌다기보다는 민간의 노래가 궁중속악으로 유입되면서 변개되기도 하고, 민간의 노래를 참조해 유사한 방식으로 재창작하기도 하고, 아예 새로운 방식으로 창작하기도 하는 등 다양한 과정을 거쳤으리라 판단한다. 이 글에서 살펴보고자 하는 속요들은 현

있는 노래들을 찾아 상호 연관성을 고찰하는 작업이 반드시 필요하리라 본다. 이는 현전하는 민요의 역사와 전통을 재구하는 작업이면서, 기록으로 남아 있는 고려 속요의 풀리지 않는 몇 가지 문제점을 재검토하는 시도이기도 하다.

이글에서 현전하는 민요와의 연관성을 살펴보고자 하는 고려 속요는 <사모곡>, <청지주>, <예성강>, <월정화> 4편이다.[36] <사모곡>과 <청지주>는 그 표현방식의 유사성에서, <예성강>과 <월정화>는 그 배경서사의 연관성에서 현전하는 민요와 그 맥이 닿아 있다. 이에 현전 민요 속에서 이들 고려 속요와 표현방식의 유사성과 배경서사의 연관성, 두 가지 측면에서 관련이 있는 노래들을 찾아 고려 속요와 현전 민요 속에 전해 내려오는 전통의 양상을 살펴보기로 한다.

2. 표현방식의 유사성

고려 속요 중에는 우리말 사설이 남아있는 노래도 있고, 한시로 번역되어 전하는 노래도 있다. 이들 노래들 중 몇몇 작품은 당대에 전승되던 민요와 많은 친연성을 가진 노래들로서, 궁중속악으로 부르기 위해 또는 한시 번역자의 의도에 따라 약간의 변개가 이루어졌으리라고 추정된다. 여기에서는 우리말 가사가 전하는 <사모곡>과 급암 민사평의 소악부로 전하는 <청지주>를 대상으로 이들 노래가 민요의 표현방식과 어떠한 관련성을 지

전 민요에서 유사성이나 연관성이 발견되는 노래들로서, 당시 민간의 노래와 밀접한 관련성 속에서 형성된 노래이리라는 전제에서 출발한다. 속요의 형성과정에 대해서는 윤성현, 『속요의 아름다움』, 태학사, 2007, 30~31쪽 참조.

36) <만전춘별사>, <오관산>, <정석가>와 현전 민요와의 연관성은 서영숙, 「고려 속요에 나타난 민요적 표현과 슬픔의 치유방식: <만전춘별사>, <오관산>, <정석가>를 중심으로」, 『문학치료연구』 42, 한국문학치료학회, 2017에서 고찰한 바 있다.

니고 있는지를 현전하는 민요와의 비교를 통해 밝혀보고자 한다.

21. <사모곡>과 <계모 노래>의 '사물관계에서 인간관계 유추하기'

<사모곡>은 속칭 <엇노리>라고도 불리는 노래로, 『악장가사』와 『시용향악보』에 다음과 같은 노랫말이 전하고 있다.

> 호ᄆᆡ도 ᄂᆞᆯ히언마ᄅᆞᄂᆞᆫ
> 낟ᄀᆞ티 들리도 업스니이다
> 아바님도 어이어신마ᄅᆞᄂᆞᆫ
> 위 덩더둥셩
> 어마님ᄀᆞ티 괴시리 업세라
> 아소 님하 어마님ᄀᆞ티 괴시리 업세라

이 노래는 궁중 속악으로 불리기 위해 덧붙여진 것으로 보이는 "위 덩더둥셩"과 "아소 님하 어마님ᄀᆞ티 괴시리 업세라"를 제외한다면 "호미도 날이지마는 / 낫같이 들 리도 없습니다 / 아버님도 어버이시지마는 / 어머님같이 사랑할 리 없습니다."라는 네 줄의 짧은 민요 형식으로 이루어져 있다. 이는 <방아 찧는 소리>나 <모심는 소리> 등 교환창으로 부르는 노동요에 두루 나타나는 기본적인 민요 형식으로, 이 노래가 당대의 민요를 바탕으로 이루어졌으리라는 점을 보여준다. 더구나 호미와 낫은 거친 밭에서 무성한 잡초를 걷어내야 하는 농부에게는 없어서는 안 될 농구로서, 이 노래의 민요적 속성을 확인케 해주는 대상이기도 하다. 이는 호미와 낫으로 밭을 매면서 느끼는 감정에서 아버지와 어머니에게서 느끼는 감정을 유추해낸 것으로, 호미와 낫을 직접 다루는 사람만이 창조해낼 수 있는 소박하면서도 신선한 발상이기 때문이다.

하지만 <사모곡>의 화자가 왜 이런 비유를 했는지, 아버님과 어머님의 사랑을 굳이 분별해 비교하고 있는 이유가 무엇인지에 대해서는 그리 자세한 논의가 이루어지지 않은 상태이다. 그 해결의 실마리는 현전하는 민요 중 비슷한 표현방식이 나타나고 있는 노래에서 찾을 수 있으리라 본다. 특히 후실장가 가는 아버지를 원망하거나, 계모의 학대를 한탄하거나, 돌아가신 어머니를 그리워하고 계모를 원망하면서 부르는 <계모 노래>[37]에 다음과 같이 <사모곡>의 비유와 유사한 어구가 나타나는 것이 발견된다.

> 전지전지 너테전지(?) 물고짜는 개목물에
> 수꾸때비 만대요
> 앵두같은 딸을두고 외씨겉은 아들두고
> 뭐가불버 장개가노
> 춘아춘아 옥단춘아 뒷밭엘랑 잇단갈아
> 잇당처매 해주꺼이
> 앞밭에 쪽을갈어 쪽조구리 해주꺼이
> 맹태고기 고길령강 뜸북재이 쟁일령강
> 다신어미 어밀령강[38]

안동군 임하면에서 불린 <계모 노래>이다. 이 노래는 사설이 불완전하기는 하지만, 딸과 아버지의 대화로 이루어져 있음을 알 수 있다. 딸이 후실장가 가는 아버지에게 "앵두 같은 딸과 외씨 같은 아들을 두고 뭐가 부러워 장가가느냐"고 원망하자 아버지(또는 계모)가 딸(옥단춘)에게 치마저고리를 해주겠다고 한다. 이에 다시 딸이 "명태고기가 고기인가 / 뜸북장이 장일런가 / 다신어미(계모)가 어미일런가" 하며 항의한다. 이는 풀어보면 '명태고기도 고기긴 하지만 쇠고기 같을 수 없고 / 뜸북장도 장이지만 된장 같을 수

---

37) 각편에 따라 노래명이 <서모 노래>, <서모요> 등으로 달려있기도 하나, 이 글에서는 <계모 노래>로 통칭하기로 한다.

38) <서모 노래>, 배분령(여 75), 안동군 임하면 민요 4, 『한국구비문학대계』 7-9.

없고 / 계모도 어머니이지만 친어머니 같을 수 없다.'는 의미를 함축하고 있다. 아버지가 후실장가 가면 얻게 될 계모가 결코 친어머니를 대신할 수 없음을 명태고기와 쇠고기, 뜸북장과 된장에 대한 화자의 감정에서 유추해 비교하고 있다. 이는 <사모곡>에서 호미도 날이지만 낫처럼 들 리 없듯이 아버지도 어버이지만 어머니처럼 사랑할 리 없다는 유추와 거의 유사한 표현 방식이다. 즉 두 사물들에 대한 감정에서 두 사람에 대한 감정을 유추해내 비교하고 있다. 이를 도식으로 나타내면 다음과 같다.

<계모 노래>	명태고기 : 고기	≒	뜸북장 : 장	≒	계모 : 친모
<사모곡>	호미 : 낫	≒	아버지 : 어머니		

<계모 노래>에서 화자는 대립항의 앞에 위치한 것이 뒤에 위치한 것을 대신할 수 없다고 여긴다. 앞에 위치한 것이 뒤에 위치한 것처럼 깊은 맛을 제대로 낼 수 없다고 생각한다. 이와 마찬가지로 화자는 앞에 위치한 계모가 자신에 대해 베푸는 정이나 행위는 진실하지 않다고 여기고 좋아하지 않으며, 뒤에 위치한 친모가 자신에 대해 베푸는 정이나 행위를 진실하게 여기고 좋아한다. 이는 <사모곡>에서 호미가 낫을 대신할 수 없으며 아버지의 사랑이 어머니의 사랑을 대신할 수 없는 것에 비유하는 것과 마찬가지 발상이다.

다음 노래는 여기에서 더 나아가 <사모곡>과 거의 동일한 표현을 사용하고 있다.

어매어매 고동어매
거먹창은 엇다두고 흰창으로 나를보나
나를보기 실커들랑 울아버지 배반하소
<u>호미쇠도 쇠언마는 낫쇠만큼 선뜻헌가</u>
<u>밧부모도 부모건만 안부모같이 사랑할까</u>

하늘이라 쳐다보니 따지자가 굽어보데
엉금산 바위밑에 어머니를 불러보니
어머니는 대답않고 구만석이 대답하네[39)]

서천군에서 불린 <계모 노래>이다. 화자는 고동어매(계모)에게 "(눈의) 검은 창은 어디다 두고 흰 창으로 나를 보나 / 나를 보기 싫거들랑 울아버지 배반하소."라고 말을 건네고 있다. 자신을 곱게 보지 않고 흘겨보는 계모에게 항의하는 것이다. 다른 각편에서는 이에 대해 "네 아버진 절대 나를 배신하지 않는다."고 계모가 대답하는 대목이 나오기도 한다. 이어 화자는 "호미쇠도 쇠이지만 낫쇠만큼 선뜻헌가 / 밧부모(아버지)도 부모건만 안부모(어머니)같이 사랑할까"라고 한탄한다. 계모에 대한 항의가 아버지에 대한 원망으로 바뀌는 부분으로 <사모곡>의 사설과 거의 일치한다. 그러므로 <계모 노래>의 전체 맥락에서 볼 때, 아버지와 어머니의 사랑을 비교하는 것은 계모의 학대에도 불구하고 자신을 돌보지 않는 아버지, 자신보다 계모를 더 사랑하는 아버지에 대한 원망에서 비롯된 것이라고 할 수 있다. 이어 화자는 어머니에 대한 그리움으로 산의 바위 밑에 가 어머니를 불러보지만, 돌아가신 어머니의 대답 대신 바위에 부딪혀 돌아오는 메아리만 들을 수 있을 뿐이다.

이렇게 볼 때 <사모곡>은 고려 시대에서부터 현재까지 전승되는 민요 <계모 노래>와 유사한 민요의 한 대목이 채택되어 궁중 속악으로 개편됐으리라는 추정이 가능하다. 또한 『시용향악보』에 실린 <사모곡>은 한 연뿐이지만, 현전하는 <계모 노래>의 사설은 매우 다양해서, <사모곡> 역시 이 외에도 사설이 더 있었으리라는 추정도 가능하다. 다만 『시용향악보』에는 계모에 대한 원망 사설을 생략하고 단지 아버지와 어머니의 사랑을 견

39) 서천군편 동요 > 정서요 > 가정요 > 계모요, 『충남민요집』, 최문휘 편저, 한국예술문화단체총연합회 충청남도지회, 정문사, 1990, 510쪽.

주는 부분만을 수록했기 때문에, 노래 전체의 맥락을 쉽게 파악하기 어려웠던 것이다. 또한 <사모곡>이 민요 <계모 노래>를 바탕으로 형성된 것이라고 한다면 그간 논의돼 온, 『고려사』 악지의 <목주가>와 <사모곡>의 연관성에 더욱 확실한 근거를 제공한다. "아버지가 계모에게 혹하여 딸을 쫓아냈음에도 불구하고" 그 딸은 이후 가난해진 부모를 극진히 봉양했으며, 그런데도 여전히 "부모가 좋아하지 않자 효녀가 이 노래를 지어 스스로 원망했다."[40]는 『고려사』 악지의 기록은 <목주가>가 <계모 노래>에 바탕을 두고 있음을 말해주기 때문이다. 즉 민요 <계모 노래>는 고려 속요 <사모곡>과 <목주가>에 그 일부 사설이 채택되기도 하면서 고려 시대 즈음부터 현재까지 지속적으로 전승돼 온 것이라는 추정이 가능하다.

2.2. <청지주(請蜘蛛)>와 <거미 노래>의 '자연물에 감정 이입하기'

고려 속요 중에는 익재 이제현이나 급암 민사평 등에 의해 소악부로 번역 또는 번안된 민요들이 있으나,[41] 이들 노래의 원래 우리말 사설이 어떠했는지는 짐작하기 쉽지 않다. 하지만 이들 노래가 본래 민요였으리라는 점을 감안할 때 현전하는 민요 중에서 사설이 유사한 노래를 찾을 수 있으리라 여겨진다. 특히 급암 민사평의 소악부 중 <청지주>는 거미와 나비의 관계를 소재로 한 것으로 현전하는 민요 <거미 노래> 또는 <나비 노래> 중에서 유사한 표현을 쉽게 찾아볼 수 있다.

---

40) 木州孝女所作女事父及後母以孝聞. 父惑後母之譖逐之女不忍去留養父母益勤不怠父母怒甚又逐之女不得已辭去. 至一山中見石窟有老婆遂言其情因請寄寓老婆哀其窮而許之. 女以事父母者事之. 老婆愛之嫁以其子. 夫婦協心勤儉致富. 聞其父母貧甚邀致其家奉養備至父母猶不悅. 孝女作是歌以自怨.

41) 최미정은 고려 가요 원 노래와 악부 작품의 관계를 설명하면서, 직역뿐만 아니라 역자의 해석에 의해 신의를 창출하게 번안한 작품들도 많이 나타남을 고찰하였다. 최미정, 『고려 속요의 전승연구』, 계명대학교출판부, 2002, 155~174쪽.

재삼 진중히 거미에게 부탁하노니
부디 앞거리 너머에 그물을 쳐두었다가
제멋대로 배반하고 꽃 위로 날아가는 나비를
붙잡아두고 잘못을 반성케 해주길 원하노라[42]

<청지주>는 화자가 거미에게 자신을 배반하고 앞거리 너머의 꽃 위로 날아가는 나비를 잡아서 나비로 하여금 자기 잘못을 반성토록 해주길 부탁하는 말로 되어 있다. 여기에서 "제멋대로 배반하고 꽃 위로 날아가는 나비"는 화자를 배신하고 다른 여자에게로 가는 임(또는 남편)을 은유하는 것임을 쉽게 짐작할 수 있다. 화자는 자신이 임에게서 느꼈던 원망과 분노를 담장 너머 다른 집 화원으로 날아가 버리는 나비에게 이입해, 거미에게 나비로 하여금 자신의 잘못을 반성케 해달라고 부탁하고 있는 것이다.

이는 흔히 거미줄에 걸린 나비를 보면 나비를 측은하게 여기는 일반적인 감정과 상반되는 감정을 드러내고 있어 매우 파격적이다. 그렇다면 같은 소재를 다루고 있는 현전 민요에서 거미와 나비는 어떻게 나타날까. 현전하는 민요 중 창자들이 <거미 노래> 또는 <나비 노래>로 지칭되는 노래들을 살펴보면, 이들 역시 <청지주>와 마찬가지로 거미 또는 나비와 같은 자연물에 화자의 감정을 이입하고 있는 것을 알 수 있다. 그러나 거미와 나비 중 어느 존재에 자신의 감정을 이입하느냐는 노래의 화자에 따라 차이가 있다.

물명동창 배가는문에 한길을딲는 저나부야
원쟁이(울타리가) 좋지만은 가지가지도 앉지마라
세상에 모진 것은 거무우에 또있겠나
제발로 제창사내여(제 내장을 내어) 만단우에 줄을친다
오는벌기(벌레) 가는벌기 흔적없이도 다잡아묵네[43]

42) 再三珍重請蜘蛛 須越前街結網圍 得意背飛花上蹀 願令粘住省愆違 (及庵 小樂府)
43) <거미 노래>, 박연악(여 72), 의령군 지정면 민요 34, 『한국구비문학대계』 8-11.

창자가 <거미 노래>라고 하며 부른 것이다. 한길가로 날아가는 나비에게 울타리가 아무리 좋다 하더라도 가지가지마다 앉지 말라고 한다. 이유는 모진 거미가 제 스스로 자기 창자를 내어 가는 벌레 오는 벌레 흔적 없이 잡아먹기 때문이다. 언뜻 보면 나비에게 동정의 감정을 이입하여 거미를 경계할 것을 당부하는 말처럼 보인다. 하지만 그렇게 받아들이고 말 일이 아니다. 자세히 들여다보면 이 가지 저 가지 옮겨 앉는 나비에게 거미에게 잡혀 먹힐 수 있으니 조심하라는 경고로도 보인다. 이는 "제발로 제 창사 내여 만단우에 줄을 치는" 거미의 모짐이 한편으로는 자기 스스로 고통을 감내하는 극한적 행위로 여겨지기 때문이다. 즉 이 노래의 화자는 나비에게 일정한 거리를 두고서 그 행동을 고칠 것을 경고하고 있는 것이다. 직접적으로 드러나 있지는 않지만, 나비에게는 임에 대한 화자의 서운한 감정이, 거미에게는 자기 창자를 끄집어내는 아픔이 있더라도 자신을 버린 임에 대해 앙갚음을 하고픈 화자의 모진 감정이 복합적으로 얽혀 있음이 감지된다.

이에 비해 다음 노래는 비교적 나비와 거미를 직접적 대결 관계로 단순하게 그려내고 있다.

> 나비야나비야 범나비야 춘추단장 하지마라
> 원수년의 왕거무가 줄을치고 기다린다
> [청중 : 좋다!]
> 얼씨구- 절씨구- 아니노지는 못하리라44)

화자는 범나비에게 곱게 단장을 하지 말라며, 원수년의 왕거미가 줄을 치고 기다리기 때문이라고 한다. 이때 화자는 왕거미에게 "원수년"이라는 지칭을 함으로써 범나비보다는 왕거미에게 분노의 감정을 직접적으로 이입하고 있다. 하지만 그렇다고 해서 화자의 나비에 대한 감정 역시 좋은 감정

44) <범나비 노래>, 윤놈이(여 71), 영덕군 강구면 민요 5, 『한국구비문학대계』 7-7.

으로 느껴지지는 않는다. 단장을 하고 나가는 데에 대한 불편한 심기를 왕거미를 통해 우회적으로 드러내고 있기 때문이다.

이렇게 화자가 대상 자연물에 자신의 감정을 이입하여 표현하는 방식은 소악부 <청지주>와 현전 민요 <거미 노래>(또는 <나비 노래>)에 매우 유사하게 나타난다. 또한 현전 민요 <거미 노래>에 엿보이는 화자의 태도는 소악부 <청지주>에 드러나는 화자의 태도와 그리 크게 다르지 않다. 여성들의 입장에서 이 꽃 저 꽃 날아다니는 나비는 자신을 버리고 가는 임으로 여겨졌을 테고, 거미는 이 나비의 무분별한 행위를 경계시킬 수 있는 존재로 인식되었을 것이다. 다만 민요에서는 화자가 나비에게 거미에 대한 경계를 당부하는 소극적 태도를 보인다면, 소악부에서는 화자가 거미에게 나비를 잡아 반성케 해줄 것을 부탁하는 적극적 태도를 보인다는 차이가 주목된다. 이는 당대의 <거미 노래> 중에는 이런 내용의 민요가 있었거나, 아니면 작자 민사평이 당대의 민요 <거미 노래>를 받아들이되, 화자의 목소리를 좀 더 적극적으로 변개해 <청지주>로 번역했을 가능성도 있다.[45]

이렇게 볼 때 급암 민사평의 <청지주>는 고려 시대부터 현재까지 전승되는 민요 <거미 노래> 또는 <나비 노래>를 채택해 번역 또는 번안한 것이라 할 수 있다. 단 현전 민요에서는 나비에게 거미줄에 걸려 잡아먹히게 되는 것을 경고하는 데 비해, 소악부에서는 거미에게 나비를 잡아 반성하게 해 줄 것을 부탁하는 것으로 되어 있다. 이는 민요와 소악부 모두 나비와 거미와 같은 자연물에 감정을 이입하여, 이 꽃 저 꽃으로 옮겨 다니는 나비를 부정적으로 바라보고 있음을 알 수 있다. 특히 소악부 <청지주>는 한층

45) 최미정이 소악부의 이런 경향을 번역이 아닌 번안으로 본 점은 설득력이 있다. 그러나 이 노래를 이우성 교수가 부여한 명칭을 받아들여 "속을 끓이고 있는 부인의 심정을 잘 표현했다는 점에서 <월정화>로 대응"하고, "<악지>에 거미나 나비 등의 비유물이 명기되지 않은 바, 급암 자신의 철사"(최미정, 앞의 책, 175~176쪽)로 본 점은 거미와 나비를 소재로 하고 있는 현전 민요를 파악하지 못한 데서 온 오류라 생각된다. <월정화>는 오히려 다음 장에서 살펴 볼 <진주낭군가>와 동일한 배경 설화를 가지고 있다.

더 나아가 나비를, 화자를 배반하고 다른 꽃(여인)으로 옮겨가는 임으로 여기며 그에 대한 징벌을 요구하고 반성을 촉구하고 있다는 점에서 매우 적극적인 여인의 목소리를 대변하고 있다는 점에서 흥미롭다.

3. 배경서사의 연관성

고려 속요 중에는 그 노랫말이 우리말 또는 한시 번역으로도 전하지 않는 노래들이 다수 존재한다. 단지 『고려사』 악지에 노래의 제목과 노래가 지어진 연유만을 밝히고 있어 그 노랫말이 전하지 않는 아쉬움을 갖게 한다. 그런데 현전하는 민요 중 『고려사』 악지의 기록과 매우 유사한 배경서사를 지니고 있어, 기록에 전하지 않는 노랫말 재구의 가능성을 엿보게 하는 노래들이 있다. <내기장기 노래>, <진주낭군>이 바로 그것으로, 이들 현전 민요는 각기 고려 속요 <예성강>, <월정화>와 매우 유사한 배경서사를 지니고 있다. 이들 노래들을 비교해 배경서사의 연관성을 고찰해 보기로 하자.

3.1. <예성강>과 <내기장기 노래>의 '아내 걸고 내기한 남편'

『고려사』 악지 속악조에는 <예성강>에 두 편의 노래가 있다고 하면서 다음과 같이 노래의 배경을 설명하고 있다.

> 예성강(禮成江 노래는 두 편이 있다)
>
> 옛날에 당나라 상인인 하두강(賀頭綱)이란 자가 있었는데 바둑을 잘 두었

> 다. 그가 한번은 예성강에 갔다가 아름다운 부인을 하나 보고는 그녀를 바둑에 걸어서 빼앗으려고 그녀의 남편과 바둑을 두어 거짓으로 이기지 않고 물건은 갑절을 치러주었다. 그녀의 남편은 이롭다고 생각하고 아내를 걸었다. 두강은 단번에 이기어 그녀를 빼앗아가지고 배에 싣고 가버렸다. 그 남편이 회한에 차서 이 노래를 지었다. 세상에 전해지기는, 그 부인이 떠나갈 때에 몸을 되게 죄어 매서 두강이 그녀를 건드리려고 했으나 건드리지 못했다는 것이다. 배가 바다 가운데에 이르자 뱅뱅 돌고 가지 않으므로 점을 쳤더니 이르기를, '절부(節婦)에 감동되었으니, 그 여인을 돌려보내지 않으면 반드시 파선하리라' 하였다. 뱃사람들이 두려워 두강에게 권해서 그녀를 돌려보내주었다. 그 부인 역시 노래를 지으니, 후편이 그것이다.[46]

매우 간단하게 요약된 기사이지만, 이야기를 서사 단락으로 정리해보면 다음과 같다.

> 가) 바둑을 잘 두는 상인이 아름다운 여인을 차지하려고 그 남편과 바둑을 두었다.
> 나) 상인이 거짓으로 지면서 값을 두 배로 쳐주자, 남편이 아내를 걸었다.
> 다) 상인이 이겨서 아내를 싣고 가버렸다.
> 라) 남편이 회한에 차서 노래를 지었다.
> 마) 아내는 몸을 되게 죄어 매서 상인이 건드리지 못하게 했다.
> 바) 배가 바다 가운데서 뱅뱅 돌기만 하자, 뱃사람들이 점을 치니 절부(節婦)에 감동되었기 때문이라고 한다.
> 사) 점의 결과에 따라 상인에게 권해서 아내를 돌려보내게 했다.
> 아) 아내 역시 노래를 지었다.

<예성강>의 배경서사는 크게 전반부와 후반부로 나뉜다. 전반부는 한

46) 禮成江[歌有兩篇] ○昔有唐商賀頭綱善棋. 嘗至禮成江見一美婦人欲以棋賭之與其夫棋. 佯不勝輸物倍其夫利之以妻注. 頭綱一擧賭之載舟而去. 其夫悔恨作是歌. 世傳婦人去時粧束甚固頭綱欲亂之不得舟至海中旋回不行. 卜之曰: "節婦所感不還其婦舟必敗." 舟人懼勸頭綱還之婦人亦作歌後篇是也.

남자가 남편 있는 여자를 탐내어 그 남편과 내기해 그 여자를 취하는 이야기이다. 아내를 걸고 내기하는 이야기는 설화로도 흔하게 전승된다. 내기를 건 남자는 대개 돈이 많은 부자나 상인, 뱃사람 등으로 되어 있다. 남자는 장기나 바둑을 두면서 처음에는 지는 척해서 남편을 안심시킨 뒤, 마지막에 큰 판돈을 걸고 대신 아내를 걸도록 유도한다. 재물에 욕심이 생긴 남편이 아내를 걸자, 남자는 본색을 드러내 내기에 이겨서 아내를 취한다는 공통적인 스토리로 되어 있다.

후반부는 남편이 내기에 져서 다른 남자에게 끌려간 아내가 기지를 이용해 정조를 지키자, 그로 인해 남편에게 다시 돌아오게 되는 이야기이다. 여기에 아내의 정조에 감동한 하늘이 배를 빙빙 돌게 만들며, 뱃사람들은 점을 쳐서 그 이유를 알게 된다는 모티프가 추가되었다. 기지에 의해 정조를 지키는 모티프는 『삼국유사』의 도미 설화에서 도미의 처가 개루왕이 신하를 보내 겁간을 하려 했을 때 몸종을 대신 들여보내는 모티프와 유사하다. 바다에서 위기에 처했을 때 점을 쳐 해결하기 역시 『삼국유사』의 거타지 설화나 왕건의 할아버지인 작제건 설화에서 공통적으로 나타나는 것으로 이들 설화에서는 배가 풍랑에 휩싸이자 제비를 뽑아 섬에 내려놓는 모티프와 유사하다. 그러므로 <예성강>의 배경서사는 삼국 시대와 고려 시대에 널리 전승되고 있는 설화의 모티프가 두루 복합되어 이루어진 것이라 할 수 있다.

흥미로운 것은 현전하는 민요 중에서 <예성강> 배경서사 중 전반부의 모티프인 '아내 걸고 내기한 남편'을 배경서사로 하고 있는 노래가 있어, <예성강>과의 연관성을 추정해볼 만하다. 경상남도 의령군에서 박연악(여, 72) 할머니가 부른 <내기장기 노래>가 바로 그것이다.[47]

---

47) <내기장기 노래>에 대해서는 김헌선, 「여성구연자 박연악(朴連岳)의 이야기와 노래: 내기장기 노래를 예증삼아」, 『제37차 한국고전여성문학회 학술대회 발표논문집』, 한국고전여성문학회, 2012, 86쪽에서 <예성강>과의 관련성을 언급한 바 있다.

산아산아 임인산아[48] 전라도라 임인산아
내기장구 심씌다가(힘을 쓰다가) 꽃겉은 저댁을랑
저배안에 실어주고 이별을하고서 돌아섰나
저녁별이 나거들랑 날인가이 돌아보소(날인가 여기고 돌아보시오)
새벽달이 뜨거들랑 날인가이 쳐다보소[49]

노래의 배경이 <예성강>의 예성강 주변 지역에서 전라도 지역으로 바뀌었고 내기바둑이 내기장기로 바뀌었을 뿐, 노래의 배경서사는 매우 유사하다. 안타깝게도 『한국구비문학대계』에는 노래에 대한 제보자의 설명을 채록하지 않고 구연 설명으로만 대신하고 있어 더 자세한 내용을 파악하기는 어렵지만, 남편이 뱃사람과 내기장기를 두다 재물에 혹해 아내를 걸었고, 결국 아내를 빼앗기게 된 정황은 동일하다. 제보자의 설명에 의하면 이 노래는 아내가 배에 실려 가면서 부른 노래라고 하니, 이 노래가 <예성강>의 두 편 중 아내가 불렀다고 하는 후편과 일정한 연관성을 지니며 전승되었음을 추정해 볼 수 있다.

<내기장기 노래>의 음원을 집중해 들어보면 『한국구비문학대계』의 채록이 그리 정확하지 못했다는 것을 알 수 있다. 사투리로 되어 있는데다가 녹음 상태도 그리 좋은 편은 아니어서 노랫말을 명확하게 파악하기 힘들었을 것이다. 음원을 확인하여 노래를 부르기 전 제보자의 설명과 노랫말을 불린 그대로 다시 채록하고, 현대어로 다시 풀이하면 다음과 같다.

뱃사람하고 인자 장구를 두면서 "내가 장구를 둬서 못 이기면 내 아내를

---

48) 『한국구비문학대계』의 각주에는 "'임 잃은 산아'의 축약인 듯하다."라고 적고 있으나, 잘못 들은 것이다. '임 잃은 산아'가 아니라 '이민한 사나'로서 사투리로 '외면한 사나이야'의 뜻으로 보아야 한다. 이는 채록되지 않은 부분의 제보자 설명에서 확인할 수 있다.

49) <내기장기 노래>, 박연악(여 72), 의령군 지정면 민요 8, 『한국구비문학대계』 8-11. * 한동안 잡담을 하다가 이 노래를 불렀다. 이것은 '장기 타령'이 아니다. 제보자의 설명에 의하면 뱃사람은 배를 걸고 전라도 남자는 아내를 걸고 내기 장기를 두어 그 남편이 져서 아내가 배에 실려 가면서 부른 노래라고 했다. *

네 줄구마, 네 저 못이기면 네 배를 날 줘야 한다."컴서 내기를 걸고 장구를 둔 게 못 이겼거등 (청취불능) 그래 고마 저 좋은 각시를 배 안에 싣고 내려간다, 내려강게. 저기 돌아가 서서 안 볼라고 돌아서가 있응게 각시가 노래를 하는기라

산아 산아 이민 산아	사나이야 사나이야 외면한 사나이야
전라도라 이민 산아	전라도라 외면한 사나이야
내기 장구 심씌다가	내기 장기 힘쓰다가
꽂겉은 저댁을랑	꽃 같은 저 댁을랑
저배안에다 실어주고	저 배 안에 실어주고
이민을하고서 돌아섰나	외면을 하고서 돌아섰나
저녁별이 나거들랑	저녁별이 나거들랑
날인가니 돌아보소	날인가 여기고 돌아보소
새빅달이 뜨거들랑	새벽달이 뜨거들랑
날인가니 쳐다보소	날인가 여기고 쳐다보소

커드란다.

조사자: 그럼 그 노래를 누가 했습니까? 여자가 했습니까? 남자가 했습니까?

제보자 및 청중: 여자가.

제보자: 여자가, 남자가 안사람 안 쳐다볼라고 돌아서가 있응게, 여자가 배에서 노래를 불른기라.[50]

<내기장기 노래>는 영남 지역에서 불렸으며, 그 이야기의 주인물은 전라도 사나이로 나온다.[51] 이 노래를 듣는 청중들이 모두 이 노래를 남자가 아닌, 여자가 부른 것이라 입을 모으고 이 노래에 대해 잘 알고 있는 것으

50) 위 자료를 필자가 음원을 듣고 다시 채록한 것임.

51) 이 노래가 조사된 의령군은 영남 남부권에 속하는 지역으로 영남의 다른 지역에 비해 애정과 관련된 서정적 성향의 짧은 노래가 많이 전승되면서, 호남 지역 서사민요와의 혼합형이 많이 나타나는 곳이다. 서영숙, 「영남 지역 서사민요의 전승적 특질: 호남 지역 서사민요와의 비교를 위하여」, 『고시가문화연구』 26, 한국고시가문화학회, 2010, 236쪽.

로 보아, 노래의 배경이 '전라도'로 나오는 데에 이견은 없는 듯하다. 이는 『고려사』 악지 <예성강>의 배경 지역이 예성강이 흘러드는 황해도와 경기도의 강어귀 지역인 점과 차이가 있다.[52] 그러나 민요의 특성상 한 지역에 머물러있지 않고 다른 지역으로 전해져 전승되면서 지역 사람들에게 좀 더 낯익은 지명으로 변하는 것은 매우 자연스러운 현상이다. 즉 이 노래에서 남편이 전라도 사나이로 나오는 것은 노래가 전승되는 과정에서 변이되는 양상의 하나이며, 전라도에 대한 이 지역의 정서가 어느 정도 반영된 것으로 보인다.

<내기장기 노래>의 노랫말을 통해 노래가 불릴 때의 상황을 살펴보면, 남편이 내기에 지고서 아내를 배에 실려 보내면서 아내를 차마 보지 못하고 외면하고 서있자, 아내가 외면하고 서있는 남편에게 '저녁별과 새벽달이 뜨면 나인가 여기면서 돌아보고 쳐다보라'고 한다. 헤어지는 마지막 순간에 차마 돌아보지 못하는 남편을 원망하면서도 저녁별과 새벽달을 통해서 남편과 이어지고 싶은 아내의 간절한 마음이 잘 나타나있다. 남편이 아내를 쳐다보지 못하는 것은 자신의 잘못에 대한 후회와 부끄러움 때문일 것이다.

이렇게 볼 때 현전 민요 <내기장기 노래>는 『고려사』 악지의 <예성강>과 유사한 배경서사를 가지고 창작된 노래로, 특히 <예성강> 후편인 아내가 부른 노래와 밀접한 연관성을 지니며 전승돼 온 것으로 생각된다. 즉 <예성강> 후편은 <내기장기 노래>와 사설이 완전히 일치하지 않는다고 할지라도, 아내를 배에 실어놓고 자신의 행동을 후회하며 차마 돌아보지 못하는 남편을 원망하면서도 그 원망에 그치지 않고 서로가 연결되기를 바라는 아내의 간절한 마음을 잘 나타내는 노랫말이 아니었을까 한다.

또한 아직까지 발견되지는 않았지만 남편이 먼저 부른 <예성강> 전편의

52) 예성강은 황해북도 수안군 언진산에서 발원하여 황해남도 배천군과 개성시 개풍군 사이에서 강화만에 흘러드는 강이다. 두산백과
(http://terms.naver.com/entry.nhn?docId=1127631&cid=40942&categoryId=33210)

경우 <내기장기 노래>를 통해 유추해 볼 때, 아내를 떠나보내면서 아내를 차마 바라보지 못하고 자신의 행동을 후회하는 남편의 회한이 잘 나타나 있으리라고 생각된다. 『고려사』 악지에 <예성강>이 소개될 수 있었던 것은 바로, 이 남편의 잘못된 행동에 대한 후회뿐만 아니라 남편의 잘못에도 불구하고 남편에 대한 정조를 지키며 남편과 연결되기를 바라는 아내의 간절한 마음이 잘 드러나 있기 때문일 것이다.

3.2. <월정화>와 <진주낭군>의 '진주 기생에 빠진 남편'

『고려사』 악지에 남아있는 <월정화(月精花)>에 대한 기록은 다음과 같다.

> 월정화는 진주(晉州) 기생이었다. 사록(司錄) 벼슬을 하던 위제만(魏齊萬)이 그 기생한테 미혹되어 부인을 근심과 분노로 죽게 만들었다. 진주읍 사람들은 이를 슬퍼하여, 부인이 살아있을 때 친애하지 않은 일을 추억해서 위제만의 광혹(狂惑)함을 풍자한 것이다.53)

이 기록에 의하면, <월정화>는 진주에서 사록을 하던 위제만이란 사람이 기생에게 미혹되어 부인을 친애하지 않자 그 부인이 근심과 분노로 죽었고, 진주읍 사람이 이를 슬퍼하여 남편을 풍자하기 위해 부른 노래이다. 현전하는 노래 중에 <진주낭군>은 <월정화>와 마찬가지로 진주를 배경으로 하여 일어난 일로, 삼 년 만에 돌아온 남편이 기생에게 빠져있자 그 아내가 자살을 해 죽은 내용으로 되어 있다. <진주낭군>의 이야기 전개를 서사단락으로 나누어보면 다음과 같다.

---

53) 月精花. ○月精花晉州妓也. 司錄魏齊萬惑之. 令夫人憂恚而死. 邑人哀之追言夫人在時不相親愛以刺其狂惑也.

가) 시어머니가 며느리에게 진주낭군이 돌아온다며 남강에 빨래를 가라고 한다.
나) 아내가 남강에서 빨래를 하는데 진주낭군이 못 본 체하고 지나간다.
다) 아내가 집에 돌아오니 진주낭군이 기생첩과 술을 마시며 놀고 있다.
라) 아내가 목을 매고 죽는다.
마) 진주낭군이 후회를 한다.

대부분의 서사민요와 마찬가지로 특정한 사람의 이름은 생략되어 있지만, 중심인물이 진주의 남자와 그 아내, 기생으로 되어 있고, 사건의 전개와 배경 역시 거의 동일하다는 점에서 <진주낭군>은 현재 사설이 전하지 않는 <월정화>와 유사한 내용을 지니고 있었으리라 추정된다.[54]

<진주낭군>은 다른 서사민요와 달리 거의 전국적으로 분포되어 있으며 길이도 비교적 짧은 편이다. 뿐만 아니라 '울도담도 없는집에', '진주남강에 빨래가라', '검은빨래 검게빨고 흰빨래는 희게빨아', '기생첩은 삼년이오 본댁정은 백년이라' 등 사설이 거의 상투적인 어구들로 이루어져 있고 이야기 역시 모든 각편에서 거의 유사하게 전개되고 있어, 개인적인 변이가 크게 나타나지 않는 유형 중의 하나이다. 이는 그만큼 이 노래가 오랜 시간 널리 유행되면서 부르기 쉽고 기억하기 좋게 다듬어진 결과라 생각된다.

고려사 악지에서는 <월정화>를 진주읍 사람들이 부인의 죽음을 슬퍼하고, 남편의 광혹함을 풍자한 것이라고 기술하고 있는데, <진주낭군>의 경우는 어떻게 나타나는지 살펴볼 필요가 있다.

---

54) 고려속요 <월정화>를 <진주낭군>의 모태로 추정한 선행연구로는 강등학, 「한국 민요의 사적 전개 양상」, 『구비문학연구』 5, 1997, 110쪽과 김종군, 「<진주낭군<의 전승 양상과 서사의 의미」, 『온지논총』 29, 온지학회, 2011, 67~93쪽을 들 수 있다. 이 글은 서사적 특징에 대한 비교를 통해 두 작품의 상관성을 구체적으로 살펴본다. 필자는 <월정화>가 <진주낭군>의 형성에 영향을 주었다기보다는 반대로 <진주낭군>을 비롯한 <서답노래> 계열의 노래가 궁중 속악가사로 받아들여져 <월정화>가 형성되었다고 본다. 이에 대해서는 서영숙, 「서사민요 <진주낭군>의 형성과 전승의 맥락」, 『한국구비문학회 2018 동계학술대회 발표요지집』, 한국구비문학회, 2018. 2. 8. 참조.

울도담도 없는집에 석삼년을 살고나니
시어머이 하시는말씀 야야 며느리아가
진주낭군을 볼라거등 진주낭간(남강)에 빨래로가라
그것을듣던 며느리아가 진주낭간에 빨래로가니
물도좋고 돌도야좋은데 오족초족 빨래로하니
난데없는 말자죽소리 터벅터벅 나건대라(나길래)
얖나래기로 거터나보니(곁눈길로 슬쩍 보니) 하늘같은 서방님이
우산같은 갓을씌고 구름같은 말을타고
울링출렁 가는구나 본체만체 가는구나
껌동빨래는 껌기하고 흰빨래는 희기하고
자금자금 담어이고 집이라꼬 돌아오니
시어머이 하시는말쌈 야야 며느리아가
진주낭군을 볼라거등 사랑방문을 열고나봐래이
그것을듣던 며느리아가 사랑방문을 열고나보니
기생첩을 옆에다끼고 오색가지 술을놓고
열두야가지 안주를놓아 권주가로 하는구나
그것을보던 며느리아가 여던방문을 다시나닫고 나이방을 돌아와서
명지야수건 석자수건 목을매여 자는아듯이 죽었구나
하늘같은 서방님이 버선발로 뛰어나와 와죽었노 와죽었노
첩으야정은 석달이고 본처야정은 백년인데
아이고야답답 내팔자야[55]

이를 보면, 서술자는 작품 내 인물들 간에 오고가는 대화와 행동을 통해 삼인칭 시점으로 사건을 전개하고 있다. 이는 거의 모든 <진주낭군>에 나타나는 전반적인 특성이다.[56] 즉 "시어머이 하시는 말씀", "그것을 듣던 며

55) <진주낭군>, 이감출(여 66), 울주군 두동면 민요 5, 『한국구비문학대계』 8-13.
56) 각편에 따라서는 일인칭 주인물 시점에 의해 서술되는 경우도 있다. (<진주낭군> 윤수복(여 1919), 함평 18-3 『한국민요대전』 전남편 참조) 이는 서술자(창자)가 주인물인 아내와 자신을 동일시하면서 부르기 때문에 나타나는 현상으로, '아내'에 대한 슬픔이 더욱 강화되어 나타나는 것을 볼 수 있다. 그러나 본질적으로 '노래하는 나'와 '노래된 나'는 엄격히 구분된다.

느리아가"와 같이 삼인칭 관찰자의 시점에서 먼저 대화의 주체를 제시하고, 다음 그 인물의 대사를 직접적으로 전달한다. 이는 <진주낭군>이 사건의 당사자－진주낭군, 그 아내, 기생, 시어머니－가 아닌, 제3의 인물에 의해서 창작, 전승돼 왔음을 시사한다. 하지만 "하늘같은 서방님이"라든가, "나이 방을(나의 방으로) 돌아와서"와 같이 군데군데 서술자가 며느리에 감정이입을 해서 자기 자신의 일을 서술하듯이 이야기를 전개하는 것을 볼 수 있다.

이는 서술자가 '진주낭군'이라는 남자와 그 아내와 어머니 간에 벌어지는 일을 객관적으로 서술하고자 하면서도 노래 속 아내의 처지와 자신을 동일시하면서 나타나는 양상이다. 이는 노래를 부르는 사람들이 대부분 여성으로서, 아내의 입장에 있기 때문일 것이다. 즉 "얖나래기로 거터나보니(곁눈길로 슬쩍 보니) 하늘같은 서방님이 / 우산같은 갓을씌고 구름같은 말을 타고 / 울렁출렁 가는구나 본체만체 가는구나"에서 서술자는 아내의 처지에 감정을 이입함으로써, 다리 아래서 빨래를 하는 초라한 자신의 모습과는 다르게 우산 같은 갓을 쓰고 구름 같은 말을 타고 자신을 못 본 체하고 지나가는 낭군에게 위압감을 느끼며 서운함을 내비치고 있다.

하지만 서술자는 마지막 부분에 다시 삼인칭 시점으로 돌아와 "하늘같은 서방님이 버선발로 뛰어나와 / 와죽었노 와죽었노 / 첩으야정은 석달이고 본처야정은 백년인데 / 아이고야답답 내팔자야" 하고 진주낭군의 황급한 모습과 후회하는 장면을 그대로 보여줌으로써, 오랜 시간 자신을 기다렸던 아내를 도외시하고 기생에 빠졌던 진주낭군의 행동이 매우 잘못된 것임을 풍자하고 있다. 더욱이 "하늘같은 서방님이 버선발로 뛰어나와"라는 표현은 노래 초반의 위풍당당했던 남편의 위세가 일시에 추락하는 모습을 단적으로 보여준다. 이는 아내의 죽음을 슬퍼하고 남편의 광혹함을 풍자했던 <월정화>와 맥을 같이한다고 볼 수 있다.

<진주낭군> 속 남편에 대한 향유층의 비판과 풍자적 태도는 "구름같은 말을타고 못보듯이 지내가네 그것이 괘심해서"라든지,[57] "기생첩을 앞에두

고 권주가를 불르시네 그꼬라지 보고나서"[58]와 같이 남편의 행동을 비난하거나 비하하는 어투에서 더욱 명확하게 드러난다. 한 제보자는 심지어 노래를 다 부르고 난 뒤 "(남편이) 문 착 닫고 나감선, '첩아 첩아 세차(세째)첩아 네랑나랑 살아보자' 하더라더마 뭐 지랄, 죽어믄 제 그뿐이라."[59] 하면서 남편에 대한 극심한 분노를 드러내기도 한다. 특히 남성 창자가 '그것이 괘심해서'라는 말을 반복해 붙이면서 "어럴럴 상사디야" 하는 후렴과 함께 <논매기 노래>로 부른 [밀양군 무안면 민요 19]의 경우는 <진주낭군>이 여성들뿐만 아니라 남성들에게도 마찬가지의 공감을 얻으며 향유되었음을 보여 준다.

이러한 예들을 통해 <진주낭군>의 향유층은 <월정화>를 창작 전승했던 당대의 향유층과 마찬가지로 '남편이 그 기생한테 미혹되어 부인을 근심과 분노로 죽게 만든 것을 슬퍼하여, 부인이 살아있을 때 친애하지 않은 일을 추억해서 남편의 광혹(狂惑)함을 풍자'하며 <진주낭군>을 불러왔음을 확인할 수 있다. 그러므로 현전 민요 <진주낭군>은 고려 속요 <월정화>와 그 창작 동기와 서사적 내용을 같이하는 노래로서, 그 사설이 완전히 일치하지는 않는다하더라도 상당한 유사성을 지니며 현재까지 전승돼 왔으리라 추정된다.

4. 맺음말

이 글에서는 현전하는 민요 속에 나타나는 고려 속요의 전통을 찾아보기 위하여, 고려 속요와 유사한 표현방식이나 배경서사를 지니고 있는 현전 민

57) <논매기 노래>, 박노적(남 52), 밀양군 무안면 민요 19, 『한국구비문학대계』 8-7.
58) <시집살이 노래(1)>, 임복임(여 67), 밀양군 산내면 민요 13, 『한구국비문학대계』 8-8.
59) <진주 난봉가>, 서대아지(여 83), 하동군 악양면 민요 5, 『한국구비문학대계』 8-14.

요를 찾아 비교 고찰하였다. 특히 고려 속요 <사모곡>, <청지주>는 현전 민요 중 <계모 노래>, <거미 노래>와 유사한 표현방식으로 이루어져 있으며, 고려 속요 <예성강>, <월정화>는 현전 민요 중 <내기장기 노래>, <진주낭군>과 유사한 배경서사를 지니고 있는 것으로 판단하여, 고찰의 대상으로 삼았다.

<사모곡>은 아버지와 어머니의 사랑을 호미와 낫에 비유함으로써 사물관계에서 인간관계를 유추하는 표현방식을 사용하고 있는데, 이는 <계모 노래>에서 뜸북장과 장, 명태고기와 고기의 관계에서 계모와 친모의 관계를 유추하는 방식과 동일하다. 또한 이 노래는 '아버지가 계모에게 혹하여 딸을 쫓아냈음에도 불구하고 가난해진 부모를 극진히 봉양했으며, 그런데도 여전히 부모가 좋아하지 않자 효녀가 이 노래를 지어 스스로 원망했다'는 <목주가>와도 깊은 관련이 있으리라고 추정된다. <청지주>는 여기저기 다른 꽃으로 옮겨 다니는 나비를 잡아줄 것을 거미에게 청하는 노래로 자연물에 감정을 이입하는 표현방식을 쓰고 있는데, 이는 현전 민요 <거미(또는 나비) 노래>에서도 동일하게 사용되고 있다. 두 노래 모두 이 꽃 저 꽃으로 옮겨 다니는 나비를 부정적으로 바라보면서도, <청지주>의 경우 한층 더 나아가 나비(임)에 대한 징벌을 요구하는 적극적인 여인의 목소리를 대변하고 있어 흥미롭다.

<예성강>은 아내를 걸고 내기한 남편의 이야기를 배경서사로 가지고 있는데, 이는 현전 민요 <내기장기 노래>에도 유사하게 나타난다. <내기장기 노래>는 특히 배에 실려 가는 아내의 입장에서 불렀다는 점에서 <예성강> 후편과 밀접한 연관성을 지니며 전승돼 온 것으로 생각된다. 또한 <내기장기 노래>의 사설로 미루어 <예성강> 후편은 사설이 완전히 일치하지는 않는다 할지라도, 아내를 배에 실어놓고 자신의 행동을 후회하며 차마 돌아보지 못하는 남편을 원망하면서도 서로가 연결되기를 바라는 아내의 간절한 마음을 잘 나타내는 노랫말이 아니었을까 한다. <월정화>는 <진주

낭군>과 '진주 기생에 빠진 남편'의 이야기를 배경서사로 하고 있다는 점에서 상호 연관성을 지니고 전승되었으리라 추정된다. 또한 <진주낭군>의 향유층은 <월정화>에 대한 해설에서처럼 '남편이 그 기생한테 미혹되어 부인을 근심과 분노로 죽게 만든 것을 슬퍼하여, 부인이 살아있을 때 친애하지 않은 일을 추억해서 남편의 광혹(狂惑)함을 풍자'하고 있음을 볼 수 있다.

이상의 고찰을 통해 고려 속요 중 <사모곡>, <청지주>, <예성강>, <월정화>가 당대의 민요와 밀접한 관련성을 지니며 수용, 변개되거나 재창작되었으리라는 점을 현전 민요를 통해 구체적으로 확인해 볼 수 있었다. 특히 천년의 세월이 지났음에도 불구하고 현재 전승되는 민요 속에 나타나는 고려 속요의 면면한 전통은 민요의 무한한 생명력과 전승력을 실감케 한다. 이는 또한 비록 완전히 일치하지는 않는다 할지라도 우리말 가사가 전하지 않는 『고려사』 악지나 소악부 소재 노래들의 사설을 추정하거나 재구해볼 수 있는 가능성을 열어주고 있어, 앞으로 더욱 정밀한 연구가 이어지기를 기대한다.

3장_ 고려 속요에 나타난 민요적 표현과 슬픔의 치유방식: <만전춘별사>, <오관산>, <정석가>를 중심으로

1. 머리말

고려 속요[60] 중에는 본래 민간에서 전승되던 민요를 바탕으로 하고 있어서 민요적 표현과 정서를 지니고 있는 노래들을 다수 찾아볼 수 있다. 그중에서도 몇몇 노래는 현재 전승되는 민요와 그 표현 방식에 있어서 상당한 유사성을 지니고 있어, 고려 속요와 민요의 친연성을 더욱 분명하게 해준다. 특히 이들 고려 속요와 현전 민요는 모두 사람이면 누구나 겪는 사랑과 이별, 삶과 죽음 등을 노래하면서, 그로 인한 고통과 슬픔의 정서를 표현하고 있다는 점에서도 공통적이다.

이 글에서는 고려 속요 중 현전 민요와 유사한 표현 방식을 지니고 있는 세 편의 노래, <만전춘별사>, <오관산>, <정석가>를 대상으로 이들 노래가 민요적 표현을 어떻게 수용하고 있는지, 이를 통해 슬픔의 정서를 어떻게 표현하고 치유하는지, 현재 전승되고 있는 민요와의 비교를 통해 분석하려고 한다. <만전춘별사>는 여인이 사랑하는 임의 부재에서 오는 슬픔을

60) 속요의 명칭과 범주에 대해서는 오랫동안 다양한 논의가 이루어져 왔지만, 이 글에서는 그에 대한 논의는 유보하고 고려 시대에 불린 노래를 두루 칭하는 명칭으로 사용하고자 한다. 여기에는 『악학궤범』, 『악장가사』, 『시용향악보』 등에 우리말로 전하는 노래뿐만 아니라, 노랫말은 전하지 않더라도 『고려사』 악지 속악조에 그 배경설화가 전하거나 한시로 번역된 소악부까지 포함한다. 이는 김학성, 「속요란 무엇인가」, 『고려가요 악장 연구』, 국어국문학회 편, 태학사, 1997, 9~14쪽의 속요 개념과도 일치한다.

극복하고 임과의 재회를 기원하는 노래라면, <오관산>과 <정석가>는 언젠가는 다가올지 모를 어머니 또는 임(임금)과의 이별(나아가 죽음)로 인한 슬픔을 부정하고 영원히 함께 하기를 기원하는 노래이다.[61] 고려 속요에 나타나는 이러한 슬픔은 현전하는 민요 중 사랑하는 임이나 어머니와의 이별, 죽음 등을 그리고 있는 노래에 나타나는 중심 정서로서, 고려 속요와 민요의 비교를 통해 그 슬픔의 표현 및 치유방식의 공통점 및 차이점을 찾을 수 있을 것이다.

이 논의를 통해 고려 속요가 민요를 어떻게 수용해 궁중 속악으로 변개했는지, 그 수용 양상의 한 측면을 구체적으로 고찰할 수 있을 뿐만 아니라, 고려 시대부터 현재까지 면면히 전승되어 오고 있는 민요적 표현의 전통과 노래 속에 내재된 치유의 방식을 밝힐 수 있을 것이다.

2. <만전춘별사>에 나타난 '극화'

<만전춘별사>는 『악장가사』에 실려 있으며, 마지막 부분의 "아소 님하~" 부분을 독립된 연으로 볼 경우 총 6연으로 이루어져 있다. 남녀의 사랑이나 이별에 관한 독립된 노래를 일정한 질서 없이 모아놓은 것이라는 주장도 있고, 유기적인 짜임에 의해 한 편의 노래로 구성해 놓은 것이라는 주장도 있다.[62] 특히 3연은 <정과정곡>에도 나오는 구절로 되어 있어서, 각각 독립적으로 불리는 민요를 엮어 놓았으리라는 주장의 근거가 되기도 한다. 그러므로 <만전춘별사>가 당대 유행하던 민요들을 모아 궁중 속악

61) 윤성현은 <정석가>를 "곧 닥쳐올 헤어짐을 감지한 시적 화자가 님을 떠나보내야 하는 심적 고통을, 역설적으로 의연하게 진술한 이별노래"로 보고 있어 필자의 견해와 일면 상통한다. 윤성현, 『속요의 아름다움』, 태학사, 2007, 102~109쪽 참조.

62) 이에 대해서는 최미정, 『고려속요의 전승 연구』, 계명대출판부, 2002, 75쪽 참조.

으로 부르기 위해 어느 정도 가사나 악곡을 개편한 것임은 부인하기 어렵다.

<만전춘별사> 중 현전 민요에서 유사한 표현을 찾아볼 수 있는 구절은 4연이다. 특히 이 연은 시어가 상징하는 바가 무엇인지에 대해 아직까지 논란의 중심에 놓여 있다. <만전춘별사> 전 연을 인용한 뒤 4연과 현전하는 민요 구절을 비교하면서 그 표현 방식과 노래 속에서의 기능에 대해 살펴보기로 하자.

어름 우희 댓닙자리 보아 님과 나와 어러 주글만뎡
어름 우희 댓닙자리 보아 님과 나와 어러 주글만뎡
情둔 오ᄂᆞᆳ밤 더듸 새오시라 더듸 새오시라

耿耿 孤枕上애 어느 ᄌᆞ미 오리오
西窓을 여러ᄒᆞ니 桃花 ㅣ 發ᄒᆞ두다
桃花ᄂᆞᆫ 시름 업서 笑春風ᄒᆞᄂᆞ다 笑春風ᄒᆞᄂᆞ다

넉시라도 님을 ᄒᆞᆫᄃᆡ 녀닛景 너기다니
넉시라도 님을 ᄒᆞᆫᄃᆡ 녀닛景 너기다니
벼기더시니 뉘러시니잇가 뉘러시니잇가

올하 올하 아련 비올하
여흘란 어듸 두고 소해 자라온다
소ᄏᆞᆺ 얼면 여흘도 됴ᄒᆞ니 여흘도 됴ᄒᆞ니

南山애 자리 보아 玉山을 벼여 누어
錦繡山 니블 안해 麝香각시를 아나 누어
南山애 자리보아 玉山을 벼여 누어
錦繡山 니블 안해 麝香각시를 아나 누어
藥든 가슴을 맛초ᄋᆞᆸ사이다 맛초ᄋᆞᆸ사이다

아소 님하 遠代平生애 여힐술 모ᄅᆞᄋᆞᆸ새

<만전춘별사>는 당대 불리던 여러 가지 노래를 모아 궁중 속악에 맞춰 개편하면서 각각 독립적으로 그대로 놓아두기 보다는 어느 정도 하나의 노래로서 일관성과 유기성을 갖출 수 있게 재구성을 했으리라 생각된다. 특히 연의 순서에 따라 다음과 같이 화자의 정서가 변화되고 있어, 그 유기적 짜임새를 유추할 수 있게 한다.

1연 임과 마지막 밤을 보내면서 이별이 늦춰지기를 바라는 안타까움
2연 도화꽃 핀 봄밤에 잠 못 이루며 뒤척이는 외로움
3연 함께 하겠다던 맹세를 어긴 임에 대한 원망
4연 눈물로 이루어진 소(沼)에 떠오른 오리를 통한 웃음(슬픔의 극복)
5연 아름다운 이부자리 속에 임을 맞이하고픈 희망(또는 맞이한 즐거움)
6연 임과 평생 이별하지 않게 되기를 기원

<만전춘별사>의 1연부터 3연, 5연과 6연에 대한 기존의 독해는 그리 큰 차이는 없는 듯하다. 대체로 '남녀상열지사'로서의 성격을 부각하면서 그 화자의 성격에 대하여 '유녀(遊女)', '기녀', '궁녀' 등 다양한 견해를 제기하고 있다.[63] 그러나 그 화자는 어떤 특정한 계층의 여성이라기보다는 임을 이별한 여성이라면 누구든 화자가 될 수 있는 서정적 보편성을 지니고 있다. 1연에서 화자는 임과 마지막 밤을 보내고 안타까운 이별을 하고 난 뒤,[64] 2연에서 오지 않는 임을 기다리며 잠 못 이루고, 3연에서 평생을 함께 하겠다고 맹세하던 임을 원망하기도 한다. 이러한 화자의 슬픔은 4연을 통해 반전되어 5연과 6연에서 다시 임을 만나 서로의 가슴을 맞대길 바라는 희망 또는 서로의 가슴을 맞대는 즐거움을 나타내며 평생 이별하지 않기를 기원함으로써 마무리된다. 이렇게 볼 때 <만전춘별사>는 전체 연이 임을 이별

63) 강명혜, 『고려속요 사설시조의 새로운 이해』, 북스힐, 2002, 120쪽 참조.
64) 염은열은 이를 상상의 말, 즉 화자의 소망과 바람을 극단적으로 표현한 부분으로 보아, '님과의 합일을 꿈꾸는 화자'로 해석하기도 한다. 염은열, 『공감의 미학: 고려속요를 말하다』, 역락, 2013, 140~141쪽.

한 여자의 정서 변화를 시간적 순서에 따라 보여주고 있으며, 이때 4연은 화자의 정서가 슬픔의 정서에서 희망과 즐거움의 정서로 전환되는 중요한 계기가 된다.

<만전춘별사>의 해석에 있어서 가장 논란이 되는 부분이 바로 이 4연으로, 그 중심은 오리, 소, 여흘이 무엇을 비유하느냐에 대한 해석에 놓여 있다. 이에 대한 해석은 대부분 오리는 남자(임), 소(연못)는 여자(화자, 본처), 여흘은 다른 여자(첩)를 비유하는 것으로 보고, 여자(화자, 본처)가 자신에게 돌아온 임에게 다른 여자는 어디 두고 자러 오느냐며 빈정거리자, 남자 역시 자신에게 쌀쌀하게 굴면 다른 여자에게 가겠다거나, 다른 여자에게 갔던 것이 본처가 쌀쌀하게 굴었기 때문이라며 변명하는 것이라고 한다. 즉 여성 화자가 남자의 여성 편력을 나무라자, 남성 화자가 이에 대해 대답하는 것이라고 본다.[65] 심지어 오리를 한량 또는 탕아, 여흘을 개방된 여인, 곧 탕녀로 보기도 한다.[66]

그러나 이 대목의 오리, 소, 여흘을 꼭 이와 같이 해석해야 하는지에 대해 재고할 필요가 있다. 오리는 예전 집 뜰에 마련된 소(연못)나 집 주변에서 흔하게 볼 수 있는 가금류로서,[67] 오히려 여성들이 주변에 두고 키우면서

65) 강명혜는 "소가 얼면 여흘도 좋으니 여흘도 좋으니"를 남성 화자의 말이 아니라 여성 화자가 화가 나 혼자서 독백하는 것으로 보기도 한다. 강명혜, 앞의 책, 124~127쪽 참조.

66) 박노준, 『옛사람 옛노래 향가와 속요』, 태학사, 2003, 222면. 이외에 이를 자문자답으로 보고, 소를 궁궐로, 여흘을 속세로 보아 이미 궁중에서 많은 세월을 경험한 궁녀인 화자가 이제 막 궁궐에 들어온 새내기인 '아련 비올'에게 궁궐이 얼면(임의 사랑이 없으면) 속세가 더 낫다고 이야기하는 것이라 본 경우도 있다. 김영수, 「<만전춘별사>의 악장(樂章)적 성격 고찰」, 『동양학』 51, 단국대학교 동양학연구원, 2012, 87-112쪽.

67) 옛 문헌에 따르면 우리말로 오리·올이·올히로 불렸으며, 한자로 압(鴨)이라 하였다. 압은 집오리, 부(鳧)는 물오리라고도 하였다. 『오주연문장전산고』 속의 아압변증설(鵝鴨辨證說)에는 "오리 [鴨] 에도 역시 몇 가지 종류가 있는데, 집에서 기르는 것도 있고, 야생인 것도 있다."고 하였으니 오리를 넓은 의미로 쓴 예이다. 집오리는 원래 야생인 청둥오리를 중국에서 가금화(家禽化 : 집에서 기르는 날짐승으로 바꿈)한 것인데, 이집트에서는 기원전 2000년경의 기록이 있다고 한다. 『오주연문장전산고』에 따르면 신라와 고려에도 오리가 있었고, 일본에는 3세기에 오리가 전래된 것 같다고 하니 우리 조상들은 이보다 훨씬 전부터 오리를 기르기 시작하였을 것이다. (오리, 『한국민족문화대백

자신들의 외로움을 달래곤 했던 동물이기 때문이다. 실제 현전 민요에서 이와 비슷한 어구가 매우 흔하게 불리고 있는 것을 확인할 수 있는데, 이들 노래에서는 오리가 어떻게 나타나며, 화자는 이를 통해 자신의 정서를 어떻게 표현하는지 살펴보기로 하자.

(앞 부분 생략)
깎아주오 깎아주오 요내머리 깍아주오
깎기사도 깎지마는 뒷말무서(뒷말 무서워) 못깎겠소
내모냥이 요리될 때 뒷말찾고 앞말찾고
하무일이(아무 일이) 업썰테니 요내머리 깎아주오
한쪽손에 물을받고 한귀미층(한 귀 밑을) 깎고나니 중우장삼 다젖었네
양쪽손에 물을받고 양귀밑을 깎고나니 대성통곡이 절도난다
어와 세상사람들아 기둥없는 하날밑에 나살곳이 어데없어
주홍같은 요내귀밑 깎단말이 왠말인가
애고지고 통곡하니 갱(강)이 젖네 소(沼)이 젖네
그결싸나 갱이라고 기우(거위)한쌍 오리한쌍 쌍쌩이라 떴었구나
니오데라 뜰데없어 눈물강에 네가떴노
떨때는 있거니와 떨때달라 내가떴소(이하 생략)[68]

(앞부분 생략)
천리 타에 우리 님은 이별 없이 살자더니 편지 일장이 아니 오네
등잔불로 벗을 삼고 담뱃대로 임을 삼고
새별같은 요강대는 발치만치 밀쳐놓고
새비단결 침금일랑 덮을 듯이 피어놓고
원앙침 잣비개는 빌 듯이 돋아놓고
누었으니 잠이오나 앉었으니 임이오나

과』, 한국학중앙연구원
http://terms.naver.com/entry.nhn?docId=568137&cid=46639&categoryId=46639)

68) [거창군 거창읍 민요 20] 시집살이 노래, 주필득(여 76), 거창군 거창읍 가지리 개화, 1980.2.27., 최정여, 박종섭 조사, 『한국구비문학대계』 8-5.

누었다보니 비개넘어 강물같은 쏘가졌네
오리한쌍 게우한쌍 쌍쌍이 떠나오네
대동강 푸른물도 많기도 많건마는
오리게우 하는말이 뜰띠달러 내가떴네[69]

앞 노래는 시집살이 노래 중 <중 되는 며느리 노래> 중 한 부분이고, 뒤 노래는 여자탄식 노래 중 <이별 노래>의 한 부분이다. 이외에도 이 대목은 <베틀 노래>에서 아내가 베를 짜서 옷을 다 지어 놓고 기다리던 남편이 죽어서 칠성판에 실려 오자 우는 부분, <쌍가락지 노래>에서 오빠로부터 정절을 의심 받은 여동생이 자신의 결백을 증명하기 위해 죽음을 생각하면서 우는 부분 등, 여성들이 부르는 서사민요에서 화자가 임의 부재나 원통함 등으로 잠 못 이루고 우는 상황에서 흔히 나타난다.

현전 민요와 <만전춘별사> 4연과 공통적인 것은 다른 곳에 나가 있던 오리가 화자가 있는 소에 나타났다는 것이다. 현전 민요 중 <이별 노래>만을 한정해서 본다면 화자는 오랫동안 임 없이 홀로 지내며 임이 오기만을 기다리고 있는 여자라는 것도 공통적이다. 이때 화자가 오리에게 다른 곳도 있건마는 왜 이곳에 오느냐고 묻자, 오리가 이에 대답하는 대화, 문답체로 되어 있는 것도 동일하다.

그렇다면 민요의 화자에게 오리는 어떤 존재인가. 우선 <중 되는 며느리 노래>를 보면, 화자는 중이 되기 위해 머리를 깎으며 흘린 눈물에 오리 한 쌍 거위 한 쌍이 떠들어오자 “니오데라 뜰데없어 눈물강에 네가떴노(네 어디 뜰 데 없어 눈물강에 네가 떴느냐?)”라고 물으며, 오리와 거위는 “떨때는 있거니와 떨때달라 내가떴소(뜰 데는 있거니와 뜰 때 달라 내가 떴소)”라고 대답한다. 눈물강에 오리와 거위가 떴다는 것은 그만큼 눈물을 많이 흘렸다는 것의 과장된 해학적 표현으로, 화자는 자신의 눈물 속에 오리와 거위가 떴다고

69) 이별노래, 금산군편, 내방요, 여탄요, 최문휘 편저, 『충남민요집』, 한국예술문화단체총연합회 충청남도지회, 정문사, 1990. 273쪽.

표현함으로써 자신의 슬픔을 누그러뜨린다. 슬픔을 객관화하고 희화화함으로써 슬픔의 감정에 거리를 둔다.[70)]

더욱이 노래 속에서 오리와 거위는 화자와 대화를 주고받는 극적 상대로 존재한다.[71)] 현실 속에서 외로운 사람들이 말을 알아듣지 못하는 동물 또는 식물들과 말을 주고받는 것과 같은 상황이다. 화자는 오리 거위와 말을 주고받음으로써 자신의 슬픔과 외로움을 극화하여 표현하고 거리를 두게 된다. 이 구절 뒤에 노래가 곧 "그럭저럭 삼년만에 중아중아 승무중아 높은산에 구경가자" 하고 장면이 바뀌는 것은 화자가 머리를 깎으며 젖어 있었던 슬픔을 이겨내고 중이 된 자신의 모습을 담담하게 받아들였음을 보여준다. 즉 민요에서 오리는 화자가 슬픔을 이겨내고 거리를 두기 위해 등장시킨, 극적 존재이다.

그렇다면 오리와 거위는 노래 속에서 화자의 슬픔에 어떻게 반응하는 존재인가. 이는 노래에 따라, 부르는 사람에 따라 달리 나타난다. 임을 이별하거나 사별한 여자의 슬픔을 노래한 <이별 노래>에서는 화자가 베갯머리에 진 눈물 소(沼)에 뜬 오리 거위에게 "대동강 푸른물도 많기도 많건마는 (눈물강에 왜 떠왔노)" 하고 묻자 "오리게우 하는말이 뜰띠달러 내가떴네" 하고 대답한다. 대동강 푸른 물이야 많기도 많지만, 이곳은 그 대동강과 다르기 때문에 왔다는 것이다.[72)] 대동강과 다르다는 것은 대동강처럼 물이 푸르지도

70) 이는 평민문학의 특징 중 하나로 제시되고 있는, '골계에 의한 비장의 차단', '웃음으로 눈물 닦기'와 관련된다.

71) 김성문은 이를 일관되게 여성화자가 말하는 것으로 보고, "'소가 언다'는 것은 더 이상 여성으로서의 매력, 여성성을 유지하지 못하게 되는 상태를 비유 (중략) 이는 자신이 여자로서의 생명을 잃게 된다면, 그때는 다른 여인에게로 가도 된다는 것으로 달리 말하면, 아직 자신의 여성성이 충만하다는 의지의 표현"이라고 하였다. 김성문, 「만전춘별사의 시적 문맥과 정서 표출양상 연구」, 『우리문학연구』 21, 우리문학회, 2007, 44쪽. 그러나 이는 현전하는 민요에서 분명하게 화자와 오리와의 대화로 나타나는 것을 참조한다면 바른 해석으로 보기 어렵다.

72) '뜰 데 달라'를 '뜰 때 달라'로 볼 가능성도 있다. '뜰 데'와 '뜰 때'가 노래로 부를 때에는 거의 같은 발음으로 들리기 때문이다. 오리가 '뜰 때 달라'라고 대답했다고 한다면, 눈물강(소)에 돌아온 이유가 단지 계절이 바뀌었기 때문이라고 대답하는 것으로 풀이된다.

않고 넉넉지도 않다는 것일 게다. 그런데도 대동강을 버려두고 이곳을 찾아 왔다는 것은 화자에게 자신의 외로움과 슬픔을 달래주러 온 존재들로 여겨진다. 즉 오리와 거위는 외로움과 슬픔으로 잠 못 이루는 화자에겐 좋은 곳을 마다하고 자신에게 위안을 주기 위해 찾아온 존재가 되는 것이다.

노래에 따라 오리와 거위는 화자들에게 자신을 버린 임보다는 자신의 슬픔을 씻어 내거나 위안을 주는 존재에서 자신의 감정이 이입된 자신과 같은 존재로 인식되기도 한다.

> 쌍금쌍금 쌍가락지 호작질로 딲아내여
> 먼데보니 달일레라 잩에보니 처잘레라
> 그처자야 자는방에 숨소리가 둘이구나
> 청두복숭 오라바씨 유두복숭 오라바씨
> 거짓말씀 말아주소 남풍이 디리불어
> 풍지떠는 소릴레라 조그마는 제피방에
> 댓닢겉은 칼을물고 자는듯이 죽고지라
> 울엄마야 내죽거등 앞산에도 묻지말고
> 뒷산에도 묻지말고 연당안에 옇어주소
> 우리동무 날찾거등 귀기동동(작은 바가지를 동동) 띄아놓고
> 눈물한쌍 흘리주소 그거라사 갱이라꼬(강이라고)
> 기우한쌍 올기한쌍(거위 한쌍 오리 한쌍) 쌍쌍이도 떠들온다
> 이기우야 이올기야 대동강은 엇다두고 눈물강을 떠들오노
> 대동강은 있다마는 원통해서 떠들온다
> 상주땅 포시네야(포수네야) 기기우올기(그 거위 오리) 잡지말고
> 날본듯이 잘키우소[73]

이는 <만전춘별사>에서 오리가 '소콧 얼면 여흘도 됴ᄒᆞ니' 하며 자신이 떠났던 것이 소가 얼었기 때문이라고 대답하는 것과 동질적인 발상에 있으나, 어느 한쪽으로 단정 짓는 것은 유보해 둔다.

73) [울주군 강동면 민요 19] 쌍금쌍금 쌍가락지(2), 김필련(여 77), 울주군 강동면 정자리 북정자, 1984. 7. 23., 류종목, 신창환 조사, 『한국구비문학대계』 8-12.

오빠의 오해와 모함에 죽음을 결심한 여동생이 남기는 유언으로 되어있는 <쌍가락지 노래>이다. 자신이 죽거들랑 동무들에게 눈물을 흘려달라고 하며, 그 눈물을 강이라고 여겨 거위와 오리가 떠들어올 것이라고 한다. "대동강은 엇다두고 눈물강을 떠들오노" 하는 물음에 거위와 오리는 "대동강은 있다마는 원통해서 떠들온다"고 하며 눈물강에 들어오는 이유를 '원통해서'라고 구체적으로 밝힌다. 앞 노래에서 '뜰 데 달라'라고 하며 무심하게 대답한 것과 대조된다. 이는 화자가 눈물강에 뜬 오리와 거위에게 자신의 감정을 그대로 이입하고 있음을 보여주며 이러한 화자의 감정은 마지막 구절 "상주땅 포수네야 그 거위오리 잡지 말고 날 본 듯이 잘 키우소."라고 당부하는 데서 더욱 분명히 드러난다. 이는 노래를 부르는 여성들이 평소 대동강과 같은 넓은 곳에 나아가지 못하고 연못 위를 떠도는 오리 거위에게 자신들을 동일시하고 외로움과 슬픔의 상황에서 위안 받는 존재로 여겨왔기 때문에 나타나는 자연스러운 표현일 수 있다.

하지만 모든 민요에서 오리나 거위가 화자들의 감정을 이입할 수 있는 동질적인 부류로 인식되지는 않았던 듯하다. 그 실마리는 다음 <베틀 노래>에서 찾을 수 있다. 노래 속 화자는 오랜 시간 베를 짜며 남편이 금의환향하길 기다렸지만, 남편은 기대와 달리 주검이 되어 칠성판에 실려 돌아온다.

> (앞 부분 생략)
> 오늘이나 오시는가 내일이나 오시는가
> 나흘을도 지달려도 오기사 온다마는 칠성판에 실려오네
> 아이고답답 이웬말고 타고가던 쌍가매는
> 누거에다 전장하고(누구에다 주고) 칠성판에 실려오노
> 들고가던 우산대는 누구에다 전장하고 명정대로 들고오노
> 동지섣달 긴긴밤에 밤새도록 울고나니
> 벼개안이 강이되고 벼개겉에 못이되고 그기라사 강이라고

거우한쌍(거위 한쌍) 오리한쌍 쌍쌍이로 떠들온다
여보시오 그기우는 잡지마소 임보던 거우올씨다[74)]

남편의 죽음에 밤새도록 울고 나니 "베개 안이 강이 되고 베개 겉이 못이 되"었다고 한다. 베개가 눈물로 푹 젖어 강이나 연못처럼 흥건해진 상황을 표현한 것이다. 실제 베개 커버나 마구리에는 풍요나 다산을 위해 오리나 거위를 수놓는 경우가 많았기 때문에 베개가 눈물로 얼룩졌을 경우 마치 오리나 거위가 연못에 둥둥 떠 있는 것처럼 보일 수 있다. 남편 없이 눈물로 지새는 여인들의 경우 이 오리나 거위는 어쩌면 임을 대신하는, 임처럼 보던 존재로 여겨졌을 수 있다. 이 노래 속 화자가 "여보시오 그 거위는 잡지 마소 임 보던 거위올시다."라고 말하는 것은 그 거위가 화자에겐 임의 빈자리를 채워주는 임과 같은 존재였음을 드러내는 것이다.

이렇게 볼 때 <만전춘별사> 4연은 어떤 개인에 의해 창작된 사설이 아니라, 당대 여성들의 민요에서 흔하게 불리던 어구가 차용된 것임이 분명해진다. 하지만 민요에서 오리가 노래에 따라·다르게 인식됐듯이, <만전춘별사> 속에서는 오리가 어떻게 인식됐는지에 대해서 꼼꼼히 살펴볼 필요가 있다. 우선 <만전춘별사> 4연은 앞 연들과 아무런 관련 없이 독립적으로 삽입된 것이 아니라, 앞 연들에서 나오는 여자의 외로움과 임에 대한 원망의 연속선상에서 삽입되었으리라 점을 쉽게 파악할 수 있다. 즉 <만전춘별사>의 화자는 1-3연에 걸쳐 임과 정을 나누고 이별한 뒤, 임 없이 홀로 밤을 지새우며 자신을 떠나간 임을 원망한다. 그러므로 4연의 소(沼)에 나타난 오리는 여자가 흘린 눈물이 모여 만들어진 소를, 진짜 소인지 알고 들어온 아련한(가련한, 어리석은) 오리이다. 이 역시 민요에서 본 것처럼 노래 속 화자의 슬픔을 과장되고 희화화해 표현함으로써 슬픔에 거리를 두고자 창

74) [울주군 상북면 민요 1] 베틀 노래, 이용선(여 72), 울주군 상북면 명촌리 명촌, 1984. 8. 1., 정상박, 성재옥, 박정훈 조사, 『한국구비문학대계』 8-13.

조해 낸 극적 존재이다.[75)]

<만전춘별사>에서 화자가 오리에게 "여흘란 어듸 두고 소해 자라온다" 라고 물어보는 것은 바로 자신의 눈물로 이루어진 소에 떠들어온 오리에게 화자가 내뱉은 독백적 물음이며, "소콧 얼면 여흘도 됴ᄒᆞ니 여흘도 됴ᄒᆞ니" 하는 것은 화자가 떠올린 오리의 대답이다. 오리가 나갔다 돌아온 이유는 '소가 얼었기 때문'이니 어쩌면 매우 자연스럽고 당연한 것으로 여겨진다. 이는 민요에서 "대동강 푸른물도 많기도 많건마는 (눈물강에 왜떠왔노)" 하고 묻자 "오리게우 하는말이 뜰띠달러 내가떴네"라고 대답하는 것과 매우 유사하다. 오리가 소를 떠나 여흘에 가있었던 것은 화자에게 무슨 잘못이나 문제가 있었기 때문이 아니라, 단지 겨울 동안 소가 얼어있었기 때문이며, 여흘에서 소로 돌아왔다는 것은 겨우내 얼어 있던 소가 녹았기 때문이다.

그러므로 <만전춘별사> 4연은 화자가 흘린 눈물로 인해 베갯머리가 홍건해지자, 이를 과장되고 익살스럽게 표현하여 여흘에 있던 오리가 소로 자러왔다고 표현한 것이다. 즉 소, 여흘, 오리는 본처, 다른 여자, 임(남편)의 상징이 아니라, 화자의 베갯맡이 소가 될 정도로 화자가 실컷 울고 난 상황을 그리는 것이며, 화자는 이 눈물로 이루어진 소에 오리가 자러온 것으로 희화하여 말을 건네고 있는 것이다. 실제 전통 베갯잇이나 베개 마구리에 오리나 원앙이 수놓아져 있어서 눈물을 흘릴 경우 오리나 원앙이 연못에 떠있는 듯한 형상을 쉽게 떠올릴 수 있다. <만전춘별사>의 화자는 소가 될 정도로 실컷 울고, 그 눈물 속에 비친 오리와의 대화를 통해 오리가 돌아왔듯이 임도 돌아오리라는 기대를 한다. 즉 오리가 떠나 있었던 것은 단지 소가 얼 수밖에 얼었던 자연(계절) 때문이었듯이, 임이 떠나 있었던 것도 화자의 탓이 아니라 상황 때문이며, 그 상황이 바뀌면 당연히 돌아오리라는 기

75) 박상영은 이 부분을 "극적 형태로, 독자로 하여금 텍스트적 상황에 대한 객관적 거리를 형성"한다고 보고 있어 필자의 견해와 유사하나, 오리나 여흘, 소 등의 상징과 전체 문맥에 대한 해석에는 필자와 차이가 있다. 박상영, 「고려속요에 나타난 서사성의 한 양상과 시가사적 전승」, 『한국시가연구』 32 한국시가학회, 2012, 174쪽.

대를 갖게 한다. 즉 민요 속에서 오리가 화자의 슬픔에 무심한 듯하면서도 위안을 주는 존재로 여겨졌듯이, <만전춘별사>에서 눈물 속에 비친 오리는 슬픔에 빠져있던 화자를 일깨우고 새로운 희망을 갖게 하는 존재로 여겨진다.

이어지는 <만전춘별사> 5, 6연에서 화자가 홀로 누워있던 눈물로 얼룩진 이부자리를 거둬내고, 임과 함께 할 새로운 이부자리를 펴며 평생토록 함께 지낼 수 있기를 기원하는 것은 바로 이 4연이 있기 때문에 가능하다. 5연에서 '남산', '옥산', '금수산', '사향 각시', '약든 가슴'은 다른 무엇이 아니라 '남쪽 아랫목 따뜻한 자리', '옥으로 된 베개', '금수로 수놓아진 이불'에서 '향기로운 임'과의 재회를 통해 '가슴에 든 병'을 풀고자 하는 것으로서,[76] 4연에서 슬픔에 거리를 두고 극복해냄으로써 가질 수 있게 된 소망이다. <만전춘별사>가 조선조에서 '남녀상열지사'라는 비난을 받으면서도 살아남아 전승될 수 있었던 것은 바로 이 이별의 슬픔을 이겨내고 임과 평생을 함께하고자 하는 변함없는 지절과 기원이 담겨있기 때문일 것이다.

이렇게 볼 때 <만전춘별사> 4연 "올하 올하 아련 비올하~"는 현전하는 민요에서 홀로된 여성의 외로움이나 원통함을 나타내는 어구로 흔히 삽입되는 관용적 어구로서, 고려 시대 <만전춘별사>가 궁중속악으로 편사되던 시기 이전부터 불려왔음을 확인할 수 있다. 즉 <만전춘 별사> 4연은 당대에 불리던 민요의 한 대목을 노래의 전체적 의미와 짜임에 맞게 차용한 것으로, 노래 속에서 화자가 임을 여읜 슬픔과 외로움을 이겨내고 임과의 재회를 기원하는, 전환의 계기를 제공하고 있다.[77] 이는 평민 여성들의 민요

76) '南山'은 男性(님), '玉山'은 女性(화자)으로 보아 "肉體的 性愛 장면을 直說的인 語彙로 풀어낸 것...노골적이라 할 만큼 대담한 표현" 등과 같이, 이 연을 노골적인 정사의 장면으로 풀이하는 것은 지나친 해석이라 여겨진다. 김성문, 앞 논문, 2007, 44~45쪽 참조.

77) 김성문 역시 필자와 작품에 대한 전반적 해석은 다르지만, <만전춘별사>의 정서 표출 양상이 4연을 중심으로 하여 부정적인 정서와 긍정적인 정서로 나뉜다고 보고 있다. 위 논문, 33~53쪽 참조.

속에서 화자가 눈물 연못에 뜬 오리와의 가상적 대화를 통해 자신의 슬픔에 거리를 두고 극복해내는 표현방식과 동일한 것으로, 상층의 노래인 <만전춘별사>의 향유층 또한 그 표현과 치유의 방식에 공감하고 공유하였음을 보여 준다. 즉 현전하는 민요와 <만전춘별사>의 여성 화자들은 공통적으로 자신들의 안타까움, 외로움, 원통함 등을 감춤 없이 솔직하게 표현하고 눈물이 강이나 소가 될 정도로 실컷 우는 것으로 자신들의 슬픔을 해소한다. 또한 거기에 그치지 않고 눈물 소에 떠오른 오리와의 극적 대화를 통해 자신의 슬픔에 거리를 두고 객관화한다. 이를 통해 노래를 부르고 듣는 사람들은 눈물을 웃음으로 바꾸고 슬픔에서 희망으로 마음을 다잡으며 슬픔을 건강하게 치유할 수 있었을 것이다.

3. <오관산>, <정석가>에 나타난 '역설'

고려 속요 <오관산>과 <정석가>는 모두 역설적 표현으로 화자의 어머니 또는 임(임금)과의 이별을 부정하고 화자와 영원히 함께 하기를 기원하는 노래이다. 화자가 그렇게 기원하는 데에는 기원의 대상인 어머니 또는 임(임금)이 언젠가는 화자를 떠나게 되리라는 화자의 불안과 슬픔이 내재해 있다.

우선 <오관산>을 보면, 『고려사』 악지 속악조에 문충이라는 효자가 자신의 어머니가 늙는 것을 개탄하여 이 노래를 지었으며 이제현이 시를 지어 이 노래를 풀이하였다고 소개하고 있다. 우리말 노래사설은 현재 전해지지 않고 노래의 창작 배경과 한역시만 남아 있다.

> 오관산(五冠山)은 효자(孝子) 문충(文忠)이 지은 것이다. 충(忠)은 오관산 아래 살면서 어머니를 지극히 효성스레 모셨다. 그는 서울에서 30리나 떨어져 살며 어머니 봉양과 벼슬살이를 하였다. 아침에 나갔다가 저녁에 돌아오

면서도 아침저녁의 보살핌을 조금도 게을리하지 않았다. 그 어머니가 늙는 것을 개탄하여 이 노래를 지었다. 이제현(李齊賢)이 시를 지어 이 노래를 풀이하였다.

나무토막으로 조그만 당닭을 깎아
횃대에 얹어 벽 위에 살게 하였네.
이 새가 꼬끼오 하고 때를 알릴 때에야,
어머님 얼굴이 비로소 서쪽으로 기우는 해 같기를.[78]

이 기록으로 미루어 볼 때 본래 문충이 지은 것은 우리말 노래이리라 짐작된다. "그 어머니가 늙으시는 것을 탄식하여 이 노래(歌)를 지었으며, 이제현이 이를 풀이하여 시(詩)를 지었다."고 '가(歌)'와 '시(詩)'를 구별하고 있기 때문이다. 이제현의 한시가 문충의 우리말 노래 사설을 충실하게 반영했다는 것을 전제로 할 때,[79] 이 노래는 나무토막으로 깎은 닭이 "꼬끼오" 하고 울어야 어머님이 비로소 늙으시기를, 곧 어머님이 영원히 늙지 않으시기를 바라는 기원으로 되어있다. 실제로 나무토막으로 깎은 닭이 소리를 내며 울리 없으니, 불가능한 현실을 나타내는 역설적 표현이다. 곧 서쪽으로 기우는 해처럼 어머니가 늙어가는 상황, 결국 돌아가시게 되는 상황을 역설을 통해 부정하는 것이다. 어머니가 점점 늙어가는 모습을 지켜보는 자식의 슬픔, 언젠가는 돌아가실지 모른다는 자식의 불안을 영원한 삶에 대한 기원을 통해 치유하고자 한다.

이렇게 인간으로서 어찌할 수 없는 상황에 대한 역설적 표현 방식은 현전 민요에 풍부하게 나타난다. 그중 대표적인 것이 어린 여자아이가 죽은

78) 五冠山孝子文忠所作也. 忠居五冠山下事母至孝. 其居距京都三十里爲養祿仕. 朝出暮歸定省不少衰. 嘆其母老作是歌. 李齊賢作詩解之曰: 木頭雕作小唐雞 筋子拈來壁上捿 此鳥膠膠報時節 慈顏始似日平西.

79) 최미정은 <오관산>을 "성급히 원 노래의 번역으로 단정하기보다는 원노래의 내용을 바탕으로 익재가 새로운 시어(新詞)를 지은 것"으로 보고 있으나, 현전 민요에 이와 유사한 어구가 상당히 많이 불리고 있어 재고를 요한다. 최미정, 앞의 책, 173쪽.

어머니의 무덤을 찾아가는 <타박네 노래>와 어린 아이를 둔 젊은 여자가 저승에 불려가는 것을 한탄하는 <애운애기 노래>이다.[80)]

다복다복 다복녀야 너어드로 울고가나
우리엄마 젖줄바래 몸진골로 울고간다
아가아가 울지마라 너어머니 오마더라
언제쯤이나 오마던가
병풍속에 그린닭이 홰치거든 오마더라
병풍속에 그린닭이 천년가면 홰를치나
아가아가 울지마라 너어머니 오마더라
언제쯤이나 오마던가
부뚜막에 춹또바리(춹똬리) 줄벗거든 오마더라
부뚜막에 춹또바리 생전가면 줄이돗나
아가아가 울지마라 너어머니 오마더라
언제쯤이나 오마던가
실광(살강, 시렁)밑에 삶은팥이 싹피거든 오마더라
실광밑에 삶은팥이 썩기쉽지 살이붙나
아가아가 울지마라 너어머니 오마더라
언제쯤이나 오마던가
울탈(울타리)밑에 쇠뼉다구 살붙거든 오마더라
울탈밑에 쇠뼉다구 삭기쉽지 살이붙나(이하 생략)[81)]

타박네(다복녀)라는 아이가 어머니 젖을 구하기 위해 울면서 어머니 무덤을 찾아간다고 하자, 길에서 만난 노파가 아이를 달래면서 어머니가 올 수

80) 이들 노래의 역설적 표현에 대해서는 서영숙, 「죽음의 노래에 나타난 역설의 기능과 교육적 의미: 한국 서사민요와 영미 발라드의 비교를 통해」, 『고전문학과 교육』 27, 고전문학교육학회, 2014, 107~130쪽에서 영미 발라드와의 비교를 통해 논의한 바 있다. 이 밖에도 역설적 표현은 임의 죽음을 탄식하는 <과부자탄가>, <상여소리>, <베틀 노래> 등에도 풍부하게 나타난다.

81) 다복녀(가창유희요), 남극선(여 78), 평창군 미탄면 2001. 5. 27. 장정룡 조사. 『강원의 민요』 Ⅰ, 강원도, 2001, 890쪽.

있는 조건을 이야기한다. 그 조건은 현실에서는 불가능한 상황으로 이루어진 역설적 표현으로 되어 있다. "병풍속에 그린닭이 홰치거든 오마더라", "부뚜막에 칡또바리(칡똬리) 줄벗거든 오마더라", "실광(살강, 시렁)밑에 삶은 팥이 싹피거든 오마더라", "울탈(울타리)밑에 쇠뼉다구 살붙거든 오마더라"가 그것이다. '병풍 속에 그린 닭', '부뚜막에 칡똬리', '살강 밑에 삶은 팥', '울타리 밑에 쇠뼈'는 모두 죽음의 상태에 놓인 존재이고, '홰치다', '줄(넝쿨)을 벋다', '싹 피다', '살이 붙다'는 모두 삶의 상태에 놓인 존재이다.[82] 죽음의 상태에서 삶의 상태로 변화되어야, 죽은 어머니가 올 수 있다는 얘기이다.

하지만 아이는 이 역설을 다시 부정한다. 불가능한 조건이 이루어져야 죽은 어머니가 돌아올 수 있다고 하는 것은 죽은 어머니를 만나고자 하는 아이를 달래기 위한 거짓 희망일 뿐이다. 그러므로 "병풍속에 그린닭이 천년가면 홰를치나", "부뚜막에 칡또바리 생전가면 줄이돗나", "실광밑에 삶은팥이 썩기쉽지 살이붙나", "울탈밑에 쇠뼉다구 삭기쉽지 살이붙나" 하는 아이의 반문은 그 거짓 희망에 대한 회의와 부정이다. 역설에 대한 회의와 부정을 거쳐 아이는 비로소 삶과 죽음의 이치를 깨닫고 어머니의 죽음을 받아들이며 일상적 삶으로 돌아온다.

이렇게 죽은 사람이 돌아올 수 없다는 피하기 어려운 삶의 이치를 역설로 표현하는 방식은 어린 아이들을 남겨두고 저승으로 떠나야 하는 여자와 그 가족의 이야기를 다루고 있는 서사민요 <애운애기 노래>에서도 똑같이 나타난다.

> (앞부분 생략)
> [신랑한테 이야기를 하고 떠나려고 하니, 아들 둘을 두고 떠나는게 서러워서]

82) 서영숙, 앞 논문, 2014, 114쪽.

젖줄라꼬 울거들랑 밥을조여 달래
배고프서 울거들랑 밥을조여 달개시고
젖줄라꼬 눌거들랑 물을조여 달개시고 [그러니까 콩접시가 하는 말이]
엄마엄마 우리엄마 언제나 오겠노 [저그 엄마가 하는 말이]
동솥안에 앉힌닭이 홰치거덩 내오꾸마
부뚜막에 흐른밥티 싹나거덩 내오꾸마
살간밑에 흐른물은 한강되거덩 내오꾸마
저개빽당구머 홰치거덩 닭이 홰치거던 내오꾸마
개빽당구머 움나거덩 내오꾸마(이하 생략)[83]

이 노래에서 역시 죽은 사람(애운애기)이 돌아올 수 없다는 엄연한 현실을 주변에서 쉽게 찾아볼 수 있는 자연의 섭리를 통해 깨우친다. 저승차사에게 끌려 저승으로 떠나는 어머니에게 언제 오겠느냐는 아이의 물음에 어머니는 동솥 안에 앉힌 닭, 부뚜막에 흘린 밥, 개뼈다귀 등 이미 생명이 사라진 존재가 홰를 치거나 싹이 나고 살이 붙는 불가능한 상황이 이루어져야 돌아올 수 있다고 대답한다. 그러나 이는 역설적 표현으로 사람은 한번 죽으면 다시 이승으로 돌아올 수 없음을 분명히 한다. 결국 <애운애기 노래>는 살아남은 사람으로 하여금 죽음을 받아들이고 그로 인한 슬픔을 극복함으로써, 자신의 삶을 살아갈 것을 이야기하는 노래라고 할 수 있다.

이렇듯 민요에서 역설적 표현은 죽음과 관련된 노래에 흔하게 나타나며 그중 대표적인 표현이 바로 "병풍 속에 그린 닭이 홰치거든 오마더라" 또는 "동솥안에 앉힌닭이 홰치거든 내오꾸마"이다. 이는 <오관산>에 나오는 "나무로 깎은 닭이 꼬끼오하고 때를 알리거든 비로소 어머니가 늙으시길"과 동질적 표현 방식으로, <오관산>이 민요의 역설적 표현 방식을 수용하여 이루어진 것임을 보여준다. 즉 <오관산>은 <타박네 노래>, <애운애기

83) 시집살이노래 6, 김상네(여 64), 대복리 오복, 『울산울주지방민요자료집』, 울산대출판부, 1990, 677~679쪽.

노래> 등의 민요와 밀접한 관련 하에서 창작된 것이며, 민요와 기록 시가의 일반적 관계 양상으로 미루어볼 때 문충이나 이제현의 순수 창작이라기보다는 <타박네 노래>나 <애운애기 노래>와 같은 죽은 어머니를 그리워하는 노래에서 모티프를 얻어 이루어졌으리라 생각된다.

단 민요 <타박네 노래>와 <애운애기 노래>에서 역설의 부정을 통해 어머니의 죽음을 받아들임으로써 슬픔을 치유하고 있다면, 고려 속요 <오관산>에서는 역설을 통해 어머니의 늙음을 부정하고 영원한 삶을 기원하는 것으로써 슬픔을 치유하고자 한다. 하지만 결과적으로 보면, <타박네 노래>와 <애운애기 노래>의 역설은 죽음을 인정하고 건강하게 살아갈 수 있는 동기를 부여한다면, <오관산>의 역설은 죽음을 부정하고자 하지만 죽음에 대한 불안에서 영원히 자유로울 수 없음을 보여준다. 이는 <타박네 노래>와 <애운애기 노래>가 이미 다가온 현실을 노래하고 있는 데 비해, <오관산>은 아직 다가오지 않은 미래를 노래하고 있기 때문에 나타나는 차이라 생각된다.

<타박네 노래>와 <오관산>의 차이는 <타박네 노래>와 <정석가>와의 비교에서도 나타난다. <정석가>는 총 6연으로 『악장가사』에 우리말로 그 전편이 실려 있고, 『시용향악보』에 그 일부가 전한다. <정석가>에는 <타박네 노래>식의 역설적 표현이 <오관산>보다 더 많이 나타난다. 그중에서도 2연은 <타박네 노래>의 한 구절과 거의 동일한 표현으로 되어 있어 주목된다.

삭삭기 셰몰애 별헤 나ᄂᆞᆫ
삭삭기 셰몰애 별헤 나ᄂᆞᆫ
구은 밤 닷 되를 심고이다
그 바미 우미 도다 삭나거시아
그 바미 우미 도다 삭나거시아
有德ᄒᆞ신 님믈 여히ᄋᆞ와지이다

(앞부분 생략)
느어머니 온다더면
군밤을 뒷동산에 파묻은기 숱(싹)이나면 온다더라
부뚜막에 쌂은팥이 싹시트면 온다더라
실겅밑에 엎은박이 줄이나면 온다더라
마루밑의 말뼈다꾸 털이나면 온다더라
느어머니 죽은물은 광천안에 소가됐다
[따복네가 이제 집에 들아오니]
어린새끼 어린동상은 밥달라네 우매새낀 꼴달라네
[어느 거부터 달개야하나. 어린 동상부텀 달개야지, 어린 동상 밥 달라네 우매새낀 꼴 달래네.][84)]

앞 노래가 <정석가> 2연이고, 뒤 노래가 <타박네 노래>이다. <정석가>에서는 "바싹 마른 가는 모래 벼랑에 구은 밤 닷 되를 심어 그 밤에 싹이 나야", <타박네 노래>에서는 "군밤을 뒷동산에 파묻은기 술이나면"이라고 불가능한 조건을 동일하게 내걸고 있다. 이는 <정석가> 역시 <오관산>과 같이 민요에 나타나는 역설적 표현방식을 차용하고 있음을 보여준다. 그러나 역설을 통해 민요에서는 인간은 누구나 죽음을 피할 수 없음을 이야기하고 있다면, <정석가>에서는 <오관산>과 마찬가지로 임(임금)이 화자와 영원히 함께 하길 기원하고 있다는 차이점이 있다. 즉 <타박네 노래>에서는 이미 어머니가 돌아가시고 없는 이별의 상황을 부정하고 있다면, <정석가>에서는 지금 현재는 임(임금)과 함께 즐거움을 누리고 있지만 언젠간 다가올지 모를 임과의 이별(나아가 죽음) 상황을 부정하고 있다.

그러므로 역설을 통해 <타박네 노래>에서는 현재의 슬픔과 불안을 치유하고자 하는 데 비해, <정석가>에서는 아직 오지 않은 미래에 대한 슬픔과 불안을 치유하고자 한다. 그러나 결과적으로 <타박네 노래>에서는 역설의

---

84) 다복녀(가창유희요), 탁숙녀(여 82), 양양군 서면 오색1리 가라피 임천씨댁, 2002. 6. 9. 황루시 조사, 『강원의 민요』 II, 강원도, 2001, 624쪽.

불가능함을 깨닫고 어머니의 죽음을 받아들이며 슬픔을 떨쳐버리는 반면, <정석가>에는 그 역설의 불가능함으로 인해 언젠가는 다가올 임과의 이별에 대한 불안이 여전히 남아있다. 위 <타박네 노래>에서 "느 어머니 죽은 물은 광천(무덤) 안에 소(沼)가 됐다."라고 하는 것은 죽은 어머니를 찾아가는 타박네에게 어머니의 형상이 이승에 더 이상 남아있지 않음을 분명히 일깨워준다. 결국 타박네는 어머니의 죽음을 받아들이고 스스로 어머니가 되어, 어린 동생과 우마들을 돌보게 되는 것이다.[85] 하지만 <정석가>에서 2연에서부터 5연까지 거듭되는 역설을 통해 이별을 강하게 부정한 뒤, 마지막 6연에서 "구스리 바회예 디신돌 / 긴힛둔 그츠리잇가 / 즈믄 해롤 외오곰 녀신돌 / 신잇둔 그츠리잇가" 하며 이별 뒤에도 변치 않을 신의를 맹세하는 것은 아무리 강하게 부정하더라도 결국 맞게될 이별에 대한 불안을 드러내는 것이다.

이렇게 볼 때 <오관산>과 <정석가>는 <타박네 노래>, <애운애기 노래> 등 죽음으로 인한 이별을 노래한 민요에서 관용적으로 나타나는 역설적 표현을 수용하여 어머니나 임(임금)과의 이별(또는 죽음)을 부정하고 오래도록 함께 하기를 기원하는 노래로 개편한 것이라 볼 수 있다. 그러나 민요의 역설적 표현은 평민들의 죽음으로 인한 슬픔과 결핍을 극복하고 현재의 삶에 충실할 수 있는 치유의 노래가 될 수 있었지만, 고려 속요로 수용돼 영원한 삶을 축수하고 변하지 않는 신의를 서원하는 노래로 바뀌면서 상층민들의 충족된 삶에 대한 무한한 욕망이나 미래에 대한 불안까지 완전히 치유할 수는 없었으리라 생각된다.

85) 서영숙, 앞 논문, 2014, 122쪽에서 "노래 속 역설은 죽음을 받아들이지 못하던 여자아이가 이를 받아들이고 새로운 존재로 성장하게 하는 기능", 즉 "역설을 통해 어머니의 죽음과 어머니 부재의 현실을 받아들이고 '어머니'로 성장"한다고 본 바 있으며, 서영숙, 『한국 서사민요의 날실과 씨실』, 도서출판 역락, 2009, 156쪽에서는 "어린아이에서 성인으로 이행하는 성장통을 그린 노래"로 본 바 있다.

4. 맺음말

이 글에서는 고려 속요 중 현전 민요와 유사한 표현 방식을 지니고 있는 세 편의 노래, <만전춘별사>, <오관산>, <정석가>를 대상으로 이들 노래가 민요적 표현을 어떻게 수용하고 있는지, 이를 통해 슬픔의 정서를 어떻게 표현하고 치유하는지, 현재 전승되고 있는 민요와의 비교를 통해 분석하였다.

<만전춘별사>는 여인이 사랑하는 임의 부재에서 오는 슬픔을 극복하고 임과의 재회를 기원하는 노래로서, 그중 4연 "올하 올하 아련 비올하~"는 민요 <시집살이 노래>, <이별 노래> 등의 한 대목을 노래의 전체적 의미와 짜임에 맞게 수용한 것으로 파악된다. 이는 눈물 연못에 뜬 오리와의 가상적 대화를 통해 자신의 슬픔에 거리를 두는 '극화' 방식으로, <만전춘별사>의 향유층이 민요의 표현과 치유 방식에 공감하였음을 보여 준다. 이를 통해 노래를 부르고 듣는 사람들은 눈물을 웃음으로 바꾸고 슬픔에서 희망으로 마음을 다잡으며 슬픔을 건강하게 치유할 수 있었을 것이다.

<오관산>과 <정석가>는 언젠가는 다가올지 모를 어머니 또는 임(임금)과의 이별(나아가 죽음)로 인한 슬픔을 부정하고 영원히 함께 하기를 기원하는 노래로, <타박네 노래>, <애운애기 노래> 등 죽음으로 인한 이별을 노래한 민요에서 관용적으로 나타나는 역설적 표현을 수용한 것으로 파악된다. 그러나 민요가 평민들의 죽음으로 인한 슬픔을 극복하는 치유의 노래가 될 수 있었던 데 비해, 고려 속요는 이를 축수와 서원의 노래로 바꾸면서 상층민들의 미래에 대한 불안까지 완전히 치유할 수는 없었으리라 생각된다.

이 글은 고려 속요의 민요 수용에 나타난 두 측면을 구체적으로 고찰할 수 있었을 뿐만 아니라, 고려 시대부터 현재까지 면면히 전승되어 오고 있는 민요적 표현의 전통과 노래 속에 내재된 치유방식을 밝혔다는 데 의의가 있다. 이는 앞으로 고려 속요와 현전 민요의 관계 양상에 대한 보다 다각도적인 논의로 확대해 나가려고 한다.

2부

●●●

서사민요의 지역문학적 성격과 문화적 특질:
경기 · 충청 · 호남 지역

1장_ 서사민요의 지역문학적 성격:

충청 지역을 중심으로

1. 머리말

20세기 중반 한국문학의 화두가 '민족문학'이었다고 한다면, 20세기 후반부터 최근에 이르기까지 한국문학에 새롭게 요구되고 있는 화두는 '세계화'와 '지역화'이다.[1] 더욱이 지방자치가 본격화되면서 각 지역별로 지역의 문화를 통해 지역의 정체성을 모색하고 지역의 문화산업을 활성화하려는 움직임이 활발해지고 있다. 특히 "가장 지역적인 것이 세계적인 것이다."라는 인식은 지역과 지역문화를 바탕으로 한 세계로의 도약을 준비하는 데 확고한 동기를 부여하고 있다. 그러나 지역문학의 특질에 대한 연구는 이러한 수요와 기대에 적절히 부응하지 못하는 수준이어서 반성적 성찰을 필요로 한다.[2]

지역문학은 지역민에 의해 창작 향유된 문학으로서, 지역민의 현실과 이상을 잘 드러내면서 지역의 자연적, 사회적 환경과 밀접한 관련을 지니고

---

1) 세계화와 지방화라는 용어를 합하여 '세방화(glocalization)'이라는 용어를 사용하기도 한다. 임재해, 「지역 문화주권의 인식과 문화창조력」, 『지역사회연구』 제15권 제2호, 한국지역사회학회, 2007, 195쪽.

2) 김창원, 「지역문학 연구의 방법과 방향: 조선 후기 근기 지역 국문시가를 예로 하여」, 『우리어문연구』 29, 우리어문학회, 2007; 김창원, 「지역 고전문학연구의 방법론적 모색」, 『어문론총』 49, 한국문학언어학회, 2008에서 지역문학의 개념과 연구의 필요성을 제시하고 연구방법론 등을 제시한 바 있으나, 지역문학의 구체적 연구는 이제 출발선 상에 있다.

있다. 그러므로 지역문학 연구는 지역문화 연구의 요체이면서 지역문학을 바탕으로 한 한국문학 연구의 기본이 된다고 할 수 있다. 근래 한국문학 연구에 있어서 새롭게 부각되고 있는 지역문학에 대한 연구는 기존의 문학 연구가 지역문학의 특수성이나 개별성을 무시하고 민족문학으로서의 보편성이나 전체성을 중심으로 이루어져 온 데에 대한 반성에서 비롯되었다. 지역문학 연구는 이제 각 개별 장르별로 균질적 요소로 이루어진 총체로서의 연구에서 벗어나, 이질적 요소의 상호작용으로 이루어진 통합체로서의 연구를 지향할 필요가 있다.

이를 위하여 본고에서는 서사민요를 택해 그 지역문학적 특색을 살펴보려고 한다. 서사민요는 지역 기층 여성들에 의해 창작 전승돼 온 노래로서, 평민 여성문학으로서의 보편성을 지니고 있으면서도 지역에 따라 독자적 성격을 형성하면서 지역문학으로서의 개별성을 지니고 있다. 서사민요 연구 역시 각 지역별로 드러나는 특질이나 차이점보다는 서사민요의 장르나 유형, 구조적 특징과 미의식 등 기층 여성문학으로서의 의의를 밝히는 데 집중되어 왔다. 이는 서사민요가 <길쌈하는 소리> 또는 <밭 매는 소리> 등 여성들의 일에 두루 불려 기능과 밀착된 특정한 가락과 장단을 지니고 있지 않기 때문에 지역별로도 큰 차이점을 지니고 있지 않다고 인식된 데 큰 이유가 있다.

이러한 인식은 사설의 내용에 대해서도 마찬가지여서 서사민요는 지역적 차이보다는 창자 개인의 차이에 의해서 달라지는 것이라 생각되었다.[3] 즉 서사민요 각편의 형성은 주로 가창자 개인의 가치관에 따라 달라지는 것으로 판단되어 왔다. 그러나 서사민요는 한국 기층 여성문학으로서의 보편성뿐만 아니라, 각 지역의 자연적, 사회적, 문화적 환경 속에서 배태되고 전승

3) 조동일은 서사민요의 각편이 서로 다른 이유를 전승근원의 차이, 창자의 차이, 환경의 차이 세 가지를 들고, 이중 가장 중요한 작용을 하는 것은 창자의 차이로 보고 있다. 조동일, 『서사민요연구』, 계명대출판부, 1970 초판, 1979 증보판, 129~132쪽.

되어 온 개별성을 지닌 지역문학으로서, 이제 각 지역 서사민요가 지니고 있는 개별성과 특수성에 대한 연구로 연구의 초점을 돌려야 할 시점에 와 있다. 이는 지역 서사민요 연구에서 한국 서사민요 연구, 한국 서사민요 연구에서 세계 서사민요 연구로 나아가기 위한 기초 토대 연구로서 절실히 필요하다.

이 연구는 서사민요가 지니고 있는 지역문학적 성격을 살펴보고, 충청 지역 서사민요를 통해 그 지역문학적 성격을 밝히는 데 주 목적이 있다.[4] 이를 위해 우선적으로 현재까지 조사 보고된 서사민요의 지역별 전승양상을 분석함으로써 서사민요의 전승이 지역별로 지니고 있는 변별적 특징을 파악할 것이다.[5] 다음 구체적으로 충청 지역 서사민요의 자세한 분석을 통해 이 지역 서사민요의 지역문학적 특성을 밝혀내려고 한다. 이는 각 지역 서사민요의 구체적 양상을 통해 한국 서사민요의 창작과 전승, 형성과 변이 등에 관한 일반적 이론을 구축해나가는 데 기반이 되리라 본다. 분석 대상 자료는 『한국구비문학대계』와 『한국민요대전』을 주자료로 삼고, 기타 개인이나 지방자치단체의 기관에서 조사한 자료를 보조 자료로 삼는다.[6]

---

4) 충청 지역의 서사민요에 대해서는 서영숙, 「서사민요의 장르와 문학적 특징: 충청 지역 자료를 중심으로」, 『한국민요학』 23, 한국민요학회, 2008. 8.과 「충청 지역 서사민요의 전승양상과 문화적 특질」, 『어문연구』 58, 어문연구학회, 2008. 12.에서 장르적 특징과 전승양상을 중심으로 연구한 바 있다. 이 글에서는 지역문학적 특징에 초점을 맞추어 논의를 진행한다.

5) 서사민요의 지역별 전승양상에 대해서는 서영숙, 「영남 지역 서사민요의 전승적 특질」, 『고시가연구』 26, 한국고시가문학회, 2010. 8과 「영·호남 서사민요의 소통과 경계」, 『고시가연구』 28, 한국고시가문학회, 2011. 8.에서 영남과 호남을 중심으로 고찰한 바 있다. 앞으로 경기, 강원, 제주 등의 서사민요 전승양상 연구를 통해 전국 서사민요의 전승양상을 밝힐 계획이다.

6) 『한국구비문학대계』 3-1~3-4(충북), 4-1~4-6(충남), 한국정신문화연구원, 1980~1989; 『한국민요대전』, 충북편, 충남편, (주) 문화방송, 1991~1996; 『충북민요집』, 충청북도, 1994; 『충남민요집』, 최문휘 편저, 한국예술문화단체총연합회 충남지회, 1990.

2. 지역문학으로서의 서사민요

지역문학으로서의 서사민요를 살펴보기 위해서는 우선 '지역문학은 무엇인가?' 하는 질문에 답해야 한다. 지역문학은 '지역민에 의해서 창조되고 향유되는 문학'이라고 우선 정의할 수 있다. 즉 지역문학이 되기 위해서는 그 지역 사람이 창조하고 그 지역 사람이 향유하는 문학이어야 한다. 이때 그 지역 사람이 창조하지는 않았는데, 그 지역 사람이 향유하는 경우에는 과연 지역문학인가 하는 문제가 생긴다. 그러나 고전문학 특히 구비문학의 경우는 다른 지역의 문학이라 할지라도 전파와 전승 과정을 통해 자기 지역에 맞게 변형하여 향유하고 전승되는 것이 일반적이므로, 이러한 경우도 지역문학에 포함해야 한다.

다음, 다른 지역 사람이 그 지역의 소재를 가지고 창작한 경우가 문제가 된다. 즉 다른 지역 사람이 그 지역을 여행하면서 쓴 글이나 그 지역에 일정 기간 머물면서 쓴 글의 경우는 어떠한가. 이 경우 그 지역의 풍물이나 소재가 문학의 중심 내용이라고 한다면 그 지역의 문학에 포함시켜야 하리라고 한다.[7] 이렇게 본다면 지역문학의 요건은 다음과 같이 정리할 수 있다.

① 지역민에 의해서 창조되고 향유되는 문학이다.
② 다른 지역 사람이 그 지역의 소재를 가지고 창작한 경우도 지역문학에 포함한다.
③ 고전문학(구비문학 포함)의 경우 본래 다른 지역의 문학이었다고 하더라도 그 지역에 맞게 변형해 오랜 세월 동안 향유, 전승하고 있다면 지

---

7) 조동일은 '지방문학'이라는 용어를 사용하면서 지방문학은 '어느 지방에 머물러 살면서 이룬 문학'이라 하고, '다른 고장에 가서 견문한 바를 다룬 문학'인 '여행문학'과 구별해서 사용하고 있으나, 필자는 '지역문학'의 개념 속에 이 둘을 다 포함해서 사용하고자 한다. 조동일, 「문학지리학, 어떻게 할 것인가?」, 『문학지리 · 한국인의 심상공간』 상, 김태준 편저, 논형, 2005, 20~26쪽.

역문학에 포함한다.

이 중의 어느 한 가지만 해당된다고 해도 지역문학이라고 할 수 있다. 그렇다면 서사민요는 어떠한가. 서사민요는 우선 오랜 세월 동안 지역민에 의해서 창조되고 향유되어 온 문학으로서 ①의 조건에 부합된다. 서사민요를 부르는 사람들은 대부분 어려서 할머니 또는 어머니로부터 노래를 배웠다고 하며 그 노래를 스스로 같은 또래의 집단에서 부른다. 즉 서사민요는 전문적인 가수나 놀이패 등이 부르는 노래가 아니라 지역에 바탕을 둔 지역민 특히 지역 여성에 의해 향유되는 노래이다.

그러나 서사민요의 가창자는 한 지역에서만 붙박이로 사는 것은 아니다. 혼인 또는 이사 등에 의해 서사민요의 가창자 또한 다른 지역으로 이동하게 마련이다. 그러나 이 경우에도 본래부터 그 지역에 전승되는 민요의 유형이나 사설이 있어서 새로 편입한 사람은 그 지역 서사민요의 영향을 받게 된다. 물론 적극적인 창자의 경우 자신의 친정에서 배운 노래를 시가 마을의 새로운 노래 공동체에서 부를 것이고 이 경우 노래의 전파가 이루어진다. 전파된 노래는 그 지역의 사람들에 의해 그대로 수용되기도 하고, 그 지역민의 취향에 맞게 변형되거나 그 지역의 노래와 결합되기도 한다. 다른 지역의 노래를 그대로 가져와 부를 경우 그 지역의 문학으로 보기 어렵지만, 같은 유형이라 할지라도 다르게 변형하여 부른다고 하면 ③의 조건에 부합되므로 그 지역의 문학으로 보아야 한다.

서사민요에는 이렇게 가창자의 이동에 의해 다른 지역으로 전파하면서 여러 지역에 고루 전승되는 유형이 있는데, 이를 설화와 마찬가지로 '광포유형'이라 부르기로 한다. 광포유형의 경우 서사적 줄거리가 전국적으로 비슷하게 나타나기 마련이다. 광포유형 중의 하나인 <진주낭군이 기생첩과 놀자 자살하는 아내>과 같은 것이 그러하다. 일명 <진주낭군>이라고 하는 이 노래는 지역별로 서사민요 전체 유형 중 거의 4~5% 정도의 비율로 고루 조사되는 노래로서 어느 지역에서건 크게 차이가 없는 서사적 줄거리와 모티프로 이루어져 있는 것을 볼 수 있다.

그러나 일부 광포유형은 지역에 따라 모티프의 선택이나 결말의 처리 등에 있어서 다른 지역과 구별되는 경향을 보이기도 한다. 즉 지역별로 특정한 하위유형이 다른 지역보다 비중이 높게 전승되는 것을 볼 수 있는데, 이는 그 유형의 서사민요를 전승하는 지역민의 가치관이 어느 정도 반영된 것이라 할 수 있다. 예를 들어 전국적으로 두루 불리는 광포유형 중의 하나인 <사촌동생에게 시집살이 호소하는 사촌형님> 유형의 경우 호남 지역에는 같은 사촌형님과 사촌동생의 대화로 이루어져 있는데도 <사촌형님이 밥해주지 않자 항의하는 사촌동생> 유형으로 상반되게 나타난다. 둘 다 사촌형님과 사촌동생 사이에서 시집살이의 문제를 놓고 대화가 이루어진다는 점에서 한데 놓고 살펴본다면 전국적으로 사촌동생에게 시집살이를 호소하는 '한탄형'이 기본적으로 불리면서, 영남 지역에서는 시집식구의 구박을 하소연하는 '한탄형'이, 호남 지역에서는 사촌형님에게 밥을 해주지 않는다고 불만을 토로하는 '항의형'이, 강원 지역에서는 친정에 온 사촌형님에게 온갖 음식을 만들어 위로하는 '접대형'이 집중적으로 불리는 것을 확인할 수 있다.[8] 이는 같은 광포유형이라 할지라도 지역에 따라 다르게 변형되어 전승되고 있음을 보여주는 좋은 증거라고 할 수 있다.

최근 필자가 진행하고 있는 일련의 작업에 의하면 서사민요는 지역별로 유형의 전승에 있어서 뚜렷한 차이점을 지니고 있을 뿐만 아니라, 같은 유형이라 할지라도 하위유형의 전승에 있어서 지역별 차이를 드러내고 있음이 점차적으로 드러나고 있다. 즉 서사민요는 지역적으로 활발하게 전승되는 유형의 종류가 다르며, 같은 서사민요 유형이라 할지라도 지역에 따라

---

8) 호남 지역에서는 그 대신 <사촌형님이 밥해주지 않자 항의하는 사촌동생> 유형을 활발하게 부른다. 이에 대해서는 서영숙, 「<사촌형님 노래>에 나타난 체험과 정서의 소통」, 『한국민요학』 33, 한국민요학회, 2011. 12. 참조.

소재의 선택과 주제의 구현, 결말구조 등에 있어 차이가 있음이 밝혀지고 있다. 아직까지 연구가 완료된 것은 아니지만, 지금까지의 연구 결과를 정리해 보면 다음과 같다.

첫째, 서사민요는 유형에 따라 활발하게 전승되는 지역인 중심부와 그렇지 않은 주변부가 있다. 서사민요는 지금까지 영남 지역이 중심부라 인식되어 왔다.[9] 이는 영남 지역에서 가장 많은 서사민요가 조사되었기 때문이라 할 수 있다. 그러나 서사민요는 호남 지역에서도 영남 지역과 마찬가지로 많은 서사민요 유형이 전승되고 있을 뿐만 아니라 영남 지역에는 없는 서사민요 유형이 호남 지역에는 전승되고 그 반대의 경우도 있음이 밝혀지면서 서사민요는 유형에 따라 중심부가 다양하게 존재하고 있는 것으로 판단된다. 즉 유형에 따라 영남 지역이 중심부인 것이 있고 호남 지역이 중심부인 것이 있다. 물론 강원 지역과 충청 지역의 경우도 그런 유형이 있기는 하지만 그리 많은 것은 아니다.

대부분의 서사민요 유형은 영남과 호남이라는 두 중심부를 벗어나 멀리 갈수록 전승이 활발하게 이루어지지 않는 것을 볼 수 있다. 즉 충청, 경기, 강원, 제주 지역의 경우 서사민요의 유형이 그리 다양하게 전승되지 않는다. 그렇다고 해서 이들 지역에 서사민요가 아예 전승되지 않는 것은 아니다.[10] 이들 지역에서도 일부 서사민요 유형의 경우 다른 지역보다 활발하게 전승되는 것도 찾아볼 수 있다. 이는 서사민요에 지역유형이 존재하고 있음을 보여주는 좋은 증거라 할 수 있다.[11] 예를 들면 강원 지역의 경우 아직

---

9) 조동일의 『서사민요 연구』, 계명대 출판부, 1970 초판, 1979 증보판 이후, 영남 지역 특히 경북 북동부 산간 지역이 서사민요의 중심부인 것처럼 인식되어 왔다. 그러나 이후 일련의 조사 연구에 의해 그 비중과 전승양상에 있어 차이가 있기는 하지만 서사민요가 전국적으로 전승되고 있음이 밝혀지고 있다.

10) 심지어 그간 서사무가에 비해 서사민요의 존재가 알려져 있지 않아 서사민요의 불모지로 인식되던 제주도의 경우도 필자의 조사에 의해 유형 수가 적기는 하지만 서사민요가 전승되고 있음이 확인되었다.

11) 서사민요에 있어서, 지역의 역사, 지리적 환경 및 지역 사람들의 가치관에 따라 오랜 세

자료가 전국적으로 완전하게 정리된 것이 아니어서 단언할 수는 없지만, <어머니 묘를 찾아가는 딸(타박네야)> 유형이나 <사람 집에서 자고 온 새(종금새야)> 유형 같은 경우는 강원 지역에서 가장 활발하게 불려서 강원 지역의 지역유형이 아닌가 생각된다. 충청 지역은 <삼촌식구 구박받다 시집가나 신랑이 죽은 꼬댁각시(꼬댁각시)> 유형을 지역유형으로 꼽을 만하다. 이 유형은 충청을 제외한 다른 지역에서는 그리 활발하게 전승되지 않는다.

둘째, 서사민요 중 전국적으로 두루 전승되는 광포 유형으로는 <시집식구가 구박하자 중이 되는 며느리>, <베 짜며 남편을 기다리는 아내(베틀노래>), <진주낭군이 기생첩과 놀자 자살하는 아내(진주낭군)>, <장식품 잃어버린 처녀에게 구애하는 총각(댕기타령)> 등을 들 수 있다. 이 유형들은 서사민요의 대표적 유형으로서 주로 영남과 호남 지역을 중심으로 해서 전국적으로 광범위하게 전승되는 '광포유형'이라 할 수 있다. 그러나 광포 유형이라 할지라도 모든 각편이 전국적으로 같은 구조적 특징을 지니는 것은 아니다. 지역에 따라 연행방식이나 형상화 방법을 달리해 어느 정도는 지역적 성향을 드러내게 마련이다. 이에 대한 고찰을 통해 지역적 특색을 찾아내는 것이 지역문학의 연구 주제로 세심하게 다루어질 필요가 있다.

셋째, 서사민요에는 일부 지역을 중심으로 활발하게 전승되며, 주변 지역에는 드물게 전승되는 지역유형이 있다. 이들 지역유형으로는 영남 지역에서는 <오빠에게 부정을 의심받은 동생(쌍가락지)> 유형과 <여자의 저주로 죽은 신랑(이사원네 맏딸애기)> 유형을, 호남 지역에서는 <그릇 깬 며느리(양동가마)>, <시집식구가 벙어리라고 쫓아내자 노래 부른 며느리>, <시누가 옷을 찢자 항의하는 며느리> 유형 등을 들 수 있다. 특히 영남에서는 처녀가 부정을 의심받는 노래와 처녀가 남자를 저주하는 노래로 처녀의 구애와

월에 걸쳐 형성되는 유형을 광포유형과 구별되게 지역유형(oicotypes)이라 부르기로 한다. 지역유형(oicotypes)은 Carl Wilhelm von Sydow가 Geography and Folk-tale Oicotypes, 1948에서 주창한 것으로, Alan Dundes, *International Folkloristics: Classic Contributions by the Founders of Folklore*, Rowman & Littlefield, 1999, 137~153쪽에 소개돼 있다.

사랑에 관한 노래가 많이 불린다고 한다면, 호남에서는 혼인한 여자가 겪는 고난에 관한 노래와 외간남자와 관련된 부적절한 사랑에 관한 노래가 많이 불린다.[12] 이에 비해 충청 지역에서는 <삼촌식구 구박받다 시집가나 신랑이 죽은 꼬댁각시> 유형이 활발하게 불리며, 강원 지역에서는 <어머니 묘를 찾아가는 딸(타박네야)> 유형 등이 다른 지역에서보다 큰 비중으로 전승된다.

넷째, 같은 유형의 서사민요라 할지라도 지역에 따라 달리 전승되고 있어서 서사민요의 지역적 특색을 확인할 수 있다. 예를 들면 <그릇 깬 며느리(양동가마)> 유형의 경우 호남 지역에서는 깨뜨린 양동가마 값을 물어내라는 시집식구의 요구에 며느리가 자신의 몸값을 물어내라고 항변하는 '항의형'으로 간단하게 마무리하는 데 비해, 영남 서부 지역에서는 시집식구의 요구에 며느리가 시집식구의 사과를 뿌리치고 중이 되어 나가는 대목이 덧붙음으로써 '복합형'으로 장편화하여 불린다. 이러한 양상은 <친정부모 장례에 가는 딸(친정부음)>, <오빠에게 부정을 의심받은 동생(쌍가락지)>, <여자의 저주로 죽는 신랑(이사원네 맏딸애기)> 유형의 경우에도 마찬가지로 나타난다.[13] 또한 같은 서사민요 유형을 부르더라도 상대적으로 호남 지역이 서정적 성격을 더 드러내는 반면, 영남 지역은 서사적 성격이 더 드러나는 것을 볼 수 있다. 이러한 양상은 각 지역의 사회적 환경이나 여성들의 노래문화의 차이에서 기인하는 것으로 생각된다. 즉 호남 지역이 영남 지역

---

12) 서영숙, 「영・호남 서사민요의 소통과 경계: 데이터베이스를 통한 전승적 특질 비교」, 『고시가연구』 28, 한국고시가문학회, 2011, 8., 353쪽.

13) 서영숙, 「서사민요 <그릇 깬 며느리 노래>의 전승양상과 향유의식」, 『한국민요학』 29, 한국민요학회, 2010. 8.; 「서사민요 <친정부음 노래>의 서사구조와 향유의식」, 『새국어교육』 85, 한국국어교육학회, 2010. 8.; 「<쌍가락지 노래>의 서사구조와 전승양상」, 『어문연구』 65, 어문연구학회, 2010. 9.; 「서사민요 <이사원네 맏딸애기> 노래의 전승양상」, 『어문연구』 67, 어문연구학회, 2011. 3.에서 각 유형의 전승양상과 구조적 특징, 향유층의 의식 등에서 각 유형별로 기본적인 분석을 한 바 있고, 「영・호남 서사민요의 소통과 경계: 데이터베이스를 통한 전승적 특질 비교」, 『고시가연구』 28, 한국고시가문학회, 2011, 8.에서 영・호남 지역 서사민요 비교의 관점에서 통합적으로 살펴본 바 있다.

에 비해 여성의 유희문화가 발달해, 여성들이 함께 모여 즐기면서 긴 노래보다는 짧은 노래를 많이 부른 반면, 영남 지역에서는 남성 중심의 유교문화로 인해 여성이 자유롭게 모여 유희를 즐길 수 있는 자리가 흔하지 않았기 때문이 아닌가 한다.[14)]

한편 서사민요의 지역유형은 중심부에서는 본래 구연방식에 충실하게 노래로 구연되지만, 중심부에서 거리가 떨어진 지역에서는 서사민요의 본래 내용이나 구연방식에서 멀어지는 경향을 볼 수 있다. 즉 서사민요가 서사적으로 길게 구연되지 않고 서정화하거나, 전체를 노래로 부르지 않고 이야기와 노래가 섞여 구연되거나, 아예 설화로 구연되기도 한다. 예를 들면 <시집식구가 벙어리라고 쫓아내자 노래 부른 며느리(꿩노래)>의 경우 호남 지역을 중심으로 전승되는 호남의 '지역유형'이라고 볼 수 있는데, 이 노래의 경우 호남에서는 모두 노래로 부르거나 이야기와 노래를 번갈아가며 부르는 것이 대부분인데, 영남 지역에서는 노래가 아닌 이야기로 구연하는 것을 볼 수 있다.[15)] 이런 양상들은 모두 서사민요가 이동 전파되면서 각기 다른 지역 서사민요와의 상호작용 아래 서로 다른 요소들을 융합하기도 하고, 전혀 새로운 요소를 창의해내기도 하며 지역문학을 형성해내는 역동적 움직임으로 이루어진 것으로 앞으로 이에 대한 자세한 고찰이 이루어질 필요가 있다.

3. 충청 지역 서사민요의 특질

여기에서는 지역문학 연구의 일환으로서 충청 지역 서사민요를 택해 충

---

14) 서영숙, 「영・호남 지역 서사민요의 소통과 경계: 데이터베이스를 통한 전승적 특질 비교」, 『고시가연구』 28, 한국고시가문학회, 2011. 8., 354쪽.

15) 서영숙, 「시집살이에 대한 알레고리: <꿩노래>와 <방아깨비 노래> 비교」, 『한국민요학』 31, 한국민요학회, 2011. 4., 64~70쪽 참조.

청 지역 서사민요의 지역문학적 특질과 가치를 밝히려고 한다.[16] 특히 충청 지역 서사민요 중 활발하게 전승되는 유형은 무엇인지, 그 유형들이 지니고 있는 공통적인 특질은 무엇인지, 이러한 특질은 지역적 특성과 어떠한 관련이 있는지 등을 고찰하는 데 중점을 두려고 한다. 이는 특히 지금까지 연구가 이루어진 영·호남 지역 서사민요와의 비교를 통해 이루어질 것이다.

3.1. 전승적 특질

충청 지역에서 전승되고 있는 서사민요의 유형별 자료수와 비율을 표로 나타내면 다음과 같다. 다른 지역과의 비교를 위해 영·호남 지역 서사민요의 자료수와 비율을 함께 제시한다.

유형	충북	충남	충청 소계	비율	호남	비율	영남	비율
Aa 시집식구가 구박하자 중이 되는 며느리	3	1	4	4.04	12	2.61	34	5.20
Ab 시집식구가 구박하자 죽는 며느리	0	2	2	2.02	25	5.43	3	0.46
Ac 시집식구가 구박하자 한탄하는 며느리	3	0	3	3.03	22	4.78	9	1.38
Ad 그릇 깬 며느리	1	0	1	1.01	13	2.83	13	1.99

16) 필자는 서영숙, 「충청 지역 서사민요의 전승양상과 문화적 특질」, 『어문연구』 58, 어문연구학회, 2008. 12.에서 충청지역 서사민요 자료를 시군별, 자료집별로 제시하고, 그 유형별 특질을 시집식구와 며느리 관계, 남편과 아내 관계, 친정식구와 딸 관계, 남자와 여자 관계, 기타 관계로 나누어 살펴본 바 있다. 이 글은 여기에서 이루어진 논의 결과를 바탕으로, 특히 다른 지역과의 비교를 통해 그 지역문학적 성격을 드러내는 데 중점을 두려고 한다.

Ae 벙어리라고 쫓겨난 며느리	0	0	0	-	6	1.30	1	0.15
Af 과일을 따먹다 들킨 며느리	0	0	0	-	1	0.22	4	0.61
Ag 시누가 옷을 찢자 항의하는 며느리	0	2	2	2.02	11	2.39	7	1.07
Ah 사촌형님이 밥해주지 않자 항의하는 사촌동생	1		1	1.01	21	4.57	0	-
Ai 사촌동생에게 시집살이 호소하는 사촌형님	3	3	6	6.06	3	0.65	18	2.75
Ba 베 짜며 남편을 기다리는 아내	9	8	17	17.17	32	6.96	106	16.21
Bb 남편이 기생첩과 놀며 모른체하자 자살하는 아내	0		0	-	1	0.22	0	-
Bc 진주낭군이 기생첩과 놀자 자살하는 아내	2	2	4	4.04	23	5.00	35	5.35
Bd 길에서 만난 남편이 몰라보자 한탄하는 아내			0	-	1	0.22	0	-
Be 남편에게 편지하나 오지 않자 한탄하는 아내			0	-	3	0.65	0	-
Bg 집나갔던 아내가 붙잡자 뿌리치는 남편	1		1	1.01	0	-	2	0.31
Ca 어머니 묘를 찾아가는 딸	1		1	1.01	22	4.78	8	1.22
Cb 친정부모 장례에 가는 딸		1	1	1.01	20	4.35	14	2.14
Cc 딸의 시집살이를 한탄하는 친정식구			0	-	7	1.52	0	-
Da 계모로 인해 죽은 자식			0	-	2	0.43	2	0.31
Db 부모와 이별하고 전쟁에 나간 자식			0	-	5	1.09	3	0.46
Dc 아버지의 재혼을 원망하는 자식							10	1.53
Dd 계모의 구박을 원망하는 자식		1	1	1.01	3	0.65	0	-

Ea 오빠에게 부정을 의심받은 동생	1		1	1.01	7	1.52	63	9.63
Eb 오빠가 물에서 구해주지 않자 한탄하는 동생	1	2	3	3.03	8	1.74	15	2.29
Fa-1 삼촌식구가 구박받다 시집가나 신랑이 죽은 조카			0	-	2	0.43	5	0.76
Fa-2 삼촌식구 구박받다 장가가나 신부가 죽은 조카			0	-	0	-	2	0.31
Fb 삼촌식구 구박받다 시집가나 신랑이 죽은 꼬댁각시	0	7	7	7.07	0	-	1	0.15
Ga 혼인을 기다리다 죽은 신랑			0	-	8	1.74	8	1.22
Gb-1 처녀의 저주로 죽는 신랑		0	0	-	9	1.96	21	3.21
Gb-2 본처(자식)의 저주로 죽는 신랑		0	0	-	2	0.43	9	1.38
Gc 혼인을 기다리다 죽는 신부			0	-	3	0.65	9	1.38
Gd 혼인날 애기를 낳은 신부	0	1	1	1.01	12	2.61	6	0.92
Ge 혼인날 방해를 물리치고 첫날밤을 치르는 신랑	0	1	1	1.01	4	0.87	10	1.53
Gf 신랑이 성불구이자 중이 되는 신부			0	-	1	0.22	1	0.15
Ha 외간남자의 옷이 찢기자 꿰매주는 여자		0	0	-	16	3.48	5	0.76
Hb 외간남자와 정 통하다 남편에게 들킨 여자	2	3	5	5.05	1	0.22	4	0.61
Hc 주머니를 지어 걸어 놓고 남자 유혹하는 처녀	1	2	3	3.03	10	2.17	23	3.52
Hd 중이 유혹하자 거절하는 여자			0	-	9	1.96	1	0.15

He 중에게 시주한 뒤 쫓겨나는 여자			0	-	4	0.87	4	0.61
Hf 장사가 성기를 팔자 이를 사는 과부			0	-	0	-	0	-
Hg 장사가 자고간 뒤 그리워하는 과부	0	1	1	1.01	2	0.43	3	0.46
Ia 장식품 잃어버린 처녀에게 구애하는 총각	1	5	6	6.06	18	3.91	33	5.05
Ib 일하는 처녀에게 구애하는 총각	0	6	6	6.06	14	3.04	18	2.75
Ic-1 처녀를 짝사랑하다 죽는 총각			0	-	9	1.96	10	1.53
Ic-2 사모하는 총각을 중이 되어 찾아가 혼인하는 처녀			0	-	0	-	3	0.46
Id 나물캐다 사랑을 나누는 총각과 처녀	1	1	2	2.02	2	0.43	17	2.60
Ie 총각이 어머니를 통해 청혼하자 받아들이는 처녀			0	-	0	-	2	0.31
If 담배를 키워 피며 청혼하는 총각	1	0	1	1.01	12	2.61	8	1.22
Ja 첩의 집에 찾아가는 본처			0	-	9	1.96	13	1.99
Jb 첩으로 인해 한탄하는 본처			0	-	0	-	4	0.61
Jc 첩이 죽자 기뻐하는 본처		1	1	1.01	4	0.87	0	-
Jd 본처가 죽자 기뻐하는 첩			0	-	0	-	1	0.15
Ka 자형에게 항의하는 처남			0	-	2	0.43	8	1.22
Kb 장인장모를 깔보는 사위			0	-	1	0.22	2	0.31
La 저승사자가 데리러오자 한탄하는 사람			0	-	4	0.87	8	1.22
Lb 메밀음식 만들어 사람들에게 대접하는 여자	2	2	4	4.04	7	1.52	20	3.06
Lc 나물반찬 만들어 사람들에게 대접하는 여자	2	1	3	3.03	4	0.87	4	0.61

Ma 자식이 없자 곤충을 자식으로 여긴 여자			0	-	0	-	6	0.92
Mb 쥐가 남긴 밤을 아이와 나눠먹는 사람	4	6	10	10.10	10	2.17	30	4.59
Mc 사람에게 자신의 신세를 한탄하는 소			0	-	7	1.52	2	0.31
Md 사람에게 잡힌 동물					14	3.04	3	0.46
Na 장끼가 콩 주워 먹고 죽자 한탄하는 까투리			0	-	12	2.61	3	0.46
총계	40	59	99	100	460	100	654	100

위 표를 분석해 볼 때 충청 지역은 서사민요의 중심 전승 지역이라고 할 수 있는 영·호남 지역에 비해 서사민요가 그리 활발하게 전승되지 않음을 알 수 있다. 전승되는 서사민요 유형의 종류도 그리 많지 않다. 그렇다고 해서 충청 지역에 서사민요가 전무한 것은 아니며, 일부 유형은 다른 지역보다 더 활발하게 전승되기도 한다.

우선 표를 통해 충청 지역 서사민요에 나타나는 전승적 특질을 정리해보면 다음과 같다.

첫째, 충청 지역은 다른 지역에 비해 서사민요가 활발하게 전승되지 않는다. 지금까지 정리된 서사민요 유형 62개 중 호남에서는 52개, 영남에서는 54개 유형이 전승되는 데 비해, 충청 지역에서는 29개 유형이 전승될 뿐이다. 이는 충청 지역이 서사민요를 전승하기에 그리 적합하지 않은 문화적 여건을 지니고 있기에 나타나는 양상이라 할 수 있다. 충청 지역은 예로부터 "충청도 양반"이라 불릴 만큼 체면과 위신을 중요시 하는 지역으로서, 여성들이 모여 노래를 부를 수 있을 만한 여건이 충분히 조성되지 않았다고 할 수 있다. 충청 지역에서 서사민요를 조사할 때 "일을 하면서 무슨 노래를 부르느냐"고 핀잔을 들을 만큼 서사민요를 부르는 것이 그리 여의치 않았음을 알 수 있다.

둘째, 충청 지역 서사민요 중 다른 지역에서 불리는 비중보다 더 높은 비중으로 활발하게 전승되는 유형으로는 <베 짜며 남편을 기다리는 아내(베틀노래)>(17.17%, 호남 6.96%, 영남 16.21%), <쥐가 남긴 밤을 아이와 나눠먹는 사람(달강달강)>(10.10%, 호남 2.17%, 영남 4.59%), <삼촌식구 구박받다 시집가나 신랑이 죽은 꼬댁각시>(7.07%, 호남 0%, 영남 0.15%), <사촌동생에게 시집살이 호소하는 사촌형님>(6.06%, 호남 0.65%, 영남 2.75%), <외간남자와 정 통하다 남편에게 들킨 여자(홋사나타령)>(5.05%, 호남 0.22%, 영남 0.61%), <메밀음식 만들어 사람들에게 대접하는 여자(메밀노래)>(4.04%, 호남 1.52%, 영남 3.06%), <나물반찬 만들어 사람들에게 대접하는 여자(나물노래)>(3.03%, 호남 0.87%, 영남 0.61%) 등을 들 수 있다.

특히 <베 짜며 남편을 기다리는 아내(베틀노래)> 유형이 17.17%로 가장 활발하게 전승된다. 이는 영남이나 호남보다 비중이 높게 나타난 것으로 이 지역이 전통적으로 길쌈이 활발하게 이루어졌던 지역임을 알 수 있다. 이 유형에 속하는 하위 유형도 다른 지역보다 다양하게 나타날 뿐만 아니라 상당히 장편을 이루고 있어서 충청 지역이 이 유형의 중심부에 있었음을 짐작할 수 있다. 다음 <삼촌식구 구박받다 시집가나 신랑이 죽은 꼬댁각시(꼬댁각시)> 유형은 다른 지역에서는 거의 불리지 않는 유형으로 이 지역만의 고유한 지역유형이라고 부를 만하다. 특히 이 유형은 노래에 그치지 않고 한 해의 시작인 정월 초에 젊은 여성들이 모여 한 해의 운수를 치면서 부르는 <방망이 점 놀이 노래>로 불리고 있어, 맺음과 풀이라는 굿 노래의 특성을 지니고 있기까지 하다.

셋째, 충청 지역에서 활발하게 전승되는 서사민요 유형의 특색을 살펴보면 특히 교술적 서사민요가 우세함을 알 수 있다. <베 짜며 남편을 기다리는 아내(베틀노래)>(17.17%), <메밀음식 만들어 사람들에게 대접하는 여자(메밀노래)>(4.04%), <나물반찬 만들어 사람들에게 대접하는 여자(메밀노

래)>(3.03%), <쥐가 남긴 밤을 아이와 나눠먹는 사람(달강달강)>(10.10%) 유형이 그것이다. 이 네 유형의 비중을 합치면 호남은 11.52%, 영남은 24.47%에 그치는 데 비해, 충청 지역 서사민요 중 34.34%에 이른다. 이들은 모두 베를 짜는 과정, 메밀을 기르는 과정, 나물반찬을 만드는 과정, 밤을 삶는 과정 등 사물의 모습을 있는 그대로 서술하는 데 치중하고 있다. 이는 개인의 주관적 감정보다는 사물에 대한 객관적 지식을 우선시하는 것으로서, 대체로 충청 지역이 서사민요의 서술에 있어서 감정을 드러내는 서사민요보다는 있는 그대로의 사물이나 사건을 묘사하는 경향을 보이고 있음을 알 수 있다.[17]

넷째, 충청 지역 서사민요는 근래에 갑자기 이루어진 것이 아니라 오랜 세월 동안 지역의 문화적 배경 속에서 전승되어 온 것으로 생각된다. 이는 삼국 시대 백제의 노래를 거쳐 고려 시대 속악으로 불린 노래의 전통을 잇는 작품들이 현재 전승되는 충청 지역 서사민요에서 발견된다는 점으로 확인할 수 있다. 그 좋은 예가 『고려사』 악지(樂志) 삼국속악조(三國俗樂條) 등에 전하는 <목주가(木州歌)>이다. 목주는 당시 청주의 속현으로, 지금의 목천, 즉 천안을 말하므로 충청 지역의 노래에 속한다. 고려사 악지에 전하는 <목주>에 대한 기록은 다음과 같다.

> 목주의 처녀가 아버지와 계모를 정성껏 섬겨 효성스럽다고 알려졌으나, 아비는 계모의 거짓말에 미혹되어 그녀를 쫓아내었다. 그녀는 차마 떠나가지 못하고 머물러 더욱 극진히 부모를 봉양하였으나, 부모는 끝내 그녀를 쫓아내고 말았다.
>
> 그녀는 할 수 없이 부모를 하직하고, 어느 산 속의 석굴에 사는 노파에게 사정을 이야기하고 함께 살았다. 노파를 정성으로 섬김에, 노파도 그녀를 사랑하여 아들과 혼인을 시켰다.
>
> 부부가 합심하여 근면하고 검약하게 살아 부자가 되었는데, 그녀의 부모가

---

17) 서영숙, 앞 논문, 2008. 12., 303쪽.

몹시 가난하다는 말을 듣고 자기네 집으로 맞이하여 극진하게 봉양하였다.
그런데도 부모가 그녀를 좋아하지 않으므로, 이 노래를 지어 자신을 원망하였다.[18]

여기에서 보면 <목주가>는 한 처녀가 아버지와 계모를 정성껏 섬겼으나, 부모가 이를 받아들이지 않으므로 자신을 원망하며 이 노래를 지은 것이라 한다. 노래의 가사는 전하지 않지만 민요의 표현 방식대로 한다면 친어머니를 그리워하는 노래이면서 계모를 원망하는 노래이리라고 생각된다. 이런 까닭에 이 노래는 고려 속요로 전하는 <사모곡>과 유사한 노래일 것으로 추정되고 있다. <사모곡>의 사설은 다음과 같다.

호미도 놀히어신 마ᄅᆞᄂᆞᆫ 낟ᄀᆞ티 들리도 어쁘섀라
아바님도 어이어신 마ᄅᆞᄂᆞᆫ 위 덩더둥셩
어마님ᄀᆞ티 괴시리 어뻬라
아소 님하 어마님ᄀᆞ티 괴시리 어뻬라[19]

<사모곡>에서는 호미와 낫을 아버지와 어머니의 사랑에 비유하여 아버지의 사랑이 어머니의 사랑에 미칠 수 없음을 노래하고 있다. 여기에서 화자가 느닷없이 어머님의 사랑을 아버지와 비교하며 칭송하는 이유는 어머니가 돌아가시고 없고, 아버지는 이미 계모에게 미혹하여 사랑을 제대로 펼치지 못하고 있다는 내면적인 배경이 있어야 납득할 수 있다. 그러므로 민

18) 木州 高麗史 樂志 卷25 木州條 木州(今 淸州屬縣) 木州孝女所作 女事父又後母以孝聞 父惑後母之讒 逐之 女不忍去 留養父母 益勤不怠 父母努甚 又逐之 女不得已辭去 至一山中 見石窟有老婆 遂言其情 因請寄寓 老婆其窮而許之 女以事父母者事之 老婆愛之 嫁以其子 夫婦協心勤儉致富 聞其父母甚貧 邀致其家 奉養備至 父母猶不悅 孝女作是歌 以自怨 『한국민족문화대백과』, (한국학중앙연구원, 2009, http://encykorea.aks.ac.kr/)참조. 『고려사』 악지 외에도 『증보문헌비고(增補文獻備考)』 악고(樂考) 17과 『대동운부군옥(大東韻府群玉)』 권18에 <목주가>란 제목으로 비슷한 내용이 전한다.

19) 『악장가사(樂章歌詞)』, 『시용향악보(時用鄕樂譜)』, 『안상금보(安瑺琴譜)』 등에 실려 있다.

간에서 민요로 불리던 <목주가>(또는 <사모곡>)는 아마도 궁중음악으로 변개되면서 원래 민요 사설에 있었을 '원망'의 사설이 삭제됐으리라고 생각된다. 그런데 충청 지역에 전승되는 서사민요 중에 이러한 '사모(思母)'와 '원망'의 사설을 함께 담고 있는 노래가 있어 주목된다. 이는 충청 지역 노래가 고려 속악의 백제 노래의 전통을 잇고 있음을 뚜렷하게 보여주는 자료라 할 수 있다. 충청 지역에서 조사된 노래의 전문을 들면 다음과 같다.

> 어매어매 고동어매
> 거먹창은 엇다두고 흔창으로 나를보나
> 나를보기 실커들랑 울아버지 배반하소
> 호미쇠도 쇠언마는 낫쇠만큼 선뜻헌가
> 밧부모도 부모건만 안부모같이 사랑할까
> 하늘이라 쳐다보니 따지자가 굽어보데
> 엉금산 바위밑에 어머니를 불러보니
> 어머니는 대답않고 구만석이 대답하네(서천지방, 계모요)[20]

여기에서 보면 "호미쇠도 쇠언마는 낫쇠만큼 선뜻헌가 / 밧부모도 부모건만 안부모같이 사랑할까" 하며 호미와 낫을 밧부모(아버지)와 안부모(어머니)에 비유하고 있다. 이는 <사모곡>의 "호미도 놀히어신 마ᄅᆞᄂᆞᆫ 낟ᄀᆞ티 들리도 어ᄡᅥ새라 / 아바님도 어이어신 마ᄅᆞᄂᆞᆫ 어마님ᄀᆞ티 괴시리 어ᄲᅥ라"라는 <사모곡>의 구절을 거의 그대로 부르는 것이다. 고동어매는 다른 지역의 각편들에서는 '다신어매', '각시어매' 등으로 나오는데,[21] 모두 새어머

---

20) 최문휘 편저, 『충남민요집』, 한국예술문화단체총연합회 충남지회, 1990, 510쪽.

21) "어매어매 각시어매 어매어매 각시어매 / 검은창은 어따두고 흔(흰)창이로 날보는가 / 어매어매 각시어매 손에손짓 어따두고 발에발질(발길)로 날차는가 / 어매어매 각시어매 검은창은 어따두고 흔창이로 날보는가 / 손에손짓어따두고 발에발질로 날차는가 / 뒷단은 어따두고 당글개(고무레)로 날차는가 / 어매어매 각시어매 나온다고 기념마소 나도살고 내도살고" [청계면 11] 각시어매, 김운님(여 86), 이은례(여 80) 공동 제창, 청계면 청계4리, 2005. 4. 6., 조희웅 외 조사, 『호남구전민요자료집』(무안군) ; "수십개야 수만개야 만리동동 우리아배 / 전처에 자슥두고 훗장갤랑 가지마소 / 보리밥이 밥일랑강 상한

니, 즉 계모를 말하는 것이다. 화자는 계모에게 왜 자신을 검은 눈동자로 제대로 보지 않고 흰 자위를 드러내며 흘겨보는지 물으며, 자신이 보기 싫으면 아버지를 배반하라고 말을 건넨다. 각편에 따라서는 아버지가 자신을 배반할 리 없다는 계모의 답이 나오기도 한다. 결국 화자는 아버지가 어머니와 같이 자신을 사랑할 수 없음을 깨닫고 돌아가신 어머니가 묻힌 산을 찾아가 어머니를 불러보지만 어머니의 대답을 들을 수 없음을 한탄하고 있다.

이렇게 볼 때 충청 지역에서 전승되어 온 <계모요>는 충청 지역에서 불렸다는 <목주가> 또는 <사모곡>이 오랜 세월 동안 전승되면서 이어져 내려온 것이라 할 수 있다. 충청 지역 서사민요 중에는 이렇게 친부모를 그리워하고 계모를 원망하는 노래가 많이 나타나는데, 다음과 같은 노래도 그러하다.

우랴버지 산소강깨
페랭이꽃이 피어서나 이리너울 저리너울
그꽃한쌍 딸라닝개 눈물게워 못따겄네
우리어머니 산소강개
함박꽃이 피어서나 이리너울 저리너울
그꽃한쌍 딸라닝개 눈물게워 못따겄네
우리스모 뫼에가닝개 늙으나젊으나 꼬부라진
할미꽃이 피어서나 이리너울 저리너울
그꽃한쌍 딸라닝개 웃음게(겨)워 못따겄네
우랴버지 가시던질목 술장사를 앉혀놓구
우려머니 가시던질목 밥장사를 앉혀놓구
우리스모 가는질목 팥죽할미 앉혀놓구
우랴버지 가시쪽다릴랑 은쪽다리 놓아디리구

고기 고길랑강 / 헌두더기 옷일랑강 의붓애비 애빌랑강 / 다선어미 어밀랑강 애고애고 우리아바 / 전처에 자슥두고 훗장갤랑 가지마소 / 석자시치 명주수건 눈물닦아 다썩었소" [김해시 진영읍 7] 첩살이 요, 오두한(여 52), 내룡리, 1982.8.22., 김승찬, 강덕희 조사, 『한국구비문학대계』 8-9.

우려머니 가시던쪽다릴랑 금쪽다리 놓아디리지요
우리스모 가는다리 삼년묵은 저릅댕이
쪽다리를 놓아디리지요
우려머니 앉은자리 화방석을 깔어디리구
우랴버지 앉은자리 꽃방석을 깔어디리구
우리스모 앉은자리 바늘방석 깔어디리지요
[무슨 노래냐고 물으니 남의 자식이 어머니를 그리는 노래라고 설명함][22]

아버지 어머니의 산소에는 패랭이꽃, 함박꽃이 피어있지만, 서모의 산소에는 할미꽃이 피어있고, 아버지 어머니 가시던 길목에는 술장사와 밥장사를 앉혀놓지만, 서모의 가는 길목에는 팥죽할미를 앉혀 놓고, 아버지 어머니 가시는 쪽 다리에는 은쪽 금쪽 다리를 놓지만, 서모 가는 다리 쪽에는 삼년 묵은 저릅댕이 쪽다리를 놓고, 아버지 어머니 앉은 자리에는 꽃방석을 깔아드리지만 서모 앉은 자리에는 바늘방석을 깔아 드린다고 하여 서모에 대한 원망과 미움을 솔직하게 드러내고 있다.

이외에도 죽은 어머니를 그리워하는 <어머니 묘에 찾아가는 딸(타박네야)> 노래는 죽은 어머니를 부르지만 어머니가 오실 수 없는 상황을 여러 가지 불가능한 상황을 통해 제시하고 있다.

재주 보게 재주 보게
우리 어머이 재주 보게 나도 놓고 비도 놓고

22) [부여군 내산면 7] 부모타령, 장소저(여 89), 온해리 온수, 1982. 5. 6., 박계홍, 황인덕 조사, 『한국구비문학대계』 4-5. *시부모를 모시는 데 대한 푸념을 노래한 것으로 슬픈 노래라 했다. 구연자는 어려서부터 총기가 좋았다고 하며 놀면서, 혹은 길쌈하면서 불렀던 아주 묵은 노래를 많이 알고 있었고, 하도 자세히 기억하고 있어 청중을 감탄시키곤 했다. 이야기에 덧붙여 이야기 내용을 부연해서 설명하거나 훈계적 논평을 가하는 데도 관심을 보였고 이런 데서 인륜과 도덕을 크게 강조하기도 했다.(채록자의 설명임) / 여기에서 채록자는 이 노래를 "시부모를 모시는 데 대한 푸념을 노래한 것으로 슬픈 노래라 했다."라고 설명하고 있는데, 이는 '스모'를 '시모' 또는 '시부모'로 착각한 데서 온 것이라 생각된다. '스모'는 '서모' 즉 친모가 아닌 계모를 나타내는 것이다.

열두세라 모시비는 김에 찌서 걸어 놓고
열석세라 맹지비는 잉애 달아 밀쳐 두고
어린 자슥 밥 멕어 놓고 실근 자슥 젖 멕어 놓고
이 시상을 마다하고 저승 살림 가신다네
바늘 간데 실 안 가요 어머이 간데 나 안 갈까
천방곁은 바우밑에 어머이 불러 찾아가니
죽은 어머이 대답할까 묻힌 어머이 대답할까
동솥에라 삶은 암탉 알을 낳고 울기 되면
너그 어머니 온다더라
아강 아강 울지마라 팽풍에라 그린 장닭
홰를 쳐고 울기 되면 너그 어머니 온다더라
아강 아강 울지마라 군밤 닷되 찐밤 닷되
살광 밑에 싹이 나면 너그 어머니 온다더라
저게 가는 저 마누라 저승 살림 가시거든
우리 어머이 만내거든 쪼그만한 호리빙에
젖 한빙을 보내다오 아름바오 시도시게
밥 한사발 보내주마 젖 한빙도 보내주지[23)]

이 노래는 고려 속요 중 여러 가지 불가능한 상황을 들며 임과의 이별을 부정하는 <정석가>를 연상케 한다. 그러나 위 노래와 <정석가>는 반대의 어법으로 서술하고 있음을 볼 수 있다. 즉 <정석가>에서는 불가능한 상황이 이루어져야 임과 이별하겠다고 하여서 절대 헤어질 수 없음을 맹세하지만, 이 노래에서는 불가능한 상황이 이루어져야 어머니와 만날 수 있다고 하여 돌아가신 어머니를 절대 만날 수 없음을 역설적으로 이야기하고 있다. 이는 고려 시대 문충이라는 효자가 불렀다는 <오관산>에도 나타나는 표현법으로서, <오관산>에서도 불가능한 상황이 이루어져야 어머니가 늙으실 것이라고 표현함으로써, 그와는 반대로 어머니가 오래도록 늙지 않으시기

23) [영동 2-14] "재주보게 재주보게", 서남순(여 1924), 영동군 황간면 신평리, 1995. 8. 9., 『한국민요대전』 충북.

를 기원하는 내용으로 되어 있다.[24] 이는 민요의 어법을 뒤집어 표현한 것으로서, 이들 노래가 본래 위와 같은 민요와의 관계 속에서 창작된 노래임을 보여주는 것이라 할 수 있다. 이처럼 삼국 시대부터 부르던 노래와 유사한 사설이 근래에까지 충청 지역에서 서사민요로 불리는 것을 통해 충청 지역 서사민요가 오랜 세월에 걸쳐 이 지역을 중심으로 형성, 전승되어 왔음을 확인할 수 있다.

3.2. 내용적 특질

서사민요는 창자가 작품내적 자아의 이야기를 허구적으로 사건화하여 전개하는 노래이다. 조동일의 장르 이론에 의하면 '작품외적 자아의 개입이 있는, 자아와 세계의 대결'로 이루어진 민요라고 할 수 있다. 그러면서도 서사민요는 작품 내 자아와 세계의 관계에 따라 전형적인 경우도 있는가 하면, 서정적, 교술적, 극적인 경향을 보이는 경우도 있다.[25] 영남과 호남 지역의 서사민요를 비교한 결과 유형에 따라 차이가 있기는 하지만 대체로 영남 지역 서사민요는 전형적 양상을 보이며, 호남 지역 서사민요는 서정적 경향을 많이 보이는 것으로 파악되었다. 이에 비해 충청 지역 서사민요는

---

24) 오관산(五冠山) 고려 때의 문충(文忠)이 지은 고려가요. 원가는 전하지 않고, 다만 노래의 내력과 이제현(李齋賢)의 칠언절구 한해시(漢解詩)가 『고려사』 악지 속악조(俗樂條)에 전한다. 그 내용에 따르면, 문충은 오관산 아래에 살면서, 어머니 봉양을 위하여 30리나 되는 개성까지 매일 벼슬살이를 갈 정도로 어머니에 대한 효성이 극진하였다고 한다. 그러면서 자기 어머니가 늙은 것을 개탄하여 이 노래를 지었다고 한다. 이제현의 해시를 옮기면 다음과 같다. "나무토막으로 조그마한 당닭을 새겨/젓가락으로 집어다가 벽에 앉히고/이 닭이 꼬끼오 하고 때를 알리면/그제사 어머님 얼굴 늙으시옵소서(大頭雕作小唐鷄 節子拈來壁上栖 此鳥膠膠報時節 慈顔始似日平西)." 『한국민족문화대백과』, 한국학중앙연구원, 2009, http://encykorea.aks.ac.kr/참조.

25) 서사민요의 장르에 대해서는 서영숙, 「서사민요의 장르와 문학적 특징: 충청 지역 자료를 중심으로」, 『한국민요학』 23, 한국민요학회, 2008. 8에서 고찰한 바 있고, 『한국 서사민요의 날실과 씨실: 우리 어머니들의 노래』, 도서출판 역락, 2009에 재수록하였다.

앞에서도 살펴보았듯이 다른 지역 서사민요에 비해 교술적 경향을 많이 보인다. 이는 개인적 감정보다는 보편적 지식과 규범을 중요시하기 때문에 나타나는 양상이라 할 수 있는데, 그러다보니 효도나 공경과 같은 이념이 노래 속에 또는 노래를 부르고 난 뒤 덧붙이는 말속에 자연히 스며들어 교술적 경향을 띠게 된다. 다음 노래가 그 좋은 예이다.

밤한되를 팔어다가 [청중 : 주워다가.] 살강밑이 묻었더니
머리감은 시앙쥐가 [청중 : 머재빠진….]
들락날락 다까먹구 밤한톨을 낭구었네
가마솥이 쐚으까나 옹솥이다 쐚으까나 [청중 : 그거 어렸을 때 흔들 흔들 잘 했지 왜….]
한쪽은까서 저기할아버지주구 한쪽은까서 할머니주구
[제보자 : 다 그거여. 그렇게 한 사람은 복을 받구, 한 쪽을 까서 나 먹구 한 쪽은 까서 즤 새끼 준다는 놈은 죄가 된다.][26]

이 노래는 전국적으로 고루 전승되고 있는 <아이 어르는 소리> 중의 하나인 <쥐가 남긴 밤을 아이와 나눠먹는 사람(달강달강)>이다. 어린아이를 어르면서 밤을 삶는 과정을 길게 서술함으로써 여러 가지 살림도구의 이름을 자연스럽게 익히게 하고 있다. 또한 고작 한 톨 남은 밤을 정성스럽게 삶아 어른에게 먼저 드린다고 함으로써 음식에 대한 소중함과 어른에 대한 공경심을 갖게끔 한다. 일반적인 <달강달강>에서 대부분 맨 마지막 부분에 "밤한쪽은 까서 할아버지 드리고 나머지 한쪽은 까서 너하고 나하고 먹자"로 나오는 것과 대조적이다. 심지어 위 각편의 제보자는 "한쪽을 까서 나 먹구 한쪽은 까서 즤 새끼(자기 자식) 준다는 놈은 죄가 된다."며 자신이 노래 속에서 밤을 한쪽은 까서 할아버지 드리고 한쪽은 까서 할머니 드리라고 부

26) [대덕군 구즉면 12] 풀무 노래(1), 김홍님(여 64), 대덕군 구즉면 봉산리 2구 앞바구니, 1980. 8. 25., 박계홍, 황인덕 조사, 『한국구비문학대계』 4-2.

르는 것이 다 이유가 있음을 설명하고 있다.

이렇게 여성들이 부르는 서사민요에 충효의 교훈적 이념이 나타나는 것은 그리 흔하지 않은 일이나 충청 지역 서사민요에는 쉽게 찾아볼 수 있다. 다음 메밀의 재배에서부터 메밀 음식을 만들기까지의 과정을 읊고 있는 <메밀 음식 만들어 사람들에게 대접하는 여자(메밀노래)>의 경우도 마찬가지이다.

> (윗부분 생략)
> 메물간제 십일만에 애기동동얼 앞세우고
> 메물구경을 가는이
> 대는대는 구경대요 잎은잎은 떡잎이라
> 꽃은꽃은 메꽃인데 열매열매 검은열매
> 낫이루다 전을쳐서 도루캐루 성문맞춰
> 싸리비루 씰렁돌아 버들치에다 춤을추어
> 멧돌이다 등얼탈제 애기에쏠쏠이 매질이야
> 이매질을 원제나다햐 부모에봉양을 하고보나
> 부모에봉양두 하려니와 나라의상납이 늦어간다.[27]

일반적인 <메밀 노래>는 메밀을 길러 메밀국수나 메밀 부침개를 만든 뒤 남편을 기다리는 내용이 나오나, 이 각편의 경우에는 "이매질을 원제나다햐 부모에봉양을 하고보나 / 부모에봉양두 하려니와 나라의상납이 늦어간다"에서 볼 수 있는 것처럼 부모 봉양과 나라 상납을 잘 할 것을 걱정하는 내용이 나온다. 이런 내용은 대부분 남성들이 부르는 농업노동요에 많이 나오는 것인데, 이런 충효 사상이 여성들의 서사민요에까지 영향을 미치는 것은 다른 지역에서는 거의 나타나지 않는, 충청 지역 서사민요의 특색이라 생각된다.

다음 <나물반찬 만들어 사람들에게 대접하는 여자(나물노래)> 노래에서

---

27) [대덕군 기성면 14] 메물개 타령, 임소조(여 72), 도안리 3구 음지말, 1980. 7. 29., 박계홍, 황인덕 조사, 『한국구비문학대계』 4-2.

역시 방아를 찧어서 부모님을 잘 섬기면 복을 받게 될 것이라는 내용을 서술하고 있어 고려속요의 <상저가>를 연상케 한다.

> 있는힘을 다해서 절구방애를 찧였건만
> 시아버님 밥상에 돌들어가면
> 걱정에 호동방구가 돌아오니 얼마나 웃을건가
> 홋땔랑은 밥할적에 돌도뉘도 없기로 조심조심 하여보자
> 쪼아리를 뜯어다가 시아버님 밥상에 쪼부려놓고
> 엉겅퀴 뜯어다가 시어머니 밥상에 엉겁을 씌워놓고
> 만반진수를 정성드려 부모님을 섬기고보면
> 그것이내게 돌아와 만고대복을 내받으리[28]

이 노래는 <디딜방아 노래>로서 밥과 반찬을 마련해 시부모를 공양하는 내용으로 되어 있다. 다른 지역에서 전승되는 동일 유형의 노래들이 대부분 반찬을 마련해 시집식구에게 대접하나 시집식구들이 하나같이 반찬을 타박하고 화자는 이를 한탄하는 내용으로 되어 있는 것과 매우 대조적이다. 이러한 서술 양상은 주어진 현실을 비탄하고 원망하기보다는 긍정적으로 받아들여 매사에 신중하고 조심할 것을 경계하는 <계녀가>류 가사에 근접하고 있다.

한편 충청 지역 서사민요에서 두드러지는 또 하나의 특징은 결말이 대체로 설화적 결말(허구적, 신화적, 민담적 결말)을 많이 취하며 비극적 결말보다는 행복한 결말로 끝나는 경향이 많다는 점이다.[29] 예를 들면 <베 짜며 남편을 기다리는 아내(베틀 노래)>의 마지막 부분은 대부분 옷을 다 지어놓고 남편이 돌아오기를 기다리나 남편이 죽어 칠성판에 놓여 온다는 내용으로 되

28) [영동군 용산면 3] 디딜방아 노래, 박임순(여 71), 부상리 부상골, 1982. 7. 25., 김영진 조사, 『한국구비문학대계』 3-4.

29) 서영숙, 「충청 지역 서사민요의 전승양상과 문화적 특질」, 『어문연구』 58, 어문연구학회, 2008. 12., 306쪽.

어 있는데, 충주에서 전승되는 <베틀 노래>의 경우 남편이 죽자 사방을 돌아다니다가 죽기 위해 물에 투신하나 이후 연꽃으로 태어나고 그 연꽃에서 다시 사람으로 환생하는 결말로 되어 있다.

(윗부분 생략)
가이없네 이내나신세 가련하구나 이내신세를
어찌할꼬 허방지방 다니다가 연못가를
지내다보니 연못이있구 가련한몸 죽어볼까
연못으로 텀벙들어가서 모든것을 다잊어버리고
상류신세가 되었구나 하느님이 돌봐셨는지
하늘선녀가 돌보셨는지 이내몸이 다시탄생하여
연꽃으로 변하였고나 연꽃으로 변하여
애기들이 나오더니 내에연꽃을 건지다가
병화분에따 꼬져노니 이내일신이 다시탄생하여
이사람으로다가 인도하여 내몸이 또생겼구나[30]

이는 소설 <심청전>이나 판소리 <심청가>의 연꽃 환생 모티프와 일치하는 것으로 충청 지역 서사민요에 흔히 등장하는 모티프이다. 충청 지역 여성들의 서사민요에 고전소설에 많이 나오는 어려운 한자어구나 고사 등이 많이 나타나는 것을 볼 수 있는데, 위의 <베틀 노래> 역시 이런 영향을 입은 것으로 생각된다.

이러한 경향은 전국적으로 전승되고 있는 광포유형 중의 하나인 <시집식구가 구박하자 중이 되는 며느리> 유형에서도 결말 부분에 남편과 아내가 하늘로 올라가 신선이 되어 잘 살게 되었다는 환상적 결말을 맺는 데에서도 잘 나타난다.[31] 다른 지역에서도 묘가 벌어져 아내가 남편 묘로 들어

30) [충주시 소태면 9] 베틀노래, 김채용(여 47), 충주시 소태면 덕은리 조기암, 1979. 11. 12., 김영진, 맹택영 조사, 『한국구비문학대계』 3-1.
31) 서영숙, 앞 논문, 2008. 12., 290쪽.

간 뒤 그 속에서 나비가 한 쌍 나온다는 내용이 나오기도 하나, 이처럼 연꽃으로 환생한 뒤 신선이 되어 하늘로 올라간다는 내용은 거의 나오지 않는다. 심지어 주인물이 시집살이로 인해 자살을 하는 내용의 <시집살이 노래>에서도 충청 지역의 한 각편은 마지막 부분에 주인물이 자살을 시도하나 우연히 나뭇가지에 걸려 죽지 않고 한 도령을 만나 잘 살게 되었다는 소설적이면서 행복한 결말로 마무리하기까지 한다.[32]

이처럼 서사민요의 결말이 설화적, 소설적 결말로 이루어지는 것과 함께 비극적 결말보다는 행복한 결말로 맺는 경향이 많이 나타나는 것은 다른 지역 서사민요와 구별되는 충청 지역 서사민요의 특질이라 할 수 있다. 서사민요의 일반적 특성이 비극적이라고 할 만큼[33] 대부분의 서사민요가 비극성을 띠는 데 비해 충청 지역 서사민요는 행복한 결말의 비중이 높게 나타난다. 즉 충청 지역 서사민요 총 99편의 결말을 살펴본 결과, 행복한 결말로 되어 있는 것이 38편, 비극적 결말로 되어 있는 것이 30편이며, 뚜렷한 결말 없이 교술적인 과정의 서술로 되어 있거나 양면적 성격을 띠고 있는 것이 31편으로 되어 있다. 이처럼 행복한 결말로 되어 있는 각편이 많이 나타난다는 것은 그만큼 충청 지역 가창자들이 낙천적인 세계관을 지니고 있기 때문에 나타나는 양상이라 할 수 있다.

이상에서 볼 때 충청 지역의 서사민요의 특성을 영·호남 지역에 비교해 보았을 때, 두 지역에 비해 교술적이면서도 교훈적인 서사민요가 많은 비중을 차지하며, 그 결말에 있어서 설화적이면서 행복한 결말을 많이 맺는 것을 볼 수 있다. 이는 호남 지역 서사민요가 주로 서정적 경향을 많이 보이며, 영남 지역 서사민요가 서사민요의 본령대로 서사적 경향을 강하게 나타내는 것과 대조된다. 또한 영남의 서사민요가 주로 비극적 성향을 많이 보이고 호남의 서사민요가 항의와 비판을 많이 나타냄으로써 양면적 성향을

32) 서영숙, 앞 논문, 2008. 12., 291~292쪽.
33) 조동일, 『서사민요 연구』, 계명대 출판부, 1970초판, 1979증보판, 369쪽.

주로 보이는 것과도 구별된다.[34]

충청 지역 서사민요가 이러한 성향을 띠게 된 원인이 어디에 있느냐를 한마디로 단언할 수는 없다. 오랜 세월 동안 형성된 지역과 지역민의 성향은 어느 정도는 자의적이고 임의적인 판단에 좌우될 수 있기 때문이다. 그러나 서사민요에 나타난 성향이 대체적인 것이라 할지라도 그 성향을 어느 정도는 해석해낼 필요가 있다. 충청 지역 서사민요가 교술성을 주로 띠는 것은 우선 충청 지역이 서사민요 전승의 주변부에 놓여 있음으로써 서사민요의 본령에서는 어느 정도 멀어져 있기 때문에 나타나는 양상이라고 할 수 있다. 그러면서도 충청 지역이 지니고 있는 '양반문화'로서의 성격과 자신의 감정을 겉으로 잘 드러내지 않은 체면과 위신을 내세우는 사회적 풍조가 서정적, 서사적 경향의 서사민요보다는 교술적 서사민요를 선호했고, 내용 역시 교훈적 주제를 주로 다루었으리라 생각된다.

충청 지역 사람들이 역사적으로 신라와 백제, 고구려의 틈새에서 수많은 부침을 겪는 동안 비판이나 항의보다는 수용과 화합을 중요시하는 경향을 띠게 된 것도 충청 지역 서사민요의 특질과 무관하지 않다. 주어진 현실을 비탄하거나 저항하기보다 긍정적으로 받아들이며 극복해내는 서사민요 속 주인물의 특성은 바로 충청 지역 평민 여성들의 모습을 보여준다고 해도 과언이 아니다. 주인물이 부당한 시련을 겪는 서사민요에서도 마지막 부분에는 행복한 결말로 마무리함으로써 주인물의 한과 설움을 풀어내는 것은 바로 이러한 충청 지역 여성들의 삶에 대한 태도와 가치관에서 비롯한 것이라 할 수 있다.

34) 서영숙, 「영・호남 서사민요의 소통과 경계: 데이터베이스를 통한 전승적 특질 비교」, 『고시가연구』 28, 한국고시가문학회, 2011. 8., 360~363쪽.

4. 맺음말

이 글에서는 서사민요가 지니고 있는 지역문학적 성격을 충청 지역 서사민요를 중심으로 살펴보았다. 서사민요는 전국적으로 널리 전승되는 광포유형이 있는가 하면 특정 지역에만 전승되는 지역유형이 있다. 또한 광포유형이라 할지라도 지역에 따라 활발하게 전승되는 하위유형이 다르게 나타나고 있어, 서사민요가 오랜 세월 동안 지역민에 의해 창작 전승되며 지역적 특성을 형성해 온 지역문학임을 알 수 있었다.

충청 지역은 다른 지역(특히 영남과 호남)에 비해 서사민요가 그리 활발하게 전승되는 지역은 아니다. 이는 충청 지역이 서사민요의 중심부라 할 수 있는 영남과 호남에서 어느 정도 거리가 떨어져 있을 뿐만 아니라, 양반문화 중심의 문화를 지니고 있어서 여성이 서사민요를 부를 만한 여건이 풍부하지 않았기 때문이라고 할 수 있다. 그런 가운데서도 다른 지역에 비해 <베 짜며 남편을 기다리는 아내(베틀노래)>, <메밀음식 만들어 사람들에게 대접하는 여자(메밀노래)>, <나물반찬 만들어 사람들에게 대접하는 여자(나물노래)>, <쥐가 남긴 밤을 아이와 나눠먹는 사람(달강달강)>과 같은 교술적인 성향의 유형이 많이 전승되는 특징을 보인다. 이 역시 개인의 주관적 감정을 드러내는 것을 선호하지 않았던 사회적 상황과 관련되는 것으로 판단된다.

또한 충청 지역의 서사민요는 비판이나 항의보다는 경계와 교훈적인 경향을 많이 나타내며, 비극적 결말보다는 설화적이면서도 행복한 결말을 통해 주인물의 한과 설움을 풀어내는 특징을 보인다. 이는 이 지역 서사민요의 주 향유계층인 평민 여성들이 현실에 대해 수용적이면서도 긍정적인 태도를 지녀왔음을 보여주는 것이라 할 수 있다. 이러한 특징은 충청 지역이 오랜 세월 신라와 백제, 고구려의 틈새에서 수많은 부침을 겪어오면서 수용과 화합의 정신을 중요시했던 역사적 상황으로부터 형성된 것이라 생각된다. 한편 충청 지역의 서사민요 유형들은 근래에 와서 형성된 것이 아니라 삼국 시대 무렵부터 형성된 것으로 볼 수 있는데, 그 좋은 예가 <목주가>나 <사모곡>이다. 현재 충청 지역에는 이 두 작품의 전통을 잇는 것으로 추정되는 <계모 노래>나 <부모 노래> 같은 노래가 전승되고 있어 이들 서사민요의 역사적 연원을 가늠할 수 있다.

이 글에서 살펴본 충청 지역 서사민요의 지역문학적 특색은 충청 전 지역에 대한 고른 조사가 이루어지지 않은 상태에서의 자료를 대상으로 하고 있다는 점에서 어느 정도 한계를 지니고 있다. 뿐만 아니라 전국적인 서사민요 자료의 현황이 제대로 정리되지 않은 상태여서 아직은 조심스런 추정에 그칠 수밖에 없다. 앞으로 전국 서사민요의 유형별 전승양상과 함께 각 지역 서사민요의 면밀한 검토와 지역별 비교를 지속함으로써 서사민요의 지역문학적 성격을 온전하게 드러낼 수 있기를 기대한다.

2장_ 서울·경기 지역 서사민요의 전승양상과 문화적 특질

1. 머리말

서사민요는 서사적 줄거리를 갖추고 있는 비교적 긴 노래로서, 주로 여성들이 혼자 또는 여럿이 모여 일을 할 때 불렀다. 여성들이 길쌈이나 밭매기 등 오랜 시간 동안 단조로운 작업을 할 때 서사적으로 길게 이어져나가는 노래가 필요했고, 서사민요는 이러한 필요성에 의해서 향유되었다. 그러므로 서사민요는 주로 도시 여성이 아닌 농촌 여성에 의해, 양반 여성이 아닌 평민 여성에 의해 불렀다. 서사민요가 영남과 호남을 비롯한 농촌 지역에서, 그것도 반촌보다는 민촌에서 많이 조사되는 것은 이러한 연유에서이다.

지금까지 서사민요 연구는 주로 서사민요의 장르가 무엇인가, 장르적 특질이 무엇인가 하는 데 장르적 논의에 집중되어 왔다. 이들 연구는 서사민요가 서사로서의 성격보다는 서정으로서의 성격을 많이 드러내고 있다는 점으로 결론이 모아지고 있다.[35] 그러나 이는 서사민요가 이야기가 아닌 노

---

35) 서사민요의 장르적 성격에 대해서는 조동일이 『서사민요 연구』, 계명대 출판부, 1970 초판 1979 증보판에서 '서사'로 규정한 이래, 고혜경, 「서사민요의 장르적 성격」, 『민요론집』 4, 민요학회, 1995; 김학성, 「시집살이노래의 서술구조와 장르적 본질」, 『한국시가 연구』 14, 한국시가학회, 2002; 박경수, 『한국 민요의 유형과 성격』, 국학자료원, 1998; 이정아, 『서사민요 연구: 양식적 특성을 중심으로』, 이화여대 석사학위논문, 1993; 허남춘, 「서사민요란 장르규정에 대한 이의」, 『고전시가와 가악의 전통』, 월인, 1999 등에 의해 그 서정적, 서술적, 복합적 성격이 논의되어 왔다. 본인은 『한국 서사민요의 날실과 씨실: 우리 어머니들의 노래』, 도서출판 역락, 2009에서 서사민요의 장르적 본질을 서사에 두고 작품의 실현양상에 따라 전형적, 서정적, 교술적, 극적 성향이 나타나는 것으로 보았다.

래로 불리기 때문에 나타나는 당연한 양상이며, 그 점이 서사민요가 다른 서사 장르와 구별되는 특질이 아닐까 한다. 본인은 근래 서사민요의 유형별 특징 및 지역별 전승양상에 대한 연구로 서사민요에 대한 논의를 확장해 왔다.[36] 그 결과 서사민요는 주로 영남과 호남을 중심으로 해서 활발하게 창작 전승되어 왔으며, 그 주변 지역으로 갈수록 창작과 전승이 덜 활발하게 이루어지고 있음을 밝혔다.[37] 또한 지역별로 다른 지역에서 전승되지 않는 고유한 유형이 전승되거나, 같은 유형이라 할지라도 지역에 따라 독특한 전개방식을 보이고 있음을 찾아냄으로써, 서사민요가 지니고 있는 지역문학으로서의 특질을 밝히는 일련의 작업을 진행 해오고 있다.

이 글에서는 이러한 작업의 일환으로 서울·경기 지역 서사민요의 전승양상과 문화적 특질을 살펴보려고 한다. 서울·경기 지역은 서사민요의 중심부라 할 수 있는 영남과 호남에서 멀리 떨어져 있을 뿐만 아니라, 다른 지역에 비해 도시화와 산업화가 더 빨리 이루어지면서 서사민요가 창작되고 전승될 수 있는 여건도 그만큼 급속하게 파괴된 곳이다. 그러나 그렇다고 해서 서울·경기 지역이 서사민요의 불모지라고 할 만큼 서사민요의 전승이 완전히 소멸된 것은 아니다. 비록 다른 지역에 비해 전승이 활발하게 이루어지지는 않았다고 할지라도 서울·경기 지역에서 전승되는 서사민요에는 어떠한 것들이 있으며, 이들 서사민요의 특질은 무엇인지를 밝혀낼 필요가 있다. 이는 비단 서사민요의 특질 연구에 그치는 것이 아니라 서울·경기 지역 문화의 한 특질을 밝혀내는 작업이기도 하다.

연구 대상 자료는 1980년대 이후 전국적으로 집중적인 조사를 시행해 이루어진 조사 자료집인 『한국구비문학대계』, 『한국민요대전』과 경기도에서

---

36) 서영숙, 「전남 서사민요의 유형분류와 존재양상」, 『한국민요학』 13, 한국민요학회, 2003; 「충청 지역 서사민요의 전승양상과 문화적 특질」, 『어문연구』 58, 어문연구학회, 2008; 「영남 지역 서사민요의 전승적 특질」, 『고시가연구』 26, 한국고시가문학회, 2010 등 참조.
37) 서영숙, 「서사민요의 지역문학적 성격: 충청 지역을 중심으로」, 『한국시가연구』 32, 한국시가학회, 2012, 130쪽.

지역의 향토민요를 전반적으로 조사해 발행한 『경기도의 향토민요』, 임석재 채록 『한국구연민요』 자료편과 『한국구연민요자료집』을 주 대상으로 한다.[38] 이외에 기타 개인이나 기관에 의해 부분적으로 조사가 이루어진 조사 자료집을 보조 자료로 이용한다.

2. 서울 · 경기 지역 서사민요의 전승양상

여기에서는 서울 · 경기 지역 서사민요의 전승양상을 살펴볼 것이다. 이는 서울 · 경기 지역 서사민요의 유형별 분포와 유형별 특징으로 나누어 고찰한다.[39]

2.1. 서울 · 경기 지역 서사민요의 유형별 분포

서울 · 경기 지역은 다른 지역에 비해 급속하게 진행된 산업화, 도시화 등으로 인해 서사민요 전승의 여건을 충분히 지니고 있지 않다는 점에서 서사민요가 활발하게 전승되는 것을 기대하기는 어렵다. 또한 서울 · 경기 지역의 경우 토박이 서울 · 경기 지역민보다는 호남, 영남, 충청, 강원 등 다

38) 김영운 · 김혜정 · 이윤정, 『경기도의 향토민요』 상 · 하, 경기문화재단, 2006; 임석재 채록 『한국구연민요』 자료편, 임석재 편저, 집문당, 1997; 한국정신문화연구원, 임석재 채록 『한국구연민요자료집』, 민속원, 2004; 『한국구비문학대계』 1-1~1-9(서울 · 경기) 외 76권, 한국정신문화연구원, 1980~1989; 『한국민요대전』 경기 · 강원 · 충북 · 충남 · 전북 · 전남 · 경북 · 경남 · 제주편, ㈜문화방송, 1993~1995. 자료 인용시에는 차례로 지역명과 페이지 또는 자료번호를 문헌 약호 '경기향토 상 · 하', '구연민요', '구연민요자료집', '구비대계', '민요대전'과 함께 제시하기로 한다.

39) 서사민요의 유형은 주인물과 상대인물의 관계에 따라 분류한 바 있다. 서영숙, 앞의 책, 2009, 47~75쪽.

양한 지역에서 이주해 온 사람들이 많아서 서울·경기 지역에 본래 어떤 유형의 서사민요가 어떻게 전승되어 오고 있었는지를 명확하게 가늠하기도 어렵다. 다만 서울·경기 지역에서도 도심과 멀리 떨어진 변두리 지역은 여전히 농사를 주 생업으로 이어오고 있어서 서사민요 전승이 어느 정도 이루어졌음을 확인할 수 있다. 양평, 가평, 여주, 의정부, 화성, 포천, 안성, 강화 등이 그것으로, 이들 지역 서사민요는 인접 지역 즉 강원과 충청 지역 서사민요의 영향을 많이 받으며 창작 전승되었으리라 생각된다.

필자가 대상 자료집을 통해 찾아낸 서울·경기 지역 서사민요는 총 37편이다. 이는 지금까지 본인의 연구에서 밝혀진 바, 영남 지역 662편, 호남 지역 358편, 충청 지역 105편에 비해 매우 적은 편수이다. 그러나 비록 적은 수라 할지라도 이들 서사민요의 특징에 대한 분석은 서울·경기 지역 서사민요와 이를 향유하는 지역민들의 정서를 살펴볼 수 있다는 점에서 의의가 있으리라고 생각된다. 우선 서울·경기 지역에서 조사된 서사민요 자료의 개괄적인 상황을 표로 제시하면 다음과 같다.

자료번호	제목	유형	구연자	조사지	조사일	조사자	문헌	출생지
양평군 강상면 4	시집 살이 노래	Aa 시집식구가 구박하자 중이 되는 며느리	이금봉 여 51	양평군 강상면 세월리	1979. 10. 15.	성기열	구비대계 1-3	양평군 강상면 세월리
여주군 북내면 15	시집 살이	Aa 시집식구가 구박하자 중이 되는 며느리	정병림 여 77	여주군 북내면 신점리	1979. 8. 6.	서대석	구비대계 1-2	여주군 북내면 신점리
여주군 북내면 17	시집 살이	Aa 시집식구가 구박하자 중이 되는 며느리	최간난 여 60	여주군 북내면 지내리	1979. 8. 7.	서대석	구비대계 1-2	여주군 북내면 지내리
양평군 강상면 8	시집 살이	Aa 시집식구가 구박하자 중이 되는 며느리	심봉래 여 62	양평군 강상면 세월리	1979. 10. 3.	성기열	구비대계 1-3	양평군 강상면 세월리

양평군 양동면 4	시집 살이 노래	Aa 시집식구가 구박하자 중이 되는 며느리	조복례 여 66	양평군 양동면 계정리	1979. 1. 5.	성기열	구비대계 1-3	양평군 양동면 계정리
의정부시 가능동 5	시집 살이 노래 (2)	Aa 시집식구가 구박하자 중이 되는 며느리	양순이 여 80	의정부시 가능1동 2구	1980. 8. 9.	조희웅, 김연실, 유지현	구비대계 1-4	의정부시 가능1동
화성군 우정면 3	여탁 발승	Aa 시집식구가 구박하자 중이 되는 며느리	명련화 여 28	화성군 우정면 조암리	1980. 6. 11.	성기열, 최명동, 김용범	구비대계 1-5	화성군 우정면 조암리
양평 370	시집 살이 노래	Ac 시집식구가 구박하자 한탄하는 며느리	이의례 여 78	양평군 양동면 매월2리	2001. 7. 16.	김영운, 이준호, 김혜정, 이윤정	경기향토하	나주시 봉황면 와우리
인천시 영종면 1	시집 살이 노래	Ad 그릇 깬 며느리	홍영례 여 47	인천시 영종면 중산리	1982. 7. 16.	성기열, 이은명	구비대계 1-8	충청도
강화군 화도면 10	시집 살이와 베틀가	Ai 사촌동생에게 시집살이 호소하는 사촌형님	김옥림 여	강화군 화도면 상방2리	1981.7.18.	성기열, 정기호	구비대계 1-7	
여주군 북내면 20	아리랑	Ai 사촌동생에게 시집살이 호소하는 사촌형님	최간난 여 60	여주군 북내면 지내리	1979. 8. 7.	서대석	구비대계 1-2	여주군 북내면 지내리
포천 604	시집 살이 노래	Ai 사촌동생에게 시집살이 호소하는 사촌형님	신북순 여 65	포천시 가산면 방축리	2002. 2. 9.	김영운, 이준호, 배인교, 이윤정	경기향토하	포천시 가산면 방축리

여주군 북내면 18	베틀 노래	Ba 베를 짜는 여자	최간난 여 60	여주군 북내면 지내리	1979. 8. 7.	서대석	구비대계 1-2	여주군 북내면 지내리
양평군 청운면 4	베틀 노래	Ba 베를 짜는 여자	박복순 여 50	양평군 청운면 도원리	1979. 7. 4.	성기열	구비대계 1-3	양평군 청운면 도원리
안성 319	베틀가	Ba 베를 짜는 여자	박지숙 여 79	안성시 대덕면 대농리	2002. 3. 24.	김영운, 배인교, 이윤정	경기향토 상	과천시 한지골
인천 5-2	군음	Fa-1 삼촌식구 구박받다 혼인하나 신랑이 죽은 조카	차영녀 여 60	인천 무형 문화재 전수회관	1995. 3. 6.	문화 방송	민요대전 경기	황해도
도봉구 미아동 14	강남땅 강소제	Ga 혼인을 기다리다 죽은 신랑	곽동원 남 68	서울시 도봉구 미아 6동	1979. 3. 18.	조희웅, 이영성, 양혜정	구비대계 1-1	경남 거창
안성 390	범벅 타령	Hb 외간남자와 정 통하다 남편에게 들킨 여자	유한종 남 83	안성시 죽산면	2002. 4. 13.	김영운, 배인교, 이윤정	경기향토 상	안성시 죽산면 장원리
의정부 471-2	회닺는 소리 2-달구 소리	Hb 외간남자와 정 통하다 남편에게 들킨 여자	이수웅 남 66	의정부시 고산동	2002. 3. 23.	김영운, 배인교, 이윤정	경기향토 하	의정부 시 고산동 248-1
양평군 강상면 9	범벅 타령(바람난 여인)	Hb 외간남자와 정 통하다 남편에게 들킨 여자	김화자 여 57	양평군 강상면 세월리	1979. 10. 3.	성기열	구비대계 1-3	양평군 강상면 세월리
가평 84	범벅 타령	Hb 외간남자와 정 통하다 남편에게 들킨 여자	전찬기 남 61	가평군 하면 신하리	1968. 7. 11.	임석재	구연민요	

안성 393	중타령	Hd 중이 유혹하자 거절하는 여자	유한종 남 83	안성시 죽산면	2002. 4. 13.	김영운, 배인교, 이윤정	경기향토 상	안성시 죽산면 장원리
가평 20	중상 타령	Hd 중이 유혹하자 거절하는 여자	이태용 남 89	가평군 가평읍 달전1리	2001. 7. 5.	김영운, 이준호, 김혜정, 이윤정	경기향토 하	가평군 가평읍 달전1리
가평 88	중타령	Hd 중이 유혹하자 거절하는 여자	전찬기 남 61	가평군 하면 신하리	1968. 7. 11.	임석재	구연민요	
광주 161	변강쇠 타령	Hh 옹녀 등쌀에 장승을 패는 변강쇠	강보석 남 80	광주시 중부면 광지원리	2002. 10. 3.	김영운, 배인교, 이윤정	경기향토 하	광주시 중부면 광지원 리
가평 28	장대장 타령	Hi 남편 몰래 굿하다 들킨 아내	전찬기 남 61	가평군 하면 신하리	1968. 7. 11.	임석재	구연민요 자료집	
도봉구 미아동 4	댕기 타령	Ia 장식품 잃어버린 처녀에게 구애하는 총각	김용배 남 65	서울시 도봉구 미아1동	1979. 3. 17.	조희웅, 이영성, 양혜정	구비대계 1-1	전북 완주군 화산면
의정부 471-1	회닺는 소리 2-달구 소리	Ia 장식품 잃어버린 처녀에게 구애하는 총각	이수웅 남 66	의정부시 고산동	2002. 3. 23.	김영운, 배인교, 이윤정	경기향토 하	의정부 시 고산동 248-1
광주 158	담바귀 타령	If 담배를 키워 피우는 사람	강보석 남 80	광주시 중부면 광지원리	2002. 10. 3.	김영운, 배인교, 이윤정	경기향토 하	광주시 중부면 광지원 리
이천 582	담바구 타령	If 담배를 키워 피우는 사람	조용원 남 70	이천시 장호원읍 송산1리	2001. 8. 26.	김영운, 이준호, 김혜정,	경기향토 상	이천시 장호원 읍

						이윤정		송산1리
양평군 청운면 28	담바구 타령	If 담배를 키워 피우는 사람	이재남 남 46	양평군 청운면 도원리	1979. 7. 3.	성기열	구비대계 1-3	양평군 청운면 도원리
양평 3-7	아이어르는 소리-시상 달공	Mb 쥐가 남긴 밤을 아이와 나눠먹는 사람	전사순 여 68	양평군 청운면 신론2리	1993. 4. 1.	문화방송	민요대전 경기	
안산 256	실강 달강	Mb 쥐가 남긴 밤을 아이와 나눠먹는 사람	김금순 여 79	안산시 단원구 풍도동	2005. 5. 28.	김영운, 김혜정, 이윤정	경기향토 상	충남 서천군
여주 424	세상 달궁	Mb 쥐가 남긴 밤을 아이와 나눠먹는 사람	주옥분 여 68	여주군 강천면 강천1리	2007. 7. 28.	김영운, 이준호, 김혜정, 이윤정	경기향토 상	여주군 강천면 강천1리
남양주 178	불아 불아	Mb 쥐가 남긴 밤을 아이와 나눠먹는 사람	황의숙 여 77	남양주시 수동면 송천1리	2002. 2. 16.	김영운, 배인교, 이윤정	경기향토 하	
양평 402	시상 달공	Mb 쥐가 남긴 밤을 아이와 나눠먹는 사람	전사순 여 76	양평군 청운면 신론리	2001. 7. 16.	김영운, 이준호, 김혜정, 이윤정	경기향토 하	양평군 양평읍 대흥리
남양주군 구리읍 4	곰보 타령	기타	윤용문 남 75	남양주군 구리읍 교문3리	1980. 8. 23.	조희웅, 김연실, 유지현	구비대계 1-4	

서울 · 경기 지역은 서사민요가 37편밖에 조사되지 않았을 만큼 서사민요 전승이 희박한 서사민요의 주변부이다. 이 지역에서는 전승되는 서사민요의 유형 수가 많지 않을 뿐만 아니라 전승되는 유형은 대부분 광포유형

으로서 전국적으로 잘 알려진 것들이다. 서울 · 경기 지역에서 비교적 활발하게 전승되는 서사민요 유형을 차례대로 들면 다음과 같다.

Aa 시집식구가 구박하자 중이 되는 며느리(중 되는 며느리) 7편 / 18.91%
Mb 쥐가 남긴 밤을 아이와 나눠 먹는 사람(달강달강) 5편 / 13.51%
Hb 외간남자와 정 통하다 남편에게 들킨 여자(훗사나타령) 4편 / 10.81%
Ai 사촌동생에게 시집살이 하소연하는 사촌형님(사촌형님) 3편 / 8.10%
Hd 중이 유혹하자 거절하는 여자(중타령) 3편 / 8.10%
If 담배를 키워 피우는 사람(담바구타령) 3편 / 8.10%

여기에서 <시집식구가 구박하자 중이 되는 며느리(중 되는 며느리)>, <쥐가 남긴 밤을 아이와 나눠 먹는 사람(달강달강)>, <사촌동생에게 시집살이 하소연하는 사촌형님(사촌형님)> 유형은 서사민요의 전승이 희박한 지역에서도 전승력을 확보하고 있는 광포유형들이다. 이밖에 서울 · 경기 지역에서 많이 조사된 유형으로 <외간남자와 정 통하다 남편에게 들킨 여자(훗사나타령)>, <중이 유혹하자 거절하는 여자(중타령)>, <담배를 키워 피우는 사람(담바귀타령)> 유형이 있다. 이들 유형은 민요 또는 판소리 등이 잡가화된 것들로서, 이들 유형이 많이 조사된 것은 서울 · 경기 지역 서사민요의 전승에 잡가의 영향이 컸음을 말해 주는 것이라 할 수 있다. 이밖에도 이 지역에서는 <변강쇠타령>, <곰보타령>, <장대장타령> 등이 조사되기도 했는데, 이들 노래들은 전문소리꾼들에 의해 불리던 잡가가 일반인들에게까지 향유되면서 민요화하는 양상을 보여준다.

서사민요를 주인물과 상대인물의 관계에 따라 크게 세 부류: 시집식구-며느리 관계, 친정식구-딸 관계, 부부 · 남녀 관계, 기타 관계로 나누어 볼 때, 서울 · 경기 지역에서는 각기 12편(32.43%), 0편(0%), 13편(35.13%), 12편(32.43%) 조사되었다. 이를 보면 친정식구-딸 관계 유형을 제외하고는 거의 고루 조사되었다. 작은 차이이긴 하지만 부부 · 남녀 관계 유형이 가장 활발하게 불리고 다음으로 시집식구-며느리 관계 유형이 대체로 활발하게 전승된다. 이는 인접해 있는 강원 지역에서 시집식구-며느리 관계 74편(23.5%), 친정식구-딸 관계 89편(28.2%), 부부 · 남녀 관계 39편(12.4%), 기타 관계 112편(35.7%)로, 부부 · 남녀 관계 유형이 상대적으로 적게 조사된 것과 대조적이다.

특이한 것은 부부 · 남녀 관계 유형 중 다른 지역에서 많이 전승되는 <진주낭군이 기생첩과 놀자 자살하는 아내(진주낭군)>와 같이 남편과 아내 사이의 갈등을 그린 유형은 거의 전승되지 않고, <외간남자와 정 통하다 남편에게 들킨 여자(훗사나타령)>나 <중이 유혹하자 거절하는 여자(중타령)>와 같이 외간남자와 여자의 문제를 다룬 잡가류의 노래가 더 많이 전승된다는 점이다. 시집식구-며느리 관계 유형 중에는 전국적으로 널리 분포되어 있는 <중 되는 며느리>가 가장 많이 조사되었고, 그다음으로 <사촌형님>이 뒤를 이었다.

이에 반해 친정식구-딸 관계 서사민요가 한 편도 조사되지 않았다. 인접하고 있는 강원 지역에서는 친정식구-딸 관계 서사민요가 가장 많은 비중을 차지하면서 불리는 데 비하면 특이한 현상이라고 할 수 있다. 특히 친정식구-딸 관계 서사민요에 속하는 <어머니 묘를 찾아가는 딸(타박네야)>와 <친정부모 장례에 찾아가는 딸(친정부음)> 유형은 둘 다 어머니의 무덤이나 어머니의 장례를 찾아가는 노래로서 주로 강원 산간 지역에서 많이 불리는 노래이다. 서울 · 경기 지역에서 이 관계 유형이 거의 전승되지 않는 이유는 강원 지역과는 달리 교통의 발달 등으로 친정식구와의 분리 고통이 그다지 심하지 않았기 때문이 아닐까 한다. 또한 강원 지역에서도 친정식구-딸 관계 유형이 주로 영동 산간 지방에서 많이 불렸고 영서 지방에서는 거의 전승되지 않는 것도 어느 정도 관련이 있으리라 생각된다. 서울 · 경기 지역은 대체로 강원 지역 중 영동 지방보다는 영서 지방과 교류가 많이 이루어졌으므로, 영동 지방에서 많이 불리는 이들 유형의 영향을 거의 받지 못했을 것이다.

이상에서 볼 때 서울 · 경기 지역에서는 서사민요의 다양한 유형이 불리기보다는 몇 개의 한정된 유형들만 활발하게 전승되는 것을 볼 수 있다. 즉 서사민요의 전승에 '선택과 집중' 양상이 나타남을 알 수 있다. 이는 서울 · 경기 지역이 서사민요의 중심부에서 멀리 떨어져 있을 뿐만 아니라, 급속한 도시화와 산업화로 인해 서사민요의 창작과 전승이 둔화되면서 일어나는 양상이라 추정된다.

2.2. 서울 · 경기 지역 서사민요의 유형별 특징

서울 · 경기 지역 서사민요는 주인물과 상대인물의 관계에 따라 크게 세 관계 부류: 시집식구-며느리 관계 유형, 부부 · 남녀 관계 유형, 기타 관계 유형으로 나눌 수 있다. 이들 관계 유형은 각기 시집살이, 애정상사, 동식물 및 사물 관련 문제를 주 소재로 다룬다. 이들 부류에 속하는 각각의 유형이 어떤 특징을 지니고 있는지 살펴보기로 하자.

1) 시집식구 - 며느리 관계 유형

유형	자료번호(문헌약호)	편수
Aa 시집식구가 구박하자 중이 되는 며느리	양평군 강상면4(대계), 여주군 북내면15(대계), 여주군 북내면17(대계), 양평군 강상면8(대계), 양평군 양동면4(대계), 의정부시 가능동5(대계), 화성군 우정면3(대계)	7
Ac 시집식구가 구박하자 한탄하는 며느리	양평370	1
Ad 시집식구가 깨진그릇 물어내라자 항의하는 며느리	인천시 영종면1(대계)	1
Ai 시집살이 하소연하는 사촌형님	강화군 화도면10(대계), 여주군 북내면20(대계), 포천604	3
계		12

서울·경기 지역에서 조사된 시집식구-며느리 관계 유형 서사민요는 모두 12편으로 다른 관계 유형에 비해 많이 전승되는 편이다. 이는 시집살이로 인한 고통이 이 지역 가창자들에게도 심각한 고민거리였음을 말해준다. 이 관계 유형 중에서는 특히 <중 되는 며느리> 유형과 <사촌형님> 유형이 활발하게 전승된다. <중 되는 며느리> 유형은 시집살이를 견디지 못해 며느리가 중이 된다는 내용이고, <사촌형님> 유형은 사촌형님이 사촌동생에게 시집살이를 하소연하는 내용이다. <중 되는 며느리> 유형이 장편의 서사적 사건으로 이루어져 있다고 한다면, <사촌형님> 유형은 비교적 단편의 서정적 한탄으로 이루어져 있다.

<중 되는 며느리> 유형의 한 각편을 예로 살펴보기로 하자.

> 시집간지 사흘만에 삼년묵은 딸기밭을 매라고 하니
> 나가서 하루종일 매구보니 한길하고 반길이요
> 집이를 들어오니 대문깐을 들어서니
> 호랭이 같은 시아버지 되낄들고 되끼질하다가
> 그것두 일사라하구 밥으루 얻어먹으러 들어오느냐구 되끼루 때리러 들구
> 안방엘 들어가니 암닭같은 시어머니 물레질을 하다가
> 그것두 일사라하구 밥으루 얻어먹으러 들어오느냐구 그래구 (중략)
> 남편한테 가서 나는 간다구 나는 가오 나는 가오
> 시집살이 못하구 나는 간다구 그래구 가서 신랑이 나와가지구
> 날버리구 가시는님은 십리도 못가서 발병난다구
> 한모랭이 돌아가니 중이 돌아와서 중을 만나가지구
> 나 머리좀 깎어달라구 그러니깐 머리를 깎어서
> 초마폭을 뜯어서 바랑을 짓구 친정에 가설랑에는
> 사랑문을 열고 샌님 동냥좀 주시오
> 동냥은 주지만 우리 딸에 목소리두 같애
> 안방에 가서 즈 어머니 물레질하는데 가서 마님 동냥좀 주시오
> 동냥은 주지만 우리 딸에 목소리두 같애
> 방아찧는데 가 올케더러 동냥 좀 주시오

동냥은 주지만 우리 시누 목소리두 같애
(중략) 한 십년만에 시집엘 오니깐 시아버지 시어머니 집안식구가 다 죽었는데 동네사람 더러 물으니깐 뒷동산 있다구 그래 올라가니깐
시아버지 산수엔 걱정꽃이 피고
시어머니 산수엔 호령꽃이 피고
시아주버니 산수엔 대질레나무꽃이 피고
맏동네 산수엔 여구리꽃이 피고
시누 산수엔 여우꽃이 피고 [웃음]
[관중 : 여우꽃이 폈지]
신랑 산수엔 함박꽃이 피었는데 그 모이가 갈라지면서 하늘로 신선 선녀가 돼 올라가.
[구연자가 노래시키던 아주머니에게 "저인 만날 그게 원이야"][40]

구연자 정병림(여 77)은 친정이 여주읍이고 18세에 여주군 북내면 새말로 시집와서 50년간 그곳에서 산 토박이이다. 숨이 찬다고 하며 노래로 부르지 않고 말로 구연하기는 했으나, 서울 · 경기 지역에서도 <중 되는 며느리> 유형이 거의 완형으로 전승되고 있었음을 확인할 수 있다. 사건은 며느리가 시집간 지 3일 만에 홀로 하루 종일 밭을 매러 나갔다가 돌아오니 시집식구들이 하나같이 "그것두 일사라하구 밥으루 얻어먹으러 들어오느냐"고 핀잔을 주며 때리려 하는 데에서 발생한다. 게다가 밥이라고 "십년 묵은 된장뎅이 / 보리찬밥을 한수깔 십리만큼 던져주며 먹으라"고 하자 이를 참지 못하고 남편에게 집을 나가겠다고 말한다. 이에 남편이 "날버리구 가시는님은 십리도 못가서 발병난다"고 붙잡는 것은 <아리랑>의 한 대목에서 나온 것으로 이 노래가 서울 · 경기 지역의 노래임을 분명히 해준다. 다음으로 며느

40) [여주군 북내면 15] 시집살이, 정병림(여 77), 신점리 새말, 1979. 8. 6., 서대석 조사, 구비대계 1-2. * 조사자가 시집살이 노래가 좋다고 하자 다 잊어버렸다고 했다. 주위에 있던 아주먼네들이 자꾸 권하자 "알기는 아는데 이렇게 모여서 주늑이 들려 못하겠다"고 했다. 그래서 아주머니들이 이 할머니는 밭을 매면서는 그런 노래를 잘한다고 하자 호미자루를 들은 기분으로 하라고 졸랐다. 정병림씨는 숨이 차서 노래로는 못하겠다면서 말로 하겠다고 하고 구연했다. *

리가 머리를 깎고 중이 되어 친정에 들르는 대목들은 다른 지역의 노래와 거의 차이가 없으나, 친정에서 자다가 어머니의 젖을 만지며 "이 젖을 내가 먹고 컸겄마는 중이 됐다"고 하는 대목은 이 노래만의 특징적인 것이다. 마지막으로 남편의 묘가 갈라지고 남편과 아내가 함께 신선 선녀가 되어 하늘로 올라간다는 대목은 매우 환상적인 결말로 주로 충북 지역에 많이 나타나는 결말이다.[41] 이는 여주 지역이 충북 지역과 인접해 있어서 그 영향 아래 형성된 것이라 생각된다.

한편 서울・경기 지역에서는 이들 유형이 본래 지니고 있는 서사구조나 내용에서 변형된 각편이 많이 나타난다. 이는 이 지역에서 서사민요 구연의 기회나 여건이 제대로 조성되지 않기 때문에 나타나는 양상이라고 할 수 있다. 이들 서사민요 유형의 변형은 두 가지 경우로 나타난다. 하나는 본래의 서사구조에서 상당히 멀어지고 서사민요 작품으로서의 유기성조차 잃는 경우이고, 다른 하나는 본래의 서사구조를 유지하면서도 가창자의 개인적 경험이 잘 녹아있는 창의적 작품으로 실현되는 경우이다.

첫 번째 경우는 다음과 같은 노래에서 찾아볼 수 있다.

> 열다섯에 시집을 갔더니 밭을 매라고 삼일 만에 보내는데
> 밭을 매고 들어오니 삼년 묵은 된장에다
> 삼년 사흘 묵은 보리밥을 한술 주오
> 먹고 갈수 없어서 여보 여보 나는 가오
> 당신은 장개 잘 들어 사오 나는 가오
> 이 밥을 먹고 나를 살라구 하니 나는 시집살이 못해구 갑니다
> 여보 여보 잘 살으시오
> 이 세상에 이렇게 먹구 사는 사람 어서(어디서) 봤나
> 여보 여보 당신네 집에서 나는 못살구 갑니다[42]

---

41) 서영숙, 앞의 논문, 2008, 306쪽; 앞의 논문, 2012, 144~146쪽.
42) [양평 379] 시집살이노래, 이의례(여 78), 경기도 양평군 양동면 매월2리, 2001. 7. 16. 김영운・이준호・김혜정・이윤정 조사, 경기향토 하.

앞에서 예로 든 [여주군 북내면 15]와 마찬가지로 작품 내 서술자가 시집간 지 3일 만에 밭을 매러 나가는 데서 사건이 발생한다. 그러나 [여주군 북내면 15]가 밭을 매고 돌아온 후 시집식구들이 야단을 치는 대목이 식구별로 길게 반복되며 나열되는 데 비해, 이 노래에서는 이 부분이 전혀 나오지 않는다. 단 [여주군 북내면 15]에서와 같이 시집식구가 삼년 묵은 된장덩이에 찬 보리밥 한 술 던져주자 이를 견디지 못하고 남편에게 집을 나간다고 통보하는 것은 일치한다. 하지만 [여주군 북내면 15]가 중노릇을 나가는 것과 달리 이 노래에서는 더 이상 서사가 진전되지 않는다. '출가' 모티프가 전혀 나오지 않으므로 <중 되는 며느리> 유형으로 포함할 수 없을 만큼 본래의 서사구조에서 벗어나 있다. 이는 서사민요의 본래 구연상황이 파괴되면서 흔히 일어나는 양상이라고 할 수 있다.

그러나 서사민요 유형이 지니고 있는 본래 서사구조를 유지하면서 일부 표현의 경우는 가창자 개인의 정서와 경험을 살려 창의적으로 변형하는 경우가 있는데, 다음과 같은 경우가 좋은 예이다.

> 형님형님 사춘형님 시집살이가 어떱디까
> 애고 얘야 말 말어라 명주치마 열두폭이 눈물콧물 다 젖었네
> 고추당추 맵다해도 시집살이만 하올소요
> 애고 답답 내 신세야 이를 어이 하단말가
> 먹을 것이 하두 없어 풋보리를 훑터다가
> 가마솥에 들들 볶아 절구에다 집어넣고 쿵쿵 찧어 밥을 한들
> 시부모님 대접하구 시동생들 시누이를 주고 나니 나 먹을 건 하나 없네
> 밥솥에다 물을 부어 휘휘 둘러 마시고 나니
> 한심하기 짝이 없구 불쌍한 건 인생이라
> 이런 세월 지나가고 좋은 세월 돌아오면
> 마음대로 먹고 살 날 언제언제 오려느냐[43]

43) [포천 604] 시집살이노래, 신북순(여 65), 경기도 포천시 가산면 방축리, 2002. 2. 9. 김영운 · 이준호 · 배인교 · 이윤정 조사, 경기향토 하.

이는 <사촌형님> 유형에 속하는 노래이다. <사촌형님> 유형은 사촌동생이 형님에게 시집살이가 어떠하냐고 묻자 형님이 이에 대해 대답하는 문답체 형식의 노래로, 다른 지역의 경우 대부분 전형화되어 있다시피 한 공식적 관용어구로 되어 있다. 예를 들면 "쪼그매는 도리판에 수지 놓기 어렵더라 / 쪼끄만한 수박 식기 밥 담기도 어렵더라 / 중우 벗은 시동상은 말하기도 어렵더라"[44]라며 시집살이의 고통을 나열한다든지, "삼단겉은 요내 머리 시집 삼년 살고 나니 부돼지꼬리가 다 되었다 / 배꽃겉은 요내 얼굴 시집 삼년 살고 나니 노란꽃이 피었구나 / 분찔겉은 요내 손목 시집 삼년 살고 나니 북두갈구리 다 되었다"[45]라며 시집살이로 인해 변해버린 자신의 모습을 나열하는 것이 대부분이다.

그러나 위 노래의 경우 "애고 애야 말 말어라 명주치마 열두폭이 눈물콧물 다 젖었네 / 고추당추 맵다해도 시집살이만 하올소요" 하는 부분까지는 다른 <사촌형님>에도 흔히 나오는 공식적 관용어구로 되어 있으나, 이후 "애고 답답 내 신세야 이를 어이 하단말가" 한 뒤 펼쳐지는 시집살이의 하소연은 실제 자신이 겪은 시집살이의 경험을 있는 그대로 풀어내고 있다. 먹을 것이 없어 풋보리를 훑어다가 절구에 찧어 밥을 해도 시집식구들을 우선적으로 주고 나면 자신은 먹을 것이 없어 밥솥에다 물을 둘러 마시고 말아야 하는 배고픔의 고통은 본인이 직접 겪은 시집살이를 솔직하게 표현한 것이다. 이렇게 공통적으로 전승돼 내려오는 서사민요 유형의 틀 속에 개인의 경험을 담아 부름으로써, 이 노래는 '남의 노래'가 아닌 '나의 노래'가 되며 공감과 감동을 이끌어내는 훌륭한 작품으로 재창조되는 것이다.

이렇게 서울 · 경기 지역에서는 시집식구-며느리 관계를 주로 <중 되는 며느리>와 <사촌형님> 유형을 선택해 집중적으로 전승한다. 그러나 이들

44) [합천 8-20] 시집살이 노래, 김한준(여 1922), 쌍책면 성산리 외촌, 1992. 11. 11., 민요대전 경남.
45) [양구 3-20] 사촌성님, 정양춘(여 1933), 양구군 방산면 금악리 간평 사그맥이, 1994. 12. 18., 민요대전 강원.

유형 본래의 전형적 서사구조나 공식적 관용어구에서 벗어나면서, 한편으로는 서사민요로서의 유기성을 갖추지 못한 각편이 생겨나기도 하고, 다른 한편으로는 가창자 개인의 경험이 아우러진 개성적인 각편으로 형상화되기도 함을 알 수 있다.

2) 부부 · 남녀 관계 유형

여기에서는 부부 · 남녀 관계 속에 남편-아내, 신랑-신부, 총각 - 처녀, 외간남자 - 여자 관계 유형을 한꺼번에 살펴보기로 한다. 약간씩 차이가 있기는 하지만 이들 유형은 모두 부부 또는 남녀 사이의 애정을 주제로 하고 있다는 점에서 공통적이기 때문이다.

유형	자료번호(문헌약호)	편수
Fa-1 삼촌식구 구박받다 시집가나 신랑이 죽은 조카	인천5-2(대전)	1
Ga 혼인을 기다리다 신랑이 죽자 한탄하는 아내	도봉구 미아동14(대계)	1
Hb 외간남자와 정 통하다 남편에게 들킨 여자	안성390(향토), 의정부471-2(향토), 양평군 강상면9(대계), 가평84(구연민요)	4
Hd 중이 유혹하자 거절하는 여자	안성393(향토), 가평20(향토), 가평88(구연민요)	3
Hh 옹녀 등쌀에 장승을 패는 변강쇠	광주161(향토)	1
Hi 남편 몰래 굿을 하다 들킨 아내	가평28 장대장타령(구연자료집)	1
Ia 장식품 잃어버린 처녀에게 구애하는 총각	도봉구 미아동4(대계), 의정부471-1(향토)	2
계		13

서울 · 경기 지역에서 부부 · 남녀 관계 서사민요는 13편이 조사되어 다른 관계 유형보다 큰 비중을 차지한다. 또한 부부 관계보다는 외간남자와 여자의 관계를 다룬 유형이 대부분이어서 이 지역 서사민요가 보편적인 가족 관계에서 벌어지는 갈등보다는 부적절한 남녀 관계에서 벌어지는 성문제를 주 제재로 삼고 있음을 보여준다. 그중에서도 큰 비중을 차지하는 것은 <외간남자와 정 통하다 남편에게 들킨 여자(훗사나타령)>, <중이 유혹하자 거절하는 여자(중타령)> 유형이다. 다른 지역에서 이들 유형보다는 부부 관계와 첩의 문제를 다루고 있는 <진주낭군이 기생첩과 놀자 자살하는 아내(진주낭군)>가 활발하게 전승되는 것과는 다른 양상이다.

<외간남자와 정 통하다 남편에게 들킨 여자(훗사나타령)> 유형은 남편이 외방 장사를 나간 사이에 샛서방을 불러들인 여자가 남편이 돌아오자 뒤주 속에 남자를 숨겼다가 봉변을 당하는 내용으로, 소설 <배비장전>을 연상케 한다.

> 범벅이요 범벅이요 둥글둥글 범벅이라
> 이도령은 본낭군이요 김도령은 호랑낭군
> 계집년의 행실을 보고 이도령하는 거동봐라
> 민빗 참빗 갖은 화장품 사가지고 뒷동산으로 올라가서 연만보고 앉았구나
> 계집년의 행실을 봐라 이도령 없는 쌌을 알고 김도령 올 대만 고대한다
> 김도령의 거동을 봐라 이도령 없는 쌌을 알고 논둘어 밭두렁 썩 건너와서
> 이도령 문전에 당도하야 여보 여보 벗님네요 내가 왔으니 문을 여오
> 경칠년의 하는 짓 봐라 김도령의 목소리를 알아듣고
> 문을 열고 썩나가서 이 밤중에 어찌 왔소
> 김도령의 허리를 얼싸안고 대문을 닫고 중문을 열고
> 쌍바라지 영창문 안에 미닫이창을 열고
> 올려다보니 소란반자 나려다 보니 각장장판
> 천고단 이불을 쭉 펼쳐놓고 샛별 같은 놋요강은 발치발치 던져놓고
> 빨개 벗은 두 몸댕이가 창포 밭에 금잉어 놀듯 금실금실 잘도 놀 제 (중략)

반다지 문을 석 열고 보니 빨개 벗은 김도령이라
너도 남의 집 외아들이고 나도 남의 집 외아들인데 내가 어찌 널 죽이랴
계집년의 하는 짓 보소 소반 위에다 정수 떠놓고 (중략)
이도령이 달려들어 쟁반 같은 머리채를 휘어잡고
엎어놓고선 목을 따랴 제쳐놓고 배를 따랴
마오 마오 그리를 마오 의만 좋으면은 고만이지 무슨 걱정이 있어[46]

이 노래는 경기도 안성이 고향인 가창자 유한종(남 83)이 부른 것이다. 다른 <홋사나타령(또는 범벅타령)>에서 범벅을 빚는 대목이 서두나 중간에 나오는 데 비해 이 노래에서는 결말 부분에 나온다. <홋사나타령> 유형은 대부분 남성이 부르면서 남성적 시각을 드러내는데, 이 점이 다른 서사민요 유형들과 구별되는 점이기도 하다. 특히 자신의 아내와 바람을 핀 김도령을 "너도 남의 집 외아들이고 나도 남의 집 외아들인데 내가 어찌 널 죽이랴"고 하면서 놓아 주는 대목이 그러하다. 이는 작품내 주인물인 여자에 대해서는 "경칠년의 하는 짓 봐라 이도령의 목소리를 듣고"나 "엎어놓고선 목을 따랴 제쳐놓고 배를 따랴"와 같이 시종일관 욕설을 거침없이 내뱉는데 반해, 남자들에 대해서는 본남편이건 샛서방이건 모두 '이도령', '김도령'으로 지칭하는 데에서도 나타난다. 그러나 결말에 가서는 "마오 마오 그리를 마오 의만 좋으면은 고만이지 무슨 걱정이 있어"라는 여자의 목소리로 마무리를 함으로써 부부의 관계를 급작스런 화해로 끝맺는다. 이는 노래 속 이야기에서 무겁고 진지한 교훈보다는 흥미와 호기심을 찾는 것으로 만족하는 향유층의 성향이 나타난 것이라 할 수 있다.

<홋사나타령>과 <중타령> 유형은 민요가 잡가화한 것으로서[47] 도시

---

46) [안성 390] 범벅타령, 유한종(남 83), 경기도 안성시 죽산면, 2002. 4.13~4.20. 김영운 · 배인교 · 이윤정 조사, 경기향토 상.

47) 잡가의 범주에 대해서는 논란이 많으나, '민간에서 통용되던 노래 중에서 양반들이 짓고 불렀던 가곡과 가사, 비전문가들이 주로 불렀던 향토민요를 제외한 대부분의 노래'(김영운 · 김혜리, 『경기민요』, 국립문화재 연구소, 2008, 11쪽)란 넓은 의미로 받아들이고자

지역에서 잡가집으로 간행되거나 라디오나 유성기 음반으로 유행이 되었기 때문에, 자연히 도시화가 이루어진 서울·경기 지역에서 이들 노래를 배우는 것이 어렵지 않았으리라 생각된다. 이들 유형의 가창자가 대부분 남자인 것도 잡가의 향유층이 주로 남자들이었기 때문일 것이다. 이외에도 서울·경기 지역에서는 잡가에 기반을 둔 노래로 <변강쇠타령>, <장대장타령>, <곰보타령> 등이 조사되었다. 이는 서울·경기 지역 서사민요의 많은 유형이 잡가와의 상호작용 속에서 형성되었음을 보여준다. 이에 대해서는 다음 장에서 자세히 살펴볼 것이다.

3) 기타 관계 유형

유형	자료번호(문헌약호)	계
Ba 베를 짜는 여자	여주군 북내면18(대계), 양평군 청운면4(대계), 안성 319(향토)	3
If 담배를 키워 피우는 사람	광주158(향토), 이천582(향토), 양평군 청운면28(대계)	3
Mb 쥐가 남긴 밤을 아이와 나눠먹는 사람	양평3-7(대전), 안산256(향토), 여주424(향토), 남양주178(향토), 양평402(향토)	5
기타	남양주군 구리읍4(곰보타령)(대계)	1
계		12

서울·경기 지역에서는 기타 관계 유형으로, <베를 짜는 여자(베틀 노래)>, <담배를 키워 피우는 사람(담바귀타령)>, <쥐가 남긴 밤을 아이와 나눠먹는 사람(달강달강)> 유형이 총 12편 조사되었다. 이들은 모두 베를 짜는 과정, 담배를 키워 피우는 과정, 밤을 요리하는 과정 등 일련의 과정을 자세하게 묘사하고 있다는 점에서 교술적 성향을 띤다. 이중 <담배를 키워

한다. 그러므로 여기에는 전문 소리꾼들이 부른 통속 민요까지 포함한다.

피우는 사람> 유형은 <담바귀타령>으로 잡가화하여 불리는 것이다. <베를 짜는 여자(베틀 노래)> 유형이 다른 지역에서는 풍부하게 전승되는 데, 서울 · 경기 지역에서 잘 조사되지 않는 것은 이 지역에서 그만큼 길쌈 작업이 잘 이루어지지 않았음을 말해준다. 또한 다른 지역 <베를 짜는 여자(베틀 노래)> 유형과는 달리 본래의 서사구조에서 벗어난 단편적인 모습을 보여주고 있어 주변부 서사민요로서의 특징을 잘 보여준다.

> 오날도 하 심심하야 베틀이나 놓아볼까
> 지하궁에다 베틀을 놓아 천하궁에다 잉에를 걸어
> 잉앗대는 삼형제요 눌림대는 독신이라
> 니모본듯 도투마리 억만군사가 둘러치고
> 벼틀다리 네 다리요 큰애기다리 두 다리
> 반달같은 틀액기에 월경의 처녀가 앉았도다
> 달둥같이 굽은 심줄이 서발 짚세기 목을 매고
> 아강아강 벼 잘 짜라 사랑방에 주인 애비 왔다[48]

가창자 박복순(여 50)은 이 마을 양평군 청운면 도원리에서 태어나 계속 이 마을에서 살아온, 순 토박이이다. 이외에도 <언문풀이>, <장타령>, <숫자풀이> 등을 불렀는데, 상당한 기억력을 지니고 있음을 보여주었다.[49] 하지만 위 노래는 장편으로 이루어진 <베를 짜는 여자(베틀 노래)> 유형의 전형적 구조에서 완전히 벗어나 있다. 처음 앞부분은 일반적인 <베를 짜는 여자(베틀 노래)> 유형의 공식 어구로 되어 있으나, 뒷부분에 가서 "아강아강 벼 잘 짜라 사랑방에 주인 애비(중신 아비, 중매쟁이) 왔다"라고 함으로써 짧고 엉뚱하게 마무리를 하고 있다. 대부분의 <베를 짜는 여자(베틀 노래)> 유형이 길게 베 짜는 과정을 서술한 뒤, 마지막 부분에 가서 기다리던 남편이

---

48) [양평군 청운면 4] 베틀노래, 박복순(여 50), 도원리 풍류산, 1979. 7. 4., 성기열 조사, 구비대계 1-3.

49) 위 자료 가창자 설명 참조.

칠성판에 뉘여 온다든가 하는 결말이 붙는 것과 큰 차이가 있다. <베를 짜는 여자(베틀 노래)> 유형의 또 다른 각편인 [여주군 북내면 18] 또한 베 짜는 과정이 길게 이어지기는 하나 <장타령> 곡조로 부름으로써 서사민요의 가창방식에서 벗어나 있다. 이는 <베를 짜는 여자(베틀 노래)>유형이 서울·경기 지역에서는 길쌈노동요로서가 아니라 가창유희요로 불렸기 때문에 나타나는 양상이라 할 수 있다. 이러한 양상에 대해서는 다음 장에서 자세히 살피기로 한다.

3. 서울·경기 지역 서사민요의 문화적 특질

서사민요는 주로 여성들이 일을 하면서 부르던 노래이다. 그러나 근래에 와서 농촌 사회가 점차 도시화되어 가고, 농업이 기계화되어 가면서 서사민요의 전승 자체가 더욱 어려워지는 것을 볼 수 있다. 특히 서울·경기 지역의 경우 다른 지역에 비해 도시화와 산업화가 더 빨리 이루어졌기 때문에 서사민요의 전승 역시 다른 지역에 비해 제대로 이루어지지 못했다고 볼 수 있다. 뿐만 아니라 서울·경기 지역의 서사민요는 여성노동요로서의 본래 기능에서 많이 벗어나거나 아예 유희요화 되어 있을 뿐만 아니라, 도시 지역을 중심으로 유행하던 잡가의 영향을 받아 형식과 내용에 있어나 많은 변화가 나타난 것을 볼 수 있다. 이를 '기능의 전이와 가창유희요화'와 '서사민요와 잡가의 교섭과 융합'의 측면으로 나누어 살펴보기로 하자.

3.1. 기능의 전이와 가창유희요화

서사민요는 주로 여성들이 모여서 삼을 삼거나 혼자서 베를 짜는 등 길쌈노동요로 주로 불렀다. 또는 혼자서 밭을 매거나 집안일을 하면서도 불렀다. 여럿이 모여 일을 하면서 노래를 부른다고 해도 긴 시간 각자의 일을 해야 했기 때문에 집단적으로 노래를 부르기보다는 한 사람씩 개인적으로 노래를 불렀다. 그러나 근래에 와서는 여성들이 더 이상 길쌈을 하지 않게 되면서 서사민요가 활발하게 전승될 수 있는 여건이 사라져 버렸다. 이에 따라 서사민요가 본래의 기능이 아닌 다른 기능으로 불리거나, 노동의 현장이 아닌 유희의 현장에서 불리면서 창자도 여성이 아닌 남성들이 많이 참여하게 된다. 이러한 현상은 특히 전통적인 노동 환경이 급속히 변화된 서울 · 경기 지역에서 더욱 두드러지게 나타난다.

먼저 서사민요의 기능이 본래 여성들이 부르던 길쌈노동요에서 다른 노동요로 바뀐 경우가 나타난다. 가창자 역시 여성뿐만 아니라 남성들의 경우도 많이 나타난다. 다음과 같이 <장식품 잃어버린 처녀에게 구애하는 총각(댕기노래)>이 <회 다지는 소리>로 불린 경우이다. 이 노래 역시 여성이 아닌 남성이 불렀다.

(앞부분 생략)
한 냥 주고 드린 댕기 /에헤이리 달고
두 냥을 주고 접은 댕기 /에헤이리 달고
성안에서 널을 뛰다 /에헤이리 달고
성 밖으로 잊었는데 /에헤이리 달고
열다섯 먹은 이도령아 /에헤이리 달고
댕기를 주웠거든 나를 주려 /에헤이리 달고
오동나무로 장롱 짜서 /에헤이리 달고
매운 놓고 내원 놀 제 /에헤이리 달고
감췄던 댕기 너를 주마 /에헤이리 달고
영그렀네 영그렀네 /에헤이리 달고
그 댕기 찾기는 영그렀네 /에헤이리 달고[50]

50) [의정부 471-1] 회닺는소리 2-달구소리, 이수웅(남 66), 경기도 의정부시 고산동, 2002. 3.

봉분의 흙을 다지는 회다짐 작업은 경건하고 엄숙한 장례의식의 일부로서, <회 다지는 소리>는 장례의식요에 속한다. <회 다지는 소리>의 사설로는 흔히 <회심곡>과 같은 인생에 대한 회한과 축원을 나타내는 내용이 많이 들어간다. 그러나 위 노래의 경우 총각과 처녀 관계에서 나타나는 애정의 사설이 회다짐의 엄숙하고 무거운 분위기를 흥겨운 분위기로 변화시키는 구실을 하고 있다. 기능이 전이되면서 내용에서 자아내는 정서까지 변화되는 경우라 할 수 있다. 이뿐만 아니라 <외간남자와 정 통하다 남편에게 들킨 여자(훗사나타령)> 유형 역시 <회 다지는 소리>의 사설로 많이 쓰이는데,[51] 이 역시 서사민요의 기능을 전이함으로써 회를 닺는 의식을 죽은 자와 산 자를 함께 위로하는 축제로 변환케 한다.

한편 서사민요를 다른 선후창 노동요의 사설로 전용해 부르는 것뿐만 아니라 아예 지역에서 흔히 불리는 가창유희요의 가락으로 바꾸어 부르는 경우도 흔히 나타난다.

디리리 디리리이히 디리디리 아니 놀지는 못하리라.
시집오니 삼일만에 참깨밭을 나가길래
참깨밭을 내다보니 가랭이 한 길두 냉겨놨네
얼럭뚝딱 밭매고나서 안방문을 열고보니
호랑이같은 시아범 잡놈아 간다간다 나는가누나
노래없이는 못살겠네 사랑문을 열구보니
호랑이같은 시아범 잡놈아 간다간다 나는가누나
매누리(며느리) 없이는 못살겠네 건넌방을 열구보니
각설이패같은 서방 잡놈아 간다간다 나는 가누나
마누라 없이는 못살겠네 웃방문을 열구보니
씨암탉같은 시누잡년 간다간다 나는 가네

23. 김영운 · 배인교 · 이윤정 조사, 경기향토 하.

51) [의정부 471-2] 회닺는소리 2-달구소리, 이수웅(남 66), 경기도 의정부시 고산동, 2002. 3.
23. 김영운 · 배인교 · 이윤정 조사, 경기향토 하.

> 올케없인 못살겠네 안방문을 열어놓고
> 반다지문을 열어놓고 세폭자리를 내다가여
> 한폭은 갖다 고깔을 짓고 한폭은 갖다가 전대(견대)짓고
> 한폭은 갖다가 바랑을 짓고 춘상(중생)이 되었구나
> 나려왔구나 나려왔구나 이내 결국 찾아올 적에는
> 시주를 하려구 내려왔네 어~구두나 검불 중생이야
> 어~구두나 구둘 중생 욕이나 하면은 부르지나 말고
> 부르길랑은 먹질막질 어~구두나 검불 중생
> 얼씨구 얼씨구나 지화자 좋네 아니 놀지는 못하겠네[52]

사설로만 볼 때는 전형적인 <시집식구가 구박하자 중이 되는 며느리(중 되는 며느리)>이다. 하지만 "디리리 디리리이히 디리디리 아니 놀지는 못하리라"로 시작하고 "얼씨구 얼씨구나 지화자 좋네 아니 놀지는 못하겠네"로 끝맺는 전형적인 <창부타령>의 가락으로 불렀다. 서사민요의 노동요로서의 기능이 아예 사라지고 가창유희요화한 것이다. 그러다보니 사설조차도 다른 <중 되는 며느리> 유형에서 흔히 나타나는 슬프고 비장한 정서는 사라지고, 해학적이고 비속한 사설로 대치되는 것을 볼 수 있다. "호랑이같은 시아범 잡놈아 간다간다 나는가누나", "각설이패같은 서방 잡놈아 간다간다 나는 가누나", "씨암탉같은 시누잡년 간다간다 나는 가네", "나려왔구나 나려왔구나 이내 결국 찾아올 적에는 / 시주를 하려구 내려왔네 어~구두나 검불 중생이야 / 어~구두나 구둘 중생 / 욕이나 하면은 부르지나 말고 부르길랑은 먹질막질 / 어~구두나 검불 중생"와 같이 중이 된 며느리의 거칠고 과감한 행동이 부각되고 있다.

다음은 <그릇 깬 며느리(양동가마 노래)> 유형을 역시 <창부타령> 가락으로 부른 경우이다. 서사민요의 본래 기능이 사라지자 아예 가락조차 바꾸어

---

52) [양평군 강상면 4] 시집살이 노래, 이금봉(여 51), 세월리 월리, 1979. 10. 15., 성기열 조사, 구비대계 1-3.

버리는 현상이 나타나는 것이다.

> 시집간지 삼일만에 놋덩이 하나를 깨뜨렸네
> 시어머니 알으시면 노발대발을 어이하나
> 시어머니 나오신다 시어머니 나오신다
> 아가아가 며늘아가 너의집에를 가거들랑
> 앞뒤전답 다팔아가지구 놋덩이하나를 사오너라
> 에이구어머님 그말씀마오 하늘과같은 나의남편
> 구름같은 나귀타구 나의집을 당도하여
> 백년가약을 맺을적에 놋덩이란말 웬말이냐
> 좋구나 절씨구나 아니노지는 못하리라[53]

가창자의 고향은 원래 충청도이지만 영종으로 시집을 오게 되었다고 한다. 이 노래는 어릴 때 할머니에게 늘 들었었고 함께 따라 불렀었다고 한다.[54] 가창자가 부른 <그릇 깬 며느리> 유형은 주로 호남을 중심으로 한 인접 지역에서 불리는 노래로, 시집간 며느리가 삼일 만에 깨를 볶다가 양동가마가 벌어지는 데에서 사건이 발생한다. 이에 시집식구가 차례차례 나서서 며느리에게 친정으로 돌아가 양동가마 값을 물어오라고 요구하자, 며느리가 시집식구를 한 자리에 모아놓고 남편으로 인해 망가진 자기 몸값을 내놓으면 양동가마 값을 물어내겠다고 항의하는 내용으로 되어 있다. 각편에 따라 시집식구들이 며느리의 항의에 자신들의 잘못을 시인하는 내용이 덧붙기도 한다. 시집살이 관련 서사민요 중 드물게 며느리가 시집식구에게 항의하고 자신의 요구를 성취해내는 유형이다.[55]

가창자가 고향에서 할머니에게 들었던 서사민요는 아마도 <그릇 깬 며

53) [인천시 영종면 1] 시집살이 노래, 홍영례(여 47), 중산리 중촌, 1982.7.16., 성기열 · 이은명 조사, 구비대계 1-8.

54) 위 자료 제보자 해설 참조.

55) 서영숙, 「서사민요 <그릇 깬 며느리 노래>의 전승양상과 향유의식」, 『한국민요학』 29, 한국민요학회, 2010, 168~173쪽.

느리> 유형의 본래 서사구조로 되어 있었을 것이다. 그러나 서울·경기 지역으로 이사와 서사민요를 더 이상 부르지 않고, 대신 <창부타령>과 같은 가창유희요를 많이 부르게 되면서 이 노래 역시 <창부타령> 곡조에 맞게 변용해 부르게 된 것으로 생각된다. 그러다보니 사설 역시 본래 <그릇 깬 며느리> 유형에서 나타나는 시집식구의 반복적 사설은 생략되고 시어머니와 며느리만의 간단한 대화로 축약돼 버렸다. 또한 며느리의 말 역시 어머니의 요구에 대한 항의라기보다는 자신의 신세 한탄조로 바뀌어 버렸다. 이는 "좋구나 절씨구나 아니노지는 못하리라" 하는 <창부타령>의 곡조와 정서에 맞추기 위한 변용이라 할 수 있다.

서울·경기 지역에서는 이처럼 서사민요를 부를 수 있는 노동의 조건이 더 이상 조성되지 않고 부녀자들이 모여서 놀 수 있는 유흥의 공간이 많이 형성되면서 가창유희요의 곡조에 서사민요 사설을 차용해 부르는 현상이 흔히 나타난다. 심지어 <베를 짜는 여자(베틀 노래)> 유형도 <장타령>의 곡조로 부르기도 했는데, 청중 중의 한 명은 <장타령>의 후렴인 "지리구 지리구 자리헌다"를 후렴처럼 붙이기까지 했다.56)

이상에서 볼 때 서울·경기 지역에서는 서사민요의 본래 기능인 여성노동요로서의 기능이 전이돼, <회 다지는 소리>와 같은 장례의식요나 선후창 형식의 유희요로 바뀌는 것을 흔히 볼 수 있다. 뿐만 아니라 아예 서울·경기 지역에서 흔히 불리는 가창유희요의 곡조로 바뀌면서 사설까지 변형되기도 한다. 이는 서사민요가 지역의 가창유희요에 창의적으로 융합함으로써 지역문학으로 새롭게 창조되는 양상이라 할 수 있다.

56) [여주군 북내면 18] 베틀노래, 최간난(여 60), 지내리, 1979. 8. 7., 서대석 조사, 구비대계 1-2. * 조사자가 길쌈노래를 해달라고 조르자 부른 민요이다. 곡조는 장타령곡 이었다. *

3.2. 서사민요와 잡가의 교섭과 융합

서울·경기 지역은 다른 지역에 비해 유성기 음반이나 라디오 보급이 활발하게 이루어지면서 잡가가 일반 대중에게까지 파급되었다. 그 결과 서사민요와 잡가가 서로의 요소를 받아들이기도 하고, 아예 서사민요가 잡가화하거나, 잡가가 서사민요화하는 교섭과 융합이 이루어졌다. 두 갈래의 선후관계를 명확히 할 수는 없으나 새로운 갈래인 잡가의 형성에 민요가 영향을 미쳤음은 부인할 수 없을 것이다. 그 대표적인 사례가 잡가 <베틀가>이다.

잡가 <베틀가>의 경우 서사민요인 <베를 짜는 여자(베틀 노래)> 유형이 잡가의 영향을 받아 변형된 것이라 할 수 있다. 잡가 <베틀가>를 예로 들면 다음과 같다.

> "에헤요 베 짜는 아가씨 사랑 노래 베틀에 수심만 지누나."
> 베틀을 놓세 베틀을 놓세 옥난간에다 베틀을 놓세 (중략)
> 황경나무 북 바디집은 큰애기 손목에 다 녹아난다
> 이 베를 짜서 누구를 주나 바디칠손 눈물이로다
> 영원 덕천 오승포요 회령 종성 산북포로다
> 닭아 닭아 우지를 마라 이 베짜기가 다 늦어간다 (중략)
> 모든 시름 다 잊어버리고 이 밤이 가도록 베만 짜자
> 은주 생주 삼동주요 남방사주 자원주로다
> 오색비단 채색단이요 월문영초 대화단이라
> 춘포 조포 다 그만두고 가는 베 짜서 정든 임 괼까
> 뇌고함성 영초단이요 태평건곤 대원단이라
> 주야장천 베만 짜면 어느 시절에 시집을 가나
> 넓이 넓다 광화포요 척수 길다 대갈포로다[57]

57) 이창배, 『한국가창대계』, 홍인문화사, 1976, 786-787쪽.

이창배는 이를 "경기도 민요, 이 <베틀가>는 서울을 중심으로 하는 부녀자들의 노작가(勞作歌)로, 속가(俗歌)로 옮겨져서 보편화된 애수에 어린 노래다.(중략) 장단은 역시 굿거리에다 친다"[58]라고 해설하고 있다. <베틀가>는 서사민요로 불리던 <베를 짜는 여자(베틀 노래)> 유형이 잡가화한 것임을 분명히 밝히고 있는 것이다. 하늘에서 지상으로 내려온 선녀가 베를 짜는 과정을 차례차례 유기적으로 서술하던 노래가 베를 짜는 아가씨의 사랑과 수심에 초점이 맞춰지면서 단편적인 노래로 변모하였다. 뿐만 아니라 독창 형식으로 되어 있던 노래가 "에헤요 베 짜는 아가씨 사랑 노래 베틀에 수심만 지누나" 하는 후렴이 붙는 선후창 형식으로 바뀌었다.

그런데 이 <베를 짜는 여자(베틀 노래)> 유형의 서사민요가 잡가화한 이후로는 잡가가 널리 유행되면서 오히려 잡가가 다시 서사민요에 영향을 주는 양상이 나타나기 시작한다. 즉 서사민요와 잡가가 융합되는 양상이 나타나는 것이다. 다음 노래가 그 좋은 예이다.

> 베틀다리는 네 다리요
> 베 짜는 아가씨 다리는 두 다리라
> 울창 바깥에 나리는 비는 정든 님의 눈물이라
> 베 짜는 아가씨 다리는 두 다리요
> 만첩산중 썩 들어서니 허리부터 아름답게 허리차고
> 베 짜는 아가씨 아름답게도 베를 짜네[59]

가창자는 <베를 짜는 여자(베틀 노래)> 유형을 부르면서 공식적 어구인 "베틀다리는 네 다리요 이내다리는 두다리라"를 변형해 "베틀다리는 네 다리요 베짜는 아가씨 다리는 두 다리라"로 바꿔 불렀다. 이는 잡가

58) 위 자료, 787쪽.
59) [안성 319] 베틀가, 박지숙(여 79) 경기도 안성시 대덕면 대농리, 2002. 3. 24(일요일) 오후, 김영운 배인교 이윤정 조사, 경기 향토 상.

<베틀가>에서 "에헤라 베 짜는 아가씨 사랑 노래 베틀에 수심만 지누나" 하는 후렴의 영향을 받아 변개된 것임을 알 수 있다. 그러면서도 잡가의 후렴을 그대로 갖다 부르지 않고 "베 짜는 아가씨 아름답게도 베를 짜네"라고 서술화해 불렀다. 잡가와 서사민요가 서로 교섭하며 융합한 결과이다.

이외에도 서울・경기 지역에서 조사된 잡가류의 노래들은 전문 소리꾼이 아닌 일반 사람들에 의해 구비 전승되면서 새로운 형태의 서사민요로 재창조되고 있는 양상을 볼 수 있다. 다음 각편은 세 편의 잡가가 복합되어 한 편의 서사민요로 불린 경우이다.

> 저건너- 중상놈아 네아무리 똑똑허구 얌잔하구 헌다해도
> 시냇가로 가지마라
> 얽구두 검구 검구두 푸르고 주먹마진 발등겉구 우박마진 소똥겉구
> 소내기마진 잿더미겉고 낭게앉인 매미잔탱이겉구
> 전차앞에 뜰감겉이 얽은 중상놈아
> 제아무리 똑똑허구 얌전허대두 시냇개루 가지마라
> 뛴다뛴다 고기가뛴다 너를 그물베리루 알구서
> 공치나 두루쳐메기 떼많은 송사리 수많은 곤장
> 키큰장대 머리큰대구가 너를 그물베리루 여겨서 아주펄펄 뛰어넘어간다
> 그중에도 숭시럽고 내숭시런 농어란놈은
> 자갈뒤루 갈어앉어 슬슬슬 기어내려간다
> [조사자가 마이크를 받으려 하자, "아니 가만 있어요. 잠깐 있어요."라고 한 후]
> 저기가는 저목동아 너여이 바쁜일없건 요내심부름 해여다오
> 여보시오 무슨 말씀이요 나두 사주팔자가 기박허여 남으집 사는고로
> 한달이면 밥이 마흔 그릇이요 열이면 새끼꼬고 언문자나 딜여다보고
> 아침저녁 쇠꼴비랴 말꼴비랴 낮이며는 소내매랴 말내매랴
> 바쁜일 없어서 못허겠소
> 야하 그말 좋다만 잠시잠깐만 일러다고

우리집에 가거들랑 귀헌 손님 오셨거든
고추장 후추장 가지고 세냇가로 회잡수라 오시라 일러다고
해한 손님이 오셨거든 어서바삐 가시려고만 일러주려무나[60)]

앞 부분은 잡가 <곰보타령>의 일부이고 뒷 부분은 <육칠월>과 <생매잡아>의 일부가 복합되었다. 잡가의 난해한 사설이 많이 탈락되고 이해하기 쉬운 어구들로 바뀌었다. 또한 잡가 <곰보타령>에서는 중 얼굴이 얽은 모습과 시냇가에 갔을 때 여러 물고기들이 도망치는 모습을 수십 가지 비유를 들어 길게 나열하고 있는데, 여기서는 대여섯 가지만을 간략하게 열거하는 데 그치고 있다. <육칠월>에서도 잡가에서는 지나가는 목동의 모습을 길게 묘사한 뒤 고기를 잡아 자기 집에 가져다주라고 심부름을 시키는 대목이 자세하게 서술되어 있으나, 여기에서는 이 서술이 생략되고 단지 목동에게 말을 전해달라는 심부름을 시키는 것으로 되어 있다.

이때 잡가가 심부름을 시키는 양반 중심의 시각으로 서술되어 있다면, 여기에서는 머슴의 시각에서 서술되며 머슴의 입장을 잘 드러내고 있다는 점이 이채롭다. 마지막 부분에는 <생매잡아>에 있는, 손님을 가려 나쁜 손님은 보내고 좋은 손님은 모셔오라고 하는 대목이 이어지고 있어, <육칠월>과 <생매잡아>의 일부가 교묘하게 복합되어 있음을 볼 수 있다. 이렇게 세 잡가가 한데 복합되어 있는데도 여기에서는 한 작품인 것처럼 유기적으로 잘 연결되어 있다. 즉 '시냇가에 물고기들이 가득 모여 있으니 잠시 우리 집에 들러 귀한 손님이 오셨거든 고추장을 가지고 시냇가로 회를 잡수러 오시라고 전해 달라'는 한 편의 서사민요로 새롭게 짜여진 것이다.

---

60) [남양주군 구리읍 민요 4] 곰보타령, 윤용문(尹龍文, 남 75), 구리읍 교문 3리 75번지, 1980.8.23., 조희웅 · 김연실 · 유지현 조사, 구비대계 1-4. * 윤용문(남 75) : 고향은 강남구 천호동이며, 노래판이 거의 파경 단계에 이르러 주위가 산만하여졌을 때 조사자가 신문을 갖다 깔아주며 자료 제공을 청하자, 장고에 장단을 맞추어 흥겹게 자료를 제공해 주었다.

이번에는 <외간남자와 정 통하다 남편에게 들킨 여자(훗사타타령)>이 잡가 <범벅타령>와 다르게 서사민요화하고 있는 양상을 보기로 하자. <훗사나타령> 유형은 대부분 남성 창자에 의해 불렸는데, 다음 각편의 경우는 여성 창자가 부른 것이어서 더 주목할 만하다.

> 어리야 둥글범벅이야 누굴 잡수실 범벅인가
> 김도령잡수실 범벅인데 김도령은 찹쌀범벅 이도령은 멥쌀범벅
> 열두가지범벅을 갤적에 이도령이 하는말이
> 외방장사를 나간다고 민빗 참빗 사가지고
> 뒷동산에 올라가서 들밋날밋 엿만보네
> 기집년에도 거동을보아라 이도령없는 싹을알고
> 건넌말 김도령 오기만 기다리네
> 건넌말 김도령은 산을넘고 물을건너 아닌밤중에 들어와서
> 여보여보 김도령왔으니 문을여오 문을여오 (중략)
> 뒷동산에 올라가서 반다지문을 열고보니 새빨간 몸뚱이가 들어앉았네
> 여보 여보 너두 건달 나두나 건달인데
> 너는 너 갈 데루만 행차해라 반다지를 불지르겠다
> 반다지를 불지르고서 내려오니 기집년에도 거동봐라
> 김도령이 죽은줄알고 오색가지 보에다가 약주술 한병을 사가지고
> 뒷동산에 올라가서 애고지고 우는말이
> 김도령이 살어계실적에 범벅두잘두 잡수시더니 죽단말이 왠말인가
> 기집년을 달려들어 머리채를 칭칭 감어들고
> 엎어놓고선 배를깔까 젖혀놓고선 목을깔까 어쩔줄을 모르는데
> 기집년이 하는말이 당신은 살면은 천년을 사오
> 내가살면은 만년사오 죽일랑은 말으세요
> 노지 젊어서 놀아 늙어지면 못노나니
> 화무는 십일홍인데 저달이 둥글면 기우나니
> 인상은 일장춘몽인데 아니노지는 못하리라[61]

61) [양평군 강상면 9] 범벅타령(바람난 여인), 김화자(여 57), 세월리 월리, 1979. 10. 3., 성기열 조사, 구비대계 1-3.

이 노래는 여주가 고향인 농촌 여성에 의해 불린 것이다. 가창자는 학교 교육을 전혀 받은 바가 없으며 양평으로 시집온 후 줄곧 그곳에서만 살아 왔다고 하므로[62] 잡가를 전문적으로 배우진 않았을 듯하다. 그러므로 가창자가 부른 <홋사타타령>은 구비전승의 방법으로 익힌 서사민요로서의 <홋사나타령>이라고 할 수 있다. 위 노래에서는 우선 잡가 <범벅타령>과는 달리 길고 난해한 어구들이 쉽고 짤막한 어구들로 바뀌어 있는 것을 볼 수 있다. 즉 잡가 <범벅타령>에는 여자의 옷치장, 집안치장, 여자가 김도령의 제사를 지낼 때 제사상차림, 마지막 장면에 이도령이 여자에게 훈계하는 대목, 여자가 개과천선하는 대목 등이 아주 장황하게 서술되어 있으나 이 노래에서는 쉽고 간략하게 축약되어 있다.

예를 들어 제사상차림을 잡가에서는 "뒤주 사른 그 앞에다 좌면지(座面紙)를 펼쳐놓고 갖은 제물을 차릴 적에 / 우병좌면(右餠左麵) 어동육서(魚東肉西) 홍동백서(紅東白西)로 벌였으니 / 삼색과실 오색채소 주과포혜가 분명하다 / 첫잔 부어 산제하고 두잔부어 첨작이요 석잔을 가득 분 후에 / 재배통곡 하는말이"라고 서술하는 반면, 여기에서는 "오색가지 보에다가 약주술 한병을 사가지고 / 뒷동산에 올라가서 애고지고 우는말이"라고 간략하게 서술한다.[63] 이는 잡가가 일반인에 의해 구비 전승되면서 자신들의 삶과 차이가 있는 호사스러운 치장과 기억하기 어려운 대목들이 간략하게 추려지고 줄거리 중심으로 서사화된 것이라 생각된다.

또한 결정적으로 잡가 <범벅타령>이 '어떤 여인의 자유분방한 행동을 엮고, 나중에는 자기 과오를 통절히 느끼고 자진케 하는 것으로, 후인을 징계하기 위하여 지어진 노래'[64]라고 한다면 민요는 여인의 자유분방한 행동에 대한 호기심과 흥미로 부른 노래라는 점에서 차이가 있다. 즉 마지막 부

62) 위 자료 제보자 설명 참조.
63) 잡가 <범벅타령>은 『한국가창대계』 220~222쪽에서 인용.
64) 『한국가창대계』, 222쪽.

분에 잡가에서는 "내 행실 부정하여 두 절개가 되었구나 / 개과천선 마을을 고쳐 일부종사 할게 되니 / 차라리 이 몸이 죽어 후인징계나 하오리다" 하는 여자의 말을 통해 교훈적 경계를 하고 있다면, 민요는 이러한 훈계 없이 여자가 "당신은 살면은 천년을 사오 내가살면은 만년사오 / 죽일랑은 말으세요"라고 함으로써 인생무상을 얘기하고 성에 대해 비교적 관대한 의식을 보여준다. 이러한 변화는 잡가 <범벅타령>이 구비 전승되면서 향유층인 일반 민중의 삶과 의식에 맞게 변화한 것이라 할 수 있다. 이러한 양상은 이 지역에서 조사된 <담바귀타령>, <장대장타령>, <변강쇠타령> 등 다른 잡가류 노래에서도 마찬가지로 나타난다.[65]

이렇게 서울·경기 지역에서는 <베틀가>, <범벅타령>, <담바귀타령> 등 잡가류 노래가 다른 지역에서보다 활발하게 전승된다. 이는 서울·경기 지역이 서사민요의 중심부에서 벗어난 주변부에 위치하고 있으면서 전문소리꾼에 의해 불리던 잡가의 직접적 영향에 있었음을 말해준다. 그러나 이 지역에서 조사된 잡가류 노래들은 전문소리꾼에 의해 불리던 잡가의 모습에서 벗어나 새로운 형태로 재창조된 서사민요의 모습을 보여준다. 이는 본래 서사민요였던 것이 잡가화하기도 하고, 잡가화한 것이 다시 서사민요화하기도 하는 등 서사민요와 잡가가 교섭하고 융합하면서 나타나는 양상이다. 이는 이 지역 서사민요 향유층의 창조적 역량에 의한 것이며 이러한 교섭과 융합을 통해 서울·경기 지역 서사민요는 지역문학과 지역문화로 자리매김할 수 있었다.

---

65) 심지어 광주시 중부면에서 조사된 [광주 161] <변강쇠 타령>에서는 잡가 <변강쇠 타령>의 후렴 "어화 둥둥 내 사랑아"가 <모심는 소리>나 <논매는 소리>의 후렴인 "어화둥둥 상사디야"로 변개되어 있다. 이 역시 잡가가 전문적인 소리꾼이 아닌 일반 사람들에 의해 불리면서 민요화한 것이라 할 수 있다.

4. 맺음말

서울 · 경기 지역은 서사민요의 중심부라 할 수 있는 영남과 호남 지역에서 멀리 떨어진 주변부에 위치하고 있을 뿐만 아니라, 급속하게 진행된 도시화와 산업화로 인해 서사민요의 전승이 그리 활발하게 이루어지지 못했다. 그러나 적은 수의 자료라 할지라도 서울 · 경기 지역 서사민요의 특질을 살펴보는 것은 한국 서사민요의 전체적 양상을 밝히는 데 있어 필수적인 작업이다. 이 글에서는 서울 · 경기 지역 서사민요 37편을 대상으로 유형별 분포양상과 특징 및 문화적 특질을 살폈다.

서울 · 경기 지역에서는 서사민요의 다양한 유형보다는 몇 개의 유형만 활발하게 전승되는 '선택과 집중' 양상이 나타난다. 즉 시집식구-며느리 관계에서는 <중 되는 며느리>와 <사촌형님>이, 부부 · 남녀 관계에서는 <홋사나타령>과 <중타령>이, 기타 관계에서는 <베틀 노래>, <담바귀타령>, <달강달강>이 주로 전승된다. 친정식구-딸 관계 유형은 한 편도 조사되지 않았다. 이중 <중 되는 며느리>, <사촌형님>, <베틀 노래>, <달강달강> 유형은 거의 전국적으로 전승되는 광포유형으로 서울 · 경기 지역에서도 비교적 쉽게 전승될 수 있었을 것이다. 반면 다른 지역과 달리 잡가류 노래인 <홋사나타령>과 <중타령>, <담바귀타령> 유형이 활발하게 전승된 것은 이 지역이 잡가가 유행한 도시 지역과 그 인근에 자리 잡고 있기 때문이다.

서사민요는 주로 여성들이 길쌈이나 밭매기와 같은 일을 하면서 독창으로 부르던 것인데, 서울 · 경기 지역에서는 전통적인 노동 환경이 파괴되면서 기능이 전이되거나 가창유희요로 불리는 것을 볼 수 있다. 즉 <회 다지는 소리>와 같은 장례의식요의 선후창 앞소리로 불리거나 가창유희요인 <창부타령>, <장타령> 등의 곡조로 불리면서 사설까지 변모된다. 또한 <베틀가>, <범벅타령>과 같은 잡가류 노래들은 서사민요와 잡가의 교섭과 융합을 통해 새로운 형태의 서사민요로 재창조되기도 한다. 이러한 교섭과 융합 양상은 이 지역 서사민요 향유층의 역량에 의한 것으로 이를 통해 서울·경기 지역 서사민요는 지역문학과 문화로 자리매김할 수 있었다.

이 글은 지금까지 연구가 전혀 이루어진 바 없는 서울·경기 지역 서사민요의 전승양상과 특질을 밝혔다는 점에서 의의가 있다. 그러나 한정된 자료를 가지고 일반화된 이론을 도출해내기에는 어려움이 있다. 이를 위해서는 자료의 보완이 시급한데 그런 점에서 『한국구비문학대계』 증보조사사업의 지속적인 추진과 풍부한 성과를 기대한다.

3장_ 충청 지역 서사민요의 전승양상과 문화적 특질

1. 머리말

이 연구는 한국의 서사민요 중 특히 충청 지역에 전승되어 오는 서사민요를 대상으로 한다.[66] 특히 충청 지역 서사민요의 유형을 분류하고 전승양상을 분석함으로써 충청 지역 서사민요의 문학적, 문화적 특질을 밝혀내는 것을 목적으로 한다. 이는 나아가 한국 서사민요 전체의 유형분류체계를 구축하고, 지역별 전승양상과 구조적 특성에 대한 비교 연구로 나아갈 수 있는 기초적 토대를 마련하는 데 궁극적 목적이 있다.

이 연구의 대상 자료로는 『한국구비문학대계』와 『한국민요대전』 자료를 주 자료로 삼고, 기타 각종 기관이나 개인이 발행한 자료집을 보조 자료로 삼는다.[67] 『한국구비문학대계』와 『한국민요대전』 자료는 구비문학 전공자나 민요 전문가가 직접 현장에서 조사 채록한 1차 자료로서, 구연자나 구연

---

66) 서사민요의 개념, 연행방식, 구조적 특성 등에 대해서는 서영숙, 『우리민요의 세계』, 도서출판 역락, 2002, 17~47쪽, 143-166쪽에서 자세히 논의한 바 있다.

67) 『한국구비문학대계』 3-1~3-4(충북), 4-1~4-6(충남), 한국정신문화연구원, 1980-1989. 『한국민요대전』 충북편, 충남편, (주)문화방송, 1991-1996. 기타 자료로 충북 지역에서는 임동철・서영숙 편저, 『충북의 노동요』, 전국문화원연합회 충청북도지회, 1997를 추가하였으나, 충남 지역에서는 적당한 자료집을 찾지 못했다. 최문휘 편저, 『충남민요집』, 한국예술문화단체총연합회, 충청남도지회, 1990이 있기는 하나, 구연자, 조사자, 조사지역 등에 대한 상세정보가 전혀 기록되어 있지 않아 자료로 활용하기가 곤란하였다. 『한국구비문학대계』 자료는 '구비대계, 지역명, 자료번호'로, 『한국민요대전』 자료는 '민요대전, 지역명, 시디번호'로 『충북의 노동요』 자료는 '충북노동요, 지역명, 페이지'로 표기한다.

상황에 대한 정보를 비교적 잘 갖추고 있기 때문이다. 기타 자료집의 경우에도 이들 정보가 신빙성이 있다고 판단될 경우 함께 다루기로 한다.

2. 충청 지역 서사민요의 전승양상

충청 지역의 서사민요로 『한국구비문학대계』와 『한국민요대전』의 자료를 중심으로 추출한 결과 다음과 같이 충북 지역에서 52편, 충남 지역에서 53편, 총 105편의 각편을 찾아낼 수 있었다. 전남 지역에서만 268편(구비대계 127편, 민요대전 43편, 필자 98편) 조사된 것에 비해 수적으로 매우 적게 조사되었음을 알 수 있다. 유형 또한 전남과 경북 지역 자료를 대상으로 할 때 61개 유형이 전승되고 있는데,[68] 충청 지역에서는 29개 유형만이 전승되는 것을 볼 수 있다. 이는 충청 지역이 다른 지역에 비해 서사민요의 전승이 그리 풍부하게 이루어지지 않았음을 말해 준다.[69] 충청 지역에서 조사된 서사민요 자료를 시군 별, 자료집 별로 제시하면 다음과 같다.[70]

68) 조동일의 경북 지역 조사 자료(『서사민요연구』, 계명대 출판부, 1970에 수록), 『한국민요대전』 자료 등을 대상으로 분류하였고, 이후 서영숙, 「전남 서사민요의 유형분류와 존재양상」, 『한국민요학』 13, 한국민요학회, 2003에서 전남 지역 『한국구비문학대계』 자료를 포함하여 수정 보완한 바 있다.

69) 그 원인을 현 단계에서는 단적으로 말하기는 어렵다. 우선 충청 지역이 전남이나 경북 지역에 비해 서사민요의 전승에 제한적인 여건을 지니고 있기 때문이라고도 할 수 있고, 전남이나 경북 지역에 비해 민요 조사가 충분히 이루어지지 않았기 때문이라고도 볼 수 있다. 『한국구비문학대계』가 충북에서는 10지역 중 4지역 충주 중원, 청주 청원, 단양, 영동에서만 이루어졌고, 충남에서는 10지역 중 5지역 공주, 당진, 대전 대덕, 보령, 부여에서만 이루어졌다. 이후 문화방송의 조사에 의한 『한국민요대전』이 각 지역의 민요를 고루 포괄하고 있지만 장편 서사민요를 조사 수록할 만한 여건이 충분하지 않았다.

70) 자료 번호 옆 ( )안의 알파벳은 필자가 부여한 서사민요 유형 기호이다. 서영숙, 『한국 서사민요의 날실과 씨실: 우리 어머니들의 노래』, 도서출판 역락, 2009, 47-75쪽 참조.

시군	구비대계	민요대전	기타	계
괴산군		1-13(Lb)	230(Ba), 233(Mb)	3
단양군	매포5(Aa), 매포9(Ac), 매포14(Ba), 단양1(Ba), 가곡16(Ld)		51(Ba)	6
보은군		1-24(Bc), 1-25(Lc)	313(Lc)	3
영동군	영동8(Ac), 영동9(Ac), 황금1(Ad), 영동1(Ba), 용산1(Ba), 용산4(Lb), 황금2(Mb)	2-20(Aa), 2-11(Ba), 2-17(Ba), 3-3(Bg), 2-14(Da), 2-12(Ea), 2-19(Hc), 2-15(Ia), 2-9(Id)	377(Id), 379(Lb), 380(Lb)	19
옥천군			339(Ba), 341(Ba)	2
음성군		3-27(Mb)		1
제천군			81(Ba)	1
중원군 (충주시)	소태9(Ba), 소태15(Hb), 소태19(Hb), 신니14(Aa), 소태3(Bc), 신니11(Dd)		116(Ba), 144(Mb)	8
진천군			195(Lc), 196(Lb), 200(Ba)	3
청원군 (청주시)	수동1(Ba),	5-17(Mb), 5-18(Ba), 5-21(Lc), 6-5(Mb)	275(Ba)	6
대덕군 (대전시)	구즉1(Ah), 구즉27(Ah), 구즉30(Ba), 기성17(Ba), 신탄진4(Ba), 신탄진1(Ba), 기성1(Ca), 구즉41(Hc), 구즉4(Ib), 구즉42(Ib), 기성10(Ib), 기성14(Lb), 구즉12(Mb), 구즉40(Mb)	1-14(Mb)		15
공주군	의당1(Aa), 의당2(Bc), 반포5(Eb), 반포3(Gf), 반포1(Ia), 이인1(Ia), 유구4(Ib), 반포7(Ib)			8

금산군		2-13(Ab), 2-7(Ba), 2-10(Id)		3
논산군				0
당진군	석문1(Ba), 고대3(Ha),			2
보령군	오천3(Ba), 오천5(Bc), 대천5(Fb), 웅천17(Fb), 주포9(Jc), 웅천21(Hb), 주포10(Fb)			7
부여군	내산2(Hc), 내산13(Ab), 충화10(Fb), 홍산4(Ba), 홍산5(Fb), 내산6(Eb), 은산10(Hb), 내산3(Ia), 내산4(Ge), 충화1(Ia)	5-15(Lb), 5-17(Mb), 5-19(Fb), 5-20(Fb)		14
서산군		5-26(Mb)		1
서천군		7-12(Mb)		1
아산군 (온양시)		8-10(Hg)		1
연기군		9-15(Ia)		1
예산군				0
천안군 (천안시)				0
청양군				0
태안군				0
홍성군				0
총계	60	29	16	105

이로 볼 때 가장 많이 조사된 지역이 영동군으로 19편이고, 다음이 대전시(대덕군)로 15편이다. 다음으로 부여군이 14편, 공주군 8편, 충주시(중원군) 8편, 보령군 7편, 청주시(청원군) 6편, 단양군이 6편, 진천군, 보은군, 금산군이 3편이다. 다른 시군 지역들은 한두 편만이 조사되었거나 아예 조사되지 않은 지역도 있다.

이렇게 조사 자료가 편중되어 있는 이유는 현 단계로서는 확실하게 단정하기 어렵다. 일단 『한국구비문학대계』의 조사가 지역별로 고르게 이루어지지 않은 것도 하나의 이유라 할 수 있다. 『한국구비문학대계』의 조사는 충북에서는 충주시(중원군), 청주시(청원군), 단양군, 영동군의 4개 지역에서만 이루어졌고, 충남에서는 당진군, 대전시(대덕군), 아산군, 보령군, 부여군, 공주군 6개 지역에서만 이루어졌다. 또한 조사가 주로 설화와 가창유희요 중심으로 이루어진 것도 원인이 될 수 있다. 앞으로 『한국구비문학대계』의 재조사 사업이 이루어질 경우 이에 대한 보완을 염두에 두고 체계적으로 재조사할 필요가 있다.

3. 충청 지역 서사민요의 유형별 특징

서사민요는 창자가 한 인물이 상대인물과의 관계에서 빚어지는 사건을 노래로 부르는 갈래이다. 이에 충청 지역 서사민요를 주인물과 상대인물의 관계 중 주요한 관계라 할 수 있는, 시집식구와 며느리 관계, 남편과 아내의 관계, 남자와 여자의 관계, 친정식구와 시집간 딸의 관계, 기타로 나누어 그 구조적 특징과 의미를 살펴보기로 하자.

3.1. 시집식구와 며느리 관계 유형

충청 지역 서사민요 중 시집식구와 며느리의 관계를 다루고 있는 노래는 모두 12편이다. 다른 지역에서 대부분 시집식구와 며느리 관계를 다루는 노래가 가장 큰 비중을 차지하는 데 비해 이 관계의 서사민요가 그리 많지 않다는 것은 이례적이다. 이들은 대부분 시집식구의 며느리에 대한 구박으로 갈등이 발생하는데, 며느리의 이에 대한 대응에 따라 유형을 나눌 수 있다.

Aa <시집식구가 구박하자 중이 되는 며느리(중 되는 며느리)> 4편, Ab <시집식구가 구박하자 자살하는 며느리> 2편, Ac <시집식구가 구박하자 한탄하는 며느리> 3편, Ad <그릇 깬 며느리> 1편, Ah <시누가 옷을 찢자 항의하는 며느리> 2편이 있다. Ae <벙어리 노릇한 며느리> 유형과 Af <시집식구가 모함하자 자살하는 며느리> 유형은 조사되지 않았다.

각 유형에서 갈등의 원인은 거의 유사하나 이에 대한 며느리의 대응에는 차이가 있다. Aa 유형은 중이 되어 나가고, Ab 유형은 자살을 하며, Ac 유형은 그저 한탄만 하는 데 비해, Ad, Ah 유형은 항의를 한다. 그러나 같은 유형이라 하더라도 창자에 따라 결말이 다르게 나타나는데, 이는 창자의 의식에 의해 결말이 달라지는 것이라 할 수 있다. 그러므로 결말이 어떻게 나타나느냐는 창자의 가치관이나 의식을 보여주며, 이에 따라 충청 지역 서사민요 담당층의 의식을 어느 정도 가늠할 수 있으리라 본다.

Aa <중 되는 며느리> 유형을 살펴보자. 이 유형은 대부분 결말에서 중이 된 며느리가 시댁을 찾아가니 시집식구들이 모두 죽어 무덤 앞에 꽃이 피어있는 것으로 되어 있다. 이때 각편에 따라 남편의 묘소가 벌어져 그 안으로 여자가 들어가거나, 남편과 여자가 한 쌍의 나비가 되어 하늘로 날아가거나 하는 환상적 결말을 맺기도 하는데, 다음 각편에서는 남편과 여자가 신선이 되어 하늘로 올라간다는 독특한 결말을 맺고 있다.

> 시집 고향 찾아오니 집이라고 들다 보니
> 쑥대밭이 되었구나
> 시어머니 시아버지 뫼를 찾아 가서 보니
> 묵뫼가 되어있고
> 시누에 뫼에는 강살꽃이 피어있고
> 남편 뫼에 찾아가서 뫼두럭에 엎디레서 대성통곡 하다보니
> 난데없이 천둥하고 소낙비가 쏟아질때 뫼가 떡 갈라질제
> 뫼속에서 신선이 나오더니 그 부인을 둘쳐 업고 하늘로 올라가서

[하늘로 올라가서 선녀가 되고 일월선관이 돼 가지고 그래 잘 살드라]
(민요대전, 영동 2-20)

충청 지역 자료에서 두드러지는 것 중의 하나가 바로 이 각편에서와 같은 이야기 결말의 허구화이다. 서사민요 대부분은 결말이 현실적인데 비해, 여기에서는 '부부가 하늘로 올라가서 신선이 되었다'고 하는 비현실적인 결말을 맺고 있다. 이는 이야기를 허구화함으로써 실제 노래를 부르는 창자가 노래 속 화자에 대해 객관적 거리를 형성하고자 하는 의도에서 나온 것이라 할 수 있다. 즉 <시집살이노래>를 부르더라도 <시집살이노래> 속 자아와 창자와는 아무 관련 없이 '나'의 노래가 아닌 '남'의 노래임을 분명히 하기 위한 것이 아닐까 한다. 또한 그 이야기 결말이 대체로 행복한 결말을 맺는 것 역시 주목할 만하다. 이는 비록 현실에서는 남편과 사랑을 나누며 살지 못했지만, 현실을 떠나서는 남편과 만나 사랑을 나누며 행복하게 살고 싶거나 살아야 한다는 창자의 욕구와 의지가 투영된 것이라 할 수 있다.

한편 남편과 아내가 하늘로 올라가 선녀와 선관이 되었다고 하는 것은 고귀한 신분으로 상승했음을 의미한다. 이는 이 노래를 부르는 창자의 의식 속에 자신의 존재에 대한 자존감이 자리 잡고 있기 때문에 나타나는 결말이라 할 수 있다. 시집식구에게 구박을 받고 살았지만, 죽어서는 선녀가 되어 하늘로 올라가 시집식구보다 훨씬 더 나은 지위와 삶을 누리고 산다는 자존의식의 발현인 것이다.

또 다른 각편에서는 주인물이 중이 되어 나갔다 친정을 들르나 친정에서 역시 박대를 받는다. 결국 물에 빠져 자살을 하는데 거기에서 끝나는 것이 아니라 이야기는 계속 전개된다. 주인물의 자살은 또 다른 생의 전환으로 이어진다. "하느님이 돌봐셨는지 하늘선녀가 돌보셨는지 / 이내몸이 다시 탄생하여 연꽃으로 변하였고나 /연꽃으로 변하여 얘기들이 나오더니 / 내에 연꽃을 건지다가 병화분에따 꼬져노니 / 이내일신이 다시탄생하여 이사람으로다가 인도하여 / 내몸이또 생겼구나" (구비대계, 충주 소태면 9)라고 한다. Aa <중 되는 며느리> 유형에서 이처럼 중이 되었다가 자살을 택한 여자가 연꽃으로 환생하여 사람으로 다시 태어난다는 모티프는 지금까지 살펴본 전남, 경북 지역의 자료에서는 찾아볼 수 없었던 것이다. 연꽃 재생 모티프는 <심청가>에서 나오는 것으로 구원과 재생의 믿음에 기반을 두고 있다. 지상에서는 버림을 받았지만, 하늘이 자신을 돌본다는 의식, 부모조차 자신을 버린다 하더라도 자신은 하늘이 돌볼 만큼 귀한 존재라는 자존의식이 있었기에 이러한 모티프가 가능하다.

다음 Ab <자살하는 며느리> 유형을 보기로 하자. 이 유형은 2편의 노래가 조사되었다. 다음 각편 역시 유형의 결말은 며느리가 자살을 하는 것으로 되어 있으나, 여기에서는 자살로 끝나지 않고 이야기가 독특하게 전개된다.

> 한강같이 짚은 물이 배꽃겉은 치매 씨고
> 퐁당 빠져 죽었으니 어떤 사램이 알아주냐
> 거친 남긔 버들이가지 걷혔구나
> 버들가지 허치나 갖고 썩 나섬서 물어본게
> 난디 없는 도령님이 그렇게 죽을거 없으닝께
> 다시 한번 생각을 하고 요내 손질로 따라 오게
> 그 도령손을 거머쥐고 다정하게
> 한 재 넘고 두재 넘어 삼세줄을 넘어가니
> 삼칭같은 지아집이 꽃밭을 피고 앉아 노네
> 이만하면 살은건데 그 아니 죽어서 못 볼긴데
> **그 도령 만내 사여갖고 백년언약을 사다보니**
> **아들 낳고 딸을 낳고 이내 신세가 쭉 빼드러져서 생겨났네**
> (민요대전, 금산 2-13)

전형적인 이 유형의 노래들과는 상당히 다른 결말을 지니고 있다. 자살을 했으나 요행히 버드나무 가지에 걸쳐 죽지 않는다. 버드나무 가지를 헤치고 나오니 난데없는 도령이 나타나 죽지 말고 같이 살자고 한다. 결국 죽었으면 그 도령을 만나지 못했을 텐데 그 도령을 만나 신세가 펴졌다고 한다. 시집식구의 구박에서 집을 나와 자살을 하려고 했지만, 결국 다른 남자와 재혼을 해 살았다는 것인데, 현실적으로 가능한 일이기는 하나 민요에서는 거의 나타나지 않는 파격적인 결말이라 할 수 있다. 불행한 결말보다는 행복한 결말을 맺고자 하는 창자의 강한 의지와 유교적 이념에 얽매이지 않는 자유로운 상상과 일탈이 노래에 반영되었다 할 수 있다.

이상에서 볼 때 충청 지역의 서사민요 중 시집식구와 며느리 관계를 다루고 있는 노래들은 대체로 시집식구들의 구박을 부당하게 여기며, 이를 그대로 받아들이는 것이 아니라 자살, 출가 등 간접적인 방법이나 항의 등의 직접적인 방법으로 거부하는 것을 볼 수 있다. 또한 자살을 한다 할지라도 거기에서 끝나는 것이 아니라 연꽃(다시 사람)이나 신선 등으로 환생을 하거나[71] 우연히 목숨을 건져 새로운 삶을 사는 등 적극적으로 서사를 진행시킴으로써 행복한 결말을 지향하는 것으로 나타난다.

이를 통해 충청 지역 서사민요의 담당층 특히 여성들이 스스로에 대한 자존의식, 낙관적 세계관, 적극적인 삶의 태도 등을 지니고 있음을 유추할 수 있다. 이는 흔히 '양반 사회'라고 하는 충청 지역에서 기층 여성들이 유교적 이데올로기에 얽매이지 않았음을 보여주는 것으로도 해석할 수 있는데, 이에 대한 단정은 더 많은 자료의 검토와 담당층의 의식에 대한 조사 등 더 면밀한 검토가 필요하리라 생각한다.

---

71) Ba <베틀 노래> 유형의 하위 유형 중 베를 짜서 하늘로 올라가는 아내 유형이 2편 있다. 이들 각편에서도 역시 베를 짜서 선녀가 되어 하늘로 올라가고 싶다고 표현하고 있어, 충청 지역 서사민요 담당층에게 신선, 선녀는 현실의 고통을 잊게 해 줄뿐 아니라 자신의 자존의식을 드러낼 수 있는 존재로 자주 등장하는 것이 아닌가 생각된다.

3.2. 남편과 아내 관계 유형

이번에는 남편과 아내의 관계를 다루고 있는 노래들을 살펴보기로 하자. 남편과 아내의 관계 외에 신랑과 신부, 삼촌식구와 조카, 처와 첩의 관계를 다루고 있는 유형도 여기에 포함하여 살펴볼 것이다. 이들 관계를 나타내고 있는 노래는 모두 40편으로 충청 지역 서사민요 중 가장 큰 비중을 차지한다. 이중 대다수가 Ba <베 짜며 남편을 기다리는 아내(베틀 노래)> 유형으로 25편이고, Fb <삼촌식구 구박받다 시집가나 신랑이 죽은 꼬댁각시> 유형이 7편이다. Bg <집 나간 아내가 붙잡자 뿌리치는 남편>, Ge <혼인날 신부가 애기를 낳자 돌아가는 신랑>, Gf <불구 신랑과 혼인한 신부>, Jc <첩이 죽자 기뻐하는 본처>는 모두 1편씩이다.

우선 Ba <베 짜며 남편을 기다리는 아내(베틀 노래)> 유형을 보면, 이 유형의 노래는 전반부의 베를 짜는 과정을 자세히 묘사하고 있는 부분과 후반부의 남편이 죽어 오는 부분으로 되어 있다. 전반부가 교술적이라고 한다면 뒷부분은 서사적이다. 전반부의 묘사 부분이 상당히 긴 장편으로 이루어져 있어, 후반부에 나오는 남편의 죽음은 너무나도 급작스러운 충격으로 여겨진다.

> 서울갔던 선비님이 오시는데
> 우리선비 오시던가 오시기는 오데마는
> 소방산 대틀위에 명전공포 달고오데
> 웬말이요 웬말이요 홍패백배 바랬더니 명전공포 왠말이가
> 쌍기돗대 바랬더니 소방산태들이 왠말인가
> 원수로다 원수로다 서울길이 원수로다
> 서울길이 아니드면 우리낭군이 왜죽으리
> 임아임아 우리임아 배가고파 죽었으면 밥을보고 일어나요
> 목이말러 죽었거든 물을보고 일어나요

임이그려 죽었거든 나를보고 일어나요 (구비대계, 단양군 단양읍1)

아내는 남편의 죽음을 받아들일 수 없다. 죽은 남편에게 "임아임아 우리 임아 배가고파 죽었으면 밥을보고 일어나요 / 목이말러 죽었거든 물을 보고 일어나요 / 임이그려 죽었거든 나를보고 일어나요" 하며 기적과 같은 일이 일어나기를 절규하고 있다. 또한 남편이 저승에 있다면 저승에 가서라도 남편을 보겠다는 강한 의지를 내보이고 있다. 이렇게 이 작품의 화자에게 남편은 절대적인 존재이다. 이 유형에 속하는 대부분의 각편이 이렇게 남편의 죽음으로 결말을 맺는 데에는 현실 속에서의 남편의 부재를 나타내는 것이라 할 수 있지 않을까 한다. 현실은 하루 종일 밤을 새가며 일을 해야 하는 고단함이 지속된다. 그러나 남편은 늘 자기 곁에 없다. 남편의 부재는 시집살이와 일의 고통을 더욱더 가중시키는 요소라 할 수 있다.

남편과 아내의 관계를 다루고 있는 서사민요 유형 중 어느 지역에서나 흔하게 불리는 유형이 Bc <진주낭군이 기생첩과 놀자 자살하는 아내(진주낭군)> 유형이다. 4편 조사되었다. 흔히 <진주낭군>으로 불리는 이 유형의 노래는 거의 비슷한 줄거리와 화소, 노랫말로 이루어져 있다. 삼년이나 독수공방 하며 기다렸던 남편이 집에 돌아온다는 말을 듣고 조금이라도 먼저 마중하기 위해 빨랫감을 가지고 강가로 나갔지만, 남편을 자신을 못 본 듯이 지나가더라고 했다. 이러한 표현 속에는 남편이 자신을 알아보았을 텐데도 못 본 체하고 지나가더라는 의식이 들어 있다. 한 각편(구비대계, 보령군 오천면 5)에서 아내는 "아이구드러워 나못사알어" 하며 남편으로 인해 매우 자존심을 상했음을 직설적으로 드러내기도 한다. 더구나 그냥 죽는 것이 아니라 혈서를 아홉 장이나 써놓고 죽음으로써 자신의 원통함이나 하소연을 풀고자 하는 강한 의지를 나타낸다.

다음으로는 1편 조사된 Bg <집 나간 아내가 붙잡자 뿌리치는 남편(갱피 훑는 마누라)> 유형을 살펴보기로 하자. 남편이 책만 읽다 비가 오는 줄도 모르고 마당에 널어놓은 갱피를 다 떠내려가게 하자 아내가 화가 나 집을 나가버린다. 이후 남편이 과거에 급제해 경상감사가 되어 내려오다가, 여전히 갱피를 훑고 있는 아내와 마주친다. 아내가 붙잡는 데에도 남편은 이를 뿌리치고 가버린다는 내용이다. 이 각편에서는 특히 마지막 부분에 "미루나무 상상봉에 올라가서 / 여보시오 서방님은 매림정도 하옵니다 / 매옴매옴 울다보니 매미가 됐더래요"(민요대전, 영동 3-3) 함으로써 아내가 남편을 바라보며 울다 매미가 되었다고 하는 허구적 결말이 붙어 있다. 이런 허구적 설정은 노래의 창자가 이 이야기의 주인물과 객관적 거리를 두는 데에서 나온 것이라 할 수 있다. 즉 남편을 버리고 집을 나간 여자에 대한 비판적 의식이 내재해 있기 때문에 주인물을 '매미'라는 미물로 변하게 만든 것이다.

다음 Fb <삼촌식구 구박받다 시집가나 신랑이 죽은 꼬댁각시> 유형은 7편 조사되었는데, 전남과 충북 지역의 자료에서는 나오지 않은 유형이다. 그 만큼 충남 지역의 독특한 자료라고 할 수 있다. 이 유형은 경북에서도 같은 줄거리를 지닌 노래가 있긴 하나, 충남 지역에서처럼 '꼬댁각시'라는 특정 인물과 연관되어 있지 않다. 충남에서는 '꼬댁꼬댁 꼬댁각시'라는 어구로 시작하여, 삼촌식구들로부터 갖은 구박을 다 받다가 시집을 가나 시집을 가서도 시집살이를 면할 수 없었고, 설상가상으로 남편마저 죽자 따라서 죽는 것으로 되어 있다. 이는 어떠한 구박이나 시집살이도 다 견뎌내지만 남편의 부재는 견딜 수 없음을 나타낸다고 할 수 있다.

그럭저럭 십오세가 먹어진게
시집이라 간다는게 고재낭군 읃어갔네
그러나마 믿고 살라 히였더니
고재낭군 샘일만이 톡 죽네 그려
아이구나 설움 설움지고 이내 설움 또 있으랴
연잎 끝이 실렸거든 연춤이나 추어보소
댓잎 끝이 실렸거든 댓춤이나 추어보소

휠훨이 놀아보소
연춤도 추고 댓춤도 추고 솔잎춤도 추고
휠훨이 놀아보세
너도 소년 나도 소년 소년까지 놀아보세 (민요대전, 부여 5-20)

이 유형은 단순히 한 여자의 일대기 서사로 끝나는 것이 아니라, 이 여자를 신으로 좌정시켜 여자들의 의례로 끌어들인다. 이 노래를 부름으로써 꼬댁각시의 원혼이 그 자리에 내려한 해의 운세를 알아맞히는 등 신비한 능력을 보여준다는 것이다. 이 유형의 후반부에 전반부와는 달리 춤을 추는 부분이 나오는 것은 그 때문이다. 꼬댁각시라는 한 여자의 지극히 비극적인 삶에 대한 동정과 연대감, 꼬댁각시가 그냥 죽고 만 것이 아니라 신적인 존재로 강림해 자신들의 억눌림을 풀어줄 수 있는 믿음이 이를 전승하는 담당층들에게 내재해 있다. 이러한 연대감과 믿음은 특히 충청 지역 서사민요 담당층에게 두드러져 보인다.

이상에서 볼 때 충청 지역 서사민요 중 남편과 아내의 관계를 다루고 있는 서사민요는 대부분 남편의 죽음이나 남편의 외도를 다루며, 이에 여자는 대부분 죽음으로써 대응한다. 이는 전통 시대에 여자들이 남편을 얼마나 절실하고 귀중한 존재로 여겼는가 하는 것을 여실히 보여준다. 한편 남편의 죽음이나 남편의 외도로 여자가 자살을 택한다 할지라도 마무리에서는 남편이 아내에 대한 그리움이나 사랑의 맹세를 덧붙임으로써 죽은 이후라도 남편의 사랑을 얻어내고자 하는 강한 욕구와 의지를 나타내 보이고 있음을 알 수 있다.

3.3. 친정식구와 딸 관계 유형

여자의 삶에 있어서 중요한 세 가지 관계는 아마도 시집식구와의 관계,

남편과의 관계, 친정식구와의 관계일 것이다. 그러나 시집을 간 이후에는 '출가외인'이라 하여 친정식구와는 거의 왕래를 하지 못하고 살기 때문인지 친정식구와의 관계(오빠와 동생 관계 포함)를 다루고 있는 서사민요는 그리 풍부하지 않다. 충청 지역에서도 모두 해서 6편만이 조사되었는데, 다른 지역에서 많이 조사된 Cb <친정부모 장례에 가는 딸(친정부음)> 유형조차 충청 지역에서는 단 1편 조사되었을 뿐이다.

Cb <친정부음> 유형은 딸이 어머니나 아버지의 부고를 듣고 친정집에 가나 너무 늦게 도착하여 어머니의 주검을 보지 못하자 친정식구들이 늦게 왔다며 구박하는 내용으로 되어 있다. 아래 각편에서는 친정식구의 구박은 없고 주인물이 친정어머니의 부음을 일찍 알려주지 않은 오빠를 원망하는 것으로 되어 있다. 다른 지역에서 전승되는 이 유형의 노래들은 대부분 시집식구들이 일을 시키는 바람에 늦게 도착하는 것으로 되어 있으나, 여기에서는 친정에 갖고 가기 위해 여러 가지 음식을 준비하느라고 늦는 것으로 되어 있다.

> 알각달각 짜다보니 담넘어서 핀지왔네
> 한손으루 넓적받어 두손으루 피여보니 어머니 통볼래
> 뒷논에는 메베심거 앞논에는 찰벼심거
> 새벽달에 찰떡치고 메벽달에 메떡치고 수탉잡어 술병막구
> 한모랭이 돌아가니 올아버니 우는소리
> 귀에쟁쟁 눈에삼삼 비네빼서 땅에꽂고
> 두모랭이 돌아가니 올아버니 우는소리
> 귀에쟁쟁 눈에삼삼 댕기클러 낭게걸구
> 또 한모랭이 돌아가니 [청취불능]
> 대문밖에 들어서니 올아버니 올아버니
> 글잘한단 보람없이 진작 편지한장 해 주었으면
> 내가 와서 어머닐 볼걸. (구비대계, 대덕군 기성면 1)

예전에는 한번 시집을 가면 친정에는 거의 갈 수가 없었다. 친정을 갈 수 있는 기회는 친정부모가 돌아가셔서나 주어졌다. 그러나 친정부모가 돌아가셔도 여러 가지 일 때문에 제 시간에 맞추어 갈 수가 없었다. 다른 지역의 각편에서는 시집식구들이 일을 해놓고 가라고 하는 바람에 일찍 출발하지 못하는 것으로 나타난다. 결국 딸은 이미 상여가 떠나고 난 뒤에 도착하여 부모의 마지막 가는 모습조차 볼 수가 없다. 그러므로 친정식구들은 늦게 온 딸을 나무라거나, 딸은 더 빨리 연락하지 않은 오빠를 원망한다.

서사민요에 나타나는 오빠와 동생 사이는 그리 돈독치 못하다. 특히 오빠와 동생 사이에는 올케라는 새로운 존재가 가로막고 있다. 동생은 오빠가 혈연관계인 자신보다 올케를 더 우선시하는 것을 받아들지 못한다. 시누와 올캐가 함께 강물에 빠지자 오빠가 동생을 제쳐두고 아내를 건져낸다는 내용을 노래하고 있는 Eb <오빠가 물에서 구해주지 않자 한탄하는 동생> 유형이 바로 그것이다. 이 유형 역시 오빠와 동생의 관계가 그리 평탄치 않은 관계에 있음을 보여주는데, 충청 지역에서는 2편 조사되었다.

> 강실강실 비온끝이 시누여올케여 빠젹구나
> 건지다보니 동생일세
> 동생일랑은 젖혀놓고 마누라를 건져나보세
> 무정하오 무정하오 우리오빠두 무정하오
> 꽃과겉은 이내몸이 붕어뱁이 웬말이요 [착각했음을 깨닫고 도중에 다시 계속]
> 날랑은 죽어서 뱀이 되어 오빠랄 죽어서 개구리되오
> 내년이때 이삼사월 꽃피구 잎피구할적이
> 숲속이루만 만냅시다 (구비대계, 공주시 반포면 5)

이 각편에서는 마지막 부분에 동생이 오빠에게 후일을 기약하는 대사가 특징적이다. 자신은 죽어서 뱀이 될 테니 오빠는 죽어서 개구리가 되어 숲

속에서 만나자고 한다. 곧 후생에는 자신이 오빠보다 강한 존재가 되어 원수를 갚겠다는 것이다. 오빠에 대한 원망과 증오가 극단적으로 표현된 말이다. 다른 지역에서 대개 오빠에 처신에 대해 한탄하는 소극적인 태도로 그치는 데 비해 매우 강하고 적극적인 태도를 보인다 하겠다.

이밖에도 친정식구와의 관계에서 많이 나타나는 유형으로는 Ca <어머니 묘에 찾아가는 딸> 유형이 있다. 흔히 <타박네야>라고 불리는 노래로, 충청 지역에서는 1편 조사되었다. 이 유형도 Cb <친정부음> 유형과 마찬가지로 어머니가 죽은 것으로 나타난다. 서사민요에서 어머니의 죽음은 주인물의 정신적인 안식처가 사라졌음을 의미한다고 할 수 있다. 이는 서사민요의 담당층인 여자들에게 현실에서 의지할 만한 존재가 하나도 없음을 보여주는 것이라 할 수 있다. 게다가 살아있는 친정식구인 오빠와는 대립 관계에 놓여 있어 도움을 주지 못한다. 그야말로 친정식구조차 여자에게는 원조자일 수 없는 현실을 그대로 보여준다고 하겠다. 하지만 충청 지역 서사민요의 담당자들은 이러한 상황에서도 결코 포기하지 않는 강한 정신력을 보여주고 있음을 알 수 있다.

3.4. 남자와 여자 관계 유형

서사민요에는 가족 관계뿐만 아니라 가족 이외의 남자와 여자의 관계를 다루고 있는 유형들 역시 여럿 있다. 혼인 전 처녀와 총각의 관계를 다루고 있는 유형도 있고, 혼인한 외간남자와 여자의 관계를 다루고 있는 유형도 있다. 충청 지역에서는 이들 관계를 다룬 서사민요가 모두 23편 조사되어 비교적 풍부하게 전승되고 있음을 알 수 있다. Ia <장식품 잃어버린 처녀에게 구애하는 총각(댕기노래)> 유형 6편, Ib <일하는 처녀에게 구애하는 총각(구애노래)> 5편, Id <나물 캐다 사랑을 나누는 처녀와 총각(남도령 서처자)> 3

편, Ha <외간남자의 옷이 찢기자 꿰매주는 여자(찢어진 쾌자)> 1편, Hb <외간남자와 정 통하다 남편에게 들킨 여자(홋사나타령)> 4편, Hc <주머니를 지어 걸어놓고 남자 유혹하는 여자(주머니노래)> 3편, Hg <장사가 자고간 뒤 그리워하는 과부(과부노래)> 1편 등이 여기에 속한다.

우선 외간남자와 여자의 관계를 다루고 있는 Ha <외간남자의 옷이 찢기자 꿰매주는 여자(찢어진 쾌자)> 유형을 보기로 하자. 이 유형은 1편 조사되었다.

> 천길같은 님을보려고 만길같은 담을넘자
> 가진장옷을 찍었으니 이말대답을 어찌허랴
> 사내대장부 나남다로 생겨서 그말대답을 왜못허나
> 뒷동산에 꽃구경갔다 꽃한송이가 곱게들레
> 그꽃을 꺾으려하다가 가지에 걸렸다고 하려므나
> 그리하야도 아니들으면 처녀의 방으로 들어와서
> 고동실패 금강실로 고적없이나 감쳐주지 (구비대계, 대덕군 고대면 3)

아내를 둔 남자가 정인을 보기 위해 담을 넘다가 옷을 찢겼다. 아내에게 어떻게 변명을 할지 고민을 하는 남자에게 처녀가 대답을 가르쳐준다. 그래도 곧이듣지 않으면 자신이 감쪽같이 꿰매주겠다고 하는 대화로 이루어져 있다. 다른 지역의 자료에서는 변명이 여러 가지로 제시되기도 하고, 처녀의 말에 남자가 다시 응수를 하기도 하는 등 서사가 더 길게 이어지기도 하는데, 이 각편은 비교적 간단히 마무리되고 있다. 여기에서 보면 두 연인의 관계에서 남자보다도 여자가 훨씬 더 적극적으로 나타나 있다.

Hc <주머니를 지어 걸어놓고 남자 유혹하는 여자> 유형에서도 여자가 적극적으로 남자에게 구애를 한다. 흔히 <줌치(주머니) 노래>라 하는 것으로, 충청 지역에서는 3편 조사되었다. 이 유형에서도 여자는 남자보다 더 적극적인 태도를 보이는데, 이는 하룻밤 인연을 맺은 신관사또에게 "하루밤을 자고가도 만리성을 쌓는다고 신관사또 가시는길 나는어이 못가리까"(민요대전, 영동 2-19) 하는 데에 잘 나타나 있다.

이외에도 Hb <외간남자와 정 통하다 남편에게 들킨 여자> 유형은 흔히 <범벅타령> 또는 <홋사나타령> 등으로 불리는 것으로 남편이 있는 여자가 외간남자와 관계를 갖다 남편에게 들켜 야단이 나는 내용으로 되어 있다. 충청 지역에서는 이 노래가 지금까지도 비교적 활발히 전승되는데, 대상 자료에서는 4편 조사되었다.

> 이도령이 거동을 보소
> 문열어라 문열어라 내가왔으니 문열어라
> 계집년에 거둥을보소 김도령조치를 어찌하나
> 겁이내여서 방문을덜컥 열어주니 이도령 거동보소
> 너도남으집 귀동자요 나도남으집 귀동자라
> 엎어나 지집년 놓고서 등을탈까 잦혀놓고서 배를탈까
> 니나알고 내나알고 천만리나 다가서나 느그연놈덜 잘살어라
> 얼시구나좋다 기화자좋네 요롷게좋다… [또 딸 나라구?]
> (구비대계, 보령군 웅천면 21)

이 유형의 경우 대부분 본남편이 자신의 아내와 정분을 나눈 남자는 "너도 남으집 귀동자요 나도 남으집 귀동자라" 하며 용서해 보내주는 반면, 여자는 용서를 하지 않고 폭력을 휘두른다. 함께 정을 나눈다 할지라도 남자와 여자에게 다른 잣대가 사용되는 것이다. 그러나 이 각편에서는 두 남녀를 "니나알고 내나알고 천만리나 다가서나 느그연놈덜 잘살아어라" 하고 함께 보내주는 것으로 되어 있어 충청 지역 서사민요 담당자들이 성 문제에 있어 훨씬 더 개방적인 태도를 취하고 있음을 볼 수 있다.

이러한 경향은 총각과 처녀의 만남과 사랑을 그리고 있는 유형이 다른 관계를 나타내는 유형들에 비해 풍부하게 조사되고 있는 것으로도 뒷받침

된다. 뿐만 아니라 Ia <댕기노래> 유형에서 처녀의 댕기를 주은 총각이 혼인을 해야만 돌려준다고 하거나, Ib <구애노래> 유형에서 총각이 집을 묻자 자기 집을 가르쳐주며 저녁에 집으로 찾아오라고 하거나, Id <남도령 서처자> 유형에서 나물을 함께 캐러 간 처녀와 총각이 점심밥을 함께 나누어 먹고 사랑을 나누는 등 현대의 풍속으로도 쉽게 이루어지기 어려운 행동들을 감행하는 데서도 나타난다.

특히 Id <남도령 서처자> 유형의 노래에서 창자는 성에 대한 매우 개방적인 의식을 표현하고 있다. 충청 지역에서는 이 노래를 풍장소리인 <칭칭이 소리>의 앞소리로 매기며 부르기도 한다. 이 유형의 대부분의 각편에서는 처녀와 총각이 함께 나물을 캐러 갔다가 점심밥을 나누어 먹고 한 몸이 되어 노는 장면을 묘사하고 있다. 하지만 한 각편에서는 총각이 백년언약을 맺자고 하자, 처녀가 오히려 이를 거절한다. "당신도 가면 새 처녀 있고 나도 가면 새 도령 있으니 이왕지사 놀고 간 김에 재미있게나 허틀어지세"(민요대전, 금산2-10)라고 한다. 혼인과 관계없이 서로 재미있게 놀고 집으로 돌아가면 다른 사람과 만나 혼인을 하자라는 말이니, 성에 대한 생각이 매우 파격적임을 알 수 있다.

3.5. 기타 유형

서사민요 중 일부 유형에서는 인물 간의 갈등이 뚜렷하게 나타나지 않고 특정한 일의 과정을 자세하게 순차적으로 묘사하는 것이 중심을 이루는 경우가 있다. 서사민요이면서도 교술적 성격을 띠는 노래들이라 하겠다.[72] 충청 지역에는 이런 성격을 지닌 노래가 특히 많이 전승되고 있는 것을 볼 수

72) 서영숙, 「서사민요의 장르와 문학적 특징: 충청 지역 자료를 중심으로」, 『한국민요학』 23, 한국민요학회, 2008, 387~430쪽 참조

있는데, 앞에서 살펴 본 Ba <베 짜며 남편을 기다리는 아내(베틀 노래)> 유형 같은 것이 베를 짜는 과정을 길게 묘사하고 있어 그 좋은 예이다.

이러한 성격을 지닌 유형으로 Mb <쥐가 남긴 밤을 아이와 나눠먹는 사람(달강달강)> 유형 12편, Lb <메밀 음식을 만들어 사람들에게 대접하는 여자(메밀 노래)> 유형, Lc <나물반찬을 해 사람들에게 대접하는 여자(나물 노래)> 유형 4편을 들 수 있다. 이들 유형은 모두 밤을 요리하는 과정, 메밀을 요리하는 과정, 나물을 요리하는 과정을 자세하게 서술하고 있다. 그 안에는 밤 한 자루를 쥐가 다 먹어버리는 사건, 메밀을 잘 길러 삶아 놓았는데 남편이 죽은 사건, 나물을 무쳐 남편의 제사를 지낸 사건들이 들어 있다.

Lc <나물반찬을 해 사람들에게 대접하는 여자(나물노래)> 유형을 예로 들어 살펴보기로 하자.

> 요놈의 고사리 가져 와서 설렁설렁에 추려 가주
> 벌어졌다 벌가매에 휘휘 둘러 건져 가주
> 태양에다 말려 놓구 요뭉치 조뭉치 해가주구
> 용상에다 모셔놨다 낭군님 지사 돌아왔네
> 달갈같은 동솥에다 되작되작두 삶아가주
> **낭군님 지사를 차려 놓고 왼갖 잔채를 차려 놓고**
> **왼갖 과일을 차려 놓고 조상님께 축원하길**
> **비나니다 비나니다 오늘 저녁에 오신 조상**
> **많이나 잡숫고 응감하구 우리야 낭군이 오셨거당**
> **자손에 명복두 빌어주구 자손에 금전두 풀어줘요**
> **오늘 저녁 오셨거든 많이 많이나 잡수시고**
> **극락으로 잘 가시오** (민요대전, 보은 1-25)

다른 지역에서는 대부분 나물을 무쳐 시집식구들에게 드렸더니 시집식구들이 반찬타박을 하더라는 시집살이 서사로 이어진다. 충청 지역의 서사민요에 시집식구와 며느리 관계 유형이 다른 지역보다 그리 흔하지 않은 것을 미루어 볼 때 이 유형에서 시집식구와 며느리의 갈등을 드러내지 않고 남편의 제사를 지내는 것으로 마무리하는 것 역시 충청 지역의 성향이 드러난 것이 아닐까 한다.

4. 충청 지역 서사민요의 문화적 특질

충청 지역은 예로부터 '양반의 고장'으로 일컬어져 왔다. 서울 지역과 가까이 자리 잡고 있어서 대대로 명문거족들이 충청 지역에 집과 농토를 두었다고 한다. 그러므로 전반적인 사회의 분위기가 양반의 체면을 존중하고, 이를 수호하려는 명문 양반가의 후예라는 혈통의식이 강하게 자리 잡고 있었다. 그래서 늘 개인감정이나 주장을 억제하며, 자신보다는 남의 시선과 평가를 더 중시하였다. 이러한 분위기 속에서 평민들이 양반적 사고와 행동방식에 젖어드는 것은 자연스런 현상이라고 할 수 있다. 충청도 굿이 앉은 굿으로 되어 있다든지, 민중의 의식을 적나라하게 드러내는 광대놀이나 탈춤이 없다든지 하는 것을 그런 이유로 설명하기도 한다.[73]

충청 지역에 서사민요가 호남이나 영남 지역에 비교해 볼 때 그리 다양하고 풍부하게 전승되지 않는다는 사실은 충청 지역의 이러한 사회적 분위기와 그리 무관하지 않으리라 생각된다. 또한 그 이유를 단정해서 말하기는 어렵지만, 호남이나 영남에 비해 여성들이 함께 모여 일을 하거나 노래를 할 기회가 그리 많지 않았거나 그럴 수 있는 여건이 충분히 조성되지 못했던 것이 아닐까 한다. 충청 지역 여성 제보자들은 흔히 "시집살이가 하도 엄해서 잘 모이지도 못했고 노래를 부르는 것은 엄두도 못 냈다."고 한다. 저녁을 먹고 나면 여자들이 함께 모여 길쌈품앗이를 했던 호남이나 영남의 분위기와는 사

73) 김영진, 「충청북도의 문화배경과 민속과 주민 성품/ 이 양반들의 어제와 내일」, 『한국의 발견/충청북도 편』, 뿌리깊은 나무, 1992, 82~83쪽.

뭇 달랐던 것을 알 수 있다. 충청 지역의 전반적인 사회 분위기로 볼 때 여자들이 함께 모여 노래를 부르는 것은 그리 쉽지 않았으리라 생각된다.

충청 지역 서사민요에 시집식구와 며느리 관계를 다룬 유형보다는 주로 남편과 아내 관계를 다룬 유형이 많은 것도 마찬가지 이유에서 볼 수 있다. 남편과 아내 관계를 다룬 유형은 시집살이나 시집식구에 대한 직접적인 비판이 나오지 않으므로, 비교적 자유롭게 부를 수 있었을 것이다. 더욱이 Ba <베 짜며 남편을 기다리는 아내(베틀 노래)> 유형의 경우 베틀의 짜임새에 대한 지식을 바탕으로 하고 있어야 부를 수 있는 것이어서 오히려 양반적 사회 분위기에 걸맞다 할 수 있다. 이 유형이 충청 지역 서사민요 중 가장 많은 수를 차지하는 것은 결코 우연이 아닐 것이다.

그 외에도 Lb <메밀 음식을 만들어 사람들에게 대접하는 여자(메밀 노래)> 유형, Lc <나물반찬을 해 사람들에게 대접하는 여자(나물 노래)> 유형 등과 같은 교술적 성향을 띤 유형이 많이 전승되는 것도 모두 이와 무관하지 않을 것이다. 이들 유형은 모두 메밀의 성장과정, 나물의 종류와 요리과정 등 웬만한 기억력으로는 제대로 구연할 수 없는 유식한 내용을 길게 나열하는 것이어서 노래 부르는 사람의 위신을 세울 수 있을 뿐만 아니라 자기의 감정을 쉽게 드러내지 않고 부르는 데 매우 적합한 것들이다. 이는 충청 지역의 성향이 갈등을 드러내고 첨예화하는 노래보다는 길게 사설을 엮어나감으로써 노래를 통해 감정보다는 지식을 나타내는 것을 더 선호했기 때문이 아닐까 한다.

그러나 사회의 전반적인 분위기가 그렇다고 해서 다른 유형의 서사민요를 전혀 부르지 않았던 것은 아니다. 비록 풍부하지는 않다 할지라도 충청 지역의 기층 여성들은 서사민요를 불렀고, 이들 서사민요의 내용은 의외로 매우 과감하고 진취적인 성향을 보이는 노래가 많음을 볼 수 있다.

우선 시집식구와 며느리의 관계를 다루는 유형에서 보면 시집식구들은 며느리를 매우 비인간적으로 대우하며, 며느리는 이로써 자존의식에 상처를 입는 것으로 나타난다. 이에 대한 대응이 자살을 하거나 중노릇을 나가는 등의 급격한 행동으로 나타나는 것은 이 때문이다. 또한 당당하게 시집식구에게 자신의 요구를 내세움으로써 부당한 대우에 저항하기도 한다. 즉 이들 서사민요 속에는 부당한 억압에 대한 비판의식과 스스로에 대한 자존의식이 그대로 투영되어 있다.

남편과 아내의 관계를 다루는 유형의 경우, 대부분 남편의 죽음이나 남편의 외도를 다루며, 이에 여자는 대부분 죽음으로써 대응한다. 이는 전통시대에 여자들이 남편을 얼마나 절실하고 귀중한 존재로 여겼는가 하는 것을 여실히 보여준다. 한편 남편의 죽음이나 남편의 외도로 여자가 자살을 택한다 할지라도 마무리에서는 남편이 아내에 대한 그리움이나 사랑의 맹세를 덧붙임으로써 죽은 이후라도 남편의 사랑을 얻어내고자 하는 강한 욕구와 의지를 나타내 보이고 있음을 알 수 있다.

친정식구와 딸의 관계를 다루고 있는 서사민요는 대부분 어머니의 죽음을 소재로 하고 있다. 어머니의 죽음은 서사민요의 담당층인 여자들에게 현실에서 의지할 만한 존재가 하나도 없음을 보여주는 것이라 할 수 있다. 게다가 살아있는 친정식구인 오빠와는 대립 관계에 놓여 있어 도움을 주지 못한다. 그야말로 친정식구조차 여자에게는 원조자일 수 없는 현실을 그대로 보여준다고 하겠다. 하지만 충청 지역 서사민요의 담당자들은 이러한 상황에서도 결코 포기하지 않는 강한 정신력을 보여주고 있음을 알 수 있다.

충청 지역에서 전승되는 남자와 여자 관계 서사민요는 겉으로만 판단할 때는 양반 고장에 걸맞게 체면과 위신에 맞는 점잖은 사설이 나오리라 기대하기 쉬우나, 오히려 매우 진취적이고 파격적인 대사와 행위가 거침없이 나오고 있음을 볼 수 있다. 이는 충청 지역 서사민요 담당층의 의식이 남녀의 사랑과 성에 대해서 매우 진취적인 의식을 지니고 있음을 보여주는 것이라 할 수 있다.

이렇게 충청 지역 서사민요가 수적으로는 풍부하지 않다 할지라도 전승되는 노래에서는 유교적 이념이나 규범과는 오히려 상반되는 의식을 오히려 당당하게 표현하고 있는 것은 주목할 만한 현상이다. 그 이유는 두 가지로 생각해 볼 수 있다. 하나는 기층민에게까지 유교적 사회의 관습이나 이념이 철저하게 내면화되지 않았기 때문이라 할 수 있고, 다른 하나는 표면적으로는 그러한 관습이나 이념에 순종하면서도 내면적으로는 이에 대한 저항이나 울분을 노래로 표현한 것이라 할 수 있다. 즉 서사민요는 기층 여성들만의 폐쇄된 공간에서 불리는 것으로서, 이를 통해 자신들을 억압하는 이념이나 규범의 부당성을 드러내고 그로부터의 일탈을 꿈꾸며, 이에 대한 욕구와 본능을 표출하는 것이 아닌가 한다.

충청 지역의 기층 여성들이 충청도 특유의 '양반' 사회적 분위기에 대해 가지고 있던 심리적 반응은 다음 노래에 직접적으로 잘 나타나 있다.

> 아버지어머니 날길러서 충청도땅에다 놓지를마유
> 충청도땅이 좋기는하지만 양반소리가 나는싫여
> 아버지어머니 날길러서 경기도땅에다 놓지를마유
> 경기도땅이 좋기는하지만 똥갈보소리가 나는싫여
> 아버지어머니 날길러서 강원도땅에다 놓지를마유
> 강원도땅이 좋기는하지만 감자먹기가 나는싫여
> 아버지어머니 날길러서 충청도땅에다 놓지를마유
> 충청도땅이 좋기는하지만 양반소리가 나는싫여
> (구비대계, 충주시 소태면 7)

이 노래는 시집가기 전 여자아이가 특정 지역에 시집가기 싫은 이유를 단적으로 표현한 것으로서, 충청도는 '양반소리'가 싫다는 것이다. 언뜻 생각하기에 양반 고을에 시집가는 것이 나쁘지 않겠다 싶은 생각이 드는데, 양반의 입장이 아닌 기층민의 입장에선 양반의 밑에서 굴종적인 삶을 살아야 할 터이니 좋을 리가 없다. 더구나 지체가 낮은 집안에서 양반 고을로 시집갈 자유롭지 못한 삶을 살 것이 눈에 보듯 당연시되었을 것이다.

또한 충청 지역 서사민요에서 주목할 만한 특징으로 노래의 마무리에서 불행한 결말보다는 행복한 결말을 선호한다는 점이다. 주인물의 자살로 이야기가 끝나는 노래라 할지라도 그냥 비극적으로 끝내는 것이 아니라, 신선이 되어 하늘로 올라갔다든지, 연꽃으로 환생했다가 다시 사람이 되었다든지, 우연히 죽지 않고 살아나 재혼을 해서 잘 살게 되었다든지 허구적인 결말이 덧붙여지며, 그 결말은 대부분 해피엔딩으로 마무리된다.

비현실적인 허구적인 결말이 덧붙여진다는 것은 노래의 창자가 노래의 주인물과 자신을 동일시하기보다는 제3의 인물로 객관화하는 데에서 오는 것이다. 이는 시집식구와 며느리 관계 유형의 노래를 부르더라도 자신이 아닌 다른 사람의 이야기라는 것을 명백히 함으로써 노래의 내용에 대한 책임에서 자유로울 수 있다. 한편 불행한 결말보다는 행복한 결말로 마무리함으로써 현실에서 이루지 못하는 욕구와 기대를 노래 속에서나마 간접적으로 실현하는 것이라 할 수 있다. 뿐만 아니라 갈등보다는 사랑과 화합을 추구하는 노래를 즐겨 부르는 것이 충청 지역 서사민요 담당층의 두드러진 성격으로 파악된다. 남자와 여자의 관계를 다루는 유형이 많이 전승되며, 이들 노래 속의 주인물들이 사랑을 이루고자 하는 적극적인 태도를 보이는 것은 이러한 성격을 충분히 뒷받침한다.

이렇게 충청 지역의 서사민요는 감정을 드러내기보다는 지식을 서술하고, 갈등을 드러내기보다는 화합을 중시하며, 불행한 결말보다는 행복한 결말을 추구하는 특질을 보이고 있다고 정리할 수 있다. 그러나 이러한 특질들은 충청 지역 서사민요만의 절대적인 성향으로 단정하기 어렵다. 다른 지역 서사민요를 동일한 방법으로 분석하고 비교한 이후에 충청 지역이나 비교 대상 지역의 문화적 특질을 제대로 파악할 수 있을 것이다.

5. 맺음말

서사민요 연구는 그 장르의 중요성과 가치에 비해 상대적으로 연구가 매우 소원한 편이다. 더욱이 충청 지역의 서사민요에 대한 연구는 전혀 이루어지지 않은 상태에 있었다. 이 연구에서는 충청 지역 서사민요를 대상으로 그 전승양상과 유형별 특징, 문화적 특질 등을 살펴보았다.

충청 지역에는 서사민요의 자료수가 영남이나 호남 지역에 비해 그리 풍부하지 않은데다가 지금까지 파악된 61개 유형 중에서 29개 유형만이 전승되고 있다. 특히 다른 지역에서 가장 큰 비중을 차지하고 있는 시집식구와 며느리 관계 유형이 남편과 아내 관계 유형이나 남자와 여자 관계 유형보다 전승이 활발하지 않은 것을 볼 수 있다. 이는 충청 지역이 다른 지역에 비해 서사민요를 자유롭게 향유하고 전승할 수 있는 여건이 충분하게 조성되지 못했기 때문에 나타난 양상이라 생각된다.

조사된 자료를 분석한 결과 충청 지역 서사민요는 수적으로 풍부하지 않다 할지라도 내용상으로는 다른 지역에서는 잘 나타나지 않는 독특한 모티프가 많이 보일 뿐만 아니라 자존의식과 당당한 태도 등이 잘 드러나 있는 것을 볼 수 있다. 특히 남자와 여자 관계를 다룬 유형은 자유롭고 개방적인 성 의식을 보이고 있어 주목된다. 이는 충청 지역이 예로부터 양반의 고장으로 불릴 만큼 양반 의식이 전반적인 사회 분위기를 보이는 데 비해, 서사민요 속에서는 이로부터 일탈하고자 하는 욕망과 기대가 숨김없이 표현되고 있음을 보여주는 것이라 할 수 있다. 또한 충청 지역 서사민요에는 일의 과정이나 순서를 나열하는 교술적 성격을 지닌 노래가 많이 전승될 뿐만 아니라, 대부분 허구적이고 행복한 결말로 마무리하려는 경향을 지니고 있음도 알 수 있었다.

이 연구는 전국 서사민요의 전승양상과 특질을 밝히기 위한 기본 토대로 이루어진 것이다. 앞으로 이를 바탕으로 충청 지역과 호남 지역, 충청 지역과 영남 지역, 호남 지역과 영남 지역 등, 지역과 지역의 서사민요의 비교뿐만 아니라, 한국 서사민요 전체의 전승양상과 문화적 특질을 밝히는 데로 확대해 나가야 할 것이다.

4장_ 전남 지역 서사민요의 유형분류와 존재양상

1. 머리말

서사민요는 일정한 성격을 지닌 인물과 일정한 질서를 지닌 사건을 갖춘 있을 수 있는 이야기로 된 민요이다.[74] 서사민요는 창자의 주정적 표출을 위주로 하는 노래이면서 서사 장르에 속한다는 점에서 많은 장르적 논란거리를 안고 있다. 또한 다른 민요 장르에 비해 수많은 유형으로 이루어져 있고 비교적 활발하게 전승되고 있어 구비문학 연구 대상으로 주목할 만하다. 그러나 서사민요가 지닌 이런 문제성에 비해 연구는 매우 소략한 편이다. 현재 한국에 전승되고 있는 유형의 종류나 내용, 특징 등 서사민요의 전반적인 전승 상황 파악도 제대로 이루어지지 않은데다가 서사민요 개별 유형론이나 작품론 등도 한국문학 또는 구비문학의 다른 장르에 대한 연구에 비해 양적, 질적으로 상당히 뒤떨어져 있다고 해도 과언이 아니다.

서사민요 연구의 선편을 잡은 것은 조동일의 『서사민요연구』[75]이다. 조동일의 연구는 경북 지역에 전승되는 서사민요의 14유형을 직접 현장 조사, 채록하여 장르론, 유형론, 문체론, 전승론을 전반적으로 논의함으로써 민요 연구를 통해 한국문학 전체에까지 확대할 수 있는 이론적 기반을 마련했다는 데 큰 의의가 있다. 그러나 그의 조사는 경북 지역에 한정돼 있어 전국의 서사민요를 포괄하는 데에 한계가 있을 뿐만 아니라, 서사민요의 전반적

---

74) 조동일, 『서사민요연구』, 계명대 출판부, 1979 증보판, 43쪽.
75) 위의 책.

특징을 밝히는 데에 주력했기 때문에 개별 유형이나 각편의 특성, 구연 상황의 변화에 의한 차이 등 세심한 각론까지는 미치지 못하고 있다. 또한 그는 서사민요가 평민문학이면서도 대부분 비극적 특성을 지니고 있어 희극적 표현을 위주로 했던 평민문학의 일반적 추세에 밀착되지 않으며 이는 서사민요가 평민문학으로서 본격적인 성장을 하지 않았다는 증거일 수 있다고 했는데,[76] 이에 대해서는 재론이 필요하다.

이후 서사민요에 대한 지속적 관심을 보이고 있는 고혜경의 주요 연구로 「서사민요의 일유형 연구: 부부결합형을 중심으로」와 「서사민요의 장르적 성격」이 있다.[77] 그는 두 논문을 통해 서사민요가 지닌 서정적 성격을 밝히는 데 주력하고 있는데, 전자에서는 시집살이노래 중 '시집식구가 구박하자 중이 되는 며느리'형을 '부부결합형'으로 지칭하고 이 유형의 고찰을 통해 서사민요의 핵심이 서사구조에 있는 것이 아니라 추상적 의미를 전달하는 데 있으며 이 추상적 의미를 기준으로 삼아 유형 분류를 하는 것이 효과적이라고 하였다. 또한 서사민요는 병렬적 구조, 사건 윤곽의 모호성, 현재형 서술, 주객합일의 주제 등으로 서정적 성격을 지니는 것으로 보았다. 후자에서는 앞의 논의를 진전시켜 서사민요 중 주로 <시집살이노래>들을 다루면서 그 서술양상, 결말구조, 설화유형을 고찰한 뒤 서사민요에 있어서 이야기는 작품외적 자아의 서사를 통해 전달되기 보다는 독백과 대화 등 작품 내 인물의 발화를 통해 연출되는 극적 분위기에서 수용자가 이야기를 유추하는 방식으로 전달되며, 자아와 세계의 갈등을 경험적이고 모방적으로 드러내므로 서정민요와 친연성을 지니고 있다고 보았다.

이런 일련의 논의는 기존 연구에서 간과하고 있는 서사민요의 서정적 특성을 밝혔다는데 의의가 있으나, 서사민요가 지닌 '이야기' 자체의 구조 파

76) 위의 책, 389쪽 참조.
77) 고혜경, 「서사민요의 유형연구: 부부결합형을 중심으로」, 이화여대 석사논문, 1983; 고혜경, 「서사민요의 장르적 성격」, 『민요론집』 4, 민요학회, 1995 참조.

악은 도외시하고 있어 자칫 서사민요의 장르적 정체성마저 모호하게 할 우려가 있다. 서사민요의 서정적 성격은 주인물의 심리나 사건의 정황을 효과적으로 드러내기 위한 부수적 경향이지 본질적 경향은 아니기 때문이다. 또한 서사민요의 핵심이라고 한 '추상적 의미'가 말 그대로 추상적이어서 파악하기 어려울 뿐만 아니라 과연 이 기준이 서사민요 전체를 유형 분류하는데 효과적일지 의문시된다. 문학에 있어서의 의미는 복합적이고 다양한 것이어서 어느 하나로 한정되는 것이 아니기 때문이다.

필자는 「시집살이노래의 존재양상과 작품세계」[78]를 통해 <시집살이노래>의 구연상황과 창작 및 전승 양상, 갈등양상과 전개방식 등을 고찰한 바 있는데, 서사민요의 많은 유형이 <시집살이노래>에 속한다는 점에서 서사민요 연구와 관련이 있다. 이 연구는 현장조사를 통해 민요의 구연상황과 작품의 창작, 전승의 관계를 밝혔다는 데 의의가 있다. 이 연구를 통해 <시집살이노래>는 길쌈뿐만 아니라 여성의 모든 일에 수반되며, 동질적, 폐쇄적 노래집단에서 개별적으로 불린다는 점, 시집간 여자와 상대역인 시집식구, 남편, 첩, 친정식구 등과의 갈등을 '기대와 좌절의 대립적 반복 구조'로 형상화하고 있다는 점, 이러한 구조적 특성은 오랜 시간 동안 단순한 작업을 계속해야 하는 여자의 일과 관련이 있다는 점 등을 밝혔다. 특히 <시집살이노래>를 주역과 상대역의 관계에 따라 분류한 점은 아직 체계적 분류 방법을 찾지 못한 서사민요의 분류에도 적용할 수 있으리라 본다. 그러나 이 연구는 대상 자체가 모든 장르를 포함하고 있는 것이어서 본격적인 서사민요론과는 거리가 있다.

서사민요 연구에 대한 관심을 재촉발시킨 연구로 이정아의 「서사민요 연구: 양식적 특성을 중심으로」를 들 수 있다.[79] 그는 『한국구비문학대계』에

---

78) 서영숙, 한국학대학원 석사논문, 1983. 이를 수정, 보완하여 서영숙, 『시집살이노래연구』, 도서출판 박이정, 1996로 간행하였다. 앞으로 본인의 글을 참조할 때에는 간행된 책을 이용하기로 한다.

79) 이정아, 이화여대 석사논문, 1993 참조.

수록된 190편의 여성서사민요를 대상으로 13유형을 추출해 고찰한 뒤 서사민요의 특성으로 비극적 결말구조, 인물 설정의 단순화, 서술자의 기능 약화, 정황 중심의 사건 진행 등을 지적한 뒤, 서사민요는 서사성과 서정성이 공존하는 언어예술로서의 특성을 지닌다고 밝혔다. 이 연구는 전국적인 조사 자료집인 『한국구비문학대계』를 대상으로 삼음으로써 서사민요의 전승과 분포양상을 파악했다는데 큰 의의가 있으나, 서사민요 유형 중 일부만을 대상으로 하고 있어서 서사민요 일반론으로 확대하기에는 여전히 문제가 있다. 서사민요의 특성을 비극적 결말구조로 본 것도 이런 편협성에서 온 것이라 생각한다. 나머지 특징들도 고혜경의 주장과 유사한 것이어서 같은 한계를 지니고 있다. 또한 『한국구비문학대계』의 경우 미흡하기는 하지만 창자, 청중의 성격이나 구연 상황 등이 기술되어 있는 자료집이므로 창작, 전승의 현장까지 살펴 살아있는 '구비문학' 연구가 되었으면 하는 아쉬움이 있다.

이에 필자는 선행 연구의 성과를 바탕으로 서사민요 연구에서 우선 긴요하다고 생각되는 세 가지 문제, 즉 유형분류, 전승양상과 연행방식에 대해서 전남 지역을 중심으로 논의해 보고자 한다. 전남 지역 서사민요의 전반적인 양상과 특징에 대해서는 본격적인 연구가 이루어진 바가 없어 이 연구가 전남 지역 서사민요 연구에 출발점이 되리라 본다. 아울러 이를 바탕으로 전국 서사민요의 연구 또는 타 지역 서사민요와의 비교 연구에도 도화선이 되기를 기대한다. 자료는 전남 곡성 지방의 자료를 담고 있는 필자의 『시집살이노래연구』 수록 자료 및 미수록 자료[80], 『한국구비문학대계』 중 전남 지역 6-1～6-12 수록 자료, 『한국민요대전』 전남편 자료[81] 중 서사

80) 1981년 4월, 7월, 1982년 4월에 전남 곡성군의 곡성읍, 오곡면, 고달면 세 지역을 대상으로 368편의 민요를 조사할 수 있었는데, 이중 서사민요는 98편이다. 이 자료들은 추후 서영숙, 『한국서사민요의 날실과 씨실: 우리 어머니들의 노래』, 도서출판 역락, 2009, 자료편에 수록하였다.

81) 『한국민요대전』 경기, 강원, 충북, 충남, 전북, 전남, 경북, 경남 편을 대상으로 102편의

민요를 대상으로 한다. 아울러 주로 경북 영양・청송・영천 지방의 자료를 담고 있는 조동일의 『서사민요연구』 자료[82]를 참고 자료로 이용한다.

2. 유형분류

구비문학의 유형 분류는 오래 전부터 이루어져 왔다. 수많은 각편들을 체계적으로 분류하고 이해하며 이용할 수 있기 위해서이다. 설화 방면에서는 『한국구비문학대계』에 수록된 설화를 중심으로 논의를 계속한 결과 한국설화분류체계를 마련하는 데 이르렀다.[83] 그러나 민요 방면에서는 기능에 의한 분류 등 다양한 분류안이 제시되었을 뿐,[84] 이에 대한 검토도 제대로 이루어지지 않았을 뿐만 아니라 비기능요의 경우는 아직 체계적인 분류안을 찾지 못하고 있는 실정이다. 이 장에서는 비기능요 중 대부분을 차지하고 있는 서사민요의 유형을 다음과 같은 방법에 따라 분류해 보고자 한다.[85]

서사민요에는 일정한 성격의 인물과 일정한 질서의 사건이 포함되어 있다. 그러므로 서사민요의 유형을 분류할 때에는 이 인물들 간의 관계와 이들 사이에서 빚어지는 사건의 형태를 쉽게 구별할 수 있는 방법을 택하는 것이 좋으리라고 본다. 우선 서사민요에 나타나는 주인물과 상대인물의 관계로 상위유형을 분류한 뒤, 이들 주인물과 상대인물이 일으키는 중심적인

서사민요를 찾아낼 수 있었다.

82) 1969년 7, 8월과 1970년 1, 2월에 경북 영양, 청송, 영천군에서 조사한 169편의 자료와 이후 같은 책 증보판에 추가 발표한 희극적 서사민요 자료 4편이 있다.

83) 조동일, 「『한국구비문학대계』 자료 수집과 설화분류의 기본 원리」, 『정신문화연구』 85 겨울호, 한국정신문화연구원, 1985 및 임재해, 「설화 유형의 평가와 활용」, 『구비문학』 9, 한국정신문화연구원, 1990 참조.

84) 박경수, 「한국 민요의 기능별 분류 체계」, 『한국구비문학대계 별책부록(III)』, 한국정신문화연구원, 1992 및 김무헌, 『한국민요문학론』, 집문당, 1987, 21~66쪽 참조.

85) 자세한 내용은 서영숙, 앞의 책, 2009, 47-75쪽 참조.

사건으로 유형을 분류한다면 모든 서사민요를 체계적으로 분류, 정리할 수 있다. 유형에 따라서는 비슷한 성격의 인물과 비슷한 형태의 사건을 다루고 있으면서도 소재의 측면에서 그 전승 근원을 전혀 달리 하는 것도 있는데 이런 경우에는 하위유형으로 재분류할 수 있다.

상위 유형은 알파벳 대문자로, 유형은 상위유형 기호 옆에 알파벳 소문자로 표기한다. 하위유형이 있는 경우에는 줄 (—)을 긋고 아라비아 숫자로 나타낸다. 예를 들면 다음과 같다.

상위유형 (주인물과 상대인물)	유형 (중심적인 사건의 형태)	하위유형 (주체, 배경 등의 차이)
F 삼촌식구와 조카	Fa 삼촌식구 구박받다 혼인하나 배우자가 죽은 조카	Fa-1 삼촌식구 구박받다 시집가나 신랑이 죽은 조카 Fa-2 삼촌식구 구박받다 장가가나 신부가 죽은 조카
	Fb 삼촌식구 구박받다 시집가나 신랑이 죽은 꼬댁각시	

이 인물-사건 중심 유형분류는 유형의 제목에 인물과 중심 사건을 기술함으로써 쉽게 해당 유형의 내용과 특징을 파악할 수 있는 장점이 있다. 단 각편에 따라 여러 유형의 부분들이 복합적으로 얽혀 유형을 판별하기 곤란한 경우가 있는데, 이때에는 가장 큰 비중을 차지하고 있는 인물과 사건을 중심으로 분류하고 다른 유형과의 복합 여부를 부기하면 될 것이다.[86] 이런 방법으로 대상 자료를 분류한 결과는 다음과 같다. 먹굴·새터·옥갓 자료

86) 서사민요의 유형마다 공통되는 기본 모티프를 선정하여 그 존재 여부로 어느 유형에 속하는지를 판별할 수 있으리라고 본다. '친정부모 부음 노래'를 중심으로 각편의 구성 원리를 논의한 강등학, 「서사민요의 각편 구성의 일면: 시집살이노래를 중심으로」, 『도남학보』 제5집, 도남학회, 1982은 치밀한 분석으로 이 기본 모티프를 찾아내고 있다. 앞으로 서사민요의 유형 별로 이런 작업이 계속돼야 할 것이다.

는 필자 조사 자료이고, 문화방송 조사 자료는 지역명에 CD번호를 붙이기로 한다. 지역명에 군·면 명이 붙은 것은 『한국구비문학대계』 자료이다.

A 시집식구 - 며느리

Aa 시집식구가 구박하자 중이 되는 며느리.(20)

먹굴20, 먹굴100, 먹굴111, 먹굴114, 새터2, 새터8, 새터9, 새터66, 새터80, 새터120, 새터152, 옥갓21, 고흥2-17, 무안7-3, 장성군 진원면 3, 화순군 이서면2, 화순군 동복면 5, 보성군 노동면21, 보성군 율어면8, 해남군 삼산면1

Ab 시집식구가 구박하자 자살하는 며느리.(11)

옥갓38, 나주5-13, 함평18-2, 해남 19-5, 해남 19-6, 고흥군 풍양면8, 화순군 화순읍10, 화순군 능주읍5, 보성군 득량면12, 해남군 문내면 30, 진도군 지산면29.

Ac 시집식구가 구박하자 한탄하는 며느리.(13)

새터57, 고흥 2-19, 승주 7-16, 해남19-13, 함평군 월야면4, 함평군 신광면25, 고흥군 황전면5, 장성군 남면66, 화순군 춘양면11, 화순군 동복면23, 보성군 득량면4, 보성군 문내면1, 보성군 미력면4

Ad 시집식구가 깨진 그릇 물어내라자 항의하는 며느리.(10)

먹굴17, 먹굴68, 먹굴101, 먹굴102, 옥갓29, 보성7-7, 진도15-5, 신안8-5, 고흥군 풍양면5, 해남군 문내면23.

Ae 시집식구가 벙어리라고 쫓아내자 노래부른 며느리.(7)

먹굴45, 새터45, 새터67, 새터68, 새터81, 새터153, 보성7-8.

Af 시집식구가 모함하자 자살하는 며느리.(6)

새터49, 새터126, 신안군 지도읍10, 화순군 이서면17, 화순군 능주읍4, 보성군 득량면17.

Ag 시어머니가 며느리를 소송하자 항의하는 며느리.(1)

새터 26.

Ah 시누가 옷을 찢자 항의하는 며느리.(9)

먹굴18, 먹굴27, 먹굴60, 먹굴70, 옥갓30, 무안7-3, 보성군 노동면27, 신안군 도초면3, 해남군 문내면31.

Ai 사촌동생에게 시집살이 하소연하는 사촌형님

Aj 방귀를 뀌어 시집식구에게 쫓겨난 며느리

Ak 사촌형님이 밥을 해주지 않자 한탄하는 사촌동생(8)

먹굴30, 새터79, 새터117, 새터130, 승주군 월등면11, 승주군 황전면1, 고흥군 점암면3, 화순군 도곡면12.

B 남편 - 아내

Ba 베짜며 기다리던 남편이 죽자 한탄하는 아내.(5)

함평군 나산면 8, 장성군 남면64, 화순군 화순읍21, 화순군 도곡면63, 화순군 춘양면10.

Bb 남편이 기생첩과 놀며 모른 체 하자 자살하는 아내.(4)

먹굴22, 먹굴86, 새터146, 담양6-11.

Bc 남편(진주낭군)이 기생첩과 놀자 자살하는 아내.(9)

새터38, 새터131, 옥갓3, 무안7-3, 함평18-3, 장성군 남면16, 장성군 남면63, 화순군 도곡면56, 화순군 동복면13.

Bd 길에서 만난 남편이 몰라보자 한탄하는 아내.(2)

새터31, 고흥군 월등면4.

Be 남편에게 편지하나 오지 않자 한탄하는 아내.(2)

먹굴 96, 영광11-7.

Bg 집나간 아내가 붙잡자 뿌리치는 남편.(1)

새터155.

Bh 남편이 과거에 낙방하자 한탄하는 아내(3)

화순군 한천면21, 화순군 한천면38, 화순군 한천면39,

Bi 남편이 오지 않자 집나가는 아내(1)

보성군 율어면8.

C 친정식구 - 딸

Ca 어머니 묘를 찾아가는 딸.(16)

새터13, 새터20, 새터62, 새터63, 새터98, 새터160, 옥갓18, 옥갓22, 고흥1-20, 고흥2-17, 보성7-11, 신안9-6, 영광11-10, 영광11-12, 고흥군 풍양면13, 진도군 의신면12(3).

Cb 친정부모 부음 받는 딸.(6)

먹굴31, 새터43, 화순군 한천면19, 화순군 한천면44, 보성군 득량면16, 보성군 율어면9.

Cc 시집간 딸이 편지하자 한탄하는 친정식구.(1)

영광11-11.

Cd 딸이 시집에서 쫓겨오자 반기지 않는 친정식구.(3)

새터35, 새터110, 해남군 화산면10.

D 부모 - 자식

Da 아버지의 재혼을 원망하는 자식

Db 의붓엄마 모함으로 아버지 손에 죽은 자식.(6)

먹굴21, 새터3, 새터10, 새터103, 화순군 이서면20, 보성군 득량면3.

Dc 부모와 이별하고 전쟁에 나간 자식.(3)

고흥2-12, 보성7-6, 해남군 화산면4.

Dd 어머니가 죽자 한탄하는 자식.(2)

영광11-12, 진도군 군내면11.

De 부모와 이별하자 그리워하는 자식.(1)

보성7-6.

E 오빠 - 동생

Ea 오빠가 부정을 의심하자 한탄하는 동생.(5)

새터69, 고흥군 도양읍5, 고흥군 점암면6, 보성군 율어면7, 진도군 지산면12(2).

Eb 오빠가 물에서 구해주지 않자 한탄하는 동생.(7)

먹굴4, 새터44, 옥갓1, 고흥1-9, 영광11-7, 화순군 이서면21, 보성군 복내면4.

Ec 오빠가 올캐 댕기만 사오자 한탄하는 동생(1)

승주군 황전면6.

F 삼촌식구 - 조카

Fa 삼촌식구 구박받다 혼인하나 배우자가 죽은 조카.

Fa-1 삼촌식구 구박받다 시집가나 신랑이 죽은 조카

Fa-2 삼촌식구 구박받다 장가가나 신부가 죽은 조카.

G 신랑 - 신부

Ga 혼인을 기다리다 신랑이 죽자 한탄하는 신부.(5)

먹굴146, 새터105, 새터150, 옥갓31, 화순군 이서면19.

Gb 처녀의 저주로 신랑이 죽자 한탄하는 신부.(2)

고흥2-13, 보성군 득량면19.

Gc 본처(자식)의 저주로 혼인날 신랑이 죽자 한탄하는 신부.

Gd 혼인을 기다리다 신부가 죽자 한탄하는 신랑.(1)

새터71.

Ge 혼인날 신부가 애기를 낳자 돌아가는 신랑.(11)

먹굴19, 새터32, 새터151, 함평18-5, 장성군 북하면24, 장성군 북하면28,

장성군 진원면7, 화순군 능주읍11, 화순군 한천면10, 화순군 한천면11, 진도군 의신면12(2).

Gf 혼인날 방해를 극복하고 첫날밤을 치루는 신랑.(4)

새터33, 새터72, 보성군 득량면15, 진도군 지산면12(3).

Gg 신랑이 성불구이자 중이 되는 신부(1)

해남군 화산면8

H 외간남자 - 여자

Ha 외간남자의 옷이 찢기자 꿰매주는 여자.(10)

새터47, 신안9-17, 고흥군 도양읍28, 고흥군 점암면9, 보성군 득량면7, 화순군 도곡면49, 진도군 군내면3(1), 진도군 군내면3(2), 진도군 지산면11, 진도군 지산면29.

Hb 외간남자와 정통하다 남편에게 들킨 여자.(홋사나타령)

Hc 주머니를 지어 걸어놓고 남자 유혹하는 처녀.(6)

먹굴29, 승주7-15, 장성군 남면25, 보성군 복내면5, 보성군 노동면6, 고흥군 도양읍3.

Hd 중이 유혹하자 거절하는 여자.

Hd-1 중이 유혹하자 거절하는 여자.(2)

새터89, 담양6-10.

Hd-2 여자가 유혹하나 거절하는 중(1)

함평군 신광면22.

He 중에게 시주한뒤 쫓겨나는 여자.(6)

먹굴41, 새터70, 새터134, 새터140, 고흥군 화산면5, 진도군 지산면12.

Hf 장사가 성기를 팔자 이를 사는 과부.(1)

먹굴36.

Hg 장사가 자고간뒤 그리워하는 과부.(2)

고흥군 쌍암면12, 화순군 화순읍7.

I 총각 - 처녀

Ia 장식품 잃어버린 처녀에게 구애하는 총각.(13)

새터18, 새터48, 새터93, 새터125, 새터135, 새터143, 옥갓24, 광양4-19, 고흥군 점암면5, 장성군 남면65, 화순군 이서면22, 화순군 능주읍20, 해남군 문내면23

Ib 일하는 처녀에게 구애하는 총각.(11)

먹굴12, 먹굴39, 옥갓13, 해남19-6, 장성군 북하면26, 화순군 한천면9, 화순군 화순읍24, 화순군 화순읍36, 승주군 황전면11, 진도군 지산면12, 진도군 의신면12.

Ic 처녀를 짝사랑하다 죽는 총각.(7)

새터19, 새터60, 옥갓12, 고흥군 점암면 13, 화순군 이서면23, 화순군 도곡면30, 보성군 문덕면2.

Id 나물캐다 사랑을 나누는 총각과 처녀.(1)

고흥2-13.

Ie 총각이 어머니를 통해 청혼하자 받아들이는 처녀.(4)

새터25, 새터138, 옥갓2, 해남군 해남읍17.

If 담배를 키워 피우며 청혼하는 총각.(7)

먹굴35, 새터59, 새터94, 영광11-8, 함평18-1, 해남군 해남읍17, 함평군 신광면20.

J 본처 - 첩

Ja 첩의 집에 찾아가는 본처.(13)

먹굴5, 먹굴112, 먹굴113, 새터28, 새터51, 새터84, 새터154, 강진1-6(+Jc), 함평군 나산면13, 장성군 진원면1, 화순군 도곡면29(+Jc), 보성군 노동면9, 해남군 문내면32.

Jb 첩으로 인해 한탄하는 본처.(3)

새터41, 새터82, 새터102.

Jc 첩이 죽자 기뻐하는 본처.(2)

해남군 해남읍29, 화순군 한천면45.

K 처가식구-사람

Ka 자형에게 항의하는 처남.(2)

새터23, 새터24.

Kb 장인장모를 깔보는 사위.

L 기타 사람-사람

La 저승사자가 데리러 오자 한탄하는 여자(3)

고흥군 도양읍29, 고흥군 풍양면6, 보성군 노동면26.

Lb 메밀음식을 만들어 사람들에게 대접하는 여자.(2)

나주5-12, 고흥2-16.

M 사람-동물

Ma 자식이 없자 곤충을 자식으로 여긴 여자.

Mb 쥐가 남긴 밤을 아이와 나눠먹는 사람.(5)

강진1-3, 장흥14-24, 해남19-4, 함평군 엄다면21, 장성군 장성읍6.

N 동물-동물

Na 장끼가 콩주워먹고 죽자 한탄하는 까투리.(3)

옥갓4, 해남19-10, 보성군 노동면14.

수록 문헌별 자료의 수를 표로 나타내면 다음과 같다. 참고로 조동일 『서사민요연구』 자료의 수를 함께 명기하였다. 총계 중 ( ) 안의 수는 이를 포함한 수이다.

유형	필자 자료	구비대계 자료	민요대전 자료	조동일 자료	총계 (전체)
Aa 시집식구가 구박하자 중이 되는 며느리	8	5	2	16	15(31)
Ab 시집식구가 구박하자 자살하는 며느리	2	6	5	0	13(13)
Ac 시집식구가 구박하자 한탄하는 며느리	2	9	3	5	14(19)
Ad 시집식구가 깨진그릇 물어내라자 항의하는 며느리	2	2	2	0	6(6)
Ae 시집식구가 벙어리라고 쫓아내자 노래부른 며느리	5	0	1	0	6(6)
Af 시집식구가 모함하자 자살하는 며느리	2	4	1	0	7(7)
Ag 시어머니가 소송하자 항의하는 며느리	1	0	0	0	1(1)
Ah 시누가 옷을 찢자 항의하는 며느리	2	3	1	0	6(6)
Ba 베 짜며 기다리던 남편이 죽자 한탄하는 아내	0	5	0	9	5(14)
Bb 남편이 기생첩과 놀자 자살하는 아내	2	0	1	0	3(3)
Bc 남편(진주낭군)이 기생첩과 놀자 자살하는 아내	3	4	2	11	9(20)
Bd 길에서 만난 남편이 몰라보자 한탄하는 아내	1	1	0	0	2(2)
Be 남편에게 편지하나 오지 않자 한탄하는 아내	1	0	1	0	2(2)
Bf 이별한 아내가 죽자 한탄하는 남편	0	0	0	10	0(10)
Bg 집나간 아내가 붙잡자 뿌리치는 남편	1	0	0	0	1(1)
Bh 남편이 과거에 낙방하자 한탄하는 아내	0	3	0	0	3(3)
Bi 남편이 오지 않자 집 나가는 아내	0	1	0	0	1(1)
Ca 어머니 묘를 찾아가는 딸	8	6	2	0	16(16)
Cb 친정부모 부음 받는 딸	2	6	0	7	8(15)
Cc 시집간 딸이 편지하자 한탄하는 친정식구	0	0	1	0	1(1)

Cd 딸이 시집에서 쫓겨오자 반기지 않는 친정식구	2	1	0	0	3(3)
Da 아버지의 재혼을 원망하는 자식	0	0	0	0	0(0)
Db 계모로 인해 죽은 자식	4	2	0	0	6(6)
Dc 부모와 이별하고 전쟁에 나간 자식	0	1	2	0	3(3)
Dd 어머니가 죽자 한탄하는 자식	0	1	2	0	3(3)
De 부모와 이별하자 그리워하는 자식	0	0	1	0	1(1)
Ea 오빠가 부정을 의심하자 한탄하는 동생	1	3	0	21	4(25)
Eb 오빠가 물에서 구해주지 않자 한탄하는 동생	3	2	2	0	7(7)
Ec 오빠가 올캐 댕기만 사오자 한탄하는 동생	0	1	0	0	1(1)
Fa-1 삼촌식구 구박받다 시집가나 신랑이 죽은 조카	0	0	0	16	0(16)
Fa-2 삼촌식구 구박받다 장가가나 신부가 죽은 조카	0	0	0	12	0(12)
Ga 혼인을 기다리다 신랑이 죽자 한탄하는 신부	3	1	0	0	4(4)
Gb 처녀의 저주로 혼인날 신랑이 죽자 한탄하는 신부	0	1	1	17	2(19)
Gc 본처(자식)의 저주로 혼인날 신랑이 죽자 한탄하는 신부	0	0	0	5	0(5)
Gd 혼인을 기다리다 신부가 죽자 한탄하는 신랑	1	0	0	0	1(1)
Ge 혼인날 신부가 애기를 낳자 돌아가는 신랑	3	7	1	5	11(16)
Gf 혼인날 방해를 극복하고 첫날밤을 치루는 신랑	2	2	0	0	4(4)
Gg 신랑이 성불구이자 중이 되는 신부	0	1	0	0	1(1)
Ha 외간남자의 옷이 찢기자 꿰매주는 여자	1	8	1	18	10(28)
Hb 외간남자와 정 통하다 남편에게 들킨 여자	0	0	0	1	0(1)
Hc 주머니를 지어 걸어 놓고 남자 유혹하는 처녀	1	4	1	0	6(6)
Hd-1 중이 유혹하자 거절하는 여자	1	1	1	1	3(4)

Hd-2 여자가 유혹하나 거절하는 중	0	1	0	0	1(1)
He 중에게 시주한 뒤 쫓겨나는 여자	4	2	0	0	6(6)
Hf 장사가 성기를 팔자 이를 사는 과부	1	0	0	0	1(1)
Hg 장사가 자고간 뒤 그리워하는 과부	0	2	0	2	2(4)
Ia 장식품 잃어버린 처녀에게 구애하는 총각	7	6	1	5	14(19)
Ib 일하는 처녀에게 구애하는 총각	3	7	1	1	11(12)
Ic 처녀를 짝사랑하다 죽는 총각	3	4	0	0	7(7)
Id 나물 캐다 사랑을 나누는 총각과 처녀	0	0	1	0	1(1)
Ie 총각이 어머니를 통해 청혼하자 받아들이는 처녀	3	1	1	0	5(5)
Ja 첩의 집에 찾아가는 본처	7	5	1	6	13(19)
Jb 첩으로 인해 한탄하는 본처	3	0	0	0	3(3)
Jc 첩이 죽자 기뻐하는 본처	0	2	0	0	2(2)
Ka 매형이 누이를 돌보지 않자 항의하는 처남	2	0	0	0	2(2)
La 저승사자가 데리러 오자 한탄하는 여자	0	3	0	0	3(3)
Ma 자식이 없자 곤충을 자식으로 여긴 사람	0	0	0	1	0(1)
Mb 쥐가 남긴 밤을 아이와 나눠먹는 사람	0	2	3	0	5(5)
Na 장끼가 콩 주워 먹고 죽자 한탄하는 까투리	1	1	1	0	3(3)
	98	127	43	169	268(437)

3. 존재양상

앞 장의 유형 분류표를 보면 대상 자료를 통해 추출된 전남 서사민요의 유형은 전국 60개 유형 중 52개 유형이다. 이는 전국적인 조사를 단행한 『한국구비문학대계』와 『한국민요대전』을 대상으로 추출한 자료이긴 하지만, 두 자료집이 전남의 모든 시군을 빠짐없이 조사하였다고 볼 수 없으므로, 새로운 유형이 더 추가될 수 있다. 대상 자료는 모두 268편이다. 필자 자료는 98편, 『한국구비문학대계』는 127편, 『한국민요대전』 자료는 43편을 추출하였다.

이중 전남에만 보이는 유형으로는 Ae <시집식구가 벙어리라고 쫓아내자 노래부른 며느리>, Bb <남편이 기생첩과 놀자 자살하는 아내>, Bd <길에서 만난 남편이 몰라보자 한탄하는 아내>, Be <아내가 병이 나 편지하나 오지 않는 남편>, Bh <남편이 과거에 낙방하자 한탄하는 아내>, Bi <남편이 오지 않자 집 나가는 아내>, Cc <시집간 딸이 편지하자 한탄하는 친정식구>, Cd <딸이 시집에서 쫓겨나자 반기지 않는 친정식구>, Db <계모로 인해 죽은 자식>, Dc <부모와 이별하고 전쟁에 나간 자식>, Ec <오빠가 올캐 댕기만 사오자 한탄하는 동생>, Gf <혼인날 방해를 극복하고 첫날밤을 치루는 신랑>, Gg <신랑이 성불구이자 중이 되는 신부>, Hd-2 <여자가 유혹하나 거절하는 중>, He <중에게 시주한 뒤 쫓겨나는 여자>, Hi <장사가 성기를 팔자 이를 사는 과부>, Ie <일을 하다 사랑을 나누는 총각과 처녀>, Jc <첩이 죽자 기뻐하는 본처>, La <저승사자가 데리러오자 한탄하는 여자> 유형 등이 있다.

전남에 보이지 않는 유형으로는 Ag <시어머니가 며느리를 소송하자 박대하는 며느리>, Ai <시누가 죽자 기뻐하는 며느리>, Bg <이별한 아내가 죽자 한탄하는 남편>, Fa-1 <삼촌식구 구박받다 시집가나 신랑이 죽은 조

카>, Fa-2 <삼촌식구 구박받다 장가가나 신부가 죽은 조카>, Gc <본처(자식)의 저주로 혼인날 신랑이 죽자 한탄하는 신부>, Hb <외간남자와 정 통하다 남편에게 들킨 여자>, Ma <자식이 없자 곤충을 자식으로 여긴 사람> 유형 등이다.

전남 지역에서 가장 많이 조사된 유형을 순서대로 보이면 다음과 같다. 필자 자료를 포함해서 통계를 낼 경우, 정확한 결과를 가져오지 않을 수 있으므로, 필자 자료를 포함하지 않은 경우와 포함한 경우로 나누어 살펴보기로 한다. 또한 비교의 편의를 위해 조동일 자료에서는 어느 유형이 많이 조사되었는지도 함께 제시한다. ( ) 안의 숫자는 조사 편수이다.

	전남 자료 (구비대계, 민요대전)	전남 자료 (필자자료 포함)	조동일(경북) 자료
1	Ac 시집식구가 구박하자 한탄하는 며느리(12)	Aa 시집식구가 구박하자 중이 되는 며느리(15)	Fa 삼촌식구 구박받다 혼인하는 조카(28)
2	Ab 시집식구가 구박하자 자살하는 며느리(11)	Ac 시집식구가 구박하자 한탄하는 며느리(14)	Ea 오빠가 부정을 의심하자 한탄하는 동생(21)
3	Ha 외간남자의 옷이 찢기자 꿰매주는 여자(9)	Ia 장식품 잃어버린 처녀에게 구애하는 총각(14)	Ha 외간남자의 옷이 찢기자 꿰매주는 여자(18)
4	Ge 혼인날 신부가 애기를 낳자 돌아가는 신랑(8)	Ab 시집식구가 구박하자 자살하는 며느리(13)	Gb 처녀의 저주로 혼인날 신랑이 죽자 한탄하는 신부(17)
5	Aa 시집식구가 구박하자 중이 되는 며느리(7)	Ge 혼인날 신부가 애기를 낳자 돌아가는 신랑(11)	Aa 시집식구가 구박하자 중이 되는 며느리(16)
6	Ia 장식품 잃어버린 처녀에게 구애하는 총각(7)	Ib 일하는 처녀에게 구애하는 총각(11)	Bc 남편(진주낭군)이 기생첩과 놀자 자살하는 아내(11)

이렇게 보면 전남 자료와 조동일 자료에서 모두 많이 조사된 자료로 오른 유형이 Aa <시집식구가 구박하자 중이 되는 며느리> 유형과 Ha <외간 남자의 옷이 찢기자 꿰매주는 여자> 유형으로 이 유형이 서사민요에서 가장 널리 알려진 유형임을 알 수 있다. 그런데 전남 지역에서 많이 조사된 Ab <시집식구가 구박하자 자살하는 며느리> 유형과 Ib <일하는 처녀에게 구애하는 총각> 유형이 조동일 자료에서는 전혀 조사되지 않았거나 단 한 편 조사된 반면, 조동일 자료의 Fa <삼촌식구 구박받다 혼인하는 조카> 유형과 Bf <이별한 아내가 죽자 한탄하는 남편> 유형이 전남 지역에서는 전혀 조사되지 않았거나 단 한 편만 조사되고 있어 주목된다.

이러한 차이가 지역적 차이 때문에 오는 것인지, 조사의 불충분함이나 미비함 때문에 오는 것인지는 아직 판단하기 어렵다. 전남에만 보이는 유형을 판정하기 위해서는 다른 지역 자료들을 더 면밀히 검토해야 할 터이고, 전남에 보이지 않는 유형을 판정하기 위해서도 대상 자료 외에 전남 지역 자료집을 샅샅이 뒤져야 하기 때문이다. 분류 시안을 바탕으로 유형을 계속적으로 수정, 보완하는 작업이 추진되어야 하리라고 본다.

그러나 대상 자료만을 놓고 볼 때 계모와 자식의 관계를 다루고 있는 Db 유형, 중과 여자의 관계를 다루고 있는 Hd 유형, 총각과 처녀의 관계를 다루고 있는 Ib 유형 등이 전남 지역에는 풍부하나 다른 지역에 아예 없거나 드물다는 점은 주목해볼 만한 양상이라고 할 수 있다. 또한 거꾸로 조동일의 자료에 조사된 삼촌식구와 조카의 관계를 다루고 있는 Fa 유형이 전남 지역 대상 자료에 전혀 보이지 않는 점도 의문을 가지고 그 원인을 분석해볼 필요가 있다.

다음 서사민요가 시군별로 어떻게 존재하고 있는지 살펴보기 위하여 조사된 자료를 대상으로 전남의 각 시군별 서사민요의 분포를 정리해보면 다음과 같다.

시군명	자료명	편수
강진군	강진 1-6(Ja+Jc), 강진 1-3(Mb)	2
고흥군	고흥군 풍양면8(Ab), 고흥군 풍양면5(Ad), 고흥군 월등면4(Be), 고흥군 풍양면1(Cb), 고흥군 도양읍5(Ea), 고흥군 점암면6(Ea), 고흥군 도양읍18(Ha), 고흥군 점암면9(Ha), 고흥군 도양읍 3(Hc), 고흥군 화산면5(He), 고흥군 쌍암면12(Hg), 고흥군 점암면4(Ia), 고흥군 점암면 5(Ia), 고흥군 점암면13(Ic), 고흥군 도양읍29(La), 고흥군 풍양면6(La), 고흥2-17(Aa), 고흥2-19(Ac), 고흥1-20(Ca), 고흥1-9(Eb), 고흥2-13(Gb), 고흥2-12(Dc), 고흥2-16(Lb)	23
광양군	광양 4-19(Ia)	1
나주시	나주 5-13(Ab), 나주 5-12(Lb)	2
담양군	담양 6-11(Bb), 담양 6-10(Hd)	2
무안군	무안 7-3(Aa), 무안 7-3(Af), 무안 7-3(Bc)	3
보성군	보성군 노동면21(Aa), 보성군 율어면8(Aa), 보성군 득량면 12(Ab), 보성군 득량면 4(Ac), 보성군 문내면1(Ac), 보성군 미력면4(Ac), 보성군 노동면 27(Ah), 보성군 득량면 17(Af), 보성군 율어면 8(Bd), 보성군 득량면 16(Cb), 보성군 율어면 9(Cb), 보성군 득량면3(Db), 보성군 율어면 7(Ea), 보성군 복내면 4(Eb), 보성군 득량면 19(Gb), 보성군 득량면7(Ha), 보성군 복내면5(Hc), 보성군 노동면6(Hc), 보성군 문덕면2(Ic), 보성군 노동면 9(Ja), 보성군 노동면 26(La), 보성군 노동면 14(Na), 보성 7-7(Ad), 보성 7-8(Ae), 보성 7-11(Ca), 보성 7-6(Dc)	26
승주군(순천시)	승주군 황전면5(Ac), 승주군 황전면6(Ec), 승주군 황전면 11(Ib), 승주 7-16(Ac), 신안 9-6(Ca), 승주군 황전면 6(Ec), 승주 7-15(Hc)	7
신안군	신안군 도초면3(Ah), 신안군 지도읍 10(Af), 신안군 신의면8(Hd), 신안 8-5(Ad), 신안 9-17(Ha)	5
영광군	영광 11-7(1)(Be), 영광 11-10(Ca), 영광 11-12(Ca), 영광 11-11(Cc), 영광 11-7(2)(Eb), 영광 11-8(If)	6
장성군	장성군 진원면 3(Aa), 장성군 남면 66(Ac), 장성군 남면 64(Ba), 장성군 남면 16(Bc), 장성군 북하면 24(Ge), 장성군 북하면 28(Ge), 장성군 진원면 7(Ge), 장성군 남면 25(Hc), 장성군 남면 65(Ia), 장성군 북하면 26(Ib), 장성군	12

	진원면1(Ja), 장성군 장성읍 6(Mb)	
장흥군	장흥 14-24(Mb)	1
진도군	진도군 군내면 11(Dd), 진도군 군내면 3(Ha진강강술래), 진도군 군내면3(Ha 자진강강술래), 진도군 지산면 12(2)(Ea), 진도군 지산면11(Ha), 진도군 지산면 29(Ha), 진도군 지산면12(Gf), 진도군 지산면29(Ab), 진도군 지산면 12(1)(He), 진도군 의신면12(1)(Ib), 진도군 의신면12(3)(Cb), 진도군 의신면12(2)(Ge), 진도 15-5(Ad)	13
함평군	함평군 월야면 4(Ac), 함평군 신광면 25(Ac), 함평군 나산면 8(Ba), 함평군 신광면 22(Hd), 함평군 신광면 20(If), 함평군 나산면 13(Ja), 함평군 엄다면 21(Mb), 함평 18-2(Ab), 함평 18-3(Bc), 함평 18-5(Ge), 함평 18-1(If)	11
해남군	해남군 삼산면1(Aa), 해남군 문내면 30(Ab), 해남군 문내면 23(Ad), 해남군 문내면 31(Ah), 해남군 화산면 8(Gg), 해남군 화산면 10(Cd), 해남군 화산면 4(Dc), 해남군 문내면 23(Ia), 해남군 해남읍 17(If), 해남군 문내면 32(Ja), 해남군 해남읍 29(Jc), 해남군 화산면 4(Dc), 해남군 화산면 8(Gg), 해남 19-5(Ab), 해남 19-6(1)(Ab), 해남19-13(Ac), 해남19-6(2)(Ah), 해남 19-5(Db), 해남19-6(3)(Ib), 해남19-4(Mb), 해남19-10(Na)	21
화순군	화순군 이서면 2(Aa), 화순군 동복면 5(Aa), 화순군 화순읍 10(Ab), 화순군 능주읍 5(Ab), 화순군 춘양면 11(Ac), 화순군 동복면 23(Ac), 화순군 이서면 17(Af), 화순군 능주읍 4(Af), 화순순 화순읍 21(Ba), 화순군 도곡면 63(Ba), 화순군 춘양면 10(Ba), 화순군 도곡면 56(Bc), 화순군 동복면 13(Bc), 화순군 한천면 21(Bi), 화순군 한천면 38(Bi), 화순군 한천면 39(Bi), 화순군 한천면 19(Cb), 화순군 한천면 44(Cb), 화순군 이서면 20(Db), 화순군 이서면 21(Eb), 화순군 이서면 19(Ga), 화순군 능주읍 11(Ge), 화순군 한천면 10(Ge), 화순군 한천면 11(Ge), 화순군 도곡면 49(Ha), 화순군 화순읍7(Hg), 화순군 이서면 22(Ia), 화순군 능주읍 20(Ia), 화순군 한천면9(Ib), 화순군 화순읍 24(Ib), 화순군 화순읍 36(Ib), 화순군 이서면 23(Ic), 화순군 도곡면 30(Ic), 화순군 도곡면29(Ja+Jc), 화순군 한천면 45(Jc)	35
		170

이를 놓고 볼 때 필자가 조사한 곡성을 제외하고 『한국구비문학대계』와 『한국민요대전』만을 놓고 보면 서사민요가 10편 이상 조사된 지역은 화순군 35편, 보성군 26편, 고흥군 23편, 해남군 21편, 진도군 13편, 장성군 12편이다. 이것만으로는 서사민요가 많이 분포하는 지역의 특성을 찾아내기 어렵다. 대체로 서사민요는 밭매기와 길쌈이 성한 곳에 많이 전승되리라고 추정할 때 해안이나 넓은 평야 지역보다는 산간 지역에 많이 전승되고 있으리라 생각된다. 화순이나 장성, 보성, 고흥 등이 그런 특성을 지니고 있다고 할 수 있다.

그러나 진도군이나 해남군에서 많은 수가 조사된 것은 이러한 추정을 이론화하기에 문제가 남는다. 해남군에서는 우수한 조사자에 의해 <강강수월래> 등을 부를 때 "옛날에 부르던 사설"을 요구함으로써 공식화된 사설 대신 서사민요 사설이 많이 섞여 나온 것을 볼 수 있으며, 진도군에서는 자연스레 <강강수월래>나 <둥당애타령>을 부를 때 서사민요 사설이 섞여 나왔다. 동일한 노래 번호가 한 유형에 두 번 이상 나오거나, 여러 유형에 보이는 것은 여러 사람이 <강강수월래>의 선소리를 매기면서 같은 유형의 서사민요, 또는 여러 유형의 서사민요를 불렀기 때문이다.

<강강수월래>나 <둥당애타령>에 서사민요 사설이 끼어든다는 것은 이들 창자가 일상적인 일을 하거나 쉴 때 서사민요를 많이 부르고 있었음을 보여준다. 그러기에 유희요를 부를 때 즉흥적으로 갖다 부르는 게 가능했을 것이다. 그러나 진도, 해남과 비슷하게 <강강수월래>나 <둥당애타령>이 많이 전승되고 있는 신안 지역에 서사민요가 상대적으로 적게 조사된 것은 서사민요의 전승 상황에 대한 좀 더 세심한 고찰을 필요로 한다.

또한 나타난 자료만으로 볼 때 구비대계가 전국적인 조사를 한다고 했지만 전남 지역 총 23개 시, 군에서 고작 9개 군, 민요대전에서는 13개 군밖에 조사되지 않았다는 것은 매우 안타까운 사실이다. 개인적인 힘으로는 나머지 시, 군의 서사민요를 총체적으로 조사한다는 것이 거의 어렵기 때문이

다. 또한 현재는 서사민요를 제대로 구연하는 창자를 만나기가 드물어 20년 전과 같은 풍성한 자료를 수확하기를 기대하기 어렵다. 그러나 그렇다고 지레 조사를 포기할 수는 없다. 80년대 초 조사된 자료에 서사민요를 구연하던 창자들 중에는 5, 60대 중노인들도 상당수 끼어 있는데, 이들의 서사민요 자료를 본격적으로 조사한다면 기대보다는 많은 수확을 얻으리라는 희망을 버릴 수 없다. 서사민요 자료에 대한 총체적이고 본격적인 조사 연구가 속히 이루어지기를 요망한다.

4. 연행방식

서사민요는 창자가 청중 앞에서 서사문학 작품을 노래로 부르는 연행 예술이다.[87] 연행이란 '창작자의 창조 행위와 수용자의 미적 반응으로 이루어지는 예술 행위'이다.[88] 그러므로 연행은 창작자와 수용자가 만나 예술 작품을 창작, 수용하는 행동이라고 할 수 있다.

서사민요는 창자와 청중, 서사문학, 노래 부르기라는 세 요소로 구성된다. 창자와 청중은 서사민요를 창작하고 수용하는 담당층으로서, 연행의 주체이고 서사문학은 창자와 청중에 의해 창작, 수용된 작품으로서, 연행의

87) 임재해는 「민요의 사회적 생산과 수용의 양상」, 『한국의 민속예술』, 문학과 지성사, 1988, 257~258쪽에서 민요가 말로 표현되고 말로 전승되는 연행예술의 하나라고 규정하고 있는데, 그의 주장처럼 민요는 연행될 때 비로소 존재하며, 연행상황에 따라 새로운 작품이 창작된다고 보아야 한다. 서연호는 이와 비슷한 개념으로 연희라는 용어를 쓰면서, 예능의 한 갈래로서 시청중을 대상으로 하여 공연되는 모든 예능적 행위를 지칭하고 있다. 그러나 연희보다는 연행 예술이라는 용어가 더 포괄적이고 보편적이라 생각된다. 서연호, 『한국 전승연희의 원리와 방법』, 집문당, 1997, 13쪽.

88) "It(Folklore) is an artistic action. It involves creativity and esthetic response. both of which converge in the art forms themselves.", Dan Ben-Amos, Toward a definition of Folklore in Context, *Toward New Perspective in Folklore*, Austin & London: The Univ. of Texas Press, 1972, p.10.

대상이다. 노래 부르기는 창자와 청중이 서사문학 작품을 창작, 수용하는 행동으로서, 연행의 방식이다.

이 장에서는 특히 전남 지역 서사민요를 어떠한 연행방식으로 부르는가를 중심으로 살펴보고자 한다. 조동일은 서사민요를 길쌈을 하면서 부르는 노래라고 했다.[89] 그러나 조사된 전남 지역 서사민요의 경우 길쌈 외에 다른 노동을 하거나 유희를 하면서 부르는 것을 볼 수 있다.[90] 이를 노동요로 부르는 경우와 유희요로 부르는 경우로 나누어 살펴보기로 하자.

4.1. 노동요로 부르는 경우

서사민요는 대개 일을 하면서 혼자 불렀다고 한다. 필자가 서사민요를 조사할 당시 길쌈은 거의 사라지고 없었으나, 밭 매는 일은 아예 여자의 일이 되다시피 해, 밭을 매면서 서사민요를 부르는 것을 확인할 수 있었다. 즉 강강례(여, 71)는 조사자에게 직접 찾아 와 "밭 매면서 생각해 내었다."고 하며 <중에게 시주한 뒤 쫓겨나는 여자(제석님네 따님애기 노래)>(새터 70)를 불러주기도 하고,[91] 공정임(여, 47)은 "밭 매면서 지었다"면서 <베 짜는 노래>(새터 124)를 불러 주었다. 또 정춘임(여, 69)은 <중 되는 며느리 노래>(새터 2)를 불 때면서 불렀다고 했다. 즉 "큰애기 때 여름에 불 때면서 뜨겁고, 애가 터지고 하여 부지깽이를 땅땅 뚜드리면서" 이 노래를 불렀다고 하며, 장순남(여, 73) 역시 <처녀를 짝사랑하다 죽는 총각(게삼정 노래)>(옥갓 12)을

89) 조동일, 앞의 책, 35쪽.

90) 경북 지역의 경우 상례 등의 의식을 치르면서 부르는 경우도 있으나 전남 지역에선 찾아볼 수 없었다.

91) 노래 제목의 체계적이고 일관된 명명은 민요 연구에 있어서 속히 해결해야 할 과제이나, 아직까지 연구자 간에 뚜렷한 합의를 보이지 못하고 있다. 이에 필자는 이 글에서 서사민요의 유형을 분류하고 유형명을 제시한다.

"밭 매면서, 불 때면서 불렀다"고 한다.[92)]

이로 볼 때 서사민요는 지금까지 알려진 것처럼 길쌈하는 노래로 기능이 한정되지 않고 여자의 모든 일 - 집안일(불 때기, 바느질, 빨래, 길쌈)에서부터 바깥일(밭 매는 일, 논매는 일)에 이르기까지 두루 불리었다는 것을 알 수 있다. 실제로 구연자들은 어떤 일을 하면서 불렀느냐는 조사자의 질문에 "삼 삼으면서, 명 자으면서, 논매면서, 밭 매면서 두루두루 불렀다."고 대답하는 것이 보통이다.[93)]

한편 여자들은 일을 반드시 혼자서만 했던 것은 아니다. 일의 지루함을 덜기 위해, 설움을 같이 나누기 위해 같은 처지의 여자들이 모여 함께 일하기도 했다. 김필순(여, 50, 옥갓)이나, 김남순(여, 47, 새터)은 "길쌈품앗이를 하면서 노래를 불렀다"고 했고, 장순남(여, 73, 옥갓)은 "친구들과 노래를 부르고 다니면서 해 넘어 간 것도 모르고 일을 했다"고 하며, "오히려 점심때가 된 것이 웬수"였을 정도였다고 했다. 밭을 매는데 "오늘은 누구 밭, 내일은 누구 밭" 하면서 계획을 짜고서 다녔다고 했다. 이때 여럿이 일한다고 하더라도 일하는 방식이 바뀌는 것은 아니므로 노래를 부르는 방식도 혼자일 경우와 크게 다르지 않다.

이런 일들은 혼자 또는 같은 처지에 있는 이들끼리 모여서 오랜 시간 동안 단조로운 작업을 계속하여야 한다는 공통점이 있다. 이러한 성격의 일에서 주어지는 일의 고통을 덜고 잊기 위해 또는 설움을 표현하고 달래기 위해 여러 형태와 내용의 노래를 필요로 했을 것이다. 서사민요에서 서정적 요소와 서사적 요소가 함께 있는 것도 이러한 이유에서일 것이다. 즉 자기의 설움을 나타내기 위해 서정적으로, 일을 계속하기 위해 서사적으로 표현하여 연결시키므로 서정적 양식과 서사적 양식은 뚜렷한 구분 없이 함께 불리었으리라고 생각된다.[94)]

---

92) 서영숙, 앞의 책, 1996, 18-19쪽 참조.
93) 서영숙, 앞의 책, 1996, 19쪽 참조

긴 서정적 노래와 짧은 서사적 노래, 심지어는 서정적 노래와 서사적 노래가 섞여 하나가 된 노래와 같은 경우는 이러한 연행 상황의 맥락에서 이해하여야 할 것이다. 예를 들면 <딸이 시집에서 쫓겨 오자 반기지 않는 친정식구(친정 간 노래)>(새터 35)는 시집간 여자가 친정에 가자 친정식구가 이를 맞이하는 서사적 노래에, 시집간 여자가 올케에게 자신의 시집살이를 하소연하고 올케가 대꾸하는 서정적 노래를 포함하는 방식으로 되어 있다. 또 그 서정적 노래는 시집간 여자의 목소리로 되어 있는 부분과 올케의 목소리로 되어 있는 부분이 접합되어 있다.

순천장에 뎃쳐다가 옥과읍내 쌈지지어
고운삼기 다베어서
[창자: "머이라냐, 또."]
집이라고 와서보니 우리아빠 마당씰다
싸루벼를 밀쳐놓고 우리딸도 서름이야
울어머니 베매시다 솔꼭지를 걸쳐놓고
우리딸도 서름이요
우리오빠 책보시다 책가울을 덮어놓고
우리동생 서름이요
우리올캐 베짜시다 밀친작대기 밀쳐놓고
너도삼년 다살었냐 나도삼년 다살었다
밥바구리 옆에놓고
[청중: "시집살이 항게 그러지."]
댐배골질 때 서럽더라 김치그릇 옆에놓고
맨밥먹기 더서럽데

94) 서영숙, 앞의 책, 1996, 56~58쪽 참조. 고혜경과 이정아는 이를 서사민요의 서정적 성격으로 파악하고 있는데, 이때의 서정민요는 서사민요 속에서 인물의 심리나 정황을 묘사하기 위하여 차용된 것으로 보이므로 서사민요 자체의 장르적 성격에는 큰 변화가 없다. 고혜경의 「서사민요의 유형 연구: 부부결합형을 중심으로」, 이화여대 석사논문, 1983과 「서사민요의 장르적 성격」, 『민요론집』 4, 민요학회, 1995. 이정아, 「서사민요 연구: 양식적 특성을 중심으로」, 이화여대 석사논문, 1993 참조.

[청중: "오죽 헌 소리여 정말 잘 헌다."]
꼬치같이 지질년아 누룩같이 누를년아
응당같이 써를년아 앞밭에다 당파심어
뒤밭에다 마늘심어 당파마늘 맵다하되
시누같이 매울손가 산모퉁이 돌아가서
앵두나무 휘여잡고 조리춤을 내리쳤네[95)]

여기에서 보면 청중의 말을 기준으로 앞부분은 시집간 여자의 목소리로 되어 있고, 뒷부분은 올케의 목소리로 되어 있다. 앞부분이 <사촌형님 노래>와 유사한 어구로 되어 있다면 뒷부분은 <시누노래 (고초당초 노래)>와 유사한 어구로 되어 있다. 이와 같이 둘 이상의 노래가 합쳐져 하나를 이루는 것도 역시 서사민요를 부르는 원래의 연행 상황으로 인해 갖추어진 형태라고 할 수 있다.

이렇게 서사민요를 일하면서 부를 경우 작품의 서술 양상은 어떻게 나타나는지 살펴보기로 하자.[96)]

못허겄네 못허겄네 시집살이 못허겄네
시집오는 사흘만에 양동가매를 깼더니
시금시금 시아바니 대청마루에 나옴성
어서네집이 당장건네 가거라
시금시금 시어머니 대청마루에 나옴성
네집이 날래건네 가거라
[창자: "양동가매를 깼거등."]
시금시금 시누애기

95) 서영숙, 앞의 책, 1996, 275~276쪽.
96) 엄격하게 말해서 모든 조사된 민요는 조사 당시 녹음기 앞에 앉아서 부르게 마련이므로 원래의 현장을 그대로 나타낸다고 할 수 없으며, 따라서 원래의 현장에서 불리는 노래와는 어느 정도 차이가 있으리라고 생각된다. 그러나 이는 민요의 조사 연구에서 불가피한 것으로 이 논문에서는 제보자의 설명에 따라 기능을 분류하여 자료를 제시하였음을 밝혀 둔다.

어마님도 그말마시기오 아부님도 그말마래기오
삼잎같은 우리오라버니 하나를보고 외겼지
뉘를보고 외겼오
아무리 생각해도 에라요노릇 못하겠다[97)]

시집간 여자가 양동가마를 깨자 시아버지, 시어머니가 차례로 나오면서 "어서 네 집이 당장 건네 가거라"며 반복되는 말을 한다. 다음 시누가 나오나 시누의 말에는 변화가 있다. 그러나 '때리는 시어머니보다 말리는 시누이가 더 밉다'고 하듯이 시누의 말이 위로가 될 수 없다. 결국 "아무리 생각해도 에라 요 노릇 못하겠다."며 중노릇을 나가는 내용의 노래이다.

이 노래는 일인칭 주인물 시점에 의해 서술되고 있다. 이렇게 일인칭 주인물 시점에 의해 서술할 경우, 창자나 청중이 주인물과 자신을 동일시 해 눈물을 흘리거나 한숨을 쉬는 등 큰 호응을 보이는 것을 흔히 볼 수 있다. 그러나 이런 경우는 일을 하지 않고 여가 시간에 부를 경우에 나타나는 양상으로, 일을 하면서 부를 경우에는 이러한 몰입이 작업의 진행을 방해할 수 있다.

이를 막기 위해 사용되는 것이 작품 내 주인물과의 '거리 두기'이다. 엄밀히 말해서 작품외적 서술자인 창자는 주인물과 일치하지 않는다. 노래의 주인물은 시집살이를 못하고, 중노릇을 갔다가 신랑의 묘소 속으로 들어가 버린 허구의 인물이기 때문이다. 그러므로 창자는 중간 중간에 해설자의 역할을 하며 작품 안에 불쑥 끼어들어 노래 속 사건이 현실이 아닌 허구임을 깨닫게 한다. 위 작품에서 노래를 부르는 중에 "양동가매를 깼거등"과 같이 창자가 말로 하는 부분이 그런 구실을 한다.

또한 서술자는 주인물의 내적 심정을 길게 늘어놓기보다는, 주로 대화 위주의 장면묘사로 사건을 전개해 나가고 있다. 이렇게 장면묘사 위주로 작품을 전개해 나가는 경우, 서술자는 작중인물들과의 거리감을 유지하면서

97) 서영숙, 앞의 책, 1996, 164쪽.

객관적으로 사건의 진행 과정을 청중에게 제시하게 된다. 그러므로 창자와 청중 모두 작품에 몰입하지 않으면서 자신들의 일을 계속할 수가 있다. 장면묘사도 길게 서술되어 있지 않고 여러 인물들을 빠르게 교체하면서 반복과 변화를 누리게 하고 있다. 이렇게 짤막짤막한 대사 중심의 장면 묘사는 작품에 극적인 효과를 부여하며 서술자와 작중 주인물과의 거리가 가장 먼 특징을 보인다. 또한 장면이 짧게 반복, 변화되면서 교체하는 것은 바로 이 노래가 반복되는 단순 작업과 함께 불리었음을 말해 준다.

4.2. 유희요로 부르는 경우

최근에 와서는 서사민요가 노동요가 아니라 유희요[98]로 불리는 것을 흔히 발견할 수 있다. 여성들은 더 이상 길쌈을 하지 않을 뿐만 아니라 그 외의 집안일이나 밭 매는 일들도 그다지 오랜 시간이 걸리지 않기 때문에 서사민요 역시 노동요로서의 기능은 거의 잃어버렸다고 할 수 있다. 대신 여성들이 한가로운 시간에 모여 앉아 놀거나, 민요 조사자의 요청에 의해 모여 앉았을 때 서사민요를 부름으로써 유흥적 분위기를 높이고 자신의 기억력과 가창력을 발휘하는 수단이 되어 버렸다.

그 좋은 예로 전남 무안과 영광에서 조사된 <둥당애타령>을 들 수 있다.[99] 이 노래는 여성들이 방안에서 모여 놀 때 부르는 것으로서, 노래 속에 서사민요 유형이 여러 가지 포함되는 것을 볼 수 있다. 즉 무안 <둥당애타령>에는 <시집식구가 구박하자 중이 되는 며느리>, <시누가 모함하자 자살하는 며느리>, <남편이 기생첩과 놀자 자살하는 아내>의 세 유형의 서

98) 이때 유희요는 특별한 기능 없이 불리는 비기능요까지 포함하는 넓은 의미로 사용하고자 한다. 노래를 부른다는 것 자체가 가창 유희로서 놀이의 하나가 될 수 있기 때문이다.

99) 『한국민요대전』 전남편 7-3(무안), 11-7(영광) 참조. 이외에 <노랫가락> 곡조에 서사민요를 실어 부르는 경우도 포함된다.

사민요가 포함되어 있고, 영광 <둥당애타령>에는 <아내가 병이 나 편지하나 오지 않는 남편>, <오빠가 물에서 구해주지 않자 한탄하는 동생>이 들어 있다.

<둥당애타령>은 함지박에 바가지를 엎어 놓고 두드리면서 장단을 맞추며 선후창 또는 돌림창으로 부르는 노래이기 때문에 비교적 장단이 빠르고 가락이 흥겹다.[100] 이 흥겨운 가락에 서사민요 중 주로 <시집살이노래>를 부르는 것은 언뜻 이해하기 어렵다. 아마도 이때의 창자와 청중은 <시집살이노래>의 비극적 내용을 슬프게 받아들이기보다는 그 이야기의 극적인 전개 양상을 즐기거나 이야기에 등장하는 인물에 대한 연대감 또는 비난 등으로 심리적 억압을 해소하는 측면으로 받아들이는 것이 아닐까 한다. 흔히 여자들이 모여 시댁식구나 남편과의 갈등에 대해 이야기를 할 경우에도 이야기하는 여자의 비극적 처지에 동화하기보다는 억압의 요인인 시댁식구나 남편에게 비난을 퍼부음으로써 억눌린 감정을 해소하는 것과 같은 이치이다.

또 서사민요를 노동요로 부를 때보다는 유희요로 부를 때 서술자와 작중인물의 거리는 더 멀어지게 마련이다. 아무래도 노동의 상황이 아닌 놀이의 상황에서는 부르는 사람의 감정이 낙천적인 상태에 놓이기 때문에 서술자는 비극적 주인물에 자신을 일치시키기보다는 객관적 거리를 두고 바라보게 되는 것이다. 무안 <둥당애타령>에서 부른 <진주낭군>이 좋은 예이다. 그 일부분을 인용해 살펴보자.

---

100) <둥당애 타령>은 전남의 서부 해안지역에서 주로 부르며, 가창방식은 대략 두 가지로 나뉜다. 하나는 한 사람이 일정한 소절 수의 앞소리를 부르면 여러 사람이 "둥당애더" 하는 뒷소리를 반복하는 선후창 형태이고, 다른 하나는 여러 사람이 돌려가며 부르는 돌림창 형태로 한 사람이 한 가지 소리를 다 끝냈을 때 여러 사람이 뒷소리를 하고 다른 사람에게 순서가 넘어간다. 신안군 장산면 공수리, 영광군 낙월면 송이도, 완도군 군외면 초평리 등에서 선후창으로 부르고 기타 지역에서는 돌림창으로 부른다.

둥당애더 둥당애더 당기 둥당애 둥당애더
울도담도 없는집이 시집삼년을 살고나니
시어머니 하신말씀 아가아가 며늘아가
느그낭군 볼라거든 진주남강에 빨래가라
그말을듣던 며늘아기 진주남강에 빨래가니
물도좋고 돌도좋네 난데없는 발자국소리
뚜덕뚜덕이 나는구나 곁눈으로 슬쩍보니
서울갔던 선배님이 구름같은 말을타고
못본듯이 지내가네 그것을보든 며늘아기
흰빨래는 희게하고 검은빨래 검게하고
집으로나 돌아오니 시어마니 하신말씀
아가아가 며늘아가 느그낭군 몰라거든
사랑방으로 나가봐라 그말듣던 며늘아기
사랑방으로 들어가니 아홉가지 술을놓고
열두가지 안주놓고 기생첩을 옆에놓고
권주가를 부른다네 그것을보든 며늘아기
정제방에 들어가서 열석자 명주수건
목이나매어 죽었다네 그말듣던 즈그낭군[101]

<진주낭군>은 주인물인 시집간 여자와 상대인물인 남편과의 첩으로 인한 갈등을 그린 노래이다. 보조 상대인물로 시어머니, 시아버지 등이 나온다. 일반적인 <진주낭군>에서의 서술자는 일인칭 주인물 시점으로 사건을 서술한다.[102] 이때 서술자와 주인물은 일치되어 동일시 현상이 일어나는 반

---

101) 『한국민요대전』 전남편 7-3, 261쪽 참조.

102) 일반적인 <진주낭군>의 한 예를 일부만 인용하면 다음과 같다. "울도담도 없느난집에 시집삼년을 살고나니/ 시어마님 하시는말씀 야야나아가 메느리아가/ 진주낭군을 볼라그던 진주남강에 빨래를가게/ 진주남강에 빨래를가니 물도나좋고 돌도나좋은데/ 이리나철석 저리나철석 씻구나나니/ 구름같은 말을타고 하늘겉은 갓을씨고 못본체로 지나가네/ 껌둥빨래 껌게나씻고 흰빨래를 희게나씨어/ 집에라고 돌어오니 시어마님 하시는 말씀/ 아가아가 메느리아가 진주낭군을 볼라그든/ 건너방에 건너가서 사랑문을 열고바라/ 건너방에 건너가니 사랑문을 열고나보니 (하략)" 조동일, 앞의 책, C1, 226~227쪽. 여기에서 보면 주인물의 말과 행동은 서술자의 해설 없이 직접 이루어지는 데 비해,

면 서술자와 상대 인물은 분리되어 객관적, 비판적 거리가 형성되는 것이다. 이는 서술자가 대부분 시집살이하는 여자들로서, 주인물의 이야기를 마치 자신의 이야기인 듯이 여기기 때문에 이루어지는 서술 양상이다.

그런데 위 <둥당애타령>의 <진주낭군>은 삼인칭 관찰자 시점으로 서술되고 있다. 즉 서술자는 주인물의 말을 서술할 때조차 다른 각편에는 거의 보이지 않는 서술자의 해설 "그 말을 듣던 며늘아기", "그것을 보든 며늘아기" 등을 계속 사용하고 있다. 또한 주인물의 행동을 서술할 때에도 다른 상대 인물을 서술할 때와 마찬가지로 객관적 입장을 취하고 있다. 이는 서술자가 그만큼 작품 내 주인물에 거리를 두고 있음을 보여 준다.

이렇게 서술자가 주인물에 거리를 두는 것은 서사극의 기본 원리인 '소외 효과(V - Effect)'와 유사하게 여겨진다. 서사극에서는 관중의 감정 이입을 막고 환상을 제거하기 위해 해설자나 무대 감독이 나서 관객을 향해 대화를 함으로써 비판적 거리를 형성한다.[103] 서사민요에서 창자는 노래만 하는 것이 아니라 사건의 배경이나 노래에 대한 평가 등을 말로 덧붙이는 것을 흔히 볼 수 있는데, 이를 통해 작품 내 주인물과 청중과의 거리가 생겨나게 되는 것이다.

그럼으로써 창자나 청중은 주인물에게조차 낯선 느낌을 갖게 되며, 단지

상대인물인 시어머니나 남편의 말과 행동은 "시어마님 하시는 말씀"이나 "진주낭군 하시는 말씀"과 같은 서술자의 해설 다음에 이루어지는 것을 볼 수 있다. 주인물 시점과 관찰자 시점은 필자가 민요와 가사를 분석하면서 편의상 분류한 것으로, 주인물 시점은 서술자가 작중 주인물의 입장에서 서술해 나가는 경우이고 관찰자 시점이란 서술자가 작품 내 또는 작품 외에서 자기가 아닌 다른 인물의 이야기를 서술해 나가는 경우를 말한다. 서영숙, 『한국여성가사 연구』, 국학자료원, 1996, 59쪽 참조.

103) 송동준은 브레히트 서사극의 기본 원리로 소외 효과를 들면서, 그 수단으로 관객을 향한 대화, 코러스, 제목과 간판, 1인 2역, 연극 속의 연극, 인용, 전형의 전도 등이 사용된다고 설명하고 있다. 그는 아울러 봉산 탈춤을 분석함으로써 우리의 전통극이 이러한 소외 수단을 지니고 있다고 보고 있다. 서사민요는 본격적인 연극 형태는 아니라 할지라도 그 서술양상에 있어서 어느 정도 서사극적 요소를 지니고 있다고 생각된다. 송동준, 「서사극과 한국민속극」, 『한국의 민속예술』, 임재해 편, 문학과 지성사, 1988, 111~120쪽 참조.

노래 속의 허구적 인물로 바라보게 되는 것이다. 이 각편에 이렇듯 독특한 서술방식이 나타난 데에는 여러 가지 요인이 있겠지만 여럿이 함께 모여 노는 유희요로 불린 점을 주요인으로 꼽을 수 있을 것이다. 즉 유희의 흥겨운 상황에서는 슬픈 내 이야기보다는 극적인 남의 이야기가 더 어울리기 때문이다.

이렇게 볼 때 서사민요가 무엇을 하면서 어떤 상황에서 불렸느냐는 작품의 서술 양상에 큰 영향을 미침을 알 수 있다. 상대적이긴 하지만 노동요로 불릴 때보다는 유희요로 불릴 때 서술자와 주인물이 분리되는 양상이 더 많이 나타남을 알 수 있다. 노동을 하는 경우보다 유희를 하는 경우에 주인물에 거리를 두고 극화시키려는 경향이 커지기 때문일 것이다. 이로써 서사민요가 노동요로 불릴 때보다는 유희요로 불릴 때 연행예술로서의 성격이 확대된다고 할 수 있는데, 이는 근래에 연행되는 작품들에서 더욱 두드러지는 것으로 생각된다.

5. 맺음말

이 논문에서는 전남 지역 서사민요 총 268편 (필자 자료 98편, 구비대계 127편, 민요대전 43편)을 대상으로 서사민요의 유형을 분류하고 이를 바탕으로 전남 지역에 어떤 유형의 서사민요가 얼마나 존재하는지를 파악하고 그 연행방식을 고찰하였다. 아울러 유형분류의 타당성을 검증하고 타 지역과 비교하는 데 편의를 돕기 위해 조동일 자료 169편과 민요대전 전국 자료 141편을 함께 분석하였다. 서사민요의 유형은 작품 속 주인물과 상대인물의 관계로 상위유형을 분류한 뒤, 이들 주인물과 상대인물이 일으키는 중심적인 사건으로 분류하였다. 유형분류 결과 서사민요는 총 14개의 상위 유형과 60개 유형으로 분류할 수 있었는데, 그중 전남 지역에서는 52개 유형이 조사되었다.

전남 지역에서 많이 조사된 서사민요로는 Aa <시집식구가 구박하자 중이 되는 며느리> 유형과 Ha <외간남자의 옷이 찢기자 꿰매주는 여자> 유형 등이 있으며, 조동일의 경북 자료에 비해 Ge <혼인날 신부가 애기를 낳자 돌아가는 신랑> 유형이 많이 조사되었음을 알 수 있다. 그러나 반대로 조동일의 경북 자료에 많이 조사된 Fa <삼촌식구가 구박하자 한탄하는 조카> 유형이 전남 지역에서는 전혀 조사되지 않은 점은 주목할 만한 현상이다. 한편 전남 지역 중 서사민요가 가장 많이 조사된 지역으로는 필자가 직접 조사한 곡성 지역을 제외하면 화순, 보성, 고흥, 해남, 진도, 장성 순이다. 이들 지역은 대체로 넓은 평야보다는 산간과 해안을 끼고 있는 지역으로, 밭농사나 길쌈이 많이 이루어지는 곳이다. 또한 해남이나 진도의 경우 <강강수월래> 등 유희요에 서사민요를 부르는 우수한 여성 창자들이 많아 서사민요가 풍부하게 전승된다고 생각된다.

그러나 이러한 결과는 전국적으로 체계적인 조사를 단행한 『한국구비문학대계』와 『한국민요대전』을 대상으로 추출한 자료이긴 하지만, 두 자료집이 전남의 모든 시군을 조사하지 못한데다가 조사의 여건에 따라 충분한 조사가 이루어지지 못한 곳도 많아 섣부른 판단을 내리기 어렵다. 그런 점에서 앞으로 미진한 지역에 대한 조사를 확대하고 새로운 자료집을 추가 분석함으로써 서사민요의 유형분류와 존재양상에 대한 명확한 결론을 내릴 수 있기를 기대한다.

3부

서사민요의 지역문학적 융합과 소통:

강원 · 영남 · 제주 지역

1장_ 서사민요에 나타난 지역문학의 창의와 융합:
강원 지역을 중심으로

1. 머리말

서사민요는 오랜 세월 동안 지역민들에 의해 창작 전승되어 온 지역문학이다. 지역 기층여성들은 서사민요를 혼자 또는 여럿이서 일을 하면서 불렀다. 그러므로 서사민요에는 지역의 자연환경과 사회구조가 반영되어 있으며, 지역 기층여성들의 노동형태와 생활양식이 배어 있다. 지금까지 한국 서사민요 연구는 서사민요의 지역적 차이보다는 서사민요를 하나의 총체로 간주하고 그 장르적 특성이나 유형적 성격의 연구에 집중해 왔다.[1] 그러나 서사민요는 지역 기층여성들이 창작 전승해 온 노래로서, 평민 여성문학으로서의 보편성을 지니고 있으면서도 지역에 따라 독자적 성격을 형성하면서 지역문학으로서의 개별성을 지니고 있다.[2]

이 연구는 지역문학으로서의 서사민요의 특성과 가치를 모색하기 위해 지역별 서사민요의 전승양상과 문화적 특질을 고찰하고, 서사민요가 어떻게 '지역화'하는지를 살펴보는 데 목적이 있다. '지역화'는 서사민요의 전개방식이나 형상화방법 등을 지역의 특성에 맞게 형성해내는 것으로, '창의'

1) 서사민요에 대한 기존 논의는 서영숙, 『한국 서사민요의 날실과 씨실: 우리 어머니들의 노래』, 도서출판 역락, 2009, 11~47쪽 참조.
2) 서영숙, 「서사민요의 지역문학적 성격: 충청 지역을 중심으로」, 『한국시가연구』 32, 2012, 127~133쪽 참조.

와 '융합'에 의해 이루어진다. 창의는 다른 지역에는 전혀 존재하지 않는 유형이나 독특한 형상화 방법으로 새로운 서사민요 유형이나 각편을 형성해내는 것이고, 융합은 자기 지역이나 다른 지역에 이미 존재하는 요소들의 복합으로 변형된 서사민요를 형성해내는 것이다. 물론 두 가지 방법은 엄밀하게 분리되기보다는 함께 어우러져 역동적으로 작용하며 서사민요의 지역 유형과 각편을 형성해낸다.

그러므로 이 연구는 균질적 요소로 이루어진 총체로서의 한국 서사민요 연구에서 벗어나, 이질적 요소의 상호작용으로 이루어진 공동체로서의 지역 서사민요 연구를 지향한다. 이 연구를 효과적으로 수행하기 위하여 우선 지금까지 연구가 전혀 이루어지지 않았던 강원 지역 서사민요의 전승양상과 문화적 특질을 각기 선행 연구로 수행한 충청·영남·호남 등 다른 지역 서사민요와의 비교를 통해 살펴볼 것이다.[3] 연구 대상은 『한국구비문학대계』와 『한국민요대전』, 『강원의 민요』 I·II를 주 자료로 삼아 필자가 추출하고 분류한 서사민요 작품들이다.[4] 일부 시·군을 대상으로 조사한 자료는 서사민요의 전체적인 존재양상 등을 파악하는 데 편중된 결과를 낳을 수 있으므로 포함하지 않는다.

3) 서사민요는 조동일, 『서사민요 연구』, 계명대 출판부, 1970 초판·1979 증보판에서 경북 지역을 중심으로 논의를 시작한 이후 서영숙, 「전남 서사민요의 유형분류와 존재양상」, 『한국민요학』 13, 한국민요학회, 2003; 「충청 지역 서사민요의 전승양상과 문화적 특질」, 『어문연구』 58, 어문연구학회, 2008; 「영남 지역 서사민요의 전승적 특질」, 『고시가연구』 26, 한국고시가문학회, 2010 등에서 주로 충청과 영·호남 지역의 서사민요를 대상으로 연구를 해왔으나 강원 지역 서사민요에 대한 연구는 아직 이루어진 바 없다.

4) 전국적인 조사자료집인 『한국구비문학대계』강원 지역 2-1~2-9(9권), 『한국민요대전』 강원편과 지역의 대표적 민요조사자료집인 『강원의 민요』 I·II를 주 대상으로 한다. 자료를 인용할 때는 구비대계는 시군명 자료번호, 민요대전은 지역명 CD 번호, 강원민요 I·II는 지역명 페이지로 표기한다.

2. 강원 지역 서사민요의 전승양상

강원 지역 서사민요의 지역문학적 특성을 알기 위해서는 강원 지역에 주로 어떤 유형의 서사민요가 전승되며, 그 유형들의 특징은 무엇인지를 살필 필요가 있다. 서사민요 유형의 전승 여부는 이를 향유하는 지역의 환경이나 향유층의 의식과 관련되는 것으로서, 지역문학으로서의 서사민요의 특질을 가늠하는 중요한 잣대라고 할 수 있다. 그러므로 여기에서는 강원 지역 서사민요의 유형별 분포 양상과 특징에 대해 살펴보려고 한다.

2.1. 유형별 분포

서사민요는 기층민(특히 여성)들의 삶 속에서 벌어지는 사건을 그려내고 있는 민요로서, 주인물과 상대인물의 관계에 따라 유형을 분류할 수 있다.[5] 여기에서는 이들 관계를 크게 네 관계: 시집식구-며느리 관계 유형, 친정식구-딸 관계 유형, 부부・남녀 관계 유형, 기타 관계 유형으로 나누어 살펴보기로 한다. 강원 지역 서사민요 자료를 유형별로 나누어 표로 제시하면 다음과 같다.

5) 필자는 서사민요의 유형을 효과적으로 분류하기 위하여 인물들 간의 관계와 이들 사이에서 빚어지는 사건의 형태를 쉽게 구별할 수 있는 방법을 창안한 바 있다. 이는 우선 서사민요에 나타나는 주인물과 상대인물의 관계로 상위유형을 분류한 뒤, 이들 주인물과 상대인물이 일으키는 중심적인 사건으로 유형을 분류한 것이다. 서영숙, 앞의 책, 2009, 47~75쪽 참조.

유형		강원 서북부	강원 동남부6)	편수
시집식구-며느리	Aa 시집식구가 구박하자 중이 되는 며느리	원주304-1 (1편)	영월6-2,영월193,삼척437 (3편)	4
	Ag 시누가 구박하자 항의하는 며느리	원주310, 원주6-16 (2편)		2
	Ah 사촌형님에게 항의하는 동생	원주304-2 (1편)		1
	Ai 시집살이 하소연하는 사촌형님	횡성군 둔내면26, 횡성군 공근면6, 양구3-20, 인제7-5, 홍천10-11, 양구77, 양구83, 양구84, 원주332, 원주344, 인제432, 인제435, 인제451, 인제458, 인제460, 인제503, 인제537, 철원697, 철원703, 홍천971, 홍천1002, 홍천1003, 홍천1012, 홍천1095, 화천1178, 화천1229-1, 횡성1287, 횡성1298, 횡성1314, 횡성1327 (30편)	영월군 영월읍70, 영월152, 영월162, 영월191, 영월212, 영월239, 영월253, 정선574, 정선594, 정선605, 정선610, 정선627, 정선635, 평창891, 평창907, 명주군 주문진읍1, 삼척3-6, 강릉79, 강릉114, 강릉144, 동해326, 동해335, 동해342, 삼척396, 삼척403, 삼척412, 속초532, 속초565, 속초566, 양양611, 양양618, 양양621, 양양658, 양양675, 태백744, 태백759, 태백779 (37편)	67
친정식구-딸	Ca 어머니 묘를 찾아가는 딸	춘천시 옥계면2, 횡성군 둔내면21, 양구76, 원주332, 원주376, 인제447, 인제451, 인제456, 인제459, 홍천993 (10편)	영월군 영월읍51, 영월군 영월읍69, 삼척2-19, 정선7-15, 영월6-3, 영월151, 영월191, 영월192, 영월211, 영월252, 영월257, 정선574, 정선593, 정선605, 정선611, 정선623, 정선629, 정선632, 정선636, 평창865, 평창911, 강릉시27, 강릉74, 강릉134, 강릉146, 고성196, 고성223, 동해317, 동해327, 동해334,	60

			동해343, 동해351, 삼척396, 삼척410, 삼척414, 삼척430, 삼척436, 삼척455, 속초500, 속초509, 속초540, 속초564-1, 속초564-2, 양양5-3, 양양611, 양양618, 양양624, 양양659, 태백743, 태백759 (50편)	
	Cb 친정부모 장례에 가는 딸	원주333, 원주384, 인제454, 인제460, 횡성군 둔내면26, 화천1229-2, 횡성1264, 횡성1283, 횡성1354 (9편)	영월253, 정선7-22, 정선600, 정선606, 강릉75, 강릉76, 강릉111, 강릉112, 강릉145, 속초498, 동해326, 북강원802, 삼척391, 삼척447(14편)	23
	Ea 오빠에게 부정을 의심받은 동생		정선593, 삼척3-7, 북강원821, 태백715 (4편)	4
	Eb 오빠가 구해주지 않자 한탄하는 동생		동해351, 삼척452 (2편)	2
부부·남녀	Bc 남편이 기생첩과 놀자 자살하는 아내	원주303, 홍천992 (2편)	영월군 영월읍74, 양양5-2, 고성199, 동해330, 양양613, 양양620 (6편)	8
	Be 남편이 병들어 죽자 한탄하는 아내	홍천1020 (1편)	속초511, 양양620 (2편)	3
	Fa-1 삼촌식구 구박받다 시집가는 여자	홍천994 (1편)	삼척군 근덕면6, 고성1-5, 고성1-20 (3편)	4
	Gb-1 처녀의 저주로 죽는 신랑		영월153 (1편)	1
	Gb-2 본처(자식)의 저주로 죽는 신랑		삼척2-16, 삼척396, 삼척452 (3편)	3
	Gc 혼인을	양구71 (1편)		1

	기다리다 죽은 신부			
	Gd 혼인날 애기를 낳은 신부		영월군 영월읍68, 동해317	2
	Ha 외간남자의 옷이 찢기자 꿰매주는 여자		삼척2-20	1
	Hb 외간남자와 정 통하다 남편에게 들킨 여자	양구58, 원주320, 인제539, 춘천769, 춘천785 (5편)		5
	Hc 주머니를 지어 걸어 놓고 남자 유혹하는 처녀		양양4-26, 속초491, 속초546, 양양628 (4편)	4
	Ia 장식품 잃어버린 처녀		정선598 (1편)	1
	Ib 일하는 처녀에게 구애하는 총각		속초534, 양양612 (2편)	2
	Ja 첩의 집에 찾아가는 본처	원주303, 원주309 (2편)	정선612 (1편)	3
기타	Lb 메밀음식 만드는 여자	인제7-7 (1편)	정선597, 북강원819 (2편)	3
	Lc 나물반찬 만드는 여자	원주6-28 (1편)		1
	Ld 베를 짜는 여자	춘천시 신북면2, 횡성군 둔내면23, 인제7-6, 횡성12-10, 원주363, 인제445, 홍천1001, 홍천1012, 화천1173, 화천1229, 횡성1267 (11편)	영월군 영월읍75, 평창891, 평창929, 강릉시36, 동해326, 북강원801, 북강원820, 삼척410, 삼척440-1, 삼척440-2, 삼척442, 삼척455, 속초548, 태백744 (14편)	25

	Le 담배를 키워 피우는 사람	양구86, 원주322, 인제446, 인제457, 인제460, 인제504, 인제538, 철원672, 홍천1017, 홍천1071, 화천1225, 횡성1280, 횡성1297 (13편)	영월262, 속초488, 속초536, 속초545, 양양633 (5편)	18
	Mb 쥐가 남긴 밥을 아이와 나눠먹는 사람	철원8-12, 횡성12-9, 양구75, 양구76, 원주379, 철원697, 홍천1019, 홍천1041, 화천1207, 횡성1271 (10편)	정선596, 정선628, 평창867, 평창912, 평창929, 고성1-8, 양양군 현남면9, 강릉119, 고성221, 고성254, 동해305, 삼척413, 삼척417, 속초523, 속초529, 속초543, 속초558, 속초574-1, 속초574-2, 양양638, 태백808 (21편)	31
	Me 사람집에 가서 자고온 새		영월군 상동읍4, 영월196, 정선610, 정선629, 평창892, 평창918, 강릉74, 동해328, 동해335, 동해340, 삼척343, 삼척393, 삼척395, 삼척402-1, 삼척402-2, 삼척414, 삼척436, 삼척440, 삼척451, 속초534, 양양625, 강릉시48, 삼척2-17, 삼척3-2, 양양5-8 (25편)	25
	Nb 남편새가 죽자 한탄하는 아내새	인제7-8 (1편)		1
미분류		양구3-22, 춘천9-13, 횡성12-8, 양구79 (4편)	북강원807, 동해340-1, 양양612, 강릉시54 (4편)	9
계		106	208	314

6) 강원 지역 내에서 지역별 서사민요 전승양상의 차이를 살피기 위해 강원 지역을 두 부분 - 경기, 북한 지역과 인접해 있는 서북부 지역과 충청, 경북 지역과 인접해 있는 동남부 지역으로 나누어 제시한다. 서북부에는 춘천, 원주, 화천, 홍천, 양구, 인제, 횡성이, 동남부에는 강릉, 고성, 양양, 속초, 삼척, 태백, 영월, 정선, 평창이 속한다. 이는 영서에 속하는 영월, 정선, 평창이 영서보다는 영동과 생활권을 같이하고 있을 뿐만 아니라, 구비문학적 · 민속적 특질 역시 영동과 유사하기 때문이다. 서준섭 · 김의숙, 「강원도 영동 · 서 문화 비교 연구」, 『강원문화연구』 6, 강원대 강원문화연구소, 1986, 5~72쪽 참조.

필자가 자료집을 통해 추출한 강원 지역 서사민요 자료는 총 314편으로, 이중 강원 지역에서 활발하게 전승되는 서사민요 유형을 차례로 들면 다음과 같다. ( ) 안에는 민요 현장이나 학계에서 통용되는 명칭을 병기한다.

Ai 사촌동생에게 시집살이 호소하는 사촌형님(사촌형님 노래) 67편 / 21.33%
Ca 어머니 묘를 찾아가는 딸(타박네 노래) 60편 / 19.10%
Mb 쥐가 남긴 밤을 아이와 나눠먹는 사람(달강달강) 31편 / 9.87%
Ld 베를 짜는 여자(베틀 노래) 25편 / 7.96%
Me 사람 집에 가서 자고온 새(종금새 노래) 25편 / 7.96%
Cb 친정부모 장례에 가는 딸(친정부음 노래) 23편 / 7.32%
Le 담배를 키워 피우는 남자(담바귀타령) 18편 / 5.73%

여기에서 특히 Ai <사촌형님 노래> 유형과 Ca <타박네 노래> 유형은 다른 지역과는 달리 20% 내외로 매우 큰 비중을 차지하고 있어 주목된다. Ai <사촌형님 노래> 유형은 호남이 3편(0.65%), 영남이 18편(2.75%)이며, Ca <타박네 노래> 유형은 호남이 22편(4.78%), 영남이 8편(1.22%) 조사되었을 뿐이다. 뿐만 아니라 이들 유형은 강원 지역이 전승의 중심부[7]라고 할 수 있을 만큼 다른 지역에 비해 훨씬 장편일 뿐만 아니라 유기적으로 잘 구성된 서사적 전개를 갖추고 있다. 한편 다른 지역에서는 거의 전승되지 않는데 강원 지역에서만 활발하게 전승되는 유형으로는 Me <종금새 노래> 유형이 있는데, 이 역시 25편(7.96%)이나 전승되고 있다. 이 유형은 영남과 호남을 비롯한 다른 지역에서는 거의 찾아볼 수 없어 강원도의 고유한 지역유형이라 할 만하다.[8]

---

7) 서사민요가 가장 활발하게 전승되는 곳은 영남과 호남 지역이다. 영남에서는 모두 654편, 호남에서는 460편의 서사민요가 추출되었다. 그러므로 두 지역은 서사민요 전승의 중심부라 할 만하다. 그러나 일부 유형의 경우에는 영남과 호남이 아닌 다른 지역에서만 전승되는 것도 있어 유형에 따라 중심부가 바뀌기도 한다. 다른 지역 서사민요의 전승양상에 대해서는 서영숙, 앞의 논문, 2008; 2010; 2012 참조.

2.2. 유형별 특징

여기에서는 서사민요의 네 가지 인물 관계에 따라 유형별 전승양상의 특징을 살펴보기로 하자.

1) 시집식구-며느리 관계 유형

시집식구-며느리 관계는 어느 지역이건 서사민요의 주된 소재로서 큰 비중을 차지하고 있다. 강원 지역 역시 이 관계 유형이 74편(23.56%)으로 큰 비중을 차지하고 있어, 시집식구-며느리 관계에서 일어나는 문제와 사건이 이 지역 여성들에게도 주 관심사임을 보여준다. 그런데 주목할 만한 사항은 다른 지역에서는 시집식구-며느리 관계 유형 중 Aa <중 되는 며느리 노래> 유형 등 시집식구와 며느리 관계의 갈등에서 빚어지는 사건을 직접적으로 그려내고 있는 유형이 많이 전승되는 반면, 강원 지역에서는 특히 Ai <사촌형님 노래> 유형이 집중적으로 불린다는 점이다. 강원 지역에서 Ai <사촌형님 노래> 유형은 67편이 조사되었으며, 21.33%에 이른다.

Ai <사촌형님 노래> 유형은 사촌형님과 동생이라는 가상적 인물들의 극적 대화를 통해 시집살이의 고통을 우회적으로 표현하는 노래로서, 시집살이의 고통을 직접적으로 서술하는 다른 시집살이 관련 노래들과 구별된다. 극적 인물의 설정은 시집살이에 대한 하소연이 자기의 이야기가 아니라 타인의 이야기임을 분명히 함으로써, 노래의 내용으로 인한 지탄에서 벗어날

8) 강원도청 홈페이지 강원도의 민요 소개에서 역시 "<종금종금 종금새야>는 강원도에서도 삼척 지역에서 가장 많이 조사되었으며, 사설도 다른 지역에 비해 매우 풍부하다. 이 소리는 정선군과 평창군의 일부 지역, 강릉시, 양양군 등의 영동 지역에서 흔적을 찾을 수가 있고, 영서 지역에서는 횡성군의 한 지역을 제외하고는 거의 찾지 못했다."라고 설명하고 있다. 강원도청 홈페이지> 강원도 소개> 강원도 민요> 어머니들의 노래 http://www.provin.gangwon.kr/executive/page/sub03/sub03_03_09.asp

수 있게 하는 일종의 안전장치이다. 이 노래가 다른 <시집살이노래>와 달리 쉽게 널리 전승될 수 있었던 것은 바로 이러한 요소 때문이라 생각된다. 강원 지역에서 이 유형이 특히 많이 조사된 것은 강원 지역 여성들의 성향의 일면을 보여주는 것이라 할 수 있다. 또한 강원 지역에서 특히 이 유형이 많이 불린 데에는, 사촌형님과 동생 사이가 각별하지 않을 수 없었던 지리적 여건도 무시할 수 없을 것이다. 즉 다른 지역과 달리 인구수가 많지 않았던 산간 지역에서 같은 또래의 사촌형님과 동생 사이는 서로 자매 이상으로 의지하며 지냈을 것이고, 시집을 가거나 해서 헤어진 후에는 만나기조차 쉽지 않았을 터이니 사촌형님의 방문은 매우 특별하게 여겨졌을 것이다. 강원 지역에서 다른 지역과는 달리 '접대형' 또는 '접대형+한탄형'이 많이 불리면서[9] 고개 너머에까지 형님을 마중 나가 맞이하며, 형님에게 갖은 음식을 다 준비해 대접하는 내용이 길게 서술되는 것은 이러한 자연환경과 무관하지 않을 것이다.

성님오네 성님오네 분고개로 성님오네
성님마중 누가갈까 반달같은 내가가지
니가무슨 반달이냐 초승달이 반달이지
성님성님 사촌성님 시집살이 우떴던가
살기사야 좋대마는 시집간지 삼년만에

9) Ai <사촌형님 노래> 유형은 사건의 전개에 따라 세 개의 하위유형: '한탄형', '접대형', '접대형+한탄형'으로 나뉜다. '한탄형'은 가장 보편적으로 전승되는 것으로, 사촌형님이 동생에게 시집살이에 대해 하소연하는 내용이며, '접대형'은 사촌동생이 맞이하여 형님을 위해 갖은 음식을 장만하는 내용이다. '접대형+한탄형'은 이 둘이 복합된 것으로 우선 사촌형님을 맞이하여 음식을 접대한 뒤 시집살이에 대해 물어보자 대답하는 것으로 되어 있어 장편인 데다가 유기적 짜임새를 이루고 있다. 강원 지역에서는 '한탄형'이 38편, '접대형'이 10편, '접대형+한탄형'이 19편이 전승된다. 이는 영남 지역에서 '한탄형'이 주로 불리며, 호남 지역에서는 사촌형님이 밥을 해주지 않는 것에 대해 동생이 항의를 하는 '항의형'(Ah 사촌형님이 밥을 해주지 않자 항의하는 동생)이 많이 불리는 것과 대조적이다. 서영숙, 「<사촌형님 노래>에 나타난 체험과 정서의 소통」, 『한국민요학』 33, 한국민요학회, 2011, 152~156쪽 참조.

모시적삼 열닷중에 눈물받아 다쳐지고
아홉폭에 모시초마 내끝으로 다쳐졌네(중략)
성님성님 사촌성님 성님밥을 뭐로하나
왑씨같은 전니밥에 앵두같은 팥을삼고 성님반찬 뭘로하나
활활뜯어 활나물에 한푼두푼 돈나물에
쇠뿔같은 더덕장아찌 말피같은 겐지당에
앞바다에 동백우유 뒷바다에 헌대구요
앞집에가 재기다주 뒷집에가 적시다주 성님성님 다올려놨네[10]

Ai <사촌형님 노래> 유형 중 '한탄형'과 '접대형'이 복합된 경우이다. 사촌동생이 형님을 맞이해, 시집살이에 대해 묻자 형님은 시집살이로 인해 자신의 달라진 모습에 대해 하소연한다. "살기사야 좋대마는" 하면서도 정작 시집갈 때 해간 모시적삼과 치마가 눈물받이로 다 해졌고, 삼단 같던 머리는 빗자루처럼 되었고, 은가락지 끼던 고운 손은 갈고리처럼 되었고, 분꽃 같던 얼굴은 미나리처럼 되었다고 한다. 시집살이의 내용을 직접 말하지 않고, 시집살이가 얼마나 고되고 어려운지를 간접적으로 드러내는 표현이다. 사촌형님의 힘든 시집살이를 동생은 각종 음식을 정성껏 마련함으로써 위로한다. 화려하고 귀한 음식이 아니라 주변에서 직접 채취하고 잡은 나물과 생선으로 앞집 뒷집에 가서 그릇까지 빌려다가 형님 상에 다 올린다. 형님은 동생의 정성어린 대접에 시집살이의 고통을 한 순간이나마 잊고 위로받게 될 것이며, 노래를 부르고 듣는 사람들은 노래를 통해 자신의 아픔을 털어놓고 서로를 위로할 수 있었을 것이다.

강원 지역에서 시집식구-며느리 관계 중 Ai <사촌형님 노래> 유형을 제외한 다른 <시집살이노래> 유형이 거의 불리지 않는다는 점은 특기할 만한 사실이다. 즉 다른 지역에서 많이 전승되는 Aa <중 되는 며느리 노래>

10) [평창 891] 성님성님 사촌성님(삼삼는소리), 남극선(여 78), 평창군 미탄면, 2001. 5. 27. 장정룡 조사, 강원민요 I .

유형의 경우도 이 지역에서는 매우 드물게 전승된다. Aa <중 되는 며느리 노래> 유형은 고작 4편(1.27%) 전승될 뿐이다. 이는 호남 지역에서 12편(2.61%), 영남 지역에서 34편(5.20%) 조사된 것에 비해도 매우 적을 뿐만 아니라, 서사민요가 거의 전승되지 않는 서울·경기 지역에서도 7편(21.21%) 조사된 것에 비추어 볼 때 매우 적은 편이다. 대신 Ai <사촌형님 노래> 유형 속에 Aa <중 되는 며느리 노래> 유형이 포함되어 전승되는 것을 흔히 볼 수 있다.

이밖에도 [횡성군 둔내면 26]의 경우 Ai <사촌형님 노래> 유형으로 시작해 Cb <친정부음 노래> 유형이 결합되기도 한다.[11] 즉 강원 지역에서는 <시집살이노래>하면 기본적으로 Ai <사촌형님 노래> 유형이 우선적인 위치를 차지하고 있으며, 여기에 다른 시집살이 유형들이 부수적 에피소드로 첨가되어 장편화하는 양상을 보인다. 호남과 영남 지역에서 Aa <중 되는 며느리 노래> 유형과 같은 유형이 장편으로 불리고 Ai <사촌형님 노래> 유형은 단편화하여 서정적인 양상을 보이는 것과 대조적이라 하겠다.

2) 친정식구-딸 관계 유형

강원 지역에서는 다른 지역에 비해 특히 친정식구-딸 관계 서사민요가 많이 불린다. 조사된 각편수가 91편(28.98%)에 이른다. 그중 대표적인 것은 Ca <타박네 노래> 유형, Cb <친정부음 노래> 유형이다. Ca <타박네 노래> 유형은 19.11%에 달하고 있어 호남 지역 4.78%, 영남 지역 1.22%, 충청 지역 1.01%에 비해 월등하게 많이 전승된다. Ca <타박네 노래> 유형은 어려서 어머니를 여읜 딸(타박네)이 어머니 묘를 찾아가자 이웃사람이 이를 만류하면서 나누는 대화로 되어 있는 유형으로,[12] 강원 지역에만 이 유형의

11) [횡성군 둔내면 26] 시집살이 노래, 박을순(여 69)·한양숙(여 77), 둔내 1리, 1983. 7. 21., 김순진·강진옥 조사, 구비대계 2-7. 자료 참조.

민요가 있는 것[13]으로 여겨질 만큼 집중적으로 전승되고 있다.[14] 이 유형은 주인물인 타박네가 이웃사람의 말을 듣고 어떤 행동을 취하느냐에 따라 세 하위유형으로 나눌 수 있다. 대화만 제시될 뿐 뚜렷한 행동이 제시되지 않는 '기대형', 타박네가 어머니의 무덤에 찾아가 열매를 따먹는 '성취형', 이웃사람의 만류에 그냥 집으로 돌아오는 '좌절형'이다. 이중 가장 흔하게 불리는 '기대형'의 노래를 예로 들어보자.

따복따복 따복네야 니워들로 울고가나
울어머니 몬진골로 젖줄찾어 울고간다
아가아가 우지마라 너어머니 오마더라
언제지끔 오마더라 너어머니 오마더라
언제지끔 오마더라 살공밑에 삶은팥이 싹나거든 오마더라
생팥이 싹이나지 쌂은팥이 싹이나오
아가아가 우지마라 너어머니 오마더라 연지지끔 오마더라
평풍에 그린닭이 홰치거든 오마더라 (중략)
저게가는 저할아버지 저승질로 가시거든
울아부지 만나거든 조그만한 어른아이 발이시려 우더라고
조개같은 신을삼어 갈바람에 띄어주소
갈바람에 못노거든 한강물에 띄워주소[15]

이 노래는 가창자가 어렸을 때, 고향인 동해에서 삼을 삼으면서 불렀다고 한다. 주인물인 따복네의 노래 속 현실 속에는 어머니가 부재한다. 산속

12) 서영숙, 앞의 책, 2009, 132~138쪽에서 하위유형을 나누어 살핀 바 있는데, 이 글에서 하위유형의 이름을 새로 붙인다.
13) 장정룡, 「다복녀민요와 상실과 극복의 내면구조」, 『강원도 민속연구』, 국학자료원, 2002, 162쪽.
14) 최자운, 「다복녀 민요의 유형과 서사민요적 성격」, 『한국민요학』22, 한국민요학회, 2008, 370면, 347~373쪽.
15) [동해 334] 다복녀(삼삼는소리), 김월옥(여 81), 동해시 삼화동, 2002. 7. 19. 진용선 조사, 강원민요 II.

으로 어머니 무덤을 찾아가는 따복네에게 이웃사람은 어머니가 "살강 밑에 삶은 팥이 싹 나거든"과 같은 불가능한 현실이 이루어져야 온다고 한다. 따복네는 길을 가는 할머니와 할아버지에게 저승길에 가거든 자신의 어머니와 아버지에게 어린 동생을 먹일 젖과 신길 신을 보내달라고 전해 달라 부탁한다. 불가능한 현실이 불가능한 줄 알면서도 가능하다고 말하는 것은 현실이 너무나 암담하고 힘겨움을 나타내는 역설이다. 그러나 그 역설은 힘겨운 현실을 회피하는 것이 아니라 그 현실 속에 자리하고서 현실을 받아들이겠다는 선언이다. 여기에는 척박한 환경 속에서도 낙관적 기대와 삶의 의지를 버리지 않는 강원 지역 사람들의 의식이 담겨 있다.

Ca <타박네 노래> 유형이 어린 여자아이가 죽은 어머니를 찾아가는 것이라고 한다면, Cb <친정부음 노래> 유형은 시집간 여자가 친정부모 부음을 받고 친정에 찾아가는 내용으로 되어 있다. Cb <친정부음 노래> 유형 역시 7.32%로, 호남 지역 4.35%, 영남 지역 2.14%, 충청 지역 1.01% 전승되는 데에 비해 강원 지역에서 두드러지게 많이 전승된다. 특히 강원 지역에서는 Cb <친정부음 노래> 유형이 단독으로 불리기보다는 대부분 서두 부분이 Ld <베틀 노래> 유형의 앞부분으로 시작해, 베를 짜다 친정어머니의 부고를 받고 친정에 가는 내용으로 전개된다.

(앞부분 생략) 내다봐라 내다봐라
우리부모 가셨다고 부고왔네
사랑동동 돌아들어
시금시금 시아버지 가랍니까 가랍니까
예끼이년 방자할년 짜던베나 마주짜고
가랍니까 가랍니까 (중략)
한모랭이 돌아가니 아홉상제 우는소리
귀에정정 들려오네
한모랭이 돌아가니 맏오라버니 우는소리

귀가정정 들려오네
오라버니 오라버니 부모얼굴 다시보세
예끼이년 방자한년 엊그저께 오랬더니 인제왔나(이하생략)[16)]

Cb <친정부음 노래> 유형 중 시집식구들이 일을 시키거나, 산이 높고 물이 깊어 장례에 늦게 도착하는 '장례지각형'으로 되어 있다.[17)] 강원 지역의 Cb <친정부음 노래> 유형 중 [삼척447](강원의 민요II), [정선600](강원의 민요I), [정선 606](강원의 민요I), [횡성1354](강원의 민요I) 4편을 제외한 나머지 노래가 모두 이 '장례지각형'에 속한다. 이는 강원 지역이 산이 험하기 때문에 친정부모의 부고를 받더라도 쉽게 갈 수 없는 입지를 지니고 있기 때문에 형성된 것이라 생각된다. 또한 출가외인인 여자가 친정의 장례식을 가는 것을 꺼렸던 지역민의 의식도 영향을 미쳤을 것이다.[18)]

Ca <타박네 노래> 유형과 Cb <친정부음 노래> 유형 모두 어머니의 죽음이 사건의 발단을 이루고 있으면서, 딸이 죽은 어머니를 찾아가는 데 방해자가 있다. 이는 딸로 태어난 여자들이 어머니와의 분리에서 겪는 고통을 그리면서, 그 현실을 받아들이고 진정한 성인으로 이행하는 성장통을 그린

16) [강릉 112] 베틀소리2, 최영옥(여 80), 강릉시 성산면 금산2리, 2001. 11. 8. 강등학 조사, 강원민요 II.

17) Cb <친정부음 노래> 유형은 친정부모의 부음을 받은 후 사건의 전개에 따라 대체로 네 유형으로 나뉘는데, 친정부모의 죽음을 한탄하는 '한탄형', 시집의 일을 해놓고 가느라고 장례에 늦자 오빠에게 꾸중을 듣는 '장례지각형', 친정에 가서 죽은 어머니의 수의를 잘 입혀 장례를 치르는 '부모감장형', 장례를 치른 후 밥을 해주지 않는 올케에게 항의하는 '올케원망형'이 그것이다. 서영숙, 「서사민요 <친정부음 노래>의 서사구조와 향유의식」, 『새국어교육』85, 한국국어교육학회, 2010. 8., 651~696쪽에서 하위유형을 나눈 바 있으나, 이름은 이 글에서 새로 붙인다. 당시에는 강원 지역 자료가 파악되지 못한 상태여서 주로 영남과 호남을 위주로 논의를 진행하였다.

18) 강원 지역에서는 예전에 시부모가 살아 있으면 친정어머니가 죽어도 순리가 풀리지 않는다고 안 보냈다고 한다. 제보자 허동구(여 72, 친정은 홍천군 동면)는 자신이 어렸을 때 외할머니가 돌아갔다고 부고가 왔는데 안 보내줘서 친정어머니가 치마를 벗어 걸어놓고 상에 물을 올려놓고 절을 했다는 이야기를 들려주기도 했다. 서영숙 조사, 홍천군 화촌면 굴운리, 2012. 1. 14.

노래요, 어머니로부터 벗어나 '홀로 서기'를 하는 일종의 입사요적 성격을 띤다.[19] 강원 지역에 이 유형들이 다른 지역보다 많이 나타나는 이유는 친정을 마음대로 오갈 수 없었던 지형적 요소가 큰 원인을 차지하고 있으리라 생각된다. 강원 지역 중에서도 큰 도시가 많은 서북부보다는 산악 지형이 많은 동남부(영동 지방과 영월, 정선, 평창 지방)에서 이들 유형이 많이 전승된다는 사실도 이러한 추정을 뒷받침해 준다.

3) 부부 · 남녀 관계 유형

여기에서는 부부 · 남녀 관계 속에 남편-아내, 신랑-신부, 본처-첩, 총각-처녀, 외간남자-여자 관계 유형을 한꺼번에 살펴보기로 한다. 약간씩 차이가 있기는 하지만 이들 유형은 모두 부부 또는 남녀 사이의 애정을 중심 주제로 삼고 있다는 점에서 공통적이기 때문이다. 강원 지역에서는 이 관계 유형이 38편으로 12.1%를 차지하고 있는데, 이는 영남 · 호남 · 충청 지역에서 이 관계 유형이 모두 35% 이상 차지하고 전국적으로 볼 때도 32.1%를 차지하는 것에 비해 매우 적은 편이다. 이는 강원 지역 서사민요가 애정에 관한 주제는 거의 다루지 않음을 말해주는 것으로, <정선아라리>를 비롯한 강원 지역 <아라리>가 거의 애정을 주요 주제로 다루는 것과 대조적이다.[20]

강원 지역에서 부부 · 남녀 관계 유형 중 그나마 활발하게 전승되는 것은 Bc <진주낭군> 유형과 Hb <훗사나타령> 유형으로 각기 8편(2.54%), 5편(1.59%) 조사되었다. Bc <진주낭군> 유형은 전국적으로 널리 전승되는 광

19) 서영숙, 앞의 책, 2009, 158쪽.

20) 강등학에 의하면 <아라리> 사설의 주제 분포 양상을 볼 때 이성관계류가 대상 자료 706편 중 244편으로 34.6%를 차지한다. 여기에 그가 가정관계류로 분류한 부부관계까지 포함하면 58편이 추가돼 302편으로 42.8%에 이른다. 강등학, 「아라리의 사설양상과 창자집단의 정서 지향에 관한 계량적 접근」, 『한국민요학』7, 1999, 12~14쪽 참조.

포유형으로서, 오랜만에 집에 돌아온 진주낭군이 기생첩과 놀며 아내를 돌아보지 않자 아내가 자살하는 내용으로 되어 있다. 전국적으로 거의 고정된 사설로 불릴 만큼 잘 알려진 노래이나 강원 지역에서는 이조차 전승이 희박할 뿐만 아니라 사설 역시 착종이나 변개가 많이 나타나고 있다. 이는 강원 지역이 이 유형의 중심부에서 그만큼 멀리 떨어져 있기 때문에 나타나는 양상이라 할 수 있다.

울도담도 없는집에 시집간지 삼년만에
시어머니 하시는말씀
아가아가 며늘아가 진주남강을 가야겠나
진주남강을 빨래를가니
난데없는 타작소리에 옆눈으로 치어다보니
바락같은 말을타고 하늘같은 갓을씌고
못본듯이도 가는구나
그질로 흰빨래는 깨끗이빨고 검은빨래는 막빨아가줘
천방지방 집이라고오니 (중략)
옥좌같은 수를놓고 기생첩에 무릎에놓고
못본듯이도 앉았구나
그질로 집안을가야 명기석자 목에다걸고
아홉가지 약을먹고 못본듯이도 죽었구나
<u>할머니요 할머니요 며늘애기가 죽었어요</u>
<u>죽일놈아 살릴놈아 남의청춘 데래다가</u>
<u>너죽는단말이 웬말인고</u>
<u>여보여보 내체구나 소리꼭지도 못들었소</u>
<u>화초는 아무리 좋아도 춘추단절이라고 하옵디다</u>
<u>연못안이 금붕어는 사시상천 물살을안고</u>
<u>돌고도는건 당신나요</u>[21]

21) [고성 199] 진주난봉가, 이옥(여 85), 고성군 거진읍 반암리, 2002. 2. 3. 박관수 조사, 강원민요 II.

여기에서 "할머니요 할머니요 며늘애기가 죽었어요~연못안이 금붕어는 사시상천 물살을 안고 돌고도는 건 당신나요" 부분은 Bc <진주낭군> 유형의 다른 각편에서는 거의 나오지 않는 독창적인 대목이다. 시어머니가 아들에게 '남의 청춘 데려다가 죽게 한단 말이 웬말이냐'고 꾸짖는다든지, 기생첩과 아내를 각기 화초와 금붕어에 비유하는 데에는 아내를 죽음으로 내몬 남편의 어리석음에 대한 비판의식이 담겨 있다.

Hb <훗사나타령> 유형은 흔히 <범벅타령>이라 불리는 잡가로, 강원 지역에서는 특히 서북부 지역에서 집중적으로 조사되었다. 이는 서북부가 동남부에 비해 잡가의 주 전승지인 서울·경기 지역과의 교류가 원활히 이루어졌기 때문일 것이다. 이 유형은 남편이 외방장사를 나간 사이에 외간남자를 불러들였다가 남편에게 들킨 여자의 이야기로 되어 있는데, 강원 지역 자료에는 잡가가 민요화되는 양상이 잘 나타나 있다.

(앞부분 생략) 이도령이나 하는말이
아닌밤중에 들어를갈제에 그날일을 용서할까
새끼서발로 뒤주를헐고 꿂어지고 북망산천을 들어갈제
김도령에도 거동봐라
뒤쥐속에서 겁이나서 오줌을줄줄 싸는구나
북망산천 들어가서 뒤쥐의문을 열고나보니
새빨간 몸뚱이가 들어앉았네
이도령이나 하는말이 너도남의집 외아들이고
나도남의집 외아들인데 너죽일데가 왜있으랴
우리집여인이 행실이 글러서 그런것이니 너일랑은 가라더니
빈뒤주만 불을놓구 집으로 돌아오니
기집년에두 거동봐라 김도령이 죽은줄알고
삼우제지내러 올라가서
아이고대구 설운지구 이도령이 살았을 때
범벅두나 좋다더니 나를두고 어디갔나

혼이라두나 날데려가구 넋이라두나 날데려가게[22)]

남편이 여자의 부정을 눈치 채고 돌아와 김도령이 숨었던 빈 뒤주를 불사르고 돌아오자 여자가 삼우제를 지내는 대목이다. 밑줄 친 부분에서 볼 수 있듯이 "오줌을 줄줄 싸는구나", "새빨간 몸둥이가 들어앉았네"와 같은 비속한 어구가 많이 나오며, "나를 두고 어디갔나/ 혼이라두나 날데려가구/ 넋이라두나 날데려가게"라며 사람이 죽었을 때 하는 넋두리가 그대로 표현되기도 한다. 이는 잡가 <범벅타령>에서 난해한 한자 어구가 많이 나온다든지, 여자가 갖은 제물을 차려놓고 위엄 있게 삼우제를 지내는 장면이 나오는 것과 대조적이다. 도시 지역에서 전문 가객에 의해 불리던 잡가가 강원 지역에서 민요화하여 불리면서 변이된 양상이라 할 수 있다.

4) 기타 관계 유형

기타 관계 유형은 위의 세 관계 외에 기타 사람들 사이의 관계, 사람과 동물 관계, 동물과 동물 관계 유형 등을 아우른다. 강원 지역에서 이 관계 유형 중 큰 비중을 차지하고 있는 것은 Ld <베틀 노래> 유형 25편(7.96%), Le <담바구타령> 유형 18편(5.73%), Mb <달강달강> 유형 31편(9.87%), Me <종금새 노래> 유형 25편(7.96%)이다. 이들 유형은 모두 베 짜는 과정, 담배 키우는 과정, 밤 삶는 과정, 방 치장과 음식 치레 등을 길게 서술하고 있어 교술적 성향을 띠는데, 대개 뒷부분에 사건이 덧붙여있어 넓은 의미의 서사민요 유형에 포함한다.

이중 특히 Ld <베틀 노래> 유형이 많이 전승되는 것은 강원 지역에서도 길쌈이 생업에 있어서 중요한 구실을 했기 때문에 나타나는 자연스런

22) [원주 320] 범벅타령, 한훈동(남 78), 원주시 부론면 노림2리, 2001. 3. 24. 강등학 조사, 강원민요 I .

현상이라고 할 수 있다.[23] Mb <달강달강> 유형은 <아이 어르는 소리>로 불리는 것으로서 다른 유형에 비해 오랜 전승력을 지니고 있다. 이는 지금도 아이를 어르는 기능이 여전히 살아있기 때문에 서사민요의 중심부뿐만 아니라 주변부까지 오래도록 전승될 수 있었지 않을까 한다. Le <담바구타령> 유형은 잡가로도 불리는 것으로, 서북부에서 13편, 동남부에서 5편 조사되었는데, 서북부에서 더 많이 조사된 것은 잡가가 많이 불리는 서울・경기 지역의 영향이라 생각된다.[24]

특이한 것은 <종금새 노래>라고 불리는 Me 유형으로, 이 유형은 다른 지역에서는 거의 전승되지 않는데 유독 강원 지역에서만 활발히 전승된다. 또한 산간 지역인 동남부에서 주로 전승된다는 점도 흥미롭다. 그 이유는 현재로서는 단언하기 어렵지만 Me <종금새 노래> 유형이 다른 유형과는 달리 강원 지역에서 형성된 지역 유형임을 보여준다. Me <종금새 노래> 유형은 누군가가 새에게 어디 가서 자고 왔는지, 그 방 치장은 어땠는지, 어떤 음식을 대접받았는지 등을 묻자 새가 이에 대해 대답하는 문답체로 되어 있다.

> 종금 종금 종금새야 까틀비단 너레새야 니 어데가 자고 왔나
> 이내명당 돌아 들어 칠성당에 자고 왔다
> 그 방 치장 우떻다나
> 분을 사다 되배하고 연지 사다 앤배하고(벽을 바르고)
> 치깔아도 광석자리(장석자리) 내리깔아도 광석자리
> 무신 이불 덮었다나

23) 강원 지역에서 남자들의 부업이 약초 캐기라면 여자들의 부업은 길쌈이다. 길쌈은 태백산맥이 삼 재배에 알맞았기 때문에 크게 번성했다. 인제, 고성, 삼척, 영월, 평창, 정선 등이 모두 삼의 생산지로서 강원 지역 사람들의 큰 수입원이 되었다. 『한국의 발견』 강원도편, 뿌리깊은 나무, 1990, 73~74쪽 참조.

24) 한 가창자는 <담바구타령>을 유성기를 통해 배웠다고 했다. 당시에는 장사꾼이 유성기를 들고 다니며 소리를 들려주고 물건을 팔았다고 한다. [인제 538] 담바구타령, 박춘매(여 79) 인제군 인제읍 합강2리, 2000. 6. 27. 강등학 조사, 강원민요Ⅰ.

무사비단 한이불을 허리 만침 떤제 놓고
무신 비개 놔였다나
원앙금사 잡비개를 머리 만침 떤져 놓고
무신 요강 놓였다나
샛빌같은 놋요강을 발치 만침 떤져 놓고
무신 밥을 지었다나
양지짝에 양고사리 응지짝에 응고사리
쏙쏙 뽑아 참나물채소 한푼두푼 돈나물에(이하생략)[25]

여기에서 볼 수 있는 것처럼 새는 자신이 자고 온 방의 치장과 대접받은 상차림을 길게 나열한다. 각편에 따라 이후에 시집살이 등이 덧붙어 장편화하기도 한다. 자고 온 장소가 칠성당으로 신화적 공간이라는 점에서 노래의 성격이 단순치 않으리라고 추정될 뿐, 종금새가 어떤 새인지, 노래 내용이 무엇을 의미하는지 등 아직까지 명확히 밝혀진 바 없어 심화된 연구를 필요로 한다.

Ld <베틀 노래> 유형의 경우 대체로 두 계열이 전승되는데, 하나는 향토민요 계열이고, 다른 하나는 잡가화한 통속민요 계열이다. 그런데 강원지역에서는 이 두 경우가 분명하게 구분되지 않고 향토민요와 통속민요가 섞여서 구연되는 것을 흔히 볼 수 있다. 이는 민요가 잡가화되었다가 다시 잡가가 민요에 영향을 주는 상호교류 양상이 나타나는 것으로 다음 경우가 좋은 예이다.

베틀을놓세 벼틀을놓세 옥난간에다 베틀을놓세
베틀다리 네다리요 큰아기다리는 두다릴세
베틀을놓세 벼틀을놓세 옥난간에다 베틀놓고
잉앗대는 삼형제요 눌림대는 독신이라

25) [삼척 3-2] 종금 종금 종금새야, 최채연(여 1911), 삼척군 근덕면 선흥리, 1994. 8. 24., 민요대전 강원.

앉질개는 오동남구 부테는 삼삼치요 둘러띠고 (중략)
에헤야 벼짜는 아가씨 사랑노래 벼틀에 수심만 끼누나
도투마리 뒤집는소리 시나간장을 다녹인다
밤에짜면 일광단이요 낮에짜면 월광단이지
일광단 월광단 다짜놓아 정든님의 와이셔츠 지어보세(이하생략)[26]

향토민요 계열의 <베틀노래>는 독창으로 베틀을 놓은 뒤 베 짜는 과정을 길게 서술한 뒤, 뒷부분에 남편이 죽어 오거나 친정부모의 부고를 받는 내용 등이 덧붙여지는 데 비해, 통속민요 계열의 <베틀가>는 후렴에 의해 사설이 분절되며 내용도 유기적인 짜임새를 갖추고 있지 못하다. 위 노래의 경우 전체가 유기적으로 연결되면서도 중간 부분에 "에헤야 벼짜는 아가씨 사랑노래 벼틀에 수심만 끼누나." 하는 통속민요 <베틀가>의 후렴이 끼어들어가 있다. 내용 역시 정든 임의 와이셔츠를 짓는다고 하는 현대적 가사로 바뀌어 있다. 이러한 양상은 강원 지역 서사민요가 인접 지역과 영향을 주고받을 뿐만 아니라, 시대적 변화에 맞추어 전승돼 왔음을 뚜렷이 보여주는 것이라 할 수 있다.

3. 강원 지역 서사민요에 나타난 창의와 융합

강원 지역은 서사민요의 중심부인 영남 지역, 주변부인 서울·경기 지역 등과 인접해 있으면서 이들 지역 민요와 영향을 주고받으면서 서사민요를 형성 전승해왔다. 그러나 인접 지역 서사민요를 그대로 가져다 부르는 것이 아니라 지역민의 생활방식이나 정서, 지역민요의 양식에 맞게 창조적으로 변용하여 전승하는 것을 볼 수 있다. 이를 기능과 가창방식의 전이와 변용,

26) [홍천 1012] 베틀가, 윤을순(여 80), 홍천군 동면 속초리, 2001. 3. 23. 전신재 조사, 강원민요Ⅰ.

다양한 모티프의 결합과 변이로 나누어 살펴보기로 하자.

3.1. 기능과 가창방식의 전이와 변용

서사민요는 오랜 시간 동안 단순한 작업을 반복해야 하는 여성들의 노동에 주로 불렸다. 서사민요의 주 기능이 길쌈노동요라고 하는 것은[27] 길쌈이 이러한 성격의 노동이기 때문이다. 긴 서사민요는 오랜 동안 베를 짜거나 밭을 매면서 지루함과 서러움을 달래기 위해 필요했다. 강원 지역 가창자들은 대부분 서사민요를 어려서 7~8세쯤 할머니들이 삼을 삼으면서, 물레 자으면서 하는 소리를 듣고 배웠다고 한다.[28] 강원 지역에서는 '빌오리삼'이라 하여 여러 사람이 모여 함께 삼을 삼았는데, 이때 지루함을 달래기 위해 긴 내용의 서사민요를 불렀다.[29] 현재의 가창자들은 어렸을 때 어머니나 할머니들의 빌오리삼 자리에 따라가 일을 도우며 소리를 듣고 배웠다고 한다.

하지만 서사민요가 늘 베를 짜거나 삼을 삼으면서만 불렸던 것은 아니다. 길쌈 외에도 밭매기, 바느질하기, 음식 재료 다듬기 등 여성의 일은 대부분 이런 성격을 지니고 있어서 서사민요는 여성의 모든 노동에 두루 불렸다. 강원 지역은 특히 논보다는 밭이 많았으므로, 밭을 매면서 서사민요가 많이 불릴 수밖에 없었다. 그러므로 서사민요는 주된 기능이 길쌈을 하는 것이었고, 그 외에도 나물을 캐거나 놀면서, 밭을 매면서, 바느질을 하면서, 소를 끌고 가면서 등 다양한 기능으로 전용될 수 있었다.

이는 서사민요가 일정한 가락을 지니고 있지 않기 때문이기도 했는데, 서사민요는 격하고 힘든 일이 아니라면 얼마든지 전용해 부를 수 있었다.

---

27) 조동일, 앞의 책, 35쪽.

28) 『강원의 민요』I 1012면, 1229쪽, 『강원의 민요』 II 437~442면, 620쪽 등 참조.

29) [평창 890] <다복녀>와 [평창 891] <성님성님 사촌형님> 등을 부른 남극선(여 78)과의 인터뷰에서 장정룡이 조사한 내용이다. 『강원의 민요』I, 890~891쪽 참조.

그러나 이러한 개방성으로 인해 서사민요는 심지어 일정한 가락이 있는 다른 기능요의 사설로까지 전환되기도 했다. 특히 강원 지역에서는 <칭칭이 소리>와 같은 가창유희요의 앞 사설로 서사민요의 사설이 차용되는 것을 쉽게 찾아볼 수 있다. 다음 경우가 좋은 예이다.

> 다북다북 다북네야 / 칭이야 칭칭나네(이하 후렴은 /로 대신함)
> 니어디 울고가니 / 울어머니 몸진골로 / 젖먹으로 울고간다 /
> 울어머니 보시거든 / 가랑잎에 젖을짜서 / 구름질로 띄워주소 /
> 구름질로 못띄우면 / 바람질로 띄워주소 /(중략)
> 또한모텡이로 돌아가니 / 열매가 또열렸으니 /
> 기영낭구 꺾어들고 / 기억기억 울고가네 /(이하생략)[30]

본래는 음영조의 느리고 단조로운 가락으로 부르는 Ca <타박네 노래> 유형의 사설이 빠르고 경쾌한 가락의 <칭칭이 소리>에 전용되었다. <칭칭이 소리>를 길게 이어나가기 위해서는 새로운 사설이 계속 필요했고, 그런 면에서 길게 이어지는 서사민요의 사설이 유용하게 쓰인 것이라 할 수 있다. 뿐만 아니라 독창으로 부르던 서사민요를 집단 무용유희요인 <놋다리 밟기 노래>로 부르면서 서사민요의 사설을 바꾸어 부르기도 하고,[31] <베 짜는 소리>인 Ld <베틀 노래> 유형을 가창 또는 무용유희요인 <강강수월래>의 후렴을 붙여가며 부르기도 한다.[32]

이처럼 강원 지역에서는 서사민요가 선후창 방식의 다른 노동요나 가창유희요의 앞소리로 전용되는 것을 흔히 볼 수 있다. 이는 강원 지역이 서사민요의 주변부에 위치하고 있어 서사민요 본래의 구연방식이나 형식에서

---

30) [고성 196] 칭칭이소리, 윤숙조(여 76), 고성군 거진읍 대대리, 2002. 3. 10. 박관수 조사, 강원민요 II.

31) [원주 309] 손이왔네 손이왔네(놋다리밟기 하는 소리), 김재순(여 89), 원주시 문막읍 궁촌2리, 2001. 3. 1. 강등학 조사, 강원민요 I.

32) [삼척 442] 베틀소리, 민병분(여 79) 삼척시 원덕읍 노경3리, 2002. 7. 3. 전신재 조사, 강원민요 II.

이탈되기 쉬울 뿐만 아니라 강원 지역의 주된 소리의 영향을 입으면서 나타나는 양상으로 생각된다. 즉 강원 지역은 민요형식 자체가 뒷소리가 없는 통절형식 노래보다는 뒷소리가 딸리는 장절형식 노래가 많은데, 서사민요 역시 그 영향을 입지 않을 수 없었을 것이다.[33] 이러한 양상은 서사민요가 지역의 소리에 창의적으로 융합함으로써 지역문학화한 것이라 할 수 있다.

3.2. 다양한 모티프의 결합과 변이

강원 지역 서사민요는 그 자체의 고유 모티프로만 구성되기보다는 다른 유형의 모티프와 결합하여 새로운 작품을 만들어내는 창의적 융합의 양상을 많이 보여준다. 그 좋은 예가 강원 지역에서 Ai <사촌형님 노래> 유형에 Aa <중 되는 며느리 노래>, Cb <친정부음 노래>, Me <종금새 노래> 유형에 속하는 다양한 모티프가 결합한다든지, Ld <베틀 노래> 유형과 Cb <친정부음 노래> 유형의 모티프들이 결합하는 양상이다.

우선 Ai <사촌형님 노래> 유형에 다양한 모티프가 결합되는 경우를 보기로 하자. Ai <사촌형님 노래> 유형은 강원 지역 서사민요 중 가장 큰 비중(21.27%)을 차지하고 있을 뿐만 아니라, 다른 지역과는 달리 시집살이의 다양한 모티프로 구성되어 있어 매우 풍부한 서사적 전개를 갖추고 있다. 즉 다른 지역이 대부분 시집살이의 어려움을 하소연하는 '한탄형'으로 그치는 데 비해, 강원 지역에서는 사촌형님을 맞이하여 음식을 대접하는 '접대형'과 결합되어 있을 뿐만 아니라, 시집살이의 어려움을 하소연하는 가운데 <시집살이 노래>의 대표적 유형이라 할 수 있는 Aa <중 되는 며느리 노래> 유형의 '출가' 모티프들이 결합되기도 하고, Cb <친정부음 노래> 유형

33) 강원도청 홈페이지>강원도소개>강원도역사>구비전승>민요
http://www.provin.gangwon.kr/executive/page/sub03/sub03_03_07.asp

의 '친정부고' 또는 Me <종금새 노래> 유형의 '방 치장' 모티프들이 결합되기도 한다. 이때 Ai <사촌형님 노래> 유형과 Aa <중 되는 며느리 노래>, Cb <친정부음 노래>, Me <종금새 노래> 유형들은 서로 대등한 관계로 결합되는 것이 아니라, 본래의 Ai <사촌형님 노래> 유형 속에 나머지 유형들의 모티프가 포괄됨으로써 하나의 유기적인 새로운 작품으로 창출되는 것을 볼 수 있다.[34] 한 예를 들어보면 다음과 같다.

> 형님오네 형님오네 동고개로 형님오네
> 형님마중 누가가나 반달같이 지가가지
> 지가무신 반달이냐 금은초성 반달이지
> 형님형님 무슨방에 자고 왔소
> 고명당 돌어들어 칠성방에 자고왔지
> 형님형님 무슨베개 비고 잤소
> 원앙금침 잡비개를 머리맡이 던져놓고
> 비단공단 한이불을 대옹대단 깃을달어
> 허리만치 걸쳐놓고 샛별같은 놋요강을
> 말치마치 던져놓고 자고왔지
> 형님 밥을 뭐를 하나
> 벱씨같은 천이밥에 앵두같은 팥을삶고
> 형님 반찬 뭐를 하나
> 소뿔같은 더덕찌를 솜같이 비벼넣고 (중략)
> 형님형님 시집살이 어떻던가
> 아서 동상 그말 말게
> 회추당추 맵다한들 시집살이 더매우랴
> 귀먹어서 삼년이요 눈어두워 삼년이요(이하생략)[35]

34) Ai <사촌형님 노래> 유형에 Aa <중 되는 며느리 노래> 유형이 결합된 것으로는 [홍천 971] 강원민요Ⅰ, 시집살이, 『강원구비문학전집』, 한림대학교 출판부(1989) 등을 들 수 있다.

35) [화천 1229-1] 성님오네 성님오네, 임채봉(여 66), 화천군 화천읍 중2리, 2000. 11. 13. 이창식 조사, 강원민요Ⅰ.

이를 보면 Ai <사촌형님 노래> 유형 중 '접대형+한탄형'에 부분적으로 Me <종금새 노래> 유형의 '방 치장' 모티프가 포함되어 있다. Me <종금새 노래> 유형에서는 누군가가 새에게 어디에 가서 자고 왔는지, 그 방의 치장과 대접받은 음식에 대해 물어보는 것으로 되어 있는데, 이 작품에서는 이를 사촌동생이 형님에게 묻는 것으로 바뀌어 있다. 이렇게 사설을 바꾸어 넣음으로써 사촌형님의 시집에 대해 궁금해 하는 동생의 모습이 사실적으로 표현되는 것이다.

다음으로 많이 등장하는 것이 Ld <베틀 노래> 유형과 Cb <친정부음 노래> 유형에 속하는 모티프들의 결합이다.

> 베틀노세 베틀노세 옥난간에 베틀노세
> 베틀다린 두다리요 큰아기다린 네다리요 (중략)
> 한합짜고 반합짜니 편지한장 오시는가
> 편지라고 뜯어보니 부모죽은 편지왔소
> 시아버지방에 들어가서 아버님요 아버님요
> 부모죽은 편지왔소 편지오니 우째라고
> 시어머니방에 들어가서 어머님요 어머님요
> 부모죽은 편지왔소 이네끼년 방자한년 편지오니 오째라고
> 넉실넉실 맏동세요 부모죽은 편지왔소 편지오니 우째라고 (이하생략)[36]

이 경우에도 일반적인 Ld <베틀 노래> 유형에서는 베를 짜는 과정이 아주 상세하게 묘사되어 있으나, 여기에서는 그중의 일부만 서술한 뒤, 친정부모의 부고를 받는 Cb <친정부음 노래> 유형의 모티프로 자연스럽게 이어지고 있다. 그러므로 Ld <베틀 노래> 유형과 Cb <친정부음 노래> 유형이 단순하게 병렬적으로 결합하는 것이 아니라, Cb <친정부음 노래> 유형

36) [원주 333] 베틀소리, 이광호(여 87), 원주시 소초면 평장1리, 2001. 4. 5. 강등학 조사, 강원민요Ⅰ.

을 주로 하고, Ld <베틀 노래> 유형의 '베 짜기' 모티프가 부수적으로 포함됨으로써 유기적인 작품으로 새롭게 태어나는 것이다. 게다가 위 작품에서는 맨 마지막 부분에 "삼오일이라 앞에닥쳐 어머이산소 찾아가서 / 붉은 대추 열렸거든 하나떼서 내먹으니 / 눈물지워 못먹겠네" 구절이 덧붙음으로써 Ca <타박네 노래> 유형에서 어머니 산소에 찾아가 열매를 따먹는 모티프까지 결합하고 있다. 이렇게 다양한 유형들이 Cb <친정부음 노래> 유형 속에 모티프화하여 결합됨으로써 전형적인 Cb <친정부음 노래> 유형 속 새로운 각편을 형성해 내는 것이다.

이처럼 강원 지역 서사민요에 나타나는 다양한 모티프의 결합 양상은 강원 지역 서사민요가 서사민요의 전형성을 벗어나 개성적인 모습으로 형상화되는 데 기여한다. 이는 이 지역 서사민요가 다른 지역 서사민요에 비해 전승적 요소보다는 창의적 요소를 많이 드러내는 특징을 지니는 것으로 해석된다. 심지어 전국적으로 서사적 전개와 사설이 거의 고정화되어 있다시피 한 Bc <진주낭군> 유형조차도 Aa <중 되는 며느리 노래> 유형의 '출가' 모티프와 결합하여 새로운 작품으로 창조되기도 한다.[37]

한편 모티프의 결합을 통해 서사적 줄거리를 변형하는 것 외에도, 서사적 전개는 크게 차이가 없지만 주인물의 설정이나 형상화 방법의 변개를 통해서 보편적 서사민요와는 구별되는 개성적 작품으로 지역문학화하는 것을 볼 수 있다. 다음 Bc <진주낭군> 유형의 한 각편이 좋은 예이다.

> 강릉읍에 아드네딸이 오동도동 시집가네
> 농두바리 귀두바리 자리평푼에 열두바리
> 시집이라고 들어가니 울도없고 담도없네(중략)
> 시집간데 샘일이 되니 시어머니가 하는말씸
> 아가아가 메늘아가 진주남강에 빨래가라

37) [영월군 영월읍 74] 시집살이 노래(3), 이남순(여 62), 하송 5리, 1983.7.16., 김선풍 · 박영국 조사, 구비대계 2-9.

진주야남강에 빨래를가니 물도좋고 돌도좋네
허연빨래는 히게씻구야 껌은빨래는 껌게씻고
또그락뚝딱 빨래를흐니 (중략)
진주낭군이 맨버선바닥에 뛰어나와
첩의사랑은 석달이고 백년채군은 백년인데
너는너그럭할줄 몰랐구나
옆주머니를 뒤지더니 엽전이 열댓냥남었는데
댓냥은네 주머니넣고
간다간다 나는간다 한양천리로 돌아간다 (이하 생략)[38]

여기에서 보듯이 흔히 전형적인 Bc <진주낭군> 유형의 각편들이 대부분 주인공의 설정 없이 "울도담도 없는 집에 시집삼년을 살고나니~"로 시작하는 것과는 달리 이 작품에서는 "강릉읍에 아전의 딸이 오동도동 시집가네"와 같이 구체적인 지역의 인물 소개로 시작해서 시집의 가난한 살림살이에 대한 묘사로 이어지고 있어, 상투적인 설정에서 벗어나고 있다. 전형적인 Bc <진주낭군> 유형에서는 남편이 '진주' 사람으로만 나와 있을 뿐 주인물인 아내에 대한 기술이 없는데, 이 작품을 통해 '강릉' 땅 아전의 딸로 구체화하고 있는 것이다. 마지막 부분에서도 다른 지역의 각편과는 달리 신랑이 한탄하는 데서 끝나지 않고 강릉을 떠나는 것으로 되어 있다. 이러한 표현을 통해 이 노래를 가창자들과 관련이 없는 머나먼 '진주'라는 곳에서 일어난 이야기가 아니라, 자신들이 살고 있는 땅, '강릉'의 처자에게 일어난 비극적인 일로 받아들여지는 것이다.

이렇게 강원 지역 서사민요는 서사민요가 본래 지니고 있던 가창방식과 기능을 지역의 노동과 놀이의 양식에 맞게 변용하거나, 지역민의 정서에 맞게 다양한 모티프를 결합하거나 변개하고 있음을 볼 수 있다. 그 결과 강원

38) [양양 620] 진주난봉가, 탁숙녀(여 82), 양양군 서면 오색1리, 2002. 6. 9. 황루시 조사, 강원민요 II.

지역 서사민요는 서사민요의 전형성과 고정성을 벗어나, 지역민의 창의와 융합에 의해 역동적으로 변화하면서 '지역문학', '지역문화'로 자리매김하고 있는 것이다.

4. 맺음말

서사민요는 오랜 세월 동안 지역 기층 여성들에 창작 전승되어 온 지역문학으로서, 지역의 자연환경과 사회구조가 반영되어 있으며, 지역 기층 여성들의 노동형태와 생활양식이 반영되어 있다. 한 지역의 서사민요는 인접 지역 서사민요와의 교섭 속에서 창의와 융합을 통해 '지역화'하는 것을 볼 수 있는데, 이 글에서는 이러한 양상을 강원 지역 서사민요를 중심으로 살펴보았다. 이를 위하여 강원 지역 서사민요의 전승양상을 유형별 분포와 특징으로 나누어 고찰하고, 서사민요에 나타난 창의와 융합의 양상을 가창방식과 기능의 전이와 변용, 다양한 모티프의 결합과 변이의 측면으로 나누어 살폈다.

강원 지역은 서사민요의 중심부인 영남 지역에 인접해 있어 그 영향권 아래 있으며, 전국적으로 널리 전승되는 광포유형이 집중적으로 불린다. 강원 지역에서 특히 활발하게 전승되는 유형으로 Ai <사촌형님 노래>, Ca <타박네 노래>, Cb <친정부음 노래>, Me <종금새 노래> 유형 등을 들 수 있는데, 이들 유형은 다른 지역보다 큰 비중으로 전승될 뿐만 아니라 유기적 짜임새를 갖춘 작품으로 전승되고 있어 강원의 지역유형이라 할 만하다. 서사민요는 주로 길쌈노동요로 불려왔으나 강원 지역에서는 길쌈뿐만 아니라 다른 노동요나 유희요의 앞소리로 전용되는 양상이 많이 나타난다. 또한 서사민요의 다양한 모티프를 결합하거나 변형함으로써 지역민의 정서에 맞게 재창조되기도 한다. 그 결과 강원 지역 서사민요는 서사민요의 전형성과 고정성을 벗어나, 지역민의 창의와 융합에 의해 역동적으로 변화하면서 '지역문학'으로 자리매김하고 있다.

이 글은 강원 지역 서사민요에 대한 최초의 연구로 의의가 있을 뿐만 아니라, 서사민요가 인접 지역 서사민요와의 교섭을 통해 지역문학화하는 양상을 밝히는 지역문학 연구의 좋은 사례가 되리라 기대한다. 앞으로 서사민요의 지역문학적 특징 연구를 전국으로 확대함으로써 한국 서사민요의 전모를 밝히는 과제가 남아 있다.

2장_ 영남 지역 서사민요의 전승적 특질:

호남 지역 서사민요와의 비교를 위하여

1. 머리말

이 연구는 한국의 서사민요 중 특히 영남 지역에 전승되어 오는 서사민요를 대상으로 한다.[39] 특히 영남 지역 서사민요의 유형을 분류하여 데이터베이스를 구축하고, 이를 통해 전승양상을 분석함으로써 영남 지역 서사민요의 문학적, 문화적 특질을 밝혀내는 것을 목적으로 한다. 영남 지역은 다른 지역에 비해 서사민요가 풍부하게 전승하는 것으로 알려져 왔다. 이는 서사민요를 비롯한 구비문학 조사가 영남 지역에서 가장 활발하게 이루어졌기 때문이기도 하겠지만, 영남 지역이 서사민요를 풍부하게 전승할 만한 요건을 갖추고 있기 때문이기도 할 것이다. 그러므로 영남 지역 서사민요의 전승양상에 대한 고찰은 한국 서사민요 전승의 전반적인 상황을 파악할 수 있는 좋은 지표가 될 수 있다.

이 연구는 영남과 호남의 서사민요의 전승적 특질을 비교하기 위한 기초단계로서 이루어지는 것이다. 영남과 호남, 두 지역은 역사적, 정치적으로 오랜 세월 동안 서로 독자적인 생활권을 이루며 지내왔기 때문에 문화적으로도 변별성을 지니고 있다. 그러므로 두 지역 서사민요 역시 공통점과 함께 변별점을 지니고 있으리라 생각된다. 이 연구에서는 이를 밝히기 위하여

39) 서사민요의 개념 및 장르적 특징 등에 대해서는 서영숙, 『한국 서사민요의 날실과 씨실: 우리 어머니들의 노래』, 도서출판 역락, 2009, 11~47쪽에서 자세히 논의한 바 있다.

우선 영남 지역 서사민요가 유형별, 권역별로 어떻게 다르게 전승되는지를 고찰할 것이다. 이는 특히 영남 지역에서 서사민요의 어떤 유형이 활발하게 전승되고 어떤 유형은 전승되지 않는지, 영남을 몇 개의 권역으로 나누었을 때 서사민요의 전승은 권역별로 차이점을 지니고 있는지 등에 주안점을 두고 살펴볼 것이다.

이 연구는 『한국구비문학대계』와 『한국민요대전』 자료를 주 자료로 삼고, 기타 각종 기관이나 개인이 발행한 자료집을 보조 자료로 삼는다.[40] 『한국구비문학대계』와 『한국민요대전』 자료는 구비문학 전공자나 민요 전문가가 직접 현장에서 조사 채록한 1차 자료로서, 구연자나 구연상황에 대한 정보를 비교적 잘 갖추고 있기 때문이다. 기타 자료집의 경우에는 대부분 일부 지역만을 대상으로 한 것이어서 전체 양상을 파악하는 데 있어서는 일단 제외하고 참고로만 다루기로 한다.

필자는 『한국구비문학대계』 중 경북과 경남 지역에서 간행된 총32권(경상북도 18권, 경상남도 14권)의 자료집과 『한국민요대전』에서 서사민요를 선별해 내는 작업을 수행한 결과 『한국구비문학대계』에서는 577편(경북 333편, 경남 244편), 『한국민요대전』 경북편과 경남편에서는 58편(경북 45편, 경남 13편), 총 635편의 서사민요를 추출할 수 있었다. 이는 지금까지 필자의 정리에 의해 잠정적으로 잡혀진 『한국구비문학대계』 소재 서사민요 자료 807편과 『한국민요대전』 172편, 총 979편 중 거의 64.9%에 해당한다. 앞으로 구체적인 조사에 의해 숫자가 더 늘어나겠지만 이는, 필자가 지금까지 정리한 『한국구비문학대계』와 『한국민요대전』 소재 서사민요 자료가 전북 61편, 전남 162편, 충북 35편, 충남 54편인 것에 비교할 때 엄청난 숫자이다. 『한국구비문학대계』 영남 지역 자료집이 경북 지역 18권, 경남 지역 14권으로 다른 지

40) 『한국구비문학대계』 7-1~7-18(경북), 8-1~8-14(경남), 한국정신문화연구원, 1980-1989. 『한국민요대전』 경남편, 경북편, (주)문화방송, 1994-1995. 『한국구비문학대계』 자료는 '구비대계, 지역명, 자료번호'로, 『한국민요대전』 자료는 '민요대전, 지역명, 시디번호'로 표기한다.

역에 비해 2배 이상의 조사 자료집을 낸 결과이기는 하겠지만, 영남 지역이 다른 지역에 비해 서사민요를 활발하게 창작 전승하고 있음을 보여주는 증거로 보아도 무리가 없을 것이다.

2. 영남 서사민요의 유형별 전승양상

필자는 서사민요의 유형을 효과적으로 분류하기 위하여 인물들 간의 관계와 이들 사이에서 빚어지는 사건의 형태를 쉽게 구별할 수 있는 방법을 창안한 바 있다. 이는 우선 서사민요에 나타나는 주인물과 상대인물의 관계로 상위유형을 분류한 뒤, 이들 주인물과 상대인물이 일으키는 중심적인 사건으로 유형을 분류한 것으로, 이 방법에 의하면 모든 서사민요를 체계적으로 분류, 정리할 수 있다. 이 유형분류 방법에 의해 서사민요는 모두 14개 인물 관계에 총 64개 유형으로 분류할 수 있다.[41]

지금까지 필자가 조사한 서사민요 자료와 이번 연구에서 『한국구비문학대계』와 『한국민요대전』에서 추출한 서사민요 자료를 중심으로 영남 지역 서사민요를 유형별로 분류한 결과 나타난 영남 지역 서사민요의 유형별 각 편 수와 비율은 다음과 같다.

41) 서영숙, 앞의 책, 2009, 47~75쪽. 이 책에서 분류한 64개 유형은 잠정적인 것으로 앞으로 전국적인 서사민요 연구를 통해 수정, 보완할 필요가 있다.

유형	북 서부	비율	남부	비율	북 동부	비율	영남 소계	비율	전북	전남	호남 소계	비율
Aa 시집식구가 구박하자 중이 되는 며느리	16	7.66	10	3.91	9	5.29	35	5.51	1	8	9	4.04
Ab 시집식구가 구박하자 자살하는 며느리	1	0.48	4	1.56	0	-	5	0.79	2	15	17	7.62
Ac 시집식구가 구박하자 한탄하는 며느리	2	0.96	2	0.78	2	1.18	6	0.94	1	12	13	5.83
Ad 시집식구가 깨진그릇 물어내라자 항의하는 며느리	3	1.44	8	3.13	0	-	11	1.73	2	4	6	2.69
Ae 시집식구가 벙어리라고 쫓아내자 노래부른 며느리	0	-	1	0.39	0	-	1	0.16	2	1	3	1.35
Af 과일을 따먹다 시집식구에게 들킨 며느리	4	1.91	0	-	0	-	4	0.63	0	0	0	-
Ag 시어머니가 며느리를 소송하자 항의하는 며느리	0	-	1	0.39	0	-	1	0.16	0	0	0	-
Ah 시누가 옷을 찢자 항의하는 며느리	5	2.39	0	-	2	1.18	7	1.10	1	4	5	2.24
Ai 시누가 죽자 기뻐하는 며느리	0	-	0	-	0	-	0	-	0	0	0	-

Aj 방귀를 뀌어 시집식구에게 쫓겨난 며느리	0	-	1	0.39	0	-	1	0.16	0	0	0	-
Ak 사촌형님이 밥을 해주지 않자 한탄하는 사촌동생	1	0.48	0	-	0	-	1	0.16	1	0	1	0.45
Ba 베 짜며 기다리던 남편이 죽자 한탄하는 아내	42	20.10	22	8.59	36	21.18	100	15.75	7	5	12	5.38
Bb 남편이 기생첩과 놀며 모른체하자 자살하는 아내	0	-	0	-	0	-	0	-	0	1	1	0.45
Bc 진주낭군이 기생첩과 놀자 자살하는 아내(진주낭군)	10	4.78	15	5.86	10	5.88	35	5.51	6	6	12	5.38
Bd 길에서 만난 남편이 몰라보자 한탄하는 아내	0	-	0	-	0	-	0	-	0	1	1	0.45
Be 남편에게 편지하나 오지 않자 한탄하는 아내	0	-	0	-	0	-	0	-	0	1	1	0.45
Bf 이별한 아내가 죽자 한탄하는 남편	0	-	0	-	0	-	0	-	0	0	0	-
Bg 집나갔던 아내가 붙잡자 뿌리치는 남편	1	0.48	1	0.39	0	-	2	0.31	0	0	0	-

Ca 어머니 묘를 찾아가는 딸(타박네)	2	0.96	1	0.39	4	2.35	7	1.10	2	5	7	3.14
Cb 친정부모 장례에 가는 딸	2	0.96	8	3.13	3	1.76	13	2.05	2	7	9	4.04
Cc 시집간 딸이 편지하자 한탄하는 친정식구	0	-	0	-	0	-	0	-	0	1	1	0.45
Cd 딸이 시집에서 쫓겨오자 반기지 않는 친정식구	0	-	0	-	0	-	0	-	0	1	1	0.45
Da 아버지의 재혼을 원망하는 자식	6	2.87	3	1.17	2	1.18	11	1.73	0	0	0	-
Db 계모로 인해 죽은 자식	0	-	1	0.39	1	0.59	2	0.31	0	2	2	0.90
Dc 부모와 이별하고 전쟁에 나간 자식	1	0.48	2	0.78	0	-	3	0.47	1	3	4	1.79
Ea 오빠가 부정을 의심하자 한탄하는 동생(쌍가락지)	16	7.66	29	11.33	17	10.00	62	9.76	1	3	4	1.79
Eb 오빠가 물에서 구해주지 않자 한탄하는 동생	9	4.31	4	1.56	2	1.18	15	2.36	2	4	6	2.69
Ec 오빠가 올케 댕기만 사오자 한탄하는 동생	0	-	0	-	0	-	0	-	0	1	1	0.45

Fa-1 삼촌식구가 구박받다 시집가나 신랑이 죽은 조카	0	-	4	1.56	1	0.59	5	0.79	0	0	0	-
Fa-2 삼촌식구 구박받다 장가가나 신부가 죽은 조카	1	0.48	1	0.39	0	-	2	0.31	0	0	0	-
Fb 삼촌식구 구박받다 시집가나 신랑이 죽은 꼬댁각시	0	-	1	0.39	0	-	1	0.16	0	0	0	-
Ga 혼인을 기다리다 신랑이 죽자 한탄하는 신부	5	2.39	2	0.78	1	0.59	8	1.26	0	1	1	0.45
Gb 처녀의 저주로 신랑이 죽자 한탄하는 신부	3	1.44	14	5.47	4	2.35	21	3.31	3	2	5	2.24
Gc 본처의 저주로 신랑이 죽자 한탄하는 신부	7	3.35	0	-	1	0.59	8	1.26	0	0	0	-
Gd 혼인을 기다리다 신부가 죽자 한탄하는 신랑	0	-	8	3.13	1	0.59	9	1.42	1	0	1	0.45
Ge 혼인날 신부가 애기를 낳자 돌아가는 신랑	2	0.96	2	0.78	2	1.18	6	0.94	2	8	10	4.48

Gf 혼인날 방해를 물리치고 첫날밤을 치르는 신랑	2	0.96	6	2.34	1	0.59	9	1.42	2	2	4	1.79
Gg 신랑이 성불구이자 중이 되는 신부	0	-	1	0.39	0	-	1	0.16	0	1	1	0.45
Ha 외간남자의 옷이 찢기자 꿰매주는 여자	1	0.48	1	0.39	3	1.76	5	0.79	2	9	11	4.93
Hb 외간남자와 정 통하다 남편에게 들킨 여자	0	-	0	-	4	2.35	4	0.63	0	0	0	-
Hc 주머니를 지어 걸어 놓고 남자 유혹하는 처녀	7	3.35	11	4.30	4	2.35	22	3.46	1	5	6	2.69
Hd 중이 유혹하자 거절하는 여자	0	-	1	0.39	0	-	1	0.16	3	3	6	2.69
He 중에게 시주한 뒤 쫓겨나는 여자	2	0.96	2	0.78	0	-	4	0.63	2	2	4	1.79
Hf 장사가 성기를 팔자 이를 사는 과부	0	-	0	-	0	-	0	-	0	0	0	-
Hg 장사가 자고간 뒤 그리워하는 과부	1	0.48	0	-	2	1.18	3	0.47	0	2	2	0.90
Ia 장식품 잃어버린 처녀에게	10	4.78	15	5.86	8	4.71	33	5.20	4	7	11	4.93

구애하는 총각(댕기노래)												
Ib 일하는 처녀에게 구애하는 총각	6	2.87	11	4.30	0	-	17	2.68	1	8	9	4.04
Ic-1 처녀를 짝사랑하다 죽는 총각(서답노래)	3	1.44	6	2.34	1	0.59	10	1.57	2	4	6	2.69
Ic-2 사모하는 총각을 중이 되어 찾아가 혼인하는 처녀	0	-	3	1.17	0	-	3	0.47	0	0	0	-
Id 나물캐다 사랑을 나누는 총각과 처녀	0	-	14	5.47	2	1.18	16	2.52	0	1	1	0.45
Ie 총각이 어머니를 통해 청혼하자 받아들이는 처녀	1	0.48	0	-	1	0.59	2	0.31	0	0	0	-
If 담배를 키워 피우며 청혼하는 총각	1	0.48	6	2.34	1	0.59	8	1.26	0	3	3	1.35
Ja 첩의 집에 찾아가는 본처	7	3.35	2	0.78	4	2.35	13	2.05	1	6	7	3.14
Jb 첩으로 인해 한탄하는 본처	3	1.44	0	-	1	0.59	4	0.63	0	0	0	-
Jc 첩이 죽자 기뻐하는 본처	0	-	0	-	0	-	0	-	0	2	2	0.90
Jd 본처가 죽자 기뻐하는 첩	0	-	1	0.39	0	-	1	0.16	0	0	0	-
Ka 자형에게 항의하는 처남	3	1.44	5	1.95	0	-	8	1.26	0	0	0	-

Kb 장인장모를 깔보는 사위	1	0.48	1	0.39	0	-	2	0.31	0	0	0	-
La 저승사자가 데리러오자 한탄하는 사람	3	1.44	4	1.56	1	0.59	8	1.26	0	3	3	1.35
Lb 메밀음식 만들어 사람들에게 대접하는 여자	9	4.31	1	0.39	10	5.88	20	3.15	0	2	2	0.90
Lc 나물반찬 만들어 사람들에게 대접하는 여자	1	0.48	3	1.17	2	1.18	6	0.94	0	0	0	-
Ma 자식이 없자 곤충을 자식으로 여긴 사람	3	1.44	0	-	3	1.76	6	0.94	0	0	0	-
Mb 쥐가 남긴 밤을 아이와 나눠먹는 사람	3	1.44	11	4.30	16	9.41	30	4.72	3	3	6	2.69
Mc 사람에게 자신의 신세를 한탄하는 소	0	-	2	0.78	0	-	2	0.31	1	1	2	0.90
Md 포수에게 잡힌 노루 사슴	0	-	0	-	1	0.59	1	0.16	0	0	0	-
Na 장끼가 콩 주워 먹고 죽자 한탄하는 까투리	0	-	1	0.39	2	1.18	3	0.47	2	2	4	1.79
미분류	2	0.96	4	1.56	5	2.94	11	1.73			0	-
총계	208	100	257	100	170	100	635	100	61	162	223	100

(cf. <표>에서 북서부, 남부, 북동부는 필자가 이 논문의 3장에서 제시한 영남의 문화권역이고 숫자는 영남 지역 구비대계와 민요대전 소재 권역별, 유형별 자료 수를 말함. 전남, 전북의 숫자 역시 해당 지역의 구비대계와 민요대전 소재 자료 수를 말함. 비율은 권역별, 지역별로 조사된 서사민요 전체 자료 수에 대한 해당 유형 자료 수의 비율임.)

이 표를 바탕으로 영남 지역에서 20편 이상 조사된 서사민요 유형을 순서대로 들면 다음과 같다.

Ba 베짜며 기다리던 남편이 죽자 한탄하는 아내(베틀노래) 100편(15.75%)
Ea 오빠가 부정을 의심하자 한탄하는 동생(쌍가락지) 62편(9.76%)
Bc 진주낭군이 기생첩과 놀자 자살하는 아내(진주낭군) 35편(5.51%)
Aa 시집식구가 구박하자 중이 되는 며느리(중 되는 며느리) 35편(5.51%)
Ia 장식품 잃어버린 처녀에게 구애하는 총각(댕기노래) 33편(5.20%)
Mb 쥐가 남긴 밤을 아이와 나눠 먹는 사람(달강달강) 30편(4.72%)
Hc 주머니를 지어 걸어 놓고 남자 유혹하는 처녀(주머니노래) 22편 (3.46%)
Gb 처녀의 저주로 신랑이 죽자 한탄하는 신부(이사원네 맏딸애기) 21편 (3.31%)
Lb 메밀 음식 만들어 사람들에게 대접하는 여자(메밀노래) 20편(3.15%)

이렇게 보면 영남 지역 여성들이 가장 많이 부르는 서사민요는 Ba <베짜며 기다리던 남편이 죽자 한탄하는 아내(베틀노래)> 유형으로 15.75%에 이른다. 시집살이노래의 대다수를 차지하고 있는 Aa <시집식구가 구박하자 중이 되는 며느리> 유형이 가장 많이 불리리라는 일반적 예상이나 추정과는 다른 결과이다. Ba <베틀 노래> 유형이 많이 불리는 것은 영남 지역이 예로부터 길쌈을 주 생업으로 하고 있어서 길쌈을 하면서 이 유형을 많이 불렀기 때문에 나타나는 양상이라 생각된다. 이에 비해 호남 지역은 Ba 유형이 5.38%에 그치고 있는 것과 큰 대조를 이룬다.

영남 지역에서 Aa <중 되는 며느리> 유형보다 오히려 Ea <오빠가 부정을 의심하자 한탄하는 동생(쌍가락지)> 유형이 많이 불리는 것도 영남 지역 서사민요 전승양상에 있어 주목해야 할 현상이다. 이는 영남 지역이 예로부터 양반문화의 전통이 강해 시집살이를 다룬 서사민요를 부르기가 자유롭지 않았던 영향도 있었겠지만, 서사민요가 부르던 전승 환경과도 어느 정도 관련이 있으리라 생각된다. 즉 영남 지역 여성들은 서사민요를 주로 시집오기 전 친정에서 어머니나 할머니에게서 배웠으며 친구들과 많이 불렀다고 하는 경우가 많은데, 그렇기 때문에 시집살이 관련 서사민요보다는 Ea <오빠가 부정을 의심하자 한탄하는 동생(쌍가락지)> 유형이나 Ia <장식품 잃어버린 처녀에게 구애하는 총각> 유형, Hc <주머니를 지어 걸어 놓고 남자 유혹하는 처녀(주머니노래)> 유형, Gb <처녀의 저주로 신랑이 죽자 한탄하는 신부(이사원네 맏딸애기)> 유형과 같이 총각과 처녀에 관련된 노래가 많이 전승될 수 있었던 것이 아닌가 한다.

이밖에도 필자가 지금까지 정리한 자료를 바탕으로 비교해 볼 때 호남 지역에서는 전승되지 않거나 매우 드문데, 영남 지역에서는 비교적 흔히 전승되는 유형으로는 다음과 같은 것들이 있다.

Da 아버지의 재혼을 원망하는 자식(재혼 원망) : 영남 1.73% / 호남 0%
Ea 오빠가 부정을 의심하지 한탄하는 동생(쌍가락지) : 영남 9.76% / 호남 1.79%
Fa 삼촌식구 구박받다 혼인하나 배우자가 죽은 조카 : 영남 1.26% / 호남 0%
Gc 본처의 저주로 신랑이 죽자 한탄하는 신부(후실장가) : 영남 1.26% / 호남 0%
Hb 외간남자와 정 통하다 남편에게 들킨 여자(홋사나타령) : 영남 0.63% / 호남 0%
Ic-2 사모하는 총각을 중이 되어 찾아가 혼인하는 처녀(동국각시) : 영남 0.47% / 호남 0%
Id 나물 캐다 사랑을 나누는 총각과 처녀(남도령 서처자) : 영남 2.52% / 호남 0.45%
Ma 자식이 없자 곤충을 자식으로 여긴 사람(방아깨비노래) : 영남 0.94% / 호남 0%

이들 유형 중 Da <재혼 원망> 유형과 Gc <후실장가> 유형은 아버지나 남편이 재혼하는 것을 원망하거나 저주하는 내용이며, Hb <훗사나타령> 유형과 Id <남도령 서처자> 유형은 외간남자와 여자 또는 총각과 처녀가 혼외정사를 하는 내용을 다룬 것이다. 영남 지역이 호남 지역에 비해 훨씬 보수적인 경향을 띠는 데 비해 이들 유형은 매우 파격적인 성향을 보이고 있어 흥미롭다. 이는 영남 지역 서사민요가 한편으로는 매우 보수적이면서도 다른 한편으로는 매우 개방적인 양면성을 모두 지니고 있음을 보여주는 것이라 할 수 있다.

다음 호남 지역에는 비교적 많이 전승되나 영남 지역에는 드물게 전승되는 유형으로는 다음과 같은 것들이 있다.

Ab 시집식구가 구박하자 자살하는 며느리(자살하는 며느리) : 영남 0.79% / 호남 7.62%

Ac 시집식구가 구박하자 한탄하는 며느리(시집살이 한탄) : 영남 0.94% / 호남 5.83%

Ad 시집식구가 깨진 그릇 물어내라자 항의하는 며느리(양동가마) : 영남 1.73% / 호남 2.69%

Ae 시집식구가 벙어리라고 쫓아내자 노래 부른 며느리(꿩노래) : 영남 0.16% / 호남 1.35%

Ah 시누가 옷을 찢자 항의하는 며느리(옷 찢은 시누) : 영남 1.10% / 호남 2.24%

Ca 어머니 묘를 찾아가는 딸(타박네) : 영남 1.10% / 호남 3.14%

Cb 친정부모 장례에 가는 딸(친정부음) : 영남 2.05% / 호남 4.04%

Ge 혼인날 신부가 애기를 낳자 돌아가는 신랑(신부부정) : 영남 0.94% / 호남 4.48%

Ha 외간남자의 옷이 찢기자 꿰매주는 여자(찢어진 쾌자) : 영남 0.79% / 호남 4.93%

Hd 중이 유혹하자 거절하는 여자(중타령) : 영남 0.16% / 호남 2.69%

He 중에게 시주한 뒤 쫓겨나는 여자(제석님네 따님애기) : 영남 0.53% / 호남 2.79%

이들 유형으로 미루어 영남 지역은 호남 지역에 비해 대체로 시집살이 관련 서사민요들의 전승이 활발하지 않은 것을 알 수 있다. 시집살이 관련 화소도 호남 지역이 훨씬 더 다양하게 나타난다. 게다가 호남 지역 시집살이 관련 서사민요의 경우는 며느리가 자살을 하는 극단적인 방법을 쓰거나 시집식구들의 부당한 대우에 항의를 하는 내용이 많이 나타나는 것을 볼 수 있다.

위에서 거론한 유형들이 영남이나 호남의 상대 지역에는 거의 전승되지 않고 그중 한 지역에만 활발하게 전승된다고 한다면, 각기 영남과 호남의 고유 유형으로 볼 수 있을 것이다. 이는 영남 지역 서사민요와 호남 지역 서사민요를 구별 짓는 경계가 되는 것으로서, 양 지역 서사민요의 특질을 살펴볼 수 있는 근거가 될 수 있다. 즉 서사민요에서도 설화와 같이 전국적으로 전승되는 광포유형과 특정 지역에만 전승되는 지역 유형을 설정할 수 있으리라 본다. 예를 들면 Aa <시집식구가 구박하자 자살하는 며느리> 유형이나 Bc <진주낭군이 기생첩과 놀며 모른 체하자 자살하는 아내(진주낭군)> 유형과 같은 것은 전국적으로 전승되는 광포유형으로, Ea <오빠가 부정을 의심하자 한탄하는 동생(쌍가락지)> 유형, Gc <본처의 저주로 신랑이 죽자 한탄하는 신부> 등은 영남의 지역 유형, Ad <시집식구가 깨진 그릇 물어내라자 항의하는 며느리>나 Ge <혼인날 신부가 애기를 낳자 돌아가는 신랑>, He <중에게 시주한 뒤 쫓겨나는 여자> 유형 등은 호남의 지역 유형으로 볼 수 있지 않을까 한다. 이에 대해서는 영·호남 지역 서사민요의 비교를 비롯한 전국 서사민요의 전승양상에 대한 고찰을 통해 밝혀나가려고 한다.

3. 영남 서사민요의 권역별 전승양상

영남 지역의 지세를 보면 한반도의 등뼈인 태백산맥이 동해 쪽으로 내려오고, 태백산을 기점으로 소백산맥이 서남으로 뻗어서 지리산에 이르러 남해로 빠져듦으로써 자연스럽게 충청, 호남 지역과 경계를 이룬다. 영남 지역 내에서는 다시 태백산 황지에서 발원한 낙동강이 서남쪽으로 흘러 이를 사이에 두고 자연스럽게 행정과 문화가 경계 지워졌다. 조선 시대에는 이 강을 경계로 영남을 좌도와 우도로 나누기도 했다.[42] 이에 여기에서는 영남 지역 서사민요의 전승적 특질을 분석하기 위해 우선 영남 지역을 크게 세 권역으로 나누어 살펴보려고 한다.[43] 이는 전통적으로 영남 지역이 낙동강 이서 지역인 경상우도와 낙동강 이동 지역인 경상좌도로 나뉘어져 있었기 때문에 두 지역 간에 역사적, 정치적으로 경계가 지어져 있었기 때문이다.[44] 그러면서도 영남의 북부와 남부는 오랫동안 행정구역상으로 경계가

---

42) 『한국의 발견/한반도와 한국 사람: 경상남도』, 뿌리깊은 나무, 1992, 31~32쪽.

43) 권오경은 영남 민요의 권역을 지리적 조건, 역사 정치적 조건, 언어적 조건에 의해 다음과 같이 모두 6개 권역으로 나누었다. (1) 경북 서부권 (2) 경남 서부권 (3) 경남 남해권 －영남 우도 (4) 경북 북부권 (5) 경북 중부권 (6) 경남・북 동해권－영남 좌도(권오경, 「영남 민요의 전승과 특질」, 『우리말글』 25, 우리말글학회, 2002, 222쪽). 그러나 필자가 크게 세 권역으로 구분한 데에는 이 논문의 최종 목적이 호남 서사민요와의 비교를 하기 위한 데 있기 때문이다. 즉 영남 서사민요의 권역을 이와 같이 세 권역으로 나누어볼 때 호남 서사민요와의 소통 양상이 뚜렷이 드러날 수 있으리라 생각된다. 영남 서남부권의 경우, 호남 지역과 연접해 있어서 호남 서사민요와의 소통이 비교적 활발하게 이루어졌으리라 추정되는 데 비해, 북동부권의 경우에는 호남 지역과 거리가 떨어져 있어서 서남부권에 비해서는 소통이 활발하게 이루어지지 않았으리라 추정된다.

44) 성주(星州)・선산(善山)・금산(金山)・개령(開寧)・지례(知禮)・고령(高靈)・문경(聞慶)・함창(咸昌) 등(이상은 尙州鎭에 속함)과 합천(陜川)・초계(草溪)・함양(咸陽)・곤양(昆陽)・남해(南海)・거창(居昌)・사천(泗川)・삼가(三嘉)・의령(宜寧)・하동(河東)・산음(山陰)・안음(安陰)・단성(丹城) 등(이상은 晋州鎭에 속함), 그리고 창원(昌原)・함안(咸安)・거제(巨濟)・고성(固城)・칠원(漆原)・진해(鎭海)・웅천(熊川) 등(이상은 金海鎭에 속함)의 28군을 우도라고 하였으며, 울산(蔚山)・양산(梁山)・영천(永川)・흥해(興海)・동래(東萊)・청하(淸河)・영일(迎日)・장기(長寅)・기장(機張)・언양(彦陽) 등(이상은 慶州鎭에 속함)과, 영해(寧海)・청송(青松)・예천(醴泉)・영천(榮川)・풍기(豊基)・순흥(順興)・의성(義城)・영덕(盈德)・봉화(奉化)・진보(眞寶)・군위(軍威)・비안(比安)・예안(禮安)・영양(英陽)・용궁(龍宮) 등(이상은 安東鎭에 속함), 그리고 밀양(密陽)・청도(淸道)・경산(慶山)・하양(河陽)・인동(仁同)・현풍(玄風)・칠곡(漆谷)・자인(慈仁)・신녕(新寧)・의흥(義興)・영산(靈山)・창녕(昌寧) 등(이상은 大邱鎭에 속함)의 37군을 좌도라고 하였다. 이 두 지역은 문화 역시 서로 간에 변별성을 지니고 있음을 확인할 수 있다. 민속극에 있어서 낙동강 동쪽인 경상좌도 지역에서는 주로 야류가, 낙동강 서쪽인 경상우도 지역에서는 주로 오광대가 발전했다든지, 농악에 있어서도 좌도 농악과 우도 농악이 구별된다든지 하

지어져 그리 활발한 교류가 이루어지지 못했다. 그러므로 영남의 문화 권역은 크게 영남 북서부권, 영남 북동부권, 영남 남부권으로 구분해 볼 수 있을 것이다. 영남 북서부권과 영남 남부권은 대체로 예전 경상우도에 속하는 지역으로서 호남과 서로 영향을 주고받았던 지역인 반면, 영남 북동부권은 대체로 경상좌도 지역으로서 호남과 교류가 잘 이루어지지 않았던 지역이다. 이 세 권역은 현재의 행정 구역 명칭과 딱 맞아떨어지는 것은 아니지만, 대체로 다음과 같이 구분할 수 있다.

(1) 영남 북서부권: 문경, 상주, 구미(선산), 김천, 성주, 고령
(2) 영남 북동부권: 영주, 봉화, 울진, 예천, 안동, 영양, 청송, 영덕, 의성, 군위, 영천, 칠곡, 대구(경산), 청도, 경주, 포항
(3) 영남 남부권: 거창, 함양, 산청, 합천, 의령, 진주, 하동, 사천, 남해, 고성, 통영, 거제, 함안, 창원, 진해(마산), 김해, 창녕, 밀양, 양산, 울산(울주), 부산

영남 지역에서 조사된 서사민요 자료를 권역별, 시군 별, 자료집 별로 제시하면 다음과 같다.[45)]

는 것이 그것이다. 민요에 있어서도 경상좌도는 주로 메나리토리로 부르는 데 비해, 경상우도는 메나리토리와 육자배기 토리가 섞여 있다든지 하는 양상이 나타난다.

45) 자료 번호 옆 (   )안의 알파벳은 필자가 부여한 서사민요 유형 기호이다. 서영숙, 앞의 책, 2009, 47~75쪽 참조. 필자는 우선 영남 지역 서사민요의 전승적 특징을 파악하기 위하여 조사된 작품을 다음과 같이 분석하여 엑셀에 입력함으로써 서사민요 기초 데이터베이스를 마련하였다. 분석 틀은 분류기호, 유형, 하위유형, 구연자, 성별, 나이, 조사지, 조사일, 조사자, 수록 문헌, 주요 모티프, 특기사항, 구연상황으로 나누었다. 이 작업은 서사민요의 유형, 서사민요 구연자의 성별, 나이, 서사민요의 전승지역, 서사민요의 주요 모티프, 서사민요의 기능 등을 분석할 때 유용하게 쓰일 것이다. 이 데이터베이스는 영남 지역 서사민요를 조건에 따라 편리하게 분류하고 검색할 수 있으므로, 서사민요에 대한 다양한 정보를 제공해 줄 수 있다. 이는 영남 지역 서사민요의 전승적 특질을 다각도로 치밀하게 분석하는 토대가 될 것이다. 또한 이 데이터베이스는 차후 다른 지역의 서사민요를 연구하는 데에도 유용한 기반이 될 수 있다. 다른 지역 서사민요 역시 이 틀에 맞추어 입력함으로써 영남 지역과 호남 지역뿐만 아니라, 영남 지역과 경기 지

권역/시군		구비대계	민요대전	계
영남 북서부권	성주군	초전면30(Aa), 벽진면40(Aa), 벽진면83(Aa+Af), 성주읍3(Aa+Af), 대가면19(Aa), 대가면20(Aa), 대가면82(Aa), 대가면212(Aa), 대가면222(Aa), 벽진면18(Af), 대가면11(Af), 대가면84(Ac), 월항면52(Ac), 초전면6(Ad), 초전면39(Ad), 월항면34(Ab), 대가면238(Af), 대가면97(Ah), 대가면123(Ah), 대가면136(Ah), 벽진면53(Ah), 성주읍6(Ba), 성주읍8(Ba), 월항면3(Ba), 월항면10(Ba), 월항면20(Ba), 월항면38(Ba), 초전면8(Ba), 초전면23(Ba), 초전면36(Ba), 벽진면39(Ba), 대가면10(Ba), 대가면124(Ba), 대가면134(Ba), 대가면137(Ba), 대가면217(Ba), 대가면219(Ba), 대가면227(Ba), 초전면3(Bc), 초전면9(Bc), 초전면32(Bc), 초전면44(Bc), 대가면13(Bc), 대가면81(Bc), 벽진면72(Cb), 성주읍15(Da), 성주읍16(Da), 대가면131(Da), 초전면43(Da), 월항면4(Da), 대가면221(Dc), 성주읍7(Ea), 대가면2(Ea), 대가면38(Ea), 대가면116(Ea), 대가면213(Ea), 월항면51(Ea), 벽진면8(Ea), 대가면21(Eb), 대가면22(Eb), 대가면29(Eb), 대가면214(Eb), 월항면17(Eb), 월항면18(Eb), 초전면5(Eb), 초전면35(Eb), 벽진면87(Eb), 월항면19(Ga), 초전면27(Ga), 벽진면19(Ga), 벽진면41(Ga), 벽진면67(Ga), 대가면224(Gc), 초전면26(Gc), 대가면80(Ge), 대가면223(Ge), 대가면36(Gf), 초전면28(Gf), 대가면220(Ha), 대가면44(Hc), 대가면105(Hc), 대가면184(Hc), 초전면33(Hc), 월항면37(Ia), 초전면2(Ia), 대가면25(Ia),	7-25(Bg), 7-37(Ah)	116

역, 영남 지역과 강원 지역, 호남 지역과 경기 지역, 호남 지역과 강원 지역 등 다양한 지역별 전승양상에 대한 연구를 활성화할 수 있으리라 본다. 이는 아직까지 전국적으로 전승되는 서사민요의 실태에 대한 아무런 정보도 갖고 있지 못한 우리 학계의 현실에 비추어 볼 때 매우 긴요한 작업이면서 차후 유익하게 이용될 수 있을 것이다.

		대가면75(Ia), 대가면95(Ia), 대가면120(Ia), 대가면127(Ia), 대가면144(Ia), 대가면35(Ib), 대가면78(Ib), 대가면117(Ib), 대가면202(Ib), 대가면236(Ib), 벽진면10(Ic-1), 대가면197(Ie), 대가면91(Ja), 대가면128(Ja), 벽진면22(Ja), 월항면22(Jb), 대가면23(Jb), 대가면125(Jb), 대가면100(Ka), 대가면164(Ka), 초전면34(Lb), 벽진면26(Lb), 벽진면84(Lb), 대가면12(Lb), 대가면185(Lb+Hc), 벽진면78(Lc), 대가면188(Mb), 대가면205(Mb) 114		
	상주군	낙동면25(Aa), 사벌면21(Aa), 청리면15(Aa), 청리면13(Ak), 공검면2(Ba), 공검면3(Ba), 공검면7(Ba), 낙동면18(Ba), 낙동면19(Ba), 낙동면24(Ba), 사벌면14(Ba), 사벌면25(Ba), 청리면2(Ba), 화서면1(Ba), 화서면4(Ba), 은척면4(Ba), 공검면27(Bc), 상주읍22(Ea), 낙동면8(Ea), 사벌면23(Ea), 청리면12(Ea), 화서면3(Ea), 낙동면1(Fa-2), 낙동면6(Gb), 낙동면5(Gc), 사벌면9(Gc), 사벌면16(Gc), 청리면5(Gc), 낙동면10(Hc), 낙동면7(He), 화서면5(He), 청리면17(Hg), 낙동면2(Ia), 낙동면3(Ic-1), 사벌면20(Ic-1), 공검면26(If), 낙동면4(Ja), 화서면2(Ja), 상주읍(La), 청리면22(La), 사벌면8(Lb), 청리면9(Lb), 청리면16(Ma), 청리면8(Mb), 낙동면11(기타) 45	7-9(Ca), 7-36(Ca), 7-4(Cb), 7-12(Ja)	49
	구미시 (선산군)	무을면6(Aa), 장천면18(Aa), 고아면31(Aa), 무을면7(Af), 장천면3(Ba), 장천면17(Ba), 무을면1(Ba), 무을면16(Ba), 고아면2(Ba), 고아면27(Ba), 고아면29(Ba), 옥성면3(Ba), 옥성면4(Ba), 옥성면16(Ba), 선산읍15(Ba), 무을면14(Bc), 고아면6(Bc), 고아면30(Bc), 장천면8(Da), 고아면14(Ea), 고아면20(Ea), 장천면2(Ea), 고아면32(Gb), 장천면6(Gb), 고아면34(Gc), 고아면6(Hc), 고아면40(Hc), 고아면8(Ia), 고아면5(Ib), 고아면42(Ja), 무을면15(Ka), 고아면33(Kb), 무을면11(La), 장천면19(Lb), 고아면39(Lb), 고아면36(Ma), 무을면8(기타) 37	3-25(Ad)	38

	김천시		5-2(Ba)	1
	문경시		5-17(Aa), 5-18(Ba)	2
	고령군		3-11(Ea), 3-12(Ma)	2
영남 북동부권	예천군	풍양면34(Aa), 풍양면33(Ac), 풍양면38(Ac), 보문면3(Ba), 용문면20(Ba), 풍양면26(Ba), 풍양면27(Ba), 개포면21(Ba), 호명면8(Ba), 호명면11(Ba), 용문면9(Bc), 용문면28(Bc), 풍양면15(Bc), 용문면11(Ea), 용문면18(Hb), 풍양면23(Ia), 개포면24(Ie), 호명면13(Ja), 풍양면32(Jb), 풍양면17(Lb), 풍양면36(Lb), 풍양면37(Lb), 호명면36(Lb), 호명면21(Mb), 풍양면1(Mb), 풍양면2(Mb), 개포면23(Mb), 호명면1(Mb), 예천읍4(기타), 용문면23(기타) 30	11-3(Ba), 10-20(Ge), 11-4(Ma), 10-21(Mb) 11-10(Mb)	35
	안동시	일직면4(Aa), 서후면18(Aa), 북후면1(Ah), 임동면9(Ba), 서후면14(Ba), 임하면5(Ba), 임하면17(Ba), 일직면5(Ba), 일직면11(Ba), 일직면31(Ba), 임하면4(Da), 임하면7(Db), 임하면3(Ea), 서후면10(Ha), 서후면20(Hc), 일직면8(Ia), 서후면19(Ia), 임하면9(Ic-1), 서후면15(If), 임하면6(Ja), 일직면37(Lb), 서후면13(Na) 22		22
	봉화군	춘양면8(Ba), 소천면12(Cb), 소천면11(Ea), 소천면5(Hb), 봉화읍1(Mb), 춘양면6(Mb) 6		6
	군위군	의흥면20(Aa), 산성면13(Ah), 소보면1(Ba), 산성면12(Ba), 군위읍23(Ba), 의흥면14(Ba), 의흥면7(Bc), 산성면16(Ca), 군위읍7(Da), 군위읍6(Ea), 산성면15(Ea), 소보면6(Ea), 의흥면6(Ea), 군위읍18(Ge), 군위읍5(Ha), 군위읍13(Hc), 소보면3(Hc), 산성면11(Ja), 의흥면23(Lb), 산성면7(Md) 20	4-22(Ca) 4-21(Gb)	22
	영덕군	강구면28(Ba), 달산면10(Ba), 강구면26(Bc), 강구면27(Cb), 달산면12(Ea), 강구면35(Ea), 강구면29(Gb), 영해면3(Hc), 강구면34(Lb), 달산면14(Mb) 10	8-30(Gb), 8-26(Ha), 8-28(Hg), 8-31(Lb)	14

	대구시 (달성군)	대구시11(Ba), 대구시29(Ba), 대구시45(Ba), 대구시57(Ba), 대구시33(Bc), 대구시25(Ea), 대구시39(Ga), 대구시17(Gd), 대구시38(Gf), 대구시47(Hb), 대구시28(Ia), 대구시32(Ia), 대구시42(Ia), 대구시8(Ma), 대구시27(기타), 대구시54(기타), 유가면4(Ba), 유가면1(Bc), 하빈면16(Bc), 유가면13(Fa-1), 화원면7(Mb), 화원면9(Mb) 22		22
	경주시	외동면9(Aa), 외동면16(Aa), 현곡면27(Ba), 외동면3(Ba), 외동면4(Ba), 외동면17(Ba), 외동면18(Ba), 외동면62(Ba), 안강읍4(Ba), 현곡면24(Bc), 외동면11(Bc), 현곡면26(Ea), 외동면1(Ea), 외동면2(Ea), 안강읍5(Ea), 현곡면12(Eb), 안강읍8(Ha), 외동면40(Hg), 현곡면25(Ia), 외동면14(Ia), 안강읍3(Id), 외동면8(Lb), 안강읍7(Lb), 외동면39(Ma), 외동면60(Mb), 안강읍9(Mb), 외동면12(기타) 27	2-34(Aa)	28
	경산시		2-19(Aa), 15-77(Ea)	2
	영양군		9-7(Lc)	1
	영주시			0
	영천시		10-14(Ba) 15-77(Ea)	2
	울릉군		11-17(Lc)	1
	울진군		11-24(Cb) 11-26(Gc) 11-28(La)	3
	의성군		12-14(Eb)	1
	청도군		13-10(Ba), 13-8(Id)	2
	청송군		13-16(Gb) 13-17(Mb)	2
	칠곡군		14-7(Aa), 14-10(Ca),	4

			14-3(Ja), 14-12(Na)	
	포항시		14-36(Ca), 14-32(Ea), 14-25(Mb)	3
영남 남부권	의령군	유곡면5(Ab), 의령읍35(Ac), 부림면8(Ad+Aa), 정곡면29(Ad+Aa), 봉수면23(Ae), 지정면2(Ba), 칠곡면10(Ba), 유곡면3(Ba), 지정면36(Ba), 봉수면5(Ba), 봉수면12(Ba), 정곡면15(Bc), 정곡면28(Bc), 봉수면22(Bc), 정곡면12(Cb), 정곡면39(Cb), 지정면19(Cb), 봉수면20(Cb+Aa), 지정면20(Dc), 정곡면56(Dc), 의령읍31(Ea), 칠곡면2(Ea), 유곡면4(Ea), 정곡면14(Ea), 지정면25(Ea), 봉수면11(Ea), 봉수면34(Eb), 지정면29(Gb), 봉수면37(Gb), 의령읍23(Gd), 지정면23(Gd), 칠곡면8(Ge), 정곡면31(Gf), 정곡면53(Gf), 지정면10(Gf), 칠곡면9(Hc), 지정면27(Hc), 봉수면7(Hc), 정곡면39(He), 의령읍32(Ia), 칠곡면13(Ia), 정곡면17(Ia), 지정면17(Ia), 의령읍20(Ib), 지정면4(Ib), 칠곡면7(Ic-1), 정곡면52(Ic-1), 지정면21(Ic-1), 지정면22(Ic-1), 칠곡면6(Ic-2), 칠곡면11(Id), 정곡면21(Id), 지정면14(Id), 봉수면6(Ka), 의령읍40(Lb), 지정면26(Lc+Ac), 지정면31(Mb), 부림면5(Mb), 정곡면35(Mb), 지정면5(Mc) 60	5-23(If). 6-4(Id), 6-6(Mc)	63
	거창군	거창읍20(Aa), 웅양면30(Aa), 북상면1(Aa), 마리면37(Aa), 가조면20(Ac), 가조면11(Ad+Aa), 마리면30(Ad+Aa), 가조면17(Af), 마리면36(Aj), 위천면6(Ba), 남하면4(Ba), 마리면13(Ba), 거창읍60(Bc), 웅양면42(Bg), 거창읍3(Ea), 웅양면28(Ea), 가조면21(Ea), 북상면3(Ea), 마리면29(Ea), 웅양면18(Eb), 웅양면25(Gb), 위천면2(Gd), 마리면14(Gd), 위천면3(Fa-1), 마리면28(Ga), 마리면31(Gg), 북상면5(He), 웅양면12(Ia), 위천면1(Ia), 마리면12(Ia), 마리면19(Ia), 거창읍28(Ib),		51

	웅양면29(Ib), 북상면16(Ib), 북상면30(Ib), 위천면4(Ib), 마리면32(Ib), 거창읍2(Ic-1), 마리면27(Ic-2), 마리면33(Ic-2), 거창읍16(Id), 거창읍52(Id), 웅양면24(Id), 웅양면35(Id), 북상면24(Id), 거창읍22(If), 남하면6(If), 거창읍14(Ka), 북상면13(Ka), 웅양면9(Ka), 웅양면19(Kb) 51		
진주시 (진양군)	사봉면19(Aa), 금곡면4(Ad), 명석면4(Ad), 미천면12(Ba), 대곡면4(Ba), 사봉면23(Bc), 금곡면9(Bc), 사봉면13(Ea), 일반성면8(Eb), 명석면19(Fa-1), 미천면20(1)(Ga), 사봉면17(Gf), 미천면20(2)(Ha), 미천면21(Ia), 미천면20(3)(Ic-1), 일반성면2141(Ka), 대곡면7(Mb) 17		17
하동군	옥종면7(Ad), 옥종면2(Ba), 악양면5(Bc), 진교면5(Bc), 옥종면8(Ea), 옥종면13(Gd), 진교면1(Ia), 진교면6(Ia), 진교면15(Jd), 악양면10(Mb), 옥종면10(기타) 11		11
김해시	진영읍18(Ba), 상동면4(Da), 진영읍7(Da), 상동면18(Ea), 상동면8(Gb), 상동면14(Gb), 진영읍3(1)(Gb), 진영읍8(Gb), 진영읍3(2)(Gf), 이북면5(Hc), 진영읍13(Ib), 김해시10(기타) 12		12
거제군	신현읍3(Af), 장승포읍14(Af), 신현읍17(Cb), 일운면10(Cb), 사등면32(Db), 신현읍2(Ea), 일운면19(Ea), 사등면12(Eb), 사등면26(Fa-1), 연초면11(Fa-2), 거제면6(Fb), 신현읍4(Gb), 하청면7(Gb), 하청면26(Ja), 사등면7(Gd), 거제면2(Hc), 사등면5(Ia), 거제면13(Ib), 둔덕면2(If), 사등면30(Ja) 20	1-11(Hc)	21
밀양군	상남면12(Aa), 무안면17(Aa), 삼랑진읍16(Aa), 무안면12(Ba), 상동면19(Ba), 상동면1(Bc), 상동면26(Bc), 무안면19(Bc), 산내면13(Bc), 삼랑진읍17(Da), 상남면13(Ea), 무안면10(Ea), 삼랑진읍8(Ea), 산내면28(Ea), 산내면23(Gb), 삼랑진읍13(Gd), 산내면7(Hc), 상동면10(Ia), 산내면2(Ia), 삼랑진읍10(Id), 상동면8(1)(Id), 산내면32(La), 상동면8(2)(La), 밀양읍27(Mb), 상남면10(Mb), 삼랑진읍19(Mb), 밀양읍13(기타) 27		27

	울산시 (울주군)	강동면10(Aa), 울산시24(Ba), 울산시25(Ba), 강동면16(Ba), 언양면17(Ba), 온양면12(Ba), 두동면1(Ba), 상북면1(Ba), 온양면1(Bc), 두동면5(Bc), 두동면2(Ca), 언양면3(Cb), 울산시21(Ea), 강동면4(Ea), 강동면19(Ea), 언양면6(Ea), 언양면23(Ea), 청량면1(Ea), 온양면16(Ea), 상북면5(Ea), 온양면2((Fa-1+Aa), 두동면9(Gb), 상북면2(Gb), 언양면1(Gb), 온양면21(Gb), 온양면22(Gd), 언양면26(Ge), 언양면7(Gf), 강동면8(Hc), 강동면20(Hc), 언양면22(Hc), 온양면17(Hd), 상북면6(Ia), 울산시11(Id), 강동면27(Id), 언양면14(Id), 울산시12(If), 언양면12(If), 언양면2(La), 상북면7(La), 두동면3(Lc+Ac), 울산시7(Mb), 청량면3(Mb), 온양면9(Mb), 온양면5(Na), 언양면16(기타) 46		46
	고성군			0
	남해군		3-2(2)(Aa) 3-2(1)(Ad)	2
	사천시			0
	산청군		5-5(Lc)	1
	양산군			0
	창녕군			0
	창원시			0
	통영시		7-7(Ag)	1
	함안군			0
	함양군		8-10(Cb), 8-11(Bc), 8-8(Ib)	3
	합천군		8-16(Ea), 8-19(Hc+Ha)	2
	부산시			0
총계		577	58	635

영남 지역에서 조사된 서사민요의 수를 살펴보면 총 635편 중 북서부권이 208편, 남부권이 257편, 북동부권이 170편으로, 북동부권에 비해 북서부권과 남부권에서 많은 각편이 조사된 것을 알 수 있다. 시군별로 보아도 서사민요가 가장 많이 조사된 지역은 성주군으로 116편, 다음으로는 의령군 63편, 거창군 51편, 상주군 49편, 울산시(울주군) 46편, 구미시(선산군) 38편의 순으로 대부분 영남의 북서부권과 남부권에 위치하고 있다. 이는 서사민요 전승이 영남의 북동 지역보다는 서·남부 지역에서 활발하게 이루어지고 있음을 말해주는 것이라 할 수 있다.

영남의 북서부권과 남부권은 북동부권에 비해 호남 지역을 비롯한 타 지역과의 소통과 교류가 활발하게 이루어진 지역이다. 특히 안동을 중심으로 한 영남 북동 지역은 상대적으로 다른 지역보다 양반문화의 전통이 강해, 풍습이 다르다는 이유로 하도(남부권)에로의 혼인을 기피하는 성향을 보이기까지 했는데, 이것은 하도로 내려갈수록 소위 '큰 양반'의 수가 적었기 때문이라고 한다.[46] 그러므로 이러한 조건이 서사민요의 전승에 어느 정도는 영향을 미쳤으리라 생각된다. 이제 영남 서사민요의 전승양상을 권역별로 나누어 살펴보기로 하자.

3.1. 영남 북서부권

영남 북서부권은 경북의 상주와 성주를 중심으로 한 영남의 북부이자 낙동강 이서 지역이다. 서사민요가 구비대계에서 196편, 민요대전에서 12편, 총 208편 조사되었다. 이는 영남 서사민요 중 32.8%에 해당되는 것으로, 남부권 40.5%보다는 적고 북동부권 26.8%보다는 많다. 북서부권에서 10편 이

46) 이정옥, 『내방가사의 향유자 연구』, 도서출판 박이정, 1999, 160쪽.

상 조사된 유형을 차례대로 들면 Ba <베틀 노래> 42편(20.2%), Aa <중 되는 며느리> 16편(7.7%), Ea <쌍가락지> 16편(7.7%), Ia <댕기노래> 10편(4.8%), Bc <진주낭군> 10편(4.8%) 등이다. Ba <베틀노래> 유형이 많이 전승된다는 것은 이 지역의 여성들이 예로부터 길쌈을 활발하게 해왔기 때문이라 할 수 있다.[47] 이중 Ba <베틀노래>, Bc <진주낭군>, Ea <쌍가락지>, Ia <댕기노래> 유형은 남부권과 북동부권에서도 비슷한 비율로 활발하게 전승되는 유형이므로 제외한다고 한다면, 북서부권의 특징적인 유형으로는 Aa <중 되는 며느리> 유형을 꼽을 수 있다.

Aa <중 되는 며느리> 유형은 영남 지역에서 모두 35편이 조사되었는데, 그중 16편이 북서부권에서 조사되었다. 이는 북서부권을 Aa <중 되는 며느리> 유형의 중심 전승 지역으로 꼽는 데 무리가 없을 것이다.[48] 북서부권에서는 이 유형 외에도 Af <과일 따다 들킨 며느리>, Ag <소송당한 며느리>, Ah <옷 찢은 시누> 유형 등 시집살이와 관련된 유형이 영남의 다른 지역에 비해 많이 전승되고 있는 점도 주목된다. 이는 북서부권이 북동부권과 함께 길쌈 작업으로 인해 긴 서사민요를 많이 부르면서도 북동부권에 비해 여성들에게 가해지는 양반문화적 억압이 적었던 데다가 이들 유형이 많이 전승되던 호남 지역과의 교류도 영향을 미쳤으리라 생각된다.

영남의 북동부권이나 남부권에는 드문데, 북서부권에는 많이 전승되는 유형으로는 Af <과일을 따먹다 시집식구에게 들킨 며느리>, Ga <혼인을 기다리다 신랑이 죽자 한탄하는 신부>, Gc <본처의 저주로 신랑이 죽자

---

47) 오늘날에도 경상북도의 명산물로 일컬어지는 안동의 안동포, 상주의 명주, 의성의 무명베, 달성의 비단과 생초 들은 1700년대에부터 이름난 이 지방의 가내 공업 제품이었다. 1900년대에 오면 상주를 비롯한 경상북도 북북서부 지방을 중심으로 한 경상북도의 누에 생산량이 전국 생산량의 44퍼센트를 차지할 정도였다고 한다. (『한국의 발견/한반도와 한국 사람: 경상북도』, 뿌리깊은 나무, 1992, 50~54쪽.)

48) 권오경은 영남 민요의 전승과 특질을 살펴보면서 "밭매는 소리의 전승분포를 보면, 상주, 선산, 성주에서 출가형이 우세하게 전승되고 있다."고 하고 있다. (권오경, 「영남 민요의 전승과 특질」, 『우리말글』 25, 우리말글학회, 2002, 225~226쪽.)

한탄하는 신부>, He <중에게 시주한 뒤 쫓겨난 여자(제석님네 따님애기)> 유형 등이 있다. 반대로 북동부권이나 남부권에는 많이 전승되는데, 북서부권에는 드문 유형으로는 Fa-1 <삼촌식구 구박받다 시집가나 신랑이 죽은 조카>, Gd <혼인을 기다리다 신부가 죽자 한탄하는 신랑>, Hb <외간남자와 정 통하다 남편에게 들킨 여자>, Ic-2 <사모하는 총각을 중이 되어 찾아가 혼인하는 처녀(동국각시)>, Id <나물 캐다 사랑을 나누는 총각과 처녀(남도령 서처자 노래)> 유형 등이다.

여기에서 흥미로운 것은 북서부권에서는 Aa <중 되는 며느리> 유형 외에도 He <중에게 시주한 뒤 쫓겨나는 여자> 유형과 같이 중과 관련된 유형이 많이 나타난다는 점이다. 이러한 양상은 북서부권과 호남 지역 간에 서사민요 유형의 소통이 이루어졌음을 보여주는 현상이라 할 수 있다. 즉 He <중에게 시주한 뒤 쫓겨난 여자> 유형은 서사무가 <당금애기(제석본풀이)>가 세속화한 것으로서 호남 지역에서 활발하게 전승되는 유형이기 때문이다. 이 유형은 북동부권에서는 한 편도 조사되지 않았고 호남 지역과의 교류가 활발하게 이루어졌던 북서부권과 남부권에서만 조사되었다.[49]

한편 혼인과 관련된 유형에서 북서부권에서는 Ga 신랑이 죽는 유형이 많이 나타난다면 남부권이나 북동부권에서는 Gd 신부가 죽는 유형이 많이 나타난다는 점이다. 또한 북서부권에서 Gc 본처의 저주로 신랑이 죽는 유형이 많이 나타나는 데 비해, 남부권에서는 Gb 처녀의 저주로 신랑이 죽는

49) 류경자는 서사무가 <당금애기>가 "전라도 지역에서는 세속살림을 차리고 끝을 맺는 등 아예 신직의 부여가 나타나지 않는 경우도 있어 대체로 세속화된 모습으로 형상화되고 있다. 때문에 내용에 있어서도 남녀 간의 애정묘사와 골계적 요소가 두드러지게 나타나고 있다."고 하고 "<당금애기>의 서사를 바탕으로 하여 민요로 불리던 <중노래>는 전파되는 과정 중에 무가 <당금애기>의 서사는 더욱 약화되고, 오히려 흥미를 위주로 하는 중과 딸애기의 애정행각에 초점이 맞추어지는 변이형의 노래를 만들어낸다."고 하였다. 또한 그는 이러한 변이형의 <중노래>만이 불린 남해군의 경우는 인접해 있는 전라도 지역의 민요가 전파되어 정착한 것으로 추정하였다. (류경자, 「무가 <당금애기>와 민요 '중노래 · 맏딸애기'류의 교섭양상과 변이」, 『한국민요학』 23, 한국민요학회, 2008, 331~339쪽.)

유형이 많이 나타나는 것도 흥미롭다. 이는 북서부권의 서사민요가 주로 시집살이하는 여자에게 초점이 주어져 있다면 남부권의 서사민요는 주로 혼인 전 여자에게 초점이 주어져 있다고 설명할 수 있다.

이렇게 볼 때 영남 북서부권 서사민요는 영남의 다른 지역에 비해 시집식구에 의해 며느리가 고난을 받는 유형이 다양하게 발달되어 있다. 이는 혼인 관련 서사민요에서도 신랑이 죽음으로써 신부의 고난이 강조되고 있고, 신랑 저주 관련 서사민요에서도 처녀가 아닌 본처가 저주함으로써 아내를 두고 남편이 후실 장가를 가는 것을 비판하는 내용으로 되어 있다는 점으로도 뒷받침된다.

3.2. 영남 북동부권

영남 북동부권은 안동, 대구, 경주를 중심으로 한 영남의 북부이자 낙동강 이동 지역이다. 서사민요가 구비대계에서 137편, 민요대전에서 33편, 총 170편 조사되었다. 이는 영남 서사민요 중 26.8%에 해당되는 것으로, 북서부권 32.8%, 남부권 40.5%에 비해 가장 적게 조사되었다. 이렇게 볼 때 서사민요는 전통적으로 양반 지역이라 불리는 안동을 중심으로 한 북동부권이 다른 지역보다 전승이 활발하지 못한 것을 알 수 있다. 영남 북동부권은 다른 지역에 비해 유교 중심의 양반 문화가 다른 지역보다 더 깊이 자리 잡고 있는 곳이다. 특히 이 지역의 중심이라 할 수 있는 안동시는 예로부터 '추로지향(鄒魯之鄕)'이라 불리는 데서 알 수 있듯이 전통적 유교식 예법이 살아있어서 민요에서도 그 흔적을 강하게 찾을 수 있다.[50] 그러므로 영남 북동부권은 평민 여성들의 문학이라 할 수 있는 서사민요가 활발하게 전승

50)『한국민요대전』 경북편, (주)문화방송, 1995, 375쪽.

되기에는 영남의 다른 지역에 비해 적합하지 못한 조건을 지니고 있었으리라 생각된다. 서사민요가 활발하게 향유될 수 있기 위해서는 여성들이 모여 일을 하며 노래를 부를 수 있는 분위기가 형성되어야 하는데, 보수적인 양반 마을에서는 여성들이 모여 일을 하는 것도 드물었거니와 이들이 모여 민요를 부르는 것 자체가 자유롭지 못했기 때문이다.

영남 북동부권에서 많이 조사된 유형을 차례대로 들면 Ba <베 짜며 기다리던 남편이 죽자 한탄하는 아내> 36편(21.18%), Ea <오빠가 부정을 의심하자 한탄하는 동생(쌍가락지)> 17편(10.00%), Mb <쥐가 남긴 밤을 아이와 나눠먹는 사람(달강달강)> 16편 (9.41%), Bc <진주낭군이 기생첩과 놀자 자살하는 아내(진주낭군)> 10편 5.88%, Lb <메밀음식 만들어 사람들에게 대접하는 여자(메밀노래)> 10편 (5.88%), Aa <시집식구가 구박하자 중이 되는 며느리 9편(5.29%)>, Ia <장식품 잃어버린 처녀에게 구애하는 총각(댕기노래)> 8편(4.71%) 등이다.

Ba <베틀 노래> 유형은 영남 북부 지역에서 전반적으로 많이 전승되지만 그중에서도 특히 북동부권에서 가장 많이 조사된 유형이다. 북서부권과 마찬가지로 북동부권 역시 안동, 대구 등을 중심으로 길쌈을 많이 해왔기 때문에 이 유형이 활발하게 전승될 수 있었으리라 생각된다. 북동부권에서 많이 조사된 유형 중 북서부권에서도 비슷한 비율로 많이 조사된 Ba <베틀 노래>, Bc <진주낭군>, Ea <쌍가락지>, Ia <댕기노래> 유형을 제외한다면 북동부권의 특징적인 유형으로는 Mb <달강달강> 유형과 Lb <메밀노래> 유형을 꼽을 수 있다. Mb <달강달강> 유형은 아이를 어르면서 밤을 삶아 먹는 과정을 읊는 내용이고, Lb <메밀노래> 유형은 메밀을 길러 메밀국수를 삶아 먹는 과정을 읊는 내용이다. 둘 다 서사적 성격보다는 교술적인 성향을 많이 띠고 있는 유형이다.[51] 이는 Ba <베틀노래> 유형과 함께

51) 서사민요는 서사 장르에 속하면서 창자에 의해 구연(실현화)되면서, 그 부차적 속성에 따라 전형적, 서정적, 극적, 교술적 성격을 띠게 된다. 교술적 성격은 서사민요의 작품외

북동부권에서는 살림살이에 관련된 유형이 많이 전승된다는 사실을 알 수 있다. 또한 이들은 주인물과 상대인물 간의 갈등도 뚜렷하게 나타나지 않는 유형으로서 북동부권 서사민요의 특징을 말해주는 것이라 할 수 있다.

한편 영남 북서부권에서는 Aa <중 되는 며느리> 유형을 비롯한 시집살이 관련 유형이 많이 조사된 데 비해, 북동부권에서는 이들 유형이 북서부권이나 남부권에 비해 비교적 적게 전승되는 것도 주목할 만하다. 특히 북동부권에서는 북서부권에서 많이 전승되고 있는 Ab <자살하는 며느리>, Af <과일 따다 들킨 며느리>, Ag <소송당한 며느리>, Ah <옷 찢은 시누> 유형이 아예 조사되지 않았거나 드물게 조사되었다. 이는 영남 북동부권이 시집살이노래의 전승이 자유롭지 않거나 활발하지 않았던 사정을 보여준다. 대신 이 지역에서 가장 활발하게 전승되는 것은 Ba <베틀 노래> 유형으로 이는 베 짜며 남편을 기다리는 아내의 이야기로 되어 있어 시집살이와 관계없이 부를 수 있기 때문이 아닌가 생각된다.

이렇게 영남 북동부권에 시집살이 관련 유형을 비롯한 서사민요가 다른 지역에 비해 많이 조사되지 않은 데에는 북동부권이 시집살이 유형을 부르기에 그리 적합하지 않은 사회적 환경을 지니고 있었기 때문이라 생각된다.[52] 안동을 중심으로 한 경북 북부 지역은 양반 여성을 중심으로 가사가 활발하게 창작, 전승되던 지역으로서 가사의 향유가 서사민요의 전승에 어느 정도 저해 요인이 되었을 것으로 추정된다.[53] 즉 이 지역에서는 조선 후

적 자아가 인물의 목소리에 의해 사건을 전개하지 않고 자신의 직접적인 목소리로 사건의 대부분을 전개하는 경우 나타난다. 대표적 유형이 Ba <베짜며 기다리던 남편이 죽자 한탄하는 아내>, Lb <메밀음식을 만들어 사람들에게 대접하는 여자>, Mb <쥐가 남긴 밤을 아이와 나눠먹는 사람> 유형 등이다. (서영숙, 앞의 책, 2009, 27~47쪽).

52) 권오경은 영남민요의 특질을 살펴보면서 "이 지역의 밭매는소리는 '불같이 더운날'로 사설을 시작하는 공통점이 있다. 예천, 봉화, 군위는 출가하여 중이 되는 과정을 보여주고, 안동은 자신의 신세를 한탄하는 데서 그치는 보수성을 지니고 있다."고 하였다. (권오경, 앞의 논문, 『우리말글』 25, 232쪽).

53) 권녕철에 의하면 규방가사는 경북 지방을 성주문화권, 안동문화권, 경주문화권으로 나누어 볼 때 안동문화권에서 77%이상이 조사되었다고 한다. 그는 또한 이 지역이 전통

기 이후에는 서민 부녀자들도 신분적 상승을 위해 가사를 향유하려는 노력이 확대되었으며, 실제로 창작 및 향유자 층이 늘어나게 되었다고 한다. 곧 양반 여성들에 의해 창작 향유되던 가사가 일반 서민 부녀자들에게도 정서적 신분 상승의 도구로서 민요보다 가사를 향유하려는 의도가 컸기 때문에 가사가 널리 분포된 영남 지역에서는 상대적으로 민요의 발굴이 힘들며, 민요의 발굴이 용이한 다른 지역에서는 상대적으로 가사의 발굴이 힘들다고 한다. 곧 민요와 가사의 분포가 상보적인 분포(complementary distribution)를 보이는 것이다.[54]

그러므로 영남 북동부권이 다른 지역에 비해 서사민요가 풍부하게 전승되지 않는 점과 시집살이 관련 유형보다는 Ba <베짜며 기다리던 남편이 죽자 한탄하는 아내>나 Lb <메밀 음식 만들어 사람들에게 대접하는 여자>와 같이 장편으로 된 교술적인 유형을 많이 부르는 것도 이들 지역에서 향유되는 가사의 영향을 어느 정도 입은 것이라 할 수 있을 것이다.

3.3. 영남 남부권

영남 남부권은 진주, 거제 등을 중심으로 한 낙동강 이남에 위치하면서 남해안에 연접해 있는 지역이다. 서사민요가 구비대계에서 244편, 민요대전에서 13편, 총 257편 조사되었다. 이는 영남 서사민요 중 40.5%에 해당되는 것으로, 북서부권 32.8%, 북동부권 26.8%에 비해 가장 많이 조사되었다. 이는 영남 남부권이 북부의 북서부권이나 북동부권에 비해 여성들이 서사민

적으로 유교문화권이어서 양반 부녀자들이 층층시하에서 시조나 민요 등 다른 음악을 즐기기 어려웠기 때문에 가사문화가 발달했다고 보았다. (권녕철, 『규방가사연구』, 이우출판사, 89쪽; 성기련, 「율격과 음악적 특성에 의한 장편 가사의 갈래 규정 연구」, 『한국음악연구』 28집, 한국국악학회, 2000, 270~271쪽.)

54) 이정옥, 『내방가사의 향유자 연구』, 도서출판 박이정, 1999, 130쪽.

요를 부르기에 훨씬 자유로운 환경을 지니고 있기 때문이라 생각된다. 서사민요는 평민 여성들에 의해 주로 전승되는 데, 영남 남부권은 북서부권이나 북동부권에 비해 양반 문화와는 어느 정도 거리가 있어 전승의 요건을 잘 갖추고 있다. 또한 영남 남부권은 호남 지역과 육로 또는 해로로 활발한 소통과 교류가 이루어지던 곳으로서 호남의 다양한 서사민요가 유입됨으로써 영남의 다른 지역에 비해 서사민요가 더욱 활발하게 전승될 수 있었으리라 생각된다.

영남 남부권에서 많이 조사된 유형을 차례대로 들면 Ea <오빠가 부정을 의심하자 한탄하는 동생(쌍가락지)> 29편 (11.33%), Ba <베 짜며 기다리던 남편이 죽자 한탄하는 아내(베틀노래)> 22편 (8.59%), Ia <장식품 잃어버린 처녀에게 구애하는 총각(댕기노래)> 15편 (5.86%), Bc <진주낭군이 기생첩과 놀자 자살하는 아내(진주낭군)> 15편 (5.86%), Id <나물 캐다 사랑을 나누는 총각과 처녀(남도령 서처자)> 14편 (5.47%), Gb <처녀의 저주로 신랑이 죽자 한탄하는 신부(이사원네 맏딸애기)> 14편 (5.47%), Hc <주머니를 지어 걸어 놓고 남자 유혹하는 처녀(주머니노래)> 11편 (4.30%), Ib <일하는 처녀에게 구애하는 총각> 11편 (4.30%), Mb <쥐가 남긴 밤을 아이와 나눠먹는 사람(달강달강)> 11편 (4.30%), Aa <시집식구가 구박하자 중이 되는 며느리> 10편 (3.91%) 등이다.

이를 보면 영남 남부권에서는 영남의 다른 지역에서 가장 많이 전승되는 Ba <베틀 노래> 유형이 상대적으로 적게 전승되고 대신 Ea <쌍가락지> 유형이 가장 많이 전승된다는 것을 알 수 있다. 이는 영남 남부권이 낙동강 남쪽에 자리하면서 해안에 접하고 있는 지역이라 해안 지역의 여성들은 농사뿐만 아니라 어업 관련 일에도 종사해야 했기 때문에 상대적으로 길쌈과 관련된 일은 적게 했기 때문이 아닌가 한다. 그러므로 남부 지역은 긴 서사민요보다는 비교적 길이가 짧은 서정적 성향의 서사민요가 많이 전승되고 있다.[55]

Ea 유형은 처녀의 부정을 다룬 이야기로 흔히 <쌍금쌍금 쌍가락지>라고 일컫는 것이다. 이외에도 남부권에서는 Ia <댕기노래>, Ib <일하는 처녀노래>, Id <남도령 서처자>, Gb <이사원네 만딸애기> 유형과 같이 처녀와 총각, 처녀의 저주 등 애정 관련 유형이 다른 지역에 비해 월등하게 많이 전승된다. 이는 남부권의 사회적 여건이나 문화 환경이 이들 서사민요를 향유하는 데 다른 지역에 비해 훨씬 더 자유롭고 개방적이기 때문이 아닐까 생각된다. 특히 Id <남도령 서처자> 유형은 나물을 캐러 간 총각과 처녀가 산에서 정사를 나누는 것을 직접적으로 표현한 노래로 이 지역 사람들의 특징을 잘 나타내 준다.[56)]

한편 비록 많은 각편이 전승되지는 않지만, 영남 남부권의 독특한 유형으로 Ic-2 <사모하는 총각을 중이 되어 찾아가 혼인하는 처녀(동국각시)> 유형을 들 수 있다. Ic-2 <동국각시> 유형은 오직 영남 남부권에서만 3편 조사되었다. 이 유형은 호남 지역에서 많이 전승되는 Ic-1 <처녀를 짝사랑하다 죽는 총각> 유형과 Aa <중 되는 며느리> 유형의 중이 되어 출가하는 여자 모티프가 결합된 유형이라 할 수 있다. 즉 Ic-2 <동국각시> 유형의 전반부는 Ic-1 <서답노래> 유형과 마찬가지로 총각이 처녀에게 물을 떠달라고 해 마시고 가는 내용으로 되어 있고, 후반부는 처녀가 중이 되어 총각의 집을 찾아가는 내용으로 되어 있다. 총각의 집에 가 동냥을 달라고 한 뒤 자루를 떨어트려 쌀을 젓가락으로 일일이 담아 하룻밤을 묵는 모티프 역시 Aa <중 되는 며느리> 유형과 동일하다. 이 유형 역시 처녀와 총각의 애정에 관한 내용을 담고 있다는 점에서 남부 지역 서사민요의 특징을 보여주고 있다.

---

55) 권오경은 경남 지역이 경북 지역에 비해 서사민요가 쇠퇴하고 서정민요가 발달한 것으로 보고 있다. (권오경, 「영남권 민요의 전승과 특질 연구: 전이 지역을 중심으로」, 『우리말글』 29, 우리말글학회, 2003, 26쪽)

56) 정혜인, 「경남 지역 서사민요의 유형적 특징과 교육적 적용」, 부산외대 교육대학원 석사학위논문, 2004, 34쪽.

또한 비록 수는 적지만 영남 북서부권이나 북동부권에서 잘 전승되지 않는 Ad <시집식구가 깨진 그릇 물어내라자 항의하는 며느리(양동가마)> 8편 (3.13%), Cb <친정부모 장례에 가는 딸(친정부음)> 8편 (3.13%) 등이 남부권에서는 비교적 많이 전승되는 점도 주목할 만하다.[57] 이들 유형은 영남 지역보다는 호남 지역에서 활발하게 전승되는 유형으로 남부권이 영남의 다른 지역에 비해 호남 지역과 소통과 교류가 많이 이루어지기 때문에 나타나는 현상이라 생각된다. 게다가 Ad <양동가마> 유형에서는 호남 지역의 Ad <양동가마> 유형과는 달리 시집식구들이 깨진 그릇을 물어내라고 하자 시집식구들에게 부당함을 항의한 뒤 중노릇을 나가버림으로써 Aa <중 되는 며느리> 유형과 결합되는 것을 볼 수 있다. 즉 호남 지역에서는 며느리가 시집식구들에게 항의를 하자 시집식구들이 며느리에게 굴복을 하는 것으로 끝나는 데 비해 영남 남부 지역에서는 여기에 그치지 않고 중노릇을 나가는 것으로 되어 있어 흥미롭다. 이는 위에서 살펴 본 Ic-2 <동국각시> 유형이 호남 지역에서 많이 전승되는 Ic-1 <서답노래> 유형과 Aa <중 되는 며느리> 유형이 결합되어 형성되는 것과 마찬가지 양상이다.

이렇게 영남 남부권 서사민요는 영남의 다른 지역에 비해 애정과 관련된 서정적 성향의 서사민요가 활발하게 전승되면서, 호남 지역 서사민요와의 혼합형을 많이 보여 준다고 할 수 있다.[58] 이는 서사민요뿐만 아니라 전반

57) 권오경은 밭매는 소리로 거창, 성주, 진주 지역 등에서는 주로 '출가형'이, 의령, 함양 등에서는 주로 '어머니 부고형'이 많이 채록된다고 하였다. 이는 북서부권에서는 Aa 중 되는 며느리 유형이, 남부권에서는 Cb 친정부음 유형이 주로 전승되는 것으로 파악한 필자의 연구 결과와 일치한다. (권오경, 「영남권 민요의 전승과 특질 연구: 전이 지역을 중심으로」, 『우리말글』 29, 우리말글학회, 2003, 219쪽.)

58) 황의종은 "경남 남해안 지역의 민요는 전라권 민요의 영향으로 혼합형 민요가 다수 발생, 전승되는 지역적 특질을 가진다. 고성 지방의 상여소리와 모찌는 소리는 메나리토리와 육자배기가 섞여 있다. 예를 들어 '모찌는 소리'의 '긴등지'는 메나리토리의 성격이 강하고, 짧은 등지'는 육자배기토리의 성격이 강하게 나타난다. 이러한 현상은 메나리토리에 다른 지역의 선율구조가 들어와 만남으로써 서로 영향을 주고받아서 생긴 현상이다."라고 하고 있다.(황의종, 「경남 지역 민요의 음악적 특징」, 『한국민요대전』 경상남도편, 문화방송, 1994, 25쪽, 131쪽 참조) 권오경 역시 영남 민요의 특질을 살펴보면서

적인 민요에 두루 나타나는 현상으로 이 지역에서는 특히 음악적으로도 영남의 메나리토리 외에 호남의 대표적 선법인 육자배기토리도 많이 쓰이고 있는 것을 볼 수 있다. 그 이유는 아마도 남부권이 호남 지역과 해안을 통해 연접해 있어서 호남과의 소통과 교류가 활발하게 이루어졌기 때문이 아닌가 한다.[59]

4. 맺음말

이 논문에서는 영·호남 지역 서사민요의 전승적 특질을 비교하기 위한 전 단계로 영남 지역 서사민요의 데이터베이스를 구축하고, 이를 통해 영남 서사민요의 유형별 전승양상과 권역별 전승양상을 분석하였다. 영남 지역에서는 총 635편의 서사민요가 조사되었는데, 이는 다른 지역에 비해 월등하게 많은 숫자여서 영남 지역이 호남 지역과 함께 서사민요의 양대 집산지임을 확인할 수 있었다.

영남 지역 서사민요의 유형별 전승양상을 주인물과 상대인물의 인물 관계에 따라 총 64개 유형으로 나누어 살펴본 결과, 영남 지역에서는 Ba <베짜며 기다리던 남편이 죽자 한탄하는 아내> 유형이 가장 활발하게 전승되는 것을 알 수 있었다. 이는 영남 지역 여성들이 예로부터 길쌈을 주 생업으로 삼아왔으며, 서사민요의 주 기능이 길쌈노동요이기 때문에 나타난 양상이라 생각된다. 다음으로는 Ea <오빠가 부정을 의심하자 한탄하는 동생>, Ia <장식품 잃어버린 처녀에게 구애하는 총각> 유형과 같은 혼인 전

"남해는 거제, 고성과 함께 전라 지역의 민요를 많이 유입한 곳이다. 그 예로 거창, 진주, 진양군은 '상사뒤여'로 뒷소리를 삼는다. 호남 농요의 유입에 따른 현상이다."라고 보고 있다. (권오경, 앞의 논문, 『우리말글』 25, 우리말글학회, 2002, 228쪽.)

59) 황의종, 「경남 지역 민요의 음악적 특징」, 『한국민요대전』 경상남도편, (주)문화방송, 1994, 34쪽.

여자의 애정 관련 유형이 많이 전승되는 반면, 상대적으로 Aa <시집식구가 구박하자 중이 되는 며느리> 유형을 비롯한 시집살이 관련 서사민요가 적게 전승되는 것을 볼 수 있었다. 이러한 영남 지역 서사민요의 전승적 특질은 호남 지역에서 시집살이 관련 서사민요가 활발하게 전승되는 것과 매우 대조적이다. 한편 영남 지역에는 활발하게 전승되는데 호남 지역에서는 그렇지 못한 유형과, 영남 지역에서는 거의 전승되지 않는데 호남 지역에서는 활발하게 전승되는 유형도 추출하였다. 이는 영남과 호남의 서사민요가 서로 소통하며 영향을 주고받으면서도 서로 간에 넘나들지 못하는 경계가 있었음을 보여주는 것이라 할 수 있다.

다음 영남 지역 서사민요의 권역별 전승양상을 영남 북서부권, 영남 북동부권, 영남 남부권의 세 권역으로 나누어 살펴본 결과 남부권, 북서부권, 북동부권의 순서로 서사민요가 활발하게 전승되고 있음을 알 수 있었다. 이는 영남의 서남부권이 북동부권에 비해 양반 문화의 영향을 적게 받았을 뿐만 아니라 호남 지역과의 문화적 소통과 교류가 활발하게 이루어졌기 때문에 나타난 현상이라 생각된다. 각 권역의 특징을 비교해 본다면 영남 북서부권은 시집살이 관련 서사민요가, 영남 북동부권은 살림살이 관련 서사민요가, 영남 남부권은 애정 관련 서사민요가 상대적으로 많이 전승되는 것을 볼 수 있다. 또한 영남 북동부권은 전통적으로 양반 문화가 강하게 자리 잡아 가사의 향유가 활발하게 이루어지는 곳으로서 서사민요 역시 이 영향을 입어 다른 지역에 비해 교술적인 성향을 많이 드러내는 것을 볼 수 있다. 한편 영남 남부권은 다른 지역에 비해 서정적 성향을 많이 드러내며, 호남에서 활발하게 전승되는 유형과의 혼합형이 많이 나타나는 것도 특징적이다.

이 연구에서 밝혀진 영남 지역 서사민요의 전승적 특질은 서사민요의 또 다른 집산지라 할 수 있는 호남 지역 서사민요와의 비교를 통해야만 분명하게 밝혀질 수 있을 것이다. 또한 전국 서사민요의 전승양상에 대한 연구가 이루어질 때 비로소 한국 서사민요의 총체적 본질이 드러날 수 있으리라고 본다. 이에 대한 자세한 논의는 차후 영·호남 서사민요의 전승적 특질을 비교할 후속 연구 및 한국 서사민요의 전승양상에 대한 연구에서 본격적으로 이루어질 것이다.

3장_ 영·호남 서사민요의 소통과 경계

1. 머리말

영남과 호남 지역은 다른 지역에 비해 서사민요가 가장 풍부하게 전승되는 지역이다.[60] 그러나 그럼에도 불구하고 양 지역에 어떤 유형의 서사민요가 얼마나 많이 전승되며 양 지역 서사민요의 차이점은 무엇인지 등 가장 기본적인 의문점들조차 거의 연구된 바 없다. 그러므로 서사민요 연구에 있어서 영·호남 지역은 서사민요의 본체를 드러내기 위한 중심 지역으로서, 전국 서사민요의 실상을 밝히기 위해 우선적으로 연구될 필요가 있다. 이 글은 한국의 서사민요 중 특히 서사민요의 양대 축이라 할 수 있는 영남과 호남 지역 서사민요의 데이터베이스를 구축하고 이를 바탕으로 두 지역 서사민요의 전승적 특질을 비교 고찰하는 것을 목적으로 한다.

영·호남 지역의 문화는 한민족 문화의 동질성 아래, 오랜 세월 동안 정치적, 사회적, 문화적 이질성을 형성해 왔다. 그러나 두 지역의 문화가 구체적으로 어떤 점을 공유하고 어떤 점에서 차이를 지니는지에 대한 활발한 연구는 이루어지지 못했다. 두 지역의 문화적 차이를 거칠게 비교해 본다면 영남은 주로 규방가사와 소설을 중심으로 한 음영 예술이 발달했다고 한다면 호남은 민요와 판소리를 중심으로 한 가창 예술이 발달했다고 할 수 있

60) 필자가 『한국구비문학대계』와 『한국민요대전』에서 서사민요를 추출해본 결과 영남 644편, 호남 313편, 충청 95편, 서울경기 5편, 강원 44편, 제주 27편으로, 영남과 호남 지역의 서사민요가 압도적인 비중을 차지하고 있다.

다. 기층민의 예술로는 영남은 민속극이, 호남은 판소리가 대표적인 예술로 손꼽힌다.[61] 그러나 서사민요는 두 지역 모두 선후를 가릴 수 없을 만큼 풍부하게 발달했다. 이는 두 지역의 문화적 이질성에도 불구하고 기층민, 특히 주 향유층인 기층 여성들의 공통 생활기반은 큰 차이가 없기 때문일 것이다. 그러나 그럼에도 불구하고 영남 지역에만 발달한 서사민요의 유형이 있는가 하면, 호남 지역에만 발달한 서사민요의 유형이 있고, 같은 유형이라도 영남과 호남 지역 서사민요 향유층이 택한 모티프와 결말 처리 방식에 차이가 있는 것을 볼 수 있다. 이러한 차이는 각 지역 기층 여성의 현실에 대한 인식이나 지역의 문화적 특질과 상관성이 있는 것으로 추정된다.

이에 이 글에서는 서사민요가 가장 집중적으로 전승되고 있는 영・호남 지역을 택하여 두 지역에는 어떤 유형의 서사민요가 전승되고 있는지를 필자가 구축한 데이터베이스를 통하여 파악함으로써 두 지역 서사민요의 전승분포 양상을 비교 분석하려고 한다.[62] 또한 영・호남 지역 서사민요에 나타난 서사전개 양상을 토대로 양 지역 서사민요의 유형구조적 특성을 고찰할 것이다. 이는 영・호남 지역 서사민요의 지역적 특성과 향유층의 의식을 파악하는 데 기반이 될 것이다.[63]

---

61) 최정락은 「영・호남 문학의 특성 고찰: 양 지역 조선조 문학의 대비를 통한」, 『어문학』 50, 한국어문학회, 1989, 301~302쪽 참조. 최정락은 영남의 문학 중 퇴계・노계의 시가, 규방가사, 탈춤을, 호남의 문학 중 송강・고산의 시가, 판소리를 택해 비교한 결과, 영남의 문학이 서정지향성, 집단이념 중시, 사회악을 만드는 전형에 대한 비판을 하고 있다면, 호남의 문학은 서사지향성, 개인정서 중시, 사회의 모순구조에 대한 비판을 하고 있다고 보았다.

62) 분석 대상 자료는 『한국구비문학대계』 5-1~5-7(전북), 6-1~6-12(전남), 7-1~7-18(경북), 8-1~8-14(경남), 한국정신문화연구원, 1980-1989; 『한국민요대전』 경남편, 경북편, 전남편, 전북편(주)문화방송, 1993-1995; 김익두, 『전북의 민요』, 전북애향운동본부, 1989; 지춘상, 『전남의 민요』, 전라남도, 1988; 조희웅・조홍욱・조재현 편, 『호남구전자료집』 1~8, 도서출판 박이정, 2010을 주자료로 하고, 조동일, 『서사민요연구』, 계명대 출판부, 1979(증보판) 소재 자료와 서영숙, 『한국서사민요의 날실과 씨실: 우리 어머니들의 노래』, 도서출판 역락, 2009 소재 자료 등 개인 조사자료를 보조 자료로 한다. 필자가 이 연구를 위해 데이터베이스화한 서사민요의 자료 수는 영남 지역 644편, 호남 지역 457편으로 총 1,101편에 해당한다.

2. 전승분포에 나타나는 소통과 경계

영남과 호남은 서로 소백산맥과 섬진강을 사이에 두고 경계를 이루고 있어, 오랜 세월 동안 정치적, 역사적으로 별개의 연맹체와 국가를 형성해 왔다. 삼국 이전에는 마한과 진한으로, 삼국 이후에는 백제와 신라로 나뉘어져 서로 각축을 벌여 왔으며, 이러한 관계는 통일 국가를 이룬 이후에도 서로 간에 보이지 않는 갈등으로 작용하여 왔다. 영남과 호남 사이에 놓여 있는 이러한 경계는 문화의 형성과 전승에도 작용해 영남과 호남의 문화는 서로 이질적인 양상을 보이고 있다. 하지만 두 지역의 문화가 완전히 고립된 단절의 양상을 보이는 것은 아니다. 두 지역은 모두 고려시대 이후 정치의 중심 지역에서 멀리 떨어진 변방에 위치해 있으면서 중앙의 문화와는 구별되는 지역의 문화, 변방의 문화를 형성해 왔다는 점에서 공통점을 지니고 있는데다가 인접 지역을 중심으로 소통이 이루어지면서 서로 영향을 주고받았다.

영남과 호남의 서사민요가 전승되면서 지역적으로 어떠한 소통과 경계의 양상을 보이는지를 살펴보기 위해 우선 영남과 호남 지역의 문화권역을 각기 서부와 동부로 나누어 보기로 한다.[64] 이는 영남과 호남, 두 지역 모두

---

63) 필자는 이 글을 쓰기 위한 전 단계 작업으로 서영숙, 「영남 지역 서사민요의 전승적 특질: 호남 지역 서사민요와의 비교를 위하여」, 『고시가연구』 26, 한국고시가문학회, 2010에서 영남 지역 서사민요의 전승적 특질을 중점적으로 살피면서 호남 지역 서사민요와의 비교를 위한 기반을 마련한 바 있다. 이 글은 앞선 논문을 바탕으로 호남 지역 서사민요 자료 분석을 포함하여 영·호남 지역 서사민요의 전승적 특질을 본격적으로 비교한 논문으로 앞 논문과 차별성을 지닌다. 한편 이 글은 영·호남 지역 서사민요의 전승 양상에 나타난 지역적 특질을 파악하는 데 중점을 두고 있어, 내용적 특질이나 향유층의 의식 등에 대한 논의는 별고로 미루기로 한다.

64) 권오경은 영남 민요권을 우선 영남우도와 영남좌도로 나눈 뒤 다시 영남 우도는 경북 서부권, 경남 서부권, 경남 남해권, 영남 좌도는 경북 북부권, 경북 중부권, 경남북 동해권으로 구분한 바 있다. 이 글에서는 영남과 호남의 비교를 목적으로 하고 있으므로 세분하지 않고 영남과 호남 각기 동부와 서부로 구분하기로 한다. 권오경, 「영남민요의 전승과 특질」, 『우리말글』 25, 우리말글학회, 2002, 217~241쪽; 「영남권 민요의 전승과

예전부터 현재의 행정적 경계인 남북보다는 자연적 지리적 경계인 동서로 나뉘어져 있었기 때문이다. 영남은 낙동강을 사이에 두고 경상좌도(동부)와 경상우도(서부)로, 호남은 섬진강을 사이에 두고 전라좌도(동부)와 전라우도(서부)로 나뉘었으며, 이는 자연스럽게 문화의 경계가 되어 왔다.[65]

서사민요는 평민 여성들이 주 향유층으로서, 특히 호남과 영남 지역의 평민 여성들이 집중적으로 불러왔다. 호남과 영남의 서사민요는 같은 평민 여성들이 부른 문학이라는 점에서 공통점을 지니고 있으면서도 두 지역의 이질적인 사회적 역사적 환경으로 인해 서로 간에 뚜렷하게 구별되는 전승 분포 양상을 보이고 있다. 그러면서도 인접해있는 호남 동부와 영남 서부의 서사민요 간에는 비슷한 양상을 찾아볼 수 있다. 이러한 서사민요의 전승분포 양상을 지역별로 서사민요 유형이 전승되고 있는 비율을 통해 살펴보기로 하자. 필자가 대상으로 한 서사민요 자료를 지역별, 유형별로 나누어 조사된 자료수와 지역별 비중을 나타내면 다음과 같다.[66]

특질 연구: 전이지역을 중심으로」, 『우리말글』 29, 우리말글학회, 2003, 213~245쪽 참조.

65) 경상좌도와 경상우도, 전라좌도와 전라우도는 현재의 행정구역과 정확하게 일치하는 것은 아니지만 대체로 다음과 같이 구분할 수 있다. [영남 동부] 영주, 예천, 안동, 의성, 군위, 칠곡, 대구, 경산, 울진, 봉화, 영양, 영덕, 청송, 포항, 영천, 경주, 청도, 창녕, 밀양, 양산, 울산 [영남 서부] 문경, 상주, 구미, 김천, 성주, 거창, 합천, 함양, 산청, 의령, 진주, 하동, 사천, 남해, 함안, 창원, 마산, 고성, 통영, 거제, 진해, 김해 [호남 동부] 무주, 진안, 장수, 임실, 순창, 남원, 구례, 곡성, 담양, 화순, 광양, 순천, 보성, 여수, 고흥 [호남 서부] 완주, 전주, 익산, 군산, 김제, 부안, 정읍, 고창, 장성, 광주, 영광, 함평, 나주, 무안, 영암, 장흥, 영암, 무안, 목포, 신안, 진도, 해남, 강진, 완도.

66) 서영숙, 「영남 지역 서사민요의 전승적 특질」, 『고시가연구』 26, 한국고시가문학회, 2010, 211~216쪽에서 영남 지역 서사민요의 권역을 북서부, 남부, 북동부로 나누어 지역별 서사민요의 분포비율을 호남 지역 자료수와 함께 제시한 바 있으나, 이 글에서는 영남 지역과 호남 지역 모두 자료를 확충하고 유형을 조절했으며, 두 지역 간의 소통 양상을 살피기 위해 각기 동부와 서부로 나누어 재분석하였기 때문에 다시 제시한다.

유형	호남 서부	영남 동부	호남 소계	영남 서부	영남 동부	영남 소계
Aa 중이 되는 며느리	5 (1.77%)	7 (4.02%)	12 (2.63%)	22 (5.66%)	12 (4.71%)	34 (5.28%)
Ab 시집식구로 인해 죽는 며느리	17 (6.01%)	8 (4.60%)	25 (5.47%)	3 (0.77%)	0 (0%)	3 (0.47%)
Ac 시집식구가 구박하자 한탄하는 며느리	13 (4.59%)	9 (5.17%)	22 (4.81%)	6 (1.54%)	3 (1.18%)	9 (1.40%)
Ad 그릇 깬 며느리	11 (3.89%)	2 (1.15%)	13 (2.84%)	13 (3.34%)	0 (0%)	13 (2.02%)
Ae 말을 안해 쫓아내자 노래부른 며느리	3 (1.06%)	3 (1.72%)	6 (1.31%)	1 (0.26%)	0 (0%)	1 (0.16%)
Af 과일 따먹다 들킨 며느리	1 (0.35%)	0 (0%)	1 (0.22%)	4 (1.03%)	0 (0%)	4 (0.62%)
Ag 시누가 옷을 찢자 항의하는 며느리	8 (2.83%)	3 (1.72%)	11 (2.41%)	5 (1.29%)	2 (0.78%)	7 (1.09%)
Ah 사촌형님이 밥해주지 않자 항의하는 사촌동생	11 (3.89%)	10 (5.75%)	21 (4.60%)	0 (0%)	0 (0%)	0 (0%)
Ai 사촌동생에게 시집살이 호소하는 사촌형님	2 (0.71%)	1 (0.57%)	3 (0.66%)	4 (1.03%)	14 (5.49%)	18 (2.80%)
Ba 베 짜며 남편을 기다리는 아내	19 (6.71%)	13 (7.47%)	32 (7.00%)	58 (14.91%)	48 (18.82%)	106 (16.46%)
Bb 남편이 기생첩과 놀며 모른체하자 자살하는 아내	0 (0%)	1 (0.57%)	1 (0.22%)	0 (0%)	0 (0%)	0 (0%)
Bc 진주낭군이 기생첩과 놀자 자살하는 아내	15 (5.30%)	8 (4.60%)	23 (5.03%)	19 (4.88%)	16 (6.27%)	35 (5.43%)
Bd 길에서 만난 남편이 몰라보자 한탄하는 아내	0 (0%)	1 (0.57%)	1 (0.22%)	0 (0%)	0 (0%)	0 (0%)
Be 남편에게 편지하나 오지 않자 한탄하는 아내	3 (1.06%)	0 (0%)	3 (0.66%)	0 (0%)	0 (0%)	0 (0%)
Bg 집나갔던 아내가 붙잡자 뿌리치는 남편	0 (0%)	0 (0%)	0 (0%)	2 (0.51%)	0 (0%)	2 (0.31%)
Ca 어머니 묘를 찾아가는 딸	17 (6.01%)	5 (2.87%)	22 (4.81%)	3 (0.77%)	5 (1.96%)	8 (1.24%)
Cb 친정부모 장례에 가는 딸	8 (2.83%)	12 (6.90%)	20 (4.38%)	9 (2.31%)	5 (1.96%)	14 (2.17%)

Cc 딸의 시집살이를 한탄하는 친정식구	6 (2.12%)	1 (0.57%)	7 (1.53%)	0 (0%)	0 (0%)	0 (0%)
Da 계모로 인해 죽은 자식	0 (0%)	2 (1.15%)	2 (0.44%)	1 (0.26%)	1 (0.39%)	2 (0.31%)
Db 부모와 이별하고 전쟁에 나간 자식	3 (1.06%)	2 (1.15%)	5 (1.09%)	3 (0.77%)	0 (0%)	3 (0.47%)
Ea 오빠에게 부정을 의심받은 동생	1 (0.35%)	6 (3.45%)	7 (1.53%)	33 (8.48%)	30 (11.76%)	63 (9.78%)
Eb 오빠가 물에서 구해주지 않자 한탄하는 동생	4 (1.41%)	4 (2.30%)	8 (1.75%)	13 (3.34%)	2 (0.78%)	15 (2.33%)
Fa-1 삼촌식구 구박받다 시집가나 신랑이죽은 조카	2 (0.71%)	0 (0%)	2 (0.44%)	3 (0.77%)	2 (0.78%)	5 (0.78%)
Fa-2삼촌식구 구박받다 장가가나 신부가 죽은 조카	0 (0%)	0 (0%)	0 (0%)	2 (0.51%)	0 (0%)	2 (0.31%)
Fb 삼촌식구 구박받다 시집가나 신랑이 죽은 각시	0 (0%)	0 (0%)	0 (0%)	1 (0.26%)	0 (0%)	1 (0.16%)
Ga 혼인을 기다리다 죽은 신랑	5 (1.77%)	3 (1.72%)	8 (1.75%)	7 (1.80%)	1 (0.39%)	8 (1.24%)
Gb-1 처녀의 저주로 죽는 신랑	5 (1.77%)	4 (2.30%)	9 (1.97%)	12 (3.08%)	9 (3.53%)	21 (3.26%)
Gb-2 본처(자식)의 저주로 죽는 신랑	2 (0.71%)	0 (0%)	2 (0.44%)	8 (2.06%)	1 (0.39%)	9 (1.40%)
Gc 혼인을 기다리다 죽는 신부	3 (1.06%)	0 (0%)	3 (0.66%)	6 (1.54%)	3 (1.18%)	9 (1.40%)
Gd 혼인날 애기를 낳은 신부	7 (2.47%)	5 (2.87%)	12 (2.63%)	3 (0.77%)	3 (1.18%)	6 (0.93%)
Ge 혼인날 방해를 물리치고 첫날밤을 치르는 신랑	3 (1.06%)	1 (0.57%)	4 (0.88%)	8 (2.06%)	2 (0.78%)	10 (1.55%)
Gf 신랑이 성불구이자 중이 되는 신부	1 (0.35%)	0 (0%)	1 (0.22%)	1 (0.26%)	0 (0%)	1 (0.16%)
Ha 외간남자의 옷이 찢기자 꿰매주는 여자	12 (4.24%)	4 (2.30%)	16 (3.50%)	2 (0.51%)	3 (1.18%)	5 (0.78%)
Hb 외간남자와 정 통하다 남편에게 들킨 여자	1 (0.35%)	0 (0%)	1 (0.22%)	0 (0%)	4 (1.57%)	4 (0.62%)
Hc 주머니를 지어 걸어 놓고 남자 유혹하는 처녀	3 (1.06%)	7 (4.02%)	10 (2.19%)	14 (3.60%)	9 (3.53%)	23 (3.57%)

Hd 중이 유혹하자 거절하는 여자	6 (2.12%)	3 (1.72%)	9 (1.97%)	0 (0%)	1 (0.39%)	1 (0.16%)
He 중에게 시주한 뒤 쫓겨나는 여자	4 (1.41%)	0 (0%)	4 (0.88%)	4 (1.03%)	0 (0%)	4 (0.62%)
Hg 장사가 자고간 뒤 그리워하는 과부	0 (0%)	2 (1.15%)	2 (0.44%)	1 (0.26%)	2 (0.78%)	3 (0.47%)
Ia 장식품 잃어버린 처녀에게 구애하는 총각	10 (3.53%)	8 (4.60%)	18 (3.94%)	22 (5.66%)	11 (4.31%)	33 (5.12%)
Ib 일하는 처녀에게 구애하는 총각	7 (2.47%)	7 (4.02%)	14 (3.06%)	18 (4.63%)	0 (0%)	18 (2.80%)
Ic-1 처녀를 짝사랑하다 죽는 총각	2 (0.71%)	7 (4.02%)	9 (1.97%)	9 (2.31%)	1 (0.39%)	10 (1.55%)
Ic-2 사모하는 총각을 중이 돼 찾아가 혼인하는 처녀	0 (0%)	0 (0%)	0 (0%)	3 (0.77%)	0 (0%)	3 (0.47%)
Id 나물캐다 사랑을 나누는 총각과 처녀	1 (0.35%)	1 (0.57%)	2 (0.44%)	9 (2.31%)	8 (3.14%)	17 (2.64%)
Ie 총각이 어머니를 통해 청혼하자 받아들이는 처녀	0 (0%)	0 (0%)	0 (0%)	1 (0.26%)	1 (0.39%)	2 (0.31%)
If 담배를 키워 피우며 청혼하는 총각	12 (4.24%)	0 (0%)	12 (2.63%)	5 (1.29%)	3 (1.18%)	8 (1.24%)
Ja 첩의 집에 찾아가는 본처	7 (2.47%)	2 (1.15%)	9 (1.97%)	9 (2.31%)	4 (1.57%)	13 (2.02%)
Jb 첩으로 인해 한탄하는 본처	0 (0%)	0 (0%)	0 (0%)	3 (0.77%)	1 (0.39%)	4 (0.62%)
Jc 첩이 죽자 기뻐하는 본처	3 (1.06%)	1 (0.57%)	4 (0.88%)	0 (0%)	0 (0%)	0 (0%)
Jd 본처가 죽자 기뻐하는 첩	0 (0%)	0 (0%)	0 (0%)	1 (0.26%)	0 (0%)	1 (0.16%)
Ka 자형에게 항의하는 처남	0 (0%)	2 (1.15%)	2 (0.44%)	8 (2.06%)	0 (0%)	8 (1.24%)
Kb 장인장모를 깔보는 사위	0 (0%)	1 (0.57%)	1 (0.22%)	2 (0.51%)	0 (0%)	2 (0.31%)
La 저승사자가 데리러오자 한탄하는 사람	1 (0.35%)	3 (1.72%)	4 (0.88%)	3 (0.77%)	5 (1.96%)	8 (1.24%)
Lb 메밀음식 만들어 사람들에게 대접하는 여자	5 (1.77%)	2 (1.15%)	7 (1.53%)	10 (2.57%)	10 (3.92%)	20 (3.11%)

Lc 나물반찬 만들어 사람들에게 대접하는 여자	3 (1.06%)	1 (0.57%)	4 (0.88%)	2 (0.51%)	2 (0.78%)	4 (0.62%)
Ma 자식이 없자 곤충을 자식으로 여긴 여자	0 (0%)	0 (0%)	0 (0%)	3 (0.77%)	3 (1.18%)	6 (0.93%)
Mb 쥐가 남긴 밤을 아이와 나눠먹는 사람	7 (2.47%)	3 (1.72%)	10 (2.19%)	8 (2.06%)	22 (8.63%)	30 (4.66%)
Mc 사람에게 자신의 신세를 한탄하는 소	4 (1.41%)	3 (1.72%)	7 (1.53%)	2 (0.51%)	0 (0%)	2 (0.31%)
Md 사람에게 잡힌 동물	10 (3.53%)	4 (2.30%)	14 (3.06%)	0 (0%)	3 (1.18%)	3 (0.47%)
Na 장끼가 콩 주워 먹고 죽자 한탄하는 까투리	10 (3.53%)	2 (1.15%)	12 (2.63%)	0 (0%)	3 (1.18%)	3 (0.47%)
총계	283	174	457	389	255	644

영남과 호남 지역에서 전승되는 서사민요는 모두 56개 유형이다.[67] 영남 지역에서는 이중 51개 유형이, 호남 지역에서는 50개 유형이 전승된다. 두 지역에서 모두 활발하게 전승되는 유형이 있는가 하면, 어느 지역에서만 활발하게 전승되는 유형도 있다. 두 지역에서 공통적으로 활발하게 전승되는 유형을 알기 위해 두 지역 모두 3% 이상 전승되는 유형을 들면 다음과 같다.[68]

유형	호남	영남
Ba 베 짜며 남편을 기다리는 아내	32(7.00%)	106(16.46%)
Bc 진주낭군이 기생첩과 놀자 자살하는 아내	23(5.03%)	35(5.43%)
Ia 장식품 잃어버린 처녀에게 구애하는 총각	18(3.94%)	33(5.12%)

67) 서영숙, 『한국서사민요의 날실과 씨실: 우리 어머니들의 노래』, 도서출판 역락, 2009, 51~54쪽에서 64개 유형을 제시한 바 있으나, 영·호남 지역 자료 검토를 통해 조정한 결과이다. 앞으로 전국 자료로 확대해 지속적으로 수정 보완할 필요가 있다.

68) 각 유형이 지역 서사민요에서 차지하는 비율을 알아보기 위해서는 지역별로 조사된 서사민요의 수가 다르므로 지역별로 조사된 서사민요 수에 대한 각 유형에 속하는 각편 수의 비율을 구해 비교하기로 한다. 서사민요의 유형명과 기호는 필자가 주인물과 상대 인물과의 관계에 의해 분류하고 명명한 것인데 이 글을 통해 몇 개 유형이 조절되었다. 서영숙, 앞의 책, 2009, 47~75쪽.

이 세 유형은 서사민요의 대표적 유형으로 영남과 호남뿐만 아니라 전국적으로 전승되는 '광포유형'일 가능성이 있다.[69] 이중에서 Ba <베 짜며 기다리던 남편이 죽자 한탄하는 아내(베틀노래)> 유형이 두 지역에서 모두 가장 많이 조사되었다. 이는 서사민요가 길쌈노동요로서의 기능을 지니고 있었음을 보여주는 것이면서 Ba <베틀노래> 유형이 다른 유형에 비해 향유자들뿐만 아니라 조사자들에게 가장 잘 알려진 노래임을 보여주는 것이라 할 수 있다. 그러면서도 특히 영남의 동부 지역에서는 조사된 서사민요 중 Ba <베틀노래> 유형이 16.46%를 차지하고 있어서, 영남 동부 지역이 다른 서사민요 유형보다도 이 유형을 집중적으로 향유하고 있음을 알 수 있다. Ba <베틀노래> 유형은 베 짜는 과정을 길게 서술할 뿐만 아니라 주인물과 상대인물 간의 갈등도 뚜렷하게 나타나지 않는 유형으로서, 교술적이면서 살림살이에 관련된 서사민요가 많이 전승되는 영남 동부권의 특징을 잘 나타내주는 대표적인 유형이라 할 수 있다.[70]

다음 어느 특정 지역에서는 활발하게 전승되나 다른 지역에서는 그렇지 않은 유형을 알기 위해 한 지역에서 다른 지역보다 1.5배 이상 많은 비율로 전승되는 유형을 들면 다음과 같다.

유형	호남	영남
Aa 시집식구가 구박하자 중이 되는 며느리	12(2.63%)	34(5.28%)
Ab 시집식구가 구박하자 죽는 며느리	25(5.47%)	3(0.47%)
Ac 시집식구가 구박하자 한탄하는 며느리	22(4.81%)	9(1.40%)
Ae 시집식구가 벙어리라고 쫓아내자 노래부른 며느리	6(1.31%)	1(0.16%)
Ag 시누가 옷을 찢자 항의하는 며느리	11(2.41%)	7(1.09%)
Ah 사촌형님이 밥을 해주지 않자 항의하는 사촌동생	21(4.60%)	0(0%)

69) 서영숙, 「영남 지역 서사민요의 전승적 특질」, 『고시가연구』 26, 한국고시가문학회, 2010, 219쪽에서는 Aa <중 되는 며느리> 유형과 Bc <진주낭군> 유형을 들었으나 결과가 약간 달라졌다. 경기, 강원, 제주 지역 등의 서사민요 자료가 모두 분석되어야 보다 분명한 결과를 알 수 있을 것이다.

70) 위의 논문, 232쪽.

Ai 사촌동생에게 시집살이 호소하는 사촌형님	3(0.66%)	18(2.80%)
Ba 베짜며 남편을 기다리는 아내	32(7.00%)	106(16.46%)
Ca 어머니 묘를 찾아가는 딸	22(4.81%)	8(1.24%)
Cb 친정부모 장례에 가는 딸	20(4.38%)	14(2.17%)
Cc 딸의 시집살이를 한탄하는 친정식구	7(1.53%)	0(0%)
Db 부모와 이별하고 전쟁에 나간 자식	5(1.09%)	3(0.47%)
Ea 오빠에게 부정을 의심받은 동생	7(1.53%)	63(9.78%)
Gb-1 처녀의 저주로 죽은 신랑	9(1.97%)	21(3.26%)
Gb-2 본처(자식)의 저주로 죽는 신랑	2(0.44%)	9(1.40%)
Gc 혼인을 기다리다 죽는 신부	3(0.66%)	9(1.40%)
Gd 혼인날 애기를 낳은 신부	12(2.63%)	6(0.93%)
Ge 혼인날 방해를 물리치고 첫날밤을 치르는 신랑	4(0.88%)	10(1.55%)
Ha 외간남자의 옷이 찢기자 꿰매주는 여자	16(3.50%)	5(0.78%)
Hd 중이 유혹하자 거절하는 여자	9(1.97%)	1(0.16%)
Id 나물캐다 사랑을 나누는 총각과 처녀	2(0.44%)	17(2.64%)
If 담배를 키워 피우며 청혼하는 총각	12(2.63%)	8(1.24%)
Ka 자형에게 항의하는 처남	2(0.44%)	8(1.24%)
La 저승사자가 데리러오자 한탄하는 사람	4(0.88%)	8(1.24%)
Lb 메밀음식 만들어 사람들에게 대접하는 여자	7(1.53%)	20(3.11%)
Ma 자식이 없자 곤충을 자식으로 여긴 여자	0(0%)	6(0.93%)
Mb 쥐가 남긴 밥을 아이와 나눠먹는 사람	10(2.19%)	30(4.66%)
Mc 사람에게 자신의 신세를 한탄하는 소	7(1.53%)	2(0.31%)
Md 사람에게 잡힌 동물	14(3.06%)	3(0.47%)
Na 장끼가 콩주워먹고 죽자 한탄하는 까투리	12(2.63%)	3(0.47%)

이를 통해 보면 영남 지역에서는 Aa <시집식구가 구박했을 경우 중이 되는 며느리> 유형과 Ai <사촌동생에게 시집살이 호소하는 사촌형님> 유형이 호남 지역보다 많이 나타나는 것 이외에는 시집살이 관련 노래가 그리 풍부하게 전승되지 않음을 알 수 있다. 시집살이 관련 노래의 경우 호남 지역에서 활발하게 전승되는 것을 볼 수 있는데, Ab <시집식구가 구박하자 죽는 며느리>, Ac <시집식구가 구박하자 한탄하는 며느리>, Ae <시집식구가 벙어리라고 쫓아내자 노래 부른 며느리>, Ag <시누가 옷을 찢자 항의하는 며느리>, Ah <사촌형님이 밥을 해주지 않자 한탄하는 사촌동생>

등 시집식구가 구박했을 때 나타나는 며느리의 대응 양상도 매우 다양하게 나타난다. 자살을 하거나 한탄을 하는 데 그치지 않고 시집식구에게 항의를 하는 대담한 경우가 많이 나타나는 것도 호남 지역 서사민요의 특징이다.[71)]

영남 지역에서 특히 두드러지는 유형으로 Ea <오빠에게 부정을 의심받은 동생(쌍가락지)> 유형과 Gb <여자의 저주로 죽은 신랑(이사원네 맏딸애기)> 유형 등을 들 수 있다.[72)] 반면에 호남 지역에서 특히 두드러지는 유형으로 Ab <시집식구가 구박하자 죽는 며느리>, Ag <시누가 옷을 찢자 항의하는 며느리>, Ca <어머니 묘를 찾아가는 딸>, Cb <친정부모 장례에 가는 딸>, Gd <혼인날 애기를 낳은 신부>, Ha <외간남자의 옷이 찢기자 꿰매주는 여자> 유형을 들 수 있다. 이들은 각기 영남 또는 호남의 지역 유형이라 할 수 있을 만한 것들이다.[73)] 특히 영남에서는 처녀가 부정을 의심받는 노래와 처녀가 남자를 저주하는 노래와 같이 처녀의 구애와 사랑에 관한 노래가 많이 불린다고 한다면, 호남에서는 혼인한 여자가 겪는 고난에 관한 노래와 외간남자와 관련된 부적절한 사랑에 관한 노래가 많이 불린다고 할 수 있다.

한편 영남과 호남 지역의 서사민요가 어떻게 소통되었는지는 서로 인접한 영남 서부와 호남 동부의 서사민요 분포양상을 비교함으로써 파악할 수 있다. 양 지역에서 서사민요 유형의 분포에 있어 서부와 동부가 두드러지게 차이가 나는 경우를 들어보면 다음과 같다.

---

71) 위의 논문, 218~219쪽.

72) Gb <여자의 저주로 죽은 신랑> 유형의 경우 저주의 주체가 누구이냐에 따라 다시 Gb-1 <처녀의 저주로 죽은 신랑>과 Gb-2 <본처(자식)의 저주로 죽은 신랑>의 하위 유형으로 나눌 수 있다.

73) 서영숙, 「영남 지역 서사민요의 전승적 특질」, 『고시가연구』 26, 한국고시가문학회, 2010, 219~220쪽.

유형	호남		영남	
	서부	동부	서부	동부
Aa 시집식구가 구박하자 중이 되는 며느리	1.77%	4.02%	5.66%	4.71%
Ab 시집식구가 구박하자 죽는 며느리	6.01%	4.60%	0.77%	0%
Ad 그릇 깬 며느리	3.89%	1.15%	3.34%	0%
Ae 시집식구가 벙어리라고 쫓아내자 노래부른 며느리	1.06%	1.72%	0.26%	0%
Ag 시누가 옷을 찢자 항의하는 며느리	2.83%	1.72%	1.29%	0.78%
Ah 사촌형님이 밥을 해주지 않자 항의하는 사촌동생	3.89%	5.75%	0%	0%
Ai 사촌동생에게 시집살이 호소하는 사촌형님	0.71%	0.57%	1.03%	5.49%
Ca 어머니 묘를 찾아가는 딸	6.01%	2.87%	0.77%	1.96%
Cb 친정부모 장례에 가는 딸	2.83%	6.90%	2.31%	1.96%
Cc 딸의 시집살이를 한탄하는 친정식구	2.12%	0.57%	0%	0%
Ea 오빠에게 부정을 의심받은 동생	0.35%	3.45%	8.48%	11.76%
Eb 오빠가 물에서 구해주지 않자 한탄하는 동생	1.41%	2.30%	3.34%	0.78%
Gb-1 처녀의 저주로 죽는 신랑	1.77%	2.30%	3.08%	3.53%
Gb-2 본처(자식)의 저주로 죽는 신랑	0.71%	0%	2.06%	0.39%
Ge 혼인날 방해를 물리치고 첫날밤을 치르는 신랑	1.06	0.57	2.06	0.78
Ha 외간남자의 옷이 찢기자 꿰매주는 여자	4.24%	2.30%	0.51%	1.18%
Hc 주머니를 지어 걸어놓고 남자 유혹하는 처녀	1.06%	4.02%	3.60%	3.53%
He 중에게 시주한 뒤 쫓겨나는 여자	1.41%	0%	1.03%	0%
Ib 일하는 처녀에게 구애하는 총각	2.47%	4.02%	4.63%	0%
Ic-1 처녀을 짝사랑하다 죽는 총각	0.71%	4.02%	2.31%	0.39%
Ic-2 사모하는 총각을 중이 돼 찾아가 혼인하는 처녀	0%	0%	0.77%	0%
If 담배를 키워 피우며 청혼하는 총각	4.24%	0%	1.29%	1.18%
Jc 첩이 죽자 기뻐하는 본처	1.06%	0.57%	0%	0%

Ka 자형에게 항의하는 처남	0%	1.15%	2.06%	0%
La 저승사자가 데리러오자 한탄하는 사람	0.35%	1.72%	0.77%	1.96%
Mb 쥐가 남긴 밤을 아이와 나눠먹는 사람	2.47	1.72	2.06	8.63
Na 장끼가 콩 주워먹고 죽자 한탄하는 까투리	3.53%	1.15%	0%	1.18%

여기에서 보면 대부분 호남에서 활발하게 전승되는 유형들은 영남의 동부보다는 서부 지역에서 많이 전승되며, 영남에서 활발하게 전승되는 유형들은 호남의 서부보다는 동부 지역에서 많이 전승되는 것을 알 수 있다. 즉 호남에서 활발하게 전승되는 Ab <시집식구가 구박하자 죽는 며느리>, Ad <그릇 깬 며느리>, Ae <시집식구가 벙어리라고 쫓아내자 노래 부른 며느리>, Ah <사촌형님이 밥을 해주지 않자 항의하는 사촌동생> 유형의 경우 호남과 인접해 있는 영남의 서부 지역에서는 적은 비중이나마 조사가 된 반면 동부 지역에서는 전혀 조사되지 않았다.

이는 영남의 동부 그중에서도 특히 북동부 지역이 산간 지역으로서 영·호남의 다른 지역과의 소통이 원활하게 이루어지지 않았음을 보여주는 것이라 할 수 있다. 뿐만 아니라 이 지역은 예로부터 다른 지역에 비해 양반문화, 유교문화적 성격이 강해 호남의 서사민요 유형을 쉽게 받아들여 전승하기 어려운 문화적 환경을 지니고 있었기 때문에 나타난 양상이라 생각된다.[74] 이 지역에서 Aa <시집식구가 구박하자 중이 되는 며느리> 유형과 Ai <사촌동생에게 시집살이 호소하는 사촌형님> 유형 이외에는 시집살이 관련 노래가 활발하게 전승되지 않는 것도 이러한 뿌리 깊은 유교문화적 환경과 무관하지 않으리라 생각된다.

반대로 영남 지역에서 활발하게 전승되고 있는 유형의 경우 호남 동부에서는 비교적 많이 조사되며 호남 서부에서는 많지는 않더라도 어느 정도

74) 위의 논문, 228쪽.

전승되고 있음을 확인할 수 있다. 예를 들어 영남 지역에서 활발하게 전승되고 있는 Ea <오빠에게 부정을 의심받은 동생> 유형의 경우 인접해 있는 호남 동부에서는 3.45%, 서부에서는 0.35% 조사되었으며, Hc <주머니를 지어놓고 남자 유혹하는 처녀> 유형의 경우 호남 동부에서는 4.02%, 서부에서는 1.06% 조사되었다. 또한 흥미로운 것은 '형님형님 사촌형님'이라는 같은 관용어구로 시작되면서도 호남 지역에서는 Ah <사촌형님이 밥을 해주지 않자 항의하는 사촌동생> 유형이, 영남 지역에서는 Ai <사촌동생에게 시집살이 호소하는 사촌형님> 유형이 별도로 전승되고 있는데, 호남의 지역 유형이라 할 수 있는 Ah <사촌형님이 밥을 해주지 않자 항의하는 사촌동생> 유형의 경우 영남 지역에서는 전혀 조사되지 않는 반면, 영남의 지역 유형이라 할 수 있는 Ai <사촌동생에게 시집살이 호소하는 사촌형님> 유형은 호남 지역에서도 적게나마 조사된다는 사실이다. 이를 통해 호남 지역이 상대적으로 영남 지역 서사민요와의 소통에 개방적이었다고 한다면, 영남 지역 그중에서도 특히 영남 동부는 호남 지역 서사민요와의 소통에 폐쇄적이었음을 알 수 있다.

이상에서 영남과 호남의 서사민요는 서로 인접해 있는 지역을 중심으로 서사민요를 통한 소통이 활발하게 이루어지면서도, 영남의 동부와 호남의 서부 간에는 서사민요 간의 소통이 잘 이루어지지 않았음을 알 수 있다. 또한 영남 지역 서사민요 유형의 경우 호남 지역에 거의 대부분 전승되는 데 반해, 호남 지역 서사민요 유형 중 시집살이와 관련된 일부 유형의 경우 영남 지역에서는 매우 드물게 전승됨으로써 뚜렷한 경계 양상을 보여준다. 이러한 경계는 영남 서부와 동부 사이에서 다시 한 번 형성됨으로써, 서사민요의 전승이 크게는 호남과 영남 사이에, 다시 작게는 영남의 서부와 동부 사이에 뚜렷한 차이점을 형성하면서 이루어졌음을 알 수 있다.

3. 유형구조에 나타나는 소통과 경계

이 장에서는 같은 유형의 서사민요가 영남과 호남에서 각기 어떠한 구조적 특징을 지니며 다른 의미를 구현하고 있는지를 구체적으로 살펴보기로 하자. 같은 유형의 서사민요라도 서사단락의 결합 양상에 따라 다양한 하위유형으로 나뉘게 되는데, 가창자가 이중 어느 하위유형으로 부르느냐는 단순한 실수나 기억의 오류 등으로 인한 것도 있지만, 대체로 지역에 따라 일정한 경향을 나타내고 있음을 볼 수 있다. 즉 서사민요의 유형구조는 지역적 변별성을 지니고 있으며, 이는 서사민요의 유형구조가 지역 가창자들의 성향과 가치관, 지역문화나 환경과 밀접한 관련이 있음을 말해준다고 하겠다.

서사민요의 유형은 주인물과 상대인물(대상)과의 관계에서 일어나는 주요 사건이 무엇이냐에 따라 나눌 수 있으며, 같은 유형의 서사민요라 할지라도 서사단락의 결합 양상에 따라 다시 몇 가지 하위유형으로 나눌 수 있다. 서사단락은 서사민요의 사건을 이루고 있는 구성단위로서 독립된 유형을 결정짓는 핵심단락과 스토리의 풍부한 전개를 이루는 부수단락으로 구분된다. 핵심단락은 그 유형만의 고유한 것이지만, 부수단락은 그 유형에 필수적인 것은 아니며 대부분 다른 유형과 공유하기도 한다. 서사민요의 무수한 각편을 어느 유형이라고 구별할 수 있는 것은 그 유형만의 핵심단락을 지니고 있기 때문이다. 부수단락은 창자에 따라, 구연상황에 따라, 지역에 따라 달라지는 것이다.[75] 여기에서는 이러한 서사단락의 결합에 의한 유형구조와 의미가 지역별로 어떠한 변별성을 지니고 있는지 살펴보려고 한다.

서사민요의 모든 유형을 대상으로 영·호남의 유형별 차이를 비교하기는 어려우므로, 서사민요 중 잘 알려진 대표적 유형이면서 양 지역에서 뚜렷한

---

75) 유형을 구성하는 핵심단락과 부수단락에 대해서는 서영숙, 「서사민요 <이사원네 맏딸애기> 노래의 전승양상」, 『어문연구』 67, 어문연구학회, 2011. 3.에서 처음 제시하였으며, 이 글에서 서사민요의 다른 유형으로 확대해 분석한다.

차이점을 보여주는 Ad <그릇 깬 며느리>, Cb <친정부모 장례에 가는 딸>, Ea <오빠에게 부정을 의심받은 동생>, Gb <여자의 저주로 죽는 신랑>을 대상으로 살펴보기로 하자.[76] 이들 유형은 각기 여성주인물이 현실 속에서 접하는 주변인물과의 관계에서 빚어지는 사건을 서술하고 있는데, 각기 Ad <그릇 깬 며느리>는 시집식구와 며느리의 관계를, Cb <친정부모 장례에 가는 딸>은 친정식구와 딸의 관계를, Ea <오빠에게 부정을 의심받은 동생>은 오빠와 동생의 관계를, Gb <여자의 저주로 죽는 신랑>은 남자와 여자의 관계에서 빚어지는 사건을 다루고 있다는 점에서 서사민요의 주향유층인 평민여성의 현실인식을 고루 살펴보기에 적당한 자료들이라 할 수 있다.

네 유형의 핵심단락과 부수단락, 이들의 결합에 따라 나타나는 하위유형을 각기 살펴보면 다음과 같다.[77]

유형	핵심단락	부수단락	하위유형
Ad 그릇 깨뜨린 며느리	α 며느리가 깨를 볶다 그릇을 깨뜨린다. β 시집식구가 그릇을 물어내라고 한다.	A 며느리가 시집식구에게 자신의 몸값을 물어내라며 항의한다. B 시집식구가 며느리를 죽이려 한다.	항의형: [α+β]+A 죽음형: [α]+B+C 복합형(출가형): [α+β]+A+D

76) 서영숙, 「서사민요 <그릇 깬 며느리 노래>의 전승양상과 향유의식」, 『한국민요학』 29, 한국민요학회, 2010. 8.; 「서사민요 <친정부음 노래>의 서사구조와 향유의식」, 『새국어교육』 85, 한국국어교육학회, 2010. 8.; 「<쌍가락지 노래>의 서사구조와 전승양상」, 『어문연구』 65, 어문연구학회, 2010. 9.; 「서사민요 <이사원네 맏딸애기> 노래의 전승양상」, 『어문연구』 67, 어문연구학회, 2011. 3.에서 각 유형의 전승양상과 구조적 특징, 향유층의 의식 등을 자세히 살펴본 바 있다. 이 글은 이들 유형에 대한 통합적 시각으로 영남과 호남 지역 서사민요의 전승적 특질을 비교적 관점에서 고찰하는 것으로, 기본적인 연구의 토대는 선행 논문들에 바탕을 두고 있으나 각 하위유형의 서사단락 분석은 자료를 확충하여 새롭게 한 것임을 밝혀 둔다.

77) 핵심단락은 α, β로 나타낸다. 이중 α는 사건의 발단이고, β는 이를 바탕으로 전개된 사건이다. 각편에 따라서는 사건의 발단만으로 이루어지는 경우도 있으므로 둘 중에서도 더 핵심적인 단락은 α이다. 부수단락은 핵심단락에 덧붙여져 사건을 풍부하게 확장해나가는 단락으로 A, B, C...로 나타내기로 한다.

		C 며느리가 죽는다. (+남편이 부모에게 항의한다) D 며느리가 중이 되어 나간다.	
Cb 친정부모 장례에 가는 딸	α 딸이 일을 하다가 친정부모의 부음을 받는다. β 딸이 장례에 가서 한탄한다.	A 여러 가지 일이 생겨 장례에 늦는다. B 친정오빠들이 나무라며 곽문을 열어주지 않는다. C 막내오빠(삼촌)가 곽문을 열어줘 어머니 몸감장을 잘 해서 보낸다. D 밥을 해주지 않는 올케를 원망한다.	한탄형: [α+β] 꾸중형: [α+β]+A+B 몸감장형:[α+β]+A+B+C 복합형1:[α+β]+A+B+D 복합형2:[α+β]+A+B+C+D
Ea 오빠에게 부정을 의심받은 동생	α 여동생이 쌍가락지를 닦고 있다. β 오빠가 여동생의 부정을 의심하자 항의한다.	A 여동생이 죽겠다고 한다. B 자신을 잘 묻고 보살펴 달라고 한다. C 연꽃이 피면 자신인 줄 알아달라고 한다.	항의형: [α+β] 죽음형: [α+β]+A 매장형: [α+β]+A+B 환생형:[α+β]+A+B+C
Gb 여자의 저주로 죽는 신랑	α 여자가 몸치장을 하고 남자를 유혹한다. β 남자가 거절하자 여자가 저주한다.	A 예쁘다고 소문난 처녀를 몇 번을 찾아갔다가 겨우 만난다. B 총각이 어려서 부모를 잃고 삼촌집에서 구박을 받으며 자라난다. C 남편(아버지)이 본처(자식)을 버려두고 후실장가를 간다. D 혼인날 신랑이 죽자 신부가 한탄한다. (+시댁에 가서 처녀과부가 된다.) E 남자 상여가 처녀 집앞에 서자 처녀가 속적삼을 덮어주니 움직인다.(+처녀가 시집갈 때 남자 묘가 벌어져 들어간다.)	처녀유혹형: [α], A+[α], B+[α] 처녀저주형: [α+β], A+[α+β], B+[α+β], B+A+[α+β] 신부한탄형: [α+β]+D, A+[α+β]+D, B+[α+β]+D, B+A+[α +β]+D 저승결합형: [α+β]+E, A+[α+β]+E, B+[α+β]+E, B+A+[α+β]+E 후실장가형: C+[α'+β], C+[α'+β]+D 복합형:B+[α+β]+D+E, C+A+[α+β]+D , C+A+[α+β]+D+E

여기에서 보면 서사민요는 가장 기본적인 핵심단락만으로 매우 단편적인 하위유형을 이루기도 하고, 핵심단락 외에도 여러 가지 부수단락을 결합해 다양하면서도 복합적인 하위유형을 이룬다. 이 하위유형들은 가창자에 따라 달라지기도 하지만, 지역별로 뚜렷한 경향을 나타내기도 한다. 이는 서사민요의 하위유형이 지역의 문화적 특질이나 지역민의 의식과 관련이 있음을 보여주는 것이라 할 수 있다.

각 유형이 지역별로 어떻게 다른 서사단락의 결합양상을 보이는지 하위유형별 비율을 표로 나타내면 다음과 같다.

유형	호남		영 남	
	서부	동부	서부	동부
Ad 그릇 깬 며느리	항의형 [α+β]+A (11편 100%)	항의형 [α+β]+A (2편 100%)	항의형[α+β]+A(5편 38.5%) 죽음형[α]+B+C(2편 15.4%) 복합형(출가형)[α+β]+A+D(6편 46.1%)	조사되지 않음(0%)
Cb 친정부모 장례에 가는 딸	한탄형[α+β](7편 87.5%) 꾸중형[α+β]+A+B(1편 12.5%)	한탄형[α+β](9편 75%) 꾸중형[α+β]+A+B(3편 25%)	한탄형[α+β](+A)(2편 22.2%) 꾸중형[α+β]+A+B(3편 33.3%) 복합형[α+β]+A+B+D(4편 44.4%)	꾸중형 [α+β]+A+B(2편 40%) 몸감장형[α+β]+A+B+C(1편 20%) 복합형[α+β]+A+B(+c)+D(2편 40%)
Ea 오빠에게 부정을 의심받은 동생	항의형[α+β](1편 100%)	항의형[α+β]61편 100%)	항의형 [α+β](18편 54.5%) 죽음형[α+β]+A(3편 9.1%) 매장형[α+β]+A+B(7편 21.2%) 환생형[α+β]+A+B+C(5편 15.2%)	항의형 [α +β](8편 26.7%) 죽음형[α+β]+A(4편 13.3%) 매장형[α+β]+A+B(10편 30.3%) 환생형[α+β]+A+B+C(8편 26.7%)

Gb 여자의 저주로 죽은 신랑	처녀유혹형 [α] / A+[α](5편 71.4%) 후실장가형 C+[α'+β](2편 28.6%)	처녀유혹형 [α] / A+[α](3편 75%) 신부한탄형 [α+β]+D (1편 25%)	처녀유혹형 [α] / A+[α] / B+[α](8편 40%) 처녀저주형 A+[α+β](2편 10%) 후실장가형 C+[α'+β](8편 40%) 신부한탄형 A+[α+β]+D / B+A+[α+β]+D(2편 10%)	처녀유혹형 [α] / A+[α](3편 30%) 처녀저주형 A+[α+β](2편 20%) 후실장가형 C+[α'+β](1편 10%) 신부한탄형 B+A+[α+β]+D(3편 30%) 복합형(저승결합+신부한탄) C+A+[α+β]+D+E(1편 10%)

이 표를 놓고 보면 네 유형의 경우 호남 지역에서는 거의 대부분 핵심단락을 중심으로 단편적으로 서사를 전개하는 데 비해, 영남 지역에서는 핵심단락에 부수단락의 다양한 조합을 통해 확장적으로 서사를 전개하는 것을 알 수 있다. Ad <그릇 깬 며느리>의 경우 호남 지역에서는 며느리가 그릇값을 물어내라는 시집식구들에게 항의하는 것으로 그치는 데 비해, 영남 지역에서는 시집식구에게 항의하는 대신 며느리가 자살을 하거나 중이 되어 나가는 것으로 되어 있어 노래가 장편화한다. Cb <친정부모 장례에 가는 딸>의 경우에도 호남 지역에서는 친정부모 부음을 받은 딸이 친정에 가 한탄을 하는 데 그치는 데 비해, 영남 지역에서는 친정식구들이 늦게 왔다고 꾸중을 하며 친정부모 곽문을 열어주지 않거나, 더 나아가 나중에 막내오빠가 친정부모 곽문을 열어줘 제대로 되어 있지 않은 감장을 잘 해서 장례를 치르는 것으로 되어 있다. Ea <오빠에게 부정을 의심받은 동생>의 경우 호남 지역에서는 오빠의 의심에 여동생이 항의를 하는 데 그치는 데 비해, 영남 지역에서는 여동생이 죽음을 통해 자신의 억울함을 하소연하거나 죽은 뒤 연꽃으로 환생함으로써 자신의 결백을 증명하려는 데에까지 나아가고 있

다. Gb <여자의 저주로 신랑이 죽자 한탄하는 신부>의 경우에도 호남 지역에서는 처녀가 잘 꾸미고 나와 남자를 유혹하는 데 그치는 데 비해, 영남 지역에서는 남자가 처녀의 유혹을 거절하자 남자를 저주하여 죽음에 이르게 하거나 더 나아가 죽은 남자와 저승 결합을 하거나, 새신부가 남자의 죽음을 한탄하는 내용까지 덧붙여짐으로써 상당히 다양하고 장편화된 전개를 보여준다.

이상에서 볼 때 호남 지역에서는 핵심단락 위주의 단편적인 구조를 보이는 데 비해, 영남 지역은 부수단락이 다양하게 결합해 장편화하는 것을 볼 수 있다. 영남 지역에서는 특히 여러 하위유형의 서사단락이 매우 복잡하게 얽혀 있는 복합형이 많이 나타나는 것을 볼 수 있다. 심지어 호남의 지역유형이라 생각되는 Ad <그릇 깬 며느리> 유형의 경우도 호남 지역에서는 항의형([α+β]+A)으로 간단하게 마무리하는 데 비해, 영남 서부 지역에서는 여기에 며느리가 시집식구의 사과를 뿌리치고 중이 되어 나가는 대목이 덧붙음으로써 복합형([α+β]+A+D)으로 장편화하여 불린다.

이는 호남 지역에서는 Cb <친정부모 장례에 가는 딸> 유형과 Ah <사촌형님이 밥을 해주지 않자 한탄하는 사촌동생> 유형이 별도로 불리는데, 영남 지역에서는 이 두 유형이 복합되어 [α+β]+A+B+D(복합형1)와 [α+β]+A+B +C+D(복합형2)로 서사 전개가 이루어지는 것으로도 확연히 드러난다. 이때 Ah <사촌형님이 밥을 해주지 않자 항의하는 사촌동생> 유형의 경우 호남에서는 4.60%로 풍부하게 전승되는 반면, 영남에서는 0%로 거의 조사되지 않고 있어 호남의 지역 유형이라 할 만한 것이다. 그런데 흥미로운 것은, 호남에서는 이 유형이 독립적으로 짧게 불리는 데 비해, 영남에서는 거의 Cb <친정부모 장례에 가는 딸> 유형에 덧붙여져서 불린다는 것이다. Cb <친정부모 장례에 가는 딸> 유형의 경우도 영남에서는 2.17% 조사된 반면, 호남에서는 4.38% 조사되고 있어 본래 호남의 지역 유형일 가능성이 높으나, 호남에서는 복합형이 전혀 발견되지 않는다.

이렇게 호남 지역에서는 핵심단락 위주의 단형 서사민요가, 영남 지역에서는 핵심단락에 다양한 부수단락이 결합된 장형 서사민요가 생성되는 데에는 여러 가지 이유가 있을 것이나 우선 두 지역의 문화적 환경과 관련이 있는 것으로 생각된다. 즉 호남 지역은 영남 지역에 비해 여성의 유희문화가 발달해, 여성들이 함께 모여 노래를 부르며 즐길 기회가 많았고 이런 자리에서는 긴 노래보다는 짧은 노래를 많이 부르게 마련이다. 예를 들어 <둥당애타령>이나 <강강수월래>를 부르면서도 서사민요의 대목을 돌려가며 부르는 것을 흔히 볼 수 있는데, 이 경우 사설을 짧게 마무리할 수밖에 없는 것이다.

이에 비해 영남 지역에서는 남성 중심의 유교문화로 인해 여성이 자유롭게 모여 유희를 즐길 수 있는 자리나 기회가 흔하지 않았다. 대신 오랜 시간 길쌈을 하면서 낮은 소리로 서사민요를 불렀으므로, 긴 사설을 필요로 했다. 서사민요 중 Ba <베 짜며 남편 기다리는 아내> 유형이 호남 지역에서는 32편(7%) 조사된 반면, 영남 지역에서는 106편(16.46%) 조사된 것도 영남 지역이 호남 지역에 비해 길쌈노동요가 훨씬 더 많이 불렸음을 말해준다. 그러므로 영남 지역의 서사민요가 핵심단락 외에도 여러 가지 다양한 부수단락이 붙음으로써 사설이 장편화하는 것은 이러한 이유가 가장 큰 비중을 차지한다고 할 수 있다. 뿐만 아니라 영남 지역에서는 호남 지역과는 달리 장편 여성가사가 활발하게 전승되어 왔는데 여성가사의 장편화 경향이 서사민요에도 어느 정도 영향을 미치지 않았을까 생각된다.

한편 호남의 서사민요는 대부분 항의와 한탄, 유혹 등에서 사건을 마무리함으로써 발단된 사건으로 인한 인물의 즉각적인 감정을 제시하는 데 치중하고 있는 반면, 영남에서는 발단된 사건에 대응하는 인물의 순차적인 행동을 전개해 나가는 데 치중하고 있다고 할 수 있다.[78] 이는 앞의 표에서

78) 강정미는 「<밭매기 노래>의 사설 특성 연구: 경상남도와 전라남도 비교 분석」, 부경대 석사학위논문, 2008, 70~74쪽에서 경남 <밭매기 노래>에서 화자는 자신의 신세를 한탄하기보다는 자신의 상황을 있는 그대로 표현하고 있을 뿐인데 비해, 전남 <밭매기 노래>에서는 자신의 신세나 처지를 자세하게 말하고 싶어하며, 일의 고됨, 신세한탄 소망 등을 자신이 처해 있는 현실과 함께 다양한 비유적 방법을 통해 나타낸다고 보고 있다.

제시한 Ad <그릇 깬 며느리> 유형, Cb <친정부모 장례에 가는 딸> 유형, Ea <오빠에게 부정을 의심받은 동생> 유형 모두 호남 지역에서는 '항의형'과 '한탄형'이 큰 비중을 차지하고 있는 반면, 영남 지역에서는 Ad <그릇 깬 며느리> 유형의 경우, 주인물이 중이 되어 떠나는 '출가형', Cb <친정부모 장례에 가는 딸> 유형의 경우 어머니의 신체에 염습을 해 장례를 잘 치르는 '몸 감장형', Ea <오빠에게 부정을 의심받은 동생> 유형의 경우 주인물이 죽음을 결행하고(죽음형), 자신의 죽을 곳을 부탁하며(매장형), 마지막에 연꽃으로 환생하기까지 하는(환생형) 하위유형 등으로 자신의 결백을 끝까지 주장하는 데에 잘 나타난다.

이들 유형 외에도 호남 지역에서 많이 전승되는 유형 중 Ac <시집식구가 구박하자 한탄하는 며느리>, Ag <시누가 옷을 찢자 항의하는 며느리>, Ah <사촌형님이 밥을 해주지 않자 항의하는 사촌동생> 유형 모두 주인물이 상대인물의 행위에 대해 항의하거나 한탄하는 내용으로 되어 있다. 이렇게 호남 지역 서사민요가 사건의 전개를 길게 이끌어나가기보다는 인물의 대사를 통해 한탄이나 분노 등의 감정을 직접적으로 표출하는 경향이 두드러진다면, 영남 지역 서사민요는 인물의 행동을 통해 감정을 간접적으로 제시하는 경향이 두드러진다. 곧 호남 지역 서사민요가 대체로 서정적 성향을 많이 드러낸다면, 상대적으로 영남 지역 서사민요는 서사민요의 전형적인 특성을 많이 보여준다고 할 수 있을 것이다.[79]

4. 맺음말

서사민요는 평민 여성들이 주 향유층으로서, 특히 호남과 영남 지역의

79) 서사민요는 서사 장르에 속하면서 그 부차적 속성에 따라 전형적, 서정적, 극적, 교술적 성격을 띠게 된다. 서사민요의 장르적 속성에 대해서는 서영숙, 앞의 책, 2009, 27~47쪽 참조

평민 여성들이 집중적으로 불러왔다. 호남과 영남의 서사민요는 같은 평민 여성들이 부른 문학이라는 점에서 공통점을 지니고 있으면서도 두 지역의 이질적인 사회적 역사적 환경으로 인해 서로 간에 뚜렷하게 구별되는 전승 양상을 보이고 있다. 이 글에서는 두 지역 서사민요의 전승분포 양상과 유형구조적 특성을 데이터베이스 분석을 통해 비교 고찰하였다.

영·호남 지역에서 공통적으로 활발하게 전승되는 서사민요 유형으로는 Ba <베 짜며 남편을 기다리는 아내>, Bc <진주낭군이 기생첩과 놀자 자살하는 아내>, Ia <장식품 잃어버린 처녀에게 구애하는 총각>을 들 수 있다. 이 세 유형은 서사민요의 대표적 유형으로 영남과 호남뿐만 아니라 전국적으로 널리 활발하게 전승되는 '광포유형'이라 할 수 있다.

다음 두 지역의 지역유형으로 볼 수 있는 것으로, 영남 지역에서는 Ea <오빠에게 부정을 의심받은 동생(쌍가락지)> 유형과 Gb <여자의 저주로 죽은 신랑(이사원네 맏딸애기)> 유형을, 호남 지역에서는 Ad <그릇 깬 며느리>, Ae <시집식구가 벙어리라고 쫓아내자 노래 부른 며느리>, Ag <시누가 옷을 찢자 항의하는 며느리>, Ha <외간남자의 옷이 찢기자 꿰매주는 여자> 등을 들 수 있다. 특히 영남에서는 처녀가 부정을 의심받는 노래와 처녀가 남자를 저주하는 노래로 처녀의 구애와 사랑에 관한 노래가 많이 불린다고 한다면, 호남에서는 혼인한 여자가 겪는 고난에 관한 노래와 외간남자와 관련된 부적절한 사랑에 관한 노래가 많이 불린다.

호남에서 활발하게 전승되는 유형의 경우 호남과 인접해 있는 영남의 서부 지역에서는 적은 비중이나마 조사가 된 반면 동부 지역에서는 전혀 조사되지 않았다. 반대로 영남 지역에서 활발하게 전승되고 있는 Ea <오빠에게 부정을 의심받은 동생(쌍가락지)> 유형의 경우 인접해 있는 호남의 동부 지역에서는 활발하게 전승되는 반면, 서부 지역에서는 거의 전승되지 않는다. 이를 통해 호남의 지역유형의 경우 영남의 서부까지는 소통이 이루어졌으나 동부까지는 넘나들지 못했다고 한다면, 영남의 지역 유형의 경우 호남의 동부뿐 아니라 서부까지 대부분 소통되고 있음을 볼 수 있다.

두 지역 서사민요 중 Ad <그릇 깬 며느리>, Cb <친정부모 장례에 가는 딸>, Ea <오빠에게 부정을 의심받은 동생>, Gb <여자의 저주로 죽는 신랑> 유형의 구조적 특성을 비교한 결과 호남 지역에서는 핵심단락 위주의 단편적 구조를 보이는 데 비해, 영남 지역은 부수단락이 다양하게 결합해 장편화하는 것을 볼 수 있다. 심지어 호남의 지역유형이라 생각되는 Ad <그릇 깬 며느리> 유형의 경우도 호남 지역에서는 '항의형'([α+β]+A)으로 간단하게 마무리하는 데 비해, 영남 서부 지역에서는 여기에 며느리가 시집 식구의 사과를 뿌리치고 중이 되어 나가는 대목이 덧붙음으로써 '복합형'([α+β]+A+D)으로 장편화하여 불린다. 이는 호남 지역이 영남 지역에 비해 여성의 유희문화가 발달해, 여성들이 함께 모여 즐기면서 긴 노래보다는 짧은 노래를 많이 부른 반면, 영남 지역에서는 남성 중심의 유교문화로 인해 여성이 자유롭게 모여 유희를 즐길 수 있는 자리가 흔하지 않은 대신 오랜 시간 길쌈을 하면서 긴 사설을 갖춘 노래가 필요했기 때문에 생겨난 양상이라 생각된다.

이 글은 영·호남 지역 서사민요가 인접 지역 간에 서로 소통하면서도 일부 유형의 경우 두 지역 간에 뚜렷한 경계를 이루면서 지역 고유의 전승적 특질을 지니고 있음을 밝혔다는 데에 의의가 있다. 이는 서사민요의 형성과 전승이 지역의 사회·문화적 환경과 밀접한 관련이 있음을 시사해 준다. 그러나 그 이유가 무엇인지에 대해서는 심층적으로 밝히지 못한 점이 한계로 남는다. 앞으로 영·호남 서사민요뿐만 아니라 전국 서사민요의 전승양상에 대한 거시적인 비교 고찰을 계속함으로써 한국 서사민요의 전승에 나타나는 수수께끼를 밝힐 필요가 있다. 또한 이 글에서 미처 살피지 못한 지역 서사민요의 내용적 특질과 향유의식 비교에 대해서도 차후의 과제로 남겨둔다.

4장_ 제주 지역 서사민요의 전승양상

1. 머리말

서사민요는 서사적 줄거리를 갖추고 있는 노래이다. 전통 사회에서 오랜 시간 동안 단조로운 작업을 반복적으로 해야 했던 기층 여성들은 일의 지루함과 고단함을 덜기 위하여 서사민요를 불렀다. 뿐만 아니라 서사민요를 통해 삶 속에서 맺혔던 응어리를 풀어내고, 현실에서 이루지 못하는 꿈을 그려냈다. 그러므로 기층 여성들에게 있어 서사민요는 삶과 노동을 지속하게 하는 놀이이자 도구였다.

지금까지 서사민요는 영남과 호남 등 육지 지역이 중심 전승 지역으로 여겨져 왔고, 서사민요의 연구 역시 육지 지역 서사민요만을 대상으로 이루어져 온 것이 사실이다.[80] 게다가 제주 지역 민요의 경우 <맷돌·방아노래>, <해녀 노래> 등 문학성과 음악성이 풍부한 서정민요가 활발하게 조사·연구되고 있는데 비해 상대적으로 서사민요는 소홀하게 다루어져 왔다.[81] 그러다보니 제주 지역 서사민요의 실상에 대해서는 전혀 연구된 바가

80) 서사민요 연구는 조동일이 『서사민요 연구』에서 경북 지역을 중심으로 서사민요의 전반적 특징을 밝힌 이래, 본인에 의해 호남, 영남, 충청, 강원, 서울·경기 지역 등의 전승양상이 지속적으로 연구돼 왔다. 그 결과 서사민요는 영남과 호남을 중심으로 활발하게 창작·전승되며, 주변 지역으로 갈수록 창작과 전승이 덜 활발하게 이루어지고 있음이 밝혀지고 있다. 서영숙, 「서사민요의 지역문학적 성격: 충청 지역을 중심으로」, 『한국시가연구』 32, 2012, 123~150쪽; 「서울·경기 지역 서사민요의 전승양상과 문화적 특질」, 『한국민요학』 35, 한국민요학회, 2012, 95~130쪽 등 참조.

81) 제주도 민요는 김영돈의 『제주도 민요연구』 하(이론편) 이후, 조영배, 좌혜경, 양영자,

없어, 제주 지역은 마치 서사민요의 불모지인 것처럼 여겨져 왔다.

이에 제주 지역은 과연 서사민요가 존재하는지, 존재한다면 육지 지역과 어떤 공통점과 차이점을 지니고 있는지, 그 이유는 무엇인지 등에 대한 연구가 필요하다. 특히 제주 지역은 육지 지역과 멀리 떨어져 있어 구비문학의 창작과 전승에 있어 독특한 환경을 지니고 있다는 점에서, 제주 지역 서사민요에 대한 연구는 서사민요의 창작과 전승 연구에 많은 시사점을 줄 수 있으리라고 본다.

이 연구를 위해 우선 제주 지역에서 조사된 구비문학 자료집 중 『한국구비문학대계』와 『한국민요대전』, 『제주도 민요 연구』 상(자료편), 『백록어문』 및 기타 자료집[82]을 대상으로 서사민요를 추출한 뒤, 본인이 개발한 인물관계 유형분류 방법에 의해 유형을 분류할 것이다.[83] 이를 데이터베이스화하여 분석함으로써 제주 지역 서사민요의 유형별 분포와 특징을 고찰하고, 제주 지역 서사민요가 지니고 있는 전승적 특질을 살필 것이다. 이는 특히 제주 지역 서사민요와 육지 지역 서사민요의 비교를 통해 제주 지역이 육

이성훈 등에 의해 지속적인 연구가 이루어졌으나 서사민요에 대한 연구는 거의 이루어진 바 없다.

82) 『한국구비문학대계』(총85권), 한국정신문화연구원, 1980~1989; 『한국민요대전』, 경기, 강원, 충북, 충남, 전북, 전남, 경북, 경남, 제주 편, (주)문화방송, 1993~1996을 주자료집으로 하고, 기타 자료집은 김영돈, 『제주도 민요연구』 상(자료편), 민속원, 1965초판, 2002 개정판; 『백록어문』 1집~19집(학술조사보고), 제주대학교 국어교육과 백록어문학회, 1986~2004; 진성기, 『남국의 민요: 제주도민요집』, 제주민속연구소, 1958초판 1991(7판) 등을 활용한다. 인용시 약호는 주자료집은 각기 '백록', '구비대계', '민요대전'으로 표기하고, 기타 자료집은 채록자 명으로 표기한 뒤, 해당 문헌의 자료번호 또는 인용페이지를 밝힌다.

83) 서사민요는 한국민요의 기능별 분류체계에서 '비기능요'로 분류되었을 뿐, 뚜렷한 분류기준이 마련되지 않았다.(박경수, 「한국민요의 기능별 분류체계」, 『한국구비문학대계』 별책부록(III), 한국정신문화연구원, 1992.) 그러나 서사민요의 경우 기능에 의한 분류가 아니라 서사요소에 의한 별도의 분류기준이 필요하다. 본인은 서사민요의 유형을 주인물과 상대인물의 관계, 핵심사건에 따라 분류하는 방안을 제시하고 이에 따라 『한국구비문학대계』와 『한국민요대전』 등의 자료를 대상으로 분류를 시도한 바 있다. 앞으로 서사민요의 유형분류체계에 대한 본격적 논의가 필요하다. 서영숙, 『한국서사민요의 날실과 씨실: 우리어머니들의 노래』, 도서출판 역락, 2009, 47~75쪽.

지 지역과 공유하고 있는 광포 유형들을 어떻게 수용하고 변형하고 있는지, 제주 지역에서 어떤 방식으로 지역 유형들을 창작·전승하고 있는지에 초점을 맞추어 논의를 진행할 것이다.

2. 제주 서사민요의 유형별 분포와 특징

이 장에서는 제주 지역 서사민요의 유형별 분포와 특징을 살핀다. 특히 제주 지역에는 어떤 유형의 서사민요가 전승되고 전승되지 않는지, 제주 지역 서사민요의 전반적 특징은 무엇인지 등을 중심으로 고찰할 것이다. 제주 지역 서사민요의 전승양상에 대한 개괄적 고찰에 초점을 두므로 유형이나 작품에 대한 심층적 분석은 추후의 논문으로 미룬다.

제주 지역에서 조사된 서사민요 96편의 유형별 분포를 표로 나타내면 다음과 같다.

유형		제주	계
시집식구-며느리	Aa 시집식구가 구박하자 중이 되는 며느리	북제주군 추자면153(백록8)	1
	Ac 시집식구가 구박하자 한탄하는 며느리	표선면 성읍리466(김영돈), 한림읍 월령리1038(김영돈), 제주시 삼도동41(3)(구비대계)	3
	Ad 실수로 그릇 깬 며느리	조선민요집성320(김사엽외)	1
	Ae 벙어리라고 쫓겨나 꿩노래 부른 며느리	구좌2-8(2)(민요대전), 서귀읍 서호리494(김영돈), 안덕면 동광리121(진성기), 대정읍 일과리321(백록14)	4
	Ai 시집살이 호소하는 사촌형님	대정읍6(구비대계), 서귀포시 안덕면130(구비대계), 제주시	15

		삼도동17(구비대계), 제주시 삼도동43(구비대계), 구라읍 종달리338(백록16), 구라읍 종달리339(백록16), 구좌읍 한동리233(백록11), 애월읍 금덕리236(백록12), 대정읍 일과리282(백록14), 대정읍 일과리283(백록14), 대정읍 하모3리240(백록15), 북제주군 장전리451(백록18,19), 제주시 내도동271(백록17), 제주시 봉개동 회천리237(백록10), 조선민요집성320(김사엽 외)	
	Al 시부모에게 말대꾸하는 며느리	대정읍 영락리478(김영돈)	1
남편-아내-첩	Bc 진주낭군이 기생첩과 놀자 자살하는 아내	대정읍 일과리319(백록14)	1
	Bj 남편이 죽자 한탄하는 아내	북제주군 추자면154(백록 8)	1
	Ja 첩의 집을 찾아간 본처	제주시 삼도동36(구비대계), 서귀포시 표선면 14(구비대계), 표선5-2(대전), 제주시 이도동569(김영돈), 북제주군 장전2리178(백록 18,19), 조천읍 선흘1리113(백록10), 표선면 하천리50(진성기), 조선민요집성331(김사엽외)	8
	Jc 첩이 죽자 기뻐하는 본처	제주시 이도동576(김영돈), 제주시 삼도동989(김영돈)	2
친정식구-딸	Ca 어머니 묘를 찾아가는 딸	제주시 용담동308(김영돈), 북제주군 추자면155(백록8)	2
	Ea 오빠에게 부정을 의심받은 동생	제주시 삼도2동1363(김영돈)	1
남녀	Gd 혼인날 애기 낳은 신부	조천면 함덕리1352(김영돈)	1
	Hc 주머니를 걸어놓고 남자 유혹하는 처녀	서귀포시5(구비대계), 중문면 도순리1355(김영돈), 제주시 건입동1356(김영돈), 성산면	8

		성산리1357(김영돈), 조천면 함덕리1368(김영돈), 성산면 온평리1354(김영돈), 제주민요집112(김영삼), 애월면 금성리1170(김영돈)	
	Hh 세 남자를 만난 뒤 아이 낳은 여자	제주시 삼도동41(1)(구비대계)	1
기타 사람	La-2 죽은 후 이승에 다녀간 여자	한경면 고산리(서영숙)	1
	Ld 베를 짜는 여자	서귀포시 안덕면10(구비대계), 서귀포시 안덕면100(구비대계), 서귀포시 안덕면30(구비대계), 한경면 신창리1139(김영돈), 한경면 신창리1140(김영돈), 한림읍 귀덕리1141(김영돈)	6
	Lf 가족이 모두 죽자 한탄하는 사람	서귀포6-16(민요대전), 서귀포7-3(민요대전)	2
	Lg 밥이 적자 화를 내는 가족	애월9-18(민요대전), 북제주군 장전리449(백록18,19)	2
	Lh 망할 조짐이 나타난 집안	제주시 삼도동41(2)(구비대계), 제주시 삼도동16(구비대계), 서귀포시 안덕면142(구비대계), 조천면 조천리1365(김영돈), 한경면 신창리420(김영돈), 조천면 선흘1리113(백록10), 제주시 삼도동36(2)(김영돈), 봉개동 회천리242(백록10)	8
동물	Na 콩을 주워먹고 사는 꿩	애월9-17(민요대전), 북제주군 장전리452(백록18,19), 제주시 아라동1256(김영돈), 조천1-10(민요대전), 서귀포7-4(민요대전), 서귀포시4(구비대계), 서귀포시 안덕면9(구비대계), 표선면 표선리207(진성기), 구좌면 송당리1252(김영돈), 한림읍 귀덕리1253(김영돈), 제주시 이도동1254(김영돈), 한림읍 귀덕리1255(김영돈), 성산면 온평리1257(김영돈), 서귀읍 법환리1258(김영돈),	14

	Nc 꿈에 삼촌이 죽는 것을 본 생선	구좌2-8(1)(민요대전), 애월면 고내리149(진성기), 제주민요집37(김영삼), 조천면 함덕리1295(김영돈), 조천면 신촌리1296(김영돈), 한경면 신창리1297(김영돈), 제주시 건입동1298(김영돈), 성산면 온평리1299(김영돈)	8
기타	설화의 서사민요화	대정읍 영락리1372(새털옷신랑)(김영돈), 제주시 삼도동48(김녕굴전설)(구비대계), 제주시 삼도동15(2)(마라도전설)(구비대계), 서귀포시 대정읍2(마라도전설)(구비대계), 제주시 삼도동15(1)(진시황전설)(구비대계)	5
계			96

제주 지역에서 불리는 서사민요 유형은 그리 다양하지 않다. 지금까지 필자가 추출한 서사민요 유형 총 61개 유형(제주 지역 유형 포함, 기타 유형 제외) 중에서 22개 유형만 조사되었다. 이중에서도 1~2편만 전승되는 것이 13개 유형이어서 이를 제외한다면 제주 지역에는 9개 유형이 비교적 서사민요 유형으로서 안정되게 전승되고 있다고 할 수 있다. 유형별로 1~2편만 조사된 것은 한 두 창자에 의해서 구연되기는 했지만, 서사민요 유형으로 자리 잡을 수 있을 만큼 다른 창자들에게 제대로 전승되었다고 보기 어렵기 때문이다. 그러므로 제주 지역에서는 육지 지역만큼 다양한 서사민요 유형이 전승되지 않으며, 그 대신 일부 소수 유형이 집중적으로 불리는 것을 볼 수 있다.

제주 지역에서 3편 이상 불리는 9개 서사민요 유형의 편수와 비중은 다음과 같다. 비교를 위해 ( ) 안에 제주를 포함해 전국적으로 조사된 서사민요 편수와 비중을 적는다. 본인이 추출한 전국 서사민요는 총 1,667편이다.

Ac 시집식구가 구박하자 한탄하는 며느리: 3편/3.13% (38편/2.28%)
Ae 벙어리라고 쫓겨나 꿩노래 부른 며느리: 4편/4.17% (11편/0.66%)

Ai 시집살이 호소하는 사촌형님: 15편/15.63% (111편/6.66%)
Hc 주머니 만들어 남자를 유혹하는 처녀: 8편/8.33% (48편/2.88%)
Ja 첩의 집에 찾아가는 본처: 8편/8.33% (33편/1.98%)
Ld 베를 짜는 여자: 6편/6.25% (190편/11.40%)
Lh 망할 조짐이 나타난 집안: 8편/8.33% (8편/0.48%)
Na 콩을 주워먹고 사는 꿩: 14편/14.58% (33편/1.98%)
Nc 꿈에 삼촌이 죽는 것을 본 생선: 8편/8.33% (8편/0.48%)

이를 보면 제주 지역에서는 대체로 사건이 복잡하게 전개되는 장편 서사민요 유형보다는 한 가지 사건에서 일어난 특정한 장면에 대한 묘사가 두드러지는 단편 서사민요 유형이 많이 불리는 것을 볼 수 있다. Ac <시집살이 한탄> 유형의 경우 시집식구의 구박에 시집식구를 동물, 특히 물고기에 비유하면서 한탄하고 있고, Ae <벙어리 노릇한 며느리> 유형의 경우 꿩의 각 부위에 시집식구를 대입시켜 시집식구에 대한 자신의 감정을 간접적으로 드러내며, Ai <사촌형님> 유형의 경우 사촌형님과 동생의 대화를 통해 시집살이의 어려움과 시집식구에 대한 원망을 극적 인물의 목소리를 통해 전달한다. Ja <첩집방문> 유형의 경우도 첩의 집에 싸우러 가지만 첩의 상냥한 태도에 그대로 돌아오고 마는 본처의 모습을 짤막한 장면묘사를 통해 보여준다. 해와 달 등으로 곱게 수놓은 주머니의 모습(Hc 유형), 베틀 각 부분의 작동 모습(Ld 유형), 부잣집에 나타난 망할 조짐의 모습(Lh 유형), 화려한 자태를 지닌 꿩의 모습(Na 유형), 생선의 죽음을 암시하는 꿈의 장면(Nc 유형) 등에 대한 객관적 묘사를 통해 사건의 한 장면을 전경화해 제시한다.

이는 서사민요를 육지 지역에서는 대체로 혼자 길쌈을 하거나 밭을 매면서 독창으로 부르는데 비해, 제주 지역에서는 맷돌을 돌리거나 방아를 찧거나 노를 젓는 등 혼자보다는 여럿이 함께 작업하면서 선후창 또는 교환창으로 부르기 때문에 나타나는 양상이라고 할 수 있다. 즉 혼자 작업하면서 부르는 경우 사건을 길게 서사적으로 이어나가는 것이 필요하지만, 여럿이 함께 돌아가면서 부르는 경우에는 단편적 장면을 집중적으로 보여줌으로써 짧게 마무리하는 것이 필요하기 때문이다. 제주 지역에서는 특히 '수눌음'이라고 하여 김매기나 밭 밟기, 꼴 베기 같은 농사일을 공동 작업으로 해결했다.[84] 수눌음에 의해 집단적으로 행해진 작업에서 노래를 부를 경우, 일의 리듬과 속도를 조절하기 위하여 좀 더 신명나는 노래가 불리기 마련이다.[85] 제주 지역이 다른 지역보다 서사민요가 그리 풍부하게 전승되지 않는 것은 이러한 작업 방식이 큰 영향을 미쳤을 것이다.

한편 육지 지역과 마찬가지로 제주 지역에서도 시집살이 관련 서사민요가 총 22편, 22.93%로 큰 비중을 차지하고 있다. 하지만 육지 지역에서는 시집살이의 고난이 다양한 비극적 유형으로 나타나는 데 비해 제주 지역에서는 Ae <벙어리 노릇한 며느리> 유형과 Ai <사촌형님> 유형만 집중적으로 불린다. Ae <벙어리 노릇한 며느리> 유형은 말을 안 해 벙어리라고 쫓겨났던 며느리가 꿩노래를 불러 다시 돌아온다는 '행복한 결말'로 이루어져 있고, Ai <사촌형님> 유형은 시집살이의 고난을 읊기보다는 시집식구를 동물의 모습에 비유하는 해학적 표현으로 이루어져 있다. 이처럼 시집살이의 고난을 읊은 비극적 유형이 잘 전승되지 않는 것은 제주 지역 여성의 삶의 방식과도 관련이 있다고 생각된다.

제주 지역의 가족 구조는 육지 지역과는 달리 부모와 더불어 대가족이 묶여 살기보다는 부모는 부모대로, 자식부부는 자식들대로 독립생계를 꾸려나가는 것이 보통이다.[86] 자식이 혼인하면 분가를 시키면서 집, 경작지, 살림 도구 등 모든 것을 갈라서 나누어준다. 이는 장남에서부터 모든 아들에게 마찬가지여서 시집식구와 며느리 사이가 크게 문제되지 않는다고 한다.[87] 또한 제주 지역에서는 대체로 촌락 안이나 부근의 촌락에서 배우자를

84) 양영자, 「세시풍속과 전승민요」, 『제주여성 전승문화』, 제주도, 2004, 35~36쪽.
85) 위의 글, 67쪽.
86) 현승환, 『제주인의 일생』, 제주 민속문화 6, 국립민속박물관, 2007, 58~62쪽.
87) 『한국의 발견-제주도』, 뿌리깊은 나무, 1992, 178~187쪽.

구하는 '근처혼'이 보편화되어 있어서,[88] 제주 지역 여성들은 혼인으로 인한 친정식구와의 분리를 그리 심각한 고통으로 여겨지지 않았다. 게다가 혼인을 하고서도 '왔다갔다 하는 기간'이라 하여 친정을 쉽게 오갔으며, 첫아이를 낳을 때까지 친정에 가서 살기도 했다[89]. 또한 남성보다 여성들이 더 적극적으로 경제 활동을 함으로써 가정에서의 여성의 지위가 남성에 비해 결코 낮게 여겨지지 않는 것도 하나의 원인이 될 것이다.

오히려 육지 지역에 비해 첩의 문제를 다룬 Ja <첩집방문> 유형이 많이 전승되는 것은 제주 지역에서는 시집식구와 며느리의 갈등보다 남편을 둘러싼 첩과 본처의 갈등이 더 컸음을 보여준다. 제주 지역에서는 명절이나 기제사 때 메를 3기까지 차리는 경우를 흔히 볼 수 있는데, 이는 부인을 둘이나 셋 두는 것이 마치 유행처럼 성행했기 때문이라고 한다. 특히 해촌 마을에서는 시어머니가 큰며느리와 의견이 맞지 않거나 며느리가 물질을 잘 못해서 돈을 못 벌어 올 경우 물질 잘하는 족은각시(첩)를 들이는 풍습이 있었다.[90] 그러므로 큰각시(본처)가 족은각시와 남편에 대한 미움으로 인해 첩의 집에 '틑으러(싸우러)' 가는 Ja <첩집방문> 유형을 많이 부르게 된 것은 이러한 현실의 반영이라 할 수 있다.

이외에 친정식구-딸의 관계나 오빠-동생 관계, 부모-자식 관계, 신랑-신부 관계, 총각-처녀 관계의 서사민요도 이따금 한두 편 조사되었을 뿐 거의 전승되지 않는다. 육지 지역에서 흔하게 불리는 Bc <진주낭군이 기생첩과 놀자 자살하는 아내(진주낭군)>, Ca <어머니 묘를 찾아가는 딸(타박네야)>, Cb <친정부모 장례에 가는 딸(친정부음)>, Ea <오빠에게 부정을 의심받은 동생(쌍가락지)>, Mb <쥐가 남긴 밤을 나눠먹는 사람(달강달강)> 등조차도 한두 편 정도만 조사되었거나 아예 나타나지 않는다. 이는 일부 유형을 제외하고

---

88) 김영돈 외, 『제주의 민속』 I, 세시풍속, 통과의례, 전승연희, 제주도, 1993, 288쪽.
89) 현승환, 앞의 책, 62쪽.
90) 양영자, 앞의 글, 32~35쪽.

는 서사민요의 전승에 있어서 제주 지역은 육지 지역과 독립적으로 이루어졌음을 보여준다. 이는 그만큼 제주 지역이 육지와 멀리 떨어져 고립되어 있기 때문에 나타나는 양상이라 할 수 있다. 또한 앞서 살핀 바와 같이 서사민요가 그리 풍부하게 전승될 수 없는 여건이었기 때문에 나타나는 양상이기도 하다. 즉 제주 지역 여성들은 거센 파도와 싸우며 물을 헤쳐 나가거나, 맷돌이나 방아질을 하면서 여럿이 함께 공동 작업을 했기 때문에 긴 서사민요보다는 짧은 서정민요를 많이 불렀다. 서사민요라 할지라도 사건을 길고 복잡하게 이어나가기보다는 핵심사건을 중심으로 장면을 보여주는 서정적 성향이 주로 나타나는 것은 이러한 이유에서라 할 수 있다.

한편 제주 지역 서사민요에서 주목할 것은 사람 사이의 관계보다 동물과 동물의 관계를 그리고 있는 서사민요가 많이 나타난다는 점이다. 동물과 동물의 관계를 그리고 있는 서사민요로는 Na <콩을 주워먹고 사는 꿩(꿩타령)>과 Nc <꿈에 죽은 것을 본 생선(우럭삼춘)>을 들 수 있다. Na <꿩타령> 유형의 경우 가사 <자치가>나 소설 <장끼전> 등의 다양한 서사 갈래로도 전승되고 있어 그 형성과정에 대한 논쟁의 실마리를 안고 있다. 특히 제주 지역에서 Na <꿩타령> 유형이 가장 다양한 하위유형을 형성하며 활발히 전승되고 있을 뿐만 아니라, 다른 지역에서 보기 어려울 만큼 뛰어난 서사적 짜임새를 갖춘 각편들이 많이 조사되어 있어 주목된다. 흥미로운 것은 Nc <우럭삼춘> 유형 역시 Na <꿩타령> 유형과 같은 꿈 이야기를 소재로 서사를 펼치고 있다는 점이다. Na <꿩타령> 유형이 남편 장끼의 죽음을 아내 까투리가 꿈을 통해 예견한다면, Nc <우럭삼춘> 유형은 삼촌 우럭의 죽음을 조카가 꿈을 보고 이야기하는 것으로 되어 있다. Na <꿩타령> 유형은 육지와 전승을 공유하는 것으로 어느 쪽이 먼저 생성되었는지를 가늠하기 어려우나, Nc <우럭삼춘> 유형의 경우는 제주 지역의 고유 유형으로 Na <꿩타령> 유형의 활발한 전승에 힘입어 비슷한 방식으로 창조해낸 것이 아닐까 한다.

이외에도 제주 지역에서는 제주 지역의 고유한 신화나 전설을 서사민요화하여 부르거나, 육지 지역까지 널리 알려져 있는 민담을 서사민요로 부르는 양상이 많이 나타나 서사민요 창작의 새로운 방식을 보여준다. 이는 육지 지역 서사민요와의 교섭이 없는 가운데, 새로운 서사민요를 창작하는 데 있어 같은 서사 갈래를 참조하는 것이 수월한 방법이었기 때문일 것이다. 신화나 전설을 서사민요로 부른 것으로는 <마라도 전설 노래>, <김녕굴 전설 노래>, <진시황 전설 노래> 등이 있다. 이중 <마라도 전설 노래>와 <진시황 전설 노래> 등을 부른 김영부의 경우 어렸을 때 이 이야기들을 아버지나 동네 할아버지에게서 들었고, 이를 맷돌·방아노래나 노젓는 노래의 사설로 부른 것이라 한다.[91] 그러나 이러한 전설 노래들은 뛰어난 개인 창자에 의해 창작된 이후 거의 다른 사람에게 전승되지 못함으로써 서사민요 유형으로서 보편화하지는 못했다. 그러나 Lh <망할 조짐이 나타난 집안(강당장집)>과 같은 것은 제주 지역의 <장자못 전설>과 유사한 것으로서, 맷돌·방아 노래에 거의 전형화된 사설로 나올 만큼 보편적인 서사민요 유형으로 자리 잡는 데 성공했다고 할 수 있다. 이밖에도 <시부모에게 말대꾸한 며느리>, <홍씨 성이 생겨난 유래>와 같은 설화를 서사민요로 부른 것도 조사돼 있어, 제주 지역은 전승되는 서사민요 유형이 적은 대신 뛰어난 창자에 의해 자생적으로 창작되는 서사민요가 다양하게 나타남을 볼 수 있다. 이들은 모두 제주의 지역유형이라 할 만한 것들인데, 이에 대해서는 다음 장에서 구체적으로 살핀다.

3. 제주 서사민요의 전승적 특질

서사민요는 오랜 세월 동안 끊임없이 새롭게 창작되고 변이되며 오늘날

91) 2013년 2월 12일 제주도의 양영자 선생님의 도움으로 이들 노래의 창자인 김영부(여 87세, 제주도 서귀포시 대정읍 하모리) 할머니와의 면담을 통해 확인한 것이다. 이 지면을 통해 양영자 선생님께 깊은 감사를 드린다.

까지 전승되어 왔다. 이때 서사민요는 지역에서 일어난 특별한 사건이 모티프가 되어 창의적으로 생성되기도 하고, 다른 지역 서사민요나 다른 서사갈래와의 교섭 속에서 새로운 형태로 융합되기도 한다. 이 장에서는 제주 지역 서사민요가 육지 지역 서사민요 또는 다른 서사갈래와 어떻게 교섭하고 융합하면서 지역 특유의 서사민요를 창작·전승해왔는지 살펴보기로 하자.

3.1. 광포유형의 변형과 지역유형의 창의

서사민요의 유형은 전국적으로 널리 전승되는 광포유형과 어느 특정 지역에만 전승되는 지역유형으로 나눌 수 있다. 서사민요의 전승 지역을 호남, 영남, 충청, 강원, 서울·경기, 제주의 6개 지역으로 구분하고 이중 두 지역 이상에서 전승되는 유형을 광포 유형, 한 지역에서만 전승되거나 두 지역 이상에서 전승되더라도 한 지역에서만 특히 큰 비중으로 전승되는 유형을 지역유형이라 보면, 제주 지역에서 전승되는 서사민요 유형은 다음과 같이 나눌 수 있다.

광포유형	Aa 시집식구가 구박하자 중이 되는 며느리, Ac 시집식구가 구박하자 한탄하는 며느리, Ad 실수로 그릇 깬 며느리, Ai 시집살이 호소하는 사촌형님, Bc 진주낭군이 기생첩과 놀자 자살하는 아내, Bj 남편이 죽자 한탄하는 아내, Ca 어머니 묘를 찾아가는 딸, Ea 오빠에게 부정을 의심받은 동생, Gd 혼인날 애기를 낳은 신부, Hc 주머니 걸어놓고 남자 유혹하는 처녀, Ja 첩의 집에 찾아간 본처, Jc 첩이 죽자 기뻐하는 본처, Ld 베를 짜는 여자	13
지역유형	Ae 벙어리라고 쫓겨나 꿩노래 부른 며느리(제주, 호남), Al 시부모에게 말대꾸한 며느리, Hh 세 남자를 만난 뒤 아이 낳은 여자, La-2 죽은 후 이승에 다녀간 여자, Lf 가족이 모두 죽자 한탄하는 사람, Lg 밥이 적자 화를 내는 가족, Lh 망할 조짐이 나타난 집안, Na 콩을 주워먹고 사는 꿩(제주, 호남), Nc 꿈에 삼촌이 죽는 것을 본 생선, 기타 마라도 전설, 기타 진시황 전설, 기타 김녕굴 전설, 기타 새털옷 신랑	9+ 기타 4

제주 지역에서 전승되는 유형으로 육지 지역과 함께 공유하는 광포유형은 모두 13개 유형이다. 그러나 이들 대부분은 한두 편만 전승될 뿐 제주 지역에 성공적으로 뿌리내리지는 못한 것으로 보인다. 광포 유형으로서 제주 지역에서 3편 이상 조사된 유형은 Ai <사촌형님>, Ac <시집살이 한탄>, Hc <주머니 노래>, Ja <첩집방문>, Ld <베틀노래> 유형뿐이다. 이 중 Ld <베틀노래> 유형은 많이 조사되긴 했지만 일부분만 파편적으로 구연될 뿐이어서 육지 지역 자료와 같은 서사민요로서의 완결성은 갖추지 못하고 있다. 이에 비해 Ai <사촌형님>, Ac <시집살이 한탄>, Hc <주머니 노래>, Ja <첩집방문> 유형은 육지 지역 자료를 수용하면서도 제주 지역의 특성에 맞게 변형함으로써 지역문학으로서의 개성을 갖추고 있다. 예를 들어 Ai <사촌형님>, Ac <시집살이 한탄> 유형에서 시집식구들의 묘사에 육지 지역 자료에서는 대부분 호랑이, 여우, 뾰족새, 할림새 등과 같은 산짐승이나 조류가 등장하는 반면, 제주 지역에서는 주로 물구럭, 뭉게(문어), 졸락(노래미), 구젱기(소라), 좀복(전복), 메홍이(소라고동), 코생이(용치놀래기) 등과 같은 어패류가 등장한다. 이는 육지 지역에서 보편화된 상투 어구라 할지라도 제주 지역에서는 그대로 쓰이지 않고 지역 여성의 삶에 친근한 생물로 변형됨을 보여준다. 다음과 같은 각편이 좋은 예이다.

> 구젱기(소라)닮은 씨아방에
> 좀복(전복)닮은 씨어멍에
> 메홍이(소라고동)닮은 씨동싱에
> 코생이(용치놀래기)닮은 씨누이에
> 뭉게(문어)닮은 남편네에
> 어떵ᄒᆞ민 나살아지코
> 씨누이야 씨가령말아(시거드름 마라)
> 늬도가민 씨집을간다(이하 생략)[92]

---

92) [제주시 삼도동 41(3)] 맷돌노래(4), 김금련(여 86), 제주시 삼도동 무근성, 1980. 10. 8.

여기에서 보면 구젱기, 좀복, 메홍이, 코생이, 뭉게 등의 생태적 모습이 마치 시집식구들이 며느리에게 대하는 태도나 행위와 유사하게 인식되는 것을 볼 수 있다. 소라가 나왔다 쏙 들어가는 모습은 시아버지가 혀를 쩟쩟 차거나 시동생이 돌아앉는 모습으로, 전복의 단단한 모습은 시어머니가 매몰차게 대하는 모습으로, 용치놀래기의 재빠르게 달아나는 모습은 시누이가 보로통하게 토라지는 모습으로, 문어가 여러 개의 발로 허우적대는 모습은 남편이 자신을 안으려고 귀찮게 구는 모습으로 비유되는 것이다. 이러한 비유는 바닷가 생활을 오랫동안 하면서 어패류의 생태에 대해 잘 알고 있는 제주 지역 여성들만이 구사할 수 있는 생활 속의 비유라 할 수 있다.

Hc <주머니 노래>, Ja <첩집방문> 유형은 사설보다는 가창방식이 제주 지역의 노동요에 맞게 변형되는 경우이다. 제주 지역에서는 서사민요를 대부분 <맷돌・방아노래>나 <해녀노래>, <보리타작 노래>, <양태 겯는 노래> 등 공동 작업을 하면서 부르는데, 같은 사설이라 할지라도 보리타작을 하며 부를 때에는 1음보씩 나누어 부르며, 곡식을 갈거나 방아를 찧으며 부를 때에는 2음보씩 이어 부른다. 사설 뒤에는 각기 작업에 알맞은 후렴이 뒤따르는데, 보리타작을 할 때에는 "어야 홍" 하는 1음보의 후렴이, 맷돌질을 할 때에는 "이여이여 이여도하라" 하는 2음보의 후렴이 붙는다. 이는 육지 지역에서 길쌈이나 밭매기를 하면서 독창으로 후렴 없이 4음보 정도의 불규칙한 음보로 불리던 서사민요가 제주 지역에서 선후창 또는 교환창 노동요의 사설로 적절하게 변형된 결과라 할 수 있다. Ja <첩집방문> 유형을 예로 들면 다음과 같다.

산앞각시 어야 홍
시앗이궂언(궂어서) 어야 홍
산뒤에랑 어야 홍

김영돈 조사, 구비대계 9-2.

틑으레가난(싸우러가니) 어야 홍
가름밧듸(갈아논 밭에) 어야 홍
메마꾿가찌(메꽃같이) 어야 홍
어허덩싹 어야 홍
나앉아서 어야 홍
내눈에랑 어야 홍
요만할적 어야 홍
님의눈에 어야 홍
아니들랴 어야 홍
허어도 홍 어야 홍[93]

씨앗이엔 틑으렌가난(시앗이라고 싸우러가니)
갈은밧듸 메마꼿ᄀ찌(간 밭에 메꽃같이)
희번듯이 나앚아서라(번듯하게 내앉았더라)
나여히에 요만이고난(나보기에 요만큼고우면)
임여히엔 언매나좋으카(임보기엔 얼마나좋을까)
이여이여 이여도ᄒ라(이하 생략)[94]

여기에서 볼 수 있듯이 같은 <첩노래>인데도 앞의 것은 보리타작을 하면서 불렀고 뒤의 것은 맷돌질을 하면서 불렀다. 이에 따라 사설이 앞에서는 1음보로 짧게 끊어지며, 뒤에서는 2음보씩으로 되어 있다. 보리타작을 할 때에는 동작이 빠르고 힘이 많이 들므로 사설을 길게 이어나가기 힘든 반면, 맷돌질을 할 때에는 맷돌을 천천히 돌리며 비교적 힘이 적게 들므로 긴 사설을 이어나가기가 용이하다.

한편 제주 지역에서는 육지 지역에서 널리 불리는 광포유형보다는 제주

93) [표선 5-2] 보리타작소리(마당질 소리), 앞소리: 홍복순, 여 1931. 뒷소리: 여럿, 서귀포시 표선면 성읍2리, 1989. 3. 17., 민요대전 제주. * 민요대전 해설에는 '가름밧듸'를 '갈아논 밭에'라고 되어 있으나, '기름진 밭에'로 해석해야 될 듯하다.

94) [제주시 삼도동 36] 맷돌노래(3), 이달빈(여 75), 제주시 무근성, 1980. 10. 8. 김영돈 조사, 구비대계 9-2.

지역에서만 전승되는 지역 유형을 많이 찾아볼 수 있다. 일부 유형의 경우에는 호남 지역과 공유하고 있기도 하나, 이는 제주 지역이 오랜 세월 호남에 속해 있으면서 다른 지역에 비해서는 비교적 호남과의 교류가 많았기 때문에 나타나는 양상이라 생각된다.[95] 우선 호남 지역과 공유하고 있는 지역유형으로는 Ae <벙어리 노릇한 며느리>, Na <꿩타령> 유형이 있다. Ae <벙어리 노릇한 며느리> 유형은 제주에서 4편(4.17%), 호남에서 6편(1.30%), Na <꿩타령> 유형은 제주에서 14편(14.58%), 호남에서 14편(3.03%)으로 양 지역이 거의 비슷하게 조사되었으나 비중으로 보면 제주에서 차지하는 비중이 더 크다. 이 두 유형은 흥미롭게도 모두 꿩과 관계가 있다.

Ae <벙어리 노릇한 며느리> 유형은 시집살이를 하면서 말을 안 하고 살았더니 벙어리라고 쫓겨난 여자가 수풀 속의 꿩을 보고 <꿩노래>를 부르자 남편이 도로 집으로 데려갔다는 내용이고, Na <꿩타령> 유형은 꿩에게 어떻게 사느냐고 묻자 콩을 주워먹고 그럭저럭 산다고 대답하는 것과, 콩을 주워먹고 죽은 장끼와 재혼하게 되는 까투리의 이야기를 길게 서술하는 것 등 몇 가지 하위유형으로 나뉜다. Ae <벙어리 노릇한 며느리> 유형 속의 <꿩노래>는 '노래 속의 노래'라고 할 수 있는 것으로서, Na <꿩타령> 유형과는 전혀 상관없이 꿩의 습성을 시집식구의 행동에 연관시켜 비유하고 있다.

A : 꿩꿩장서방 어떵어떵 살암디　B : 꿩꿩장서방 어떵어떵 살암디[96]
A : 옛날옛날 시집살이 ᄒᆞ젠ᄒᆞ난
A : 귀막아 삼년 말몰란 삼년
A : 눈어둑언 삼년 아홉해구년 사난
A : 시어멍이 ᄒᆞ는말씀 아둘고라(아들에게)

---

95) 제주는 조선시대까지만 해도 전라남도에 제주군으로 속해 있다가 1946년 제주도로 승격해 독립되어 나왔다. 『한국의 발견 전라남도』, 뿌리깊은 나무, 1992, 37쪽.
96) 가창자 B는 가창자 A가 부른 사설을 그대로 따라 부르고 있어 이하 구절은 생략함.

A : 답답해연 못살키어 친정에 돌아가블랜(데리고 가버리라고)
A : ᄒᆞ난에도(하니까) 그 아둘은
A : 각시달안(데리고) 친정더레 가노랜ᄒᆞ난(가노라 하니)
A : 꿩은 아잣단 꿩꿩ᄒᆞ멍
A : 담우터레 올라아지난(올라앉으니) 그메누리 ᄒᆞ는말이
A : 꿩꿩장서방 어떵어떵 살암디
A : 쫑쫑부리랑 시누리나 주곡
A : 덕덕날개랑 시어멍이나 드리곡
A : 술진 뒷다리랑 시아바님이나 드리곡
A : 간장 석고 곡석은 가심이랑
A : 님광 내가 먹어보잰 ᄒᆞ난(먹어보자 했더니)
A : 그말을 들언 낭군님은
A : 그냥둘안 돌아오란(돌아와서는) 잘살아 가는고(이하 생략)[97]

사설은 제주 지역과 호남 지역이 거의 차이가 나지 않는다. 다만 위 각편에서는 노래 속에 포함된 노래인 <꿩노래>에 “꿩꿩 장서방 어떵어떵 살암디” 하는 관용구가 추가돼 있다는 점이 구별된다. “꿩꿩 장서방 어떵어떵 살암디”는 오히려 Na <꿩타령> 유형의 서두에 으레 붙는 관용어구이다. Na <꿩타령> 유형에서는 누군가가 꿩에게 어떻게 살고 있는지 근황을 물으면 꿩이 자신의 살림살이에 대해서 설명을 하는 것으로 되어 있다. 이때 아내, 아들, 딸의 모습을 묘사하면서 자신의 살림살이를 만족스럽게 여기는 것과 포수가 자신을 감시하고 있기 때문에 불안하게 여기는 것으로 나뉜다.

암꿩은 앞의사고 장꿩은 뒤에사고
어침저침 들어가니 비엥지 저고리에

97) [구좌 2-8(2)] 꿩꿩장서방, A:김경성(여 1939), B:김순녀(여 1923), 구좌읍 동김녕리, 1989. 1. 23., 민요대전 제주. * 같은 장고 반주에 메기고 받는 식으로 불렀으나 사설내용으로는 꿩을 소재로 한 시집살이 노래에 속한다. 육지에도 이같은 부녀요가 가끔 발견되나 이곳의 노래가 더 완벽하다.

배멩지(白明紬) 저고리에
백헤사니다(꿩 목의 흰 부분) 동전(동정)이요
알롱베기 관대로다 울룽출룽 둘러입고
머들마니다(돌무더기 쌓인 곳에) 아잣더니(앉았더니)
눌매ᄀᆞ뜬(매처럼 날쌘) 도둑놈은 골골마다 여사온다(엿보면서 온다)
요만ᄒᆞ면 어떵허료 저만ᄒᆞ면 어떵허료
숭풀낫듸가(수풀에 가서) 기어들고
어기야둥당 주워먹거 한락산이라 가고보니
아들애기는 장구들구 뚤애기 노념ᄒᆞᆫ다(놀이한다)
얼씨구나좋다 절씨구 아니노지는 못ᄒᆞ리라[98]

이 각편에서는 잘 차려입은 장끼가 자신의 삶에 대해서 만족하는 모습을 그리고 있다. 이와는 달리 아내 까투리가 불길한 꿈을 이야기하며 말리는데도 불구하고 콩을 주워먹어 장끼가 죽게 되며, 이후 까투리가 각종 새들의 구혼을 물리치고 결국 다른 장끼와 재혼하는 내용으로 되어 있는 <꿩타령>도 많이 전승된다. 이 유형의 경우 주로 호남과 제주 지역에서 전승되는데, 호남보다도 오히려 제주에서 거의 완벽한 서사적 짜임새를 갖춘 각편들이 풍부하게 조사되고 있어 흥미롭다. <꿩타령>은 가사 <자치가>, 판소리계 소설 <장끼전>과 서사적 줄거리를 완벽하게 공유하면서, 평민 여성들에 의해 주로 불렀다는 점에서 다른 갈래들의 원형적 모습을 보여주고 있어 이들 갈래 간의 관계와 연원에 대한 심층적 연구를 필요로 한다.[99]

Na <꿩타령> 유형에서처럼 꿈속에서 죽음을 예견하는 내용은 Nc <꿈

98) [서귀포 7-4] 꿩놀래(꿩노래), 강기생(여 1910), 서귀포시 법환리, 1991. 7. 14., 민요대전 제주.

99) 권영호, 「장끼전의 민요화와 그 의미」, 『문학과 언어』 11, 문학과 언어연구회, 1990, 131~158면에서는 장끼전이 민요화해 <꿩요>가 생겨났다고 보고 있고, 최혜진, 「<장끼전> 작품군의 존재 양상과 전승과정 연구」, 『판소리연구』 30, 판소리학회, 2010, 353~395면에서는 이와 반대로 민요 <꿩꿩 장서방> 계열이 19세기 초 서사화되면서 초기 판소리가 성립되었고, 이후 판소리 <꿩타령>은 갈가마귀의 등장과 청혼 삽화까지 서사가 확대되며, 가사, 소설, 서사민요, 설화의 갈래로 전환하는 것으로 보고 있다.

에 삼촌이 죽는 것을 본 생선(우럭삼춘)> 유형에도 나타난다. Nc <우럭삼춘> 유형은 꿈을 놓고 길몽과 흉몽으로 다르게 해석할 수 있는 여지를 보여주고 있는데, 이는 Na <꿩타령> 유형에서 까투리와 장끼가 꿈에 대해 다르게 풀이하는 것과 유사하다. 이러한 유사성은 Na <꿩타령> 유형에 나오는 죽음에 대한 예지몽에 흥미를 느낀 향유자들이 그들이 늘 일상에서 접하는 생선의 죽음으로 대상을 바꾸어 새로운 서사민요를 만들어낸 데서 왔을 가능성이 높다. Nc <우럭삼춘> 유형의 한 각편을 들면 다음과 같다.

A : 우럭삼촌 멩심ᄒᆞᆸ서(명심합서)　　B : 우럭삼촌 맹심ᄒᆞᆸ서[100]
A : 지난밤의 꿈을보난
A : 쉐바농(쇠바늘)도 입에물어뵙데다 [청취불능] 흘쳐도 뵙데다
A : 대구덕(대(竹)구덕)에 잠도자뵙데다(잠들어도 보입디다)
A : 장도칼도 욥의차뵙데다(옆에 차 보입디다)
A : 눈살도 맞아뵙데다 ᄃᆞᆫ불도 쪼아벱디다
A : 술도 삼잔 마타뵙데다
A : 절도삼배 마타뵙데다 ᄎᆞ마ᄒᆞ난(차마 했더니)
A : 나까도가볏구나(낚아가 버렸구나)[101]

Nc <우럭삼춘> 유형은 보통 삼촌과 조카 사이인 우럭과 볼락의 대화로 되어 있다. 조카는 꿈속에서 우럭삼촌이 쇠바늘을 입에 물고, 대로 만든 구덕에서 잠을 자며, 장두칼을 옆에 차고, 단불을 쪼인 후에 술과 절을 받는 꿈을 꾸었다는 이야기를 한다. 이 꿈은 표면적으로는 좋은 자리에 올라 융숭한 대접을 받는 것으로 풀이될 수 있지만, 이면적으로는 사람에게 잡혀 제사상에 오르게 됨을 예견하는 것으로 풀이된다. 조카는 삼촌이 죽는 꿈으로 해석해 조심할 것을 당부하지만, 삼촌은 이를 무시하고 나갔다가 결국

100) 가창자 B는 가창자 A가 부른 사설을 그대로 따라 부르고 있어 이하 구절은 생략함.
101) [구좌 2-8(1)] 우럭삼촌, A:김경성(여 19390, B:김순녀(여 1923), 구좌읍 동김녕리, 1989. 1. 23., 민요대전 제주.

사람들에게 낚이고 만다. 자신들의 손에 잡혀 식탁에 오르는 동물들의 죽음을 꿈이라는 장치를 통해 그려내는 수법이 기발하고, 이를 인간의 시각이 아닌 동물의 시각에서 그려냄으로써 신선한 충격을 준다. 동물 간의 대화를 통해 동물 역시 살아있는 생명의 하나임을 자각하게 하고, 힘없이 죽어가는 동물에 약자인 자신들의 처지를 투시함으로써 자신들의 삶을 옥죄는 부당한 억압에 대한 비판적 시각을 갖게 된다.

이상에서 볼 때 제주 지역 서사민요는 육지 지역에서 널리 불리는 광포유형이 제주 지역에 그다지 성공적으로 정착하지는 못한 것으로 파악된다. 광포유형이 몇 유형 불리기는 하나 그대로 불리기보다는 제주 지역의 풍토에 맞게 사설이 변개되거나 제주 지역 노동의 환경에 맞게 가락과 가창방식이 변형된 것을 볼 수 있다. 그 대신 육지 지역에서는 널리 전승되지 않는 지역 유형을 창의적으로 만들어내 향유해 온 것을 볼 수 있는데 대표적인 것이 꿩과 관련된 Ae <벙어리 노릇한 며느리>, Na <꿩타령> 유형과 Na <꿩타령> 유형과 유사한 구조를 지니고 있는 Nc <우럭삼춘> 유형이다. Ae <벙어리 노릇한 며느리>, Na <꿩타령> 두 유형은 호남 지역과 공유하고 있으면서도 호남 지역보다 더 완벽한 형태로 풍부하게 전승되고 있어서 제주의 지역유형으로 자리매김할 만하다.

3.2. 다른 서사갈래와의 교섭과 융합

제주의 지역유형 대부분은 제주 지역에서 전승되고 있는 서사무가나 설화를 바탕으로 자생적으로 생성된 유형으로서 서사민요와 다른 서사갈래와의 교섭과 융합 속에서 창작된 것이라 할 수 있다. 즉 제주 지역에는 Al <시부모에게 말대꾸하는 며느리>, Hh <세 남자를 만난 뒤 애기 낳은 여자>, La-2 <죽은 후 이승에 다녀간 여자>, Lh <망할 조짐이 나타난 집안

(강당장집)>, 기타 <마라도 전설>, 기타 <진시황 전설>, 기타 <김녕굴 전설>, 기타 <새털옷 신랑> 등 지역에서 전승되는 서사무가나 설화 등을 서사민요화하여 부르는 유형이 많이 나타난다. 이중 Lh <강당장집> 유형은 <맷돌·방아노래>의 한 대목으로 아예 고정되다시피 한 유형으로서 본래 긴 서사적 짜임새를 갖춘 서사민요였으나 <맷돌·방아노래>에 섞여 불리면서 단편화된 것으로 짐작된다.[102] 비교적 길게 서술된 각편을 들면 다음과 같다.

> 이여이여 이여도ᄒᆞ라
> 가시오롬(남제주군 표선면 가시리) 강당장칩의(강당장 집에)
> 숭시재훼를(흉사조화를) 디리젠ᄒᆞ난(들이려하니)
> 이여이여 이여도ᄒᆞ라
> 세콜방에(세 사람이 찧는 방아)도 새글럿더라(새안맞더라)
> 이여이여 이여도ᄒᆞ라
> 튿은독(털을 뜯은 닭)도 삼십릴가고
> 이여이여 이여도ᄒᆞ라
> 벳긴개(가죽을 벗긴 개)도 옹공공이
> 주끄더라(짖더라) 이여도ᄒᆞ라(이하 생략)[103]

가시오름에 있는 강당장집에 관한 전설에서 유래된 서사민요이다. 전설 내용을 간추려보면, 남제주군 표선면 가시리에 있는 가시오름에 대단한 부잣집인 강당장집이 있었다. 매우 인색해서 시주 받으러온 중을 박대했다. 중은 강당장이 말 백 마리를 더 갖고 싶어 하는 것을 알고 선산을 이장하면 더 부자가 된다고 속였다. 강당장이 선산을 이장하자 그 뒤로부터 집안이

102) 제주도 민요학자 양영자 선생님에 의하면 <가시오름 강당장집> 노래는 성주풀이굿의 마지막 '석살림'에서 놀 때 심방의 역량에 따라 불리기도 한다고 한다. 그렇다면 이 유형은 서사무가와의 교섭 속에서 생성되었으리라 생각되는데, 그 관련 양상에 대해서는 면밀한 고찰이 필요하다.

103) [제주시 삼도동 36] 맷돌노래(3), 이달빈(여 75), 제주시 무근성, 1980. 10. 8., 김영돈 조사, 구비대계 9-2.

망하게 되면서 흉사를 예고하는 이상한 조짐이 많이 일어났다. 세 사람이 찧는 세콜 방아가 서로 어긋나서 방아를 찧을 수 없는데다가, 잡기 위해서 뜯어놓은 닭과 벗겨 놓은 개가 울며 도망을 간다는 것이다. 다 삶아서 털과 가죽을 벗겨 놓은 짐승이 울며 도망을 간다는 것은 있기 어려운 일로, 집안이 망할 것을 암시하는 것으로 여겨진다. 더욱이 여러 사람이 함께 찧는 방아가 어긋난다는 것은 집안사람들 사이가 갈라지며 먹거리조차 제대로 마련하지 못함을 말한다. 이런 일련의 조짐을 <맷돌·방아노래>로 부르면서 가창자들은 자신들이 작업하는 맷돌·방아가 손발이 척척 맞는데 자부심을 느끼고, 삶에 있어서 과한 욕심이 부르는 화를 경계하고 가난하지만 자신들의 삶에 만족할 것을 이야기한다. 이렇게 설화가 서사민요화하면서 점차적으로 설화적 배경은 사라지고, 근래에는 아예 "가시오름 강당장집에 / 세콜방애 세글럼세라 / 전생궂은 이내몸 가난 / ᄋᆞ숯콜방애(여섯이 찧는 방아)도 새맞암서라"와 같은 짤막한 관용어구로 자리잡아 전승되고 있음을 볼 수 있다.

La-2 <죽은 후 이승에 다녀간 여자(허웅애기)>는 La <저승차사가 데리러 온 여자>의 하위유형이다. La 유형은 저승차사가 여자를 데리러 오는 유형으로 두 개의 하위유형으로 나눌 수 있다. La-1 <저승차사가 데리러 오자 애원하는 여자(애운애기)>는 이승에서의 사건만 다루고 있고, La-2 <죽은 후 이승에 다녀간 여자(허웅애기)>는 저승에 온 여자가 아이들 때문에 울기만 하자 이승에 다녀오게 허락하나 해가 뜨면 돌아와야 한다는 금기를 파기함으로써 다시는 이승에 돌아오지 못한다는 내용으로 이승과 저승에서의 사건을 함께 다루고 있다.[104] 이는 육지 지역의 서사민요 <애운애기 노래>와 제주 지역의 서사무가 <허웅애기 본풀이>가 창조적으로 융합하여 새로운 서사민요로 생성된 것이라 할 수 있다. 즉 La-2 <허웅애기>는 서사민요에

104) 제주 지역에서는 이를 서사무가 <허웅애기 본>으로 전승하는데, 현재는 거의 굿에서 불리지 않고 설화로만 전승되는 것을 필자가 일반인이 서사민요로 부르는 것을 조사 채록하였다. 이 유형은 서사민요와 서사무가의 융합으로 생겨난 서사민요 유형의 좋은 사례이다.

는 없는 저승에서 이승으로 돌아오는 부분이 있고, 서사무가에는 없는 이승에서 저승차사에게 인정을 쓰며 애원하거나 식구들에게 대신 가달라고 부탁하는 부분이 있다. 창자인 김태일 할머니는 이 노래를 어렸을 때 어머니가 검질 매면서 부르는 것을 들으며 배웠다고 한다.[105] 제주 지역에서는 심방이 아니더라도 서사무가를 잘 부르는 창자를 흔히 만날 수 있는데, 이러한 과정에서 비슷한 화소의 서사민요와 서사무가가 결합되었으리라 추정된다.

이외에 Hh <세 남자를 만난 뒤 애기를 낳은 여자>는 성씨 유래담을,[106] Al <시부모에게 말대꾸한 며느리>는 같은 내용의 민담을 서사민요화한 것이다. 두 유형 모두 일상적인 인물이라기보다는 규범에서 벗어나거나 어리석은 여자의 이야기를 다루고 있어서 희극적 서사민요에 속한다. Hh <세 남자를 만난 뒤 애기를 낳은 여자> 유형은 한꺼번에 세 남자를 보고난 뒤 애기를 낳아 성을 어떻게 붙여야할지 곤란해 도사에게 물어보니 삼수변에 함께 공(共)이라 해서 홍(洪)씨로 지었다는 이야기로, 사회를 지배하고 있는 도덕적 관념을 깨트리고 있다. Al <말대꾸하는 며느리> 유형은 시부모에게 말대꾸를 하는 며느리의 이야기로, 언어의 이중적 의미를 활용해 웃음을 자아낸다. 며느리는 말기를 못 알아듣는 어리석은 사람처럼 보이지만 결과적으로 시부모의 훈계를 무시함으로써 시부모의 권위를 무색하게 한다. 두 유형 모두 겉으로는 주인물 여자의 어리석음을 나무라는 듯하지만, 안으로는 일상을 억누르고 있는 규범과 권위로부터의 일탈과 전복을 품고 있다. Al <말대꾸하는 며느리> 유형의 한 각편을 예로 들면 다음과 같다.

---

105) 필자가 제주도 현장조사(2012. 8. 13.~8. 16.)에서 김태일(여 73) 할머니에게 직접 조사한 것으로, 이 유형의 계열별 특징에 대해서는 서영숙, 「<저승차사가 데리러 온 여자> 노래의 특징과 의미-<애운애기>, <허웅애기> 노래의 관계를 중심으로」, 『한국고전여성문학연구』 25, 한국고전여성문학회, 2012, 91~120쪽 참조.

106) [제주시 삼도동 41(1)] 맷돌노래(4), 김금련(여 86), 제주시 삼도동 무근성, 1980. 10. 8. 김영돈 조사, 구비대계 9-2.

메누리야 일어나 나라
늬 또꾸망(똥구멍)에 헤 비추웜져(해 비춘다)
아이고 어멍아(어머니여) 거 무신 말
하락산(한라산) 고고리랑(꼭대길랑) 어디 비여 뒁(버려 두고)
나 또꾸망에 헤 비추웜수광(해 비춥니까)
아이고 이년아 흔 말만 징여 도라(한 말만 져 달라)
이제 나 나이 멧 나이꽝(몇 나이오)
물보리 열 말썩은 징으쿠다(풋보리 열 말씩은 찧겠어요)[107]

같은 내용의 설화에서는 대체로 시아버지가 며느리를 깨우며, "해가 똥구멍에 비친다."고 하자 며느리가 "제 똥구멍이 동해바다인가요."라고 되묻는다.[108] 설화에서는 어느 지역에서나 일컬어질 수 있는 보편적 지명을 사용하고 있다면, 이 각편에서는 이를 제주 지역의 지명인 '한라산', '동산이물' 등으로 전환하여 제주 지역의 노래로 바꾸어놓고 있다. 보편적으로 이야기되는 설화가 지역의 서사민요로 전환돼 불린 것이다.

기타 유형으로 분류한 <마라도 전설 노래>, <진시황 전설 노래>, <김녕굴 전설 노래>, <새털옷 신랑 노래> 등은 모두 신화나 전설 등을 서사민요화한 것이다. 이중 <마라도 전설 노래>, <진시황 전설 노래>, <김녕굴 전설 노래> 등은 모두 제주 지역과 관련하여 내려오는 전설을 서사민요로 부른 것이다. 이들 전설을 서사민요로 창작해 <맷돌 · 방아노래>나 <노젓는 소리>로 부름으로써 오랜 시간 앞소리 사설을 수월하게 이어나갈 수

107) [대정읍 영락리 478] 맷돌 · 방아노래, 홍성숙(여 50), 대정읍 영락리, 김영돈, 제주도민요연구. * 김영돈의 사설 각주에는 '흔 말만 징여도라'를 '한 말만 찧어 달라'로 해석하고 있으나, 이는 '한 말만 져 달라'로 해석해야 하리라고 본다.

108) [여주군 금사면 설화 10] 말대꾸 잘하는 며느리 궁리, 신흥준(남 73), 1979. 8. 13., 서대석 조사, 구비대계 1-2. "며느리가 말 대꾸를 어떻게 잘하는지, "며늘아가." / "예" / "그저 자니?"/"웬걸요 속곳 벗어 덮구 자죠."/"그거 잘한다."/아니,/"해가 똥구녕 치민다."/그것두 시아버지두 무식하지./"해가 똥구녕 치민다."/"아 제 똥구녕이 동해바단가요."/"잘한다."/"자라는 물 속에 있지요."/"용타"/"용은 하늘에 있죠."/"너두 이년아 한 말 지려므나."/"한 말 지기커녕 두 말 이구두 다녔다오."/[웃음]"

있었을 것이다. <새털옷 신랑>의 경우도 전국적으로 설화로 전승되고 관북지방에서는 서사무가 <일월노리 푸념>으로 전승되던 것이다. 제주 지역에서는 설화로만 전승되고 있어서, 창자가 설화를 바탕으로 창작한 것인지 예전에 어디선가 들었던 서사무가를 기억해 부른 것이지 확인할 수 없다.

그러나 이들 유형은 생성의 정확한 경로보다는, 이야기로 전승되는 설화가 노래로 창작·전승되는 양상을 보여준다는 점에서 큰 의의를 가지고 있다. 이는 서사민요 생성의 한 방식을 보여줄 뿐만 아니라, 현재 설화로 기록되어 전승되는 많은 신화들과 노래의 연관성을 유추할 수 있는 좋은 방증 자료가 되기 때문이다. 이들 유형은 비록 독립적인 서사민요 유형으로 정착할 수 있을 만큼 널리 불리지는 못했다 하더라도, 서사민요의 고대적, 원형적 창작·전승의 모습을 충분히 보여준다.

4. 맺음말

이 글에서는 제주 지역 서사민요의 전승양상에 나타나는 특징을 살폈다. 그간 제주 지역 서사민요의 실상에 대해서는 거의 밝혀진 바 없어, 제주 지역은 마치 서사민요의 불모지인 것처럼 여겨져 왔다. 이에 제주 지역에는 과연 서사민요가 존재하는지, 존재한다면 육지 지역과 어떤 공통점과 차이점을 지니고 있는지 등에 대한 의문을 해결할 수 없었다. 이러한 의문을 풀기 위해 이 글에서는 우선 제주 지역 서사민요의 유형별 분포양상과 특징을 살핀 뒤, 그 전승적 특질을 광포유형의 변형과 지역유형의 창의, 다른 서사갈래와의 교섭과 융합 양상을 통해 고찰하였다.

제주 지역에서 불리는 서사민요 유형은 그리 다양하지 않다. 지금까지 필자가 추출한 서사민요 유형 총 61개 유형 중에서 22개 유형만 조사되었다. 이중에서도 1~2편만 전승되는 것이 13개 유형이어서 이를 제외한다면 제주 지역에는 9개 유형 정도만 서사민요 유형으로서 비교적 안정되게 전승된다. 따라서 제주 지역에서는 육지 지역만큼 다양한 서사민요 유형이 전승되지 않으며, 그 대신 일부 소수 유형이 집중적으로 불린다고 할 수 있다. 또한 이들 유형은 대부분 한 가지 사건에서 일어난 특정한 장면에 대한 묘사가 두드러지는 단편 서사민요 유형에 속한다. 이는 서사민요를 육지 지역에서는 대체로 혼자 길쌈을 하거나 밭을 매면서 독창으로 부르는데 비해, 제주 지역에서는 맷돌을 돌리거나 방아를 찧거나 노를 젓는 등 혼자보다는 여럿이 함께 작업하면서 선후창 또는 교환창으로 부르기 때문에 나타나는 양상이라고 할 수 있다.

제주 지역에서도 육지 지역과 마찬가지로 시집살이 관련 서사민요가 큰 비중을 차지하기는 하나, 육지 지역과는 달리 심각한 고난을 다루는 비극적 유형보다는 희극적이며 해학적인 유형이 많이 불린다. 이는 혼인을 하면 부모로부터 분가해 독립적인 생활을 하는 제주 특유의 가족 구조와 생활양식을 한 원인으로 꼽을 수 있다. 오히려 제주 지역에서는 육지 지역에 비해 첩의 문제를 다룬 Ja <첩의 집을 찾아간 본처(첩집방문)> 유형이 많이 전승되는데 이는 제주 지역에서는 시집식구와 며느리의 갈등보다 남편을 둘러싼 첩과 본처의 갈등이 더 컸음을 보여준다. 한편 비록 활발하게 전승되지는 못했지만 La-2 <죽은 후 이승을 다녀간 여자(허웅애기)>, 기타 <마라도 전설>, <진시황 전설>, <김녕굴 전설>, <새털옷 신랑> 등 지역에서 전승되는 신화·전설이나 Al <시부모에게 말대꾸한 며느리>, Hh <세 남자를 만난 뒤 아이를 낳은 여자>와 같은 민담 등 다른 서사갈래와의 교섭과 융합 속에서 서사민요 생성의 새로운 양상을 보여주기도 한다.

이로 볼 때 제주 지역 서사민요는 육지 지역 서사민요와의 교섭 속에서 창작·전승되기보다는 육지 지역 서사민요와는 별도의 독자적 서사민요권을 형성해온 것으로 추정된다. 육지 지역에서 널리 전승되는 광포유형이 몇 유형 있기는 하지만, 그리 활발하게 불리지 못했으며, 부른다 할지라도 제주 지역의 특성에 맞게 변형함으로써 지역문학으로서의 개성을 마련했다. 오히려 제주 지역 서사민요는 서사민요보다는 다른 서사 갈래와의 교섭과 융합이 더 활발하게 이루어졌다. 즉 육지 지역에서 널리 전승되는 광포유형 설화를 변형함으로써 지역의 서사민요로 재창조할 뿐만 아니라, 제주 지역의 설화나 서사무가를 바탕으로 새로운 지역유형을 창작하는 데에까지 나아가고 있다. 이는 서사민요가 풍부하지 않았던 제주 지역에서 자생적으로 서사민요를 창출했던 방식으로, 제주 지역 여성들의 뛰어난 문학적 창작 능력을 보여주는 것이라 할 수 있다.

4부

가족 갈등 관련 서사민요의 짜임과 스밈

1장_ <그릇 깬 며느리 노래>의 전승양상과 향유의식

1. 머리말

서사민요 <그릇 깬 며느리 노래> 유형은 흔히 <양동가마 노래> 또는 <은잔 깬 며느리 노래>라고 불리는 것이다. 시집을 간 여자가 살림에 서툴러 시댁의 그릇을 깨트리자, 시집식구들이 친정에 가서 그 그릇 값을 물어오라고 하는 내용으로 된 노래이다. <그릇 깬 며느리 노래>는 시집살이 관련 서사민요 중 주인물인 며느리의 목소리가 직접적으로 표현되며 주인물의 요구대로 문제가 해결되는, 매우 보기 드문 유형이라는 점에서 일단 주목할 만한 가치를 지니고 있다. <그릇 깬 며느리 노래> 유형은 상대인물인 시집식구의 행위에 대한 며느리의 대응 태도에 따라 몇 가지 하위유형으로 나눌 수 있는데, 이 하위유형이 지역별로 차이를 나타낸다는 점 또한 흥미롭다. 이는 지역별 특색이나 지역 여성의 현실의식을 보여주는 것으로서 같은 유형의 서사민요가 지역에 따라 어떻게 다르게 전승될 수 있는지를 살펴볼 수 있는 매우 좋은 사례이다. 그러므로 이 글에서는 서사민요 <그릇 깬 며느리 노래> 유형이 지역별로 어떻게 전승되고 있는지를 조사하고, 이를 하위유형으로 분류한 뒤, 하위유형별 특징과 이에 나타나는 향유자들의 현실의식을 고찰하려고 한다.

자료는 『한국구비문학대계』, 『한국민요대전』 소재 자료를 주 대상으로 삼고 필자가 전남 곡성에서 조사한 자료, 기타 민요집이나 개인의 연구 논문 소재 자료를 참고 대상으로 삼는다.[1)]

2. 지역별 전승양상과 하위유형

<그릇 깬 며느리 노래>는 시집간 여자가 시집간 지 얼마 안 되어(3일 또는 3달) 시댁의 그릇(가마 또는 술잔)을 깬 뒤 나타나는 시집식구들의 태도와 이에 대한 며느리의 대응에 따라 크게 세 가지로 나눌 수 있다. 1) 항의형, 2) 항의형+출가형, 3) 죽음형이다. 1) 항의형은 시집식구가 그릇 값을 물어내라고 하자 며느리가 이에 항의하는 경우, 2) 항의형+출가형은 1) 항의형에 며느리가 중이 되어 출가하는 경우가 결합된 경우, 3) 죽음형은 시집식구가 며느리를 죽이려 하거나 이로 인해 며느리가 자살하는 경우이다. 이 하위유형들이 각기 어떻게 전승되는지 하위유형에 따라 자료를 제시하면 다음과 같다.

하위 유형	구비대계	민요대전	기타 자료	지역	편수	비율
항의형	인천시 옹진군 영종면 1, 영동군 황금면 1, 정읍군 칠보면 1, 고흥군 풍양면 5, 해남군 문내면 23, 성주군 초전면 6, 성주군 초전면 39, 진주시 금곡면 4, 하동군 옥종면 7	보성 7-7, 신안 8-5, 남해 3-2	먹굴 17, 먹굴 68, 먹굴 101, 먹굴 102, 옥갓 29 함안 223, 산청 A104, 산청 B365, 산청 B366, 산청 B367, 산청 B372, 산청 B384, 산청 B488	경기, 충북 , 전남, 전북 , 경북(서부), 경남(서부)	25	69.5%

1) 『한국구비문학대계』 총82권, 1980-1989, 한국정신문화연구원, 1980-1989; 『한국민요대전』 제주도편 외 10권, (주)문화방송, 1991-1996; 서영숙, 『한국 서사민요의 날실과 씨실: 우리 어머니들의 노래』, 도서출판 역락, 2009, 자료편; 정종환, 「산청 지역 서사민요 연구」, 동아대 대학원 석사학위 논문, 2004; 장관진, 「함안 지방의 구비문학 조사보고: 민요편」, 『한국문화연구』 2, 부산대 한국문화연구소, 1989; 조동일, 『서사민요 연구』, 계명대 출판부, 1979(증보판) 등 참조.

항의형+출가형	거창군 가조면 11, 거창군 마리면 30, 의령군 부림면 8, 의령군 정곡면 29	구미3-25	산청 B363, 산청 B370, 산청 B392	경남(서부), 경북(서부)	8	22.2%
죽음형	진주시 명석면 4, 군산시 성산면 5(*친정 하동)(이상 타살) 의령군 유곡면 5(자살)			경남(서부)	3	8.3%
총계	16	4	16		36	100%

현재까지 필자가 추출한 <그릇 깬 며느리 노래> 유형은 총 36편이다. 구비대계에서 16편, 민요대전에서 4편, 기타 자료에서 16편(필자 자료 5편 포함)을 추출하였다. <그릇 깬 며느리 노래> 유형은 『한국구비문학대계』와 『한국민요대전』의 서사민요 자료 총 635편 중 20편(3.1%)에 불과하다. 이를 지역별로 보면 경기 1편(친정이 충청), 충청 1편, 호남 6편(1편의 친정은 영남 서부), 영남 12편에 해당한다. 영남 지역의 자료는 성주, 구미(선산), 진주, 하동, 의령, 산청 등 모두 호남 지역과 인접해 있는 영남 서부 지역에서 전승된다. 영남 동부 지역에서는 이 자료가 1편도 조사되지 않는 것으로 미루어[2] 이 유형은 주로 호남 지역을 중심 권역으로 해서 그 주변 지역으로 파급된 것으로 추정된다.

---

2) 영남 지역은 대체로 낙동강을 경계로 낙동강 이서 지역과 이동 지역으로 지리적, 역사적, 문화적 경계가 이루어졌다. 대체로 낙동강 이동지역 즉 영남 좌도는 토지가 메말라 생활이 빈곤하고 검소한 반면 문학에 치중하여 유학과 같은 사상이 발달하였고, 낙동강 이서 지역 즉 영남 우도는 넓은 평야를 끼고 있어 생활이 넉넉하여 문학보다는 예술에 치중한 경향을 보인다.(권오경, 「영남 민요의 전승과 특질」, 『우리말글』 25, 우리말글학회, 2002, 221쪽) 서사민요 역시 영남 서부와 영남 동부로 나누어볼 때 그 전승양상과 향유의식에 있어 차이점을 보이는데, <그릇 깬 며느리 노래> 유형이 그 좋은 사례이다. 영남 동부 지역인 영양, 청송, 영천 등에서 조사한 조동일의 『서사민요연구』 자료에서도 <그릇 깬 며느리 노래> 유형은 1편도 조사되지 않았다.

하위 유형 중 가장 많은 비중을 차지하고 있는 것은 1) 항의형으로 조사된 자료의 69.5%에 달한다. 전국적으로 조사된 구비대계와 민요대전만 포함하고 기타 자료를 뺀다고 하더라도 60%에 해당한다. 그러므로 <그릇 깬 며느리 노래>의 기본형을 '항의형'으로 설정할 수 있다. '항의형'이 대부분 호남 지역과 영남의 서부 지역에 집중적으로 나타난다는 점 역시 흥미롭다. 이는 <그릇 깬 며느리 노래> 유형이 호남을 중심으로 한 권역에서는 주로 '항의형'으로 나타나다가 주변 지역으로 나아가면서 다양한 하위 유형으로 변형되었음을 보여준다고 할 수 있다.

다음으로 2) 항의형+출가형은 조사된 자료의 22.2%에 해당한다. 기타 자료를 뺄 경우 25%이다. 이는 앞의 기본형인 '항의형'에 시집간 여자가 중이 되어 나가는 내용이 덧붙여진 것이다. 본래 시집간 여자가 시집살이를 견디지 못해 중이 되어 나가는 '출가형'은 <중이 된 며느리 노래> 유형으로 독립적으로 전승되는데, 시집살이 관련 서사민요 중 전국적으로 가장 활발하게 전승되는 유형이다. 호남 지역에서는 '출가형'인 <중이 된 며느리 노래> 유형과 '항의형'인 <그릇 깬 며느리 노래> 유형이 별도로 불리는데, 영남의 서부 지역에서는 이 두 유형이 결합되는 경우가 흔하게 나타난다.

영남 서부 지역에서는 기존 유형에 '출가형'이 결합되는 양상이 많이 나타나는데, 이 외에도 <사모하는 총각을 중이 되어 찾아간 처녀 노래(강태백이 동국각시)> 유형이 이런 결합형에 해당한다. 이는 호남 지역에서 주로 전승되는 <처녀를 짝사랑하다 죽는 총각 노래> 유형에 <중이 된 며느리 노래> 유형이 결합된 것이라 할 수 있다. 이처럼 영남 서부 지역은 특히 다른 지역에 비해 호남 지역과 영남 지역의 혼합형이 많이 나타나는 것을 볼 수 있는데, 이 하위유형 역시 이러한 양상과 동일한 맥락에서 볼 수 있을 것이다.

마지막으로 3) 죽음형은 시집간 여자가 술잔을 깨뜨리자 시집식구가 며느리를 죽이려 하는 것으로 되어 있다. '죽음형' 중 시집식구가 며느리를 죽이려고 하는 '타살형'은 2편 나타나고, 시집식구가 며느리를 죽이려 하자 며느리가 스스로 목숨을 끊는 '자살형'은 1편 나타난다. '자살형'의 경우도 우선 시집식구가 죽이려 하는 '타살형'이 나타나고 있다는 점에서 '타살형'이 변형된 것으로 생각된다. 이 하위유형의 경우 모두 영남 서부 지역에만 나타난다. [군산시 성산면 5]의 경우 제보자의 친정이 경남 하동이므로 영남 서부의 자료로 볼 수 있을 것이다. '죽음형'은 그릇을 깼을 때 시집식구가 변상을 요구하는 것이 아니라 아예 며느리를 죽이려고 한다는 점에서 일반적인 <그릇 깬 며느리 노래>와는 사건이 매우 이질적으로 전개되는 것을 볼 수 있다. 그러나 똑같은 사건의 발단을 놓고도 일반적인 '항의형'이 나타나는 경우(진주시 금곡면 4)나 '항의형+출가형'이 나타나는 경우(구미 3-25)도 있어 한 유형 아래 갈라진 하위유형으로 보는 것이 좋으리라고 판단된다.

이상에서 볼 때 <그릇 깬 며느리 노래> 유형은 호남 지역을 중심으로 '항의형'을 기본형으로 해서 형성되었으며, 주변 지역으로 파급되면서 영남 서부 지역에서는 '항의형'에 '출가형'이 결합되기도 하고, 아예 다른 형태로 사건이 전개된 '죽음형'이 생성되기도 하였다고 볼 수 있을 것이다. 호남 지역과 거리가 먼, 강원이나 영남 동부 지역에는 <그릇 깬 며느리 노래> 유형이 거의 전승되지 않는다는 점도 서사민요 전승에 있어서 문화적인 소통과 경계가 있었음을 보여주는 사례라 할 수 있을 것이다.[3]

3. 하위유형별 특징과 향유의식

<그릇 깬 며느리>의 하위유형별 특징을 자세하게 분석하기 위해 우선

3) 서사민요 유형의 전승양상에 대한 연구가 전국적으로 이루어질 때, 이러한 양상에 대한 설명이 가능하리라 본다. 이는 앞으로 서사민요 연구에서 수행되어야 할 중요한 연구 과제이다.

각 하위유형에 속하는 각편들이 지니고 있는 모티프를 ○로 표시해 보면 다음과 같다.

하위유형	각편	가마	술잔	변상요구	항의	시댁사과	살해시도	자살	남편항의	출가	친정들름	변상	시댁무덤	비고
항의형	옹진군 영종면 1	○		○	○									친정 충청도
	영동군 황금면 1	○		○	○									
	정읍군 칠보면 1	○		○	○	○								
	고흥군 풍양면 5	○		○	○									강강술래
	해남군 문내면 23	○		○	○									강강술래
	성주군 초전면 6	○		○	○	○								
	성주군 초전면 39	○		○	○	○								
	진주시 금곡면 4		○	○	○	○								
	하동군 옥종면 7	○		○	○									
	보성 7-7	○		○	○									
	신안 8-5	○												모찌는 소리/채록 중단
	남해 3-2	○		○	○	○								
	먹굴 17	○		○	○	○								
	먹굴 68	○		○	○	○								
	먹굴 101	○		○	○	○								
	먹굴 102	○		○	○	○								출가 암시

	옥갓 29	○		○	○	○								사과 거부
	함안 223	○		○	○	○								
	산청A104	○		○	○									
	산청B365	○		○	○	○								
	산청B366	○		○										중단
	산청B367	○		○	○	○								
	산청 B372	○		○	○	○								
	산청 B384	○		○	○	○								
	산청 B488	○		○	○	○								못갈장 가결합
항의형 + 출가형	거창군 가조면11	○		○						○	○	○	○	출가뒤 변상
	거창군 마리면30	○		○						○	○	○	○	변상뒤 출가
	의령군 부림면8	○		○	○	○				○				
	의령군 정곡면29	○		○	○					○	○		○	
	구미 3-25		○	○	○	○				○				
	산청 B363	○		○	○					○				
	산청 B370	○		○	○					○				남편이 새가 됨
	산청 B392	○		○	○	○				○	○		○	묘로 들어감
죽음형	의령군 유곡면 5		○				○	○	○					
	진주시 명석면 4		○				○		○					
	군산시 성산면 5		○				○		○					친정 하동
총계	36	31	5	32	29	19	3	1	3	8	4	2	4	

여기에서 보면 <그릇 깬 며느리 노래> 유형의 가장 보편적인 모티프는 며느리가 깨를 볶다 가마를 깨뜨려서(31편), 시집식구들이 변상을 요구하자(32편), 며느리가 이에 항의를 하는 것(29편)이라 할 수 있다. 이때 시집식구가 사과를 하는 모티프가 나오는 경우는 19편이고 나오지 않는 경우는 17편으로 서로 비슷해서 이는 각편의 차원에서 결정되는 것이라 할 수 있다. 그러므로 <그릇 깬 며느리 노래> 유형의 가장 일반적인 형태는 며느리가 가마를 깨뜨려서 시집식구들이 변상을 요구하자 며느리가 항의를 하는 내용으로 되어 있는 것이다. 이를 기본형인 '항의형'이라 한다면, 여기에 '출가' 모티프가 결합된 '항의형+출가형' 유형과 '죽음형'은 기본형이 주변 지역으로 파급되면서 변이된 형태로 볼 수 있을 것이다. 이들 하위 유형의 특징과 이에 나타난 향유의식을 차례로 살펴보기로 하자.

3.1. 항의형

<그릇 깬 며느리 노래> 유형 중 '항의형'의 서사 단락은 다음과 같이 나눌 수 있다.

> 가. 며느리가 시집간 지 얼마 안 되어 실수로 그릇을 깨트린다.
> 나. 시집식구가 며느리에게 친정에 가서 그릇 값을 물어오라고 한다.
> 다. 며느리가 시집식구에게 대신 자기 몸값을 물어달라며 항의한다.
> (라. 시집식구가 며느리에게 사과한다.)

'항의형'은 대부분 시집간 지 3일 만에 시어머니가 깨를 볶으라고 일을 시키자 며느리가 이를 볶다가 양동가마가 벌어지는 것으로 되어 있다. 각편에 따라 술잔을 깨뜨리는 경우도 있다. 이에 시집식구들이 차례차례 나와 한목소리로 "너희집에 가서 양동가마 값을 물어오라"고 한다. 며느리는 시집식구들을 한자리에 불러 모아 놓고 자신의 몸값을 물어주면 양동가마 값을 물어주겠다고 항의하는 것으로 되어 있다. 여기에 각편에 따라 시집식구들이 잘못했다고 사과하거나, 무슨 소리냐며 함께 같이 잘 살자며 마무리하는 내용이 나오기도 하고, 항의하는 데서 그치고 사과나 화해 부분이 전혀 나오지 않기도 한다.

이 하위유형은 대부분의 시집살이 관련 서사민요에서 상대인물인 시집식구들의 목소리만 나오고 주인물인 시집간 여자의 목소리는 거의 나오지 않는 데에 비해, 시집간 여자의 목소리가 직접적으로 표출된다는 점에서 매우 이채롭다.[4] 또한 시집살이 관련 서사민요가 대체로 상대인물의 요구로 인해 자신의 요구를 직접적으로 성취시키지 못해 '좌절우위형'이나 '양면복합형'의 구조를 보이는 데 비해 시집간 여자의 기대와 요구대로 사건의 해결이 이루어지는 '기대우위형'으로 되어 있다는 점에서 시집살이 관련 서사민요 중 찾아보기 드문 독특한 유형에 속한다.[5]

또한 며느리의 항의에서, 혼인으로 인해 헐어진 자신의 몸을 깨진 그릇

---

4) 이정아는 시집살이노래 구연을 통해 본 말하기 방식을 분석하면서 이 유형을 '다성으로 말하기 / 이야기 전개식 제시' 에 속하면서 '며느리가 직접적으로 자신의 감정이나 태도를 직접 말하는' 말하기 방식에 속한다고 보고 있다. 아울러 그는 "이 유형의 핵심이 바로 시집식구들을 불러놓고 그들의 면전에서 당당하게 부당함을 말하는 며느리의 말하기 장면에 있다. 양동 가매를 깬 며느리가 부당한 시집살이에 대해 항변하고 분노하며 불합리함을 고발하는 장면이 중심이 되는 이 노래는 며느리의 직접적인 분노를 통해 노래 부르는 창자와 듣는 청자가 모두 할말 속 시원하게 했다는 해방감을 경험하게 된다."고 하고 있다. 이정아, 「시집살이노래 구연에 나타난 말하기 방식과 여성의식에 관한 연구」, 이화여대 박사학위 논문, 2005, 82~84쪽.

5) 필자는 서사민요의 구조적 특성을 주인물과 상대인물의 갈등 상황에서 사건이 어떤 양상으로 전개 귀결되는지에 따라 기대우위형, 좌절우위형, 양면복합형으로 나누어 살펴 본 바 있다. 기대우위형은 주인물으 요구에 맞게 사건이 해결되는 경우, 좌절우위형은 사건이 해결되지 못하거나 주인물의 요구에 상반되게 해결되는 경우, 양면복합형은 기대의 성취와 좌절이 함께 드러나있는 경우로서 주인물의 요구가 직접적으로 성취되지는 못하지만 간접적으로나마 갈등이 어느 정도 해소되는 경우를 말한다. (서영숙, 『한국서사민요의 날실과 씨실: 우리 어머니들의 노래』, 도서출판 역락, 2009, 83쪽)

에 비유하면서 깨진 그릇이야 얼마든지 보상할 수 있는 보잘 것 없는 것이지만, 헐어진 몸은 누구도 보상할 수 없는 귀중한 것이라는 주장은 매우 참신한 비유이면서 설득력을 갖추고 있어 듣는 사람이 받아들이지 않을 수 없게 한다.[6] 결과적으로 사람의 가치를 그릇의 가치보다 낮게 평가한 시집식구들이 자신들의 요구가 부당했음을 인정하게 만들고 있는 것이다. 이는 시집식구들의 며느리에 대한 부당한 대접과 요구에 대한 비판의식의 발로이면서, 나아가 혼인의 신성함과 여성 몸의 가치에 대한 선언이라 할 수 있다.

같은 하위유형에 속하면서도 며느리와 시집식구의 태도에 호남 지역의 각편과 영남 지역의 각편은 많은 차이점을 보인다. 대체로 호남 지역 각편의 경우 며느리가 시댁식구들보다 더 우월하고 당당한 태도를 보이는 반면, 영남 지역 각편의 경우 며느리는 시댁식구들에게 낮은 위치에서 조심스러운 태도를 보인다. 그에 따라 며느리의 항의에 시집식구들의 태도도 호남 지역 각편의 경우 며느리에게 굴복하는 태도를 보이는 데 비해, 영남 지역 각편의 경우 한 발 물러서기는 하지만 굴복적인 태도를 보이지는 않는다.

다음의 호남 지역 각편을 예로 보면 며느리의 어조는 매우 단호하고 당당하다. 며느리는 시집식구들보다 더 높은 위치에서 남편에 의해 망가진 자기 몸을 변상해 놓으라며 시집식구들을 다그치고 있다. 며느리가 "괴발같은 당신아들 큰손으로 / 아실살살 만질제는 천냥도싸고 만냥도싼데 / 양동가매 물오란말이 웬말이요" 하고 항의하자, 시아버지 시어머니는 "앞엣논을 너를주랴 뒷멧논을 너를주랴" 하며 며느리를 달래기까지 하는 것이다.

> 시집가는 삼일만에 들깨서말 참깨서말
> 양동가매(가마솥) 볶으라길래 장작불모아 볶으다가
> 양동가매를 깨었고나

6) 위의 책, 85쪽. 필자는 위의 책에서 이 유형이 "평범하거나 열등한 위치에 있는 주인물이 자기보다 우위에 있는 상대인물의 부당함을 드러냄으로써 승리를 이뤄내는" 희극적 성격을 지니고 있다고 분석한 바 있다.

시금시금 시아바니 아가아가 엇그저께오는 새메늘아가
느거집에 어서가서 양동가매를 물오내라
시금시금 시어마니 아가아가 엇그저께오는 새메늘아가
어서느그집에 돌아가서 양동가매를 물오내라
조고막한 시뉘애기 엇그저께오신 새성님
어서빨리 양동가매 물오시오
뽐내는술을 지어놓고
시금시금 시아바니 시어머니
여기앉어 제말한자리 들으시오
분통같은 요내몸을 감쪽같은 요내몸을
괴발같은 당신아들 큰손으로
아실살살 만질제는 천냥도싸고 만냥도싼데
양동가매 물오란말이 웬말이요
시금시금 시아바니 아가아가 메늘아가
앞엣논을 너를주랴 뒷멧논을 너를주랴
시금시금 시어마니 아가아가 메늘아가
세간전답을 너를주랴 세간전답도 내사싫소
앞멧논도 내사싫소 뒷멧논도 내사싫고
지똥(짚동)같은 헐어낸 요내몸만 물오내면
양동가매 아니라 더한것이라도 물오리라[7)]

심지어 다음 각편에서는 신랑이 자신의 집으로 장가올 때 가난한 살림으로 인해 차림이 형편없었음을 서술하며 오히려 자신의 친정이 모든 비용을 대 혼례를 치렀음을 암시하고 있다. 또한 친정의 살림이 시댁의 살림보다 더 나음을 길게 강조하며, 자신의 몸만 원래대로 해 주면 세간 안 팔아도 그깟 양가마 정도는 얼마든지 갚을 수 있다고까지 큰소리를 친다. 며느리의 이런 당당함은 친정이 시댁보다 낫다는 심리적 우월감에서 나온다고 볼 수 있다.

---

7) [옥갓 29] 양동가마노래, 김필순(여 50), 1981. 7. 12., 서영숙, 한국 서사민요의 날실과 씨실.

(앞부분 생략)
시아바니 연오하오시나(연로하오시나) 이 자리에 앉으시오
시어마니 연오하오시나 이 자리에 앉으시시오
쪼그막한 도리방에 초립신랑(草笠 쓴 신랑, 어린 신랑)은 나오셔서
이 좌석에 앉으시지오 당신 아들 모자가 없어
삼잎같은 갓(사모紗帽, 신랑이 쓰는 모자)을 씌여
옷이 없어 걸쾌자(소매없는 웃옷)에
신이 없어 시오자(혼례 때 신랑이 신는 신발인 목화 木靴)에
내 마당에 보낼 때는 무슨 마음 먹었읍디여
이내 머리 땋든 머리 시가닥(세 가닥)에 모들쳤으니(모았으니)
아시같이(처음같이) 해여주면
양동우도 물어오고 양가매도 물어오르다
우리 집에 말마굿간 디리다 보면
눈는(누워있는) 말도 열에 닷바리(다섯 마리) 섰는 말도 열에 닷바리
소마굿간 들여다 보면 눈는 소도 열에 닷바리
섰는 소도 열에 닷바리 은저붐(은젓가락)도 열에 닷단
은수저도 열에 닷단 놋수저도 열에 닷단
은밥그륵도 열에 닷죽 놋밥그륵도 열에 닷죽
쇠비연장 안 폴아도 양가매도 물어오로다
방안등물 안 폴아도 양동우도 물어오로다
시가닥에 땋은 머리 아홉가락에 골라주면
방안등물 안 폴아도 다 물어오로다[8)]

호남 지역 각편에 나타나는 며느리의 항의에 대한 시집식구들의 태도도 시어머니 스스로 자신도 더 한 것을 깬 적 있음을 실토하는 등 며느리에게 굴복하는 태도를 보이고 있다. 심지어 이미 그 양가마가 깨져 있었던 것임을 실토해 며느리가 억울하게 무고를 당한 것으로 나타나기까지 한다.[9)]

---

8) [보성 7-7] 시집살이노래1, 주원님(여 1911), 조성면 덕산리 감동, 1990. 3. 22., 민요대전 전남.

9) 양동이도 그만두고 양가매도 그만두고 / 우리집 선영에서 깨논 양동우다 / 가지말고 잘살자("그러드래.") [먹굴 101] 서영숙, 한국 서사민요의 날실과 씨실.

한살묵어서 어멈죽고 두살묵어서 아범죽고
열닷살에도 시집강게 시집가는 삼일만에
참깨서말도 들깨서말 양에가매에 볶으라네
참깨한말을 볶으고낭게 벌어졌네도 벌어졌네
양에가매가 벌어졌네
씨어마니가 나오셔서 아강아강도 며느리아가
느그집(네 집)이가 건너가서 세간전답을 팔아서라도
양에가매를 물어오니라
꽃방석도나 내여피소 동네어른들 다모이라허소
다래같은도 자네자슥(자식) 구름같은도 말을타고
골목골목도 다지나고 체념상(혼례 상)에 체념하고
밤중밤중도 야밤중에 달과같이나 생긴몸을
바늘겉이도 헐었으니
요내몸에 천냥주면 양에가매를 물어옴세
아강아강도 며늘아가 나도야야 젊어서는
[청중 : "인자 회개를 하는가부네."]
죽세기 죽반도 깨어봤다
[청중 : 웃음. "고 며느리가 말을 잘 했구만, 그래."][10]

이에 비해 영남 지역의 각편은 대체로 다음 각편과 같이 며느리가 시댁 식구들에게 매우 조심스런 태도를 보인다. "꽃맹석을 피트리며 어머님요 여안지소 / 화맹석을 피트리며 아버님요 여안지소 / 이내말씀 들어보소 / 금과같은 아들애기 꽃과같이 옷을입히 / 지비같이 말을태여 우리집에 오실적에"에서 볼 수 있듯이 며느리는 시집식구에게 매우 공손한 어조로 말을 건네고 있으며, 신랑에 대한 표현 역시 '금', '꽃', '제비' 등 귀하고 좋은 것들로 묘사하고 있다. 이러한 며느리의 예의 바른 항의에 시집식구가 자신들의 태도를 누그러뜨리기는 하나, 이는 자신들의 말을 철회만 할 것일 뿐 엄밀한 의미에서 사과라고 하기는 힘들다. 즉 "오냐니말 거기두고 내말일랑 여기두자"

10) [먹굴 17] 양동가마노래, 정사순(여 55) 1981. 7. 31., 서영숙, 한국 서사민요의 날실과 씨실.

라고 함으로써 했던 말을 없던 것으로 치자는 것으로 마무리하고 있는 것이다. 이는 며느리의 항의에 시집식구가 사과를 함으로써 문제를 해결하고 있는 호남의 각편에 비해, 여전히 갈등의 소지가 남겨져 있음을 시사한다.

> 남산밑에 싸리고리 진주대정 지은가락
> 물리질로 이룬살림 은가매도 장만하고
> 은동이도 장만하고 시집온 미늘애기
> 시집온 삼일만에 은동이도 깨어놓고
> 은가매도 깨어놨네 아가아가 미늘아가
> 너거집에 가거들랑 니비종을 다팔아나
> 은동일랑 고만두고 은가매나 장만해라
> 어머님요 저안지소 꽃맹석을 피트리며
> 어머님요 여안지소 화맹석을 피트리며
> 아버님요 여안지소 이내말씀 들어보소
> 금과같은 아들애기 꽃과같이 옷을입히
> 지비같이 말을태여 우리집에 오실적에
> 우리부모 말잡거니 소잡거니
> 이내몸이 왔을적에 은동이가 그뭣이고
> 은가매가 웬말이요 오냐니말 거기두고
> 내말일랑 여기두자[11)]

이렇게 <그릇 깬 며느리 노래> 유형 중 '항의형'은 그릇을 깬 며느리에게 시집식구들이 그릇 값을 물어내라고 한 데에 대한 며느리의 항의로 이루어져 있으며, 이는 부당한 시집살이에 대한 비판의식과 여성 몸의 가치에 대한 존중 의식에서 나온 것이라고 할 수 있다.[12)] 같은 하위 유형이면서도

11) [성주군 초전면 39] 물레노래, 이차순(여 74). 문덕 1동 소래, 1979. 8. 1., 최정여, 강은해 조사, 구비대계 7-5. * 제보자의 친정인 성주군 금수면 새출에서 12살 때 어머니에게서 노래를 배웠다. 베를 짜면서, 삼 삼으면서 바느질하면서 노래를 익혔다. *

12) 사설시조에도 <그릇 깬 며느리 노래>의 '항의형'과 유사한 작품이 있다. 이는 이 유형의 노래가 사설시조가 성행했던 조선 후기부터 이미 형성돼 있었음을 말해준다. 사설시

호남 지역과 영남 지역 각편의 서술에 차이가 있음을 알 수 있는데, 대체로 호남 지역의 각편이 며느리가 시집식구에게 우월한 입장에서 항의하며 시집식구가 이에 굴복하는 태도를 보이는데 비해, 영남 지역의 각편은 며느리가 시집식구에게 조심스럽고 예의바른 태도로 서술하며 시집식구는 자신의 말을 철회하는 정도로 그치고 있다. 이는 영남 지역이 호남 지역보다 유교적인 양반 문화가 더 깊게 자리 잡고 있어 서사민요 역시 이러한 영향을 입었기 때문에 나타나는 양상이라 아닐까 하나 여러 가지 요인이 있을 수 있으므로 한마디로 단정하기는 어렵다.

3.2. 항의형+출가형

<그릇 깬 며느리> 유형 중 '항의형+출가형'은 <그릇 깬 며느리> 유형의 일반형인 '항의형'에 며느리가 중이 되어 출가하는 '출가형'이 복합된 것이다. 이 하위 유형의 서사 단락은 다음과 같다.

가. 며느리가 시집간 지 얼마 안 되어 실수로 그릇을 깨트린다.
나. 시집식구가 며느리에게 친정에 가서 그릇 값을 물어오라고 한다.
다. 며느리가 시집식구에게 대신 자기 몸값을 물어달라며 항의한다.
(라. 시집식구가 며느리에게 사과한다.)
마. 며느리가 중이 되어 출가한다.
(바. 친정집에 들러 동냥을 한다.)
(사. 시댁에 오니 시댁이 폐가가 되어 있고 시집식구 무덤에 꽃이 피어 있다.)

조에서는 "싀약시 싀집간날 밤의 질방그리 ᄃᆡ엿슬 ᄭᅢ려 ᄇᆞ리오니 싀어미 이르기를 물나 달나 ᄒᆞ는괴야 싀약시 대답ᄒᆞ되 싀어미 아ᄃᆞᆯ놈이 우리집 全羅道 慶尙道로셔 會寧鍾城 다히를 못쓰게 ᄯᅮ러 어긔로쳐시니 글노비겨보와 냥의쟝홀가 ᄒᆞ노라" (조규익, 『만횡청류』, 도서출판 박이정, 1996, 189쪽 인용) 하고 있어, 시집식구에 대한 며느리의 항의를 흥미로운 관점에서 노래하고 있다. 즉 사설시조에서는 며느리의 항의를 성적 은유로 희화화함으로써, 서사민요에 드러나고 있는 시집살이에 대한 문제의식이 희석되고 있다.

'항의형+출가형'에 나오는 공통 단락은 가, 나, 다, 마이다. 라, 바, 사는 각편에 따라 있기도 하고 없기도 하다. 그러므로 '항의형+출가형'의 기본 내용은 그릇을 깬 며느리에게 시집식구들이 그릇 값을 물어내라고 하자 며느리가 중이 되어 나가는 것이라 할 수 있다. 앞의 '항의형'이 며느리와 시집식구 간의 갈등으로 일어난 사건에서 며느리의 요구대로 갈등이 해결되는 '기대우위형'이라고 한다면, 이 하위유형은 주인물과 상대인물의 어느 편의 요구대로 해결되었다고 보기 어려운 '양면복합형'이라 할 수 있다. 주인물인 며느리의 입장에서 보면 중이 되어 나간다는 것은 한편으로는 시댁에서 자신의 요구를 관철하지 못하고 시집살이를 파탄에 이르게 한 '좌절'이면서, 다른 한편으로는 시집식구의 요구를 거부하고 또 다른 선택을 함으로써 자기의 요구를 간접적으로나마 드러낸다는 점에서 '기대'이기 때문이다. 거의 모든 각편의 마지막 부분에 나오는 시집식구의 죽음 역시 주인물이 더 이상 돌아가 정착할 터가 사라졌다는 점에서는 좌절이지만, 주인물에게 해악을 끼친 인물들이 마땅한 응징을 받았다는 점에서는 기대의 성취요, 자아의 승리라 할 수 있다.13)

이 하위 유형은 거창에서 2편, 의령에서 2편, 구미에서 1편, 산청에서 3편이 조사되어 영남의 서부 지역 특히 경남의 서부 지역에서 많이 전승되고 있다. 반면 호남 지역 각편에서는 '항의형'만 나올 뿐 '출가' 모티프가 거의 나타나지 않는다. 이렇게 호남 지역 각편에는 '항의형'이 주류를 이루고 영남 서부 지역 각편에는 '출가형'이 결합되는 이유는 무엇일까. 권오경은 영남 지역에서 '출가형'이 많이 전승되는 이유를 불교문화의 영향력과 경작지에 대한 차이로 설명하고 있다.14) 즉 영남이 불교문화의 영향력을 더 많

13) 서영숙, 앞의 책, 2009, 97쪽.

14) 권오경은 "호남의 <밭매는 소리> 사설은 여성의 시집살이에 대한 갈등을 표출하는 선에서 그치는 경우가 많고, 중이 되어 출가하는 등의 적극적인 태도로까지 나아가는 일반적 경향을 이루지는 않는다. 이러한 이유는 여러 가지가 있겠지만, 우선 영·호남이 가지는 불교문화에 대한 영향력을 들 수 있다. 그리고 경작지에 대한 차이를 그 원인자

이 받은 데다가, 협곡 중심의 농경문화로 인해 <밭 매는 소리>를 여성 개인이 가창하는 경우가 많아서 자연히 회심의 차원에서 노래하게 되기 때문이라고 한다. 그러나 서사민요에 나타나는 '출가형' 모티프를 불교문화에 대한 영향력으로 설명하는 것은 무리가 있다. 영남뿐만 아니라 호남 지역에도 '출가형'만으로 된 <중 되는 며느리 노래> 유형이 다수 전승되고 있기 때문이다. 오히려 호남 지역이 영남 지역에 비해 '중'과 관련된 서사민요나 서사무가, 예를 들면 <제석님네 따님애기(일명 당금애기)>가 활발하게 전승되고 있어 서사민요에 나타나는 '출가형' 모티프는 호남 지역이 중심 전승지역으로 볼 수 있을 정도이기 때문이다. 이는 '출가형' 모티프가 영남 동부지역에는 많이 나타나지 않는 것으로도 설명할 수 있다.[15)]

그러나 '출가형' 모티프의 중심이 영남인지 호남인지는 그리 생산적인 논의가 아니다. 분명하고 중요한 점은, 호남 지역은 '항의형' 서사민요와 '출가형' 서사민요가 독자적으로 전승되나, 영남 서부 지역은 이 둘의 결합으로 인해 장형화된 각편이 많이 나타난다는 사실이다. 그 이유를 호남 지역보다는 영남 지역이 장형의 서사민요를 많이 필요로 하는 협곡 중심의 농경문화를 이루고 있다는 데 둔다면 어느 정도 설득력이 있다. 영남 서부 지역에서는 이외에도 호남 지역에서 많이 전승되는 <상사병으로 죽는 총각> 유형에 '출가형' 모티프가 결합돼 <사모하는 총각을 중이 되어 찾아가는 처녀 노래(강태백이 동국각시)> 유형 등, 두 가지 이상의 유형이 결합된 장편 서사민요가 많이 나타나기 때문이다.[16)]

로 들 수 있다. 영남은 협곡 중심의 농경문화를 가지고, 호남은 넓은 평야 농경문화를 지니기 때문이다."라고 분석하고 있다. 권오경, 「민요 교섭양상과 문화적 의미: 영·호남 경계 지역을 중심으로」, 『한국민요학』 13, 한국민요학회, 2003, 30~32쪽.

15) 권오경에 의하면 영남 지역에서 <밭매는 소리>로 거창, 성주, 진주 등에서는 '출가형'이, 의령, 함양 지방에서는 '어머니부고형'이 주로 채록된다고 한다. (권오경, 「영남 민요의 전승과 특질 연구: 전이지역을 중심으로」, 『우리말글』 29, 우리말글학회, 2003, 219쪽)

16) 필자의 정리에 의하면 <사모하는 총각을 중이 되어 찾아간 처녀 노래> 유형 역시 거창, 의령, 산청 등 영남 서부 지역에서만 조사되었다.

또한 영남 지역의 각편이 호남 지역 각편들에 비해 며느리와 시집식구들의 갈등이 비교적 덜 첨예화되어 있는 것도 뚜렷하게 나타나는 양상이다. 영남 지역에서 '항의형+출가형'이 많이 전승되는 것도 이런 점에서 설명할 수 있다. 즉 호남보다는 영남이 유교문화의 정도가 강해 며느리가 시집식구들에게 직접적인 항의를 하는 내용이 자연스럽게 받아들여지지 않았기 때문에 중이 되어 나가는 것과 같은 간접적인 항의의 표현이 더 선호되지 않았을까 하는 생각이 든다.[17] 그 좋은 예로, 거창군에서 조사된 2편은 아예 며느리가 항의도 하지 않고 친정집에 가서 그릇 값을 변상해 오기도 한다.

> 시집가던 샘일만에 참깨닷말 들깨닷말
> 열에닷말을 내티리네 이솥저솥 볶은께
> 양가매가 갈라졌네 시오마씨 거동을보라
> 호령호령 호령함서 너거집에 자주나가서
> 가매값을 물어오게 시아바씨 거동을봐라
> 너거집에 자주나가서 양가매값을 물어오자
> 시누애기 거동을봐라 정지문앞을 뚜드리면서
> 너거집에 자주나가서 양가매값을 물어오게
> 우리님의 거동을보소 자네집을 가거들랑
> 소리없이나 댕겨오게 내가왔소 내가왔소
> 시집갔다가 내가왔소 우리부친 거동을보소
> 시비쟁기를 내티림서 이기나마 가주왔다꼬
> 양가매값을 물어조라 우리어머니 거동보소
> 명지닷돈 내티림서 이기나마 가주왔다꼬

17) 박지애는 시집살이요의 언술방식을 분석하면서 <양동가마>의 후반부에 <중노래>가 결합되는 이유로, "<시집살이요>의 언술행위 주체가 <양동가마>에서의 현실적인 대응방식 대신 <중노래>의 비현실적인 대응방식을 더 선호했기 때문에 생겨난 결과"라 하고 있다. (박지애, 「<시집살이요>의 언술방식과 시·공간 의식」, 경북대 석사학위논문, 2002, 43~45쪽) 그러나 이러한 결합형이 영남 지역 각편에만 나타난다는 것은 영남 지역 향유자들이 호남 지역 향유자들에 비해 현실적 대응방식보다 비현실적인 대응방식을 선호했음을 보여주는 것으로도 읽을 수 있다.

양가매값을 물어조라 우리올키 거동을보소
구실서말을 내티림서 이기나마 가주왔다고
양가매값을 물어조라 바리바리 실고
한모롱두모롱 돌아와서 마당우에 덕석피고
덕석우에 명주피고 아부님도 여앉으소
어머님도 여앉으소 시누오소 여게앉게
시아바씨 앞엘랑은 시비쟁기 댕기놓고
물어왔소 물어왔소 양가매값을 물어왔소
시오마씨 앞엘랑건 명지닷돈을 앵기놓고
물어왔소 물어왔소 양가매값을 물어왔소
["질어 이기."] ["청중:"질어야 좋지."]
시누애기 앞엘랑은 구실닷돈(구슬 서 말)을 앵기놓고(안겨놓고)
물어왔네 물어왔네 양가매값을 물어왔네
(이하 출가 부분 생략)[18]

여기에서 보면 며느리가 시집식구의 말대로 친정에 가 깨뜨린 그릇 값을 변상해 옴으로써 시집식구의 요구에 순종하는 행동을 하는 것이다. 위 각편에서 남편은 "자네집을 가거들랑 소리없이나 댕겨오게"라고 하며 며느리의 순종을 촉구하기까지 한다. 이에 며느리는 시집식구들의 요구에 아무 말도 하지 못한 채 집을 나간다. 결국 친정집에서 친정식구들이 내주는 물품들을 가지고 돌아와 시집식구들에게 내어놓는데 이때서야 비로소 며느리의 발화가 나온다. 며느리는 "물어왔소 물어왔소 양가매값을 물어왔소" 하며 시아버지, 시어머니, 시누 앞에 각기 시비쟁기, 명주, 구슬을 내어놓는다. 그러나 며느리가 이렇게 시집식구들이 요구한 그릇 값을 내어놓는 데에는 더 이상 시집살이를 계속하지 않겠다는 결의가 숨겨져 있다. 시집식구들의 요구에 항의를 하는 것은 어떻게든 문제를 해결해 시집살이를 계속하겠다는 의지가 있기 때문이지만, 항의조차 하지 않고 그릇 값을 변상하는 것은 표면적

18) [거창군 마리면 30] 시집살이 노래 (1), 김재순(여 68), 고학리 고대, 1980. 8. 15., 최정여, 강은해, 박종섭, 임갑랑 조사, 구비대계 8-6.

으로는 순종 같지만, 이면적으로는 부당한 대우를 값을 치르고 끝내겠다는 저항이 숨겨져 있는 것이다.

이때 며느리의 출가는 각편에 따라 그릇 값을 변상하기 전에 나타나기도 하고, 변상한 후에 나타나기도 해서 약간의 차이가 있다. 그러나 어느 것이건 결과적으로는 마지막에 시집식구들이 모두 죽어 있고 시댁이 폐가가 되어 있더라고 해, 며느리에게 부당한 대우를 한 시집식구들에 대한 항의를 간접적으로 허구화해 나타낸다. 게다가 죽은 시집식구들의 무덤에는 각각의 시집식구들의 행위를 대변하는 '꽃'으로 피어나 있어 살아있을 때의 행위를 상기시켜 주고 있다.[19] 이는 '살아서의 행동이 죽어서도 반드시 드러나므로, 살아있을 때 행동을 바르게 해야 한다'는 향유자들의 인과응보에 대한 믿음과 의식이 담겨있는 것으로서, 이를 통해 며느리들은 시집식구들의 억압에 대한 원망을 간접적으로 풀어낼 수 있었을 것이다.[20]

> 은가매값을 물어가꼬 시가에꽂으로 돌아오니 쑥대밭이 되었구나
> 씨아바씨 밑둥(무덤)에는 쑥대이꽂이 만발했네

---

19) 서영숙, 앞의 책, 2009, 424~426쪽.

20) <중이 된 며느리> 노래에 나오는 이 '무덤꽃' 모티프에 대해서는 많은 연구자들이 주목한 바 있다. 이정아는 "죽은 자들의 묘 위에 핀 꽃들을 열거하는 화자의 목소리에서 갈등이 해소된 여유로운 감정적 태도가 발견"된다고 하였으며(이정아, 앞의 논문, 91쪽), 길태숙은 이를 신화적으로 해석하여 "며느리 앞에 펼쳐진 쑥대밭과 묘와 꽃의 표상은 황폐한 구세계가 죽고 없어진 공간임을 의미하는 동시에 며느리가 입사식을 마친 자라는 것을 의미하는 것"으로 보고 있다. (길태숙, 「<밭매기노래>에서의 죽음에 대한 신화적 해석」, 연세대 박사학위논문, 2002, 163쪽) 한편 김학성은 이를 "죽음을 의미하는 '묘' 위에 생명체의 극치를 의미하는 '꽃'으로 피어나 있는 모습은, 시집식구의 죽음과 흉허물, 독함 같은 어둡고 추한 이미지를 말끔히 씻어버리고 꽃이라는 생명의 아름다움으로 다시 태어나는 형상이기 때문이다. 시집식구가 죽어 무덤 위의 꽃으로 피어났다는 발상은 자연을 서구처럼 목적론이나 기계론적 시각으로 보지 않고 순환하는 생명의 근원으로 보았던 동아시아적 사유에 토대를 둔 것이다."라고 보았는데(김학성, 「시집살이 노래의 서술구조와 장르적 본질: 동아시아 미학에 기초하여」, 『한국시가연구』 14, 한국시가학회, 2003, 288쪽), 필자도 이에 일부 공감하나 그 꽃의 형상은 추한 이미지를 벗어버린 아름다운 형상이 아니라, 각 시집식구의 행실을 대변하는 선과 악의 이미지를 그대로 지니고 있다는 점에서 의견을 달리한다.

씨오마씨 밑둥에는 독새야꽃이 만발했네
시누야애씨 밑둥에는 할림새꽃이 만발했네
정든님에 밑둥에는 도풀꽃이 만발했네[21]

이상에서 볼 때 <그릇 깬 며느리 노래> 유형 중 '항의형+출가형'은 그릇을 깬 며느리에게 시집식구가 그릇 값을 물어오라고 하자 며느리가 중이 되어 나가는 내용의 노래로서, 며느리의 시집식구들에 대한 항의를 중이 되어 나가는 것으로 간접화하여 표현하고 있다. 시집식구들에 대한 며느리의 항의를 '항의형'은 주인물의 목소리를 통해 직접적으로 표현하고 있다면, '항의형+출가형'은 '출가'를 통해 간접적으로 표현하고 있는 것이다. 이 하위유형은 주로 영남 서부 지역에서 나타나는데, 이는 이 지역이 호남 지역보다 장편의 서사민요를 필요로 했을 뿐만 아니라 시집식구들의 부당한 요구에 대한 항의를 직접적으로 드러내기에는 어려웠던 환경을 지니고 있었기 때문이라 추정된다.

3.3. 죽음형

<그릇 깬 며느리 노래> 유형 중 '죽음형'은 두 가지 형태의 죽음, 즉 시집식구에 의한 타살 또는 며느리 스스로에 의한 자살로 되어 있다. 어느 경우이건 모두 며느리의 비극적 죽음으로 귀결된다는 점에서 동일하다. 이 하위유형의 서사 단락을 '타살형'과 '자살형'으로 구분해 제시하면 다음과 같다.

(타살형)
가. 며느리가 시집간 지 얼마 안 되어 실수로 그릇을 깨트린다.

21) [거창군 가조면 11] 시집살이 노래(1), 오춘자(여 52), 기리 광성, 1980. 8. 4., 최정여, 강은해, 박종섭, 임갑랑 조사, 구비대계 8-5.

나. 시집식구가 며느리를 죽이려고 준비한다.
다. 남편이 나서서 항의(한탄)한다.

(자살형)
가. 며느리가 시집간 지 얼마 안 되어 실수로 그릇을 깨트린다.
나. 시집식구가 며느리를 죽이려고 준비한다.
다. 남편이 나서서 항의하나 소용이 없다.
라. 며느리가 자살하자 남편이 통곡한다.

'죽음형' 중 '타살형'과 '자살형'은 가와 나 단락을 기본적으로 공유하고 있다. 며느리가 실수로 그릇을 깨트리자 시집식구들이 며느리를 죽이려고 하는 것이다. 그러나 '타살형'에서는 시집식구들이 며느리를 죽이려 하자 남편이 나서서 한탄에 가까운 항의를 하는 것으로 끝나 사건의 결말이 제시되지 않는 반면 '자살형'에서는 며느리의 자살로 사건의 결말이 제시된다는 데 차이가 있다. '죽음형'에서는 '항의형'이나 '항의형+출가형'과는 달리 시집식구들이 그릇 값을 물어내라는 요구도 하지 않은 채 며느리를 죽여야겠다며 칼을 가는 등 죽일 채비를 한다. 여기에 '죽음형'에 속하는 '타살형'과 '자살형' 모두 시집간 여자의 항의는 나타나지 않는다. 남편이 대신 나서서 항의를 해보지만 아무 소용이 없다. 남편의 항의는 항의라기보다는 한탄에 가깝다. 이렇게 '죽음형'에서는 주인물인 며느리의 요구가 전혀 관철되지 못하고, 사건의 갈등조차 해결되지 못한다는 점에서 '좌절우위형'의 구조를 보인다.[22)]

이름좋다 수경선이(여자 이름) 시집갔던 석달만에
시아바이 병사나고(병사 되고) 울의님은 감사났다(우리 임은 감사 됐다)
병사전에 잠드다가 감사전에 눈두다가
동래울산 유리잔을 조심없이 깨었다네

---

22) 항의형이 희극적이라고 한다면, 죽음형은 비극적이다. 이에 비해 '항의형+출가형'은 두 가지 요소를 모두 지닌 희비극적 성격을 띤다.

시아바니 거동보소 낼아츰에 조사 끝에 죽인다고 단정하네
시어마니 거동보소 육포베로 대롱하니(대령하니)
정지종놈 거동보소 묵운칼로 썩썩갈고 거지자리(거적대기) 대롱하요
정지종년 거동보소 사주밥을 대롱하요
울의님의 거동보소 아츰이슬 찬이슬이
모시자락 새자락에 대청끝에 썩올라서며
동래울산 유리잔은 동래울산 내리가면
내돈주몬 보리마는 절로생긴 봉숭화야
인제가면 언제올래 물로생긴 인생몸이
한숨없이 생겼쏘나[23]

여기에서 보면 남편은 "동래울산 유리잔은 동래울산 내리가면 내돈주몬 보리마는 / 절로생긴 봉숭화야 인제가면 언제올래 / 물로생긴 인생몸이 한숨없이 생겼쏘나"라고 한다. 이때 남편의 항의는 서사민요 향유자들의 목소리를 대변하는 것이라 할 수 있다. '항의형'이나 '항의형+출가형'에서는 며느리의 목소리가 작품 내 주인물인 며느리의 입을 통해 직접적으로 발화되는 데 비해, '죽음형'에서는 작품 내 보조 인물인 남편의 입을 통해 발화된다. 이는 그만큼 여성들이 노래를 통해서조차 자신들의 목소리를 드러내기가 쉽지 않았던 사정을 반영해 준다. 이 하위유형이 호남 지역이 아닌 영남 서부 지역에서만 나타난다는 점도 영남 여성들이 처해있는 사회적, 문화적 환경을 능히 짐작케 한다.

'죽음형'의 각편들에 나타나는 또 하나의 공통점은 "이름좋다 수경선이", "의령땅 이한석이의 육남매 딸하나"와 같이 작품 내 주인물 이름을 뚜렷하게 내놓음으로써 작품 속 사건을 실제 노래를 부르는 향유자들과 분리하여 허구화하고 있다는 것이다. 노래 속에서 주인물에게 악행을 가한 이들은 향유자들과 전혀 관계없는 '아무개'로서, 향유자들은 노래의 내용이나 인물과

---

23) [진주시 명석면 4] 시집살이 노래(1), 류승란(여 56), 신기리 새마을, 1980. 8. 5., 정상박, 성재옥, 김현수 조사, 구비대계 8-4.

일정한 거리를 두고 있다. 이는 작품 내 등장인물인 남편을 통해 자신들의 생각을 간접적으로 발화하는 데서 한 발 더 나아가, 향유자 자신들의 시집살이와는 전혀 관계가 없음을 뚜렷이 해 두려는 일종의 안전장치라고 할 수 있을 것이다.

의령땅 이한석이(남자 이름) 수천석 하던살림
하루아침 다까불고 육남매 딸하나로
수수까리 울막밑에 치왔더니(출가시켰더니)
시집갔던 석달만에 시아바님 감사나고
감사나던 석달만에 낭군님은 병사나고
병사나던 석달만에 앞대문에 용그리고
뒷대문에 학그리고 용그리고 학그리던
석달만에 감사앞에 술치다가
꽂놀이상 유리잔을 햄양석에 지칫다고(떨어뜨려 깼다고)
며늘아기 요령타고(요망하다고) 죽일라고 끄동하네
병사님 거동보소 아버지 아버지요
꽂노리상 유리큰잔을 한값주마 돌아와도(살 수 있어도)
내일아척 봉숭아는 한분가면 다시오요
어라이놈 씨끄럽다 내일아척 조사 끝에 며늘아기 죽일끼다
죽이는거 안볼라꼬 절간으로 뛰어올라
그익일날 살피보니 안죽었다 소문듣고 집으로 돌아오니
정지에 드다보니(들여다보니) 이원한테 통개하네(누이에게 알리네)
원아원아 니올치는(네 올케는) 어데갔노
엊저녁에 자는잠을 날이새도 안나오네
큰방문을 반만열고 어머니 원이올치 어데갔소
엊저녁에 자는잠을 날이새도 안나오네
잔방문을(작은 방문을) 열티리니
물명주 석자수건 목을매여 지죽었네
안고잡고 울고나니 그새너메 소이되어(연못이 되어)
만경창파 떠나가네[24]

위 각편은 '죽음형' 중 현재 유일하게 조사된 '자살형'이다. 시집식구가 며느리를 죽이려 하자 남편은 아버지에게 만류를 해보지만 소용이 없다. 결국 자신의 아내가 죽임을 당하는 것을 보지 않으려고 자리를 피했다가 나중에 돌아와 아내가 자살한 것을 보게 된다. 시집식구들에 의해 죽임까지 당하는 장면이 서술되지 않아 참 다행이다 싶지만, 시집식구는 며느리를 죽음으로 내몰았으며 남편은 이를 방조했다는 점에서 진정한 의미에서는 이 각편 역시 '타살형'과 다름이 없다. 마지막 부분에 남편의 울음을 묘사하면서 "그새너메 소이되어 만경창파 떠나가네" 하는 표현은 죽음 앞에 아무리 울어봤자 소용없는 행위에 지나지 않음을 단적으로 나타내준다.

<그릇 깬 며느리 노래> 유형 중 '죽음형'은 며느리와 시집식구들 간에 소통과 타협이 전혀 이루어지지 않는 극단적인 상황을 제시하고 있다. 그릇 하나 깬 실수를 죽음으로 갚게 하려는 시집식구들의 부당함에 향유자들은 남편을 통해 소통을 시도하지만 그조차 통하지 않는다. 결국 며느리의 죽음이라는 비극적 결말을 제시함으로써 노래의 향유자들은 시집살이의 공간을 '죽음'과 같은 극한 상황이 펼쳐지는 부정적 공간으로 인식하고 있음을 드러내고 있다.[25] 이 극한 상황 속에서 아무런 원조자 없이 살아가야 한다는 향유자들의 암담한 불안 의식이 이러한 하위유형을 형성해내게 했을 것이다.

---

24) [의령군 유곡면 5] 삼삼기 노래, 박상연(여 65), 세간리 세간, 1982. 1. 17., 정상박, 김현수 조사, 구비대계 8-11.

25) 박지애는 <중노래>와 <진주낭군>에 나타나는 공간의 의미를 분석하면서 '시집'이라는 공간은 언술내용 주체를 소외자로 만들고 '타자의 세계'로 인식하게 만든다고 하였다. 이러한 부정적 타자의 세계에서 '자신의 세계'를 구축하기 위한 방편이 '중'이 되거나 '죽음'을 택하는 '비현실적인 세계'라고 한다. 박지애, 앞의 논문, 58~70쪽.

4. 맺음말

이 글에서는 서사민요 <그릇 깬 며느리 노래> 유형의 전승양상과 향유의식을 『한국구비문학대계』와 『한국민요대전』에서 추출한 20편과 필자 자료 5편, 기타 자료 11편, 총 36편을 대상으로 살펴보았다. <그릇 깬 며느리 노래> 유형은 시집간 지 얼마 안 된 며느리가 실수로 그릇을 깨뜨리자 시집식구가 며느리에게 그릇 값을 물어오라고 하는 데에서 갈등이 발생하는 내용으로 되어 있다. 우선 이 유형을 상대인물인 시집식구의 행위에 대한 주인물인 며느리의 대응에 따라 '항의형', '항의형+출가형', '죽음형'의 세 가지로 나누고 각 하위유형의 지역별 전승양상을 살펴본 결과 69.5%로 가장 많은 비중을 차지하고 있는 '항의형'은 호남 지역을 중심으로 영남 서부 지역에 많이 전승되며, 영남 동부와 강원 지역을 제외한 전국에 분포되어 있음을 알 수 있었다. 시집식구의 부당한 요구에 며느리가 중이 되어 나가는 '항의형+출가형'은 22.2%로 모두 영남 서부 지역, 특히 경남 서부 지역에서 많이 전승된다. 한편 며느리가 그릇을 깨트리자 시집식구가 며느리를 죽이려 하거나 이로 인해 며느리가 자살을 하는 '죽음형'은 8.3%로 대부분 영남 서부 지역에서 전승되는 것을 볼 수 있다.

이렇게 <그릇 깬 며느리 노래> 유형은 '항의형'을 기본형으로 해, 지역에 따라 다른 유형과 결합하거나 다른 모티프를 차용함으로써 특색 있는 하위유형으로 변이 전승되고 있다. 특히 호남 지역에서 '항의형'이, 영남 서부 지역에서 '항의형+출가형'과 '죽음형'이 주류를 이루고 있다는 사실은, 호남 지역에 비해 영남 지역이 시집식구에 대한 며느리의 항의를 직접적으로 표현하는 '항의형'이 자유롭게 전승될 수 없었던 환경이었음을 짐작케 한다. 이는 <그릇 깬 며느리 노래> 유형이 시집살이 관련 서사민요 중 며느리의 요구를 주인물의 목소리를 통해 직접적으로 표현함으로써 문제를 해결해내는 유일한 유형임에도 불구하고, 지역에 따라 이 유형을 자유롭게 향유하는 데 제약이 있었음을 보여 준다. 그런 가운데서도 한편으로는 <그릇 깬 며느리 노래> 속 주인물인 며느리의 어조를 부드럽게 바꾸기도 하고, 다른 한편으로는 간접적인 방법이나마 며느리로 하여금 중이 되거나 죽음을 택하게 함으로써 시집식구들의 부당한 행위를 드러내고자 했던 향유자들의 비판의식과 여성 자신의 가치에 대한 자각은 <그릇 깬 며느리 노래>를 통해 함께 전승되어 나갈 수 있었다.

이 글에서 찾아낸 <그릇 깬 며느리 노래> 유형의 전승양상과 향유의식이 과연 각 지역의 사회적, 지리적, 문화적 환경과 어떤 관계가 있는지는 미처 밝히지 못했다. 이 점은 유형을 확대해 나가며 서사민요 연구를 지속해 나가면서 밝혀내야 할 숙제로 남겨 둔다. 이 유형 외에도 아직도 전혀 연구자의 손길이 닿지 않은 서사민요 유형이 무수하게 남아있음은 서사민요 연구자로서 안타까운 일이다. 이 연구가 서사민요의 다양한 유형에 대한 연구의 도화선이 될 수 있기를 기대하며 글을 맺는다.

2장_ <친정부음 노래>의 서사구조와 향유의식

1. 머리말

<친정부음 노래>는 시집간 딸이 친정부모(특히 친정어머니)의 부음을 듣고 친정에 가게 되면서 벌어지는 사건을 읊은 서사민요이다. 대부분의 서사민요가 며느리의 입장과 시각에서 시집식구와의 관계를 다루고 있다고 한다면, 이 노래는 시집간 딸의 입장과 시각에서 시집식구, 친정식구와의 관계를 다루고 있다는 점에서 일단 주목할 만하다.[26] <친정부음 노래>는 서사민요 중 <중 되는 며느리 노래>나 <진주낭군 노래> 등과 함께 활발하게 불리는 유형 중의 하나이다. 그러나 서사민요에 대한 연구는 지금까지 주로 <중 되는 며느리 노래>를 비롯해 시집식구와 며느리 관계를 다룬 <시집살이노래>에 집중되어 이루어져 와서, 이외의 관계를 다루고 있는 수많은 개별 유형에 대한 연구가 필요한 실정이다.

<친정부음 노래>에 대한 연구는 그 중요성에도 불구하고 연구가 거의 이루어지지 않았다. 강등학이 서사민요 각편의 구성 원리를 논의하면서 이 유형을 대상으로 삼아 분석한 바 있고 필자가 딸-친정식구 관계 유형의 일부로서 살펴본 바 있으나, 이 글에서는 기존 연구에서 유형 전체를 대상으

26) 필자는 서사민요의 유형을 주인물과 상대인물의 관계에 따라 분류하고 유형별 특징과 의미를 개괄적으로 살핀 바 있다. <친정부음 노래>는 그중 친정식구와 딸의 관계를 다룬 유형 중의 하나이이다. 서영숙, 『한국 서사민요의 날실과 씨실: 우리 어머니들의 노래』, 도서출판 역락, 2009. 참조.

로 개괄적으로 살핀 것과는 다르게 하위유형별로 나누어 지역별 전승양상을 살피고, 그 서사구조와 향유의식을 정치하게 고찰한다는 점에서 차별성을 지닌다.[27]

서사민요의 각 유형은 이야기를 구성하는 서사 단락을 일정하게 공유하면서도, 일부 각편들은 특정한 서사단락을 지니거나 그렇지 않은 양상을 나타내 한 유형 내에서도 몇 개의 하위유형으로 구분되는 것을 볼 수 있다. 서사민요에 대한 연구가 전체 이야기를 뭉뚱그려 찾아낸 추상적인 유형 중심으로 연구될 때 자칫 이들 하위유형이나 각각의 각편이 나타내는 미세한 의미는 사상해 버리고 마는 우를 범하게 된다. 또한 이들 하위유형은 지역과도 일정한 연관성을 지니고 있어서 같은 유형이라도 어느 지역에서는 특정 하위유형이 집중적으로 전승되는 것을 볼 수 있다. 이는 서사민요가 지역의 역사적, 지리적 환경 등과 밀접한 관련 속에서 형성, 전승되었음을 말해주는 것으로서 이에 대한 세밀한 분석이 필요하다.

이 글은 이러한 문제의식 아래 서사민요 중 대표적 유형 중의 하나인 <친정부음 노래>를 대상으로 이야기를 구성하고 있는 서사단락을 분석하고 이에 따라 하위유형을 분류한 뒤, 이들 하위유형이 지역적으로 어떻게 전승되고 있는지를 조사할 것이다. 다음 <친정부음 노래>가 하위유형별로 어떻게 다른 의미와 향유의식을 드러내고 있는지를, 이러한 노래가 불리는 지역의 문화적 환경과의 관련성 아래 고찰해 보려고 한다. 자료는 『한국구비문학대계』와 『한국민요대전』 소재 자료, 필자 자료와 조동일 자료를 주 대상으로 삼는다. 『한국구비문학대계』와 『한국민요대전』 소재 자료는 구비문학 전문 연구자들에 의해 전국적으로 이루어진 조사 자료라는 점에서, 필자 자료와 조동일 자료는 서사민요가 활발하게 전승되는 호남과 영남의 특

27) 강등학, 「서사민요의 각편(version) 구성의 일면: 시집살이노래를 중심으로」, 『도남학보』 5, 도남학회, 1982.; 서영숙, 「딸-친정식구 관계 서사민요의 특성과 의미: 어머니의 죽음을 통한 딸의 홀로서기」, 『한국고전여성문학연구』 18, 한국고전여성문학회, 2009. 6. 30. (서영숙, 앞의책, 2009에 재수록)

정 지역에서 집중적으로 조사된 자료라는 점에서 연구 대상으로 적절하다고 판단되기 때문이다.[28]

2. <친정부음 노래>의 서사단락과 하위유형

<친정부음 노래>는 시집간 딸이 베를 짜거나 밭을 매다 친정부모 부음을 받아 친정에 가지만 장례에 늦어 이미 상여가 떠나는 것으로 되어 있는 노래이다. 이는 시집을 간 뒤 '출가외인'으로서 친정에 전혀 가지 못하다가 친정 부모 부고를 받는 딸의 안타까운 상황과 처절한 심정을 잘 드러내고 있다.

<친정부음 노래>는 이야기를 구성하고 있는 서사 단락의 결합에 따라 다양한 각편을 이룬다. <친정부음 노래>에 공통적으로 나타나는 서사 단락 중 빈도수가 높은 것만을 추려 이야기의 순차에 따라 제시하면 다음과 같다.

가) 일을 하고 있는데 친정부모 부음이 온다.
(가1 밭을 매다 부음을 받는다 / 가2 베를 짜다 부음을 받는다)
나) 여러 가지 이유로 늦게 출발한다.
(나1 시집식구가 일을 시켜 늦는다 / 나2 풍랑이 쳐서 늦는다)
다) 장례에 (늦게) 도착해 한탄한다.
라) 친정오빠들이 나무라며 곽문을 열어주지 않는다.
마) 막내오빠(삼촌)가 곽문을 열어줘 제대로 되지 않은 어머니 몸감장을

---

28) 『한국구비문학대계』총82권, 1980-1989, 한국정신문화연구원, 1980-1989; 『한국민요대전』 제주도편 외 10권, (주)문화방송, 1991-1996; 졸저, 『한국 서사민요의 날실과 씨실: 우리 어머니들의 노래』, 도서출판 역락, 2009, 자료편; 조동일, 『서사민요 연구』, 계명대 출판부, 1979(증보판), 자료편 참조. 자료 인용시에는 각각 구비대계, 민요대전, 필자 자료, 조동일 자료라 칭하고 해당 문헌의 자료 번호를 그대로 표기한다.

잘 해서 보낸다.

바) 밥을 해주지 않는 올케를 원망한다.

여기에서 <친정부음 노래>가 지니는 공통 단락은 가)와 다)이다. 모든 <친정부음 노래>는 가)와 다)를 기본적으로 가지고 있다. 이 두 단락이 없다면 <친정부음 노래>라 하기 어렵다.[29] 그러므로 이 두 단락은 <친정부음 노래>의 기본 단락이라 할 수 있다. 즉 <친정부음 노래>는 '친정부모 부음을 받고 친정 장례에 가는 이야기로 되어 있는 노래'이다.

나), 라), 마) 단락들은 <친정부음 노래>의 기본 단락은 아니지만 이들에 의해 서사 단계가 달라진다. 나)로 인해 서사는 라)로 진전된다. 라)에서 그치는 각편들이 있는가 하면 한 단계 더 나아가 마)에서 그치는 각편들도 있다. 즉 이들 단락의 추가로 인해 서사가 다음 단계로 진전된다. 이들 단락을 이야기가 다음 단계로 나아가게 하는 '진전 단락'이라 하기로 하자. 기본 단락과 진전 단락은 서사 진행에 있어 핵심 역할을 하는 '필수 단락'이다. 바)는 원래 <사촌동생에게 밥해주지 않은 사촌형님 노래>로 독립적인 유형으로 전승되는 노래인데, 이 유형과 결합된 것이다.[30] 이 단락은 사건의 진행에는 관여하지 않고 상황과 분위기를 보조하는 기능을 한다. 이를 '보조 단락'이라 부르기로 한다. 가1, 가2, 나1, 나2는 각기 가)와 나) 단락을 구체화하는 화소이다. 이 화소들의 선택과 결합에 의해 개별적인 각편이 구

---

29) 조사된 자료 중 단 한 편만이 예외로 나타났다. 곧 구비대계 8-2 [거제군 일운면 10]은 시부모가 "내가 부모지, 무슨 부모가 있느냐"고 하는 데서 끝나 있다. 그러나 이 각편 역시 친정부모의 부음을 받은 후 사건이 벌어진다는 점에서 이 유형에 포함하기로 한다.

30) 이 유형은 주로 호남에서 전승되며, 영남에서는 주로 친정에 온 사촌형님에게 사촌동생이 시집살이에 대해 물어보는 <사촌동생에게 시집살이에 대해 한탄하는 사촌형님>(밥 안 해준 사촌형님) 노래가 전승된다. 구연현장에서 제보자들에게 <사촌형님 노래>가 없느냐고 물어보면 호남에서는 <밥 안 해준 사촌형님 노래>를 부르며, 영남에서는 <시집살이 한탄 사촌형님 노래>를 부른다. 그런데 호남에서 독립적으로 불리는 <밥 안 해준 사촌형님 노래>가 영남에서 <친정부음 노래>와 결합되는 것은 독특한 현상이다. 물론 영남에서는 이 노래가 따로 전승되지는 않는다.

성된다. 화소 중에는 다수의 각편에 나타나 하위유형을 구성하는 단락이 될 만큼 보편적인 것도 있고, 일부 각편에만 나타나 각편 차원의 개성을 나타내는 데 그치는 개별적인 것도 있다.

정리해 보면 가), 나), 다), 라), 마)는 사건 진행에 있어 필수 단락, 바)는 보조 단락이다. 필수 단락 중 가)와 다)는 이 유형의 기본 단락이고 나), 라), 마)는 진전 단락이다. 가1, 가2, 나1, 나2는 단락을 구체화하는 화소이다. 기본 단락은 유형 차원의 것이고, 진전 단락은 하위 유형 차원의 것이며, 화소는 각편 차원의 것이다. 이 유형은 기본 단락과 진전 단락, 보조 단락들의 결합에 의해 다시 네 가지 하위유형으로 구분할 수 있다. 가)와 다)로 된 경우를 '기본형', 가), 나), 다), 라)로 된 경우를 '진전형 1', 가), 나), 다), 라), 마)로 된 경우를 '진전형 2', 이중 어느 하나와 바)가 결합된 경우를 '결합형'이라 부르기로 한다.

① 기본형: 가) + 다)
② 진전형 1: 가) + 나) + 다) + 라)
③ 진전형 2: 가) + 나) + 다) + 라) +마)
④ 결합형: ② + 바), ③ + 바)

①에서는 시집간 딸이 일을 하다 친정부모 부음을 듣고 친정집에 도착해 한탄하는 내용으로 되어 있다. 대부분 베를 짜거나 밭을 매는 일을 하는데, 이는 이런 일들이 시집간 여자가 주로 하는 일이면서 가장 힘든 일이기 때문일 것이다. 일을 하다가 느닷없이 받아들은 친정부모의 부음으로 시집간 딸은 크게 상심한다. 하지만 친정부모의 장례에 참여함으로서 딸로서의 기본적인 도리를 했다는 안도감이 교차한다. 상실감과 안도감이 복합돼 있는 '양면복합형'이라 할 수 있다.[31)]

31) 양면복합형, 기대우위형, 좌절우위형은 필자가 서사민요의 구조를 분석하면서 사용한 용어로, 기대우위형은 주인물의 요구에 맞게 사건이 해결되는 경우, 좌절우위형은 사건

②에서는 시집간 딸이 시집식구들이 일을 시키거나, 풍랑이 치는 날씨 등의 이유로 친정부모 장례에 늦게 도착하자 친정오빠들과 올케가 늦게 왔다며 나무란다. 대부분 딸이 어머니 얼굴이라도 보게 곽문을 열어달라는 내용이 포함되어 있다. 오빠들은 어머니 얼굴을 보려면 일찍 올 것이지 그랬느냐며 보여주지 않는다. 결국 딸은 친정부모 장례에 왔으나 죽은 어머니 얼굴도 보지 못하고 돌아가야 하는 처지에 놓인다. 딸의 도리를 제대로 하지 못했다는 좌절감이 분위기를 압도하는 '좌절우위형'이다.

③은 ②에 그치지 않고 한 단계 더 나아간다. 시집간 딸이 장례에 늦게 도착해 곽문을 열어 달라자 친정오빠들이 모두 거절하나, 친정식구 중 막내오빠, 사촌 오빠, 삼촌 등 한 사람이 곽문을 열어준다. 곽문을 열어보니 잘 해놓았다던 어머니의 몸 감장이 제대로 되어 있지 않다. 이에 장롱에서 어머니의 옷을 꺼내오거나, 손수 마련해 온 베로 어머니의 몸 감장을 제대로 해 상여를 보내는 내용으로 되어 있다. 이에 시집간 딸은 친정오빠들이 어머니의 장례를 제대로 잘 치르지 않은 데에 대해 나무람으로써 상황이 역전된다. 라)에서 친정오빠들이 시집간 딸을 나무라는 데 비해 마)에 오면 시집간 딸이 도리어 친정오빠들을 나무라게 된다. 결국 딸은 친정어머니의 장례에 한 몫을 하고 돌아가게 된다. 시집간 딸이지만 부모에게 딸의 도리를 했다는 당당함이 분위기를 압도하는 '기대우위형'이다.

④에서 바)는 보조단락으로서 사건의 진행에 필수적이지는 않지만 분위기를 좌우한다. 즉 바)는 ② 또는 ③에 결합되어, 각 하위유형의 분위기를 강화한다. ② +바)에서는 어머니 얼굴을 보지 못하고 가는 딸의 처절한 심정을 강화하며, ③ +바)에서는 어머니 몸 감장을 잘 해드리고 가는 딸의 떳떳한 심정을 강화한다. 즉 앞에서는 시누의 올케에 대한 한탄의 성격을 띤

이 해결되지 못하거나 주인물의 요구에 상반되게 해결되는 경우, 양면복합형은 기대의 성취와 좌절이 함께 드러나 있는 경우로서 주인물의 요구가 직접적으로 성취되지는 못하지만 간접적으로나마 갈등이 어느 정도 해소되는 경우를 말한다. 서영숙, 앞의 책, 2009, 83쪽.

다면, 뒤에서는 시누의 올케에 대한 꾸지람의 성격을 띠게 된다.

이렇게 <친정부음 노래>는 이야기의 구성 요소인 서사 단락의 결합에 따라 '기본형', '진전형 1', '진전형 2', '결합형'으로 다시 구분할 수 있다. 이들은 <친정부음 노래> 유형에 속하면서 공통된 의미를 구현하면서도 각각 다른 하위유형들과는 구별되는 또 다른 층위의 의미를 드러내며, 일부 하위유형은 특정 지역에 집중적으로 나타나는 양상을 보인다. 이를 살펴보기 위해 대상 자료집에서 추출한 자료들의 서사단락을 분석해 제시하면 다음과 같다.

<표 1> <친정부음 노래>의 서사단락

(구비대계: 구, 민요대전: 민, 필자 자료: 필, 조동일 자료: 조)

지역	각편	베짜기	밭매기	친정부음	시집일 지연	자연 지연	장례 지각	친정 식구 꾸중	어머니 몸 감장	밥안 해준 올케	비고
호남 11편	(구)군산시 개정면 4		○	○			○				기본형, 정상도착
	(구)화순군 한천면 19	○		○			○				기본형, 정상도착
	(구)화순군 한천면 44	○		○			○				기본형, 정상도착
	(구)보성군 득량면 16	○		○			○				기본형, 정상도착
	(구)보성군 율어면 9	○		○			○				기본형, 가는 과정
	(구)고흥군 풍양면 1	○		○			○				기본형, 정상도착
	(구)진도군 의신면 12(3)		○	○			○				기본형, 강강술래
	(구)진도군 군내면 11			○			○				기본형, 정상도착, 홍글타령

	(민)무주 2-26			○			○	○			진전형 1
	(필)먹굴 31	○		○		○	○	○			진전형 1
	(필)새터 43	○		○			○	○			진전형 1
	(구)성주군 벽진면 72		○	○			○	○		○	진전형 1+결합형
	(구)거제군 신현읍 17		○	○	○		○	○			진전형 1
	(구)거제군 일운면 10		○	○	○						진전형 1, 장례에 가지 못함
	(구)의령군 정곡면 12		○	○			○	○		○	진전형 1+결합형
	(구)의령군 정곡면 39		○	○	○		○	○			진전형 1
	(구)의령군 지정면 19		○	○	○		○	○	○	○	진전형 2+결합형
영남 20편	(구)의령군 봉수면 20		○	○	○		○	○			진전형 1, 중며느리노래와 결합
	(민)상주 7-4		○	○			○	○		○	진전형 1+결합형
	(민)함양 8-10		○	○			○				기본형, 정상도착
	(구)영덕군 강구면 27			○			○	○			진전형 1
	(구)봉화군 소천면12	○		○	○		○	○			진전형 1, 자발적 집안일
	(구)울주군 언양면 3		○	○	○		○	○	○	○	진전형 2+결합형
	(민)울진 11-24		○	○	○		○	○	○		진전형 2

	(조)영양 E1	○		○		○	○				진전형 1, 강강술래, 완도출신
	(조)영양 E2			○		○	○				진전형 1, 완도출신
	(조)영양 E3			○	○		○	○	○		진전형 2, 동일 창자
	(조)영양 E4		○	○	○		○	○	○		진전형 2, 동일 창자
	(조)영양 E5		○	○	○		○	○	○		진전형 2, 동일 창자
	(조)영양 E6			○	○		○				진전형 1, 자발적 집안일
	(조)영천 E7	○		○	○		○	○		○	진전형1+결합형, 군위 거주
기타 3편	(구)횡성군 둔내면 26			○			○	○			진전형 1, 나물준비, 오빠원망
	(구)대덕 기성면 1	○		○			○				기본형, 친정갈준비,오빠원망
	(민)정선 7-22	○		○	○		○	○			진전형 1
계	34편	12	15	34	14	3	33	20	6	6	기본형 : 10편, 진전형 1 : 14편, 진전형 4 : 결합형 : 6편

3. 지역별 전승양상

<친정부음 노래>는 『한국구비문학대계』와 『한국민요대전』에서 모두 25편 -호남에서 9편, 영남에서 13편, 강원 2편, 충청에서 1편- 조사되어 주로 호남과 영남 지역에서 향유, 전승되던 노래임을 알 수 있다. 이는 서사민요 자료 635편 중 5.35%에 해당한다. 필자와 조동일의 자료를 포함하면 총 34편으로 호남 11편, 영남 20편, 강원 2편, 충청 1편이다. 조사된 각편들이 지니고 있는 서사 단락 또는 화소를 분석한 표를 검토해 보면 호남 지역은 필자 자료 포함 총 11편 중 '기본형' 8편, '진전형 1'이 3편이다. '진전형 1'이 전승되는 지역은 무주와 곡성으로 영남 지역과 인접해 있는 지역이다. 영남 지역 자료는 조동일 자료 포함 총 20편으로 이중 '기본형'은 1편뿐이고, '진전형 1'이 10편으로 대다수를 차지하며, '진전형 2'가 4편, '결합형'이 6편이다. '기본형' 1편은 함양에서 조사된 것으로 함양은 전남 지역과 인접해 있는 지역이다. 기타 지역에서는 영남과 인접해 있는 강원 지역에서 '진전형 1'이 2편 조사되었고, 호남과 인접해 있는 충청 지역에서 '기본형'이 1편 조사되었다.

이렇게 볼 때 '기본형'은 주로 호남 지역에서 전승되고, '진전형 1, 2'와 '결합형'은 주로 영남 지역에서 전승되는 것을 알 수 있다. 영남 지역 내에서도 '진전형 1'이 주류를 이루고 '진전형 2'는 의령, 울주, 울진, 영양에서 조사되어 주로 영남 동부 지역에서 조사됨을 볼 수 있다. 영남과 인접한 호남 지역에서는 영남에서 주류를 이루는 '진전형 1'이, 호남과 인접한 영남 지역에서는 호남에서 주류를 이루는 '기본형'이 조사되는 것도 흥미로운 사실이다. 이는 호남의 '기본형'과 영남의 '진전형'이 인접 지역에서 만나 서로 교류되어 나타나는 양상이라 할 수 있다.

한 가지 더 주목할 만한 양상은 단락 바)는 호남에서는 독립적으로 전승되는 유형인데, 영남에서는 <친정부음 노래> 유형과 결합되어 보조단락으로 기능한다는 점이다. 이러한 양상은 호남과의 교류가 비교적 활발한 영남 서부나 남부 지역에 주로 나타난다. 즉 바) 단락이 나타난 성주, 의령, 상주, 울주 등은 모두 영남의 서부와 남부로서 이 지역 가창자들은 호남의 <밥 안 해 준 사촌형님 노래>의 영향을 받아, 이를 <친정부음 노래>에 결합해 부른 것으로 생각된다.

한편 이렇게 호남에서는 '기본형'이, 영남에서는 '진전형'과 '결합형'이 많이 나타난다는 점은 호남에서는 주로 단형 서사민요를 많이 부르는 데 비해, 영남에서는 주로 장형 서사민요를 많이 부름을 말해주는 것이라 할 수 있다. 호남 지역에서 서사민요를 <강강수월래>나 <둥당애타령>과 같은 유희요에서 앞소리 사설로 차용해 부르는 것도 이러한 양상을 만들어내는 동인이라 할 수 있다. 여러 사람이 함께 모여 노는 유희 현장에서 한 사람씩 돌아가며 노래를 부르는데 지나치게 긴 서사민요를 혼자서 독점해 부를 수는 없기 때문에 원래 긴 서사민요라 할지라도 짧게 가다듬어 부를 수밖에 없었을 것이다. 이에 비해 영남 지역에서는 밭을 매거나 길쌈을 하면서 오랜 시간 불러야 했기 때문에 장형 서사민요가 필요했고, 그러다보니 <친정부음 노래> 역시 서사 단계가 여러 번 지속되는 '진전형'이 많이 불렸을 것이다. <밥 안 해 준 사촌형님 노래>가 결합되는 양상이나 구비대계 8-11 [의령군 봉수면 20]과 같이 <중 되는 며느리> 유형이 결합되는 양상도 이러한 맥락으로 이해할 수 있다.

그러나 각 하위유형이 특정 지역에서 많이 불리는 이유는 이외에도 지역 전승자들의 가치관이나 향유의식과 깊은 상관성을 지니고 있으리라 생각된다. 이는 다음 장에서 살펴볼 것이다.

4. 하위유형별 특징과 향유의식

<친정부음 노래>는 시집간 딸이 친정부모 특히 친정어머니의 죽음을 맞아 겪게 되는 시집식구, 친정식구와의 갈등을 읊은 노래이다. 그러면서도 <친정부음 노래>는 하위유형인 '기본형', '진전형 1', '진전형 2'에 따라 약간씩의 차이점을 보인다. 여기에서는 하위유형별 특징을 알아보고, 그에 나타난 의미와 향유의식을 살펴보기로 하자.

4.1. 기본형: 친정어머니와의 분리 고통

<친정부음 노래> 중 가장 기본적인 단락만으로 이루어진 하위유형이다. 대표적인 각편을 들고 서사 단락을 나누어보면 다음과 같다.

> 비자나무 보디부게 얼그덕덜그덕 짜노랑께
> 서울서나 부임이왔네 뒷문밖에서 받어보니
> 우리어머니 죽었다네
> 머리풀어 산발하고 신벗어 손에들고
> 상포한필은 옆에찌고 주렁접시를 손에다들고
> 한모텡이를 돌아서니 곡소리가 진동하고
> 두모텡이를 돌아서니 생애소리가 진동하네
> 아이고 아이고 울어머니가 죽었구나[32)]

가) 일을 하고 있는데 친정부모 부음이 온다.
(가1 밭을 매다 부음을 받는다 / 가2 베를 짜다 부음을 받는다)
나) 장례에 도착해 한탄한다.

32) [보성군 득량면 16] 부음 노래, 김영애(여 57), 1986. 5. 4., 최덕원 조사, 구비대계 6-12.

'기본형'의 스토리는 매우 간단하다. 일을 하다 친정어머니 부음을 받고 친정에 가 어머니 죽음을 한탄하는 내용으로 되어 있다.[33] 인용한 노래는 보성에서 조사된 것으로, 시집간 딸이 베를 짜다 부음을 받는다. 이 노래에서처럼 호남 지역에서는 대체로 베를 짜다가 부음을 받는 데 비해, 영남 지역에서는 밭을 매다가 부음을 받는다. 이는 영남 지역이 호남 지역에 비해 밭이 많아 밭 매는 작업을 많이 했기 때문에 나타난 양상이 아닐까 하나 그 밖의 요인도 여러 가지 있을 수 있으므로 단언하기 어렵다.

<친정부음 노래>에서 시집간 딸이 특히 어머니의 죽음에 상심하여 이를 노래로까지 형상화한 이유는 무엇일까. 어머니와 딸은 집안 내 온갖 궂은일을 나누어 맡아야 하는 동료이면서, 한 가족 내에서 '낮은 지위의 여성'이라는 약자로서의 연대감을 함께하는 존재이다. 딸은 시집가기 전 어머니를 역할 모델로 삼고 많은 것을 의지하며 성장한다. '시집을 간다'는 것은 그런 어머니와의 일차적 이별이라고 할 수 있다. 그러나 갓 시집간 딸에게 친정어머니는 만날 수는 없지만 정신적으로는 아직 완전한 분리가 이루어졌다고 할 수 없다. 낯선 시집에서 새롭게 만난 시어머니를 비롯한 시집식구와의 갈등이 큰 이유는 바로 친정어머니를 비롯한 친정식구와의 정신적 분리가 아직 완전하게 이루어지지 않았기 때문이기도 하다. 호남의 여성들이 밭 매면서 부르는 <홍글소리>가 주로 자신을 낳아 준 어머니를 원망하는 사설을 많이 담고 있는 것도 이러한 양상이라 할 수 있다.

그러다 느닷없이 받게 되는 '친정어머니 부음'은 어머니와의 영원한 이별을 말하는 것이다. 이러한 이별이 시집간 딸에게 너무나 큰 사건이기 때문에 노래로 유형화하여 자리 잡게 된 것이다. <친정부음 노래>는 그러므로 어머니의 죽음을 통해 시집간 딸이 비로소 친정어머니를 비롯한 친정식

33) <친정부음 노래>에서 돌아가신 분은 대부분 어머니로 나온다. 처음에는 막연하게 친정부모로 시작하더라도 뒤에 가서는 어머니의 죽음을 한탄하고 어머니의 얼굴을 보고 싶어하는 것으로 나오고 있어 어머니로 구체화하여 논의를 진행하기로 한다.

구와의 결별을 확인하는 노래이다. 특히 <친정부음 노래>의 '기본형'은 시집간 딸이 친정어머니로부터의 분리되는 고통을 읊은 노래라고 할 수 있다.

4.2. 진전형 1: 친정식구와의 분리로 확대

'진전형 1'은 앞의 기본형에서 서사 단락이 한 단계 더 진전되는 하위유형이다. 즉 어떤 연유로 인해 시집간 딸이 친정어머니의 장례에 늦게 도착하자 친정식구, 특히 오빠들이 꾸중을 하는 내용으로 되어 있다. 이때 시집간 딸이 장례에 늦은 이유는 크게 두 가지로 나타난다. 하나는 시집식구들이 일을 시키며 다 마쳐놓고 가라고 하여 늦는 것이고, 다른 하나는 거리가 멀거나 날씨가 나빠 자연적으로 늦을 수밖에 없어 늦는 것이다. 앞의 것은 주로 영남 지역에 많이 나타나고 뒤의 것은 주로 호남 지역에 많이 나타난다. 우선 영남 지역 각편을 예로 들어 살펴보자.

불겉이라 나는볕에 멧겉이라 짓은밭에
한골메고 두골메고 삼세골로 매어가니
부고왔소 부고왔소 부모죽은 부고가왔소
댕기끌러 에걸고 비녀빼어 가슴찔어
신은벗어 손에들고 집이라고 돌아와서
씨금씨금 씨아바씨 부모죽은 부고왔소
에라요거 물러서라 매던밭을 매라하되
씨금씨금 씨어마씨 부모죽은 부고왔소
어라요년 물러서라 보리방아 찧어놓고 가라하데
씨금씨금 씨누님아 부모죽은 부고왔소
에라요거 물러서라 불여놓고 가라하데
동동동동 동시님아 부모죽은 부고왔소
인제이때 안갔더나 어서배삐 길가거라

댕기끌러 에걸고 비녀빼어 가슴찔러
신은벗어 손에들고 천방지방 나아가서
한골넘고 두골넘어 삼세골로 넘어가니
능차소리 나는구나 또한골로 넘어가니
상고소리 요란하다 또한골로 넘어가니
생이머리 보이더라 또한골로 넘어서서
질욱에 상두군아 질밑에 내리거라
질밑에 상두군아 질우로 오르거라
사촌에도 오랍씨 곽문쪼께 열어주소
여라요거 물러서라 어제그제 못왔더나
사촌에도 올케야 곽문쪼께 열어주소
어라요거 물러서라 어제그제 못왔더나[34)]

가) 일을 하고 있는데 친정부모 부음이 온다.
나) 여러 가지 이유로 늦게 출발한다.
(나1 시집식구가 일을 시켜 늦는다 / 나2 풍랑이 쳐서 늦는다)
다) 장례에 (늦게) 도착해 한탄한다.
라) 친정오빠들이 나무라며 곽문을 열어주지 않는다.

여기에서 볼 때 '진전형 1'은 '기본형' 가) 단락에 나) 단락이 첨가됨으로써 시집간 딸이 장례에 늦을 수밖에 없게 되는 이유를 제시한다. 나) 단락은 부음을 받은 며느리가 시아버지, 시어머니, 시누에게 차례차례로 친정부모의 부고를 받았다고 알리자 시아버지는 매던 밭을 매고 가라고 하고, 시어머니는 보리방아를 찧고 가라고 하며, 시누는 불을 넣어놓고 가라고 한다. 이들은 하나같이 며느리가 친정에 가는 것을 지연시키고 있다. 마지막으로 같은 며느리의 처지에 있는 동서가 어서 가라고 하여 비로소 친정으로 향한다. 그러나 친정으로 도착하니 이미 발인을 하여 상여가 나오고 있

34) [거제군 신현읍 17] 밭매기 노래, 주순선(여 54), 1979. 7. 28., 박종섭, 방정미, 이연이 조사, 구비대계 8-1.

다. 마지막으로 부모의 얼굴을 보고자 곽문을 열어달라고 하나 오빠들과 올케는 한목소리로 늦게 온 것을 나무라며 곽문을 열어주지 않는다.

'진전형 1'이 '기본형'과 다른 점은 시집식구로 인한 지연과 친정식구의 꾸중이다. 이 두 가지는 '기본형'에서 보았던 '친정어머니와의 분리'를 더욱 구체화하고 확대한다. 시집식구로 인한 지연은 친정부모의 죽음을 더 중요하게 생각하는 며느리의 인식과 시댁의 집안일을 더 중요하게 생각하는 시집식구의 인식 사이에 오는 갈등을 보여준다. 이 갈등을 노래의 단락으로 구체화하여 나타내는 것은 많은 시집간 여자들의 현실이면서 이러한 현실을 부당하게 생각하는 시집간 여자들의 인식이다.

그러나 그 부당한 시집식구들의 요구를 마치고 오느라고 친정부모의 장례에 늦은 시집간 딸은 친정에서 친정식구들로부터 다시 한 번 갈등을 겪는다. 늦었더라도 죽은 친정부모의 얼굴을 봐야 한다는 시집간 딸의 바람과 친정부모의 장례에 늦은 시집간 딸을 용서할 수 없다는 친정식구들의 태도 때문이다. 친정식구들의 이런 태도는 시집간 딸이 딸로서의 도리를 제대로 하길 바라는 데서 온다고 할 수 있다.

결국 '진전형 1'은 시집간 딸에게 요구되는 며느리로서의 역할과 딸로서의 도리 사이에서 빚어지는 시집간 여자들의 갈등을 노래한 것이라 할 수 있다. 즉 이 하위유형은 친정부모에게 딸로서의 최소한의 도리라도 하고자 하나 며느리로서의 역할을 하다보면 이것이 불가능함을 보여준다. 또한 이러한 자신의 처지를 제대로 이해하지 못하는 친정식구들과의 감정적 분리가 이 노래를 통해 분명히 이루어지게 된다. '기본형'이 단지 친정어머니와의 분리를 확인하는 노래라고 한다면, '진전형 1'은 친정어머니(또는 친정부모)에서 더 나아가 친정식구들과의 분리를 확인하는 노래라고 할 수 있다.

이에 비해 날씨나 거리와 같은 자연적인 문제로 인해 친정 장례에 늦게 되는 호남 지역의 하위유형들은 시집식구들로 인해 늦게 되는 영남 지역의 하위유형들에 비해 시집식구들의 며느리 역할 요구에 따른 갈등이 약화되어 있고, 친정식구들의 딸에 대한 기대만 부각되어 있다고 할 수 있다. 이는 호남 지역이 영남 지역에 비해 여성들의 시집에서의 권한이 그리 낮지 않았기 때문이 아닐까 한다. 게다가 영남 지역은 양반문화의 전통이 평민 여성에게까지 널리 퍼져 있어서, 노래에 있어서도 호남 지역보다 보수적인 성격을 더 나타내게 된 것이라 생각된다.

4.3. 진전형 2: 딸에서 어머니로의 성숙

'진전형 2'는 '진전형 1'에서 서사가 한 단계 더 나아가 시집간 딸이 결국 죽은 친정어머니의 곽문을 열어 어머니의 염습이 제대로 되어 있지 않은 것을 확인하고 이를 제대로 해 어머니의 장례를 무사히 치른다는 내용이다. '진전형 2'는 몇 편 되지 않지만 영남 동부 지역에서 주로 조사되었으며 시집간 딸이 딸로서의 역할을 제대로 해낸다는 점에서 매우 의미 있는 하위유형이라 할 수 있다.

우리남매 커가주고 시집을 가니까
시어마님 잔소리 설비상 같더라
미겉이 지슴밭을 밭매라 가라네
큰길겇이 지슴밭을 한골매고 두골매고
삼시골 거듭매니까 엄마죽어 붐이왔네
댕기풀어 치매끈에 매고 비네빼서 품악에꽂고/품에품고
한골매고 두골매고 삼시골 거듭매서 집이라고 돌아오니
시어머니한테다 어마죽어 붐왔다고 하니까
에라요연 요망한년 거짓말을 마라
아바님요 어마죽어 붐이왔어요
에라요연 요망한년 거짓말마라
낭군한테 가가주고 엄마죽어 붐이왔네 어서바찌 돌아가라

명주한필 옆에찌고 베한필을 머레이고 돌아오니까
한모래기 돌어서니 닭소리가 진동하데
한모래기 돌어서니 울음소리 진동하네
한모래기 돌어서니 도치소리 진동하데
한모래기 돌어서니 짜구소리 진동하네
한모래기 돌어서니 대패소리 진동하데
한모래기 돌어서니 행상소리 진동하네
한모래기 돌어서니 / 서른서이 행상군아 한분다시 쉬어가라
오라배요 오라배요 은장한장 들세주소 어마얼굴 다시보게
에라요연 요망한년 어제아래 왔이면은 어마얼굴 다시보제
둘째오라배 물어보자 은장한장 들세주소 어마얼굴 다시보게
어제아래 왔이면은 어마얼굴 다시보제
시째오빠 물어보자 은장한장 들세주소 어마얼굴 다시보게
은장한장 들세주네
눈에는야 종지없고 입에는야 접시없고 맨몸을 보내는야
불상하고 가련하다 우리엄마 불상하다
아들이야 삼형제나 있어도야 여식내만 못하구나
명주한필 몸에감고 베한필을 낱에덮고 그럭저럭 잘보낸다[35)]

가) 일을 하고 있는데 친정부모 부음이 온다.
나) 여러 가지 이유로 늦게 출발한다.
다) 장례에 늦게 도착해 한탄한다.
라) 친정오빠들이 나무라며 곽문을 열어주지 않는다.
마) 막내오빠(삼촌)가 곽문을 열어줘 제대로 되지 않은 어머니 몸감장을 잘 해서 보낸다.

이 각편에서 보면 친정어머니의 부음을 받은 며느리가 시집식구들에게 알리자 시집식구들은 "에라이년 요망하다"며 친정에 가는 것을 허락하지 않는다. 낭군에게 전하고서야 허락을 받고 시집을 나선 딸이 친정에 도착하

35) [E4] 영양군 일월면 주곡동, 권우순(여 40 주곡동), 1969. 8. 10., 조동일, 서사민요연구.

니 이미 상여가 나오고 있다. 친정오빠들에게 상여를 잠시 멈추고 은장(관뚜껑)을 잠시만 열어 어머니 얼굴을 보여달라자 오빠들은 "에라요연 요망한 년 어제아래 왔이면은 어마얼굴 다시보제" 하며 거절한다. 결국 셋째 오빠가 열어져 죽은 어머니를 보니 "눈에는야 종지얹고 입에는야 접시얹고 맨몸을 보내는야"에서처럼 제대로 수의를 갖추지 못하고 있다. 이에 시집간 딸은 준비해 온 명주와 베로 "명주한필 몸에감고 베한필을 낱에덮고" 어머니를 "그럭저럭 잘보낸다."

<친정부음 노래>의 대다수가 어머니를 잃은 상실감과 친정식구와의 갈등으로 '좌절'을 노래하고 있다면 '진전형 2'는 어머니를 잘 보내드림으로써 상실감과 갈등을 극복해내는 '기대'를 노래하고 있다. 또한 '진전형 1'과는 달리 시집간 딸이 며느리로서의 역할과 딸로서의 역할 갈등을 극복하고 두 가지 역할을 훌륭히 해낸다. 도리어 "아들이야 삼형제나 있어도야 여식내만 못하구나" 하며 딸이 아들보다 낫다는 인식까지 내비친다. 이때의 딸은 시집가기 전 어머니에 의존하던 '미숙한' 딸이 아니라 어머니와 완전하게 분리된 '성숙한' 딸의 모습을 보인다. 이는 자신을 낳아준 어머니를 원망하던 딸이 아니라 도리어 어머니를 가련하게 여기는 인격적으로 성숙한 딸의 모습이다. 또한 죽은 어머니에게 옷을 입혀 드림으로써 이제 딸은 더 이상 보호받는 '딸'이 아니라 보호하는 '어머니'로서 거듭나게 된다.

그러므로 '진전형 2'는 기본형에서 이루어진 '어머니와의 분리', '진전형 1'에서 이루어진 '친정식구와의 분리'나 '며느리와 딸의 역할 갈등'에서 더 나아가 완전한 '어머니'로 태어남을 보여주는 노래라 할 수 있다. '어머니'는 '며느리'나 '딸'과는 다르다. '며느리'나 '딸'은 시부모나 친정부모의 종속적 위치에 있다고 한다면 '어머니'는 아들과 딸을 보살피는 시혜적 위치에 있다. '진전형 2'는 시집간 딸이 친정어머니의 그늘, 며느리와 딸 역할 갈등에서 완전히 벗어나 '어머니'로서의 인식을 보여준다. 또한 딸이 결코 아들에 못지않다는 인식을 내비치는데, 이는 이 하위유형이 주로 조사된 영

남 동부 지역에서 양반 여성들에 의해 향유되는 가사에 나타나는 인식과도 상통하는 것이어서 흥미롭다. 이 점은 가사와 민요의 향유층이 다르면서도 서로 간에 어느 정도 영향을 주고받았음을 시사해준다.

4.4. 결합형: 친정식구에서 시집식구로의 변화

'결합형'은 앞의 '진전형 1' 또는 '진전형 2'의 마지막 부분에 <밥해주지 않은 사촌형님 노래>가 결합되는 하위유형이다. <밥해주지 않은 사촌형님 노래>는 주로 호남 지역에서 전승되는 노래로 사촌형님(동서 또는 올케)의 집을 방문했는데, 사촌형님이 밥을 해주지 않자 이를 원망하는 노래이다. 한 각편을 예로 들면 다음과 같다.

> 성님성님 사촌성님 나온다고 기념말소
> 쌀한되만 제게주믄 성은묵고 나도묵고
> 성네솥에 꾸정물은 성소주제 내소주께
> 성네솥에 누룸밥은 성개주제 내개주께
> 성네집은 잘산다고 놋접시로 단장쏘고
> 우리집은 못산골로 누룩으로 단장쌓네[36)]

이 유형이 <친정부음 노래>의 마지막에 덧붙어 다음과 같은 서사단락이 형성된다.

> 가) 일을 하고 있는데 친정부모 부음이 온다.
> 나) 여러 가지 이유로 늦게 출발한다.

---

36) [고흥군 점암면 3] 시집살이요 (1), 조홍순(여 68), 1983. 7. 30., 김승찬, 김석임 조사, 구비대계 6-3.

다) 장례에 (늦게) 도착해 한탄한다.
라) 친정오빠들이 나무라며 곽문을 열어주지 않는다.
마) 막내오빠(삼촌)가 곽문을 열어줘 제대로 되지 않은 어머니 몸감장을 잘 해서 보낸다.
바) 밥을 해주지 않는 올케를 원망한다.

여기에서 바) 밥을 해주지 않는 올케 원망이 라) 뒤에 붙어 끝맺기도 하고, 마) 뒤에 붙어 끝맺기도 한다. 라) 뒤에 붙는 경우 친정오빠들이 늦게 온 딸을 나무라며 곽문을 열어주지 않자 딸은 죽은 어머니 얼굴도 보지 못한 데에 크게 좌절한다. 그러고 나서 곧 올케에게 밥을 해주지 않는 것에 대해 원망하고 있다. 어머니의 장례를 치른 후 밥을 안 해주는 올케에 대한 원망하는 사설을 왜 갑자기 갖다 붙였을까. 이를 한 가창자가 아무 의미 없이 갖다 붙였다 하기에는 적지 않은 수의 결합형 노래가 전승되고 있다. 또한 영남 지역에서는 이 유형이 독립적으로 불리지 않는다는 점을 생각해 볼 때 오히려 가창자들은 이 단락이 별도의 노래가 아니라 <친정부음 노래>의 마지막 부분으로 여기며 부른 것으로 생각된다. 조사된 '결합형'이 총6편으로 전국으로 치면 <친정부음 노래>의 17.7%이고, 영남 지역에만 나타나므로 영남 지역에서의 비중을 보면 30%에 이르는 각편이 이 유형을 결합해 불렀다. 그렇다면 이 마지막 단락은 <친정부음 노래> 속에서 일정한 기능을 한다고 보아야 한다.

이를 우선 '진전형 1'에 <밥 안 해준 사촌형님 노래>가 결합된 경우를 통해 살펴보기로 하자.

(앞 부분 생략)
삽작 밖에 들어선께 쑥덕공사 하는구나
삽작안에 들어선께 널판소리 진동하네
마당 안에 들어선께 우리 올배 하는 말이
산이 높아 못왔드냐 물이 깊어 못왔드냐

어서 바삐 가라서네 쌀 한띠기 가이나 가마
꾸정물이 남아와도 성소 먹지 내 소 먹나
누룽밥이 남아와도 성개 먹지 내개먹나
삽짝 밖에 소리내네[37]

밭을 매던 시집간 딸이 부음을 듣고 서둘러 친정에 오지만 이미 입관이 끝난 상태이다. 친정 오빠는 늦게 온 동생에게 "산이 높아 못왔드냐 물이 깊어 못왔드냐 / 어서 바삐 가라서네"고 한다. 그러면서 먼 길을 달려왔을 동생에게 밥 한 술 주지 않는다. 동생은 "꾸정물이 남아와도 성 소 먹지 내 소 먹나 / 누룽밥이 남아와도 성 개 먹지 내 개 먹나"며 삽짝 밖에서 소리 낸다. 삽짝 밖에서 소리 낸다는 것은 차마 오빠 앞에서 말을 하지 못하고 문밖으로 나서며 자기 혼자에게 푸념을 한다는 것이다. 이렇게 한탄을 한다고 해서 '진전형 1'에서 나타난 '친정식구와의 분리'에서 다른 단계로 더 나아가지는 않는다. 오히려 이는 '진전형 1'에서 조성된 정서를 강화하는 것으로서, '식사' 한 끼조차 나누지 않는 친정식구는 이제 더 이상 '식구'가 아님을 분명하게 하는 것이다. 곧 이 대목은 시집간 딸이 친정식구로부터 느끼는 소외감이나 분리감에서 나아가 딸과 친정식구와의 완전한 결별이 이루어짐을 보여주는 것이다.

<밥 안 해준 사촌형님 노래>는 비단 '진전형 1'에만 붙는 것이 아니라 '진전형 2'에도 붙는 것을 볼 수 있다. 그러나 이 경우는 시집간 딸이 어머니의 몸 감장을 제대로 해 놓고 난 뒤에 발화하는 것이라서 앞의 경우와는 상황이 완전히 다르다. 다음 각편에서 보면 시집간 딸은 밥도 해 주지 않는 올케에게 훈계와 항의조로 말을 한다.

---

37) [상주 7-4] 상주 밭매는 소리, 임안심(여 1921), 상주시 청리면 청하1리 사창마, 1993. 9. 8, 민요대전 경북.

(앞 부분 생략)
얺장을 띠고보니 부모죽은 얼굴보니
짓만붙은 적삼입고 말만붙은 처마입고 행핀없이 해가있네
담재군들 들어봐라 이내말로 들어봐라
오늘날에 들어봐라 인지라도 시간이 바쁘나마
엄마농에 들어가여 옷을주니
엄마입는 옷으는 찬찬의복 나여두고
그렇기 험하기 했는거로
옷을내다 다입기어 서른서이 담재군을 띄와놓고
집안에 들어가니 하는말이 월캐 하는말이
쌀한찰되 자졌이먼 니도묵고 나도묵지
누런밥이 남는거는 니개주지 내개주나
그래그래 유세마라 우리는 울로뜯고
쇠접시로 담장쳐도 아무유세 몬할래라
너거는 울로뜯고 나무접시 담장쳤다 그래그래 유세하나
쌀한쌀되 자졌이먼 니도묵고 나도묵지
누런밥이 남아오머 니개주지 내개주나

[말]그래 월캐(올캐)가 그래 숭악다고(흉악하다고), 그래 시누부 밥을 안 주더란다. 안 주이까네, 그거 옷 그거 저거 인자 어마씨 패물하고 전부 인자 옇어가(넣어서) 보내이까네 밉거등. 밉어 놓이 월캐로 밥을 안, 시누부로 밥을 안 줘. 밥을 안줘 가지고 그래 '너거는 나무접시 담장 쳤다고 그래그래 유세하나? 나는 쇠접시로 담장 쳐도 유세 몬 할래라. 너거는 뒷동산 칡이 가지고 웃기 맸다고 그래 유세 하나? 우리는 녹칠기로가 웃기를 끼미도(꾸며도) 유세 몬 할래라.' 카민서는 시누부가 그래 와가지고 그래 어마씨 그거 해 놓고 그래 잘사더란다, 외가(와서).[38]

여기에서 볼 수 있듯이 시집간 딸은 죽은 어머니의 관 뚜껑을 열어보고 어머니의 수의가 다 떨어진 헌 옷임을 발견하고는 어머니의 옷장에서 좋은

38) [울주군 언양면 3], 시집살이 노래 (1), 이맹희(여 77), 1984. 7. 24., 류종목, 신창환 조사, 구비대계 8-12.

의복을 꺼내어 입힌 후 장례를 치르게 한다. 그리고는 밥도 안 해주는 올케에게 큰소리를 내어 항의를 하는 것이다. 제보자의 설명에 따르면, 올케는 시누가 어머니 관에 좋은 패물 등을 다 넣어서 보내니까 미워서 밥을 해주지 않은 것이라고 한다. 죽은 어머니의 마지막 가는 길에 좋은 옷을 입히고 아끼던 패물까지 넣어 보내드리고픈 딸의 마음을 며느리의 입장인 올케가 이해할 리가 없는 것이다.

시집간 딸은 이렇게 올케를 큰소리로 나무라고 시집으로 돌아와 잘 살았다고 제보자는 덧붙인다. 제보자는 "올케가 그래(그렇게) 숭악다고(흉악하다고)" 했다. 이 노래를 부른 제보자들 역시 시누이면서도 올케의 입장일 텐데, 이 노래를 부르는 순간만은 시집간 딸의 입장이 되는 것이다. 시집간 딸에게 친정집은 이제 더 이상 자신을 낳아준 부모가 살아계신 곳이 아니다. 오빠가 있다 해도 오빠는 올케와 한목소리로 자신을 나무라는 존재일 뿐, 더 이상 자신이 보호받고 보호해야 할 대상이 아니다. 죽은 어머니에게 옷을 잘 입혀 보내드림으로써 비로소 딸은 더 이상 친정식구들에게 보호받아야 할 '딸'이 아니라, '시집'의 '어머니'로 다시 태어나는 것이다. 올케가 밥을 지어주지 않는다는 것은 이러한 사실의 확인이며, 시집간 딸은 올케에 대한 항의를 통해 친정에 대한 자신의 결별을 선언하는 것이다.

이렇게 <친정부음 노래>와 <밥 안 해준 사촌형님 노래>의 결합은 시집간 딸이 더 이상 친정의 '식구'가 아님을 분명히 드러내 준다. 친정에서 밥을 먹지 않고 시집으로 돌아옴으로써 시집간 딸은 이제 더 이상 자신이 '친정식구'가 아니라 '시집식구'임을 자각하게 된다. 더 나아가 어머니를 보내드림으로써 이제 더 이상 '친정'의 '딸'이 아니라 온전히 '시집'의 며느리이자 '내 집'의 '어머니'가 되는 것이다. 그러므로 <친정부음 노래>의 향유자들은 이 노래를 부름으로써 차츰 친정어머니·친정식구와 분리되어 갔으며, 딸에서 어머니로 친정식구에서 시집식구로 자신을 변화시켜 나갔을 것이다.

5. 맺음말

이 글에서는 서사민요 중 <친정부음 노래>를 대상으로 하위유형을 분류한 뒤, 각 하위유형별 서사구조와 향유의식을 분석하였다. <친정부음 노래>는 '시집간 딸이 친정부모의 부음을 받고 친정에 가게 되면서 벌어지는 사건을 읊은 노래'로서 다른 서사민요 유형과는 달리 시집간 딸의 입장에서 시집식구, 친정식구와의 관계를 그려내고 있다는 점에서 주목할 만한 가치를 지니고 있다. <친정부음 노래>는 서사 단락의 결합 양상에 따라 모두 네 가지의 하위유형으로 구분하였는데, '기본형', '진전형 1', '진전형 2', '결합형'이 그것이다. 이들 하위 유형은 기본형에서 점층적으로 한 단락씩 더해져 이야기가 진전되고 있다.

'기본형'은 시집간 딸이 일하다 친정부모 부음을 받고 친정에 간다는 가장 기본적인 두 단락으로 이루어져 있다. 친정부모(특히 친정어머니)의 죽음을 통해 시집간 딸이 친정어머니와의 분리에서 겪는 고통을 드러내는 노래로 파악된다. '진전형 1'은 기본형에서 한 단계 진전해 시집간 딸이 시집식구가 시킨 일나 궂은 날씨 등의 이유로 친정에 늦게 도착하자 친정식구들이 꾸중을 하는 이야기로 되어 있다. 이는 시집간 딸이 친정부모와의 분리에서 나아가 친정식구와의 분리를 절감함을 나타내는 것이라 할 수 있다. '진전형 2'는 '진전형 1'에 머무르지 않고 시집간 딸이 죽은 어머니의 곽문을 열어보고 어머니의 몸 감장을 해 장례를 잘 치르는 내용으로 되어 있다. 이는 시집간 딸이 더 이상 보호받는 딸이 아닌 보호하는 어머니로 성숙하였음을 보여준다. 마지막 '결합형'은 <친정부음 노래>에 <밥 안 해준 사촌형님 노래>가 결합된 것으로 '진전형 1, 2'에 올케가 밥을 해주지 않은 데에 대한 원망을 담고 있다. 이는 시집간 딸이 친정식구와 밥을 함께 먹지 않음으로써 더 이상 친정식구가 아닌 시집식구로 변화되었음을 나타내는 것으로 읽을 수 있다.

<친정부음 노래>는 이렇게 어느 날 갑자기 친정식구와 이별을 하고 '시집'을 가야 했던 딸들이 '친정식구'에서 '시집식구'로, '딸'에서 '어머니'로 옮겨가는 과정에서 겪는 고통을 노래한 것이다. '기본형'에서 '진전형 1'과 '진전형 2'로 다시 '결합형'으로 나아가는 서사의 확대는 이 과정에서 시집간 딸이 친정과의 분리를 통해 겪는 상실과 아픔을 점점 더 강화하여 드러낸다. 그러나 이 드러냄으로써 노래의 향유자들이 '출가외인'이라는 멍에와 '시집살이'를 마땅히 견뎌야 할 '통과의례'로 받아들였는지, 수많은 여성을 통곡하게 하는 잘못된 제도와 인습으로 받아들였는지는 분명하지 않다. 다만 이 노래를 듣는 지금의 우리에게 분명한 것은 이제는 더 이상 어느 한쪽에만 일방적으로 강요되는 희생과 고통은 사라져야 한다는 사실이다.

이 글은 <친정부음 노래>를 몇 개의 하위유형으로 살펴봄으로써 유형 전체에서 찾을 수 없었던 개별적 의미와 향유의식을 세심하게 밝혀낼 수 있었다는 데 의의가 있다. 아울러 각 하위유형이 특정 지역을 중심으로 전승된다는 사실을 밝혀 서사민요의 창작과 전승이 지역의 문화적 환경과 밀접한 관련이 있음도 알 수 있었다. 그러나 특정 지역의 제반 환경이 어떻게 각각의 <친정부음 노래> 하위유형을 전승하는 동인이 되었는지에 대한 자세한 논의는 필자의 역량 부족으로 미처 다룰 수 없었다. 이에 대한 논의가 서사민요의 유형을 확대해 지속적으로 이어지기를 기대한다.

3장_ <사촌형님 노래>에 나타난 체험과 정서의 소통

1. 머리말

민요는 오랜 세월 동안 수많은 사람들 사이에서 불려 내려오면서 부르고 듣는 사람의 체험과 정서를 공유해왔다. 민요가 사라지지 않고 전승될 수 있었던 가장 큰 동인은 바로 이러한 체험과 정서[39]의 소통[40]에 있었다고 보아도 과언이 아니다. 허구적 이야기를 주고받을 경우 이야기를 주고받는 사람들의 실제 체험과는 어느 정도 거리가 있게 마련이어서 체험과 정서의

---

39) 정서는 라틴어로 '밖으로'란 뜻의 'e'와 '움직인다'는 뜻의 'movere'가 합쳐진 것으로, 근본적인 자극 기능이 '움직여 나간다'는 뜻에서 유래되었다. 따라서 정서는 '밖으로 움직여 나간다'는 의미를 지니고 있다. (정명화 외, 『정서와 교육』, 학지사, 2005, 12~14쪽 참조) 정서는 그리스 시대부터 20세기 초까지는 감정과 구별되지 않고 혼용되어 왔는데, 현재 학자들은 대체로 정서를 여러 가지 감정들을 포괄하는 상위 개념으로 사용하고 있으며 '정서란 어떤 대상이나 상황을 지각하고 그에 따르는 생리적 변화를 수반하는 복잡한 상태'라 보고 있다. (김경희, 『정서란 무엇인가』, 민음사, 1995, 12쪽) 한편 정서를 '어떤 대상에서 비롯된 감정적 변화를 긍정적인 방향으로 유지하고자 하는 속성'으로 보아 감정적 변화가 일정의 정서적 불균형 상태라고 한다면, 긍정적 방향은 정서적 평형을 의미한다고 보기도 한다. (서유경, 「<사씨남정기>의 정서 읽기 교육 연구」, 『고전문학과 교육 』20, 한국고전문학교육학회, 2010, 73쪽) 이 글에서는 감정과 정서의 구별에 대한 논의는 유보하고, 단지 정서를 감정보다 상위의 포괄적인 개념으로 사용하고자 한다.

40) 하버마스에 의하면 소통은 대화를 통해 발화자와 청취자가 상호이해라는 인격적 관계로 들어서게 되는 것을 말한다. 이에 대해 아렌트는 소통이 일대일의 관계가 아니라 복수의 타인들에 대해 개인행위자가 자신의 개성을 드러내려는 일대다의 소통방식으로 이루어지며, 관찰자들의 공통감각에 호소하여 수용될 때 소통되었다고 보고 있다. (김문조 외, 『융합사회의 소통양식 변화와 사회진화방향 연구』, 정보통신정책연구원, 2009, 79~86쪽) 이를 참조할 때 문학 그중에서도 민요를 부르고 듣는 행위는 창자와 청중 사이에서 서로를 이해하고 수용하는 소통 행위로 볼 수 있다.

소통이 쉽지 않지만, 민요의 경우 대부분 실제 체험에 바탕을 두고 있어서 체험과 정서의 소통이 쉽게 이루어지는 것을 볼 수 있다. 민요를 부르고 듣는 사람들이 흔히 '이야기는 거짓말, 노래는 참말'이라고 하며 이야기와 노래를 각기 허구와 사실적 갈래로 인식하고 있는 것은 바로 그들 스스로, 민요가 그들의 체험과 정서를 있는 그대로 반영하고 있다고 여기고 있음을 말해준다.

전통 사회에서 여성들은 허구적인 이야기를 주고받는 이야기판에 마음 놓고 참여하거나 이야기판을 만들 수 없었고, 대신 여자들끼리 모여서 함께 일을 하며 노래를 부르는 일노래 판이나 명절 등의 휴식 기간에 놀이를 즐기면서 노래를 부르는 놀이노래판에 참여할 수 있을 뿐이었다. 그러므로 일노래 또는 놀이노래를 통해 자신들의 체험과 정서를 표현하고 소통함으로써 다른 사람의 체험을 간접적으로 경험하고 정서를 공유할 수 있었던 것이다. 특히 그 체험과 정서가 다른 부류의 사람들에게 공유될 수 없는 은밀한 성격의 것일 경우 노래를 부르고 듣는 사람의 관계가 더욱 밀착될 수밖에 없었다. 여성들에게 있어 시집살이의 체험과 정서가 바로 그러한 것이었다. 시집살이는 여성이라면 누구나 겪어야 할 생활이었고, 시집살이의 고통과 시련, 거기에서 느끼는 감정은 여성들 사이에서 가장 중요하고 빈번한 화제였으며 보편적인 체험이자 정서였다. 여성들의 노래에서 <시집살이 노래>가 매우 큰 비중을 차지하는 것은 이러한 이유에서라고 할 수 있다.

여성들에게 <시집살이 노래>는 단순히 여유 시간을 보내고 즐기는 '대상'이 아니라, 시집살이를 겪는 사람들이 스스로 시집살이를 견뎌나갈 수 있는 원천이 되었을 뿐만 아니라, 누군가에게 자신의 시집살이에 대해 표현하고 전달할 수 있는 소통의 매체였다. <시집살이 노래>에는 여러 가지 유형이 있는데, 그중 잘 알려져 있는 대표적인 유형 중의 하나가 <사촌형님 노래>이다. <사촌형님 노래>는 사촌형님과 동생이 이야기를 주고받는 대화체 또는 문답체 형식으로 되어 있을 뿐만 아니라, 그 내용 역시 시집살이에 대한 직접적인 체험과 정서를 표현하고 있다는 점에서 시집살이를 하는 사람들 사이의 소통이 표면적으로 뚜렷하게 드러나 있는 노래이다.[41] 그러므로 <사촌형님 노래>는 현대 사회 문제 중의 하나인 소통의 부재를 민요를 통해 살펴보고 그 지표를 찾는 데에 매우 적절한 자료가 될 수 있다.

이 글에서는 <사촌형님 노래>를 통해 노래를 부르고 듣는 사람들이 공유하고 소통해 온 체험과 정서를 그 내용적인 측면과 방법적인 측면에서 살펴보려고 한다. 이를 위해 우선 <사촌형님 노래>의 내용을 바탕으로 하위유형을 분류하고, 하위유형별로 어떠한 체험과 정서가 소통되고 있는지 고찰할 것이다. 다음으로는 <사촌형님 노래>의 소통이 어떤 방식으로 이루어졌는지를 자기 내면적으로 이루어지는 자아와 또다른 자아의 소통, 노래 공동체 내에서 이루어지는 창자와 청중의 소통, 지역 가창자들 간의 교류와 이동에 의해서 이루어지는 지역과 지역의 소통으로 나누어 살펴볼 것이다. 연구 대상 자료는 『한국구비문학대계』, 『한국민요대전』, 『강원의 민요』, 『영남구전민요자료집』, 『호남구전자료집』, 『경기도의 향토민요』 소재 자료를 주 자료로 삼고 필자와 조동일의 자료를 보조 자료로 삼는다. 필자가 이들 자료집에서 찾아낸 <사촌형님 노래>는 모두 141편이며, <친정부음 노래>와 복합된 형까지 합하면 146편이다.[42]

---

41) <사촌형님 노래>는 흔히 <시집살이 노래>라고 부르기도 하나 <시집살이 노래>는 노래 속 주인물이 겪는 갈등이나 사건에 따라 상당히 다양한 유형으로 나누어지므로, 그중 사촌형님과 동생이 시집살이에 대해 주고받는 대화로 이루어져 있는 노래를 <사촌형님 노래>라 지칭하기로 한다.

42) 『한국구비문학대계』 자료는 시군명에 자료번호를, 『한국민요대전』 자료는 지역명에 시디 번호를, 『강원의 민요』 자료는 지역명에 해당 페이지를 자료집 약호 '강원I', '강원II'와 함께, 『영남구전민요자료집』과 『호남구전자료집』은 시군명에 자료번호를 자료집 약호 '영남구전', '호남구전'과 함께, 『경기도의 향토민요』는 지역명에 해당 페이지를 자료집 약호 '경기 상', '경기 하'와 함께, 필자 자료는 마을명과 자료번호를 '서영숙'과 함께, 조동일 자료는 지역명과 자료번호를 '조동일'과 함께 적는다. 하위유형의 한탄형, 항의형, 접대형, 복합형1, 2, 3은 <사촌형님 노래>를 내용에 따라 하위분류한 것이다.

하위유형	각편	계
한탄형	정읍 10-5, 군산시 서수면 1, 고흥군 점암면 16, 영동 3-4, 영동군 영동읍 2, 충주시 상모면 9, 공주시 이인면 5, 대전 1-12, 서귀포시 대정읍 6, 서귀포시 안덕면 130, 제주시 삼도동 17, 제주시 삼도동 43, 상주군 공검면 25, 합천 8-20, 성주 7-34, 문경 가은읍 23(영남구전), 산청 산청읍 10(영남구전), 함양 서상면 12(영남구전), 거창 주상면 33(영남구전), 거창 가북면 13(영남구전), 거창 가북면 23(영남구전), 거창 마리면 16(영남구전), 의령 가례면 32(영남구전), 함안 칠원면 16(영남구전), 예천군 풍양면 38, 경주시 현곡면 28, 영덕군 달산면 9, 안동시 임동면 12, 예천군 개포면 15, 봉화군 봉화읍 5, 예천군 풍양면 5, 예천군 용문면 6, 예천군 호명면 19, 예천군 호명면 40, 예천군 용문면 25, 예천군 개포면 13, 예천군 풍양면 10, 의성 12-11, 창녕 길곡면 24(영남구전), 창녕 남지읍 36(영남구전), 강화군 화도면 10, 여주군 북내면 20, 포천 604(경기 하), 영월군 영월읍 70, 철원 8-9, 양구 3-20, 인제 7-5, 양구 77(강원I), 양구 84(강원I), 영월 162(강원I), 영월 191(강원I), 영월 212(강원I), 영월 253(강원I), 원주 344(강원I), 인제 445(강원I), 인제 451(강원I), 정선 574(강원I), 정선 610(강원I), 정선 627(강원I), 정선 635(강원I), 철원 697(강원I), 철원 703(강원I), 홍천 1002(강원I), 홍천 1095(강원I), 화천 1178(강원I), 철원 831(강원II), 삼척 3-6, 양양 5-9, 양양 4-25, 강릉 79(강원II), 강릉 144(강원II), 동해 326(강원II), 동해 335(강원II), 동해 342(강원II), 삼척 403(강원II), 삼척 412(강원II), 태백 744(강원II), 태백 759(강원II), 태백 779(강원II), 양양 611(강원II), 삼척 396(강원II)	81
항의형	정읍시 산외면 4, 정읍시 영원면 4, 정읍시 덕천면 1, 정읍시 감곡면 5, 정읍시 소성면 6, 군산시 개정면 2, 정읍 261(전북민요), 함평군 엄다면 26 (8), 신안 251(전남민요), 신안 346(전남민요), 남원군 운봉면 9, 진안 261(전북민요), 고흥군 점암면 3, 순천시 월등면 11, 순천시 황전면 1, 화순군 도곡면 12, 보성 7-9, 고흥 224(전남민요), 여천 232(전남민요), 구례 광의면 1(호남구전), 원주 304(강원I), 새터 79(서영숙), 새터 117(서영숙), 새터 130(서영숙), 먹굴 30(서영숙)	25
접대형	영월 239(강원I), 인제 537(강원I), 정선 594(강원I), 정선 605(강원I), 평창 907(강원I), 홍천 1003(강원I), 횡성 1287(강원I), 횡성 1327(강원I), 속초 532(강원II), 속초 566(강원II)	10

복합형1 (한탄형+항의형)	정읍시 고부면 5, 상주군 청리면 13, 합천 율곡면 39(영남구전), 함안 칠원면 11(영남구전)	4
복합형2 (접대형+한탄형)	대덕군 기성면 16, 횡성군 둔내면 26, 홍천 10-11, 영월 152(강원I), 원주 332(강원I), 인제 432(강원I), 인제 458(강원I), 인제 460(강원I), 인제 503(강원I), 평창 891(강원I), 홍천 1012(강원I), 화천 1229-1(강원I), 횡성 1298(강원I), 횡성 1314(강원I), 강릉 114(강원II), 속초 565(강원II), 양양 618(강원II), 양양 621(강원II), 양양 658(강원II), 양양 675(강원II)	20
복합형3 (친정부음+항의형)	성주군 벽진면 72, 의령군 정곡면 12, 의령군 지정면 19, 상주 7-4, 울주군 언양면 3, 영천 E7(조동일)	6
계		146

2. <사촌형님 노래>에 나타난 체험과 정서

가창자들은 <사촌형님 노래>를 <시집살이 노래>라고 한다. <시집살이 노래>를 불러 달라고 하면 가장 쉽게, 먼저 나오는 노래가 이 노래이다. 그러나 <사촌형님 노래>가 한 가지 내용만으로 되어 있는 것은 아니다. 거의 대부분 “형님형님 사촌형님”으로 시작하면서도 이후 전개되는 내용은 매우 다양하게 이루어져 있다. 다양한 내용 중 가장 비중이 큰 세 가지를 들어보면 사촌형님이 사촌동생에게 시집살이를 한탄하는 내용, 사촌동생이 사촌형님에게 밥을 해주지 않는다고 항의하는 내용, 사촌동생이 사촌형님을 마중하여 갖은 음식을 대접하는 내용을 들 수 있다. 각편에 따라서는 이중 둘 이상의 내용이나 다른 시집살이노래 유형과 복합되어 나타나기도 한다. 이를 차례대로 ‘한탄형’, ‘항의형’, ‘접대형’, ‘복합형’이라 칭하고 각 유형에 속하는 작품들을 통해 노래의 향유자들이 소통하고자 했던 체험과 정서가 무엇인지 살펴보기로 한다.

2.1. 시집살이의 고난과 설움: 한탄형

사촌동생이 사촌형님에게 시집살이에 대해 물으니 시집살이 또는 시집식구가 어떠하다고 대답하는 형태로 되어 있는 유형이다. 호남을 제외하고 전국적으로 가장 널리 전승되고 있으며, 조사된 자료 146편 중 '한탄형'은 81편으로 총 55%에 이를 만큼 가장 많이 불리고 있다. 노래 속에서 사촌동생과 사촌형님은 시집살이에 대해 허물없이 이야기를 나눌 수 있을 만큼 서로 좋은 관계를 유지하고 있다. 이때의 사촌동생과 사촌형님은 사촌 자매간으로 생각된다. 예전에는 친 자매 간이 아닌 여자들의 경우 서로 형님과 동생으로 부르는 것이 일반적이었기 때문이다.[43] 시집간 사촌형님이 친정 동네에 돌아오자 동생이 그간의 시집살이에 대해서 묻고 형님이 이에 대해 대답하는 것이다. 사촌 자매간은 대개 비슷한 또래이기에 자신의 속내를 솔직하게 내비칠 수 있었을 것이다.

가창자들은 <사촌형님 노래>를 통해 시집살이의 고난과 이로 인한 설움을 이야기한다. 이때 시집살이의 고난은 공식적인 어구로 되어 있기도 하고, 여기에서 벗어나기도 한다. 공식적인 어구로 다듬어진 것들은 오랜 세월 동안 시집살이하는 여성들에 의해 공동의 보편적 경험이 응축된 것이라 할 수 있다. 이는 대체로 세 가지로 나타난다. 하나는 자신의 시집살이가 어떻게 어려운지 말하는 것, 다른 하나는 자신의 모습이 어떻게 변했다고 하는 것, 마지막으로 시집식구들이 무엇을 닮았다고 하는 것이다.

---

43) 자료 중에는 조사자가 '형님 형님 사촌형님' 하고 시집살이노래의 서두를 불렀더니 제보자가 노래를 받아 부르면서 "언니언니 사촌언니 시집살이 어떻든고"라고 시작한 경우도 있다. [예천군 호명면 19] 시집살이 노래 (1), 민호순(여 55), 월포동 우르개, 1984. 2. 17. 임재해 · 한양명 · 김명자 · 최인경 조사, 구비대계 7-18.

첫 번째는 시집살이 중 화자에게 어렵게 느껴지는 것이 무엇인지를 나열하는 것이다.

> 힝아 힝아 사촌 힝아 시집살이 어떻더노
> 어라 야야 그 말 마라 시집살이 말도 마라
> 쪼그매는 도리판에 수지 놓기 어렵더라
> 쪼끄만한 수박 식기 밥 담기도 어렵더라
> 중우 벗은 시동상은 말하기도 어렵더라[44]

시집살이의 고난으로 많이 나오는 어구들은 위 노래에서처럼 '조그만 도리판에 수저 놓기', '조그맣고 둥근 식기에 밥담기', '아랫도리 벗은 시동생에게 말하기' 등처럼 다양하면서도 거의 보편화되어 있다. 이는 한국 전통 사회에서 여자들이 겪는 시집살이의 형태가 거의 유사하기 때문일 것이다. <사촌형님 노래>에서 화자가 시집살이의 고난을 이처럼 마음 놓고 터놓을 수 있는 것은 이 노래가 사촌 형님이 동생에게 하소연하는 극적 구성으로 이루어져 있어 자신의 경험이 아닌 타인의 경험처럼 노래하기 때문이다.[45]

다음은 시집살이로 인해 시집오기 전 곱던 자신의 몸이 흉하게 변했음을 나열하는 유형이다.

> 성님 성님 사춘성님 시집살이가 어떱디까
> 동상 동상 사춘동생 시집살이 말도 마라
> 삼단겉은 요내 머리 시집 삼년 살고 나니
> 부돼지꼬리가 다 되었다
> 배꽃겉은 요내 얼굴 시집 삼년 살고 나니
> 노란꽃이 피었구나

---

44) [합천 8-20] 시집살이 노래, 김한준(여 1922), 쌍책면 성산리 외촌, 1992. 11. 11., 민요대전 경남.

45) 위 자료 해설 부분.

분찔겉은 요내 손목 시집 삼년 살고 나니
북두갈구리 다 되었다
삼년 삼년 석삼년에 아홉 삼년 살고 나니
그 시집을 다 살았네
고추댕추가 맵다 해두 시집살이가 되맵더라[46)]

노래 속 화자는 자신의 모습을 머리, 얼굴, 손목 순으로 묘사하고 있다. 삼단 같던 머리는 부돼지 꼬리가, 배꽃 같이 희고 곱던 얼굴은 노랗게 뜬 색깔의 꽃이, 분 같이 부드럽던 손목은 갈고리 같이 거칠게 되었음을 나열하며, 그 모든 것이 힘겨운 시집살이 탓이라고 여기고 있다.

마지막은 시집식구를 각종 동물에 비유하는 유형이다. 흔히 무섭고 두려운 호랑이나 끊임없이 쪼아대는 닭이 거론된다. 특히 제주도는 내륙의 동물뿐만 아니라 어류가 많이 나와 해안 지역의 특성을 보여준다.

성님성님 ᄉ춘성님 씨집살이가 어떱디가
아이고얘야 말도말라
물구럭(문어)닮은 서방님에 장독닮은 씨아방에
암톡닮은 씨어멍에 호랭이닮은 씨누이에
고생이(용치놀래기)닮은 씨아지방(시아주버니)에 살자ᄒ니 고생뒈고
고치장단지 맵다ᄒ들 요씨녁살이보다 더매우랴
얼씨구절씨구 지화자좋네 아니노지는 못ᄒ리라[47)]

여기에서 화자는 남편을 문어, 시아버지를 수탉, 시어머니를 암탉, 시누를 호랑이, 시아주버니를 용치놀래기에 비유하고 있다. 문어는 팔로 안아주는 모습이, 수탉과 암탉은 꼭꼭 쪼아대는 모습이, 호랑이는 잡아먹을 듯이

46) [양구 3-20] 사촌성님, 정양춘(여 1933), 양구군 방산면 금악리 간평 사그맥이, 1994. 12. 18., 민요대전 강원.
47) [서귀포시 대정읍 6] 시집살이 노래, 김영부(여 55), 하모리, 1981. 8. 12. 김영돈 · 변성구 조사, 구비대계 9-3.

으르렁대는 모습이, 용치놀래기는 화려하게 치장한 모습이 각각의 시집식구의 속성과 닮았다고 여기기 때문일 것이다.

마지막에 "얼씨구 절씨구 지화자좋네 아니노지는 못하리라"라는 사설은 가창자가 이 노래를 <창부타령> 가락으로 불렀기 때문에 나온 것이다. 제주도에서는 이 노래를 흔히 <맷돌·방아 노래>의 가락으로 부르는데 가끔 이처럼 <창부 타령> 가락으로 모여 즐겨 놀면서 부르기도 한다.[48] 이렇게 놀이노래 가락에 <사촌형님 노래>를 부르는 것은 제주도뿐만 아니라 호남 지역에서도 많이 나타나는 양상이다. 호남에서는 <사촌형님 노래>를 <강강수월래>나 <둥당애타령>의 가락으로 부르기도 한다. 이렇게 놀이노래 가락으로 <사촌형님 노래>를 부르는 것은 슬픈 내용을 부르면서도 슬픔에 치우치지 않고 자신들의 정서를 객관화하여 바라보게 하는 효과가 있다.

이렇게 <사촌형님 노래>의 한탄형은 공식적인 표현으로 이루어진 사설을 통해 여성들이 보편적으로 겪는 시집살이의 경험을 객관화하여 드러낸다. 그러나 가창자들은 <사촌형님 노래>를 이러한 틀에 박힌 관용적 표현만으로 부르지는 않는다. 대부분의 가창자들은 <사촌형님 노래>의 공식적 어구에 얽매이지 않고 가창자 자신이 실제 겪은 시집살이 체험을 녹여 자기화하여 부른다.

> 형님형님 사촌형님 시집살이 어떻던고
> 말도마라 말도마라
> 도리도래 삿갓집에 바람불어 얹은집에
> 눈비맞아 썩은집에 꺼적떼기 문을달고
> 청룡황룡 꼬리치고 열두독에 장을담고
> <u>먹고나만 입을공사 입고나만 먹을공사</u>
> <u>집에서야 없던잠이 어찌하야 그렇기도 잠이오도</u>
> <u>집에서는 꽃전도야 잘꿨는데</u>

48) 위 자료 구연상황 설명 참조.

시집가이 나물전도 어렵구나
말도마라 말도마라 시집살이 말도마라
삼단같은 이내머리 비사리춤이 다돼간다[일동 : 웃음][49]

이 노래를 보면 다른 <사촌형님 노래>에 많이 나오는 "도리도리 삿갓집에 바람불어 얹은집에 / 눈비맞아 썩은집에 꺼적데기 문을달고"나 "삼단같은 이내머리 비사리춤이 다돼간다."와 같은 관용적 표현을 적절히 사용하면서도 "먹고나만 입을공사 입고나만 먹을공사 / 집에서야 없던잠이 어찌하야 그룹기도 잠이오도 / 집에서는 꽃전도야 잘꿨는데 시집가이 나물전도 어렵구나"와 같이 창자가 실제 살림살이에서 겪은 고난을 현실적으로 표현하고 있다. 친정에서는 꽃전도 잘 부쳐 먹었는데, 시집 와서는 나물전조차 부쳐먹기 어렵다는 것은 그만큼 시집이 살기 어려움을 말하는 것이다. 개인의 체험을 노래한 것인 데도 누구나 '그래, 맞아! 나도 그래'라고 공감할 만한 보편적 경험으로 인식할 만한 것들이다. 이처럼 가창자들은 <사촌형님 노래>에 전승되어 내려오는 관용적 표현을 쓰면서도 자신의 체험을 살려 개인적 표현과 적절히 혼합하여 개성이 있는 작품을 창조해내고 있다.

시집살이를 겪은 이들에게는 시집살이를 이야기로 하기보다는 노래로 부르는 것이 더 편하게 여겨졌을 수가 있는데, 다음과 같은 노래에도 이러한 시집살이하는 사람들의 보편적 경험과 노래 부르는 사람 개인의 실제적 체험이 잘 나타나 있다.

형님형님 사춘형님 시집살이가 어떱디까
애고 애야 말 말어라
명주치마 열두폭이 눈물콧물 다 젖었네
고추당추 맵다해도 시집살이만 하올소요

49) [예천군 용문면 25] 시집살이 노래 (3), 박부돌(여 66), 상금곡동 금당실, 1982. 2. 22. 임재해 · 한양명 · 김정숙 · 권순자 조사, 구비대계 7-17.

애고 답답 내 신세야 이를 어이 하단말가
먹을 것이 하두 없어 풋보리를 훑터다가
가마솥에 들들 볶아 절구에다 집어넣고
쿵쿵 찧어 밥을 한들 시부모님 대접하구
시동생들 시누이를 주고 나니 나 먹을 건 하나 없네
밥솥에다 물을 부어 휘휘 둘러 마시고 나니
한심하기 짝이 없구 불쌍한 건 인생이라
이런 세월 지나가고 좋은 세월 돌아오면
마음대로 먹고 살 날 언제언제 오려느냐[50]

여기에서 화자는 "명주치마 열두폭이 눈물콧물 다 젖었네 / 고추당추 맵다해도 시집살이만 하올소요" 하며 <시집살이 노래>에 흔히 나오는 관용적 표현으로 자신의 경험을 이야기한 뒤, "먹을 것이 하두 없어 풋보리를 훑터다가 가마솥에 들들볶아 절구에다 집어넣고 쿵쿵찧어 밥을한들 시부모님 대접하구 시동생들 시누이를 주고나니 나먹을건 하나없네 밥솥에다 물을 부어 휘휘둘러 마시고나니"와 같이 실제 체험하지 않으면 나오기 힘든 생활의 모습을 풀어내고 있다. 화자는 이로 인해 자신의 신세를 답답하게 여기며 자신의 인생을 한심하고 불쌍하다고 생각하고 있다. 시집식구들에게 우선적으로 밥을 대접하고 자신에게 남겨진 밥은 하나도 없다는 현실은 단순히 가난하다는 데 문제가 있는 것이 아니라, 시집식구 중 유독 며느리가 더 배를 주려야 했고 아무도 며느리의 배고픔을 돌봐주지 않는다는 데 문제가 있다. 이러한 배고픔의 체험과 이로 인한 설움은 시집살이 체험담 중에서 가장 많이 나오는 이야기 중의 하나이다.

그래서 막 이렇게 보리방아를 찧는 거야, 첨서부텀. 막 보리방아를 찧는데 이제 한 시가 됐는데도 세상에, 들어와서 밥 좀 먹으라는 말 없어. 그냥.

50) [포천 604] 시집살이노래, 신북순(여 65), 경기도 포천시 가산면 방축리, 2002. 2. 9. 김영운 · 이준호 · 배인교 · 이윤정 조사, 경기 하.

그거는 저녁거리 찧어놓는 거여, 보리밭에 가가지고 핸 거여. 애기는 젖 빨지, 근데 아, 우리 시누가 나와서 국수를 요만큼 가주고 나와서 삶아요. 그래서

'아유, 인제 한 젓가락 얻어 먹을래나?'

그랬지. 그랬더니 갖고 들어가서 할머니하고 둘이만 먹는 거여. 세상에. 나는 아침, 그 돌, 찧는 거여. 그런데 암만 고생이 되도 이 세상에 배고픈 설움이 젤이여. 그거를 알아야 돼. 정말 배고퍼[51]

다른 구연자에 의한 노래요 체험담인데도, 보리방아를 찧어 식구들을 대접하고 자신은 굶어야 하는 현실이 똑같이 나타난다. 체험담의 구술자는 "암만 고생이 되도 이 세상에 배고픈 설움이 젤이여."라고 강조한다. 시집식구들을 위해 하루 종일 밭을 매고 배가 고파 돌아왔는데 왜 벌써 들어왔느냐는 시집식구들의 꾸중을 들었을 때, 힘겹게 보리방아를 찧어 밥을 지어도 자신의 손으로 밥을 푸지 못할 뿐만 아니라 정작 자신에게 주어진 것은 접시 끝에 발라진 밥이나 희멀건 죽이었을 때, 다른 식구들은 모두 방에 들어가 밥을 먹는데 자신은 부뚜막에 앉아 먹어야 했을 때, 시집살이하는 여자들은 시집식구의 일원으로 인정받지 못하는 자신의 정체성을 뼈저리게 절감했고, 이러한 고난의 체험과 설움이 <사촌형님 노래> 속에 저절로 표출되었다.

가창자들은 <사촌형님 노래>를 통해 위와 같은 실제 체험뿐만 아니라 이에 대한 신세한탄을 쏟아내곤 한다. 이 신세한탄 속에는 시집살이에 대해 느끼는 가창자의 정서가 잘 녹아들어 있다.

형님형님 사촌형님 시집살이가 어떻던고
아이구아야 말도말아 시집살이 말도말아
시어머니 말도말아

---

51) 이수희(여 74) 구술, 경기도 안성시 양성면 추조리 경로당, 2008. 11. 8. 박경열 · 나주연 조사.

> <u>나는우리 친정클 때 금옥같이 컸건마는</u>
> <u>남우집에 오고보니 천대많고 설음많다</u>
> <u>원수로구나 원수로구나</u> 산이고와 내여기왔나
> 님을버리고 여기와서 숱한고생 하다보니
> 백발이야 흩날린다[52]

이 노래에서 화자는 "나는 우리 친정클 때 금옥같이 컸건마는 / 남우집에 오고보니 천대많고 설음많다"와 같이 자신이 겪은 숱한 고난을 금옥같이 대우를 받던 친정을 버리고 남의 집(시집)에 와서 받은 천대 때문이라고 생각하고 있다. 그로 인해 숱한 '설움'이 생겨났고 시집과 시집식구를 '원수'라고 여길 정도로 원망하고 있다. 대부분의 여성들이 친정에서는 잘 살았는데 시집은 못살았다거나, 친정도 못살았지만 시집은 더 형편이 어려워 매우 살기가 힘들었다고 말을 한다. 이는 실제 그런 경우가 많기도 했겠지만, 시집에서 지위가 가장 낮은 며느리의 입장이었기 때문에 다른 사람보다 그 체감도가 훨씬 높았을 것이다. 더구나 친정에서는 딸로서 귀염을 받고 자라났는데, 시집에서는 며느리로서 구박을 받는 처지로 뒤바뀜으로써 갖게 되는 충격은 매우 컸을 것이다.

화자는 자신의 정서를 단적으로 '설움'이라고 표현하고 있다. '설움'은 사전적인 정의로는 '원통하고 슬프다'는 것이다. 즉 설움은 막연하게 슬픈 것이 아니라, 분하고 억울한 감정이 복합된 정서이다. 이는 자신의 시집살이가 부당하다고 느끼는 데에서 오는 것으로 다음 작품에서 나타나는 '슬픔'의 정서와는 차원이 다르다고 할 수 있다.

> 형님형님 사촌형님 시집살이 어떻든가
> 야야야야 말도마라

52) [충주시 상모면 9] 시집살이 노래 (1), 김기분(여 69), 미륵리 내동 안말, 1979. 4. 28. 김영진 조사, 구비대계 3-1.

빈껍데기 문단집에 오막살이 문단집에
어렵기도 어렵기도 시절없이 어렵도다
시집살이 할라보니
꼬치같이 매운시어머니 말도많고 숭도많고
양잿물같은 시아방님은 걱정근심도 더많더라.
시집살이 할라하니 구석구석 원망이요 속단속단 절망이라
이리저리 살아보니 이팔청춘 다지나고 백발이 홍성하니
가엾기도 한량없고 슬프기도 측량없다[53)]

이 작품에서 보면 화자는 시집살이가 어렵고도 어렵다고 한다. 시어머니 시아버지는 말도 많고 흉도 많으며 구석구석 원망이라고 한다. 화자는 이로 인해 '절망'을 느끼며 자기 자신을 가엾게 여기고 슬프기도 한량없다고 한다. 이 작품의 화자가 자신에 대해 느끼는 정서는 슬픔과 연민으로 '설움'과는 다르다. '슬픔'과 '연민'은 자신의 처지를 단지 불쌍하게 여기는 것이라고 한다면 '설움'은 자신의 처지가 그렇게 된 것이 누군가의 탓에 의한 것이며, 이에 대한 원망이 복합된 정서이다. <사촌형님 노래> '한탄형'에는 이렇듯 슬픔과 원망이 복합된 '설움'의 정서가 주된 정서로 나타난다.

<사촌형님 노래>의 '한탄형'에는 이렇게 시집살이하는 여자들이 겪는 보편적 경험과 공통적 정서뿐만 아니라 가창자가 실제 겪는 개인적 체험과 정서가 잘 융합되어 나타난다. 가창자들은 이를 자신들이 들어온 관용적 표현에 스스로의 체험에 바탕을 둔 개인적 표현을 융합함으로써 자신의 시집살이의 체험과 정서를 드러내어 말하고 있는 것이다. 시집식구로부터 부당하게 받은 시집살이의 고난과 설움은 <사촌형님 노래>를 통해 같은 처지의 여자들에게 공유되고 소통되었으며, 이로 인해 여자들은 서로를 이해하고 감싸 안을 수 있었다. <사촌형님 노래>의 '한탄형'은 이처럼 자신의 생

53) [예천군 개포면 5] 시집살이 노래, 백경분(여 70), 우감 1동 소감, 1984. 2. 24. 임재해 · 한양명 · 정낙진 · 김미숙 · 손귀련 조사, 구비대계 7-18.

각과 정서를 바깥으로 드러내어 말하는 것을 억압당했던 여성들이 자신의 삶과 고통을 드러내 말하고 다른 사람과 함께 나눌 수 있었던 훌륭한 소통의 매체가 되었다.

2.2. 동서로부터의 박대와 분노: 항의형

사촌동생이 사촌형님을 찾아갔는데 밥을 해주지 않자 동생이 형님에게 항의하는 내용이다. 대상 자료는 25편으로 17%에 해당하며, 호남 지역에서 집중적으로 전승된다. 사촌동생은 잘 살지 못하고 사촌형님은 잘 사는 데에도 불구하고 자신을 푸대접하는 데에서 나오는 설움과 분노를 잘 표현하고 있다. 여기에서 사촌동생과 형님은 친정 사촌 자매간이 아니라 사촌 동서 사이로 여겨진다. '동서 시집살이'라는 말이 있을 정도로 동서 사이는 그다지 좋지 않았다. 현실에서는 친 동서 사이이겠지만 노래에서는 '사촌 동서'라고 함으로써 어느 정도 거리를 두고 있다. 이는 친 동서와의 사이를 직접적으로 드러내는 데에 대한 부담감에서 벗어나려는 의도에서라고 보인다. 자료 중에는 '사촌형님' 대신 '사촌동서'라고 언급한 자료도 있다.

> 동시동시 사촌동시 쌀한되만 재졌으면
> 성도묵고 나도묵고
> 칭에(키)끝에 싸래기가나면 성에댁히(닭이) 먹고
> 누른밥이 남면 성에개가 먹은디
> 성에집은 잘산골로 물명지로 울대(울타리) 매고
> 요내집은 못산골로 자갈로 담을쌓네
> ["그새 부자가 되었던 것이여. 성에 집을 강게 쌀 한 되만 재졌으면 서로 먹을 것인디 안 긍게로 동생이 그랬거든. '쌀 한되만 재졌으면' 그래서 노래가 되었단다."][54]

여기에서 보면 갈등의 계기는 형님 동서가 아우 동서에게 밥을 해주지 않은 데에 있지만, 근본적인 원인은 동서간의 갈등에 있으며 거기에다 빈부의 갈등까지 겹쳐져 있다. 동서끼리의 갈등이나 반목은 시집살이에서 생겨나는 일종의 주도권 다툼에서 비롯된다고 할 수 있다.[55] 더욱이 시어머니가 없을 경우 맏동서가 시어머니 노릇을 대신 하는 경우도 많다. 이런 관계에서 생기는 갈등은 다음 체험담에서도 여실히 드러난다.

> 내가 시집을 왔더니 시아버지 빈, 시아버지 옛날엔 왜, 왜 새끼 꼬놓고 왜 이렇게, 이렇게 돌아가시면 왜 밥 지 놓는 데 있잖아. 시어머이는 돌아가시고 없고. 시아버지만 그 빈소 있더라고. (조사자: 3년 상 하는 데요?)어, 3년상 지내는 거. 저, 그것만 있더라고. 그래 왔드니 이놈으 시어머이 인제 돌아가시고 인제 시아버지는 그, 인제 그런 거, 이렇게 새끼 꼬아가지고 이렇게 빈소 가있고.
>
> 그래 왔더니 맏동세가 있잖아? 뭐 밥을 줘야지. 밥을 안 주더라고. 아침 뭐 버러덩 요만침 주며는, 점심도 없잖아, 점심도. 저녁에는 뭐 먹느냐 할 것 같으믄 왜 보리죽 쒀가지고, 보리죽 쒀가지고 인제 쪼마큼씩 주고. 아주 배가 고파 못살겠어, 아주. 그래도 어떡해. 그냥 사는 거야. 그래 인제 우리 큰 딸을 가졌어, 내가. 시집와가지고 큰딸을 이제 2년 만에 가졌는데 자꾸 배가 고프니 이놈으 먹고 싶은 건 많은데 먹을 게 없잖아. 주질 안하잖아. 가면 쌀마저도 맏동세가 쓱 꺼내주니까 밥 하면 뭐 다 뜨고 나면 밥 요만침 남거나 말거나 마이 뜨면 내 거가 없는 거야. 그래가이고 굶어가지고[56]

구술자는 시어머니가 없는 집에 시집을 왔으나 맏동서가 시어머니 행세를 하면서 밥을 안 주더라는 얘기를 했다. 맏동서가 쌀을 조금씩 꺼내 주기 때문에 밥을 조금 밖에 못했고 식구들 밥을 뜨고 나면 자기 것이 없어서 애

54) [새터 117] 사촌형님 노래, 이임순(여 89), 1981. 7. 28., 서영숙, 한국서사민요의 날실과 씨실.

55) 위 자료 해설 부분,

56) 엄인순(여 77) 구술, 충청북도 충주시 칠금동 코오롱동신아파트 경로당, 2008. 12. 21. 박경열・나주연・김아름 조사.

를 가졌는데도 굶어야 했다고 한다. 식량이 모자라 다 같이 배를 주려야 하는 것은 어쩔 수 없는 일이기에 견딜 수 있겠지만, 유독 자신에게만 가해지는 차별은 견디기 어려웠다. 게다가 노래 속에서 사촌형님은 부자이고, 자신은 가난한데 부자인 형이 자신에게 밥을 해주지 않는다는 것은 자신에 대한 모멸로 여겨졌을 것이다. <사촌형님 노래>의 '항의형'은 이러한 체험과 여기에서 비롯된 분노가 노래로 표현되었다고 할 수 있다. 현실에서는 할 수 없던 항의를 노래를 통해 바깥으로 드러냄으로써 마음속의 설움과 분노를 풀어낸 것이다.

'한탄형' <사촌형님 노래>가 관용적 표현보다는 개인적 표현에 의해 자신의 시집살이 체험과 정서를 잘 녹여내는 데 비해, '항의형' <사촌형님 노래>는 거의 관용적 표현으로 이루어져 있다. 이는 '한탄형'의 경우 누구나 자신이 겪은 체험을 그대로 담아 부르기 쉬웠지만, '항의형'의 경우 그리 흔하게 겪을 수 있는 체험이 아니었기 때문에 나타난 양상이라 생각된다.

> 성님성님 사촌성님 나온다고 기념 말소
> 쌀한되만 제게주믄 성은묵고 나도묵고
> 성네솥에 꾸정물은 성소 주제 내소주께
> 성네솥에 누룽밥은 성개 주제 내개주께
> 성네집은 잘산다고 놋접시로 단장쏘고(쌓고)
> 우리집은 못산골로 누룩으로 단장쌓네[57)]

밥을 해주지 않은 사촌형님에게 사촌동생이 항의한 말인, '쌀 한 되만 밥을 지었으면 나뿐만 아니라 형네 식구도 다 먹고, 밥을 지을 때 쌀뜨물은 내 소가 아니라 형네 소가 먹고, 밥을 지으며 생긴 누룽밥은 내 개가 아니라 형네 개가 먹는다'는 표현은 거의 모든 '항의형' <사촌형님 노래>에 나

57) [고흥군 점암면 3] 시집살이요 (1), 조홍순(여 68). 모룡리 용산, 1983. 7. 30. 김승찬・김석임 조사, 구비대계 6-3.

오는 것으로, 형님의 행위가 얼마나 졸렬하고 편협한 것인지를 우의적으로 표현하고 있다. 형이 내놓는 것은 '쌀 한 되'뿐이지만, 이로 인해 혜택을 입는 것은 나만이 아니라 형네 식구, 소, 개와 같은 형네 식솔들로서 모두 형에게 보답이 돌아감을 강조한다. 여기에서 단지 사람에 그치지 않고 소, 개와 같은 동물들까지 거론하는 동생의 인식은 나보다는 우리, 사람뿐만이 아닌 동물과 자연에까지 미치는 공생적 인식에 기반을 두고 있다. 반면에 자신은 형에게 형네 식구로 대접받는 소나 개의 축에도 끼지 못하느냐는 반어적 항의라고 할 수 있다. "형네 집은 잘 살아서 놋접시로 단장을 쌓고, 우리 집은 못 살아서 누룩으로 단장을 쌓네."라는 사설은 각편에 따라 앞뒤가 뒤바뀌어 나타나기도 하지만, 하고자 하는 말은 모름지기 '겉으로 드러나는 치장은 잘하고 살면서 정작 사람의 대접은 소홀하게 하느냐'는 말의 간접화된 표현이라고 할 수 있다.

<사촌형님 노래> '항의형'의 대부분은 이와 같은 관용적 표현에서 크게 벗어나지 않지만 일부 작품의 경우에는 이러한 항의 끝에 자신의 시집살이 한탄이 덧붙음으로써 개별화하기도 한다.

> 성님성님 사춘성님
> 쌀한되만 재첬이믄 성도먹고 나도먹고
> 누름밥이 누르머는 성개주지 내개주까
> 뜬물이 나머는 성소주지 내소주까
> 어야라 히여라 아이고 대고 시집살이 못허겄네
> 시집살이는 못허나마 서방님조차 시집살이를시킨다
> 시집살이를 히여도 엇다재미 붙일디가 있어야 사는것이아니요[58)]

58) [군산시 개정면 2] 시집살이 노래 (1), 김계화(여 105), 발산리 대방, 1982. 8. 5. 박순호 · 이홍 조사, 구비대계 5-4. *옛날에 시집오면 시집살이를 했는데 그럴 때에 부른 노래 하나 하시라고하자 "시집살이?" 하더니 불러준 것이다.*

여기에서 윗부분은 사촌형님에게 하는 말이라고 한다면, 아랫부분은 스스로에게 하는 말로 여겨진다. 사촌형님에게 시집살이를 받는 것만도 견디기 어려운데, 서방님조차 시집살이를 시킨다는 것이다. "시집살이를 히여도 엇다 재미 붙일디가 있어야 사는 것이 아니요."라는 물음은 시집식구 중 아무에게도 정을 붙이고 살 수 없음을 나타내는 말이다. 시집살이의 고통이 시집식구들뿐만 아니라 남편에게서조차 가해진다는 생각을 드러내는 것으로서, 개인적인 체험과 정서가 <사촌형님 노래>를 부르면서 끼어든 것이다.

시집식구 안에서 동서 관계가 이러한 갈등관계에 있는 것은 일종의 형제자매 콤플렉스로도 여겨진다. 동서 지간은 한 형제의 아내로서, 시어머니를 비롯한 시집식구의 사랑을 놓고 경쟁 관계에 놓이기 때문에 자연히 서로에 대해 경계하는 마음을 갖게 된다. 이러한 관계에서 생긴 질투와 시기의 마음이 서로의 관계를 악화시켰고 급기야는 찾아온 동서에게 식사조차 대접하지 않는 행위로 표현되었다고 할 수 있다. 이 노래는 이러한 행위의 부당성에 대한 분노의 표현이다. 흔히 '분노'는 부적절한 정서로 참고 억압해야 할 것으로 간주되어왔다. 그러나 사랑의 정서를 적절하게 표현해야 하는 것처럼 분노의 정서 역시 적절하게 표현할 수 있어야 자신의 자존감을 바탕으로 한 바람직한 관계의 형성에 도움이 된다.

물론 사촌동서가 사촌형님에게 하는 항의의 말은 직접 건넨 말이 아니라 혼자 한 푸념이나 넋두리와 같은 것일 수 있다. 그러나 현실에서 하지 못하는 항의를 노래를 통해 함으로써 자신의 마음속에 담아두었던 형님에 대한 분노의 감정을 풀어낼 수 있다. 또한 이 노래는 동생의 처지에 있는 사람만이 부르는 것이 아니라 형님의 처지에 있는 사람도 부른다. 동생의 처지에 있는 사람이 부를 경우에는 실제 형님에 대한 자신의 서운한 마음을 담아서 부를 것이고, 형님의 처지에 있는 사람이 부를 경우에는 노래 속에서 상대방의 입장에 놓이게 됨으로써 동생의 처지를 이해하게 된다. 즉 노래를 통해 시집살이를 시키는 사람과 당하는 사람의 입장을 바꾸어 생각할 수 있게 되고, 이는 건강한 인간관계와 사회를 가꾸어나가는 데 도움이 된다. 그러므로 <사촌형님 노래> '항의형'은 자신의 서운함을 마음속에 담아두지 않고 상대방에게 적절히 표현함으로써 서로를 이해할 수 있는 소통의 계기가 된다.

> 성님성님 사춘성님
> 쌀한되만 재겼으면 성도먹고 나도먹고
> 세상천지 글라든가 이만치나 삼서(살면서)
> 내눈에선 눈물내고 내코에서 피가나고
> 돌아설때 어찌겄는가
> 그리말소 담으보세(다음에 보세)[59]

이 노래에서 역시 '항의형'에 흔히 나타나는 관용적 표현은 두 줄에 그치고, 나머지 부분은 화자가 밥을 안 해준 형님에게 자신의 개인적 정서를 솔직하게 표현하고 있다. "이만치나 삼서 내눈에선 눈물내고 내코에서 피가나고 돌아설 때 어찌겄는가." 하며 형님에게 동생의 감정을 헤아려보라고 설득하고 있다. 다른 항의형에서 흔히 나타나는 "형네집은 잘살아서... 요내집은 못살아서..."와 같이 외면적인 요소를 지적하며 형을 꼼짝 못하게 몰아치는 것이 아니라, 형님의 감정에 호소하고 있는 것이다. 마지막에 "그리말소 담으보세"는 누구의 발화인지 분명하지가 않다. 사촌동생의 이어지는 발화라고 한다면 형님에게 '그런 식으로 하지 마소 다음에 또 보세'라고 말하고 가는 것이며, 사촌형님이 동생의 말을 들은 뒤 한 발화라고 한다면 '그렇게 생각하지 마소 다음에 보세'라고 사촌동생의 서운함을 달래는 말이라고 할 수 있다. 어느 경우라 하더라도 다른 '항의형'과는 달리 사촌형님에게 일방적으로 항의하는 것이 아니라 상대방을 헤아리며 서로에 대한 배려를 호소

59) [정읍시 소성면 6] 시집살이요(謠), 김순애(여 71), 보화리 신점, 1984. 8. 26. 박순호·최금봉·박명숙·김선예 조사, 구비대계 5-5.

하고 있다.

이렇듯 <사촌형님 노래>의 '항의형'은 사촌 동서에게서 받은 박대와 그로 인한 분노를 동생의 형에게 대한 발화를 통해 보여주고 있다. 이 노래를 통해 사촌형님과 동생은 서로의 사이에 놓인 갈등 관계를 돌이켜보게 되며 서로에게 행한 잘못된 일들을 반성하게 될 것이다. 소통이란 자신의 생각을 다른 사람에게 알리는 것이며, 다른 사람의 생각을 이해하고 수용하는 것이다. 현실에서 자신의 생각을 직접적으로 말하지 못한다고 할지라도 노래를 통해 자신의 생각을 알리고, 다른 사람의 처지를 이해하는 것, <사촌형님 노래>의 '항의형'은 함께 시집살이를 헤쳐나가야 할 같은 또래의 동서끼리 서로의 입장을 이해하고 함께해 나가기를 제안하는 소통의 노래라고 할 수 있다.

2.3. 동기에 대한 배려와 위안: 접대형

사촌동생이 사촌형님을 마중하여 사촌형님에게 여러 가지 음식을 장만해 대접하는 유형이다. 강원 지역에서 주로 전승되는데, 단독으로 불리는 것(10편, 6.8%)보다는 '한탄형'과 복합(20편, 13.7%)되어 불리는 경우가 더 많으므로 여기에서 함께 다루기로 한다. '접대형' 역시 '한탄형'과 마찬가지로 친정에 온 사촌형님과 친정 마을에 살던 사촌동생과의 대화로 추정된다. 사촌형님을 맞이해 각종 음식을 차리는 부분은 각종 나물이나 반찬, 고기 등이 등장함으로써 교술적인 경향을 띤다.

> 성님오네 성님오네 분고개로 성님오네
> 성님마중 누가가나 반달같은 내가가지
> 앞집이가 목구(목기) 닷죽 뒷집이가 사기닷죽

앵두같은 팥을놓고 외씨(오이씨)같은 전이밥에
철낙수로 낚은고기 닷죽닷죽 열닷죽이
형님상에 다올랐네[60)]

사촌동생이 사촌형님에게 식사대접을 후하게 한다는 점에서 '항의형' <사촌형님 노래>와 정반대의 상황에 놓여 있다. '항의형'에서는 사촌형님과 동생 사이가 식사를 대접하지 않은 것으로 인해 어그러져 있다면, '접대형'에서는 찾아온 사촌형님을 동생이 정성을 다해 식사를 대접함으로써 두 사람의 사이가 끈끈하게 밀착됨을 볼 수 있다. 그렇다고 '접대형' <사촌형님 노래>의 사촌동생이 잘 살기 때문에 그런 것은 아닌 듯하다. 노래 속 화자는 사촌형님에게 대접하기 위해 앞집에 가서 목기 닷죽, 뒷집에 가서 사기 닷죽을 빌려 와야 할 정도로 가난하다. 식사 준비도 대단한 진수성찬이 아니라 잡곡을 넣은 밥에다 산에 가서 직접 뜯은 나물과 바다에 가서 직접 잡은 고기로 정성을 들여 준비한다.

성님성님 사촌성님 분고개로 형님오네
형님마중 누가가나 반달곁은 내가가지
형님점심 누가하나 반달곁은 내가하지
무엇으로 밥을짓나 일시같은 젓니밥에
앵두같은 팥을넣고 앞바다에 대구잡어
국끼리고 뒷동산에 굽이고사리 뽁어놓고
형님형님 많이잡숴 형님형님 나두먹고 형님도 먹고
많이많이 잡숫구서 오래오래 살어가요[61)]

화자는 "형님형님 많이 잡숴 / 형님형님 나두먹고 형님도 먹고 많이많이

60) [인제 537] 성님오네 성님오네, 박춘매(여 79), 인제군 인제읍 합강2리, 2000. 6. 27. 강등학 조사, 강원Ⅰ.
61) [정선 605] 성님성님 사촌성님, 전옥선(여 76), 정선군 북평면 나전2리 장평, 2001. 6. 12. 진용선 조사, 강원Ⅰ.

잡숫구서 오래오래 살어가요."라며 형님과 동생이 밥을 함께 나눠먹으며 오래 살아가기를 기원한다. 비록 혼인으로 인해 떨어져 지내기는 하지만 서로가 힘든 삶을 잘 이겨내기를 바라는 배려와 연대의 마음이 깃들어 있다. 가깝게 지내다 혼인으로 인해 서로 헤어져 살게 된 사촌형님과 동생은 이런 노래를 통해 서로에 대한 우애를 확인하고 그 관계가 변함이 없기를 다짐하게 되는 것이다. 또한 그로 인해 힘겨운 시집살이로 지친 정신과 몸을 위로하고 위안 받게 되는 것이다.

여기에서 사촌동생과 형님이 함께 음식을 나누는 행위는 단순히 생리적인 욕구를 채우기 위한 것이 아니다. 이는 서로가 음식을 함께 나누는 '식구'임을 확인하는 행위이며, 서로의 고통과 슬픔을 공유하고 소통하는 행위이다. 음식을 함께 나눔으로써 일상의 억압으로부터 해방되어 서로의 진심을 나눌 수 있게 되기 때문이다.[62] 그러므로 '접대형' 뒤에 사촌동생이 형님에게 시집살이에 대해 묻고 사촌형님이 자신의 시집살이를 솔직하게 토로하는 '한탄형'이 이어지는 것은 아주 자연스러운 양상이라고 할 수 있다.

'접대형+한탄형' 역시 강원 지역에서 주로 나타나며 '접대형' 단독으로보다 더 많이 나타난다. 사촌형님을 맞이해 각종 음식을 차려준 뒤 사촌형님에게 시집살이에 대해 묻자 이에 대해 대답하는 내용으로 되어 있어 유기적으로 잘 연결되어 있으며, 서사적인 전개를 갖추고 있다.

> 성님성님 사촌성님 분고개로 성님오네
> 나부같은 말을타고 분고개로 성님오네

---

62) "음식을 먹고 마시는 행위는 단순히 생리적인 현상이 아니다. 거기에는 단순히 음식을 소모하는 행위 이상의 상징적 의미가 담겨있기 때문이다. 즉 음식을 함께 먹고 마시는 행위는 축제적인 행위이며, 실용적이고 공리적인 모든 것으로부터의 해방을 의미한다. 그것은 사회집단의 구성원이 함께 참여하는 집단적이며 사회적인 사건이다. 더욱이 잔치나 향연은 사람들이 서로 만나 자유롭게 대화를 나누는 사회적 공간을 마련해 준다. 여기에서 사람들은 언어의 향연을 통해 '유쾌한 진리'를 교환하는 것이다." 김욱동, 『대화적 상상력: 바흐친의 문학이론』, 문학과 지성사, 1988, 252쪽.

성님마중을 누가가나 반달같은 내가가요
성님진지는 뭘로짓나 여주 차차쌀(찹쌀)을
돌절구에다 실구실어 성님진지 지어놓구 (중략)
쇠뿔같은 더덕장아찌 성님상에 다올랐소
쥐었다폈다 고사리나물 살살씻어 토란나물
성님상에 다올렸으니 성님진지 많이잡수
성님성님 사촌성님 시집살이가 어떱디까
시집살이는 괜찮더라만 고추당초가 들맵더라
시집 삼년 살고나니 삼단같은 요내머리가
비소리춤이 다됐구나 외꽃같은 요내얼굴이
시집살구나니 미나리꽃이 다됐구나
분길같은 요내손이 시집삼년 살다보니
북두갈꾸리가 다됐구나[63)]

노래 속 화자는 사촌형님이 찾아오자 마중을 나가며, 사촌형님을 위해 갖은 음식을 모두 꺼내 상에 올린다. 값지고 넉넉한 음식은 아니지만 있는 모든 것을 꺼내 대접하는 정성이 그대로 우러나온다. "성님상에 다올렸으니 성님진지 많이잡수" 하는 대목에서 사촌형님과 동생 사이에 진한 우정이 배어있다. 그러므로 이후 나오는 "성님성님 사촌성님 시집살이가 어떱디까"가 매우 자연스럽게 여겨진다. '한탄형'에서처럼 찾아온 사촌형님에게 다짜고짜 시집살이가 어떠하냐고 묻는 것이 아니라 시집살이로 인해 힘들었을 형님을 잘 대접하고 위로한 뒤에 마음을 터놓는 과정이 형님 동생 사이에 으레 있을 법한 현실적 모습으로 되어 있다. 사촌동생은 사촌형님을 반갑게 맞이하고, 부족한 모든 것을 다 동원해 친정에 돌아온 형님을 대접하고 위로한다. 그러기에 이후 형의 한탄은 단지 <사촌형님 노래> '한탄형'에서와 같은 설움보다는 동생과 공감을 나누며 자신이 혼자가 아님을 확인하면서

63) [홍천 1012] 성님성님 사촌성님, 윤을순(여 80), 홍천군 동면 속초리, 2001. 3. 23. 전신재 조사. 강원Ⅰ.

위안을 받게 된다. 이런 과정을 통해 사촌형님과 동생 사이에 진정한 소통과 연대가 이루어지며 시집살이로 인한 내면적 고통까지 터놓을 수 있게 된다. <사촌형님 노래> '접대형', '접대형+한탄형'은 그러므로 사촌형님과 동생 사이에 이루어지는 이러한 소통의 모습을 가장 잘 보여주는 노래라 할 수 있다.

2.4. 가족으로부터의 소외와 자각: 복합형

<사촌형님 노래>는 '한탄형', '항의형', '접대형'이 독자적으로 불리기도 하고, 그중 두 가지 이상이 복합되어 불리기도 한다. '한탄형+항의형'은 두 가지 유형을 잘 아는 이에 의해 유기적인 연결 없이 단순 혼합의 형태를 보이나, '접대형+한탄형'은 앞의 '접대형'에서 함께 살폈듯이 유기적으로 연결되어 따로 부를 때보다 더 자연스럽다. 이러한 <사촌형님 노래>의 내적 복합 외에도 별도의 서사민요 유형인 <친정부음 노래>에 <사촌형님 노래>의 '항의형'이 복합되는 경우(6편, 4.1%)가 호남과 영남의 경계 지역에서 주로 나타난다. 필자의 서사민요 유형 분류에 의하면 <친정부음 노래> 유형에 넣어야 할 것이나[64] <사촌형님 노래>가 변형된 모습을 보여주므로

---

64) 서영숙, 『한국 서사민요의 날실과 씨실, 우리 어머니들의 노래』, 도서출판 역락, 2009, 47-75쪽에 서사민요의 유형 분류 방법과 자료 목록을 제시한 바 있다. 당시 <사촌형님 노래>의 경우 '항의형'은 <사촌형님이 밥을 해주지 않자 한탄하는 사촌동생>으로 서사민요 유형에 포함했으나, '한탄형'과 '접대형'은 서정적, 교술적 성향이 강해 제외하였었다. 그러나 강원 지역 자료의 경우 '접대형'과 '한탄형'이 복합되면서 서사적 성향을 강하게 드러내며, '한탄형'의 경우도 체험을 서사적으로 서술하고 있어 서사민요의 유형에 넣어야' 하리라는 판단이 든다. 앞으로 전국적인 서사민요 자료의 검토를 통해 서사민요의 유형을 계속 수정 보완할 필요가 있다. <친정부음 노래>에 대해서는 서영숙, 「서사민요 <친정부음 노래>의 서사구조와 향유의식」, 『새국어교육』 85, 국어교육학회, 2010, 671~696쪽에서 하위유형을 분류하고 향유의식을 살펴본 바 있다. 이 절의 논의는 이 논문의 결과를 바탕으로 있으나 체험과 정서의 소통에 초점을 둔다는 점에서 구별된다.

여기에서 함께 살펴보기로 한다.

노래의 내용을 보면 친정어머니나 아버지가 돌아가셨다는 부음을 받은 며느리가 시집식구들에게 부음을 전하자 시집식구들은 이런저런 일을 시켜 며느리가 장례에 늦게 된다. 친정에 늦게 도착한 동생을 친정오빠와 올케가 나무라는데, 올케는 시누(동생)가 미워 밥을 해주지 않거나 아주 적게 준다. 이에 시누가 올케에게 밥을 해주지 않는 데에 대한 항의를 하는 것이다. <사촌형님 노래>의 항의가 <친정부음 노래> 속에 융화되어 유기적으로 잘 연결되어 있으며, 서사적인 전개를 갖추고 있다.

> 불겉이라 더운날에 메겉이라 짓은밭의
> 한골매고 두골매고 삼세골로 거듭매니
> 파랭이씐놈 오는구나 받아보소 받아보소 편지한장 받아보소
> 외손으로 받은편지 양손으로 펴고보니
> 부모죽은 부고구나 집이라고 돌아가니
> 시금시금 사아바님 동달바신(말만 똑똑한) 요며눌아
> 약달바신(악바리같이 영악한) 요며눌아
> 점심때도 못미차서 점심묵자 네가오나 (중략)
> 부모죽은 부고왔소 시금시금 시오마님
> 명지베 쉰댓자를 날아놓고 가라한다
> 날아놓고 갈라커니 베짜놓고 가라한다
> 그러구로 다해놓고 밑도없는 물동우다
> 물여놓고 가라한다 그러구로 다해놓고 (중략)
> 올키가 밉다하고 성아성아 올키성아
> 쌀한되뱅이 잿있으마(밥을 했으면) 너도묵고 나도묵지
> 짚한단만 피었으마 네도앉고 나도앉지
> 쌀뜨물이 남았으몬 곁에놓인 니쇠주지(네 소 주지)
> 먼데있는 내쇠주나 누렁뱁이 눌었으마
> 곁에있는 니개주지 먼데있는 내개주나
> 형아집은 부자라서 누룩딩이 담장쌓네

우리집은 간구해서 놋접시로 담장쌓다[65]

노래 속 화자는 시집에서는 며느리이지만 친정에서는 시누이다. 시누는 시집간 시누로서 친정을 방문한 것이나 올케가 푸대접하는 것으로 되어 있다. 시누와 올케 사이가 밥을 해주지 않을 정도로 서로 간에 감정이 악화되어 있음을 보여준다. 이는 시집가기 전 시누가 시집식구의 일원으로서 올케에게 시집살이를 시킨 데에 대한 앙갚음으로 이루어진 것으로 '역시집살이'라고 할 수 있다. 이를 통해 시누는 자신이 이제 더 이상 친정식구의 일원이 아니라 시집을 가버린 '출가외인'에 속함을 깨닫게 되며, 예전에 자신이 시집살이를 시켰던 '올케'가 이제는 친정식구의 일원이 되어버렸음을 자각한다.[66]

(앞부분 생략)
시금시금 시어머니 대문조금 열어주소
대문이야 여지마는 어지왔는 미늘아가
아리왔는 미늘아가 밭이라고 몇골맸노
미거치라 지슨밭을 돌거치나 야문땅을
한골매고 두골매고 삼시시골 거듭매도
어라요년 물러쳐라 오던질로 휘양해라
시금시금 시누애씨 대문조금 열어주게
밥이라고 주는거는 삼년묵은 보리밥을
사발에 발라주고 장이라고 주는거는
삼년묵은 꼬랑장을 종발에 발라주네
그것사나 그저주나 십리만큼 던지주는것
오리만큼 주다묵고

65) [의령군 지정면 19] 시집살이, 박연악(여 72), 성산리 상촌, 1982. 2. 4., 정상박・김현수・성재옥 조사, 구비대계 8-11.

66) 서영숙, 앞의 논문, 687~691쪽 참조. 앞의 논문에서는 이를 '친정식구에서 시집식구로의 변화'라고 보았으나, 이 글에서는 체험과 정서에 초점을 맞추어 시집식구와 친정식구 모두로부터의 소외와 자각으로 읽고자 한다.

사흘꺼정 밭을매러 가잉께로
엄마죽어 부고오네 사흘만에 오잉께네
마실앞에 들어서니 은장소리 덜컥나네
아홉성중 맏오러베 은장문좀 열어주소
어마얼굴 불라치던 어지아리 오지와야
<u>히야히야 올캐히야</u>
<u>쌀반디만 자잤서만 너도묵고 나도묵지</u>
<u>누른밥이 눌었으만 니개주지 내개주나</u>
<u>구정물이 남았으마 니소주지 내소주나</u>[67]

이 작품에서도 노래 속 화자는 시집에서는 며느리로 시집식구뿐만 아니라 시누에게조차 구박을 받는다. 다른 사람의 점심은 다 나와도 자기의 점심은 나오지 않아 집으로 돌아와 대문을 열어달라고 한다. 자신의 집조차 스스로 문을 열고 들어가지 못한다는 것은 화자가 시집식구의 일원으로 인정받지 못하고 있음을 말해준다. 대문을 열어주어 겨우 들어간 시집에서는 "에라여년 물러쳐라 오던길로 휘양해라"라고 다시 내치고 있다. 게다가 "밥이라고 주는거는 삼년묵은 보리밥을 사발에 발라주고 / 장이라고 주는거는 삼년묵은 꼬랑장을 종발에 발라준다." 그것조차 제대로 주지 않고 "십리만큼 던져준어서 오리만큼 주어다 먹는다." 그러나 그런 박대와 설움은 거기에서 그치지 않고 어머니 부음을 받고 친정에 갔을 때조차 올케에게 받는다. 올케는 늦게 온 시누에게 밥을 제대로 챙겨주지 않는다. 결국 화자는 시집과 친정 어느 곳에서도 가족으로 대우받지 못하고 소외당한다.

이처럼 <사촌형님 노래>의 '항의형'은 <친정부음 노래>에 결합됨으로써, 시집과 친정 어느 곳에서도 제대로 된 대접을 받지 못하는 불행한 여자의 처지가 부각된다. 그러나 차이점이 있다면 시집에서는 부당한 대우에 아

---

67) [성주군 벽진면 72] 시집살이노래, 이성남(여 67), 운정 2동 나복실, 1979. 5. 17. 강은해 조사, 구비대계 7-5.

무런 말도 하지 못하는 데에 비해 친정에서는 올케의 부당한 대우에 항의를 한다. 시집에서의 며느리는 시집식구들과의 소통이 막혀있다고 한다면 친정 올케와의 소통은 열려 있다. 물론 이것이 항의하는 방식으로 나타나기는 하지만, 자신의 서운함을 말로 표현한다는 점에서 말을 통해 자신의 처지를 자각하고 관계의 개선을 이끌어내는 행위라 할 수 있다. 또한 이는 소외로 인해 상실하고 좌절하는 것이 아니라 노래를 통해 설움과 분노를 풀어냄으로써 소외를 극복하고 스스로의 독립을 자각하는 행위이기도 하다. 소외는 남으로부터 당하는 수동적인 것이라면, 독립은 스스로 홀로 서는 주체적인 것이다. 노래를 통해 향유자들은 시집식구와 친정식구의 부당함을 드러내고, 주체적으로 살아야 함을 자각하는 것이다.

<사촌형님 노래>는 시집살이의 체험과 그로부터 느끼는 정서를 '한탄형', '항의형', '접대형', '복합형'이라는 다양한 유형을 통해 표현함으로써 시집살이를 하는 사람들과의 소통과 연대를 모색하고 있다. 시집살이를 시키는 사람도 언젠가 시집살이를 겪은 사람이요, 언젠가는 시집살이를 겪은 사람이다. 그런데도 정작 시집살이의 고통은 여자에서 여자에게로 대물림되면서 스스로들을 가족의 일원에서 소외시키고 있는 것이다. 그러므로 <사촌형님 노래>는 자기 주변 가장 가까운 곳에 있는 사촌형님과 동생에게 이러한 시집살이의 부당성을 이야기함으로써 서로의 아픔을 공유하고 위로하고자 한다. 사촌형님과 동생은 나아가 이 땅의 모든 여자들로 확대된다. 이 땅의 모든 여자들에게 시집살이하는 여자 역시 엄연한 시집식구이자 친정식구임을 알리며, 서로 음식을 함께 나누고 서로의 아픔을 공유하고 소통하는 노래, 그것이 바로 <사촌형님 노래>인 것이다.

3. <사촌형님 노래>를 통한 소통의 방식

<사촌형님 노래>는 말하기를 억압당한 시집살이하는 여자들에게 소통의 매체였으며, 여자들은 이를 통해 시집살이의 체험과 정서를 표현하고 공유했다. 이때 소통의 상호 주체는 크게 세 가지로 나누어 볼 수 있다. 하나는 <사촌형님 노래>를 부르는 사람 스스로에게 일어나는 자기내면적 소통이며, 다른 하나는 <사촌형님 노래>를 부르고 듣는 사람 사이에서 일어나는 공동체적 소통이다. 마지막 하나는 <사촌형님 노래>가 지역과 지역을 넘나들면서 일어나는 지역적 소통이라고 할 수 있다. 첫 번째가 노래 속 화자, 이 화자에 자신을 동일시하는 가창자에게 일어나는 자아와 또 다른 자아의 소통이라고 한다면, 두 번째는 노래 현장에서 일어나는 창자와 청중의 소통이라고 할 수 있다. 마지막 세 번째는 가창자들이 혼인이나 이주를 통해 다른 유형의 노래를 접하면서 일어나는 지역과 지역의 소통이다. 이를 차례로 살펴보기로 하자.

3.1. 자아와 또 다른 자아의 소통

<사촌형님 노래> 역시 아주 친한 사람들 앞에서가 아니면 아무도 듣지 않는 곳에서 혼자 나지막한 목소리로 부를 수밖에 없었다. 이러한 사정은 다음 가창자의 언술에 잘 나타나 있다.

> 성님성님 사촌성님 시집살이가 어떱디까
> 시집살인 말도말게 고추당추가 더맵더니
> 행지치마 열두폭이 눈물씻고 다나갔네
> 삼단같은 요내머리 부대지꼬리가 다되었고

분질같은 요내손이 북두갈고리 다됐구나
[조사자 : 할머니, 이거 어, 언제 부르셨어? 진짜 시집살이 하면서 불렀어요?
지순덕 : 그 전에 아주 그거 진짜 아주 새벽적에 저런데 나물 뜯으러 가서두 누가 들을까봐 몰래. 그럼, 누가 들으면 큰일나지. 그러니까 저런 골짜기 가서 몰래 이제 그것도 인제 되나 안되나 해보는 거지.][68]

가창자는 이 노래를 "아주 새벽적에 저런데 나물 뜯으러 가서두 누가 들을까봐 몰래" 했다고 한다. 이렇게 "누가 들으면 큰일"나는 노래를 몰래 불렀던 이유는 노래라도 불러야 자신의 마음속 응어리를 풀어놓을 수 있기 때문일 것이다.

이는 가슴속에 감추어져 있는 말을 입을 통해 발화함으로써 소통을 꾀하는 것이다. 자기 내면 속에 있는 말을 스스로에게 털어놓음으로써 가슴속 응어리를 풀 수 있을 것이다. 이때 노래 속 사촌형님과 사촌동생은 자아와 또 다른 자아라고 할 수 있다. 자기 스스로 자기 자신에게 묻고 자기 자신에게 대답하는 것이다.

성님성님 사촌성님 성님마중 누가가나
반달같은 내가가지 성님성님 우리성님 시집살이 어떠하나
시집살이는 좋다마는 말끝마다 눈물이네
성님오네 성님오네 성님반찬 뭘루하나
열두그물 낚아다가 굵은고긴 토막치고 잰고기는 그냥놓고 (중략)
성님반찬 다해놓고 우리성님 성님성님 시집살이 어떠하나
시집살인 좋다만은 앵두같은 팥밥이두 목구멍에 안넘어가대
시집살이 원통하고 절통하대어 또 목이매서 안넘어간다
매꽃같은 요내얼굴 시집삼년 살고나니 미나리꽃이 다 되었네
삼단같은 요내머리 시집삼년 살고나니 부돼지꼴이 다되었네
친정가서 살다보니 석달장마 지워주게

68) [홍천 1095] 성님성님 사촌성님, 지순덕(여 73), 홍천군 화촌면 야시대1리, 2001. 5. 8. 전신재 조사, 강원 I .

한달은 머리빗고 한달은 옷빨아입고 한달은 빨래하고
그래구선 온다하니 시집이냐 원통해서 시집 못살겠어요
하두나 매워두나 마늘양파 맵다더니 시집살이 더맵더라[69)]

이 노래의 가창자는 15살에 민며느리로 시집 와서 고생을 많이 했다고 한다.[70)] 그래서인지 노래 속에서도 자신의 말을 속 시원하게 풀어내지 못하고 있다. 시집살이가 어떠하냐는 노래 속 사촌동생의 말에 사촌형님은 계속해서 "시집살인 좋다마는"을 붙인 뒤에 시집살이에 대한 한탄을 하고 있다. 그러면서도 "말끝마다 눈물이네", "앵두같은 팥밥이두 목구멍에 안넘어가대" 하고 자신의 내면적인 마음고생을 드러내고 있다. 즉 겉으로 보이는 시집살이는 어려움이 없어보여도 실제 자신은 속 고생을 하고 있음을 내비치고 있는 것이다. 마지막 부분에 "친정가서 살다보니 석달장마 지워주게 / 한달은 머리빗고 한달은 옷빨아입고 한달은 빨래하고 / 그래구선 온다하니 시집이냐 원통해서 시집 못살겠어요" 하며 친정에서 시집으로 돌아가고 싶지 않은 마음을 솔직하게 표현하고 있다.

이러한 <사촌형님 노래>의 언술들은 실제 사촌형님이 동생에게 하는 대화로 보기 어렵다. 즉 겉으로는 대화를 표방하고 있지만 자신의 시집살이를 또다른 자아에게 말을 건네는 독백에 가깝다. 그러나 독백이라 할지라도 바깥으로 발화되지 않은 말과 발화된 말은 큰 차이가 있다. <사촌형님 노래>를 통해 바깥으로 발화된 말들은 시집살이를 하는 사람들의 가슴 속 응어리를 풀어내는 효과를 지니고 있다. <사촌형님 노래>를 통한 자아와 또 다른 자아 간의 내면적 소통이 있었기에 부당한 시집살이를 겪는 이 땅의 수많은 여자들이 시집살이를 견뎌내며 '억울하고 서러운' 세상을 살아올 수 있었을 것이다.

---

69) [인제 503] 성님성님 사촌성님, 신현배(여 73), 인제군 상남면 하남3리, 2000. 7. 18. 강등학 조사, 강원 I.
70) 위 자료 제보자 설명 참조.

3.2. 창자와 청중의 소통

<사촌형님 노래>를 부르는 가창자들은 대부분 이 노래를 어려서 할머니나 어머니에게서 들었다고 한다. 이는 어린 여자 아이들의 경우 할머니나 어머니들이 모여 일하거나 노는 공간에 참여하는 것이 가능했기 때문이라 생각된다. 이 경우 <사촌형님 노래>의 내용은 할머니나 어머니와 같이 시집살이를 이미 겪었거나 겪은 사람이 언젠가 시집살이를 겪은 사람에게 들려주는 노래가 된다.

> 헝님헝님 사촌헝님 시집살이가 어떱던가
> 아야동상 그말마라 고치당추 맵다더니 시집살이가 할말없네
> 옥양목치매 열닷죽해간게 눈물콧물에 다쳐지구
> 삼단같은 요내머리는 부돼지꼬리가 다 되구
> 배꽃같은 이얼굴에 검버섶이 웬일이냐
> 분찔같은 이손질은 북두깔구리 다되구
> 어머니가 시집갈땐 귀먹어서 삼넌 눈어두워 삼넌
> 벙어리돼 삼넌 삼넌삼넌 석삼넌나니
> (요네.. 웃음... 그럼 석삼넌을 살았어)
> 샛별같은 이눈은 봉사가 다 되고
> 바싹하던 더듬귀는 절박되구
> 눈이는 봉사되구 얼굴이는 검버섶이 시커멓게나 (이하생략)[71]

가창자는 강원도 양양 서면 오색리 산골 매내미에서 태어나 18세에 10리 아래인 가라피 마을로 시집왔다. 노래는 주로 어려서 할머니들이 삼 삼으면서 또는 물레 자으면서 하는 소리를 듣고 배웠다. 그는 "내 노래는 순서가 없어. 그저 어려서 내 들은 대로 하는 거지."라고 했다.[72] 가창자가 노래를

---

71) [양양 621] 성님성님 사촌성님, 탁숙녀(여 82), 양양군 서면 오색1리 가라피 임천씨댁, 2002. 6. 9. 황루시 조사, 강원II.

배울 당시 가창자의 할머니 어머니들이 창자였다면, 가창자는 청자였던 것이다. 노래에서 화자는 "어머니가 시집갈땐 귀먹어서 삼년 / 눈어두워 삼년 벙어리돼 삼년 / 삼년삼년 석삼년나니"라고 하며 어머니가 시집갈 때 들려주던 '벙어리 삼년, 귀머거리 삼년, 장님 삼년'이라는 시집살이 석삼년의 가르침을 전한다. 그렇게 시집살이를 살고나니 어느새 "샛별같은 이눈은 봉사가 다 되고 / 바싹하던 더듬귀는 절박되구 / 눈이는 봉사되구 얼굴이는 검버섶이 시커멓게나" 된 노인이 되었다는 것이다.

시집살이를 아직 겪어보지 못한 어린 여자 아이들은 <사촌형님 노래> 속 화자의 목소리를 통해 시집살이를 배웠다. 시집살이는 사랑하는 남자와 여자가 만나 맺는 사랑의 결실이 아니라 친정과 친구들과 떨어져 벙어리, 귀머거리, 장님으로 살아야 하는 억압의 삶임을 깨달아 나갔다. 즉 <사촌형님 노래>를 통해 어린 여자아이들이 가졌을 법한 사랑과 혼인에 대한 낭만적 환상을 깨뜨리고 현실적 자아를 확립해 나갈 수 있었다.

그러나 <사촌형님 노래>에는 이러한 억압만 있는 것은 아니다. <사촌형님 노래>의 '접대형'에 보이는 것처럼 사촌 동기간의 우애와 위로가 있음으로써 아무리 어려운 시집살이라도 견뎌낼 수 있는 희망과 용기를 얻었다.

> 형님오네 형님오네 분고개로 형님오네
> 형님마중 누가가나 반달같은 내가가지
> 니가어디 반달이냐 초상달이 반달이지
> 형님형님 사촌형님 시집살이 어떻던가
> 야야동상 말도말게 시집살이 살고나니
> 행주초마 열닷죽이 눈물콧물에 다쳐졌대
> 형님반찬 뭘로하나
> 응달밑에 응고사리 양지쪽에 양고사리
> 쇠뿔같은 더덕짠지 외씨같은 진지밤에(긴긴밤에)

72) 위 자료 제보자 설명.

우리집에 닷죽한죽 뒷집에 닷죽닷죽
닷죽닷죽 열닷죽이 형님반에 다올렀네[73]

가창자는 현북면 대치리 출신으로 20세에 현북면 원일전리로 시집온 이후 한 번도 떠난 적이 없다고 한다. 노래는 주로 친정어머니에게서 배웠다. 친정어머니는 물바가지 장단을 치면서 소리를 잘 했다고 한다. 이 노래 역시 카랑카랑한 목소리로 불렀다.[74]

노래 속에서 사촌동생은 사촌형님이 오는 분고개로 마중을 나가며, 사촌형님을 위해 갖은 음식을 장만해 뒷집 식기를 빌려서까지 형님 상에 다 올린다. 이렇게 자신을 정성껏 맞이하고 자신을 걱정해주는 동생이 있기에 사촌형님은 자신의 시집살이를 솔직하게 털어놓고 시집살이를 잊을 수 있었다. 형님과 동생 사이의 만남과 소통을 통해 시집살이의 아픔은 사라진다. 이 노래에서 시집살이의 고통은 매우 짧게 처리되는 반면 사촌형님을 위한 사촌동생의 상차림이 길게 서술되는 것은 바로 이 때문이 아닐까 한다. 할머니나 어머니를 통해 어린 여자아이에게 전승되는 <사촌형님 노래>는 이렇게 시집살이의 고통을 여자들 간의 연대와 소통을 통해 풀어나갈 것을 가르치고 있다. 여자 아이들은 이렇게 배운 노래를 시집가기 전에 친구들이 모인 자리에서, 그리고 시집간 후 같은 또래의 여자들이 모인 자리에서 함께 부르면서 서로간의 아픔을 공유하고 치유할 수 있었던 것이다.

3.3. 지역과 지역의 소통

<사촌형님 노래>는 지역별로 불리는 하위유형이 뚜렷하게 구분된다.

73) [양양 675] 성님성님 성님오네, 황월자(여 66), 양양군 현북면 원일전리 황월자씨 집앞 감나무 그늘 밑, 2002. 6. 6. 황루시 조사, 강원II.
74) 위 자료 제보자 설명.

'항의형'이 호남 지역에서, '한탄형'이 영남 지역에서 주로 불리며 그 반대의 경우는 잘 나타나지 않는다. 이는 호남 지역과 영남 지역 여성 간에 소통이 그리 활발히 이루어지지 않았음을 나타내준다. '접대형' 역시 강원 지역에서 주로 나타나며 다른 지역에서는 잘 나타나지 않는다는 것도 <사촌형님 노래>가 지역적으로 뚜렷한 고유 유형을 형성하며 전승되었음을 말해준다. 심지어 다른 지역으로 이사를 가도 자신이 어려서 배운 원래의 노래를 쉽게 잊지 못하고 그대로 부르는 것을 볼 수 있다. 다음은 강원도 원주에서 조사된 <사촌형님 노래>로 가창자는 본래 구례 태생으로 여러 곳을 돌아다녀 원주에 온 지 20여년이 지났는데도 여전히 호남 지역에서 주로 불리는 '항의형'을 부르는 것을 볼 수 있다. 강원도 지역에서 이 유형이 거의 불리지 않음을 생각할 때 노래의 고정성은 쉽게 변하지 않는 것임을 알 수 있다.

> 성님성님 올캐성님 배가고파서 내가왔어
> 쌀한되만 생겼으면 성님도먹고 나도먹고
> 똥물이나면 성님네 소가먹지 우리소가 먹소
> 우리집은 놋쇠르 담을싸고 성님네집은 누룩으로 담을쌓네
> 그리마오 그리마오 사람의 괄세를 그리마오
> 가요가요 나는가요 우리집으로 나는가요[75)]

가창자는 전라도 구례 태생으로 목수 일을 하던 남편을 따라 부산, 광주 등지로 돌아다니다가 원주시 귀래면 용암2리 마을에 온 지는 20여 년이 되었다고 한다.[76)] 강원도 지역에서는 <사촌형님 노래>가 대부분 '한탄형', '접대형', '접대형'과 '한탄형'의 복합으로 이루어져 있는데, 가창자는 자신이 어려서 배운 대로 '항의형'을 불렀다. 가창자가 여러 지역을 이주해 다

75) [원주 304] 성님성님 올캐성님, 이정순(여 74), 원주시 귀래면 용암2리, 2001. 5. 25. 강등학 조사, 강원Ⅰ.
76) 위 자료 제보자 설명.

니면서, 그리고 강원도에 오래 살면서 다른 유형의 노래를 수차례 들었을 것인데도 노래가 쉽게 변하지 않음을 확인할 수 있다.

<사촌형님 노래>의 지역별 분포양상을 표로 그려보면 다음과 같이 나타난다.

<경기・충청> 한탄형 8편 접대형+한탄형 1편	<강원> 한탄형 38편 접대형 10편 접대형 + 한탄형 19편 항의형 1편(호남 출생)
<호남> 한탄형 3편 항의형 24편 한탄형+항의형 1편	<영남> 한탄형 28편 친정부음형+항의형 6편 한탄형+항의형 3편
<제주> 한탄형 4편	

이를 보면 <사촌형님 노래> 중 '한탄형'은 거의 전국적으로 분포되어 있는 광포유형이라고 할 수 있다. 그러나 호남에서는 '한탄형'보다는 '항의형'이 집중적으로 불리며, 다른 지역에서는 '항의형'이 거의 불리지 않는 것으로 보아서 '항의형'은 호남의 지역유형으로 판단된다. 하지만 이 지역유형은 전혀 변화하지 않는 고정성을 지니고 있는 것이 아니라 가창자들이 다른 지방으로 시집가거나 이사 갔을 경우 다른 지역 여성들 간의 소통이 이루어지게 된다. 노래의 지역유형은 중심 지역을 벗어난 경계 지역과 주변 지역에서는 복합형이나 변이형이 나타나는 것을 볼 수 있다. 이는 지역과 지역 가창자들 간의 소통에 의해서 나타나는 양상이라 할 수 있다. 특히 영남과 호남의 경계 지역이라 할 수 있는 상주, 함안, 합천, 성주, 의령 등의

영남 서부 지역에서는 '한탄형+항의형', '친정부음형+항의형'이 많이 나타나는데, 이는 경계 지역에서는 두 지역 여성간의 소통이 어느 정도 이루어졌음을 보여준다고 할 수 있다.

'한탄형'과 '항의형'이 복합된 다음 노래를 살펴보기로 하자.

> 형님형님 사촌형님 시집살이 워떻든가
> 시집살이 말도말게 앞밭에는 고초갈고
> 뒷밭에다 당초갈고 꼬초당초 맵다해도
> 시집살이 더맵더라 두리두리 삿갓집에
> 새끼살이 얽은집에
> [제보자 : 하다가 잊어 뿌렀어. 와 이래? 다 알만 되는데.]
> [청중(전차악) : 되는 대로 해 봐, 그래.]
> 새끼살이 얽은집에 울도담도 없는집에
> 그집이라 찾아가니 형님형님 사촌형님
> 어찌그리 매정한가 쌀한줌만 잦이시면
> 형도먹고 나도먹지 [웃음][77]

가창자는 고향이 충북 제천으로 이곳저곳을 떠돌아다니다 경북 문경에 정착한 지 40여년쯤 되었다고 한다. 그가 부른 대부분의 노래는 그의 안태고향인 충북 제천에서 듣고 익힌 노래라고 한다.[78] 그는 <사촌형님 노래>를 처음에는 '한탄형'으로 부르다가 잘 되지 않자 '항의형'으로 불렀다. 여러 곳을 이주하면서 살아온 가창자의 주거 환경이 그로 하여금 이와 같이 '한탄형'과 '항의형'이 복합된 노래를 부르게 했을 것이다. 영남에 살기에 영남의 유형으로 시작했으나 끝까지 잘 부르지 못하는 것이 당연했고, 결국 자신이 어렸을 때부터 들었던 '항의형'으로 마무리할 수밖에 없었을 것이

---

77) [상주군 청리면 13] 시집살이 노래 (1), 길용이(여 73), 원장 1리 뒷뜰, 1981. 10. 18. 천혜숙・강애희 조사, 구비대계 7-8.

78) 위 자료 제보자 설명.

다. 이처럼 호남의 '항의형'과 영남의 '한탄형'의 복합이 잘 이루어지지 않는 데에는 두 지역 여성들 간의 교류와 소통이 그리 원만하게 이루어지지 못했음을 보여준다.

이에 비해 강원도 지역은 다른 어느 지역보다 다양한 <사촌형님 노래>의 다양한 유형과 복합형이 전승되는 곳으로서, <사촌형님 노래>의 메카라 할 만하다. 호남과 영남에서 불리는 '항의형'과 '한탄형'이 짧은 길이의 서정적 노래가 위주인 데 비해, 강원도 지역에서는 다양한 유형이 복합되어 장편화하면서 서사적 노래로 변형되는 것을 볼 수 있다. 강원 지역에서는 '한탄형'이 기본을 이루면서도 다른 지역에서는 잘 나타나지 않는 '접대형'이나, '접대형+한탄형'이 많이 전승된다. 이는 강원 지역이 영남과 인접해 있어서 호남의 '항의형'보다는 영남에 주로 전승되고 있는 '한탄형'과의 복합이 수월했기 때문으로 생각된다.

성님오네 성님오네 성님마중 누가가나
성님사촌 내가가지 니가무신 반달이냐
초상달이 반달이지 성님점심 뭘루하나
외씨같은 전이밥에 앵두같은 팥을삶아
한푼두푼 돈나물에 쪽쪽찢어 도라지자반
성님상에 다올랐네 성님성님 사촌성님
시집살이 어떻던고 야야동상 그말마라
시집삼년 살고나니 행주치매 죽반인들
한골에는 눈물닦고 한골에는 콧물닦고
삼단같은 요내머리 비사리춤이 다되었다
분길같은 요내손이 북두깔굴 다되었다
꽃다혜야 신던발이 요막짚신 웬말인고[79]

79) [원주 332] 성님성님 사촌성님, 이광호(여 87), 원주시 소초면 평장1리, 2001. 4. 5. 강등학 조사, 강원Ⅰ.

가창자는 평창군 진부면 태생이며 원주시 소초면 평장리에서 37년째 살고 있다. 이곳저곳 돌아다니는 성품이 아니어서 노래를 많이 알지 못한다고 했으며, 그나마 알던 노래도 자주 부르지 않았기 때문에 기억이 나지 않는다고 하면서도, 긴 노랫말의 노래를 여러 수 불렀다.[80] 위 노래에서도 우선 사촌형님을 맞이해 사촌형님을 위한 갖은 반찬을 장만한 뒤 사촌형님에게 시집살이가 어떠냐고 물으니 사촌형님이 이에 대답하고 있는 서사적 짜임새를 갖추고 있다. 각기 독립적으로 불릴 때에는 교술적 성향과 서정적 성향이 강한 노래들이 한편으로 복합되면서 서사적 노래가 되고 있다.

한편 호남에서 주로 불리는 <사촌형님 노래>의 '항의형'이 영남에서는 <친정부음 노래> 유형의 말미에 복합되어 나타나는 것도 흥미로운 사실이다. 영남에서는 '항의형'이 독립적으로는 전혀 전승되지 않고 <친정부음 노래>의 일부로만 전승되고 있음은 영남과 호남이 서사민요의 전승에 있어서 독자적인 체계를 지니고 있음을 보여준다. 그러면서도 영남의 <친정부음 노래>에 호남 지역에서 주로 전승되는 <사촌형님 노래>의 '항의형'을 복합하여 새로운 의미를 만들어낼 수 있었던 것은 두 지역 여성들, 두 지역 여성들이 부르는 노래들 간의 소통이 있었으며, 그 재해석의 결과로 형성된 것이라 할 수 있다.

이상에서와 같이 <사촌형님 노래>는 혼자 부름으로써 자신의 설움을 풀어내기도 하고, 공동체 내에서 함께 부름으로써 분노를 표현하고 배려와 위안을 통해 연대를 모색하기도 했으며, 다른 지역 간의 교류를 통해 공감과 소통을 넓혀 나갔다. 이는 말을 억압당했던 시집간 여자들이 노래를 통해 자신들의 의사를 표현하고, 시집살이의 어려움을 함께 극복해내고자 했음을 보여준다. 그러므로 <사촌형님 노래>는 전통 사회에서 시집살이 하는 여자들이 노래를 통해 서로의 체험과 정서를 공유하고 소통함으로써 바람직한

80) 위 자료 제보자 설명.

자아와 인간관계를 형성해나갔던 훌륭한 매체였다고 할 수 있을 것이다.

4. 맺음말

<사촌형님 노래>는 같은 또래의 시집살이하는 여자들이 자신들의 시집살이 체험과 그로 인한 정서를 공유하고 소통한 노래로서, 그 내용에 따라 '한탄형', '항의형', '접대형', '복합형'으로 나뉜다. '한탄형'은 시집살이가 어떠하냐는 사촌동생의 말에 대답하는 형님의 말로 되어 있어, 시집살이의 보편적 경험뿐만 아니라 가창자가 겪은 실제 체험과 그로 인한 설움을 잘 그려내고 있다. '항의형'은 찾아간 사촌형님에게 식사 대접을 받지 못한 동생이 항의하는 내용으로, 동서로부터 겪는 박대와 이에 대한 분노를 풀어내고 있다. '접대형'은 시집에서 친정으로 돌아온 사촌형님을 동생이 극진하게 맞이하고 대접하는 내용으로, 이후에 한탄형의 내용이 복합되는 경우가 대부분이다. 시집살이를 하는 여자들에 대한 배려와 연대, 이를 통해 위로하고 위안을 받는 여자들의 정서가 잘 나타나있다. '복합형'은 다양하게 나타나는데, 그중 <친정부음 노래>와 '항의형'의 복합은 친정어머니의 부음을 받은 후 시집과 친정에서 일어난 사건을 그려냄으로써, 시집식구와 친정식구 모두로부터 소외당한 뒤 홀로 서야 함을 자각하는 여자의 정서를 그려내고 있다.

<사촌형님 노래>는 이러한 시집살이하는 여자들의 체험과 정서를 여러 가지 방식으로 공유하고 소통해 왔다. 혼자 남몰래 부름으로써 자아와 또다른 자아의 소통을 통해 스스로의 설움을 풀어내기도 하고, 같은 또래의 여자들이 모여 부름으로써 창자와 청중의 소통을 통해 서로를 위로하고 연대하며 힘을 얻었다. <사촌형님 노래>는 '한탄형'을 전국적으로 전승되는 광포유형으로 하면서, 지역적으로 각기 구별되는 지역유형을 형성하고 있다.

즉 영남 지역에서는 '한탄형'이, 호남 지역에서는 '항의형'이, 강원 지역에서는 '접대형'이 주로 전승되고 있음을 볼 수 있다. 그러나 여성들의 혼인과 이주 등을 통해 지역과 지역 간에도 소통이 이루어져 여러 '복합형'들이 이루어지면서 새로운 의미를 창출해내기도 한다.

<사촌형님 노래>는 같은 또래 여자들만의 대화로 이루어져 있어, 정작 시집살이 갈등의 주체인 시집식구와 며느리간의 상호 소통과는 거리가 있다는 한계를 보여준다. 그러나 <사촌형님 노래>는 전통 사회에서 말을 억압당했던 여성들이 서로의 체험과 정서를 공유하고 나눌 수 있는 소통의 매체로서, 여성들 스스로가 자신과 서로를 돌아보고 다른 여성들과 관계를 맺으며 어려운 시집살이를 극복해낼 수 있게 하는 힘의 원천이 되었다. <사촌형님 노래>가 보여주는 체험과 정서는 이제 같은 또래 여자들의 사이에서만 소통되던 벽을 넘어서 현재를 살아가는 같은 또래 또는 다른 또래의 여성, 그리고 남성들에게도 공유되고 소통될 필요가 있다. 그래야 여성과 남성 모두 가족관계의 갈등으로 인한 부정적 감정에서 벗어나 밝고 건강한 삶을 누릴 수 있지 않을까.

4장_ <사촌형님 노래>의 소통 매체적 성격과 교육

1. 머리말

<사촌형님 노래>는 사촌 형님과 동생이 시집살이에 대한 경험과 정서를 주고받는 대화로 이루어져 있는 민요이다.[81] 전통 사회에서 말하기를 억압당했던 여자들이 함께 모여 일을 하면서 주로 불렀던 이 노래는 노래를 통해 일을 수월하게 할 수 있었을 뿐만 아니라 노래를 부르고 듣는 사람들의 고통과 시름을 달랠 수 있었기에, 오랜 세월 동안 끊이지 않고 전승될 수 있었다. 노래의 조사 현장에서 제보자들에게 <시집살이 노래>를 불러달라고 요청하면 다 잊어버렸다거나 시집살이를 하지 않아서 모른다고 하다가도, "형님형님 사촌형님" 하는 노래 없느냐고 하면 거의 모든 여성들이 쉽게 이 노래를 부른다. 이는 <사촌형님 노래>가 다른 <시집살이 노래>보다 부르기 쉬웠을 뿐만 아니라, 노래 부르고 듣는 사람들 사이에 공감의 형성이 잘 이루어졌기 때문이라고 생각된다.

<사촌형님 노래>는 다른 <시집살이 노래> 유형과는 달리 거의 전국적으로 전승되고 있을 뿐만 아니라, 현재까지도 비교적 활발하게 불리고 있다.[82] <사촌형님 노래>가 현재까지 소멸하지 않고 전승된다는 것은 노래

81) 문학 교과서를 비롯해 흔히 <시집살이 노래>라 부르고 있으나 <시집살이 노래>에는 다양한 유형이 있으므로, 여기에서는 사촌형님과 동생 사이에서 시집살이에 대한 이야기를 주고받는 대화로 이루어져있는 노래를 <사촌형님 노래>라고 부르기로 한다. 민요 제보자들도 이 노래를 대부분 <사촌형님 노래>라고 부르며, 노래의 시작은 "형님형님 사촌형님" 또는 "형님오네 형님오네"로 되어 있다.

를 부르고 듣는 사람들 사이에서 이 노래가 원활하게 소통되었음을 말한다. 즉 이 노래를 부르는 사람이 노래를 통해 나타내고자 한 뜻과 정서가 노래를 듣는 사람들에게 전달되었고, 이를 들은 사람들은 다시 스스로 창자가 되어 <사촌형님 노래>를 새롭게 내면화하여 부른다. 이렇게 <사촌형님 노래>가 끊임없이 재창조되면서 전승되는 것은 이 노래가 여성들 특히 시집살이를 하는 여성들 사이에서 시집살이에 관한 의사소통의 매체가 될 수 있었기 때문일 것이다.

그렇다면 <사촌형님 노래>가 지니고 있는 어떤 성격이 이렇게 오랜 세월 동안 수많은 여성들의 보편적 노래로 자리 잡게 만든 것일까. 수많은 여성들이 <사촌형님 노래>를 자기 자신의 노래로 여기며 혼자서 또는 여럿이 모인 데서 즐겨 부른 이유가 무엇일까. 즉 <사촌형님 노래>가 지니고 있는 소통 매체로서의 성격은 무엇일까 하는 것이 이 글의 중심 주제이다. 더 나아가 중등 교육을 받은 이라면 누구나 알고 있는 교과서 속 <사촌형님 노래>(시집살이 노래)는 어떤 성격을 지니고 있으며 어떻게 교육하면 좋겠는가 하는 것이 이차적 주제이다. 이는 <사촌형님 노래>가 지니고 있는 소통 매체로서의 성격을 파악함으로써, 소통을 잃어버린 그리고 소통에 익숙하지 않은 오늘날을 살아가는 사람들에게 자신의 삶을 반성하고 사람과 사람 사이의 관계를 잘 맺어 삶의 질을 향상시킬 수 있는 소통의 방법을 익히고 실천하게 하는 데 궁극적 목적이 있다.

이를 위해 우선 <사촌형님 노래>의 소통 매체적 성격을 살펴본 뒤 교과서 속 <사촌형님 노래> 작품을 분석하고 노래를 통한 소통 교육 방안을 모색할 것이다. 연구 대상 자료는 『한국구비문학대계』, 『한국민요대전』, 『강원의 민요』 I · II, 『영남구전민요자료집』 1~3, 『호남구전자료집』 1~8, 『경기

82) 필자는 2011년 여름 방학을 이용해 강원도와 제주도 답사를 통해 <사촌형님 노래>를 집중적으로 조사하고 채록한 바 있다. 두 지역은 서사민요가 영 · 호남 지역에 비해 활발하게 전승되지 않는 지역이나 <사촌형님 노래>만은 유독 활발하게 전승되고 있음을 확인할 수 있었다.

도의 향토민요』 상・하 소재 자료를 주 자료로 삼고 필자와 조동일의 자료를 보조 자료로 삼는다. 필자가 찾아낸 <사촌형님 노래>는 모두 141편이며, <친정부음 노래>와 복합된 형까지 합하면 146편이다.[83]

2. <사촌형님 노래>의 소통 매체적 성격

<사촌형님 노래>는 여자들이 혼자서 또는 함께 모여 일을 하면서 불렀다.[84] 혼자서 부를 때는 자기 자신이 청중이 되었고, 여럿이 모여 일할 때는 딸이나 손녀 또는 같은 또래의 여자들이 청중이 되었다. 노래를 부르고 듣는 사람들은 노래를 통해 서로를 이해하고 위로했으며 공감대를 넓혀나갔다. <사촌형님 노래>가 이처럼 여자들의 중요한 소통 매체가 될 수 있었던 이유는 무엇일까. 이는 여러 가지가 있겠지만 크게 네 가지-극적 노래를 통한 거리 두기, 대등한 주체 사이의 관계 맺기, 공동 서사 속에 자기-서사 말하기, 열린 구조에 의한 의미 만들기-를 들 수 있다. 이를 차례로 살펴보기로 하자.

---

83) 『한국구비문학대계』 자료는 시군명에 자료번호를, 『한국민요대전』 자료는 지역명에 시디 번호를, 『강원의 민요』 I・II 자료는 지역명에 해당 페이지를 자료집 약호 '강원I', '강원II'와 함께, 『영남구전민요자료집』과 『호남구전자료집』은 시군명에 자료번호를 자료집 약호 '영남구전', '호남구전'과 함께, 『경기도의 향토민요』는 지역명에 해당 페이지를 자료집 약호 '경기 상', '경기 하'와 함께, 필자 자료는 마을명과 자료번호를 '서영숙'과 함께, 조동일 자료는 지역명과 자료번호를 '조동일'과 함께 적는다. 자료 목록과 유형별 내용은 서영숙, 「<사촌형님 노래>에 나타난 체험과 정서의 소통」, 『한국민요학』 33, 한국민요학회, 2011, 121~160쪽 참조.

84) 제보자들은 흔히 어머니나 할머니가 삼을 삼거나 베를 짜면서 부르는 것을 듣고 익혔다고 한다. 이외에도 필자의 현장 조사에 의하면 강원도에서는 밭을 매면서, 제주도에서는 탕건을 겯으면서 불렀다고도 한다.

2.1. 극적 노래를 통한 거리 두기

전통 사회에서 시집살이하는 여성들은 말하기 자체를 억제 당했다. 시집가는 딸에게 '벙어리 삼년, 귀머거리 삼년, 장님 삼년'이라는 시집살이 석삼년의 교훈을 주입시켜 시집을 보냈고, 이는 <시집살이 노래>의 주 소재였으며, 이로 인해 벌어진 희극적 상황은 서사민요와 설화의 가십 거리가 되었다.[85] 이처럼 여성들이 시집살이가 아무리 힘들어도 이를 누군가에게 이야기하는 것이 자유롭지 못했기 때문에 '말' 대신 택한 것이 '노래'였다. 노래는 혼자 또는 같은 또래의 여자들끼리 모여서 부르면 되었기 때문에 비교적 자유롭게 부를 수 있었고, 일을 하다 보면 일의 힘겨움과 자신의 설움이 겹쳐 저절로 입 밖으로 나오게 마련이었다. 그러므로 시집살이하는 여성들에게 '노래', 특히 그들의 시집살이 체험과 정서를 담고 있는 <시집살이 노래>는 여성과 여성을 잇는 소통의 매체였다.

수많은 <시집살이 노래>, <사촌형님 노래>는 이러한 요인으로 인해 생겨났다고 해도 과언이 아니다. <사촌형님 노래>를 부르고 듣는 가창자들은 '말'로는 마음 놓고 할 수 없었던 시집살이의 고통을 노래를 부르고 난 후 터놓곤 한다.

형님형님 사춘성님
시집살이 어텁디까
꼬추당추 맵다허니
시집보담 더매우리

---

85) 서사민요로는 <시집식구가 벙어리라고 쫓아내자 노래부른 며느리(꿩노래)> 유형이 있으며, 설화로는 <시집살이 3년 동안 말안한 며느리> 유형이 있다. 서영숙, 「시집살이에 대한 알레고리: <꿩노래>와 <방아깨비 노래> 비교」, 『한국민요학』 31, 한국민요학회, 2011. 4.와 서영숙, 「시집살이 이야기와 시집살이 노래의 비교: 경험담, 노래, 전승담의 서술방식을 중심으로」, 『구비문학연구』 32, 한국구비문학회, 2011. 6.에서 이들 유형에 대해 살펴본 바 있다.

[옛날에는 삼 년이 지난 연후에 부부간에도 얘기를 해야지, 삼 년 안에 얘기를 하면 큰 변 났다고 모두 구석구석 숭(흉)보고 집안에서도 그 며누리 잘못 얻었다구 집안 망신하겠다구 그러구, 그렇게 억울헌 세상을 이럭저럭 삼년살이를 세월을 보내구 보니, 이아리꽃이 피었는데, '형님 사춘형님 시집살이 꼬추당추보덤 더 매웁다' 이 그렇게 그리, 그린 거야. 자래면 자고 또 자래야 자고, 먹으래야 먹구, 보리방아를 그냥 하루죙일이래두 찍어서 그 밥을 먹두룩 해줘야 하구, 또 삼베 길쌈매서 베짜고 그러네.][86]

여기에서 보면 가창자는 부부 간에도 삼 년이 지난 후에야 얘기를 해야지 그 안에 얘기를 하면 큰 변이 난다고 했다. 며느리가 말을 하면 집안에서 모두 흉을 볼 뿐만 아니라 며느리를 잘못 얻었다고 한다는 것이다. 그렇게 억울한 삼년 살이를 지내야 했기에 시집살이를 '고초당초보다 매운 시집살이'라고 한다는 것이다. 다른 사람에게 이야기하지 못하는 억울한 시집살이, 그래서 이런 노래가 나왔다고 한다. 이처럼 <사촌형님 노래>는 이야기로 할 수 없는 시집살이를 노래로 표현한 것이라고 할 수 있다. 시집살이하는 여자들은 이 노래를 통해 자신이 다른 사람 앞에서 할 수 없었던 '말'을 풀어낼 수가 있는 것이다. 설령 다른 사람이 듣는다 해도 단지 '노래'일 뿐이라는 훌륭한 변명거리가 있기 때문에 말로 할 수 없었던 이야기를 노래로 하는 것이다.

<사촌형님 노래>는 대화체(또는 문답체)라는 극적 형식으로 되어 있어서 흥미를 일으킬 뿐만 아니라, 극적 인물과 노래 부르는 사람의 거리를 분명히 한다. 일반적인 <시집살이 노래>가 화자(가창자)의 직접적인 목소리만으로 되어 있거나, 화자나 주인물의 목소리에 가창자의 목소리가 투영되어 있는 것과는 대조된다. 대화체 민요의 경우 한 사람의 화자가 아닌 두 사람의 화자가 나와 주고받는 직접적인 대화의 형식으로 전개되고 있어 한 화자의

86) [강화군 화도면 10] 시집살이와 베틀가, 김옥림, 상방 2리 고창, 1981. 7. 13. 성기열 · 정기호 조사, 구비대계 1-7.

일방적인 목소리로 되어 있는 민요보다 흥미와 호기심을 불러일으킨다. 또한 일상적인 대화를 노래를 통해 주고받기 때문에 형성된 시적 운율이 누구나 쉽게 기억하고 부를 수 있는 관용적이면서 공식적인 표현으로 되어 있어서 언어 놀이의 재미를 준다.[87] "형님 형님 사촌 형님"에서 시작되는 AABA의 반복과 변화의 구조는 노래를 부르는 것 자체를 즐거운 놀이로 만들어 준다. 뿐만 아니라 사촌형님과 동생이라는 극적 인물의 대화를 그대로 옮김으로써 내가 아닌 제3의 인물들의 퍼포먼스를 실연하는 긴장감을 자아낸다. 그러면서도 그들이 실제의 '나'가 아닌 '누군가'라고 거리를 분명히 두고 있기에 노래 부르는 사람은 사촌형님 또는 동생의 말 속에 자신의 말을 마음 놓고 집어넣을 수 있다.[88]

그러므로 <사촌형님 노래>는 자신과는 관계없는 다른 사람의 말로 되어 있다는 형식적 틀이 분명하기에 시집살이를 자신의 목소리로 직접적으로 한탄하는 다른 <시집살이 노래>와는 달리 비교적 자유스럽게 부를 수 있는 것이다.

> * 가느다랗고 작은 목소리로 노래가 아닌 가사를 읽듯이 구송하였는데 몸이 불편하였기 때문이었다. 숨을 가빠하면서도 열심히 해주었는데 <u>이번에는 '시집살이 노래'를 해달라고 하자 제보자 자신은 시집살이 하지 않았다면서 노래해 주었다.</u> *
>
> 성님성님 사춘성님
> 쌀한되만 재졌으면 성님도먹고 나도먹고

---

87) 이옥희는 이를 '놀이효과'라 일컫고 다음과 같이 설명하고 있다. "대화체 민요에서의 놀이효과는 두 가지 방향에서 찾아진다. 하나는 대화 자체가 주는 놀이효과이다. 혼잣말로 독백하는 것보다 두 사람 이상이 등장하여 주고받음을 보여주는 대화체는 상황을 보다 생동감 있게 변화시킨다." 이옥희, 「대화체 민요의 존재양상과 소통미학」, 『한국민요학』 27, 한국민요학회, 2007, 170쪽.

88) 이옥희는 대화체 민요를 살펴보면서 이런 경우를 "노래라는 형식적 도구를 빌리고 민요 속의 허구적 인물이라는 가면을 쓰고 현실세계의 제약을 벗어나는" '가면 효과'라 설명하고 있다. 이옥희, 위 논문, 168쪽.

누름밥이 나오머는 성님네개주지 내게주오
뜨물이나오면 성님네돼지주지 우리돼야지주요
성님성님 사춘성님 시집살이 어쨌든가
야야야야 그말마라 무치같은 다홍치매
석자세치 밤포수건 살강발이 걸어놓고
옴서감서 눈물씻겨 다씨겄다[89]

여기에서 보면 가창자는 <시집살이 노래>를 해달라는 조사자의 요구에 자신은 시집살이를 하지 않았다면서 노래를 했다. 가창자에게 노래 속에 나오는 사촌동생과 사촌형님은 노래를 부르는 사람과는 무관한 노래 속 인물일 뿐이며, "석자세치 반포수건 옴서감서 눈물씻겨 다헐었다"는 이야기 역시 자신의 이야기가 아닌 노래 속 인물의 이야기라는 것이다. 가창자들은 <사촌형님 노래>를 부르고 난 뒤 노래의 뒷얘기를 마치 설화를 구연하듯이 설명을 하곤 한다. 이는 <사촌형님 노래>의 이야기가 자신이 겪은 것이 아닌 자신과 상관없는 어떤 인물의 이야기라고 인식하고 있음을 말해 준다.

성아성아 사춘성아
쌀한되만 제쳐주면 성도묵고 나도묵제
꾸정물도 나더래도 성소(형의 소)주제 내소준가
누른밥이 눌드래도 성개(형의 개)주제 내개 준가
성담(형의 담장)은 못접시로 담을쌓고 살아도
요내담은 못살아서 은접시로 담을쌓네
하하하, 그것도 잊어버렸네
[조사자 : "성소준가 내소준가?"란 무슨 말이요?] 응, 사촌 성네 집에를 간개, 하하하, 밥을 안 해 줘서, 밥을 안 해줘서 하도 서운한개, 쌀 한 개만 재처주면(익혀주면), 성도 묵고 나도 묵제 꾸정물이 나오더래도 성님네 소를 주지 내 소를 준가, 누른밥이 나더래도 성네 개(犬)주지 내개준가? 그런

89) [정읍시 고부면 5] 시집살이 노래, 시봉님(여 78), 고부리 2구, 1984. 8. 28., 박순호 · 최금봉 · 김선예 · 박명숙 조사, 구비대계 5-5.

개 하도 없이 살아서 성네집에를 간개, 이리 밥을 안 해 주더래요.
[조사자 : 그래서 그런 내용이구먼요.][90]

여기에서 보면 가창자는 이 이야기를 자신과는 전혀 관련이 없는 다른 사람의 이야기로 전달하고 있다. 그러므로 "하하하, ... 밥을 안해줘서, 하도 서운한개... 그런개 하도 없이 살아서 성네 집에를 간개 이리 밥을 안해 주더래요."라고 웃으면서 노래 속 인물의 이야기를 전하고 있는 것이다. 가창자는 노래 속 인물의 행동이 어처구니없는 일이라고 생각하기 때문에 웃는 것이다. 이 웃음은 즐거운 웃음이 아니라 냉소적이며 비판적인 웃음이다. 그러나 이렇게 노래 속 인물에 자신을 몰입하지 않고 객관화하여 바라보는 '거리두기'를 통해 가창자는 노래 속 인물들의 말을 있는 그대로 들려주고 있다. 노래 속 사촌형님이 동생에게 행한 잘못, 사촌동생의 일리 있는 항변을 그들의 말 그대로 전함으로써, 일상에서의 사촌형님과 동생의 관계를 반성하게 하고 있는 것이다. 이는 자신의 말을 직접적으로 드러내지 않고도 자신의 생각과 느낌을 효과적으로 전할 수 있는 방법이라고 할 수 있다. <사촌형님 노래>가 다른 <시집살이 노래>에 비해 비교적 개방적으로 자유롭게 불릴 수 있었던 이유는 바로 노래 속 인물의 말을 극적 대화로 서술함으로써 노래 속 인물과 노래 부르는 자신과의 일정한 '거리두기'를 전제로 했기 때문이다.

2.2. 대등한 주체 사이의 관계 맺기

<사촌형님 노래>는 사촌형님과 동생이라는, 여자들 사이에서 누구에게

---

90) [남원군 운봉면 9] 쌀 한되만 제쳐주면, 안귀녀(여 69), 동천리 453번지, 1979. 5. 25., 최내옥 조사, 구비대계 5-1.

나 있는, 그러나 직접적인 이해관계에 놓여있지 않은 보편적이면서 대등한 관계에서 주고받는 말로 이루어져 있다. 대부분의 <시집살이 노래>가 며느리 혼자서 읊조리는 말이나 시집식구의 일방적인 말 위주로 이루어진 것과 대조적이다. 이는 시집식구와 며느리 간의 소통이 제대로 이루어 못하기 때문에 나타나는 양상이라 할 수 있다. 소통이 원활하게 이루어지기 위해서는 소통의 상호 주체가 서로를 존중하고 인격적으로 대우할 수 있어야 한다. 시집살이하는 여자들에게 그럴 수 있는 존재는 바로 같은 또래, 같은 처지의 여자들이었다. <사촌형님 노래>는 바로 이와 같이 일상 속에서 소통이 원활하게 이루어지는 사촌형님과 동생 사이의 대화로 이루어져 있다.

전통 사회에서 사촌형님과 동생으로 부르는 경우는 모두 세 가지로서, 사촌 자매, 사촌 동서, 사촌 시누올케 간이다. 또한 굳이 이러한 친인척 관계가 아니라 할지라도 '이웃사촌'이란 말이 있듯이 이웃의 가까운 나이 또래 사람들에 대한 지칭일 수도 있다. 어떤 경우이건 이들은 대부분 비슷한 나이 또래이어서 친구들처럼 가까운 사이이므로 서로 간에 허물없이 속내를 주고받을 수 있다. 뿐만 아니라 '사촌' 형님과 동생 사이는 친 형님이나 동생 사이와는 달리 아주 가까우면서도, 직접적인 이해관계에 있지 않기 때문에 쉽게 자신의 이야기를 털어놓을 수 있다. <사촌형님 노래>가 다른 가족 관계가 아닌 사촌형님과 동생 사이를 소통의 주체로 설정하고 있는 것은 바로 이러한 이유에서라고 할 수 있다.

같은 또래의 사람들이 모여 <사촌형님 노래>를 부른다는 것은 그러므로 서로의 속내를 노래를 통해 표현하고 공유함으로써 다른 부류의 사람들과 구별되는 특별한 관계를 맺는 행위라 할 수 있다. 이러한 관계 속에서 시집살이를 겪는 같은 처지에 있는 사람으로서의 연대감을 가질 수 있었으리라 생각된다.

비야비야~ 오지마라 우리사촌성님~ 시집간다

가마꼭지~ 물들어가면 공단댕기~ 얼룩지구
비단치마~ 얼룩진다
성님성님~ 사촌성님 시집살이~ 워떻더우~
야야야야~ 그말마라 고추같이~ 매울소냐
두러눠서 찰떡먹기 더맵더라
두러눠서 명지꾸리감기보대~ 더하더라
동상일랑~ 가지말어 나는가서 고생이여
부모밑이~ 같이살지 시집갈생각 전혀말어[91]

이 노래에서 보면 시집살이가 어떠하냐는 사촌동생의 말에 사촌형님은 시집살이가 매우 어려움을 여러 가지 비유를 들어 표현한다. 이때 사촌동생은 사촌형님이 이야기한 시집살이를 상상한다. 이 상상은 반드시 정신적인 심상을 형성하는 것만을 말하는 것이 아니라 경험을 새로운 것으로 만들고, 허구적인 상황을 창조하고, 공감적인 감정에 의해서 우리 자신을 타인의 자리에 놓는 것을 말한다.[92] 이 상상을 통해 사촌형님과 사촌동생은 대리 경험을 하게 되고 공감하게 된다.[93] 또한 단순히 시집살이의 어려움을 묘사하는 데에서 나아가 "동생일랑 가지말어 나는가서 고생이여 부모밑에 같이살지 시집갈생각 전혀말어" 하며 사촌동생에게는 시집가지 말라고 설득하고

91) [공주시 이인면 5] 시집살이 노래 (2), 김정형(여 79), 신홍리 바깥넌축골, 1983. 7. 23. 박계홍・황인덕 조사, 구비대계 4-6.

92) Osborne, Harold(1970), Aesthetics and Art Theory, New York: E.P.Dutton&C.Inc., p.208. (고미숙, 『대안적 도덕교육』, 교육과학사, 2005, 306쪽에서 재인용.)

93) 정서 주체가 자신과 동일시하는 사람에게 어떤 사건이 일어났을 때 생기는 정서, 즉 대리 정서(vicarious emotion)는 생각이 감정과 정서를 일으키는 능력이 있다는 설득력 있는 증거를 제공한다. 자신이 다른 사람과 심리적으로 중요한 특성을 공유한다고 생각하는 사람은 상대방이 즐거운 사건이나 불쾌한 사건을 경험하거나 훌륭한 특성이나 매력없는 특성을 지니고 있을 때 정서를 경험하기 쉽다. '동일시'(identification)라는 이 현상은 자신과 상대방이 유전적 계통을 공유하거나 같은 인종적, 종교적, 국가적 범주에 속할 때 가장 잘 나타난다. 독특한 범주를 공유할 경우에는 대리 정서가 더 현저하다. 따라서 공동체 소수 집단의 구성원이 되는 것은 언제나 독특한 경험이다. (제롬 케이건, What is Emotion?, 노승영 역, 아카넷, 2009, 87쪽)

있다. 시집가서 고생만 하는 자신처럼 되지 말라고 하는 사촌형님의 말은 아주 가까운 사람이 아니고는 할 수 없는 내적 친밀감에서 나온 말이라 할 수 있다. 이렇게 자신의 속내까지 내비칠 수 있는 것은 <사촌형님 노래>가 대등한 관계를 이루고 있는 같은 또래끼리 주고받아 부르며 진정한 소통을 이루었기 때문이라 할 수 있다.

<사촌형님 노래>는 같은 또래끼리 일하면서 부를 뿐만 아니라 함께 모여 놀면서도 불렀다.

성님성님 사촌성님 강강수월래
나왔다고 푸념말소 강강수월래
쌀한되만재졌으면 강강수월래
성님먹고 나도먹고 강강수월래
눌은밥이 눌언불로 강강수월래
성개주지 내개준가 강강수월래
꾸정물이 탑탑헌들 강강수월래
성소주지 내소준가 강강수월래
성내집은 잘살어도 강강수월래
놋접시로 단장싸고 강강수월래
요내나는 못살어도 강강수월래
밀누룩뜨듯 단장싸네 강강수월래
다도했오 맞어갓시오 강강수월래[94]

<강강수월래>를 하면서 <사촌형님 노래>의 사설을 붙여 부르는 경우이다. <강강수월래>는 주로 호남 지역에서 불렀으므로 호남에서 주로 부르는 '항의형' 사설을 부르고 있다. <강강수월래>는 같은 또래의 사람들이

94) [함평군 엄다면 26(8)] 강강수월래, 앞소리 : 곽판순, 여67. 전경녀, 여60. 이소녀, 여54. 박유순, 여50. 이안심, 여52. 안형순, 여50. 홍덕순, 여51. 정내실, 여51. 뒷소리 : 앞소리와 같음, 엄다리 번등, 1980. 8. 25., 지춘상 조사, 구비대계 6-2. ① 늦은 강강수월래, * 이 부분은 이안심(여 52)이 불렀다.

어울려 놀면서 부르는 놀이노래이므로 <사촌형님 노래>의 사설은 언뜻 어울리지 않게 생각된다. 그러나 사촌형님과 동생 같은 비슷한 또래들이 모인 자리에서 이 노래를 부름으로써 노래 속 항의의 사설은 말하는 사람도 말하는 사람들을 억압에서 벗어나게 한다. <강강수월래>의 경쾌한 가락과 놀이를 통해 마음속 말을 쏟아냄으로써 서로에 대한 나쁜 감정을 풀어낼 수 있는 화해와 소통의 장이 될 수 있는 것이다.

다음의 경우는 <사촌형님 노래>를 같은 또래의 사람들이 모여 일하면서 부른 경우로 제주도에서 조사된 것이다. 제주도에서는 <사촌형님 노래>를 여러 사람이 함께 모여 일을 하면서 부르는 노동요인 <망건노래>, <맷돌·방아노래>를 부를 때도 앞 사설로 흔히 부른다.

> [이여수,이해순]: 이년이년 이여도ᄒᆞ라 이년맹긴(망건) 몿아나지라(뜨어나져라)[95](중략)
> [이해순]: 성님성님 ᄉᆞ춘성님 /
> [이해순]: 씨집살이 어떵ᄒᆸ디가/
> [이해순]: 말도말고 이르도말라 /
> [이해순]: 장둑ᄀᆞ뜬 씨아방에 /
> [이해순]: 암툭ᄀᆞ뜬 씨어멍에 /
> [이해순]: 물꾸럭ᄀᆞ뜬(문어같은) 서방님에 /
> [이해순]: 코생이ᄀᆞ뜬(용치놀래기같은) 씨누이에 /
> [이해순]: 못살키여 못살키여 /
> [모두들 한바탕 웃었다. 한바탕 웃으면서 자기들이 부른 노래에 괜히 흥이 나서 즐거워했다. 그대로 그치기가 멋적은 듯 손뼉을 치면서 다시 부르기 시작했다. 다 끝나자 이미 불렀던 사설이 괜히 재미있어서 다시 왁자지껄했다. 한 분이 "아까 뭐옌 ᄒᆸ디가? 아까 뭐옌 ᄒᆸ디가? '물구럭 ᄀᆞ뜬 서방'이라고 ᄒᆞ엿지예(아까 무어라고 했어요? 아까 무어라고 했어요? '문어 닮은 서방님'이라고 했지요)?" 하자, 또 한 분은 "물꾸럭 물꾸럭"이라 외치면서 왁자지껄 아주 재미가 있어서 서로 껴안으면서 웃어댔다.][96]

---

95) 이 구절은 후렴으로 계속 반복되므로, 이후에는 /로 표시한다.

여기에서 보면 앞소리꾼이 <망건노래>를 부르면서 <사촌형님 노래> 사설을 넣어 부르자, 청중들이 노래의 사설을 놓고 한바탕 웃으면서 즐거워하고 있다. 시집식구를 각종 동물과 물고기에 빗대어 비유한 것이 청중의 공감을 샀기 때문이라 생각된다. 특히 남편을 '물꾸럭(문어)'이라고 한 대목에는 서로 껴안기까지 하며 웃어댔다.

같은 또래의 여자들이 모여 일하는 공간은 시집살이하는 여자들이 시집식구에 대한 자신들의 생각을 마음 놓고 털어놓을 수 있는 소통의 공간이었다. 전통 사회에서 여자들이 자유롭게 바깥으로 놀러 다니는 것은 허용되지 않았지만, 함께 모여 품앗이를 하는 것은 용인되었기 때문에 이들은 일하러 가는 시간이 친구들을 만날 수 있는 시간이었고, 일하면서 노래를 부르는 시간이 몸은 힘들어도 마음만은 편한 해방의 시간이었다. 그러므로 이 시간을 이용해 시집살이하는 여자들은 <사촌형님 노래>를 통해 마음껏 자신들의 체험과 정서를 공유하고 공고한 관계를 맺음으로써 어려운 시집살이를 극복할 수 있었을 것이다.

2.3. 공동 서사 속에 자기-서사 말하기

가창자들은 <사촌형님 노래>를 통해 시집살이하는 여자들의 보편적 경험으로 이루어진 공동 서사를 이야기할 뿐만 아니라, 자신이 직접 겪은 개인적 체험을 이야기한다. 여기에서 공동 서사가 대개 공식적 어구로 이루어져 있다고 한다면, 자기 자신의 체험으로 이루어진 자기-서사(self-narrative)는 개인에 의해 창조된 독창적 어구로 이루어져 있는 게 대부분이다. 가창자들은 <사촌형님 노래> 속에 자신이 직접 겪은 자기-서사를 서술함으로써 자신의

96) [제주시 삼도동 17] 망건 노래 (1), 이여수(여 55), 삼도동 무근성, 1980. 9. 25. 김영돈 조사, 구비대계 9-2.

삶에 의미를 부여할 뿐만 아니라 청중에게 자신을 열어 보인다. 또한 청중은 노래를 통해 가창자를 이해하고 공감할 뿐만 아니라 자신의 삶을 되돌아보게 된다. 즉 가창자와 청중은 <사촌형님 노래> 속에 구현된 서사 속에서 자기 자신과 타자를 이해하고 자신들의 삶에 의미를 부여하는 것이다.[97]

다음 노래는 <사촌형님 노래>가 갖고 있는 대화의 틀을 그대로 유지하면서 가창자 자신의 시집살이의 체험으로 이루어진 자기-서사를 자세하게 서술하고 있다.

> 형님형님 사촌형님 시즙살이 어뚷든고
> 시집살이 말도말게 시집이라고 가놓고보니
> 도리도리 삿갓집에 뜰은높아 절벽같고
> 부엌에라 들어가니 동솥지리솥 모로걸어놓고
> 그륵이라 들다보니 사발동이에 포개놓고
> 숫갈이라 찾고보니 몽땅(몽당)숫갈 두개요
> 시집살이 말만들었더니 이기 시집살인가
> 눈물콧물 절로나고 엄마생각 절로난다
> 백옥같은 손질에다가 숯구멍같은 정지에 들어가니
> 먹을것도 없고 입을것도 없고
> 시어머님 하신말씀 좁쌀한접시 내주민성
> 저녁을 하라카는데 쑥한재기 뜯어놓고
> 콩가루 한오금푸고(한줌을 풀고) 미죽을 [웃음]
> [청중: 그까짓것 노래라고 하나]
> 저녁이라고 하고나니 서글프기 짝이없더라
> [청중이 그만하라고 하자 조사자가 좋은 노래라고 하며 계속 부르게 함]
> 좁쌀죽을 끓이시려 시아바님 드리고나니
> 지송하고 무안하여 치매로 앞을가리고
> 또한그릇 퍼가주고 시어머님 드리고나니

97) 자신의 삶에 대해 이야기하는 자기-서사는 자기 스스로 자신의 삶을 이해하고 자신의 삶에 대해 의미를 부여하는 방식이다. 또한 청중들은 타인의 자기-서사를 들음으로써 타인의 삶과 의미를 이해하게 된다. 고미숙, 앞의 책, 176~177쪽.

신랑줄꺼는 없고 [청중: 웃음]
신랑 줄꺼는 없고 하도고마 기가맥히
비지를 한모데 사다가
비지죽을 낋이서 시어머님 시아버님 떠주고
그래먹고 이래먹고 살아서 할수없어
할수없어 신랑을 불러서 하는말이
산에가서 퐅밭이라도 일과가주고 먹고살세
이래가이고 원이되어 신랑을 불러서러
지게에다 갱이없어 도끼를 지게에얹고
퐅밭을매러 일구로갔더니 퐅밭을 일궈서
서숙서되 갈았더니 시월이 여루하여
칠월팔월 당하여서 서숙을 비고서러
서숙타작 하고나니 서숙이 두섬이요
콩이 한섬이요 미물이 닷섬이라 [청중: 아따 부자됐네]
그만하만 그만하마 부자로다
인진 잘살았어[청중: 웃음][98)]

이 노래에서 가창자는 자신이 가난한 집에 시집와서 남편과 부지런히 일해 부자가 되었다는 자신이 겪은 시집살이의 실제 체험을 서사적으로 펼쳐내고 있다. <사촌형님 노래>에 흔히 나오는 상투적 표현은 거의 나타나지 않고 실제 시집살이의 체험을 그대로 그려내고 있다. 자기의 일생과 체험을 서사적으로 풀어나간 '자기-서사'이다. 조사자(임재해 등)에 의하면 가창자는 이 노래를 눈물을 글썽이며 불렀고 더러는 슬픔에 사무쳐 노래를 중단하기도 했다고 한다.[99)]

노래 속 화자는 "몽당 숫갈 두 개뿐"인 집에 시집가 시어머니가 밥을 하라고 내준 좁쌀 한 접시로 좁쌀죽을 끓이고 그것으론 모자라 비지를 사다

98) [예천군 풍양면 38] 시집살이 노래 (6), 손노순(여 65), 우망동, 포내, 1984. 2. 14., 임재해・한양명・민경모・김용진 조사, 구비대계 7-18.
99) 위 자료 손노순 제보자 설명 부분.

가 비지죽을 끓여 시부모님께 남편을 공양하는 과정을 이야기하듯이 노래로 풀어내고 있다. 또한 "이래먹고 살아서 할 수 없이" 남편을 불러 산에 가서 팥 밭을 일구자는 제안을 해 부지런히 농사를 지어 부자가 되었다고 노래를 맺는다. 이는 가창자 자신의 체험과 일치하는 것으로, 여성가사에서 흔히 볼 수 있는 개인의 생애가 <사촌형님 노래>에 들어와 자리를 잡고 있는 셈이다.

이 노래를 부를 때 청중 중의 일부는 "그까짓것이 노래냐"고 노래를 그만하라고 하는 이도 있었으나, 조사자들이 "좋은 노래"라고 계속 부르게 해 노래를 이어나갔다. 노래를 부른 손노순은 17세 때 상주군 은척면 두곡리에서 이 마을(예천)으로 시집와 시댁이 가난하여 무척 고생했으나, 당시는 농사일을 열심히 하여 남부럽지 않게 살게 되었다고 한다.[100] 이로 볼 때 가창자는 <사촌형님 노래>의 민요 틀에 자신의 개인 생애사를 넣어 부르는 '자기-서사 노래'를 부른 셈이 된다. 그러므로 청중 중에는 그것이 노래냐며 핀잔을 주는 사람까지 있는 것이다. 핀잔을 주는 사람은 '노래'를 여러 사람에 의해 걸러진 '공식적 표현'으로 이루어진 것이라 생각하고 있고, 노래를 부른 사람은 '개인적 표현'으로 이루어진 '자기 노래'도 노래라 여기고 있다. <사촌형님 노래>는 이 두 가지의 총체로서, 시집살이하는 모든 사람들의 '공동 서사'와 노래를 부르는 사람의 '자기-서사'를 잘 아우르고 있다.

양반 여성의 경우 가사를 통해 자신들의 일생과 체험을 가사를 통해 기록으로 남겼지만, 문자를 모르거나 문자 생활을 즐길 여유가 없었던 평민 여성의 경우, '노래'를 통해 '자기-서사'를 담아내었다. 자기-서사를 노래로 부른다는 것은 자신의 체험을 돌아보고 인지하며 밖으로 표현함으로써, 자신을 이해하고 자신이 아닌 타자에게 자신을 드러내는 행위로서 '소통'의 출발점이라 할 수 있다. <사촌형님 노래>는 "형님형님 사촌형님 시집살이

100) 위 자료 손노순 제보자 설명 부분.

어떻든고" 하는 질문에 대한 대답으로 '자기-서사'를 말하는 소통의 노래인 것이다.

2.4. 열린 구조에 의한 의미 만들기

<사촌형님 노래>가 활발하게 전승될 수 있었던 이유 중의 하나는 <사촌형님 노래>가 대화 또는 문답이라는 매우 단순한 틀 속에 얼마든지 다양한 내용을 집어넣을 수 있는 열린 구조로 되어 있다는 점에 있다. 즉 <사촌형님 노래>는 사촌형님과 동생 사이에서 시집살이에 대해 주고받을 수 있는 어떤 종류의 말이건 모두 수용할 수 있는 탄력성을 지니고 있다. 즉 <사촌형님 노래>는 노래 속 인물의 말 속에 신세한탄을 비롯해서 평소에 하고 싶었던 말의 모든 종류를 얼마든지 집어넣을 수 있는 개방성을 지니고 있다. 시집살이의 어려움을 하소연하기도 하고, 밥을 안 해 준 사촌형님이나 올케에게 항의하기도 하며, 친정을 찾아온 사촌형님에게 정성껏 음식을 장만해 대접하기도 하며, 친정에 가고 싶은 마음을 표현하기도 한다. 그러므로 <사촌형님 노래>의 외적인 틀만 기억하고 있다면 짧게건 길게건 누구라도 쉽게 노래를 부를 수가 있는 것이다. <사촌형님 노래>가 형식적 단순성과는 달리 여러 가지 유형의 사설들과 갈래들로 이루어져 있는 것은 바로 이러한 개방성 때문이라고 할 수 있다.

<사촌형님 노래> 속에는 노래의 유형으로 보편화된 내용뿐만 아니라 개인의 사적인 내용까지도 얼마든지 집어넣어 구연할 수 있는 개방성을 지니고 있기에 전해 내려오는 노래의 전승적 요소를 기억하지 못한다고 할지라도 누구나 쉽게 부를 수 있는 것이다. 앞에서 살펴 본 것처럼 <사촌형님 노래>를 통해 자기의 일생과 체험을 이야기하는 '자기-서사'를 마음껏 펼칠 수 있는 것도 <사촌형님 노래>의 열린 구조에 기인한다고 할 수 있다. 한

편 이러한 개방성은 더 나아가 다른 유형의 노래를 끌어와 <사촌형님 노래>로 바꾸어 부른다든지 다른 유형의 노래와 융합함으로써 새로운 형태와 의미를 창출해내기도 한다. 이런 방식으로 <사촌형님 노래>에 흔히 끼어드는 노래로는 <종금새 노래>, <친정희구 노래>, <친정부음 노래> 등이 있다.

형님오네 형님오네 동고개로 형님오네
형님마중 누가가나 반달같이 지가가지
지가무신 반달이냐 금은초성 반달이지
형님형님 무슨방에 자고 왔소
고명당 돌어들어 칠성방에 자고왔지
형님형님 무슨베개 비고 잤소
원앙금침 잡비개를 머리맡이 던져놓고
비단공단 한이불을 대옹대단 짓을달어
허리만치 걸쳐놓고 샛별같은 놋요강을
말치마치 던져놓고 자고왔지
형님 밥을 뭐를 하나
벱씨같은 천이밥에 앵두같은 팥을삶고
형님 반찬 뭐를 하나
소뿔같은 더덕찌를 솜같이 비벼넣고
형님 반찬 뭐를 하나
양지짝에 울고사리 음지짝에 늦고사리
구불구불 괴비나물 쫄깃쫄깃 콩나물에
형님반에 뭐를 넣나 꾀꾀우는 앵기다리
엄마우는 암소다리 컹컹짓는 암캐다리
형님형님 아서 동상 잘먹었네
형님형님 시집살이 어떻던가
아서 동상 그말 말게
회추당추 맵다한들 시집살이 더매우랴
귀먹어서 삼년이요 눈어두워 삼년이요

벙어리 삼년이요 석삼년을 살고나니
행지초마 열다쪽이 눈물닦어 다젖었네
삼단같은 요내머리 비사리춤이 다되었네
분칠같은 요내손질 북두갈고리 다되었네
메꽃같은 요내얼굴 미다리꽃이 다되었네
은가락지 끼던손에 호미자국이 왠말이냐[101]

가창자는 정선이 고향으로 16세에 진부면으로 시집 와서 20세에 화천으로 이사와 줄곧 살고 있다. 대부분의 소리는 7~8세 때에 어른들이 하는 것을 듣고 배웠다고 한다. 시집오기 전에 배운 소리는 거의 기억하고 있는데, 그 이후에 배운 것은 잘 기억을 못한다고 한다. "밤새도록 할 수 있어요."라고 할 만큼 다양한 사설을 많이 알고 있다.[102] 그렇기 때문에 <종금새 노래>의 사설을 쉽게 <사촌형님 노래>로 변형해 부를 수 있었을 것이다. 위에서 밑줄 친 부분은 <종금새 노래>에 흔히 나오는 사설이다.[103]

임채봉은 자신의 고향에서 흔히 불리던 <종금새 노래>를 <사촌형님 노래>에 삽입해 사촌동생이 사촌형님에게 묻자 사촌형님이 대답하는 내용과, 사촌동생이 사촌형님을 위해 장만한 음식으로 변형해 부름으로써 <사촌형님 노래>를 새롭게 구성하고 있다. 즉 <종금새 노래>의 "고야맹방 돌아들어 칠성방에 자고왔네", "모자비단 한이불은 허리만침 걸쳐놓고 / 원앙금침

101) [화천 1229-1] 성님오네 성님오네, 임채봉(여 66), 화천군 화천읍 중2리, 2000. 11. 13. 이창식 조사, 강원Ⅰ.

102) 위 자료 제보자 설명 참조.

103) "종금종금새야 까틀비단 너래새야 / 니어디가 자고왔나 고야맹방 돌아들어 / 칠성방에 자고왔네 그방치장 어떻든가 / 그방치장 볼만하데 은절놋절 지둥세와 / 분을사다 앵벽하고 연주사다 되배하고 / 그방치장 볼만하데 무슨이불을 덮었던가 / 모자비단 한이불은 허리만침 걸쳐놓고 / 원앙금침 잣벼개는 머리만침 던져놓고 / 샛별같은 놋요강은 발치만침 던져놨다 / 무슨밥을 지었던가 윕씨같은 젓니밥에 / 앵두같은 팥을쌂고 오복조복 담아놨다 / 무슨그릇에 담았던가 수박식게 담아놨네 / 무슨반찬 하였던가 올루가민 울고사리 / 니러가민 늦고사리 팽팽돌려 도라지자반 / 오복소복 담아났대" [정선 629] 종금종금 종금새야, 배귀연(여 60), 정선군 임계면 임계3리, 2001. 6. 11. 진용선 조사, 강원Ⅰ.

잣벼개는 머리만침 던져놓고 / 샛별같은 놋요강은 발치만침 던져놨다", "욉씨같은 젓니밥에 앵두같은 팥을쏾고"와 같은 사설이 <사촌형님 노래>에 원용되면서 원래 노래의 맥락과는 다른 의미로 쓰이고 있다. 원래는 종금새에게 자고 온 방의 치장을 묻던 것인데, 사촌동생이 시집갔다 친정에 온 형님에게 신방의 치장과 시댁에서 장만한 음식을 물어보는 것으로 바뀌어 있다. 이러한 상황은 사촌형님과 동생 사이에서 이루어질 수 있는 매우 자연스러운 장면으로, <사촌형님 노래>에 원래 있었을 법한 내용처럼 유기적인 짜임새를 갖추고 있는 것이다.

이외에도 사촌형님(사촌 동서나 올케)에게 친정에 가지 않느냐고 묻자 친정에 가려면 여러 가지 음식을 장만해야 하는데 시집의 현실은 그렇지 못해 포기해야 하는 심정을 그려내고 있는 내용이 들어가기도 한다.

> 성님 성님 사촌성님 친전이라 안 가오
> 친정이라 갈라면은 찰떡 치고 메떡 치고
> 붕이 잡아 웃짐 치고 영계 잡아 웃짐 치고
> 친전이라 썩 들가니 말망새끼 꼴 달라네
> 정지간에 썩 들가니 정지 아기 쌀 달라네
> 구들 안에 썩 들가니 누분(누운) 애기 젓 달라네
> 누분 아기 젇을 주고 정지 아기 쌀을 주고 말망새끼 꼴을 주고
> 마당 밖에 썩 나오니 어디메로 가잔 말가
> 이수(里數) 없는 천리길에 어디메를 가잔 말가[104)]

가창자 신해선은 경북 울진군 출생으로 17세에 삼척으로 시집왔다. 친정에 가려면 여러 가지 음식을 장만하고 밀린 일도 다 해놓은 뒤에 가야하는데, "말망새끼 꼴달라고 / 정지아기 쌀달라고 / 누분애기 젓달라고" 하며 자

---

104) [삼척 3-6] 시집살이 노래, 신해선(여 1920), 삼척군 노곡면 하월산리, 1994. 8. 24., 민요대전 강원. * 노래 4행에서 "친전이라 썩 들가니"는 아마도 '마굿간에 썩들가니'의 오류로 생각된다.*

신이 해야만 하는 일들 때문에 머나먼 "천리길을 어디메로 가잔말가"라고 한탄하는 것이다. 강원도 산골로 시집와 쉽사리 친정에 갈 수 없었던 가창자의 심리적 상황이 <친정희구 노래>를 <사촌형님 노래>에 끌어들여와 변형해 부르게 했던 것이다.

심지어 다음 노래에서처럼 <친정희구 노래>뿐만 아니라 시집식구가 어려워 존댓말을 쓰는 며느리가 소와 개에게까지 존댓말을 썼다는 민담의 한 대목까지 <사촌형님 노래>에 덧붙여지기까지 한다.

> 성님 성님 사촌성님 시집살이 어떻든가
> 도리도리 도리판에 수저 놓기 어렵더라
> 수박식기 밥 뜨기도 어렵더라
> 달은 밝아 명랑하고 별은 밝아 청명한데
> 앞밭에라 이수(잇꽃)갈아 분홍치매
> 뒷밭에라 쪽을 갈아 쪽저고리
> 곱게 곱게 해서 입고
> 우리 꺼먹소에 채반해서 한 짐 실어
> 흰개 잡아 짝짐 지고 흰닭 잡아 웃짐 지고
> 청두밀양 가고지고
> 메늘아가 그게 무슨 소리냐
> 소씨가 꺼치씨를 쓰시고 마당에 거니시니
> 개씨가 짖습니다[105]

이는 <사촌형님 노래>를 부르고 난 뒤의 상황까지 노래 속에 담아 부른 일종의 '메타-사촌형님 노래'이다. 며느리가 <사촌형님 노래> 속에 친정에

105) [영동 3-4] 사촌성님, 김소용(여 1911), 용산면 신항2리 수리, 1995. 8. 10., 민요대전 충북. * 며느리가 가난한 시집살림이 원망스러워 친정에 가고싶다고 혼잣말을 한 것을 시아버지가 듣고 무슨 소리냐고 묻자 '소가 덕석을 쓰고 마당을 거니니 개가 짖는 소리입니다'라고 둘러댄다는 것이 시댁에서 존대말만 하던 버릇이 나와 우스운 말이 되었더라는 얘기다.*

가고 싶은 마음을 담아 부르는 것을 시아버지가 듣고 무슨 소리냐고 묻자 며느리가 당황해 "소씨가 꺼치씨를 쓰시고 마당에 거니시니 / 개씨가 짖습니다"라고 둘러댔다는 내용으로 되어 있다. 뒷부분의 이야기는 독립된 민담으로도 전승되는 것으로 <사촌형님 노래> 속에 복합됨으로써 노래 속 화자에 대한 서사적 거리를 확보하고 있다.

이외에도 영남 지역에서는 <친정부음 노래>의 말미 부분에 <사촌형님 노래>의 항의형을 복합해 부르는 양상이 흔하게 나타나는데, 이는 <사촌형님 노래>가 다른 노래의 부분이 되는 것으로 <사촌형님 노래> 스스로의 개방성과 탄력성을 보여주는 좋은 사례라 할 수 있다.

> 미겉이 짓은밭을 한질매고 돌아보이
> 패리씬넘(패랭이 쓴 놈) 왔다갔다 두질매고 돌아보이
> 엄마죽은 부고왔네 엄마죽은 부고라서
> 집에가여 대답하니 집에가니 시굼시굼
> 시어마님 하는말씀 그밭다매고 가라캐여
> 죽을판살판 그밭매고 돌아가니 하리밤에 자고나니
> 친정을 들어가니 행상이 떠나온다
> 오라배 맏오라배 행상조끔 나여두가
> 엄마얼굴 다시보자 야야야야 어제아래 오지와야
> 사촌에도 맏오라배 행상조끔 나여두가
> 엄마얼굴 다시보자 엄마얼굴 볼라거등
> 어제아래 오지와야 월캐월캐 맏월캐야
> 행상조매(행상을 조금) 나여두가 엄마얼굴 다시보자
> 엄마얼굴 볼라거등 어제아래 오지와야
> 엄마얼굴 보자하니 서른서이 담재군아
> 행상조끔 나여두가 부모얼굴 다시보자
> 서른서이 담재군이 행상나여 주는데
> 엎장을(관 뚜껑을) 떠고보니 부모죽은 얼굴보니
> 짓만붙은 적삼입고 말만붙은 처마입고

행핀없이 해가있네 담재군들 들어봐라
이내말로 들어봐라 오늘날에 들어봐라
인지라도 시간이 바쁘나마
엄마농에 들어가여 옷을주니
엄마입는 옷으는 찬찬의복 나여두고
그렇기 험하기 했는거로 웃을내다 다입기어
서른서이 담재군을 띄와놓고
집안에 들어가니 하는말이 월캐 하는말이
쌀한찰되 자잤이먼 니도묵고 나도묵지
누런밥이 남는거는 니개주지 내개주나 그래그래 유세마라
우리는 울로뜰고 쇠접시로 담장쳐도 아무유세 몬할래라
너거는 울로뜰고 나무접시 담장쳤다 그래그래 유세하나
쌀한쌀되 자잤이먼 니도묵고 나도묵지
누런밥이 남아오머 니개주지 내개주나

[말] 그래 월캐(올케)가 그래 숭악다고(흉악하다고), 그래 시누부 밥을 안 주더란다. 안 주이까네, 그거 옷 그거 저거 인자 어마씨 패물하고 전부 인자 옇어가(넣어서) 보내이까네 밉거등. 밉어 놓이 월캐로 밥을 안, 시누부로 밥을 안 줘. 밥을 안줘 가지고 그래 '너거는 나무접시 담장 쳤다고 그래그래 유세하나? 나는 쇠접시로 담장 쳐도 유세 몬 할래라. 너거는 뒷동산 칡이 가지고 웃기 맸다고 그래 유세 하나? 우리는 녹칠기로가 웃기를 끼미도(꾸며도) 유세 몬 할래라.' 카민서는 시누부가 그래 와가지고 그래 어마씨 그거 해 놓고 그래 잘사더란다, 외가(와서).[106]

이렇게 <사촌형님 노래>가 <친정부음 노래>의 말미에 결합됨으로써 친정 부고를 맞아 친정에 간 여자의 상황이 더욱 실감나게 구현되고 있다. 원래의 <사촌형님 노래>에서는 동서끼리의 갈등으로 그려지던 것이 여기에서는 시누와 올케 사이의 갈등으로 바뀌어 나타난다. 즉 노래 속 화자인 여자가 혼인 전에는 시집살이를 시키던 시누에서, 혼인 후에는 '출가외인'

106) [울주군 언양면 3] 시집살이 노래 (1), 이맹희(여 77), 반곡리 진현, 1984. 7. 24., 류종목・신창환 조사, 구비대계 8-12.

으로서 푸대접을 받는 모습이 잘 나타나 있다. 결국 화자는 자신이 시집식구와 친정식구 어디에서도 식구로서의 대접을 제대로 받지 못함을 인식하고 스스로 홀로 서기를 해야 함을 깨닫게 된다.107)

이 노래를 부르고 나서 가창자는 시누에게 밥을 안 해준 올케를 '숭악다(흉악하다)'고 했다. 또한 설화를 구연할 때와 마찬가지로 시누가 돌아와 '잘 사더란다'라고 결말을 덧붙이기까지 했다. 이는 가창자가 <사촌형님 노래>의 인물들을 자신과 별개의 인물이라고 인식하고 있으며, 비판적 거리를 갖고 있기 때문에 나타나는 양상이다. 독립적으로 불릴 때에는 극적인 구조를 유지하고 있던 <사촌형님 노래>가 다른 유형의 노래와 복합되면서 서사화하는 모습을 보여준다.

이처럼 <사촌형님 노래>는 여성들이 보편적이고 평등한 관계에 있는 사촌형님과 동생 사이에서 주고받는 말로 되어 있으며, 대화 또는 문답이라는 극적 구조를 지니고 있어 노래 속 인물들과 가창자의 거리를 분명히 할 수 있는데다가, 고정된 틀 안에 어떤 내용의 사설도 집어넣을 수 있다는 개방성을 지니고 있다. 노래의 현장에서 <시집살이 노래>를 불러달라고 하는 조사자들의 요구에, 가창자들이 <시집살이 노래>를 부르기를 꺼려하거나 다 잊어버렸다고 하면서도, <사촌형님 노래>는 거의 대부분 쉽게 부를 수 있는 것은 바로 위와 같은 요건들을 <사촌형님 노래>가 가지고 있기 때문이라고 할 수 있다. 이것이 바로 <사촌형님 노래>가 전통 사회에서 '말'을 잊어버린 여성들이 서로의 체험과 정서를 나눌 수 있는 '소통의 매체'가 될 수 있었던 요건이면서, <사촌형님 노래>가 지닌 '소통의 힘'이라고 할 수 있을 것이다.

107) 필자는 친정식구-딸의 관계를 나타낸 서사민요를 딸이 '어머니의 죽음'이라는 현실을 받아들이고 '홀로 서기'를 하는 것으로 해석한 바 있다. 서영숙, 『한국 서사민요의 날실과 씨실: 우리 어머니들의 노래』, 도서출판 역락, 2009, 129~159면 참조.

3. <사촌형님 노래>를 통한 소통 교육

<사촌형님 노래>는 제7차 개정 국어과 교육과정에 의한 고등학교『문학』 교과서 18종 중 7종에 수록되어 있다.[108] 여기에서는 교과서 수록 작품을 분석하고 이 노래의 소통 매체적 성격을 활용한 교육 방안을 살펴보려고 한다.

3.1. 문학 교과서 수록 작품 분석

제7차 개정 국어과 교육과정에 의한 고등학교『문학』 교과서에 수록된 <사촌형님 노래>의 전문은 다음과 같다.

형님온다 형님온다 분(粉)고개로 형님온다
형님마중 누가갈가까 형님동생 내가가지
형님형님 사촌형님 시집살이 어떱뎁까
이애이애 그말마라 시집살이 개집살이
앞밭에는 당추(唐椒)심고 뒷밭에는 고추심어
고추당추 맵다해도 시집살이 더맵더라
둥글둥글 수박식기(食器) 밥담기도 어렵더라
도리도리 도리소반(小盤) 수저놓기 더어렵더라
오리(五里)물을 길어다가 십리(十里)방아 찧어다가
아홉솥에 불을때고 열두방에 자리걷고
외나무다리 어렵대야 시아버니같이 어려우랴?
나뭇잎이 푸르대야 시어머니보다 더푸르랴?
시아버니 호랑새요 시어머니 꾸중새요

---

108) 디딤돌, 중앙교육진흥연구소, 교학사(구인환 외), 블랙박스, 교학사(김대행 외), 대한교과서, 청문각 등에서 간행한 고등학교『문학』 교과서에 수록되어 있다.

동세하나 할림새요 시누하나 뾰족새요
시아지비 뾰중새요 남편하나 미련새요
자식하난 우는새요 나하나만 썩는샐세
귀먹어서 삼년이요 눈어두워 삼년이요
말못해서 삼년이요 석삼년을 살고나니
배꽃같던 요내얼굴 호박꽃이 다되었네
삼단같던 요내머리 비사리춤이 다되었네
백옥같던 요내손길 오리발이 다되었네
열새무명 반물치마 눈물씻기 다젖었네
두폭붙이 행주치마 콧물받기 다젖었네
울었던가 말았던가 베갯머리 소(沼)이졌네
그것도 소이라고 거위한쌍 오리한쌍
쌍쌍이 때들어오네 (경북 지역의 민요)[109]

이 작품은 크게 세 부분으로 나누어 볼 수 있다. 이는 내용에 의해 '1) 사촌동생이 사촌형님을 마중나감 2) 사촌동생이 사촌형님에게 시집살이에 대해 묻자 이에 대해 대답함 3) 울음을 웃음으로 극복함'으로 구성되어 있다. 여기에서 2)는 시집살이에 대해 한탄하는 내용으로 대체로 시집살이의 어려움, 시집식구의 비유, 시집살이로 인해 변한 자신의 모습 등을 표현하고 있다. 이 작품은 불완전하기는 하지만 <사촌형님 노래> 유형 중 '접대형+한탄형'에 속한다.[110] '접대형+한탄형'은 사촌동생이 친정에 돌아오는 사촌형님을 맞이해 갖은 음식을 다 준비해 대접한 뒤, 사촌형님에게 시집살이가 어떠냐고 물으니 형님이 그에 대해 대답하는 내용으로 되어 있다. 그러나 이 작품에서는 앞부분에서 사촌동생이 형님을 마중 나가는 상황만 나와 있

109) 구인환 외 5인, 고등학교 『문학 하』, (주)교학사, 2003, 155쪽.
110) <사촌형님 노래>를 내용에 따라 하위유형을 분류하면, 한탄형, 접대형, 항의형, 복합형 등 크게 네 가지로 나눌 수 있다. 이에 대해서는 서영숙, 「<사촌형님 노래>에 나타난 체험과 정서의 소통」, 『한국민요학』 33, 한국민요학회, 2011, 121~160쪽에서 분석한 바 있어 여기에서는 다루지 않는다.

을 뿐 음식을 대접하는 내용은 나오지 않는다. 경북 경산 지역은 <사촌형님 노래> 중 주로 '한탄형'이 전승되는 지역으로 '접대형'의 사설이 잘 전승되지 않기 때문에 나타나는 양상이라 생각된다.

이 작품은 임동권, 『한국민요집』 I, 139~140쪽에 있는 시집살이요 F 1(四寸兄)을 인용한 것으로 보인다. 임동권의 『한국민요집』에는 "자식하난 우는 새요"가 없는데, 저자들에 의해 삽입된 것으로 생각된다. 하지만 거의 모든 <시집살이노래>에 시집식구들에 대한 비유만 나오지 자식은 나오지 않는다는 점에서 작품의 본 모습에서 벗어난 개작이라 생각된다. 또한 원 자료에는 '배꽃같은', '삼단같은', '백옥같은'으로 되어 있는데, 교과서에는 과거형 '배꽃같던', '삼단같던', '백옥같던'으로 바뀌어 있어 시제를 고려해 수정한 것으로 생각된다. 하지만 본래 민요에는 이러한 과거형 시제가 잘 나오지 않는다는 점에서 구비문학으로서의 민요의 특성과는 거리가 느껴진다.

이 작품이 어떤 경위를 통해 채록되었는지에 대한 정보가 수록되어 있지 않아 확인할 수는 없지만 자료로서의 신빙성을 받아들인다고 한다면,[111] 일반적인 <사촌형님 노래>에 나오는 시집살이의 어려움에 대한 다양한 비유가 한데 복합되어 있어 높은 문학적인 가치를 지니고 있다. 특히 시집식구를 각종 새에 비유하는 대목은 이후 조사된 자료집인 『한국구비문학대계』나 『한국민요대전』 자료에는 잘 나오지 않는 사설이다. 시집식구를 동물에 비유하는 것은 오히려 제주도에서 더 많이 나타나는데, 제주도에서는 흔히 시집식구를 호랑이, 닭, 물고기 등에 비유한다. 또한 마지막 부분에 "거위 한쌍 오리한 쌍 떠들어오네"와 같은 대목도 다른 작품에는 거의 보

111) 임동권의 『한국민요집』이 수많은 민요 자료를 집대성하고 체계적인 분류를 해놓았음에도 불구하고 객관적인 자료로 다루기 힘든 이유가 채록일시, 장소, 구연상황, 구연자 등에 대한 정보가 전혀 서술되어 있지 않다는 데 있다. 『한국구비문학대계』 등 최근 자료에는 <사촌형님 노래>의 구연상황 등에 대한 정보와 함께 음원을 확인할 수 있으므로 이후에는 문학 교과서에서도 구비문학으로서의 특성을 살리면서 학습자들이 직접 노래를 들으면서 구연상황을 확인할 수 있는 작품으로 바꾸는 것이 좋지 않을까 한다.

이지 않는다. 이는 임을 그리워하는 여인이 베갯머리에서 흘린 눈물이 넘쳐 마치 연못(소)처럼 되었다는 어구와 함께 관용적으로 나오는 표현이다. 이 작품에서는 시집살이로 인해 흘린 눈물이 소가 되었다는 것으로, 거위 한 쌍 오리 한 쌍 떠들어온다는 것은 정말 그럴 정도로 눈물을 많이 흘렸음을 과장해서 표현함으로써 자신의 슬픔을 해학적 표현으로 극복해내는 것이라 할 수 있다.

그런데 일부 교과서를 비롯한 대부분의 참고서와 EBS 강의 등에서는 이 대목의 "거위 한 쌍 오리 한 쌍"을 한결같이 '어린 자식'에 대한 비유로 보고서,[112] 화자가 고통스러운 시집살이를 자식들을 바라보며 체념적으로 받아들이는 상황을 비유적이고 해학적으로 표현한 것이라고 설명하고 있다. 그리하여 이 노래의 주제를 '시집살이의 한과 체념'을 나타낸 것으로 천편일률적으로 해석한다. 그러나 "거위 한 쌍 오리 한 쌍"은 화자 자신이 시집살이로 인해 너무 울어 베개머리가 연못이 되도록 울었다는 것의 과장된 해학적 표현이다. 거위나 오리가 연못으로 착각할 만큼 눈물이 많이 고였다는 것이다. 자신의 슬픔을 객관적으로 바라다봄으로써 슬픔의 정서를 극복하고 있는 것이다.[113] 이를 자식들의 비유로 보고 자식들이 들어오기 때문에 눈물을 그치고 시집살이를 받아들이는 체념하는 것으로 읽는 것은 노래의 의미를 제대로 받아들이지 못한 것이다.

<사촌형님 노래>는 체념에 그치는 것이 아니라 한탄이나 항의로 나아가

112) 한계전 외 4인, 고등학교『문학 하』, (주)블랙박스, 2003, 145쪽; 권오성 외 5인,『고전시가의 모든 것』, 꿈을 담는 틀, 2007, 308쪽; 이대욱 외 22인,『고전 운문문학』, 천재교육, 2009, 262쪽 참조.

113) 김대행의 표현대로 하면 이는 웃음이 어울리지 않는 상황에서 유발되는 웃음으로, '웃음으로 눈물닦기'의 행위라 할 수 있다. '웃음으로 눈물 닦기'는 '비애의 정서를 웃음으로 해소하는 의도적 행위'로서, 의도성, 언어성, 방식성, 보편성을 그 특징으로 지닌다. 우연의 결과가 아니라 노력의 산물이며, 다른 행위가 아니라 언어로 구현되며, 고정된 형태가 아니라 유연하게 활용되는 방식이며, 부분적 현상이 아니라 보편성을 가지고 있다. 김대행,『웃음으로 눈물닦기』, 서울대학교 출판부, 2005, 3쪽, 92~93쪽.

는 것이 대부분이다. 이 작품 역시 시집살이의 어려움을 한탄함으로써 자신의 슬픔을 표현하고, 같은 또래의 여자들과 함께 나누고 있는 것이다. 또한 마지막 부분에는 이 슬픔을 해학적으로 표현함으로써 그 슬픔을 이겨내려는 노력을 하는 것이다. 아무리 어려운 상황이라 할지라도 이를 우스운 언어로 표현할 수 있다는 것은 어려운 상황을 이겨낼 자세가 되어 있다는 것이다. 이런 노래를 부름으로써 비애를 차단하고 웃을 수 있는 것이다. 슬픔을 차단하기 위한 과장된 표현을 '어린 자식'들의 비유라 못 박고, 아이들로 인해 시집살이에 순응하고 체념하는 모습이라고 해석하는 것은 <사촌형님 노래>를 잘못 이해하고 제대로 소통하지 못하는 것이다.

시집살이하는 여자들은 이 노래를 함께 부르면서 서로의 슬픔이나 저항을 있는 그대로 받아들이고, 그들이 다른 누구(자식) 때문에 시집살이를 어쩔 수 없이 체념하는 것이 아니라 그들 스스로 이겨내려고 하고 있음을 이해해야 한다. 그것이 슬픔 그 자체를 받아들이는 그들의 방식이다. 우리가 슬픔에 처해 있을 때 누구 때문에 그 슬픔을 억지로 묻어 두는 것은 진정한 극복이 아니다. 슬픔 자체를 있는 그대로 받아들이고 그럼에도 불구하고 그 슬픔에 침몰하여 일어나지 못하는 것이 아니라, 그 슬픔을 이겨내려고 하는 의지를 보이는 것이 진정한 극복이라고 할 수 있다. <사촌형님 노래>는 바로 시집살이의 어려움을 표현하고 같은 또래의 여자들과 함께 나눔으로써 극복하려고 하는 소통의 노래인 것이다.

3.2. 노래를 통한 소통 교육

근래 들어 사회적으로 '소통'은 매우 중요한 화두가 되고 있다. 현대 사회에서 공동체가 점점 사라지고 개인이 파편화됨으로써 개인 간의 진정한 대화와 소통이 어려워지고 있기 때문이다. 진정한 소통은 타인과의 관계 속에서 자신과 타인을 이해하고 공감하며 서로의 발전을 위해 상호 작용하는 것이라고 한다면, 현대 사회의 인간은 소통을 스스로 거부할 뿐만 아니라 설혹 소통하고자 하여도 그 방법을 제대로 익히지 못해 원활한 소통을 이루지 못하기가 다반사이다.[114] 이에 학습자들로 하여금 소통하는 존재, 효과적으로 대화하고 소통하는 능력을 키울 수 있도록 교육할 필요가 있으며,[115] 이때 문학은 소통의 매체로서 효과적인 자료가 된다.

<사촌형님 노래>는 대화체로 이루어진 민요로서, 문학이 작자와 독자 사이에서 이루어지는 소통의 행위이며 학습자들로 하여금 문학을 통해 소통할 수 있도록 교육하기에 매우 적절한 자료이다.[116] 기록문학의 경우 작자와 독자 사이의 소통 행위를 직접 확인하기 어렵지만, 구비문학의 경우 구연자와 청중의 상호작용이 잘 드러나 있어 살아있는 문학의 소통 행위와 과정을 확인할 수 있기 때문이다. 더욱이 <사촌형님 노래>가 같은 또래의 여자들이 서로 묻고 답하는 극적 형식으로 이루어져 있다는 점은 시집살이를 경험하지 않은 학습자들이 시집살이를 경험한 사람들에게 시집살이에 대해 묻고 이에 대한 대답을 들을 수 있는 실제적 문학 소통의 행위를 경험하게 하는 이점을 지니고 있다.

---

114) 부버는 진정한 대화의 삶을 살지 못하고 독백의 삶을 사는 사람은 타자를 내가 아닌 존재이면서 동시에 자신이 의사소통해야 하는 존재로 자각하지 못한다고 주장한다. 그에게 대화의 삶은 기본적으로 "타자를 향한 전향"(the turning towards the other)이다. Buber, Martin(1979), *Between Man and Man*, translated by Roland Smith, Glasgow: William Collins Sons & Co.Ltd,, pp.38~40. (고미숙, 앞의 책, 211쪽에서 재인용)

115) 인간 교육은 시 공간의 맥락 속에서 인간이 자기 자신뿐만 아니라 타자를 알고 이해하며, 나아가 서로 지속적으로 보다 나은 인간으로 재구성되는 인간, 즉 관계를 통해 상호적으로 발달하는 인간을 길러주는 교육이다. 따라서 인간 교육에서 추구하는 인간은 자신과 타자의 삶을 끊임없이 성장시키는 진보하는 인간, 노력하는 인간, 인간과 삶에 애정이 있는 인간이다. (고미숙, 앞의 책, 234~235쪽)

116) 관계 속에서 대상을 이해한다는 것 그리고 그러한 관계를 적극적으로 형성해 나가는 관계 형성적 인식은 독백적 인식 태도에 비해 문제를 다양한 층위에서 고찰한다는 특성을 갖는다는 점에서 교육적 의의가 크다. 그리고 대화는 이러한 관계 형성을 가능케 하는 대표적인 언술 방식이라고 할 수 있다. 고영화, 「관계 형성적 인식과 의사소통에 대하여: 대화체 가사를 중심으로」, 『국어교육학연구』 15, 국어교육학회, 2002, 125쪽.

그러나 기존 문학 교과서에는 이 노래를 대부분 문학사를 다루는 부분에서 근세 문학 또는 중세 후기 문학의 하나로 예시하고 있다.[117] <사촌형님 노래>는 이 시기의 문학의 특징이 "조선 전기까지의 엄격한 신분 질서가 동요하고 경제적 능력을 바탕으로 한 새로운 신분 질서가 수립되면서, 문학의 담당층이 평민과 여성으로까지 확대"[118]되었음을 보여주기 위해 채택된 것이라 생각된다. 그러나 정작 작품의 학습목표와 학습활동은 이러한 단원의 개요와는 그리 관련성이 크지 않은 항목으로 이루어져 있다. 두 가지 교과서를 중심으로 단원, 학습목표, 학습활동이 어떻게 설정되어 있는지 살펴보기로 하자.

	교학사	블랙박스
단원	한국문학과 세계문학 2. 한국문학과 세계문학, 어떻게 전개되었는가? (3) 근세문학 1. 근세문학의 이해와 감상 1. 시집살이노래	한국문학의 특질과 흐름 4. 중세 후기 문학의 흐름 1 조선후기의 문학 작품읽기 1. 시집살이노래
학습목표	1) 이 작품의 주제와 표현상의 특징을 파악해 보자 2) 화자의 처지에 공감하며 이 작품을 음미해 보자	1) 노래의 운율을 고려하여 읽는다. 2) 노래에 반영된 당대의 사회상을 떠올리며 읽는다. 3) 노래의 독특한 표현방법에 유의하며 읽는다.
학습활동	내용 이해 1) 이 노래는 시집식구들을 새에 비유하고 있다. 각각의 새가 담고 있는 의미를 추측하여 말해보자 2) 이 노래를 통해 알 수 있는	1) 이 노래의 운율과 관련하여 아래 제시된 활동을 해 보자. (1) 이 작품은 민요이므로 노래로 불릴 것을 전제로 한다. 노래로 부른다면 어떻게 불러야 할지 민요의 특성과 관련하여 생각해

117) 구인환 외 5인, 『문학(하)』, (주) 교학사, 154~157면; 한계전 외 4인 『문학(하)』, (주)블랙박스, 142~146쪽.

118) 한계전 외 4인, 『문학(하)』, 블랙박스, 142쪽.

	시집살이의 고통은 무엇인지 말해보자 3) 이 노래에서 '울었던가 말았던가 / 베갯머리 소(沼)이겼네 / 그것도 소이라고 / 거위한쌍 오리한쌍 / 쌍쌍이 때들어오네'는 어떠한 정황을 노래한 것인지 말해보자 원리 확장 1) (<어머니 그리는 노래>를 인용한 뒤,) 시집살이의 고통을 표현하는 방식의 측면에서 시집살이 노래와 비교해 보자 2) 민요에서 반복과 대구가 자주 쓰이는 이유가 무엇인지 생각해 보자. 발표 토의 토론 이 노래의 화자에게 각자 위로의 편지를 써서 발표해보자	보자. (2) 이 노래는 낭송하다 보면 자연스러운 운율을 느낄 수 있다. 운율감이 두드러진 부분을 찾고 이러한 운율은 어떻게 형성된 것인지 말해 보자. 2) 이 작품의 내용 및 표현 방법과 관련하여 아래 제시된 활동을 해 보자. (1) 이 노래를 기록문학으로 보면 대화 형식으로 이루어진 노래라고 할 수 있다. 누구와 누구의 대화인지, 그리고 대화의 주된 내용은 무엇인지 말해 보자. (2) 식구들을 새에 비유하여 익살스럽게 표현한 부분을 찾아보고, 각각의 인물들의 행동 특성을 말해보자. (3) (2)에서 공부한 내용을 바탕으로, 친구들이나 가족의 인상을 효과적으로 나타내는 비유적 표현을 만들어 발표해 보자. 3) 다음은 어느 일간 신문에 실렸던 작품(제사유감)이다. 본문의 작품과 다음을 비교하면서 읽고, 아래 제시된 활동을 해보자. (1) 이 작품은 오늘날 시집살이의 어려움을 가사 형식을 빌어 노래한 것이다. 앞의 작품과 비교해서 어떤 것이 더 나은지 각자의 의견을 말해 보자. (2) 본문의 노래와 이 노래를 활용하여 학교 생활의 어려움, 공부의 어려움, 인간관계의 어려움 등을 주제로 짧은 노래를 지어보자.

우선 이들 교과서에서는 <시집살이 노래>를 중세 후기(또는 근세) 문학의 예로 제시하면서 학습목표를 주로 운율과 비유 등 표현상의 특징을 파악하

는 데에 중점을 두고 있어서, 정작 이 노래가 조선 후기 사회 속에서 다른 평민 문학과 어떠한 관계를 맺으며 평민 여성들의 어떤 의식을 형상화하면서 형성 소통되었는지에 대한 학습활동이 제대로 이루어지지 않고 있다. 블랙박스의 학습목표 2) “노래에 반영된 당대의 사회상을 떠올리며 읽는다.” 정도가 이러한 목표에 근접하고 있으나 이 역시 <시집살이 노래>가 가지고 있는 문학사적 가치나 의의를 파악하기에는 미진한 점이 있다. 오히려 <시집살이 노래>는 조선 후기부터 지금까지 여성들 사이에서 불려온 노래이자 여성 문화로서 문학의 소통 행위를 잘 보여주고 있는 작품으로 다루어질 필요가 있다. 즉 앞 장에서 살펴본 바와 같이 이 노래가 지니고 있는 소통 매체적 성격, 즉 대등한 주체 사이의 대화를 통한 소통의 형식을 취하고 있다는 점, 공동 서사 속에 자기-서사를 말하고 있다는 점, 열린 구조를 통한 새로운 의미를 만들고 있다는 점 등 을 활용해 학습자들로 하여금 문학이 소통의 매체로 사용되었음을 확인하고, 스스로도 문학, 노래를 통해 소통할 수 있는 능력을 계발하는 데 활용할 수 있도록 학습목표와 학습활동을 구안할 필요가 있다.

특히 구비문학은 예전부터 지금까지 문학 문화로서 예사 사람들의 삶 속에서 서로를 이해하고 수용하는 소통의 행위로서 향유되어 왔으며, 현재에도 그 형태와 방식이 달라지긴 했지만 여전히 구비문학적 문학 소통 행위를 하고 있다. 우리가 일상생활이나 인터넷 공간에서 주고받는 자기 자신과 타인의 삶의 이야기는 넓은 의미에서 문학 소통 행위라 할 수 있다. 특히 노래는 정서를 소통할 수 있는 아주 효과적인 방법이다. 말로 표현하기 어려운 것을 노래로 부름으로써 사랑을 표현하고 이별의 고통을 호소하는 것은 지금의 대중가요에서도 흔히 이루어지는 현상이다. 그러나 대중가요가 잘 짜인 가락과 틀에 고정된 가사로 노래를 부르는 것과는 달리 민요는 얼마든지 여러 가지 사설을 혼합하여 새로운 의미를 만들어 낼 수 있음을 이해하고 활용할 수 있도록 한다. 더욱이 대화체를 활용하여 간접적으로 극화하여 자신들의 생각을 표현하는 문학 활동을 할 수 있도록 한다. 이때 내용은 자신의 체험과 정서를 바탕으로 한다. 이는 일종의 서사 교육으로서, 학생들은 이를 통해 타인과의 관계 속에서 바람직한 자기 정체성을 확립해 나갈 수 있다.[119)]

즉 <사촌형님 노래>가 장점으로 지니고 있는 소통 매체적 성격을 살려 학습자들로 하여금 문학작품을 통해 정서를 소통할 수 있는 학습목표와 학습활동을 제시해보면 어떨까 한다. 또한 텍스트도 되도록 본래 구비문학의 성격에 맞게 구연상황이나 창자와 청중의 상호작용이 잘 나타나 있는 작품을 제시하는 것이 좋으리라 본다. 우선 학습목표로는 '첫째, 노래에 나타나는 화자의 체험과 정서를 이해하고 공감한다. 둘째, 노래에 나타난 가족관계의 문제점을 파악하고 바람직한 관계를 모색한다.[120)] 셋째, 자신의 체험과 정서를 이야기 또는 노래로 표현하여 다른 사람과 소통한다.'로 설정함으로써 노래 속 화자와 감상자의 소통을 통해 실제 현실에서의 바람직한 소통을 할 수 있는 주체가 되는 데 둔다.

다음 학습활동으로는 각각의 학습 목표에 맞추어 다음과 같은 활동을 구안해볼 수 있다.

첫째, 노래에 나타나는 화자의 체험과 정서를 이해하고 공감하기 위하여: 문학을 감상하는 것은 문학 속에 나타난 화자의 체험과 정서를 이해하고

---

119) 이때의 정체성을 고미숙은 다음과 같이 설명하고 있다. "서사적 정체성은 삶 이야기를 말함으로써 정체성을 형성하는 것이다. 서사적 정체성 교육은 차이와 다양성과 통일을 중시하는 교육, 자아와 타자의 상호관련성을 중시하는 교육, 끊임없이 자아를 성찰하는 속에서 타자와 더불어 자신을 재구성하는 과정 중시의 교육, 서사적인 사고능력을 길러주는 교육, 우리 각자의 삶이 그 중요성을 인정받고 실천을 중시하는 교육으로의 이행이다." (고미숙, 앞의 책, 293쪽)

120) 여성의 시집살이를 자아낼 수밖에 없는 사회적 구조의 문제점, 현대에도 여전히 남녀의 역할에 대한 이분법적인 사고방식, 사회생활에 있어서의 남녀 차별의 문제 등으로 여성들이 안팎으로 어려움을 겪고 있다. 이는 여성의 문제일 뿐만 아니라 남성의 문제이기도 하며 우리 사회의 문제임을 인식하고, 이를 해결해나갈 수 있는 방안을 모색할 필요가 있다.

공감함으로써 자신의 인식과 경험의 세계를 확장하기 위한 것이라 할 수 있다. <사촌형님 노래>는 전통 사회에서 시집살이하는 여자들의 체험과 정서를 잘 표현하고 있는 노래이다. 학습자들은 이 노래를 통해 당대 사회의 체제 속에서 고난을 겪어야 했던 여성들의 삶과 정서를 이해하고 공감할 뿐만 아니라, 현대 사회 속에서 이러한 문제점이 어떻게 지속 변화되고 있는지에 대한 이해로 확장할 수 있다. 이러한 이해와 공감은 우리 사회 속에 상존하고 있는 여성 차별의 문제나 가부장적 가족구조에서 나타나는 문제를 바람직한 방향으로 해결하는 데 밑받침이 될 수 있다. 이를 위해 다음과 같은 학습활동을 제시하면 좋을 것이다.

○ 노래 속 화자가 시집살이에서 어렵게 느끼는 점이 무엇인지 이야기해보자.

○ 주변 사람들(어머니, 할머니, 이웃 아주머니, 친척분 등)의 시집살이 체험담을 들으면서, 그분들이 삶 속에서 어떤 어려움을 겪었는지 이야기를 나누어보자.

둘째, 노래에 나타난 가족관계의 문제점을 파악하고 바람직한 관계를 모색하기 위하여: 문학을 이해하고 감상하는 것은 작품이 말하고자 하는 바를 내면화함으로써 자기 자신뿐만 아니라 자기 자신이 속한 사회를 바람직하게 가꾸어나가는 데 있다. 이를 위해서 1)의 학습활동을 바탕으로 <사촌형님 노래> 속의 화자가 시집살이에서 어려움과 고통을 겪은 이유는 무엇인지, 자신이 직접 조사한 체험담의 당사자들이 어려움을 겪은 이유는 무엇인지를 우리 사회의 가족관계나 사회적 구조에서 찾아보고 이러한 문제점을 해결하기 위하여 어떠한 방법의 행동이나 정책이 이루어져야 할지를 찾아보는 활동이 필요하다. 그러기 위해 다음과 같은 학습활동이 적절하리라 생각한다.

○ 노래 속 화자가 가족과의 관계에서 겪는 어려움의 원인은 무엇인지 당대의 사회상과 관련하여 이야기해 보자.

○ 자신이 직접 조사한 시집살이 체험담 속에서 구술자들이 겪은 고난의 원인은 무엇인지 우리 사회의 전반적인 문제점과 관련해 이야기해 보자.

○ 시집살이 노래와 체험담 속에 나타난 문제점이 현재에는 어떻게 지속되거나 변화되고 있는지 시집살이를 다루고 있는 드라마 등을 통해 이야기해보자.

○ 이러한 문제점이 해결되기 위해서 가족 간의 관계나 사회의 모습이 어떻게 달라져야 하는지 이야기해보고, 그러기 위해서 개인적으로 어떻게 행동하고, 사회적으로 어떠한 정책이 실현되어야 할지 이야기해 보자.

셋째, 자신의 체험과 정서를 이야기와 노래로 표현하고 다른 사람과 소통하기 위하여: 문학 교육은 학습자들로 하여금 소극적 수용자에 머무는 것이 아니라 적극적 생산자로 나아감으로써 문학 문화의 소통을 통해 개인과 타인의 삶을 풍요롭게 하는 데 있다. <시집살이 노래>에 나타난 소통 매체적 특성을 활용해 학습자들이 자신의 체험과 정서를 문학으로 표현하고 이를 다른 사람과 소통하는 행위를 실천할 수 있도록 한다면 학습자들은 일상적 삶 속에서 문학문화의 창조자가 될 수 있다. 이를 위해 다음과 같은 학습활동을 제시할 수 있다.

○ 자신의 어려움과 아픔을 자신을 잘 이해해주는 친구에게 털어놓는다 생각하고 이를 이야기 또는 노래로 표현해 친구들과 공유하는 홈페이지에 올려보자.

○ 다른 친구의 글을 이해하고 공감하면서 읽고 댓글을 달아보자.

○ 친구들이 직접 모여 친구들의 글에 대한 자신의 느낌과 댓글에 따라 자신의 감정이 어떻게 달라지는지를 서로 이야기해 보자.

○ 조별로 좋은 작품을 함께 노래로 만들어 선후창 또는 교환창으로 불러보자.

이와 같은 <사촌형님 노래>의 학습활동을 통해 학습자들은 노래를 불렀던 근대 이전 여성들의 삶을 이해할 수 있을 뿐만 아니라 현대 사회에서 나타나고 있는 가족의 구조적 문제점, 사회에 나타나는 여성의 문제 등을 비판적으로 분석하고 그 해결책을 모색할 수 있을 것이다. 나아가 문학 특히 노래를 통해 자신의 어려움을 표현하고 서로 소통하는 구체적인 문학 활동에 참여함으로써 문학의 창조와 수용을 통한 소통 행위를 경험할 뿐만 아니라 이를 통해 자신과 친구를 이해하고 성장시키는 문학문화의 주체가 될 수 있을 것이다.

4. 맺음말

<사촌형님 노래>는 사촌 형님과 동생이 시집살이에 대한 경험과 정서를 주고받는 대화로 이루어져 있는 민요로서, 전통 사회에서 시집살이하는 여자들 사이에서 시집살이의 고통과 시름을 나누는 소통 매체적 성격을 띠고 있다. 다른 시집살이 노래와 달리 <사촌형님 노래>가 지금까지도 활발하게 전승되고 있는데, 이는 이 노래가 다른 노래와는 달리 소통이 원활하게 이루어질 수 있는 요건을 지니고 있었기 때문이다. 이 글에서는 <사촌형님 노래>의 소통 매체적 성격을 살펴보고, 이를 바탕으로 정서 소통 교육 방안을 제시하였다.

<사촌형님 노래>의 소통 매체적 성격 중 주요한 것으로 네 가지를 들 수 있는데, '극적 노래를 통한 거리 두기, 대등한 주체 사이의 관계 맺기, 공동 서사 속에 자기-서사 말하기, 열린 구조에 의한 의미 만들기'가 그것이다. 이는 곧 <사촌형님 노래>가 대화 또는 문답이라는 극적 구조를 지니고 있어 노래 속 인물들과 가창자의 거리를 분명히 할 수 있다는 점, 평등한 관계에 있는 사촌형님과 동생 사이에서 주고받는 말로 되어 있다는 점,

시집살이를 하는 사람들의 보편적인 공동 서사를 이야기할 뿐만 아니라 자신이 직접 겪은 자기-서사를 통해 자신과 타자를 이해할 수 있다는 점, 고정된 틀 안에 어떤 내용의 사설도 집어넣을 수 있다는 개방성을 지니고 있다는 점을 말한다. 이러한 성격으로 인해 시집살이하는 여자들은 <사촌형님 노래>를 부름으로써 마음껏 자신들의 체험과 정서를 공유하고 소통할 수 있었고, 이를 통해 어려운 시집살이를 극복할 수 있었던 것이다.

고등학교 문학 교과서에는 <사촌형님 노래> 중 '한탄형+접대형'에 속하는 작품이 수록되어 있는데, 대부분 이 작품을 운율 및 표현, 시대적 배경을 살펴보는 데에 중점을 두고 있다. 그러나 이는 이 노래의 외면적, 표면적 특징만을 교육하는 데에 그치는 것으로서, 노래의 소통 매체적 성격을 살려 학습자들로 하여금 노래 속 화자의 체험과 정서를 이해하고 공감하며, 이를 바탕으로 현실적인 문제에 부딪혔을 때 다른 사람과 원활한 소통을 할 수 있는 주체로 성장할 수 있도록 하는 데 중점을 둘 필요가 있다. 뿐만 아니라 자신의 체험과 정서를 이야기나 노래로 표현할 수 있게 함으로써 문학의 창조와 수용을 통한 소통 행위를 하는 문학문화적 주체로 자랄 수 있도록 교육할 필요가 있음을 제시하였다. 그렇게 될 때 <사촌형님 노래>는 지나간 시절의 화석화된 노래가 아니라 '지금 여기'의 시집식구와 며느리, 어머니와 딸, 남성과 여성이 서로 소통하는 노래로 살아 숨 쉴 수 있을 것이다.

5부

사랑과 죽음 관련 서사민요의 짜임과 스밈

1장_ <쌍가락지 노래>의 서사구조와 전승양상

1. 머리말

<쌍가락지 노래>는 일찍이 고정옥이 "영남 민요 중 가장 보편적이며 아름다운 것 중의 하나"로 '열녀가' 아래 정렬가(貞烈歌)로 분류하고 있는 유형이다. 그는 아울러 "처녀가 순결을 의심받고 죽음으로써 항변한 노래"로 "첫 절의 운율미는 대단히 아름다운 것에 속한다."고 소개하였다.[1] <쌍가락지 노래>는 "쌍금쌍금 쌍가락지 호작질로 닦아내어 / 먼데보니 달일러니 곁에 보니 처잘레라"라는 경쾌하고도 신비로운 구절로 이야기가 시작되다가 "그 처자의 자는방에 숨소리가 둘일레라"라는 급작스런 반전으로 이어져, 부르고 듣는 사람들을 호기심과 흥미로 모아들이는 흡입력을 지닌 노래이다.[2]

하지만 <쌍가락지 노래>가 지닌 문학적 가치와 여성 민요에서 차지하는 비중에 비해 이에 대한 연구는 매우 소원한 편이다. 조동일은 이 노래를 서사민요의 한 유형으로 다루면서 "부당한 간섭을 가하는 오빠에 대한 항거의 노래"라고 하였다. 그의 연구는 이 노래를 유형구조적 측면에서 분석했다는 점에서 선도적이다.[3] 길태숙은 이 노래를 비롯한 <누명쓰고 자살한

1) 고정옥, 『조선민요연구』, 수선사, 1949, 427~429쪽.

2) 그래서인지 영남 지역 민요 조사현장에서 이 노래는 현재까지도 비교적 쉽게 조사된다. 이 노래는 『한국구비문학대계』와 『한국민요대전』에서 70편 조사되었다. 이는 지금까지 필자의 정리에 의해 잠정적으로 잡혀진 『한국구비문학대계』 소재 서사민요 자료 807편과 『한국민요대전』 173편, 총 980편 중 7%에 해당하는 것으로, 그리 적지 않은 숫자이다. 69편 중 호남에서 5편, 영남에서 62편, 기타 지역에서 2편 조사되어, <쌍가락지 노래>는 영남 지역에서 집중적으로 전승되는 유형임을 알 수 있다.

며느리>, <진주낭군>, <큰어머니 노래>의 죽음에 착목하여 노래에 나타난 죽음은 자기표현의 통로가 차단된 상태에서 선택된 '여성적 말하기'로써의 자기표현방식이라고 하였다.[4] 필자는 이 노래를 서사민요 중 오빠와 동생 관계를 다룬 여러 유형 중의 하나로 다루면서, "시집가기 전 여자들이 오빠와의 관계에서 벗어나 새로운 삶을 준비하는 성장통의 노래"라 보았다.[5]

<쌍가락지 노래>만을 대상으로 한 본격적인 연구는 손앵화에 이해 이루어졌다. 그는 주로 <쌍가락지 노래>의 서술 구성방식과 의미 지향을 살펴보고 있는데, <쌍가락지 노래>의 일반형과 변형을 찾아내고 '일반형'은 창자와 청자에게 자기동일시를 촉발함으로써 서정성을 강화하는 반면, '변형'은 사건의 심각성과 상황의 긴장감을 풀어헤치는 유쾌한 해학을 보여주고 있다고 하였다.[6] 이 논의는 <쌍가락지 노래>의 의미를 서로 다른 층위에서 밝히려했다는 점에서 의의를 지니나, <쌍가락지 노래>를 단순히 두 부류로 구분하는 데에는 재론의 여지가 있다. 또한 <쌍가락지 노래>의 하위유형들이 단지 몇몇 구연자에 의해서 우연히 생겨나는 것이 아니라 지역적으로 뚜렷한 경향을 나타내고 있어 이에 대한 세심한 고려가 필요하다.

그러므로 이 글에서는 우선 <쌍가락지 노래>의 하위유형들을 서사단락의 유무에 의해 구분하고 각 하위유형의 서사구조와 의미 등을 살필 것이다. <쌍가락지 노래>의 하위유형을 단지 일반형과 변형으로 뭉뚱그려 파

---

3) 조동일, 『서사민요 연구』, 계명대 출판부, 1970(초), 1979(증보판), 85쪽.

4) 길태숙, 「민요에 나타난 '여성적 말하기'로써의 죽음: <쌍금쌍금쌍가락>, <누명쓰고 자살한 며느리>, <진주낭군>, <큰어머니 노래>를 중심으로」, 『여성문학연구』 9, 한국여성문학학회, 2003, 188~212쪽.

5) 서영숙, 「남매관계 서사민요의 구조적 특징과 의미」, 『한국민요학』 25, 한국민요학회, 2009, 153~186쪽; 서영숙, 『한국 서사민요의 날실과 씨실: 우리 어머니들의 노래』, 도서출판 역락, 2009, 193~220쪽에 재수록.

6) 손앵화, 「<쌍가락지요>의 서술구성과 의미지향」, 『우리어문연구』 22, 우리어문학회, 2004, 163~185쪽.

악하는 것이 아니라 필수 단락의 결합 방식에 의해 일정한 경향을 나타내는 몇 개의 부류로 구분할 것이다. 어떤 필수 단락을 넣느냐 그렇지 않느냐는 단지 기억의 오류나 실수 등에 의한 것도 있지만, 대체로 지역에 따라 일정한 경향을 나타내고 있음을 볼 수 있다. 이는 <쌍가락지 노래>를 이루고 있는 서사단락의 유무가 지역 가창자들에 의한 선택에 의한 것임을 나타내준다. 이러한 양상을 분석함으로써 하위유형 층위에서의 구현되는 의미를 파악할 수 있다. 다음 <쌍가락지 노래>의 지역별 전승양상을 밝힘으로써 <쌍가락지 노래>를 비롯한 서사민요와 지역문화의 상관성을 밝히는 데 토대를 마련할 것이다.

이 연구는 『한국구비문학대계』와 『한국민요대전』 자료를 주 자료로 삼고, 필자 조사 자료, 조동일 조사 자료 및 김소운의 『한국구전민요집』 자료 등을 보조 자료로 삼는다.[7)]

---

7) 『한국구비문학대계』와 『한국민요대전』 자료는 구비문학 전공자나 민요 전문가가 직접 현장에서 조사 채록한 1차 자료로서 1980년대와 1990년대의 민요 현장을 잘 파악하고 있다는 점에서, 필자 자료와 조동일 자료는 각기 전남과 경북의 일정 지역을 대상으로 집중 조사한 자료로 서사민요의 집중 전승 지역인 호남과 영남의 전승양상을 보여준다는 점에서, 『한국구전민요집』은 1930년대 이전의 전국적인 민요 전승양상을 알 수 있다는 점에서 선택하였다. 기타 자료집의 경우에는 대부분 일부 지역만을 대상으로 한 것이어서 전체 양상을 파악하는 데 있어서는 일단 제외하고 참고로만 다루기로 한다. 『한국구비문학대계』 총84권, 한국정신문화연구원, 1980-1989; 『한국민요대전』 총9권, (주)문화방송, 1994-1995; 서영숙, 『한국 서사민요의 날실과 씨실: 우리 어머니들의 노래』 자료편, 도서출판 역락, 2009, ; 조동일, 『서사민요 연구』 자료편, 계명대 출판부, 1970(초판), 1979(증보판); 김소운, 『한국구전민요집』, 제일서방, 1933. 자료 인용시에는 각기 '구비대계'(구), '민요대전'(민), '서영숙 자료(서)', '조동일 자료'(조), '구전민요'(김)라 표기한 후 해당 자료집의 자료 번호와 조사출처 등을 그대로 제시한다.

2. 서사구조와 의미

2.1. <쌍가락지 노래>의 하위유형

<쌍가락지 노래>는 여러 개의 서사단락이 결합되어 하나의 각편을 형성한다. 이들 서사단락의 결합에 의해 <쌍가락지 노래>는 단형에서부터 중형, 장형에 이르기까지 다양한 형태로 전승되고 있는데, 이는 단지 장형으로 이루어진 노래의 일부가 실수로 누락되거나 중단되었다기보다는 가창자들이 예전부터 그렇게 듣고 불러왔기 때문에 그런 형태로 유형화된 것으로 생각된다. 그러므로 장형을 '일반형'으로 보고, 그보다 짧게 부른 노래들은 '일반형'을 제대로 부르지 못한 것으로 취급하는 시각에는 문제가 있다. 이는 일정 지역 사람들은 특정 서사단락만으로 이루어진 <쌍가락지 노래>를 집중적으로 부르는 양상으로 보아서도, 그 지역 사람들에게는 그 형태의 노래가 소위 '일반형'이기 때문이다. 각편별로 나타나는 <쌍가락지 노래>의 서사단락을 분석하여 제시하면 다음과 같다.

지역	각편	부정 의심	항변	죽음	매장 부탁	연대 밭	눈비 보호	연꽃 환생	비고
호남 6편	(구)고흥군 도양읍 5	○	○						
	(구)고흥군 점암면 6	○	○						
	(구)보성군 율어면 7	○	○						
	(구)진도군 지산면 12(2)	○							강강술래로 부름
	(민)무주 2-25	○	○						
	(서)새터 69	○	○						오빠의 직접적 목소리, 처녀 부정으로 인식

<table>
<tr><td rowspan="18">영남
서남부
39편</td><td>(구)상주군
상주읍 22</td><td>○</td><td>○</td><td></td><td></td><td></td><td></td><td></td><td></td></tr>
<tr><td>(구)상주군
낙동면 8</td><td>○</td><td>○</td><td>○</td><td>○</td><td>○</td><td>○</td><td></td><td>어릴 때 부름,
죽은 처녀 노래</td></tr>
<tr><td>(구)상주군
사벌면 23</td><td>○</td><td>○</td><td></td><td></td><td></td><td></td><td></td><td>어릴 때 부름</td></tr>
<tr><td>(구)상주군
청리면 12</td><td>○</td><td>○</td><td></td><td></td><td></td><td></td><td></td><td>어릴 때 부름</td></tr>
<tr><td>(구)상주군
화서면 3</td><td>○</td><td>○</td><td>○</td><td>○</td><td>○</td><td>○</td><td></td><td></td></tr>
<tr><td>(구)성주군
성주읍 7</td><td>○</td><td>○</td><td>○</td><td>○</td><td>○</td><td>○</td><td>○</td><td></td></tr>
<tr><td>(구)성주군
대가면 2</td><td>○</td><td>○</td><td>○</td><td>○</td><td></td><td>○</td><td></td><td></td></tr>
<tr><td>(구)성주군
대가면 38</td><td>○</td><td>○</td><td>○</td><td>○</td><td>○</td><td>○</td><td>○</td><td></td></tr>
<tr><td>(구)성주군
대가면 116</td><td>○</td><td>○</td><td>○</td><td>○</td><td>○</td><td></td><td>○</td><td></td></tr>
<tr><td>(구)성주군
대가면 213</td><td>○</td><td>○</td><td>○</td><td>○</td><td>○</td><td></td><td></td><td></td></tr>
<tr><td>(구)성주군
월항면 51</td><td>○</td><td>○</td><td>○</td><td>○</td><td>○</td><td>○</td><td>○</td><td></td></tr>
<tr><td>(구)성주군
벽진면 8</td><td>○</td><td>○</td><td></td><td></td><td></td><td></td><td></td><td>어릴 때 풀 뜯으며,
빨래하며 부름</td></tr>
<tr><td>(구)선산군
고아면 14</td><td>○</td><td>○</td><td></td><td></td><td></td><td></td><td></td><td></td></tr>
<tr><td>(구)선산군
고아면 20</td><td>○</td><td></td><td></td><td></td><td></td><td></td><td></td><td></td></tr>
<tr><td>(구)구미시
장천면 2</td><td>○</td><td></td><td>○</td><td>○</td><td>○</td><td></td><td></td><td></td></tr>
<tr><td>(민)고령 3-11</td><td>○</td><td>○</td><td>○</td><td>○</td><td>○</td><td></td><td></td><td></td></tr>
<tr><td>(구)거제군
신현읍 2</td><td>○</td><td>○</td><td></td><td></td><td></td><td></td><td></td><td>여럿이 삼 삼으면서
부름</td></tr>
<tr><td>(구)거제군
일운면 19</td><td>○</td><td>○</td><td>○</td><td></td><td></td><td></td><td></td><td></td></tr>
</table>

	(구)진주시 사봉면 13	○	○						물레질이나 삼 삼기 하면서 부름
	(구)거창군 거창읍 3	○	○						
	(구)거창군 웅양면 28	○	○	○		○			
	(구)거창군 가조면 21	○	○						
	(구)거창군 북상면 3	○	○						
	(구)거창군 마리면 29	○	○						
	(구)밀양군 상남면 13	○	○						
	(구)밀양군 무안면 10	○	○						
	(구)밀양군 삼랑진읍 8	○	○	○					
	(구)밀양군 산내면 28	○	○	○					
	(구)김해시 상동면 18	○	○	○					
	(구)의령군 의령읍 31	○	○						
	(구)의령군 칠곡면 2	○	○						
	(구)의령군 유곡면 4	○	○						
	(구)의령군 정곡면 14	○	○						
	(구)의령군 지정면 25	○	○	○					
	(구)의령군 봉수면 11	○	○						
	(구)하동군 옥종면 8	○	○						

	(민)합천 8-16	○	○	○	○	○	○	○	
	(김)창원 1214	○	○						오리, 거위 나옴
	(김)통영 1020	○	○						
영남 동북부 51편	(구)영덕군 달산면 12	○		○	○	○		○	
	(구)영덕군 강구면 35	○							
	(구)봉화군 소천면 11	○							
	(구)안동군 임하면 3	○							옥단춘 노래
	(구)예천군 용문면 11	○	○						옥단춘 노래, 새 노래와 결합
	(구)대구시 25	○	○	○	○	○			
	(구)경주시 현곡면 26	○	○	○	○	○	○	○	
	(구)경주시 외동면 1	○	○	○					어릴 때 부름
	(구)경주시 외동면 2	○	○	○	○	○			
	(구)경주시 안강읍 5	○	○	○	○	○	○	○	
	(구)군위군 군위읍 6	○	○	○	○	○	○		나물노래, 첩노래 등을 이어 부름
	(구)군위군 산성면 15	○	○	○	○	○	○		
	(구)군위군 소보면 6	○	○	○	○	○			어릴 때 배움
	(구)군위군 의흥면 6	○	○	○	○	○	○		
	(구)울주군 강동면 4	○	○	○	○	○		○	
	(구)울주군 강동면 19	○	○	○	○	○			
	(구)울주군 언양면 6	○	○	○	○	○	○	○	

	(구)울주군 언양면 23	○	○	○	○	○	○		
	(구)울주군 청량면 1	○	○						
	(구)울주군 온양면 16	○	○	○	○	○	○		
	(구)울주군 상북면 5	○	○	○	○	○	○		
	(구)울산시 21	○	○	○					
	(김)울산 928	○	○	○	○	○		○	
	(민)포항 14-32	○	○	○	○	○		○	
	(민)영덕 8-18	○		○	○	○	○	○	월워리청청으로 부름
	(민)경산 15-77	○	○	○	○	○		○	
	(민)영천 15-77	○							양산백 노래와 결합, 처녀 부정으로 인식
	(조)영양 M1	○	○	○	○	○	○	○	
	(조)영양 M2	○		○					
	(조)영양 M3	○		○					
	(조)영양 M4	○	○						
	(조)영양 M5	○	○	○					
	(조)영양 M6	○	○	○	○	○		○	
	(조)영양 M7	○							
	(조)영양 M8	○	○	○	○	○	○		
	(조)영양 M9	○	○	○	○	○	○	○	
	(조)청송 M11	○	○	○					
	(조)청송 M12	○	○	○	○				
	(조)청송 M13	○	○	○					
	(조)청송 M14	○	○	○	○		○		
	(조)청송 M15	○	○	○	○	○	○		
	(조)청송 M16	○	○	○	○	○			
	(조)청송 M17	○			○				
	(조)청송 M18	○							
	(조)청송 M19	○	○	○	○	○	○	○	대에 피가 남
	(조)청송 M20	○	○	○	○	○			
	(조)영천 M21	○	○	○	○	○	○		
	(조)영천 M22	○	○	○	○	○		○	
	(김)달성 621	○	○	○					
	(김)영일 662	○	○	○	○	○	○		

	(김)영주 838	○	○	○	○	○		○	
기타 4편	(민)삼척 3-7	○	○	○					오리, 거위 나옴
	(민)영동 2-12	○	○						
	(김)옥천 99	○		○	○	○			
	(김)황해 안악 1614	○	○						
계	100편	100	85	60	46	42	25	20	

<쌍가락지 노래> 중 빈도수가 높은 단락을 바탕으로 서사적 전개를 순차적으로 제시하면 다음과 같다.

가) 처자의 방에서 숨소리가 둘이 난다고 한다.
나) 처자가 오빠에게 거짓말이라며 문풍지 떠는 소리라고 한다.
다) 처자가 죽겠다고 한다.
라) 자신을 잘 묻고 보살펴 달라고 한다.
  라1 연대밭에 묻어달라고 한다.
  라2 눈비가 오면 쓸어달라고 한다.
마) 연꽃이 피면 자신인 줄 알아달라고 한다.

거의 모든 <쌍가락지 노래>는 기본적으로 가)와 나) 단락을 지니고 있다. 가)는 100편 모든 각편이, 나)는 85편이 이 서사단락을 가지고 있다. 이는 가)와 나) 단락이 <쌍가락지 노래>를 이루는 필수 단락임을 보여준다. 그러므로 가)+나)로 된 각편은 오빠의 부정에 대한 의심과 처자의 항변만으로 이루어져 있으므로 '항변형'이라 부르기로 한다. 가)+나)만으로 이루어진 <쌍가락지 노래>의 '항변형'은 조사된 자료 중 39편에 이른다.[8)]

다)에서는 '항변형'에서 서사가 한 단계 더 진전되어 처자가 정조를 의심

8) 한국역사정보통합시스템(한국학중앙연구원) 왕실도서관 장서각 디지털아카이브(http://yoksa.aks.ac.kr)에 수록된 구비대계 음성자료를 보면 구비대계에 수록되지 않은 미전사 자료가 더러 발견되는데, 필자가 찾아낸 <쌍가락지 노래> 미전사 자료는 모두 12편이다. 이중 9편이 '항변형'이고 2편이 '죽음형', 1편이 '매장형'으로 되어 있다.

받은 상황에 대한 좌절감으로 인해 죽겠다고 한다. 각편에 따라서는 처자가 아예 자살을 했다고 서술하는 경우도 있다. 죽고싶다고 하거나 죽는 데에서 끝나므로 '죽음형'이라 부르기로 한다. 가)+나)+다)만으로 이루어진 하위 유형은 14편이다.

라)는 '죽음형'에서 서사가 한 단계 더 진전되어 죽고 난 뒤에 자신을 특정한 곳에 묻어달라고 부탁을 한다. 흔히 "앞산에도 묻지말고 뒷산에도 묻지말고" 하는 상투어구 뒤에 연대밭에 묻어 달라고 한다. 묻을 장소에 대한 부탁이 주를 이르므로 '매장형'이라 부르기로 한다. 각편에 따라서는 비가 오면 연잎이나 가마니로 덮어주고 눈이 오면 쓸어달라고 하는 등, 자신이 죽은 후에도 잘 보살펴달라고 하는 부탁이 이어진다. 가)+나)+다)+라)로 이루어진 하위유형은 27편이다.

마)는 '매장형'에서 서사가 한 단계 더 진전되어 연대밭에 묻고난 후 거기에서 연대꽃이 피면 자기인 줄 알아달라고 한다. 각편에 따라서는 연대꽃이 핀 후 식구들이 찾아오면 잘 대접하고 동생이나 친구가 오면 연꽃을 꺾어주라고 하는 대목이 나오기도 한다. 이는 처자가 죽은 후 연꽃으로 다시 태어나는 내용이므로 '환생형'이라 부르기로 한다. 가)+나)+다)+라)+마)로 이루어진 하위유형은 20편이다.

이렇게 보면 <쌍가락지 노래>는 가)+나)로 이루어진 '항변형'과 여기에 다), 라), 마) 단락이 더해진, '죽음형', '매장형', '환생형'이라는 네 가지 하위유형으로 구분된다. <쌍가락지 노래>는 지역에 따라, 지역에 따라 이중 어느 하나의 하위유형이 선택되어 전승되고 있는 것이다. <쌍가락지 노래>의 네 가지 하위유형이 단형인 '항변형'에서 장형인 '환생형'으로 확대되었는지, 아니면 그 반대의 방향으로 축소되었는지는 알 수 없다. 단형인 '항변형'을 끝내면서 가창자들은 흔히 "거기까지요" 한다. '항변형'의 가창자들은 노래의 뒷부분이 아예 없다고 생각하는 것이다. 분명한 것은 장형인 '환생형'을 부르다가 실수로 누락하거나 중단해서 단형이 나온 것이 아니라, 단형은 단형 나름대로, 장형은 장형 나름대로 독자적인 완결태로서 전승되고 있다는 것이다. 그렇다면 위에서 구분한 네 가지 하위유형은 어느 한 가창자에 의해 일시적으로 만들어진 것이 아니라 일정 지역의 가창자들에 의해 오랜 세월 동안 전승되어 온 것이라고 할 수 있다. 이는 이들 하위유형이 다른 하위유형들과 구분되는 하위유형 차원에서의 의미나 향유의식을 형성해 왔음을 말해준다.

2.2. 구조적 특징과 의미

<쌍가락지 노래>는 추상적인 유형 차원의 의미 외에도 가창자들이 서사단락을 결합하는 양상에 따라 다양한 층위의 의미를 구현하고 있어 이에 대해 세심하게 살펴 볼 필요가 있다. 이를 하위유형별로 나누어 구조적 특징과 함께 고찰하기로 한다.

1) 항변형

<쌍가락지 노래>는 어느 노래나 대부분 "쌍금쌍금 쌍가락지 호작질로 닦아내어 / 먼데보니 달일러니 곁에보니 처잘레라 / 그처자가 자는방에 숨소리도 둘일레라" 하는 누군가의 목소리로 시작한다. 이에 처자가 "홍둘복상 오라버니 거짓말씀 하지마오 / 동지섣달 설한풍에 문풍지떠는 소리라오" 하고 앞의 말에 항변한다. 뒤의 말이 동생의 말이니 앞의 말은 오빠의 말로 볼 수 있다.[9] 그러므로 이 하위유형은 여동생이 부정을 저질렀다고 생각하는 오빠의 말과 이를 부인하며 항변하는 여동생의 말이 서로 대립하고 있

9) 필자는 위 책에서 <쌍가락지 노래>의 화자를 분석한 결과, 처자에게 쌍가락지를 주려고 찾아간 한 남자가 처자의 방에서 숨소리가 둘이 난다고 하자, 이를 전해들은 오빠가 여동생에게 추궁한 것으로 보았다. 이렇게 보아야 '그처자', '처자 혼자' 등의 3인칭 표현의 문제가 풀린다. 즉 오빠의 말은 다른 사람의 말을 그대로 전한 간접인용 표현이라 볼 수 있다.

다. 구체적인 작품을 들어 보기로 하자.

> 쌍금쌍금 쌍가락지 번질옥질방에 밀가락지
> 먼디서보믄 달이로다 옆에서보믄 처자로다
> 차자한쌍 자는방에 숨소리가 두소리라
> 오라버니 오라버니 천두복성 우리오라배
> 안주없는 술잡수고 거짓말씸을 말으시오
> 수지바람이 디리불어 문풍지가 두소리오

사건의 발단은 '쌍가락지'에서부터 온다. 쌍가락지를 잘 닦아 멀리 보면 달 같더니, 가까이 보면 처자 같다고 한다. 처자의 얼굴이 달과 가락지처럼 둥글고 빛이 나는 아름다움을 지녔음을 묘사하는 대목이다. 쌍가락지는 흔히 혼인의 징표로 주고받는 것으로서, 처자를 쌍가락지에 비유하는 것은 처자가 이미 혼인할 나이에 이른 과년한 처자임을 나타내는 것이다. 그런데 그 처자가 자는 방에서 숨소리가 둘이 난다고 하는 것은 처자가 외간남자와 잠자리를 함께했다고 하는, 처자의 부정을 의심하는 말이다. 이에 처자는 숨소리가 아니라 바람에 떨려 나오는 문풍지 소리라고 항변을 한다.

이 하위유형은 오빠와 여동생의 대립을 첨예하게 제시하기만 한다. 오빠는 여동생이 정절을 지키지 못했다고 하고, 여동생은 자신이 정절을 지켰다고 한다. 오빠는 확대한다면 남성이자 사회적 존재라고 한다면, 여동생은 여성이자 개인적 존재이다. 그러므로 이 하위유형은 한 개인적 존재인 여성이 사회적 존재인 남성으로부터 정절을 의심받는 상황을 보여준다.

<쌍가락지 노래>가 활발하게 전승되던 조선조 후기는 여성의 정절을 매우 중시하는 사회이다. 오빠는 남자와 사회의 대변인으로서 여동생이 이 규범을 깨지 않도록 감시하는 존재이다. 과년한 여동생의 방에서 숨소리가 둘이 났다고 하는 전언은 곧 여동생이 사회의 규범에 반하는 부적절한 행동을 저질렀다는 단죄로서, 만일 그것이 사실이라면 여동생은 당시 사회에서

제대로 살기 어려운 최대의 치욕을 안게 되는 셈이다. 그러므로 여동생은 "안주없는 술잡수고 거짓말씸을 말으시오"와 같이 오빠가 이성적인 판단을 제대로 하지 못하는 상태임을 강조하면서까지 오빠의 말을 부인하고 있는 것이다. 이렇게 '항변형'은 시집갈 나이가 된 여동생과 그의 오빠 사이에 정절 문제를 사이에 둔 대립을 그리고 있다. 그러나 두 사람 사이의 대립을 풀어 줄 한 가닥 소통의 실마디도 주어져 있지 않다. 이는 한 울타리 내에서 함께 성장하면서도 오빠와 여동생 사이에 큰 간극이 존재하며, 이러한 간극과 소통의 부재가 오해와 대립을 낳고 있음을 여실히 보여준다.

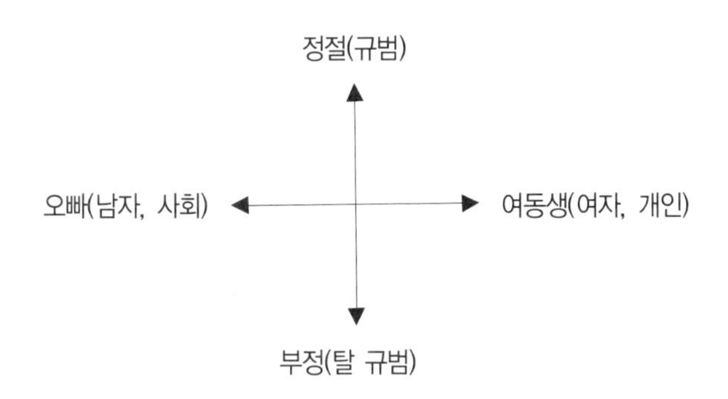

이 하위유형은 부정을 저질렀다고 믿는 오빠와 그렇지 않다는 동생 중 과연 누구의 말이 진실인지는 말하지 않는다. 두 사람의 말을 대립적으로 제시만 할 뿐 사건을 더 이상 전개시키지 않고 있어, 일종의 열린 결말형에 속한다. 사건의 진위 여부는 창자나 청자의 판단에 달려 있다. 이렇게 '항변형'은 처자가 부정을 저질렀는지, 안 저질렀는지에 대한 확실한 대답을 유보한 채 처자의 방에서 들린 두 개의 숨소리에 대한 향유자들의 호기심을 불러일으키고 있다. 문풍지 소리가 남자의 숨소리로 들릴 충분한 개연성도 있긴 하지만, 몰래 부정을 저지르고도 위기를 모면하기 위해 둘러대는 말로도 얼마든지 들을 수 있기 때문이다. 각편에 따라서는 오빠의 의심이 한번 더 부연되어 나와 처자의 부정에 대한 확인을 더욱 강조하기도 한다.

쌍금쌍금 쌍가락지 호작질로 닦아나여
먼데보니 달일란가 절에보니 처녈란가
그처녀 자는방에 숨소리가 둘이나네
홍달보살 울오랍아 거짓말씀 말마시오
쪼그만한 제피방에 물레놓고 베틀놓고 제럽겉은 내하내요
어라야야 그말마라 신턴신이 두커리고 숨소리가 둘이더라
거짓말씀 말으시오 동남풍이 딜이불어 풍지떠는 소리났소[10]

여기에서 보면 처녀 방 앞에 놓인 신이 두 켤레임을 오빠가 확실하게 목격함으로써 처녀의 부정에 대한 말이 단지 '변명'에 지나지 않게 된다. 그러므로 이 하위유형은 오빠와 동생의 말만 제시해두고 더 이상 사건을 전개하지 않음으로써, 혼인 안 한 처녀의 부정을 놓고 오빠의 추궁과 이에 대한 동생의 항변이라는 대립적 상황을 아주 흥미롭게 바라보는 향유층의 시각을 담아낸 것이라 할 수 있다.

'항변형'은 주로 호남과 영남의 서남부 지역에서 많이 나타난다. 특히 호남 지역 가창자들은 이 노래를 흥미 위주로 부르는 것을 볼 수 있다. 이 노래를 <강강술래>의 앞소리로 부르는 것은 노래 속 주인물인 처자와 동일시하지 않고 객관화하여 부르기 때문에 나타나는 현상이다. <강강술래>의 앞소리로 부른 경우를 보면 다음과 같다.

강강술래 / 강강술래
술래술래 강강술래 / 강강술래
해남해창 진골방에 / 강강술래
처제한자 자는방에 / 강강술래

---

10) [의령군 유곡면 4] 쌍금쌍금 쌍가락지, 박상연(여 65), 세간리 세간, 1982. 1. 17., 정상박, 김현수 조사, 구비대계 8-11.

숨소리는 둘이라도 / 강강술래
용갯끼는 하나라네 / 강강술래
강강술래 / 강강술래[11]

여기에서는 <쌍가락지 노래>의 상투적 공식구인 "쌍금쌍금 쌍가락지" 등의 어구는 나오지 않고 다만 '처자 혼자 자는 방에 숨소리가 둘이라'는 모티프만 동일하게 나온다. 여기에서 "숨소리는 둘이라도 용갯끼는 하나라네"라는 것은 한 자리에 두 사람이 자고 있음을 나타내는 것으로 처자의 부정을 전제로 해서 노래를 부르고 있는 것이다. 다음 자료에서는 가창자가 아예 "가시내가 새서방질 했던감소"라고 노래를 시작하고 있다.

["가시내가 새서방질 했던감소."]
아가아가 동승아가
너 한자 자는방에 두숨소리가 웬일이냐
오라버니 무슨 말씸이요
동지섣달 엄동설한 문풍지 떠는 소리요
["그러드라마, 그리 인자 새서방하고 잼이, 둘이 콜콜 장게"]
[청중 : "전에도 그런 법이 있었니--" 하니 구연자는 그래서 즈그 오빠가 그렇게 지어 불렀다며 다시 한번 되풀이했다.][12]

여기에서처럼 '항변형'의 창자와 청중은 처녀가 혼인 전에 부정을 저질렀기 때문에 이런 노래가 나왔다고 생각하고 있다. 그러면서도 이 처녀에 대한 윤리적인 판단은 하지 않는다. '처자의 부정'이라는 있을 법한 사건에 대한 호기심으로 객관적 거리를 두고 흥미롭게 서술을 하고 있는 것이다.

---

11) [진도군 지산면 12(2)] 중 강강술래, 앞소리: 조공례(여 55) 뒷소리: 김옥엽(여 52) 외, 인지리, 1979. 7. 26., 지춘상 조사, 구비대계 6-1.

12) [새터 69] 큰애기 부정한 노래 허봉댁(여 65), 1981. 7. 22., 서영숙, 한국 서사민요의 날실과 씨실. *구연자는 "이런 것도 노래인가 모르겠다"고 하며 불렀다. 청중들은 노래가 나오자마자부터 웃었다. "클 때 한 소리"라고 했다.*

2) 죽음형

<쌍가락지 노래>의 죽음형은 오빠로부터 부정을 의심받은 처자가 오빠의 말에 항변을 하는 데에서 나아가 죽음을 생각하는 내용으로 되어 있다.

> 쌍금쌍금 쌍가락지 호작질로 딲아내여
> 먼데보니 달이더니 절에보니 처자로다
> 그처자라 자는방에 숨소리가 둘이구나
> 홍달바시 오라바시 거짓말씀 말아시소
> 동남풍이 딜이불제 풍지떠는 소리든가
> 쪼꾸매는 지피방에 물레놓고 베틀놓고
> 아홉가지 약을놓고 열두가지 책을놓고
> 석자수건 목에걸고 대잎겉은 칼을물고
> 자는듯이 죽고지야[13)]

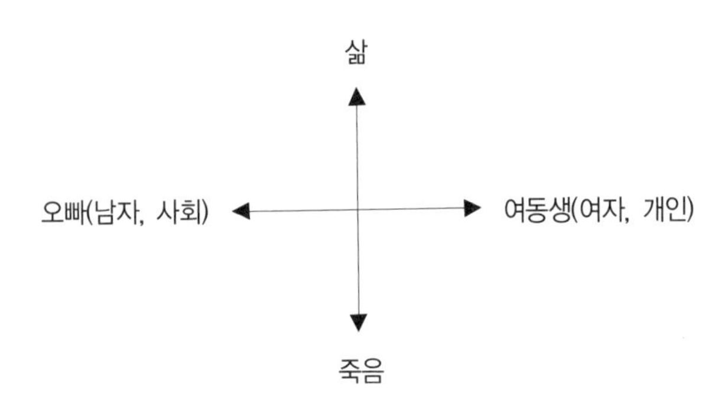

이 하위유형은 앞의 '항변형'에 처자의 죽음 단락이 결합된 것이다. '항변형'에서 오빠와 처자가 팽팽하게 대립되어 있어 어느 편이 진실인지 알 수 없었다고 한다면, 여기에서는 처자의 죽음으로 인해 처자의 말에 무게가

---

13) [의령군 지정면 25] 쌍금쌍금 쌍가락지, 박연악(여 72), 성산리 상촌, 1982. 2. 4., 정상박, 김현수, 성재옥 조사, 구비대계 8-11.

더 실린다. 즉 처자가 죽겠다고 하는 것은 자신의 억울함을 보이기 위한 것이다.[14] 더구나 당대 사회에서 정절을 훼손했다는 오명을 안고 살아가기란 쉬운 일이 아니다. 결국 여동생은 자신의 결백을 증명하기 위한 방법으로 죽음을 택한다. 정절을 훼손했다는 치욕을 안고 사느니보다는 죽음을 택하는 것이 낫다는 판단 때문이다. 이는 여동생 개인의 선택이기에 앞서 오빠를 비롯한 남성 중심 사회의 보이지 않는 강요 때문이기도 하다.

처자가 이렇게 죽음이라는 극단적 방법을 통해 자신의 결백을 나타낼 수밖에 없는 데에는 여러 가지 요인이 있을 수 있으나, 전통 사회에서 여성들에게 강요되어 온 정절 관념이 제일 큰 요인일 것이다. 조선조에서 『삼강행실도』 등을 통해 보급한 유교적 여성상은 효부와 열녀로서, 그중 열(烈)을 지키기 위해 수많은 여성들이 스스로 목숨을 끊었다.[15] 국가에서는 남편을 따라 죽거나 수절한 여인들에게 정려 등의 포상을 함으로써 열을 장려하였는데, 이는 혼인한 여자뿐만 아니라 아직 혼인하지 않은 여자들에게까지 정절과 순결을 중요시하는 풍토로 확산되었다. 경상남도 창녕의 문옥지(文玉只)라는 양인 필장(必長)의 딸은 처녀로서 목동에게 위협을 당하자 스스로 목숨을 끊었고 정려되었다는 기록이 나오기도 한다.[16] 이렇게 순절하거나 수절함으로써 열녀로 추앙된 여성들은 경북에서는 양반 신분이 77%, 평민이나 천민 신분이 13%인데, 경남에서는 양반 66%, 평민이나 천민이 28%에

14) 서사민요에서 문제의 해결이 죽음으로 나타나는 경우를, 길태숙은 "매조키즘적인 이러한 상상 속의 죽음은 여성이 스스로를 표현하는 말하기의 한 방식이라 할 수 있다. 말이 통하지 않는 사회에서 스스로를 나타내고 싶을 때 사용되는 최후의 수단으로 죽음이 이용된 것이다."라고 하였다. 길태숙, 앞의 논문, 193쪽.

15) 경북(의성, 대구, 영해, 영일)과 경남(창녕, 밀양, 동래, 사천) 지역에서 조선 후기 관찬 읍지를 바탕으로 조사된 열녀의 수는 87건이며 이중 순절 35건(40%), 자결 26건(30%), 수절 12건(14%), 기타 16건(16%)이다. 여기에서 볼 때 절개를 지키다 죽거나 절명한 경우가 대부분이며 혼인하지 않은 여자의 경우도 적지 않은 걸 볼 수 있다. 김효정, 「조선시대 경상도 지역의 효자 열녀 사례 연구」, 경남대 교육대학원 석사학위논문, 2003, 69쪽.

16) 『경상도읍지』 1, 순조 32년(1832). 한국학문헌연구회, 아세아문화사, 1982.; 박주, 「조선시대 경남 지역의 열녀 사례 분석: 경상도읍지를 중심으로」 『여성과 역사』 4, 한국여성사학회, 160쪽.

이른다고 한다.[17] 이는 평민이나 천민 신분에게까지도 정절이나 순결 관념이 보편화되어 있었음을 보여 준다.

<쌍가락지 노래>의 처자가 오빠로부터 부정을 의심받고 자결을 생각하는 것은 이러한 사회적 분위기와 결코 무관하지 않다. 혼인을 앞 둔 처자가 부정을 의심받는다는 것은 씻을 수 없는 치욕이 되기 때문이다. 게다가 한 집안에서 오누이로 자라나온 오빠로부터 이런 의심을 받는다는 데에서 오는 오빠에 대한 실망감 내지 배신감은 역경을 헤쳐 나갈 용기를 빼앗아간다.

결국 <쌍가락지 노래>의 '죽음형'은 오빠로부터 부정을 의심받은 처녀가 죽음으로써 자신의 결백을 증명하려 한 노래로, 조선조 후기 정조 관념이 민요의 향유자들인 평민 여성들에게까지 깊이 뿌리내려 있었음을 나타내 준다. 특히 '죽음형'이 호남이 아닌 영남 지역에 보편화되어 있었던 것은 조선조 후기에 간행된 경상도 읍지에 기록된 수많은 열녀들과 무관하지 않다. 이 노래 속에는 그러므로 오빠의 사려 없는 말 한마디로 인해 죽음에 내몰린 처자의 억울함에 대한 공감과, 그를 그렇게 내몬 '오빠'와 '오빠'로 대변되는 남성중심적 '정조' 관념의 경직성에 대한 비판의식이 담겨져 있는 것이다.

3) 매장형

<쌍가락지 노래>의 '매장형'은 처자의 죽음에 머무르지 않고 처자가 죽은 뒤 자신을 묻을 장소와 자신이 죽은 뒤 묻힌 자리를 잘 보살펴줄 것을 부탁하는 내용으로 되어 있다.

(앞 부분 생략)
조꼬마한 재피방에 물래놓고 베틀놓고
자는듯이 죽었구나

---

17) 위 논문, 164쪽.

앞산에도 묻지말고 뒷산에도 묻지말고
연대밑에 묻어주소
갈방비가 오거들랑 가는삿갓 덮어주고
굵은비가 오거들랑 굵은삿갓 덮어주소18)

'죽음형'에서 대부분 '죽고 싶다'는 희원으로 끝나 실제 자결을 했는지의 여부가 불확실한 데 비해, '매장형'에서는 처자가 "자는 듯이 죽었구나" 함으로써, 죽은 이후의 상황을 서술하고 있다. 처자는 자신이 죽은 후 연대밑에 묻어 달라고 한다. 가는 비가 오면 가는 삿갓 덮어주고, 굵은 비가 오면 굵은 삿갓 덮어달라고도 한다. 각편에 따라서는 비뿐만 아니라 눈이 오면 잘 쓸어달라고도 한다.

여기서 우리는 처자가 자신의 주검을 산이 아닌 연대밭에 묻어달라고 하는 이유, 눈비가 오면 맞지 않게 보호해 달라고 하는 이유를 생각해 볼 필요가 있다. 산은 주검이 묻히는 공간으로서 일상의 현실, 가족과 떨어져 있는 공간이라고 한다면, 연대밭은 노동의 공간, 가족과 함께 하는 공간이라고 할 수 있다. 즉 산은 죽음의 공간이라고 한다면 연대밭은 삶의 공간이다. 산은 현실과 떨어진 공간이라고 한다면 연대밭은 현실의 공간이다. 연대밭은 특히 여성들의 노동 공간으로서, 처자의 어머니나 여동생, 친구들이 늘 드나드는 곳이기 때문이라 생각된다. 또한 처자도 생전에 늘 연대밭을 드나들면서 연밥을 따는 일을 해왔기 때문에 정든 곳이기도 하다. 그러므로 연대밭에 묻힌다면 멀리 혼자서 떨어져 외롭고 무서운 곳에서 지내는 것이 아니라 자신의 동무들과 어머니와 함께한다는 느낌을 가질 수 있기 때문일 것이다. 또한 연대밭은 큰 연잎으로 덮여 있어서 눈비가 오더라도 자신을 가려줄 수 있다고 생각했을 것이다.

18) [울주군 온양면 16] 쌍금쌍금 쌍가락지, 김원연(여 65), 발치 하발, 1984. 7. 24., 정상박, 김현수, 정원효, 김동환 조사, 구비대계 8-13.

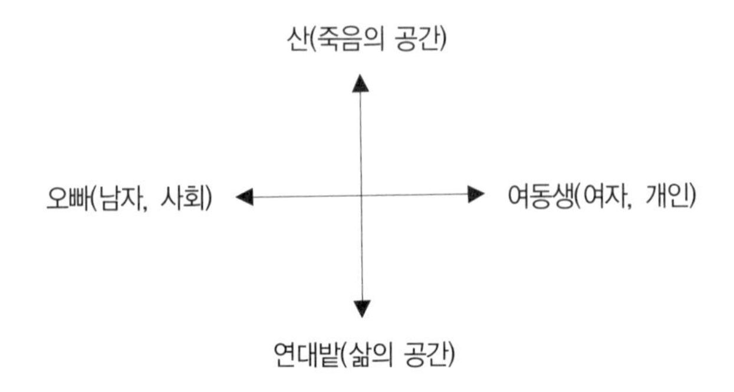

이렇게 죽음의 공간인 산이 아니라 삶의 공간인 연대밭에 묻어달라는 부탁은 처자가 죽은 이후에도 현실과의 고리를 계속 유지하고픈 욕구와 죽으면서도 버릴 수 없는 삶에 대한 본능이 표현된 것이라 할 수 있다. 죽음을 결행하면서도 죽음에 대한 두려움, 어머니나 친구들과의 이별에서 오는 슬픔, 죽은 이후의 외로움에 대한 불안감 같은 것들이 이러한 단락을 형성해낸 동인이라 할 수 있다. 이러한 심정은 다음과 같은 대목에 잘 나타나 있다.

> (앞부분 생략)
> 우리동상 날찾거던 앞산에도 보내지말고
> 뒷산에도 보내지말고 연대밑에 보내주소
> 우리동무 날찾거던 앞산에도 보내지말고
> 뒷산에도 보내지말고 연대밑에 보내주소 ["고마 할라오."][19]

여기에서 동생이나 동무가 자신을 찾거들랑 연대 밑으로 보내달라고 하는 것은 동생과 동무가 자신의 억울함을 알아주기를 바라서일 것이다. 즉 자신의 죽음과 자신의 억울함을 그들이 알아줌으로써 그들과의 감정적인

---

19) [거창군 웅양면 28] 쌍금쌍금 쌍가락지, 이선이(여 76), 동호리 동편, 1980. 5. 24., 최정여, 박종섭 조사, 구비대계 8-5.

연대를 갖고자 하는 것이라 할 수 있다. 자신의 죽음으로 인해 자신의 억울함이 그대로 묻히는 것을 처자는 원하지 않았기에 연대밭에 묻어달라고 함으로써 그곳을 지나고 드나드는 모든 사람들에게 기억되기를 바라는 것이다. 이렇게 '매장형'은 사후 자신이 현실의 공간에 계속 거주하면서 자신의 가족이나 친구들과 함께 하며, 자신의 억울함을 그들이 알아주기를 바라는 데서 오는 것이라 할 수 있다.

또한 처자가 자신을 연대밭에 묻어달라고 한 것은 자신이 연꽃으로 다시 피어나기를 염원하기 때문이라 할 수 있다. 연꽃은 '순결, 신성, 아름다움'이라는 꽃말을 가지고 있는데, 연꽃으로 피어남으로써 자신의 순결함을 증명할 수 있다고 믿었을 것이다. 이러한 염원이 노랫말로 실현되는 것이 바로 다음 절에서 살펴볼 '환생형'이다.

4) 환생형

<쌍가락지 노래>의 '환생형'은 자신을 묻은 연대밭에서 연꽃이 피어나면 자신이라 여기고 돌아봐달라고 하는 내용으로 되어 있다. 처자가 죽은 뒤 연꽃으로 다시 태어나는 '환생형'이다. 각편에 따라서는 찾아온 식구나 친구들을 잘 대접하고 특히 친구나 동생에게는 연꽃을 꺾어주라는 내용이 서술된다.

(앞 부분 생략)
내 죽거든 내 죽거든 앞산에도 묻지 말고
뒷산에도 묻지 말고 연당밭에 묻아 주소
연당꽃이 피거들랑 날만 이게 돌아보고
울 아부지 날 찾거등 약주 한 잔 대접하고
우리 엄마 날 찾거든 떡을 갖다 대접하고
우리 오빠 날 찾거든 책칼 한 잘 대접하고
우리 언니 날 찾거든 연지 한통 대접하고

내 친구야 날 찾거든 연대밭에 보내주고
내 동상야 날 찾거든 연대꽃을 끊어주소[20]

여기에서 처자는 왜 죽은 뒤 하필이면 '연꽃'으로 다시 태어나고자 했을까. 우선 연꽃은 불교에서 재생 또는 환생을 상징하는 꽃이다. 이는 불교 정토사상의 영향을 받은 것으로, <무량수경>에서는 연꽃은 정토에 생명을 탄생시키는 화생(化生)의 근원으로 설명되고 있다. 또한 연꽃은 밤에는 꽃잎을 오므렸다가 아침에 새롭게 피어나는 특성을 지니고 있어서 재생 또는 환생을 연상케 한다.[21] 심청이 연꽃 속에서 다시 태어난다든지, 장화 홍련이 죽은 뒤 어머니의 꿈에 선녀에게 연꽃을 받은 뒤 두 딸이 다시 태어난다든지 하는 소설 속의 모티프도 모두 이러한 환생의 믿음이 작품화한 것이다. <쌍가락지 노래>의 환생형에는 연대밭에 묻혀 연꽃으로 피어남으로써 언젠가는 다시 태어나기를 기대하는 처자의 염원이 담겨있는 것이다.

한편 연꽃은 진흙과 같은 더러운 곳에서 피어나는 꽃으로 '청정무구(淸淨無垢)'를 뜻한다. <애련설>에서 연꽃을 군자의 꽃이라 하며, "연은 진흙에서 났으나 더러움에 물들지 않고 맑은 물에 깨끗이 씻기어도 요염하지 않다."고 한 것도, 연꽃의 꽃말을 순결, 청정, 순수한 마음 등으로 일컫는 것도 연꽃이 결코 주변의 환경에 오염되지 않고 아름답게 피어나 주변을 정화하는 속성을 지니고 있기 때문이다. 그러므로 처자가 연꽃으로 피어나고자 한 것은 자신의 순결함을 나타내고자 하는 데 있다고 할 수 있다. 오빠로부터 더러워진 자신의 명예를 연꽃으로 태어남으로써 씻어내고 자신의 정절을 입증하고자 한 것이다. 이를 그림으로 나타내면 다음과 같다.

20) [포항 14-32] 생금생금, 김선이(여 1927), 1993. 2. 24, 포항시 흥해읍 북송리 북송, 민요대전 경북.
21) 이상희, 『꽃으로 보는 한국문화』 3, 넥서스BOOKS, 2004, 283쪽.

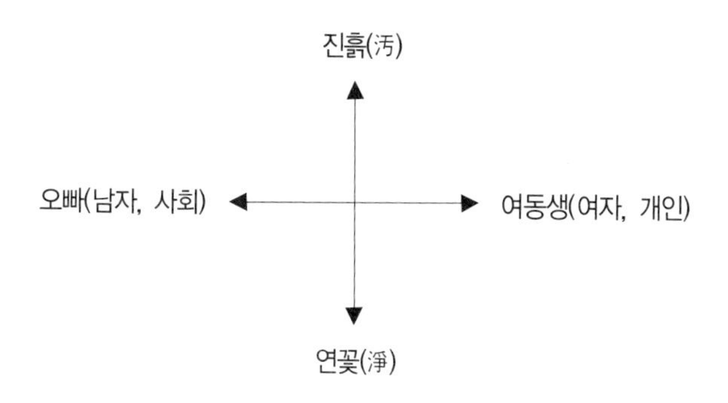

이렇게 보면 <쌍가락지 노래>의 '환생형'은 여동생이 오빠로부터 입은 부정의 혐의를 죽음을 통해 연꽃으로 다시 피어남으로써 입증하고자 하는 노래이다. 여동생의 연꽃 환생은 한편으로 오빠(남자, 사회)가 내세우던 정절이라는 이념이 경직되었을 때 나타나는 폭력성에 대한 경고로도 읽힌다. 이는 다음과 같은 대목에 잘 나타나 있다.

> (앞 부분 생략)
> 오라바님 오라바님 이내나는 죽그들랑
> 앞산에도 묻지마고 뒷산에도 묻지마고 연대밭에 묻어주소
> 가랑비가 오그들랑 우장삿갓 던저주고
> 눈이라고 오그들랑 모지랑비짜리 씰어주소
> 그래 고기 묻어노이 거짓말이 아이드라니더
> 고 미에 들어 냉중에는 올러오는데 대가 두날이 뚝 올러오는데
> 그 오라바이가 그대로 그양 나두이 또 밉어가주
> 그걸 뿔거뿌이 마디매중 피가 짤짤 나드라이더[22)]

위 각편에서는 "그래 고기 묻어노이 거짓말이 아이드라니더."라고 제보자는 전하고 있다. 처자를 묻은 곳에서 연대가 올라왔으며, 오빠가 그것을

22) [M19] 남봉기(여 43 안덕면 신성동), 청송군 부남면 감연2동 1970. 2. 19., 조동일, 서사민요연구.

놔두지 않고 꺾었더니 마디에서 피가 나더라고 하는 뒷이야기까지 알려 준다. 대마디에서 피가 나더라고 하는 것은 그 대에 처자의 생명이 깃들어 있음을 나타내는 것이다. 즉 오빠의 경솔한 말 한마디가 여동생의 생명을 앗아간 것임을 다시금 상기시켜 준다. 다른 각편에서 이 꽃을 친구나 동생에게 꺾어주라고 하는 데에는 이들에게 자신의 결백을 믿고 증명하게 하기 위한 것이라 할 수 있다.

3. 지역별 전승양상

<쌍가락지 노래>는 영남 지역을 중심으로 오랜 세월 동안 전승되어 내려온 노래이다. 특히 이학규(李學逵 1770~1835)가 영남 지역의 <모심는 소리>를 한역한 <앙가오장(秧歌五章)> 중 한 작품은 <쌍가락지 노래>를 거의 그대로 옮긴 것이어서, 이미 19세기 초에 <쌍가락지 노래>가 영남 지역에서 활발하게 불리고 있었음을 보여준다.

纖纖雙鑞環　쌍금쌍금 쌍가락지　/ 가느다란 쌍납가락지
摩挲五指於　호작질로 닦아내서　/ 어루만지는 다섯 손가락
在遠人是月　먼 데 보니 달일러라　/ 멀리 있을 때 달처럼 여기더니
至近云是渠　절에 보니 처잘러라　/ 만나서는 이것저것이라 부르네
家兄好口輔　오랍 오랍 울 오라배　/ 오라버니 입매는 고운데
言語太輕疎　거짓 말씀 말아주소　/ 하는 말은 경솔하기만
謂言儂寢所　그 처자야 자는 방에　/ 네가 자는 방에서는
鼾息雙吹如　숨소리도 둘일레라　/ 코고는 소리 둘인 것 같더라
儂實黃花子　나는 본래 황화자라　/ 나는 참말 국화꽃 같은 처자라
生小愼興居　몸가짐을 삼갔니더　/ 어려서도 행동이 조신했다오
昨夜南風惡　동지 선달 설한풍에　/ 어젯밤에 남풍이 심해
牕紙鳴噓噓　풍지 떠는 소릴시더　/ 문풍지가 울린 거라오[23)]

번역은 왼편에 적은 것은 조동일이 현재의 <쌍가락지 노래>를 바탕으로 번역한 것이고, 오른편에 적은 것은 백원철이 한시 원문에 충실하게 번역한 것이다. 이를 보면 <앙가오장>에 한역된 <쌍가락지 노래> 역시 '항변형'으로 되어 있음을 알 수 있다. '항변형'으로 된 <쌍가락지 노래>는 현재 영남뿐만 아니라 호남, 강원, 충청 심지어 황해도 지역까지 불린다. 이는 '항변형'의 경우 영남을 중심으로 해서 전국적인 분포를 보이고 있는 것을 볼 수 있다.

<쌍가락지 노래> 중 '항변형'은 호남 지역 6편이 모두 여기에 해당하고, 영남 서남부 지역에서 39편 중 22편, 영남 동북부 지역에서 51편 중 9편이 여기에 해당한다.[24] 모두 100편 중 39편이 이 하위유형에 속하며 39%에 해당한다. 호남 지역은 100% '항변형'이고 영남 서남부 지역은 56%가, 영남 동북부 지역은 18%가 '항변형'이다. 그러므로 '항변형'은 호남 지역과 영남의 서남부 지역－거창, 합천, 의령, 하동, 밀양, 거제 등에 집중적으로 전승된다고 할 수 있다.

'항변형'에 그치지 않고 서사가 한 단계 더 나아가 처자가 죽겠다고 하는 '죽음형'은 호남 지역에서는 한 편도 조사되지 않았고, 영남 서남부 지역에서 5편, 동북부 지역에서 7편 조사되었다. 전체로는 13%에 이르고 영남 서남부 지역에서는 12.8%, 영남 동북부 지역에서는 14%에 해당한다. 그러므로 '죽음형'은 영남 지역에 고루 분포한다고 할 수 있다.

처자가 죽겠다고 한 뒤 자신을 잘 묻어주고 보살펴달라고 하는 데까지

---

23) <앙가오장>은 이학규가 55세 되는 1824년부터 1827년 간에 영남 일원을 탐방하고, 김해에 거주하면서 낸 『郤是齋集(각시재집)』이라고 하는 문집에 수록되어 있다. 이학규, 『郤是齋集』, 洛下生集(낙하생집), 일본동양문고소장본, 조동일, 『한국문학통사』 3(4판), 지식산업사, 2005, 254쪽에서 재인용, 백원철 『낙하생 이학규의 문학연구』, 보고사, 2005, 193쪽 참조.

24) 전통적으로 영남 지역은 낙동강 이서 지역인 경상우도와 낙동강 이동 지역인 경상좌도로 나뉘어져 있었기 때문에 두 지역 간에 역사적, 정치적, 문화적으로 차이점을 지닌다. 경상우도는 대체로 영남의 서남부 지역, 경상좌도는 영남의 북동부 지역에 해당한다.

나아가는 '매장형'은 호남 지역에는 역시 한 편도 없고, 영남 서남부 지역에서 7편, 동북부 지역에서 20편 총 27편 조사되었다. 전체로는 28%에 이르고, 서남부 지역에서는 17.9%, 동북부 지역에서는 39.2%에 해당한다. 이로 보면 '매장형'은 영남 지역에 고루 분포하되 특히 동북부 지역에서 많이 전승된다고 할 수 있다.

마지막으로 죽음 이후 연꽃 환생을 통해 자신의 결백을 증명하는 데까지 나아가는 '환생형' 역시 영남 지역에만 전승된다. 영남 서남부 지역에서는 5편, 동북부 지역에서는 15편, 총 20편 조사되었다. 전체로는 20%, 서남부 지역에서는 12.8%, 동북부 지역에서는 29.4%에 해당한다. 이렇게 볼 때 '환생형' 역시 영남 지역에 주로 분포하면서 특히 동북부 지역에 많이 전승된다고 할 수 있다.

이상의 논의를 표로 나타내면 다음과 같다.

	호남	영남 서남부	영남 동북부	기타	계
항변형	6편(100%)	22편(56.4%)	9편(17.7%)	2편(50%)	39편(39%)
죽음형	0	5편(12.8%)	7편(13.7%)	1편(25%)	13편(13%)
매장형	0	7편(17.9%)	20편(39.2%)	1편(25%)	28편(28%)
환생형	0	5편(12.8%)	15편(29.4%)	0	20편(20%)
계	6편	39편	51편	4편	100편

표를 통해 볼 때 <쌍가락지 노래>는 영남 동북부 지역에서 가장 많이 전승되며, 호남과 영남 서남부 지역에서는 '항변형'이, 영남 동북부 지역에서는 '매장형'이 가장 많이 전승되는 것을 알 수 있다. '죽음형'의 경우는 호남에서는 한 편도 나타나지 않고 영남 지역에 고루 나타나며, '매장형'과 '환생형'의 경우는 영남 동북부 지역에 집중적으로 나타난다. 즉 오빠의 부정 의심에 호남 지역에서는 동생이 변명하는 '항변형'이, 영남의 서남부 지역에서는 오빠의 의심과 동생의 변명에 그치는 '항변형'과 동생이 죽음으로써 자신의 억울함을 나타내고자 하는 '죽음형'이, 영남의 동북부 지역은 '죽

음형'과 죽은 이후 연꽃으로 피어남으로써 자신의 결백을 증명하고자 하는 '환생형'이 주로 많이 전승되는 것을 볼 수 있다.

이러한 지역별 전승의 차이는 어디서 오는 걸까. 같은 서사민요라 할지라도 호남 지역에는 주로 단형의 서사민요가 영남 지역에는 주로 장형의 서사민요가 전승되는 것을 볼 수 있다. 필자의 검토에 의하면 서사민요 중 <그릇 깬 며느리 노래(양동가마)>의 경우 호남 지역에서는 시집식구들이 며느리에게 그릇 값을 친정에 가서 물어오라고 하자 며느리가 항의하는 데서 끝나는 단형의 '항의형'이 주로 전승되는 데 비해, 영남 지역에서는 '항의형'에 흔히 <시집살이 노래> 중 며느리가 시집살이를 견디지 못해 중이 되어 나가는 장형의 '출가형'이 복합되어 전승되는 것을 많이 볼 수 있다.[25] 시집간 딸이 친정 부모의 부음을 받고 친정에 가는 <친정부음 노래>의 경우도 호남 지역에서는 부음을 받고 친정 장례에 참여해 한탄하는 기본 단락만으로 이루어진 단형의 노래가 많이 전승되는 데 비해, 영남 지역에서는 시집식구들의 방해로 친정 장례에 늦게 도착하고 친정식구들의 방해로 죽은 어머니의 얼굴을 보지 못하는 등 거듭되는 시련 단락이 이어지는 장형의 노래가 많이 전승된다.

이러한 양상은 <쌍가락지 노래>에도 그대로 적용되고 있어 주목할 만하다. 이는 영남 지역이 호남 지역에 비해 논보다는 밭이 많은 지역으로서 밭을 매는 노동요로 긴 서사민요가 필요했기 때문에 나타나는 양상이 아닌가 생각된다. 또한 영남에서도 특히 <쌍가락지 노래>의 장형인 '매장형'과 '환생형'이 많이 전승되는 동북부 지역은 전통적으로 여성들에 의해 가사가 많이 향유되던 곳으로서 양반 여성들의 장편 가사 향유가 평민 여성들의 장편 서사민요 향유와도 어느 정도 상관성이 있으리라 생각되는데 이에 대해서는 면밀한 검토가 필요하다.

---

25) 서영숙, 「서사민요 <그릇 깬 며느리 노래>의 전승양상과 향유의식」, 『한국민요학』 29, 한국민요학회, 2010.

다음 호남 지역에서는 <쌍가락지 노래>에서 벌어진 사건에 객관적 거리를 두고 흥미 위주로 서술하는 경향을 보인다. 호남 지역에서는 이 노래를 <강강수월래> 앞소리로 많이 부르는 데 이 역시 이 노래를 정조를 의심받은 심각한 상황으로 생각하지 않은 데에서 온 것이라 할 수 있다. 그러다보니 굳이 처자의 억울함을 강조하고 결백을 증명하는 단락이 필요하다고 여기지 않았을 것이다. 또한 <강강수월래>의 앞소리는 여러 사람이 돌아가며 부르기 때문에 되도록 사설을 압축해서 짧게 부르는 것도 <쌍가락지 노래> 중 단형인 '항변형' 위주로 전승하게 되는 요인이 될 수 있다.

이에 반해 영남 지역에서는 가창자들이 여동생의 결백을 믿는 입장에서 노래를 구연하고 있다. 여동생이 죽음으로까지 오빠의 말에 항거하는 데에는 자신의 정절을 증명할 수 있는 길이 죽음밖에 없다고 생각하기 때문이다. 더욱이 영남 서남부 지역에서 대체로 '죽음형'에 그치는 반면, 영남 동북부 지역에서는 연꽃 환생으로 결백을 입증하고자 하는 '환생형'으로까지 나아간다. 이는 호남보다는 영남이, 그리고 영남 서남부 지역보다는 영남 동북부 지역이 사회 전반에 유교적인 문화와 의식이 더 깊이 뿌리내려져 있었기 때문에 나타나는 양상이라 생각된다. 대체로 영남 동북부 지역은 안동을 중심으로 해서 '추로지향(鄒魯之鄕)'이라 하여 보수적인 유교 문화를 강하게 지켜오고 있는데, 이러한 사회 기풍은 처녀의 정절을 문제 삼는 <쌍가락지 노래>에까지 그 영향을 미치고 있는 것이다.

4. 맺음말

이 글에서는 오빠가 여동생의 부정을 의심하는 데에서 벌어지는 갈등을 그리고 있는 <쌍가락지 노래>를 대상으로 서사단락의 결합 양상에 따라 하위유형을 분류하고, 각 하위유형의 서사구조와 지역별 전승양상을 고찰하였다. <쌍가락지 노래>는 '항변형', '죽음형', '매장형', '환생형'이라는 네 가지 하위유형으로 전승된다. '항변형'에서는 부정을 의심하는 오빠와 이를 부인하는 동생의 대립을 통해 여동생과 오빠 사이에서 정절 문제로 인해 벌어지는 갈등을, '죽음형'은 죽음으로밖에는 결백을 입증할 길이 없는 처자의 처지를, '매장형'은 연대밭에 묻힘으로써 현실과의 고리를 잇고자 하는 처자의 삶에 대한 욕구를, '환생형'은 연꽃 환생을 통해 결백의 입증과 재생에 대한 처자의 의지를 나타내고 있다. 향유자들은 '항변형'에서는 처자의 부정에 대한 호기심과 흥미를 갖는다면, '죽음형', '매장형', '환생형'에서는 죽은 처자에 대한 동정과 처자를 죽음으로 내몬 오빠에 대한 비판의식을 드러낸다. 이는 나아가 오빠로 대변되는 남성 중심적 권위와 폭력, 죽음을 결행해야 할 만큼 경직된 정절 관념에 대한 비판으로도 읽을 수 있을 것이다.

<쌍가락지 노래>는 조사된 100편의 노래 중 51편이 영남 동북부 지역에서 조사되었으며, 영남 서남부 지역에서 39편, 호남 지역에서 6편, 기타 지역에서 4편 조사되어 주로 영남 지역에서 전승되는 노래임을 알 수 있었다. '항변형'은 39%, '죽음형'은 13%, '매장형'은 28%, '환생형'은 20%로, 기본단락으로 이루어진 '항변형'이 가장 많은 비중을 차지한다. 호남 지역에서는 '항변형', 영남 서남부 지역에서는 '항변형'과 '매장형', 영남 동북부 지역에서는 '매장형'과 '환생형'이 주로 전승되는 것도 알 수 있었다. 이는 호남 지역에서 주로 단형이, 영남 지역에서는 주로 장형이 불리며, 호남, 영남 서남부, 영남 동북부로 갈수록 주인물인 처자의 결백을 밝히려는 경향이 강화되고 있음을 보여준다.

이 글은 <쌍가락지 노래>를 추상적인 유형 차원이 아닌 구체적인 하위유형 차원에서 살펴봄으로써 유형 전체에서 찾을 수 없었던 개별적 의미를 세심하게 밝혀낼 수 있었다는 데 의의가 있다. 아울러 각 하위유형이 특정

지역을 중심으로 전승된다는 사실을 밝혀 서사민요의 전승이 지역의 여러 가지 요건과 맞물려 이루어져 왔음을 찾아내었다. 그러나 지역의 제반 환경이 어떻게 각각의 <쌍가락지 노래> 하위유형과 관련성을 맺고 있는지에 대한 자세한 논의는 미처 다루지 못했다. 서사민요의 유형을 확대해 논의를 지속함으로써 서사민요의 전승에 관한 수수께끼를 푸는 것이 앞으로의 과제다.

2장_ <이사원네 맏딸애기> 노래의 전승양상

1. 머리말

서사민요는 '일정한 인물과 사건을 갖춘 이야기로 된 민요'[26]라고 막연하게 규정되어 왔다. 여기에서 일정한 인물과 사건은 서사의 구성 요소일 뿐 서사의 필요충분조건이라 할 수는 없다. 서정 갈래에도 인물과 사건은 있을 수 있기 때문이다. 이에 서사 갈래의 개념을 적용하여 서사민요의 정의를 다시 내려 보면 '서사민요는 작품 외적 자아인 창자가 작품 내적 자아인 작품 내 주인물과 작품 내적 세계인 작품 내 상대인물(또는 현실) 사이에서 벌어지는 대결(사건)을 노래로 부르는 문학'[27]이라 할 수 있다.

서사민요에는 '독립되어 존재하는' 다양한 이야기, 즉 유형들이 존재하는데, 이 서사민요의 유형을 어떻게 설정하느냐에 대해서는 조동일과 필자의 논의 이외에는 본격적인 연구가 이루어지지 않고 있다. 조동일이 서사민요의 유형을 14개로 설정한 바 있으나, 이는 영남 북동부 일부 지역에 국한된 것으로 서사민요 유형 전체를 포괄한다고 보기 어렵다. 이에 필자는 전국

---

26) 조동일, 『서사민요연구』, 계명대학교출판부, 1979(증보판), 16쪽.

27) 더 구체적으로 말한다면, 서사민요는 창자(작품외적 자아)가 작품내 주인물의 이야기를 노래로 부른다는 점에서 작품외적 자아의 개입이 분명히 있으며, 작품내 주인물과 상대인물(현실)과의 관계에서 사건이 벌어진다. 다른 측면에서 본다면 서사민요는 ①창자가 작품내적 자아와는 별개의 독립된 존재로서 ②작품내적 자아(인물, 의인화된 사물 등)에게 일어난 사건을 ③자신의 말로 직접적으로 전개하기로 하고 인물의 말로 간접적으로 전개하기도 한다. 서영숙, 『한국서사민요의 날실과 씨실: 우리어머니들의 노래』, 도서출판 역락, 2009, 25쪽.

서사민요를 대상으로 서사민요의 작품 내 주인물과 상대인물과의 관계에서 벌어지는 대결의 양상에 따라 64개 유형을 설정한 바 있다.[28] 그러나 이들 작업은 서사민요의 유형을 개괄적으로 설정해 놓았을 뿐, 각 유형이나 각편의 서사적 전개나 전승양상 등에 대해서는 자세한 고찰을 하지 않고 있어 이에 대한 후속 연구가 필요한 실정이다. 각 유형에 대한 치밀한 분석 작업은 해당 유형의 서사적 특징을 분석하는 데에서 나아가, 서사민요의 구성원리나 전승방식을 밝히는 기초 작업이 될 수 있기 때문이다.

이 글에서는 서사민요의 대표적 유형인 <이사원네 맏딸애기> 노래[29]를 택해 이 유형의 노래가 지역별로 어떻게 다양한 하위유형을 형성하면서 전승되는지를 서사단락의 결합양상과 지역별 분포양상의 분석을 통해 고찰해 보려고 한다. <이사원네 맏딸애기> 노래는 한 유형 속에 다른 서사민요, 서사무가, 소설 등 여러 서사문학 갈래에서 차용해 온 다양한 서사단락들을 공유하고 있어 서사민요 중 서사단락의 결합양상이 매우 복잡한 유형 중의 하나로 서사민요의 구성방식을 고찰하는 데 매우 적합한 유형으로 판단되기 때문이다. <이사원네 맏딸애기> 노래의 이러한 특성은 연구자들로 하여금 이 노래의 유형 설정에 있어 많은 이견을 보이게 하는 요인이 되고 있다.[30] 그러므로 <이사원네 맏딸애기> 노래의 서사 단락의 결합 양상을 분

---

28) 그러나 필자의 유형 설정 역시 각 유형별로 세심한 분석을 토대로 한 귀납적 방식으로 이루어진 것이 아니어서 앞으로 연구 결과에 따라 계속 수정 보완해야 할 유동성을 지니고 있다.

29) 작품 내 주인물의 이름은 작품의 유형과는 아무런 상관관계를 가지고 있지 않다. 전혀 다른 유형인데도 주인물 이름은 같을 수 있고, 같은 유형인데도 주인물 이름은 다를 수 있기 때문이다. 그러므로 유형의 명칭으로는 고유명사를 사용하지 않고 주인물과 상대인물의 관계와 핵심적인 사건을 나타낼 수 있도록 붙이는 것이 좋으리라 본다. 따라서 이 유형의 명칭은 <유혹했다 거절당하자 저주한 여자> 유형 정도가 적합하리라 생각되나, 여기에서는 편의상 학계에 널리 알려진 <이사원네 맏딸애기> 노래라는 명칭을 그대로 사용하기로 한다.

30) 박상영은 '000네 맏딸애기'라는 제목 혹은 노랫말을 갖는 각편들을 모두 <맏딸애기노래>라고 지칭하고, 유형별 구조적 특징과 그 구조에 함의된 미학적 의미를 밝힌 바 있는데, 연구 대상 자료 속에는 <처녀 치장노래>, <처녀 저주 노래>, <처녀 과부노래>,

석하는 작업은 서사민요의 서사구성 원리를 파악하고 이를 바탕으로 서사민요의 유형을 분류하는 시금석이 될 수 있으리라고 본다.

자료는『한국구비문학대계』와『한국민요대전』,『서사민요 연구』소재 자료를 주 대상으로 한다.[31] 이 세 자료집은 구비문학 전문가에 의해 전국적으로 이루어졌을 뿐만 아니라, 구연자 및 조사지에 대한 정보와 구연상황 등에 대한 설명이 비교적 상세하게 이루어져 있어 서사민요의 전승양상을 파악하는 데 가장 적합하다고 판단되기 때문이다. 이외에 필자 자료 및 각 지방자치단체에서 간행한 구비문학자료집 등을 보조 자료로 삼는다.[32]

<찢어진 쾌자노래>, <후실장가>, <못갈장가>, <제석님네 따님애기>, <중된 며느리 노래> 등 다양한 유형이 포함되어 있다. 이들 노래들은 단지 '000네 맏딸애기'라는 주인물의 이름을 공유하고 있을 뿐 별도의 유형으로 전승되는 것들이다. 그러므로 이를 <맏딸애기 노래>라는 하나의 유형으로 다루는 것은 무리가 있다. 박상영,「서사민요 <맏딸애기노래>의 구조적 특징과 그 미학」,『한국시가연구』 27, 한국시가학회, 2009, 379~422쪽. 이와는 달리 맏딸애기의 치장만을 다루고 있는 노래에 한정하여 <맏딸애기노래>를 살펴보는 경우도 있다. 류경자,「무가 <당금애기>와 민요 '중노래, 맏딸애기'류의 교섭양상과 변이」,『한국민요학』 23, 한국민요학회, 2008, 329~356쪽. 앞의 논의가 <이사원네 맏딸애기> 노래의 범위를 지나치게 확장해 다루고 있다면, 뒤의 논의는 그 범위를 지나치게 협소하게 다루고 있다고 할 수 있다. 필자 역시 처음 유형을 설정할 당시에는 이 유형을 두 가지로 나누어 Gb <처녀의 저주로 신랑이 죽자 한탄하는 신부> 유형과 Gc <본처의 저주로 신랑이 죽자 한탄하는 신부> 유형으로 별도로 설정했었다. 하지만 두 가지는 단지 저주의 주체가 처녀이냐, 본처이냐의 차이만 있을 뿐, 공통적인 서사 단락을 지니고 있으므로 하나의 유형으로 통합해야 하리라 본다. 또한 각편에 따라 '신부 한탄' 대목이 있기도 하고, 없기도 하며, 다른 형태의 결말에 이르는 경우도 많으므로, 유형명에서 결말에 해당하는 명명은 삭제하는 것이 좋으리라 본다. 그러므로 이 논문을 통해 이 유형의 명칭을 Gb <남자를 유혹했다 거절당하자 저주하는 여자> 유형으로 수정하고자 한다. 서영숙, 앞의 책, 2009, 47~75쪽.

31)『한국구비문학대계』 82권, 한국정신문화연구원, 1980-1989;『한국민요대전』, 제주도 외 10권, (주)문화방송, 1991-1996; 조동일, 앞의 책.

32) 필자가 조사한 서사민요 자료는 서영숙, 앞의 책, 2009에 기타 자료집은 김익두,『전북의 민요』, 전북신서 8, 신아출판사, 1989; 지춘상,『전남의 민요』, 전라남도 향토문화총서 32, 전라남도, 1988; 김기현・권오경,『영남의 소리』, 태학사, 1998; 한국구연민요연구회,『한국구연민요』 연구편, 자료편, 집문당, 1997 등이다.

2. 서사단락의 결합양상

서사민요는 수많은 유형을 지니고 있다. 서사민요의 유형은 여러 각편들의 공통적인 단락들이 가지는 공통적인 체계 즉 유형구조로 존재한다.[33] 한 각편이 어느 유형에 속하기 위해서는 그 유형의 각편들이 공통적으로 지니고 있는 단락을 지니고 있어야 한다. 그러나 서사민요의 각편은 이 공통적인 단락만으로 이루어져 있는 것이 아니라, 여러 가지 부수적 단락이 결합되어 서사를 풍부하게 전개해 나간다. 이때 한 유형에 속하는 각편들의 공통적인 단락을 '핵심단락'이라고 한다면, 기타 서사를 풍부하게 하기 위해 결합되는 단락은 '부수단락'이라고 할 수 있다. 핵심단락이 유형의 설정에 있어 필수적인 '고정적 요소'라고 한다면, 부수단락은 유형의 설정과는 큰 관계없이 서사를 풍부하게 하는 '유동적 요소'이라고 할 수 있다. '고정적 요소'는 각 유형을 변별 짓는 고유한 것인 데 비해, '유동적 요소'는 여러 유형에서 두루 발견되는 것이 보통이다.

그러므로 서사민요에서 하나의 독립적 유형을 설정하기 위해서는 우선적으로 그 유형이 다른 유형과는 구별되는 핵심단락을 파악해야 한다. 그렇다면 <이사원네 맏딸애기> 노래가 지니고 있는 핵심단락은 무엇이고, 단지 서사를 풍부하게 하기 위해 결합된 부수단락이 무엇인가. 이 유형은 혼인, 죽음과 관련된 서사민요로서 Ga <혼인을 기다리다 신랑이 죽은 신부> 유형이나 Gd <혼인을 기다리다 신부가 죽은 신랑> 유형과 깊은 관련성을 가지고 있으면서 여자의 유혹과 저주에 의해 신랑이 죽는다는 점에서 뚜렷한 차별성을 지니고 있다. 또한 주인물들의 혼인과 죽음을 다루고 있다는 점에서 <당금애기>, <도랑선비 청정각시>, <치원대 양산복> 등 여러 가지 서사무가 또는 설화와 서사단락을 공유하고 있다.

---

33) 조동일, 앞의 책, 72쪽.

그러나 <이사원네 맏딸애기> 노래는 다른 서사민요나 무가, 설화에 보이지 않는 이 유형만의 서사단락을 지니고 있다. 그것은 바로 '여자의 유혹과 저주'이다. 여자가 남자에게 먼저 구애를 했다는 점 그러나 그것을 거절당하자 저주를 했다는 점은 다른 어느 서사 갈래에도 나타나지 않는 <이사원네 맏딸애기> 노래만의 것이다. 이는 서사민요와 서사무가, 설화 등이 비슷한 서사 단락을 가지고 영향을 주고받으면서도 서로 독자적인 서사 갈래를 형성해 왔음을 보여주는 증거라 할 수 있다.[34]

<이사원네 맏딸애기> 노래는 그러므로 사랑, 혼인, 죽음이라는 사람의 일생에 있어 중요한 세 가지 문제를 다루고 있으면서도 여자가 먼저 남자를 유혹하고, 이를 거절한 남자를 저주해 죽게 했다는 점에서 비슷한 소재를 다루고 있는 다른 서사 갈래와는 다른 독자적인 작품세계와 향유의식을 드러내고 있는 유형으로서 일단 주목할 만하다. 그러면서 갈래와 갈래의 비교를 통해 설화, 서사무가, 서사민요라는 세 갈래의 장르적 특성과 담당층 의식의 일단을 파악할 수 있는 중요한 연구 대상이 된다. 또한 <이사원네 맏딸애기> 노래는 사랑, 혼인, 죽음과 관련된 인접 서사민요와 넘나들면서 다양한 하위유형을 만들어내고 있어 서사민요 유형 형성의 원리를 가늠해 낼 수 있는 대상이기도 하다.

<이사원네 맏딸애기> 노래의 구조적 특징을 살펴보기 위해 우선 사건의 전개가 짜임새 있게 이루어져 있는 각편 하나를 대상으로 서사단락을 나누어 보기로 하자.

한살묵어 엄마잃고 두살묵어 부친잃고

34) 필자는 <처녀의 저주로 죽은 총각> 유형을 포함한 혼사장애를 다루고 있는 서사민요를 '혼사장애형 민요'라 칭하고, 그 서술방식과 여성의식, 서사무가 <치원대 양산복>, <도랑선비 청정각시> 등과의 비교 논의를 한 바 있다. 서영숙, 『우리민요의 세계』, 도서출판 역락, 2002. 이 글에서는 <이사원네 맏딸애기> 노래의 서사단락 결합 및 전승양상에 집중하여 논의하고자 한다.

호삼춘을 찾아가니 삼춘은 지청구라
데친물에 올챙이를 범북해야
우리삼춘 주라한데 우리숙모 아니주네.
우리삼춘 죽거들랑 어내양지 묻어주고
우리숙모 죽거들랑 시음달에 묻어주소.
호부닷새(홑 다섯에) 절에올라 열다섯에 글을배와
책받침을 앞에끼고 김선달네 맏딸애기 서쩍걸(삽작거리)로 지내치니
김선달네 맏딸애기 화각창 청개집에 바람만 문열듯열고
저게가는 저선배가 활선배냐 글선배냐?
요내방에 하룻밤만 자고가소.
여보말씀이사 좋다마는 아글아글 배운글을 일시인들 잊을쏘냐?
큰아이는 물렀거라 장개라꼬 가거들랑
질우에 우던야시 질알로 비끼서고
질아래 우던까막깐치 질우로 비끼서소.
장개라고 가가주고 행이청(행례청)에 드거들랑 이상다리 뿌러지고
사모깍대 씨거들랑 사모각대 뿌러지고
헌옷을 입거들랑 헌옷걸음(옷고름) 떨어지소.
큰밥상을 받거들랑 수제까지 뿌러지고
첫날저녁 들어가서 겉머리도 아파오고
속머리도 아파오고 눈쌀이나 곧아지소.
새실오늘왔던 새신랑이 접에있는 처남들아
아랫방에 내려가서 너거누님 오라해라.
말소리나 들어보고 얼굴이나 간아보자.
처남들이 아랫방에 내려가서 누우님요 누우님요
오늘오신 새매부가 누우님을 오라요.
손목이나 지어보고 얼굴이나 간아보자하요.
그러구로 큰방으로 들어가니 오늘왔던 새선부가 아파서 누웠구나
겉머리도 아파오고 속머리도 아파오고 눈쌀이 곧아지며
처자를 손을잡고 눈물을 지옴사
그러구로 숨이 떨어지고나니 하는말이
삼단같은 이내머리 언제봤다 하옵시고 끝끝치도 푸라하요.

언제봤다 하옵시고 꽃댁이를 나였두고 어무신이 다한말가?
언제봤다 하옵시고 공단비단 나였두고 짙에옷이 다한말가?
언제봤다 하옵시고 꽃감이를 나였두고 신성탓이 왼말이요.
나서거라 나서거라 행상뒤에 나서거라 신성타고 따라간다.
행상꾼이 발을맞차 하는구나.
김선달네 맏딸애기 서쩍걸로 지내치니
행상꾼이 발이붙어 떨어지지 아니하네.
나서거라 나서거라 김선달네 맏딸아가 어서배삐 나서거라
김선달네 맏딸애기 나서면서
속적삼 벗어들고 행상끝에 허리끈 푸는구나
떨어지소 떨어지소 숨내맡고 떨어지소.
떨어지소 떨어지소 땀내맡고 떨어지소.
행상꾼이 발이떨어져서 행상을 메고가니
김선달네 맏딸아가 신성타고 따리가거라
저그집을 돌아와서 동네명태 한테뜯어놓고
술한통 받아놓고 동네방내 사람모아놓고
동네방내 어르신네 이내이름 짓거들랑
청춘과수 짓지말고 새애기라 지어주소[35]

가) 남자가 조실부모하고 삼촌집에서 양육되다. (조실부모)
나) 예쁘게 치장한 여자가 남자를 유혹한다. (여자유혹)
다) 남자가 거절하자 여자가 저주한다. (여자저주)
라) 남자가 혼인날 죽자 신부가 한탄한다. (신부한탄)
마) 멈춘 상여에 여자가 속적삼을 덮어주자 움직인다. (저승결합)

이와 같이 이 노래는 매우 풍부한 여러 가지 서사단락으로 이루어져 있다. 그런데 이중 <이사원네 맏딸애기> 노래의 핵심적인 단락은 나)와 다)이다. 즉 '여자가 유혹하나 남자가 거절하자 저주한다.'이다. 가)는 주인물

35) [김해시 상동면 14] 청상과부 한탄가, 김순이(여 66), 우계리 우계, 1982. 8. 12., 김승찬, 박기범 조사, 구비대계 8-9.

남자가 어떤 사람인가를 설명하고 묘사하는 서두의 부수 단락으로서 별도로 전승되는 서사민요의 전체 또는 일부가 결합한 것이다. 라) 단락은 여자의 저주로 인해 나타난 결과로서, 역시 서사민요 Ga <혼인을 기다리다 신랑이 죽는 신부> 유형의 핵심단락이다. 마)는 신랑의 죽음 이후 이야기로서 결말을 보충하는 부수 단락으로서 역시 별도로 전승되는 서사민요의 전체 또는 일부가 결합한 것이다. 각편에 따라 남자의 무덤이 벌어져 여자가 무덤 속으로 들어가는 단락이 결합되기도 하는데, 이는 서사무가 <치원대양산복>, 소설 <양산백전> 등에 두루 나타나는 단락이다.

이로 볼 때 <이사원네 맏딸애기> 노래는 본래의 서사단락 이외에 다른 서사민요나 서사갈래의 서사단락을 차용해 결합으로써 핵심 단락과 부수 단락으로 이루어진다고 할 수 있다. <이사원네 맏딸애기> 노래의 핵심 서사는 여자가 남자를 유혹했는데 남자가 이를 거절하는 결핍 상황을 여자가 남자에게 저주를 내림으로써 해결하고자 하는 것이다. 그러므로 <이사원네 맏딸애기> 노래의 핵심단락은 '여자가 남자를 유혹한다(α) - 남자가 거절하자 여자가 저주한다(β)'라 할 수 있다. <이사원네 맏딸애기> 노래가 되기 위해서는 이 핵심단락 중 반드시 하나 이상을 지니고 있어야 하며, 이 핵심단락을 지니고 있지 않다면 <이사원네 맏딸애기> 노래라고 할 수 없다. 이 서사단락은 <이사원네 맏딸애기> 노래에만 있는 고유 단락이다. 이 단락으로 인해 <이사원네 맏딸애기> 노래 유형이 다른 서사민요 유형과 구별될 수 있다.[36]

그런데 실제 민요 현장에서 불리는 <이사원네 맏딸애기> 노래는 앞의

---

36) <이사원네 맏딸애기> 노래는 조동일의 서사민요 유형에 의하면 G <이내방에>에 속한다. 그는 G의 단락을 다음과 같이 나누었다. '가. 처녀가 총각을 유혹했다. 나. 총각이 거절했다. 다. 처녀는 총각이 죽으라고 저주했다. 라. 저주대로 되어서 총각이 죽었다. 마. 시집가는 길에 총각의 무덤 옆을 지나다가, 처녀가 무덤 속으로 들어가 죽었다. 바. 저승에서 처녀와 총각은 부부가 되었다.' (조동일, 앞의책, 81쪽) 그러나 여기에서 라. 이후의 단락은 사건의 결말에 해당하는 것으로, 이는 각편에 따라 다르게 나타나므로 이 유형만의 고정된 핵심단락으로 보기 어렵다.

각편에서 살펴보았듯이 단순히 이 핵심단락만으로 되어 있는 경우는 그리 흔하지 않다. <이사원네 맏딸애기> 노래는 이 핵심단락만으로 되어 있기도 하고 앞이나 뒤에 여러 가지 다른 부수단락이 결합됨으로써 풍부한 서사를 갖춘 각편이 되기도 한다. 이 부수단락들은 대부분 다른 서사민요 또는 다른 서사갈래의 일부이거나 독립적으로 전승되는 것들이다. 서사민요는 다른 서사갈래로부터 서사단락을 차용해옴으로써 서사의 진행을 풍부하게 하는 것이 일반적인 현상이나 <이사원네 맏딸애기> 노래만큼 다른 서사 갈래로부터 다양한 서사단락을 차용해 오는 경우는 그리 흔하지 않다.

<이사원네 맏딸애기> 노래의 서두 부분에는 대체로 다음과 같은 세 가지 별도의 서사단락 A, B, C가 결합한다. 이 세 가지 서사단락은 <이사원네 맏딸애기> 노래의 핵심단락과 하나씩 별도로 결합되기도 하고 두 가지 이상의 서사단락 B+A, C+A가 함께 결합되기도 한다.[37]

A : 예쁘다고 소문난 처녀를 몇 번을 찾아갔다가 겨우 만나게 된다.
B : 총각이 어려서 부모를 잃고 삼촌집에서 구박을 받으며 자라난다.
C : 남편(아버지)이 본처(자식)를 버려두고 후실장가를 간다.
B+A : 총각이 어려서 부모를 잃고 삼촌집에서 자라나, 처녀를 만나게 된다.
C+A : 남편(아버지)이 본처(자식)를 버려두고 후실장가를 가는데, 처녀를 만나게 된다.

여기에서 A, B, C는 독립적으로 전승되는 서사민요이거나 다른 서사민요

37) 조동일은 이를 서사민요 전승의 일반적인 현상으로 보았다. 그는 '결합된 결과는 각편 차원의 현상으로, 소단락의 구실을 하거나 어느 정도 독립성을 지니면서 본래의 것을 장식하는 구실을 하는 데 불과하다.'고 하였다. 그 예로 G에 결합되어 있는 F(G3, G4, G5, G10, G21, G22, G26, G29, G31) 또는 H(G6, G11, G12, G15, G16, G23, G24, G32)의 구실이 이와 같다.(조동일, 서사민요연구, 74~75쪽) 여기에서 F는 '가. 부모가 일찍 죽었다.-(나. 남편도 일찍 죽었다.)-다. 삼촌 집에서 고생하면서 살았다.' H는 '가. 처녀가 잘 났다는 소문을 들었다.-나. 한번가도 못만나고 두 번가도 못만났다. -다. 세 번째야 만났다.'로 이루어지는 유형을 말한다.

유형의 일부 서사단락인데, <이사원네 맏딸애기> 노래의 주인공들을 소개하기 위한 서두로서 핵심단락과 결합되었다.

A는 서사민요 서사무가 <당금애기(제석본풀이)>의 서두 부분에 나오는 것으로, 서사민요 He <중에게 시주한 뒤 쫓겨난 여자> 유형의 서두 단락으로 불리기도 한다. 주인물인 맏딸애기의 옷차림에 대한 묘사가 중심을 이루고 있다. 또한 서사민요 Ia <장식품 잃어버린 처녀에게 구애하는 총각(댕기노래)>, Ha <외간남자의 옷이 찢기자 꿰매주는 여자(찢어진 쾌자노래)> 등의 서두로도 두루 불리고 있으나 사건의 핵심 단락이 다르기 때문에 이들 노래는 <이사원네 맏딸애기> 노래와는 별도의 유형으로 보아야 한다.

B는 서사무가 <도랑선비 청정각시>의 서두 부분에 도랑선비의 혼인 전 내력을 서술하는 내용과 같다. 서사민요에서도 Gd <혼인을 기다리다 신랑이 죽자 한탄하는 신부>, Fa-2 <삼촌식구 구박받다 장가가나 신부가 죽은 조카> 등의 서두 부분에 나온다.

C는 주인물 남자가 총각이 아닌 본처가 있는 남자로 바뀌어 나오는 것으로, 첩장가를 가는 남자를 본처 또는 자식이 저주하는 것으로 되어 있다.[38]

다음 결말 부분에는 대체로 다음과 같은 두 가지 별도의 서사단락 D, E가 결합한다. 이 두 가지 서사단락은 하나씩 별도로 결합되기도 하고, 두 가지 서사단락 D+E가 함께 결합되기도 한다.

D : 혼인날 신랑이 죽자 신부가 한탄한다. - 시댁에 가서 처녀과부가 된다.

E : 남자 상여가 처녀 집 앞에 서자 처녀가 속적삼을 덮어주니 움직인다.
- 처녀가 시집갈 때 남자 묘가 벌어져 들어간다.[39]

---

38) 이 단락이 있는 노래는 흔히 <후실장가 노래> 또는 <큰어머니 노래>라고 불리는 것이다. 본래 필자의 서사민요 유형분류에서는 Gb <처녀의 저주로 신랑이 죽자 한탄하는 신부>(이사원네 맏딸애기) 유형과는 별도로 Gc <본처(자식)의 저주로 신랑이 죽자 한탄하는 신부>(후실장가) 유형으로 설정했던 것이다. 그러나 저주의 주체와 대상이 다를 뿐 핵심단락을 공통적으로 갖고 있다는 점에서 <이사원네 맏딸애기> 노래 내 하위유형으로 처리하기로 한다.

D+E : 혼인날 신랑이 죽자 신부가 한탄하고, 맏딸애기가 죽은 남자와 결합한다.

D는 Ga <혼인을 기다리다 신랑이 죽는 신부(강실도령)> 유형으로 전승되는 서사민요이다. 서사무가 <도랑선비 청정각시> 결말 부분의 일부이기도 하다. <이사원네 맏딸애기> 노래의 핵심단락과 결합되면 여자의 저주로 혼인날 신랑이 죽게 되자 아무 영문도 모르는 신부가 자신의 신세를 한탄하는 내용으로 연결된다. 신부는 시댁에 가서 자신을 '애먼과부', '처녀과부' 또는 '처자과부' 등으로 불러달라고 당부한다.

E는 서사무가 <치원대 양산복>이나 소설 <양산백전>의 결말 부분이며, 서사민요 Ic-1 <처녀를 짝사랑하다 죽는 총각> 노래 유형의 결말 부분이기도 하다. <이사원네 맏딸애기> 노래 유형의 핵심단락과 결합되면 여자의 저주로 신랑이 죽게 되자 여자의 집 앞에 멈춰 선 상여를 여자가 속적삼을 덮어줘 움직이며 후에 여자가 시집갈 때 남자의 묘가 벌어져 여자가 무덤 속으로 들어간다.

D와 E가 복합되어 함께 나타나기도 하는데, 이는 <이사원네 맏딸애기> 노래의 핵심단락과 결합돼 신랑은 죽어서 여자와 인연을 맺지만, 신부는 시댁에서 처녀과부로 살아야 하는 처지가 되는 복잡하고 미묘한 삼각관계의 노래가 되기도 한다.

이렇게 보면 <이사원네 맏딸애기> 노래는 다음과 같이 다양한 경우의 서두와 결말을 갖춤으로써 여러 종류의 하위유형과 각편을 이루게 된다. 여기에서 하위유형은 사건의 주체와 대상의 관계 또는 서사단락의 결합양상에 따라 구분할 수 있다.[40] <이사원네 맏딸애기> 노래는 우선 사건의 주체

---

39) 각편에 따라 두 단락이 함께 나타나기도 하고, 두 단락 중 하나만 나타나기도 한다. D에서도 마찬가지이다.

40) 조동일은 하위유형을 '같은 유형에 속하면서도 단락 중 몇 가지가 더 있고 덜 있는 차이에 따라 구분된다'고 하며 <중 되는 며느리 노래>의 경우 마지막 서사단락인 '시집에

와 대상이 크게 두 가지로 구분된다. 하나는 저주의 주체가 처녀인 맏딸애기로 되어 있는 경우이고, 다른 하나는 저주의 주체가 본처 또는 자식으로 되어 있는 경우이다. 앞의 경우는 '유혹저주형', 뒤의 경우는 '후실장가형'이라 할 수 있다. '유혹저주형'은 서사단락의 결합양상에 따라 다시 몇 개의 하위유형으로 구분할 수 있다. 우선 서사가 핵심단락 중 [α]만으로 이루어진 경우를 '처녀유혹형', [α]가 없이 [β]만 있거나 [α+β]로 이루어진 경우를 '처녀저주형', 핵심단락에 D '혼인날 신랑이 죽자 신부가 한탄한다. - 시댁에 가서 처녀과부가 된다.' 단락이 결합된 경우를 '신부한탄형', 핵심단락에 E '남자 상여가 처녀 집 앞에 서자 처녀가 속적삼을 덮어주니 움직인다. - 처녀가 시집갈 때 남자 묘가 벌어져 들어간다.' 단락이 결합된 경우를 '저승결합형', 핵심단락에 D+E '혼인날 신랑이 죽자 신부가 한탄하고, 맏딸애기가 시집갈 때 남자 묘가 벌어져 들어간다.' 단락이 결합된 경우를 '복합형'으로 부르기로 한다. 이외에도 이들 하위유형과 '후실장가형'의 재복합이 이루어지기도 하는데, 이들 역시 '복합형'에 함께 포함해 다루기로 한다. 아래 하위유형 표에 표기된 기호는 각편마다 구체적으로 나타나는 서사단락의 결합양상을 나타낸 것이다. 이는 가설적인 추정에 의한 것이기도 하면서 실제 실현된 각편으로 확인된 것이다.

1) 처녀유혹형: 여자가 예쁘게 치장하고 남자를 유혹하는 것으로 되어 있는 유형이다. 각편에 따라 여자가 예쁘게 치장하는 대목에서 끝나거나, 여자가 남자를 유혹하자 남자가 거절하는 대목에까지 나아가기도 한다. 서두

돌아가 남편과 같이 살았다' 단락이 있는 경우와 없는 경우의 두 가지 하위유형이 존재한다고 하였다. 그러나 드물기는 하지만, 같은 유형이면서도 주인물의 성별이나 성격이 바뀌면서 의미가 달라지는 경우도 있어 이 역시 하위유형으로 다룰 필요가 있다. 이 경우 하위유형의 구분은 1차적으로는 주인물과 상대인물의 관계, 2차적으로는 사건의 갈등을 어떻게 해결하느냐 하는 결말의 방식에 있다고 생각된다. <이사원네 맏딸애기> 노래는 주인물의 성격이 달라지는 경우와 결말 방식이 달라지는 경우를 모두 포함하여 하위유형으로 분류하기로 한다. 앞에 서두가 어떻게 붙느냐는 각편 차원의 것이다.

에 여자가 예쁘다고 소문나 여러 남자들이 찾아가나 만나지 못하고 돌아오는 부수단락 A나 남자가 조실부모하고 삼촌에게 양육되는 부수단락 B가 붙기도 한다. 처녀의 아름다움과 사랑에 대한 욕망을 드러낸다. 모두 17편이 이 하위유형에 속한다.

[α]	거창군 웅양면 25, G16, G17
A + [α]	고흥 2-13, 보성군 득량면 19, 부안군 하서면 2, 완주군 운주면 3, 거제군 신현읍 4, 거제군 하청면 7, 김해시 진영읍 3(1), 김해시 진영읍 8, 울주군 두동면 9, 의령군 지정면 29, 청송 13-16, 영덕군 강구면 29, 선산군 고아면 32
B + [α]	정읍시 북면 8

2) 처녀저주형: 남자가 처녀(맏딸애기)의 유혹을 거절하자 처녀의 저주에 의해 혼인날 죽는 것으로 끝나는 하위 유형이다. 핵심단락만으로 이루어져 있기도 하고, 서두에 처녀의 미모와 차림새를 묘사하는 부수단락 A가 붙거나 남자가 조실부모하며 어렵게 자라난 사람임을 설명하는 부수단락 B가 붙기도 한다. 서두에 따라 미세한 차이가 있기는 하지만, 처녀의 구애를 거절한 남자에 대한 응징을 공통적으로 드러낸다. 모두 14편이 이 하위유형에 속한다.

[α+β]	선산군 장천면 6, 거창군 웅양면 25, 밀양군 산내면 23, 의령군 봉수면 37, 영덕 8-30, G7, G12, G18, G25, G32
A + [α+β]	G11
B + [α+β]	G9, G10, G31
B + A + [α+β]	G19

3) 신부한탄형: 혼인날 신랑이 처녀의 저주에 의해 죽자 신부가 애먼 과부(처녀과부, 처자과부)가 된 것을 한탄하는 하위 유형이다. 핵심 단락에 신부

가 한탄하는 결말 부수단락 D가 결합됨으로써 만딸애기에 의해 영문도 모르고 과부가 된 신부의 처지를 절실하게 드러낸다. 5편이 이에 해당한다.

A + [α+β] + D	김해시 상동면 8
B + [α+β] + D	김해시 상동면 14, 울주군 언양면 1, 울주군 온양면 21
B + A + [α+β] + D	울주군 상북면 2

4) 저승결합형: 혼인날 신랑이 처녀의 저주에 의해 죽은 뒤 처녀에 의해 상여가 움직이고 처녀가 신랑의 무덤 속으로 들어가는 하위 유형이다. 핵심단락에 처녀가 신랑의 무덤으로 들어가는 결말 부수단락 E가 결합됨으로써 처녀의 사랑을 역설적으로 성취하고 있다.[41] 11편이 이에 해당한다.

[α+β] + E	G28
A + [α+β] + E	G6, G23, G24
B + [α+β] + E	G5, G26, G27, G29, G30
B + A + [α+β] + E	G21, G22

5) 후실장가형: 유혹과 저주의 주체가 처녀가 아닌 신랑의 본처 또는 자식들로 나타나는 경우이다. 이 경우 현장에서는 <이사원네 맏딸애기> 노래가 아닌 <후실장가> 노래 또는 <큰어머니 노래>라고 달리 부른다. 경북 서부 일부 지역에서 집중적으로 나타나는데 저주의 대상이 맏딸애기를 거부하고 가는 총각이 아닌 후실 장가를 가는 남편 또는 아버지로 바뀌어 있다. 그러므로 핵심단락에서 '처녀가 총각을 유혹한다(α)' 단락이 '본처(또는 자식)가 후실장가 가는 남자를 만류한다(α')' 단락으로 변형된다. 나머지 핵심단락은 주체와 대상이 바뀌어 나올 뿐 '여자가 남자를 저주한다'는 점에서 <이사원네 맏딸애기> 노래와 공통적인 서사단락을 지니고 있다. 그

41) 조동일은 이를 '희망의 역설적인 달성'이라고 하였다. 조동일, 앞의책, 81쪽.

러므로 이들 각편 역시 <이사원네 맏딸애기> 노래의 하위유형으로 포함해 다루는 것이 바람직하다. 이 하위유형에서는 후실장가를 가는 남편에 대한 저주가 실현됨으로써, 축첩 제도에 대한 비판을 드러낸다. 13편이 이에 해당한다.

C + [α'+β]	함평군 신광면 26(1), 상주군 사벌면 9, 상주군 사벌면 16, 상주군 낙동면 5, 상주군 청리면 5, 선산군 고아면 34, 선산군 대가면 224, 성주군 초전면 26, 상주 7-4, 울진 11-26, G1, G2
C + [α'+β] + D	삼척 2-16

6) 복합형: 혼인날 신랑이 맏딸애기의 저주에 의하여 죽자 신부는 자신이 애먼 과부가 된 것을 한탄하고, 맏딸애기는 신랑의 무덤이 벌어져 들어가는 하위 유형이다. 핵심단락에 신부한탄 부수단락 D와 저승결합 부수단락 E가 복합됨으로써 신랑, 신부, 맏딸애기의 삼각관계를 극명하게 드러낸다. 심지어 여기에 후실장가를 가는 단락 C까지 결합되기도 해 각편에 따라서는 핵심단락 '여자가 남자를 유혹한다(α)'까지 나와, 본처가 저주하는 것이 아니라 다른 하위유형과 마찬가지로 처녀가 저주하는 것으로 되어 있는 경우도 있다. 즉 후실장가+처녀저주+신부한탄형, 후실장가+처녀저주+신부한탄+저승결합형 등 가능한 모든 종류의 서사단락이 다 결합됨으로써 장형화되기도 하나 본격적인 '후실장가형'과는 달리 처녀의 저주가 그대로 나오고 있어 '복합형'으로 구분하기로 한다. 4편이 '복합형'에 해당한다.

B + [α+β] + D + E	군위 4-21
C + A + [α+β] + D	G13
C + A + [α+β] + D + E	G14, G15

<이사원네 맏딸애기> 노래는 이렇게 핵심단락의 앞과 뒤에 여러 가지 다양한 부수단락을 결합함으로써 다양한 하위유형을 이룬다. 이 결합되는 서사단락들은 본래 다른 서사 갈래나 서사민요에 나오는 단락들로, <이사원네 맏딸애기> 노래의 서사를 더욱 풍부하게 하고 극적으로 만들기 위해 차용된 것으로 생각된다. <이사원네 맏딸애기> 노래는 이렇게 여러 서사 갈래와 서사민요에 나오는 서사단락을 하나의 유형과 각편 속에 아주 조화롭게 유기적으로 구성해내고 있다.

<이사원네 맏딸애기> 노래는 이와 같이 서사단락의 결합양상에 따라 다양한 하위유형을 이루면서 전승되어 왔다. 이렇게 다양한 하위유형이 형성된 이유는 이 유형의 핵심 단락 자체가 '여자의 유혹과 저주'라는 독특하면서도 과감한 소재를 택하고 있으면서도 서두와 결말이 노래 부르는 사람의 입장에 따라 얼마든지 달라질 수 있는 열려있는 구조로 이루어져 있기 때문이라 생각된다. 이러한 전승이 어느 방향에서 어느 방향으로 이루어졌는지는 단언하기 어렵다. 어느 방향이건 가창자들은 '여자가 남자를 유혹하고 저주한다'는 핵심 서사를 자신들의 입장에 맞게 창의적으로 변형해 향유하고 있음을 볼 수 있다. 이렇게 변형된 하위유형들은 지역 가창자들에게 공감을 확보하며 오랜 세월 동안 다른 지역과 구별되는 형태와 의미를 형성하며 전승되어 왔다.

3. 지역별 분포 양상

<이사원네 맏딸애기> 노래가 전승되는 지역적 분포 양상역시 주목해야 할 점이다. <이사원네 맏딸애기> 노래와 비슷하게 혼인과 죽음을 다루고 있는 Ga <혼인을 기다리다 신랑이 죽는 신부> 유형과 Gd <혼인을 기다리다 신부가 죽는 신랑> 유형이 주로 호남 지역과 영남 서남부 지역에 집중

적으로 분포되어 있다고 한다면, <이사원네 맏딸애기> 노래 유형은 주로 영남 지역에 집중되어 있는 것을 볼 수 있다. 호남에서는 <이사원네 맏딸애기> 노래 중 핵심단락에 해당하는 '처녀유혹형'을 집중적으로 부른다. 이러한 차이는 서사민요가 지역에 따라 서사단락의 결합과 생성에 차이를 보이며, 이는 결과적으로 서사민요의 지역 유형을 형성하게 되는 것으로 생각된다. 또한 이러한 서사단락의 결합과 생성에는 그 지역에서 전승되는 다른 서사 갈래, 그 지역에서 일어난 사건, 그 지역의 개성적 창자 등 여러 가지 요인이 있으리라고 판단되나 쉽게 단정하기 어렵다.[42]

<이사원네 맏딸애기> 노래의 대략적인 지역별 분포양상을 알기위해 지역별로 조사된 각편 총64편의 서사단락을 나누고, 각 각편이 속하는 하위유형을 표시하면 다음과 같다. <이사원네 맏딸애기> 노래가 조사된 지역은 호남에서 6편, 강원에서 1편 조사된 것을 제외하면 나머지 57편이 모두 영남 지역에서 조사되었다.[43] 영남 지역의 서사민요는 인문 지리적 환경에 따라 문화권역을 북서부, 북동부, 남부 지역으로 구분하여 살펴보기로 한다.[44]

---

42) 이에 대한 고찰 역시 논문의 좋은 주제가 될 수 있으나, 상당히 다양한 변수가 있을 수 있어 결정적인 요인을 탐색하기 어렵다는 것이 문제이다. 이 글에서는 논외로 한다.

43) 영남 지역 조사자료 수에서 조동일의 자료 28편을 제외한다고 하더라도 36편 중 29편이 영남에서 조사되었다. 필자가 직접 조사한 전남 지역 자료나 김익두, 『전북의 민요』에서도 1편도 조사되지 않았고, 지춘상의 『전남의 민요』에서 1편 조사되었을 뿐이다.

44) 영남 지역은 전통적으로 낙동강 이서 지역인 경상우도와 낙동강 이동 지역인 경상좌도로 나뉘어져 있었고, 영남의 북부와 남부 역시 오랫동안 행정구역상으로 경계가 지어져 그리 활발한 교류가 이루어지지 못했다. 그러므로 영남의 문화권역을 북서부권, 남부권, 북동부권으로 나누어 살펴볼 때 서사민요의 전승양상에도 대체적인 변별성을 지니고 있음을 확인할 수 있다. 서영숙, 「영남 지역 서사민요의 전승적 특질」, 『고시가 연구』 제26집, 한국고시가문학회, 2010 참조.

<이선달네 맏딸애기> 노래의 서사단락

지역/편수	각편	조실부모	처녀소문	처녀유혹	처녀유혹	타인장가	후실장가	저주	신랑죽음	신부한탄	상여멈춤	갈라진묘	하위유형
호남 6	고흥 2-13		○	○	○								1)처녀유혹, 강강술래
	보성군 득량면 19		○	○									1)처녀유혹
	부안군 하서면 2		○	○	○								1)처녀유혹
	완주군 운주면 3		○	○									1)처녀유혹
	정읍시 북면	○	○	○									1)처녀유혹
	함평군 신광면 26(1)						○	○					5)후실장가, 둥당에타령
영남 북서부 10	선산군 장천면 6		○			○		○					2)처녀저주
	상주군 사벌면 9						○	○					5)후실장가
	상주군 사벌면 16						○	○	○				5)후실장가
	상주군 낙동면 5						○	○	○				5)후실장가
	상주군 청리면 5		○				○	○	○				5)후실장가
	선산군 고아면 32	○		○	○								1)처녀유혹
	선산군 고아면 34						○	○	○		○		5)후실장가
	성주군 대가면 224						○	○	○				5)후실장가
	성주군						○	○	○				5)후실장가

	초전면 26												
	상주 7-4						○	○					5)후실장가
영남 남부 14	거창군 웅양면 25			○									1)처녀유혹
	거제군 신현읍 4		○	○									1)처녀유혹
	거제군 하청면 7		○	○									1)처녀유혹
	김해시 상동면 8		○	○		○		○	○	○			3)신부한탄, 종이 저주
	김해시 상동면 14	○	○	○		○		○	○	○	○		3)신부한탄
	김해시 진영읍 3(1)		○	○									1)처녀유혹, 창부타령
	김해시 진영읍 8		○	○									1)처녀유혹
	밀양군 산내면 23		○			○		○					2)처녀저주
	울주군 상북면 2	○	○	○	○	○		○	○	○			3)신부한탄
	울주군 언양면 1	○	○	○	○	○		○	○	○	○		3)신부한탄
	울주군 온양면 21	○	○	○	○	○		○	○	○	○		3)신부한탄
	울주군 두동면 9		○	○									1)처녀유혹
	의령군 봉수면 37		○	○	○								2)처녀저주
	의령군 지정면 29		○	○									1)처녀유혹
영남 북동부 5+조동일28=33	울진 11-26						○	○					5)후실장가
	군위 4-21	○	○	○	○	○		○	○	○	○	○	6)신부한탄+저승결합 복합
	영덕 8-30		○	○	○	○		○					2)처녀저주

	청송 13-16		○	○									1)처녀유혹
	영덕군 강구면 29		○	○									1)처녀유혹
	G1 영양군 일월면						○	○	○		○		5)후실장가
	G2 영양군 일월면						○	○	○		○		5)후실장가, G1과 동일창자
	G5 영양군 일월면	○	○	○	○	○		○	○		○	○	4)저승결합
	G6 영양군 일월면		○	○	○	○		○	○		○	○	4)저승결합, 이야기로 함
	G7 영양군 일월면							○			○		2)처녀저주, 남자, 이야기로 함.
	G9 영양군 일월면	○	○					○	○		○		2)처녀저주, 남자창자
	G10 영양군 일월면	○	○					○	○		○		2)처녀저주, 남자창자
	G11 영양군 영양면		○	○	○	○		○	○				2)처녀저주
	G12 영양군 영양면		○	○	○	○		○	○		○		2)처녀저주, 남자창자
	G13 영양군 입암면		○	○			○	○	○	○			6)후실장가 +신부한탄 복합
	G14 영양군 입암면		○	○	○		○	○	○	○	○	○	6)후실장가 +신부한탄 +저승결합 복합, G13과 동일창자,
	G15		○	○	○		○	○	○	○	○	○	6)후실장가

	영양군 입암면												+신부한탄 +저승결합 복합, G13과 동일창자
	G16 영양군 석보면		○										1)처녀유혹, 중단, 삼삼을 때는 다 알았다고 함
	G17 영양군 석보면		○	○	○								1)처녀유혹, G16과 동일창자
	G18 영양군 석보면							○	○				2)처녀저주
	G19 영양군 석보면	○	○	○	○	○		○	○				2)처녀저주
	G21 영양군 석보면	○	○	○	○	○		○	○		○	○	4)저승결합, G19와 동일창자
	G22 영양군 석보면	○	○	○	○	○		○	○		○	○	4)저승결합
	G23 청송군 파천면		○	○	○	○		○	○			○	4)저승결합
	G24 청송군 파천면		○	○	○	○		○	○			○	4)저승결합
	G25 청송군 부남면			○	○	○		○	○				2)처녀저주
	G26 청송군	○	○	○	○	○		○	○			○	4)저승결합, G25와

	부남면												동일창자
	G27 청송군 부남면	○	○	○	○	○		○	○			○	4)저승결합, G25와 동일창자
	G28 청송군 부남면			○	○	○		○	○		○	○	4)저승결합, 메밀노래
	G29 영천군 화북면	○	○	○	○	○		○	○		○	○	4)저승결합
	G30 영천군 화북면	○	○	○	○	○		○	○		○	○	4)저승결합, G29와 동일창자
	G31 영천군 화북면	○	○	○	○								2)처녀저주
	G32 영천군 화북면		○	○	○	○		○					2)처녀저주
기타 1	삼척 2-16						○	○	○	○	○		5)후실장가
계	64	18	46	44	30	25	16	45	36	10	21	14	

이상에서 볼 때 <이사원네 맏딸애기> 노래는 조사된 64편 중 31편이 핵심 서사로 이루어진 '처녀유혹형'과 '처녀저주형'으로 가장 많은 비중을 차지한다. 이는 처녀의 유혹과 저주 단락이 <이사원네 맏딸애기> 노래의 핵심단락임을 입증해준다. '처녀유혹형'은 주로 호남 지역과 영남 남부 지역에 전승된다. 호남 지역은 특히 '후실장가형' 1편만을 제외하고는 '처녀유혹형'이 집중적으로 전승되고 있음을 볼 수 있다. 이 하위유형은 서사무가 <당금애기(제석본풀이)>의 서두 단락과 서사민요 He <중에게 시주한 뒤 쫓겨난 여자> 유형의 서두 단락으로 공유되고 있다. 서사무가 <당금애기(제석본풀이)>와 서사민요 He <중에게 시주한 뒤 쫓겨난 여자> 유형이 주로 호남 지역에서 전승되고 있다는 사실 역시 이들 갈래 간의 상호 영향 관계를

보여준다. 또한 영남 남부 지역에서도 14편 중 '처녀유혹형'이 7편을 차지한다는 것은 호남 지역과 영남 남부 지역이 서로 서사민요를 비롯한 문화적 교류가 활발하게 이루어졌기 때문에 나타나는 양상이라 할 수 있다.

'처녀저주형'은 호남을 제외한 영남 지역에 고루 전승되고 있어 영남 지역 <이사원네 맏딸애기> 노래의 기반을 이루고 있음을 보여준다. 호남 지역이 주로 처녀의 치장과 유혹에 초점을 두고 있는 반면 영남 지역은 주로 처녀의 저주에 초점을 두고 있다는 것은 두 지역 서사민요 향유의 차이점을 잘 보여주는 것이라 할 수 있다. 여러 가지 요인이 있겠지만, 서사민요의 향유에 있어서 호남 지역이 대체로 놀이 위주로 전승하는 경향이 많은 반면, 영남 지역은 대체로 노동 위주로 전승하는 경향이 많은 것도 이러한 차이를 형성해내었을 것이다. 즉 호남 지역에서는 서사민요를 <강강술래>, <둥당애타령> 등의 유희요로 많이 부르므로 비교적 짧고 서정적인 사설이 많이 나타나는 데 비해, 영남 지역에서는 주로 길쌈과 같은 오랜 시간 노동을 하면서 많이 부르므로 비교적 길고 서사적인 사설이 많이 나타나는 것과도 관련이 있을 것이다.

다음 '신부한탄형'은 5편으로 주로 영남 남부 지역에 집중적으로 나타난다. 영남 남부 지역에서 유독 핵심 서사인 '처녀유혹형' 이외에 '신부한탄형'이 많이 불린 이유에 대해서도 검토할 필요가 있다. 여러 가지 이유가 있겠지만 이 지역이 영남 북동부 지역에 비해 유교 문화의 영향력이 약화되어 있는 것도 한 가지 이유가 될 수 있다. 그러므로 영문도 모르고 죽은 혼인한 남자에 대해 수절을 해야 하는 부당한 제도에 대한 반발이나 비판을 담은 '신부한탄형' 사설이 큰 공감을 얻어 전승될 수 있었으리라 생각된다. 신부한탄 단락을 핵심 단락으로 지니고 있는 노래인 Ga <혼인을 기다리다 신랑이 죽는 신부> 유형이 주로 전남과 영남 서남부 지역에 전승되고 있음도 이러한 지역적 여건과 관련이 있는 것으로 생각된다.[45)]

'저승결합형'은 11편으로 대부분 영남 북동부 지역에 나타난다. 특히 조동일의 자료인 영양, 영천, 청송 지역에 집중되어 나타난다. '저승결합형'은 저주로 인해 죽은 남자의 상여가 멈추자 맏딸애기가 상여에 속적삼을 덮어주거나 남자의 묘 속으로 들어감으로써 현실에서 맺지 못한 인연을 저승에서 맺는 내용으로 되어 있다. 이는 억눌린 현실에 대한 역설적 표현으로 읽을 수 있는데, 이러한 내용이 영남 지역에서도 가장 보수적이라 여겨지는 북동부 지역에 주로 전승된다는 것은 많은 시사점을 준다.

'후실장가형'은 13편으로 영남 북서부 지역인 선산, 상주, 성주 등의 지역에서 집중적으로 전승되고 있는 것도 흥미로운 현상이다. '후실장가형'은 본처와 자식을 두고 후실을 보는 남편에 대한 저주가 이루어짐으로써 주제가 첩에 대한 비판으로 변화되고 있는 하위유형이다. 이는 축첩 제도가 일반화되어 있던 조선 시대에 활발하게 전승된 것으로 생각되는데 이에 대한 비판이 이 지역 여성들 사이에 공감대를 형성하면서 불린 것으로 생각된다. 영남의 북동부 지역에도 후실장가 단락이 다른 하위유형에 흔히 결합되는 것을 볼 수 있는데, 이에 반해 영남 남부 지역에서는 전혀 이러한 현상이 나타나지 않는다. 이는 축첩의 문제가 영남 남부보다는 북부 지역이 더 심각했던 사정을 반영하는 것은 아닐까 하는 생각이 드나 단정하기 어렵다.

마지막으로 여러 가지 서사 단락과 하위유형이 결합으로써 서사 전개가 더욱 복잡하게 이루어지고 있는 '복합형'이 나타나는 지역 역시 영남 북동부 지역으로, 군위에서 1편, 조동일 자료에서 3편 조사되었다. 이 4편은 <이사원네 맏딸애기> 노래 중 가장 풍부한 서사 단락을 지니고 있다. 이는 연행을 계속 이끌어내는 조사자의 노력이 있었기 때문이기도 하지만, 경북 북동부 지역이 다른 지역에 비해 길쌈이 많이 이루어진 지역으로서 장편의 서사민요를 불러온 전통을 지니고 있었기 때문으로 보인다. 이렇게 보면 <이사원네 맏딸애기> 노래의 하위유형과 관련 서사민요 유형의 전승에는

45) 서영숙, 『한국 서사민요의 날실과 씨실: 우리어머니들의 노래』, 도서출판 역락, 2009, 56~75쪽에 유형별 자료 목록을 제시하고 있다.

다음과 같은 개략적인 지도를 그려볼 수 있다.

<table>
<tr><td rowspan="3">호남

처녀유혹형</td><td>영남 북서부

후실장가형</td><td>영남 북동부

저승결합형
복합형</td></tr>
<tr><td colspan="2">처녀저주형</td></tr>
<tr><td colspan="2">영남 남부

신부한탄형
처녀유혹형</td></tr>
</table>

서사민요의 전승에 이러한 지역적 차이가 있다는 것은 주목할 만한 현상이다. 대체적으로 볼 때 호남 지역에서는 비교적 단순한 서사단락의 결합만으로 이루어진 단형 서사민요가, 영남 지역에서는 다양하고 풍부한 서사단락의 결합으로 이루어진 장형 서사민요가 전승되고 있음을 알 수 있다. 이는 서사민요의 형성과 전승이 단지 한 두 창자의 능력에 의해 이루어지는 것이 아니라 지역의 지리적, 역사적, 문화적 환경과 밀접한 관련을 가지고 오랜 세월 동안에 이루어져 온 것임을 보여주는 것이라 할 수 있다.

4. 맺음말

<이사원네 맏딸애기> 노래는 여자가 남자를 유혹하나 거절하자 혼인날 죽으라고 저주하는 이야기를 갖추고 있는 서사민요이다. 특히 <이사원네 맏딸애기> 노래는 사랑, 혼인, 죽음이라는 인간의 가장 중요하고 본질적인 문제를 다루고 있으면서, 같은 문제를 다루고 있는 서사무가, 서사민요, 설

화, 소설 등의 서사단락과 다양한 교섭양상을 보이고 있어 특별히 주목을 요하는 유형이다. 이 글에서는 <이사원네 맏딸애기> 노래가 지역별로 어떻게 다양한 하위유형을 형성하면서 전승되는지를 서사단락의 결합양상과 지역별 분포양상의 분석을 통해 고찰하였다.

<이사원네 맏딸애기> 노래는 '여자가 유혹하나 남자가 거절하자 저주한다.'는 서사단락을 핵심단락으로 하면서 서두와 결말에 여러 가지 단락을 부수단락으로 결합하여 다양한 하위유형을 형성해 왔다. 이때 핵심단락은 <이사원네 맏딸애기> 노래의 고정적 요소인 데 반해, 부수단락은 다른 서사갈래와 공유되는 유동적 요소이다. 즉 서두에는 '처녀소문', '조실부모', '후실장가' 단락이, 결말에는 '신부한탄', '저승결합' 단락이 결합되는데, 이들 단락은 서사무가 <당금애기>, <도랑선비 청정각시>, <치원대 양산복>, 서사민요 <혼인을 기다리다 신랑이 죽는 신부>, <삼촌식구 구박받다 장가가나 배우자가 죽은 조카>, <처녀를 짝사랑하다 죽은 총각>, <중에게 시주한 뒤 쫓겨난 여자>, 소설 <양산백전> 등과 공유하고 있다.

<이사원네 맏딸애기> 노래의 하위유형은 서사단락의 결합 양상에 따라 '처녀유혹형', '처녀저주형', '신부한탄형', '저승결합형', '후실장가형', '복합형'으로 나눌 수 있는데, 조사된 64편 중 6편을 제외하고 거의 영남 지역에 분포되어 있다. 그중 핵심단락으로 이루어져 있는 '처녀유혹형'과 '처녀저주형'은 각기 17편, 14편으로 가장 큰 비중을 차지한다. '처녀유혹형'은 호남과 영남 남부 지역에, '처녀 저주형'은 영남 전 지역에 고루 분포되어 있다. '신부한탄형'은 5편으로 주로 영남 남부에, '저승결합형'은 11편으로 주로 영남 북동부에, '후실장가형'은 13편으로 주로 영남 북서부, '복합형'은 4편으로 주로 영남 북동부 지역에 집중적으로 전승된다.

이로써 <이사원네 맏딸애기> 노래는 영남의 지역을 중심으로 전승되며, 하위 유형의 전승도 지역별 차이를 나타내고 있음을 알 수 있다. 호남 지역에서는 <이사원네 맏딸애기> 노래의 핵심단락 중의 하나인 '처녀유혹형'

이 집중적으로 전승되고 있는 것도 특징이다. 이렇듯 서사민요는 서사의 구성에 있어 지역별로 뚜렷한 변별성을 보여주는데, 영・호남 지역에서 전승되는 서사민요 유형의 차이, 같은 영남에서도 지역별 전승양상에 차이가 나타나는 구체적인 이유에 대해서는 차후 연구의 과제이다.

이 글은 <이사원네 맏딸애기> 노래를 구성하고 있는 서사단락의 결합양상과 분포양상을 분석함으로써 서사민요가 하나의 유형 아래 어떠한 방식으로 하위유형과 각편을 형성하며 전승되고 있는지를 고찰하였다. 서사민요의 유형은 필자에 의해 지금까지 64개 유형이 정리된 바 있으나, 이 글을 통해 유형 분류의 방법이 더욱 구체화되었다고 할 수 있다. 이 글에서 분석한 방법에 의해 서사민요의 유형을 재검토하고 지역별 전승양상을 고찰함으로써, 서사민요의 유형분류와 분포지도를 완성하는 작업이 앞으로 풀어나가야 할 과제이다.

3장_ <이사원네 맏딸애기> 노래의 서사적 특징과 현실의식

1. 머리말

<이사원네 맏딸애기> 노래는 서사민요로서 한 여자가 지나가는 남자를 유혹했는데 남자가 거절하자 혼인할 때 죽으라고 저주를 하는 이야기로 되어 있는 노래이다.[46] 각편에 따라서 이씨가 아닌 김씨, 정씨 등의 성이 붙기도 하고 사원, 생원, 선달, 동지 등 다양한 명칭으로 바뀌기도 한다. 사원, 생원, 선달, 동지 등은 모두 벼슬에 나아가지 않은 지체가 그리 높지 않은 양반에 대한 존칭으로 쓰인 듯하다. 이중 노래 제목으로 가장 흔하게 알려져 있는 것이 '이사원네 맏딸애기'이므로 유형의 명칭으로 편의상 <이사원네 맏딸애기> 노래라 지칭하기로 한다.[47]

---

46) 조동일, 『서사민요연구』, 계명대학교 출판부, 1979 증보판, 81쪽.

47) <이사원네 맏딸애기> 노래라는 명칭은 민요 현장에서, 연구자들에 의해서 노래 유형에 대한 뚜렷한 의식 없이 붙여져 왔다. 따라서 엄연히 다른 서사적 줄거리를 갖춘 다른 유형의 노래임에도 불구하고 노래의 주인공이 '000네 맏딸애기'라고 일컬어진 경우 한 유형으로 취급되기도 하고, 같은 유형의 노래임에도 불구하고 노래의 주인공이 '000네 맏딸애기'라고 일컬어지지 않은 경우 한 유형으로 취급되지 않기도 했다.(박상영, 「서사민요 <맏딸애기노래>의 구조적 특징과 그 미학」, 『한국시가연구』 27, 한국시가학회, 2009, 379~422쪽.) 이와는 달리 '맏딸애기류'라고 하여 맏딸애기의 치장만을 다루고 있는 노래에 한정하여 <맏딸애기노래>를 살펴보는 경우도 있다.(류경자, 「무가 <당금애기>와 민요 '중노래, 맏딸애기'류의 교섭양상과 변이」, 『한국민요학』 23, 한국민요학회, 2008, 329~356쪽.) 앞의 논의가 <이사원네 맏딸애기> 노래의 범위를 지나치게 확장해 다루고 있다면, 뒤의 논의는 그 범위를 지나치게 협소하게 다루고 있다고 할 수 있다. 필자는 <이사원네 맏딸애기> 노래 유형이 되기 위해서는 '여자가 남자를 유혹한다 - 남자가 거절하자 여자가 저주한다'라는 핵심단락 중 반드시 하나 이상을 지니고 있어야 한다고 규정한 바 있다. 서영숙, 「서사민요 <이사원네 맏딸애기> 노래의 전승양상」,

<이사원네 맏딸애기> 노래는 필자의 분류에 의하면 신랑-신부 관계 서사민요 중 Gb <남자를 유혹했다 거절당하자 저주하는 여자> 유형에 속한다.[48] 혼인, 죽음과 관련된 문제를 다루고 있다는 점에서 <혼인날을 잘못 택해 죽은 신랑> 노래, <상사병으로 죽은 총각> 노래, <살림을 잘해 저승에 불려간 여자> 노래, <혼인을 기다리다 신랑이 죽는 신부> 노래, <혼인을 기다리다 신부가 죽는 신랑> 노래 등과 깊은 관련성을 가지면서도 여자의 유혹과 저주에 의해서 혼인이 어그러지고 죽음이 실현된다는 점에서 변별적인 서사 전개가 이루어진다.

곧 <이사원네 맏딸애기> 노래는 다른 서사민요나 서사무가에서 다루고 있지 않는 사랑의 문제를 개입시킴으로써 사랑, 혼인, 죽음이라는 사람의 일생에 있어 중요한 세 가지 문제를 다루고 있으면서 비슷한 소재를 다루고 있는 다른 서사 갈래와는 다른 독자적인 작품세계와 향유의식을 드러내고 있는 유형으로서 주목할 만하다. 그러므로 <이사원네 맏딸애기> 노래의 심층적 분석은 한 작품의 고찰에 그치는 것이 아니라, 비슷한 소재를 다루고 있는 설화, 서사무가, 서사민요의 장르적 특성과 향유의식의 차이를 제시할 수 있는 중요한 토대가 된다.

이 글에서는 이러한 연구의 중요성과 가치를 염두에 두면서 <이사원네 맏딸애기> 노래를 하위유형별로 세분하여 서사적 특징을 분석하고 이에

『어문연구』 67, 어문연구학회, 2011 참조.

48) 필자가 처음 유형을 설정할 당시에는 이 유형을 두 가지로 나누어 <처녀의 저주로 신랑이 죽자 한탄하는 신부> 유형과 <본처의 저주로 신랑이 죽자 한탄하는 신부> 유형으로 별도로 설정했었다. 하지만 두 가지는 단지 저주의 주체가 처녀이냐, 본처이냐의 차이만 있을 뿐, 공통적인 서사 단락을 지니고 있으므로 하나의 유형으로 통합해야 하리라 본다. 또한 각편에 따라 '신부 한탄' 대목이 있기도 하고, 없기도 하며, 다른 형태의 결말에 이르는 경우도 많으므로, 유형명에서 결말에 해당하는 명명은 삭제하는 것이 좋으리라 본다. 그러므로 이 논문을 통해 이 유형의 명칭을 <남자를 유혹했다 거절당하자 저주하는 여자> 유형으로 수정하고자 한다. 서사민요 유형분류 방법과 명칭의 부여에 대해서는 별도의 논의가 이루어질 필요가 있다. 서영숙, 『한국서사민요의 날실과 씨실: 우리어머니들의 노래』, 도서출판 역락, 2009, 47~75쪽 참조.

나타난 의미를 고찰할 것이다. 이는 서사민요를 추상적 차원인 유형의 차원에서만 분석할 경우, 다양하게 실현화된 여러 가지 차원의 <이사원네 맏딸애기> 노래의 의미를 놓칠 수 있다고 판단하기 때문이다. 나아가 <이사원네 맏딸애기> 노래를 불러온 전승자인 여성들이 당면하고 있던 현실과 이에 대한 인식을 추출해보고자 한다. 연구 대상 자료는 『한국구비문학대계』와 『한국민요대전』 소재 자료와 조동일을 서사민요 연구 자료를 주 대상으로 하였다. 세 자료집에서 추출한 <이사원네 맏딸애기> 노래는 총 64편으로 하위유형별로 자료를 제시하면 다음과 같다.[49]

처녀유혹형 17편	거창군 웅양면 25, 정읍시 북면 8, 보성군 득량면 19, 부안군 하서면 2, 완주군 운주면 3, 거제군 신현읍 4, 거제군 하청면 7, 김해시 진영읍 3(1), 김해시 진영읍 8, 울주군 두동면 9, 의령군 지정면 29, 영덕군 강구면 29, 선산군 고아면 32, 고흥 2-13, 청송 13-16, G16, G17,
처녀저주형 14편	선산군 장천면 6, 밀양군 산내면 23, 의령군 봉수면 37, 영덕 8-30, G7, G9, G10, G11, G12, G18, G19, G25, G31, G32
신부한탄형 5편	김해시 상동면 8, 김해시 상동면 14, 울주군 언양면 1, 울주군 온양면 21, 울주군 상북면 2
저승결합형 11편	G5, G6, G21, G22, G23, G24, G26, G27, G28, G29, G30
후실장가형 13편	함평군 신광면 26(1), 상주군 사벌면 9, 상주군 사벌면 16, 상주군 낙동면 5, 상주군 청리면 5, 선산군 고아면 34, 선산군 대가면 224, 성주군 초전면 26, 상주 7-4, 울진 11-26, 삼척 2-16, G1, G2
복합형 4편	군위 4-21, G13, G14, G15

49) <이사원네 맏딸애기> 노래는 대체로 '가)예쁘게 치장한 여자가 남자를 유혹한다.-나)남자가 거절하자 여자가 저주한다.-다)남자가 혼인날 죽자 신부가 한탄한다.-라)멈춘 상여에 여자가 속적삼을 덮어주자 움직인다.'의 서사단락으로 이루어져 있다. 이때 결말이 어느 단락에서 끝나느냐에 따라 '처녀유혹형', '처녀저주형', '신부한탄형', '저승결합형'이라 지칭하기로 한다. 이외에도 남자를 만류하는 여자가 처녀가 아닌 본처나 자식인 경우인 '후실장가형'과 이들 하위유형이 복합된 경우인 '복합형'이 있다. 하위유형의 자세한 구분 방법에 대해서는 별도의 논문에서 다루려고 한다.

2. 서사적 특징과 의미

<이사원네 맏딸애기> 노래 유형은 '여자가 남자를 유혹하나 거절당하자 남자를 저주함'이라는 핵심 사건을 공통적으로 다루고 있다. 그러면서도 사건의 전개에 있어 서사단락의 결합 양상에 있어 몇 가지 하위유형으로 구별할 수 있는 차이점을 드러낸다. 각 하위유형은 같은 <이사원네 맏딸애기> 노래 속에서도 다른 것들과는 구별되는 의식 속에서 형성 전승되어 온 것으로, 이에 대한 고찰은 <이사원네 맏딸애기> 노래 속에 구현되어 있는 다양한 층위의 의미를 가늠할 수 있게 한다. <이사원네 맏딸애기> 노래 유형은 서사단락의 결합 양상에 따라 '처녀유혹형', '처녀저주형', '신부한탄형', '저승결합형', '후실장가형', '복합형'의 6가지로 나누고,[50] 각 하위유형별로 드러내는 의미를 살펴보기로 하자.

2.1. 처녀유혹형: 처녀의 사랑에 대한 욕망

<이사원네 맏딸애기> 노래 중 가장 간단한 서사적 줄거리로 되어 있는 하위유형이다. 여자가 예쁘게 치장하고 남자를 유혹하는 내용으로, 대표적인 각편을 제시하고 서사단락을 나누어 보면 다음과 같다.

> 김성줄레(金成造네) 보딸애기 하이쁘다고 하시길래
> 첫번자리를 보러가니 나갔다고 허시더니

50) 박상영은 서사민요의 주인물이 '맏딸애기'라는 이름을 갖고 있는 경우를 모두 다루어, '만남희구형', '유혹저주형', '고난형'의 세 가지로 나누어보고 있으나, 이중 '고난형'은 <제석님네 따님애기>노래와 <중되는 며느리> 노래 유형이 결합된 별도의 유형으로서, 주인물의 이름 같다는 것 외에는 다른 노래들과 아무런 공통점을 지니고 있지 못하다. 박상영, 앞의 논문, 379~422쪽.

두번자리 보러간게 죽었다고 하시더니
삼시번을 거듭가니 아지랑잘깡 창바라지
열치고 섰는양은 해봉산에 꽃일레라
그아래를 살펴보니 외씨같은 섭보신에
수실같은 미투리여 칼날같이도 휘어신고
그위그를(그위를) 살펴보니 무에명주 베폭속곳
털명주 고장받이 남방사주 홋단치마
잔주름은 잘게접어 갈만잡어 떨쳐업고
그위그를 살펴보니 베비단 잔허리는
은단추를 걸어입고 송금비단 접저구리
기로공단 깃을달어 깃만잡고 떨쳐입고
그위그를 살펴보니 이금단에 딸머리
귀금단에 돛댕기 뱅강수 비네(비녀)를찔른
나를보러 오실라거든 엊그저께나 오시든가
얼씨구나 절씨구 얼씨구절씨구 기화자좋네 저흘씨구나 좋은씨구[51]

가. 예쁘다고 소문난 여자를 찾아가나 만나지 못한다.
나. 거듭 찾아가니 여자가 치장하고 나와 유혹한다.

맏딸애기가 하도 예쁘다고 소문이 나 주인물 남자가 여러 번 찾아가나 이런저런 핑계로 만나주지 않아 보지 못한다. 삼세번을 거듭 찾아간 끝에 맏딸애기를 만나게 되는데 '봉숭아꽃'처럼 아름다워 남자의 '간장을 녹인다'. 처녀유혹형의 서사단락은 매우 간단하다. 주로 처녀의 옷차림새와 생김새에 대한 묘사에 치중되어 있다. 박상영은 이를 '맏딸애기가 텍스트의 내적 상황에서 주체가 아닌 객체로 존재하면서 남성 화자의 욕망 희구의 대상, 곧 대상화된 타자로서 존재하는 경우'라고 설명하고 있다.[52] 하지만 이는 이 노

51) [부안군 하서면 2] 김성줄레 보딸애기, 박성남(여 59), 백련리, 1981. 7. 28., 최내옥, 김세진, 구영희 조사, 구비대계 5-3.
52) 박상영, 앞의 논문, 408쪽.

래의 향유자와 현장을 고려해 볼 때 타당한 해석이라 보기 어렵다.

이 노래는 여성에 의해 불리며, 여성들의 꿈을 그려내고 있다. 남성들이 이 노래를 부르고 향유한다면 주인물인 맏딸애기가 대상화되어 있다고 하겠지만, 여성들이 맏딸애기의 아름다움에 자신을 이입하며 부르기 때문에 '대상화'라기보다는 '주체의 투사'로 보아야 할 것이다. 특히 맏딸애기의 치장치레가 중심이 되는 이 하위유형은 특히 아직 혼인하지 않은 여성들이 그리는 연애에 대한 로망이라고 할 수 있다. 즉 '맏딸애기'는 아직 혼인하지 않은 여성으로서, 중매에 의해 혼인이 이루어지던 시대에도 불구하고 사랑에 대한 열망과 혼인에 대한 꿈을 가지고 있게 마련이다. 텍스트에서 여자는 일견 '객체'처럼 보이지만, 실은 노래의 '주인물'을 객관화하여 거리를 두고 묘사함으로써 '주체'의 아름다움에 대한 객관적 시각을 보장받고자 하는 것이다.

노래를 부르는 여성들은 텍스트 내 주체인 '맏딸애기'의 아름다움을 서술함으로써 자신들의 아름다움을 간접적으로 시사하고, 누군가에로부터 관심과 구애를 받고자 하는 욕망을 투사하고 있는 것이다. 거듭 자신을 찾아온 남자에게 아무런 관심도 없는 양 돌려보내다가 드디어 숨겨놓았던 욕망을 드러낸다. 맏딸애기의 아름다움은 여성들 자신이 처녀 때 가지고 있는 자신들의 아름다움에 대한 자랑이요 과시라고 할 수 있다. 그러므로 처녀유혹형은 사랑하는 남자로부터 고백을 받기를 원하는 처녀의 욕망을 그린 노래라고 할 수 있다.[53]

53) 이를 '여인들의 미에 대한 소망을 가장 극대화시켜 드러낸 것으로서, 민요에 있어 장면극대화의 한 모습이라고 볼 수 있다. 색감과 질감을 바탕으로 하여 그들이 추구하는 치장의 미를 노래 속에 담아냄으로서 자신들의 대리표상인 딸애기의 아름다움을 한껏 부각시키고 있는 것이다.'라고 본 류경자의 시각은 이런 점에서 필자의 견해와 유사하다. 류경자, 앞의 논문, 348쪽.

2.2. 처녀저주형: 이룰 수 없는 사랑의 욕망과 좌절

'처녀저주형'은 <이사원네 맏딸애기> 노래 유형의 가장 핵심적인 서사단락으로 이루어져있는 하위유형이다. 자기를 보기 위해 몇 번이나 찾아왔던 남자 또는 지나가는 남자에게 이사원네 맏딸애기는 들어와 하룻밤을 자고가라고 유혹한다. 하지만 남자는 이를 거절하고 돌아선다. 맏딸애기는 남자에게 혼인날 죽으라고 저주를 한다. 결국 남자는 혼인날 저주한 말 그대로 죽게 되는 내용으로 되어 있다. 대표적인 각편을 제시하고 서사단락을 나누어 보면 다음과 같다.

이선달네 맏딸애기 하잘났다 소문듣고
한번가이 어린핑계 두 번가이 병든핑계
삼시번을 거듭가이 남에남창 열어놓고 동에동창 걸앉았네
이복치장 볼작시면 숭금비단 쪽저구리
위 끝으로 긴동붙여 날강아지 끝동달고 (중략)
거게가는 저도령은 이내방에 댕겨가소
길이바빠 못가겠네
한모래이 돌거들랑 급살이나 맞아주소
두모래이 돌거들랑 측살이나 맞아주소
행례청에 들거들랑 사모관대 불어지소
신부방에 들거들랑 겉머리야 속머리야
우야주야 앓다가 [또 머라 카니라?]
우야주야 앓다가 [조사자: 숨이 딸깍 넘어가소]
숨이딸깍 넘어가소
신부방에 들어들랑 숨이빨딱 넘어가소 [담에 몰세]
아버님요 아버님요 어제왔든 새손님 숨이깔딱 넘어갔입니다
야야야야 그게웬소리로 집치매나 입어조라
어마님요 어마님요 어제왔든 새손님이 숨이딸깍 넘어갔니도
야야야야 그게웬말이로 상정막대 짚어조라

아홉성제 오라버님 어제왔든 새손님이 숨이딸깍 넘어갔소
야야야야 그게웬소리로 흰댕기나 디레조라
금봉채라 지르든머리에 흰댕기가 웬말입니까 [나는 더 모를세]
서른두이 행상군에
음신이나 신어조라 [암만 생각해도 더 몰레][54]

가. 예쁘다고 소문난 여자를 찾아가나 만나지 못한다.
나. 거듭 찾아가니 여자가 치장하고 나와 유혹한다.
다. 남자가 거절하자 죽으라고 저주를 한다.
(라. 남자가 장가가는 날 저주대로 죽는다.)[55]

위 각편에서는 맏딸애기가 아름답다는 소문을 듣고 찾아갔으나 이런 저런 핑계로 만나지 못하다가 수차례를 거듭 찾아간 끝에 맏딸애기를 만난다. 맏딸애기는 각종 화려한 치장을 하고 나타나 자신의 방에 다녀갈 것을 요구한다. 그러나 남자는 길이 바쁘다며 거절을 하고 가버린다. 여기에서 맏딸애기가 화려한 치장을 하고 나타난 것은 여러 번 자신을 찾아온 남자에게 이제 마음과 몸을 열 준비를 마친 여자의 남자에 대한 사랑과 욕망의 표현이다.

서사민요 통틀어서 이처럼 처녀가 총각에게 먼저 구애를 하는 내용은 찾아보기 드물다. <주머니를 지어 걸어놓고 남자 유혹하는 처녀(줌치 노래)>에서 주머니를 만들어 놓고 주머니를 사갈 사람을 구하는 내용 정도가 나올 뿐이다. 그런 점에서 맏딸애기의 구애(유혹)는 현재 시점으로 보아도 매우 파격적이다. 남자는 여자가 먼저 구애를 해서 당황한 것인지, 아니면 정해놓은 혼처가 이미 있기 때문인지 결국 다른 여자에게로 장가를 가고, 맏딸애기의 저주는 예정대로 실현된다. 차례차례 점층적으로 실현되어 남자가 죽게 되는 대목을 읊어 내려가는 과정은 섬뜩하기조차 하다. 여자가 한을 품으면

54) [G11] 조성필(여 71 일월면 주곡동), 영양군 영양면 동부동, 1970. 1. 4., 조동일, 서사민요연구.

55) 각편에 따라서 처녀의 저주 부분까지만 나오고 신랑의 죽음 부분이 나오지 않은 경우도 많다.

오뉴월에도 서리가 내린다고 하는 말이 그냥 지나칠 말이 아니다.

이는 여성들이 꿈꾸고 있던 사랑의 좌절이 원망으로 형상화되었다고 생각된다. 사랑하는 남자에게 용기를 내어 구애를 했는데도 불구하고 다른 여자에게로 장가를 가는 남성에 대한 원망을 극적으로 나타내고 있는 것이다. <아리랑>의 가장 잘 알려져 있는 가사인 "나를 버리고 가시는 임은 십리도 못 가서 발병난다"는 저주가 바로 이 <이선달네 맏딸애기> 노래의 저주와 상통한다. 가시는 임의 발밑에 진달래꽃 뿌리며 "사뿐히 즈려밟고 가시옵소서"는 남자들의 낭만적 환상일 뿐이고, "가다가 발목 부러져서 주저앉아버려라"가 버림받은 여성들의 솔직한 발화이다.

<이사원네 맏딸애기> 노래 유형에 저주의 대상으로 나오는 남자는 서두의 결합 단락으로 볼 때 세 부류이다. 첫 번째가 아름다운 처녀가 한껏 치장하고 자고 가라고 했는데도 거절하는 부류, 두 번째는 조실부모한 도령으로서 글을 읽는다는 핑계를 대며 거절하는 부류, 세 번째가 후실장가를 가는 길에 들렀다가 가라는 데 못 본 체 하고 지나가는 부류이다. 이중 첫 번째가 가장 일반적인 경우로서 호남 지역에서 주로 전승된다. 대부분 예쁘기로 소문난 여자를 남자가 몇 번이나 찾아갔는데 이런저런 핑계로 만나주지 않다가 정작 여자가 들어오라고 하자 남자가 뿌리치고 가는 것으로 되어 있다. 자세한 설명은 나와 있지 않으나 두 사람의 사랑의 시차가 어긋나 남자가 여자를 포기하고 다른 곳으로 장가가게 되었기 때문이라 할 수 있다.

두 번째 경우는 남자가 조실부모하고 외삼촌에게 양육되며 어렵게 공부했기 때문에 함부로 연애를 함으로써 글공부를 망칠 수 없다는 이유가 제시되고 있다. 서두 단락을 공유하고 있는 서사무가 <도랑선비 청정각시>나 서사민요 <삼촌식구 구박받다 혼인하나 배우자가 죽은 조카> 노래에서처럼 주인물의 운명 자체가 기구하게 결정 지워 있다는 인식도 어느 정도 작용한다고 할 수 있다. 세 번째 경우는 <후실장가> 노래의 앞부분을 서두 단락으로 하고 있는 경우로 이때에는 이사원네 맏딸애기를 보러 간 것이

첩을 들이기 위해 적간하러 간 것이 된다.[56] 그러므로 맏딸애기는 첩으로도 선택되지 못한 것이다.

어떤 경우이건 간에 이사원네 맏딸애기는 남자에 대한 자신의 사랑을 이루고자 큰 용기를 내었으나 그 용기가 아무 소용없이 무산되고 만다. 맏딸애기의 저주는 이 이루지 못한 사랑으로 인한 좌절의 극한적 표현이다. 즉 저주는 사랑의 또 다른 얼굴인 셈이다. 사랑하기 때문에 좌절하고, 그 좌절에서 벗어나기 위해 저주하게 되는 것이다. 그러나 그 저주로 인해 사랑하는 남자를 영영 잃게 되는 비극적인 결말에 이르게 되는 것이다.

전통사회 여성들이 <이사원네 맏딸애기> 노래를 부른 이유가 무엇일까. 이 노래 속에는 맏딸애기들의 사랑에 대한 욕망이 그려져 있다. 그러나 현실은 이들의 욕망을 허용하지 않는다. 사랑을 욕망하나 이를 이룰 수 없는 현실로 인한 좌절, <이사원네 맏딸애기> 노래는 이러한 전통 사회 여성들의 사랑에 대한 욕망과 이 욕망을 실현할 수 없다는 비극적 인식을 바탕으로 하고 있다. 그러므로 이사원네 맏딸애기의 저주는 비단 자신의 사랑을 거부한 한 남자에 대한 저주가 아니라, 사랑하는 사람에게 마음대로 구애할 수 없는, 설사 용기를 내어 구애한다 해도 혼인으로 이루어질 수 없는, 사랑의 소통이 막혀있는 현실에 대한 저주인 셈이다.

2.3. 신부한탄형: 청춘과부로 살아야 하는 빼앗긴 삶의 좌절

<이사원네 맏딸애기> 노래 중 '신부한탄형'은 맏딸애기의 저주로 혼인

56) [상주군 청리면 5] 큰어머니 노래, 김일임(여 62), 원장 1리 뒷뜰, 1981. 10. 18., 천혜숙, 강애희 조사, 구비대계 7-8. * 조사자가 좌중에게 '큰어머니 노래'의 앞부분을 예시하면서 요청했다. 청중의 권유로 뒷전에 누워있던 제보자가 구연했다. 앞부분이 낙동면에서 채록한 바 있던 '정사헌 맏딸애기'(낙동면 민요)와 유사하여 다시 물었더니, 첩을 얻기 위해 인물 적간 하러 간 것이라 대답했다.

날 신랑이 죽게 된 핵심단락에 신부가 자신의 신세를 한탄하는 서사단락이 결합함으로써 사건의 초점이 영문도 모르고 졸지에 과부 신세가 되어버린 신부의 처지에 놓이게 된다. '신부한탄' 서사단락은 서사민요 <혼인을 기다리다 신랑이 죽자 한탄하는 신부> 유형의 핵심적인 서사단락인데, <이사원네 맏딸애기> 노래에 오면 부수적인 단락이 된다. 그러나 이 단락으로 인해 '신부한탄형'은 '처녀저주형'에서 구현된 이루어지지 못한 사랑의 좌절 이외에 다른 차원의 의미를 하나 더 구현하게 된다. 즉 '신부한탄형'에서는 사건의 결말을 신랑을 잃어버린 신부의 시점에서 서술함으로써 궁극적으로 과부가 되어버린 신부에 대한 동정과 연민을 자아내게 한다. 이는 <이사원네 맏딸애기> 노래를 부르는 향유계층의 대다수가 남자를 유혹하는 여자의 입장보다는 남자의 얼굴도 모른 채 혼인을 하는 신부의 입장이기 때문에 생겨난 현상일 것이다.

(앞부분 생략)
새실오늘왔던 새신랑이 젙에있는 처남들아
아랫방에 내려가서 너거누님 오라해라.
말소리나 들어보고 얼굴이나 간아보자.
처남들이 아랫방에 내려가서
누우님요 누우님요 오늘오신 새매부가 누우님을 오라요.
손목이나 지어보고 얼굴이나 간아보자하요.
그러구로 큰방으로 들어가니
오늘왔던 새선부가 아파서 누웠구나
겉머리도 아파오고 속머리도 아파오고 눈쌀이 곧아지며
처자를 손을잡고 눈물을 지옴사
그러구로 숨이 떨어지고나니 하는말이
삼단같은 이내머리 언제봤다 하옵시고 끝끝치도 푸라하요.
언제봤다 하옵시고 꽃댁이를 나였두고 어무신이 다한말가?
언제봤다 하옵시고 공단비단 나였두고 짙에옷이 다한말가?

언제봤다 하옵시고 꽃감이를 나였두고 신성탓이 왼말이요.
나서거라 나서거라 행상뒤에 나서거라 신성타고 따라간다
행상꾼이 발을맞차 하는구나.
김선달네 맏딸애기 서쩍결로 지내치니
행상꾼이 발이붙어 떨어지지 아니하네.
나서거라 나서거라 김선달네 맏딸아가 어서배삐 나서거라
김선달네 맏딸애기 나서면서
속적삼 벗어들고 행상끝에 허리끈푸는구나
떨어지소 떨어지소 숨내맡고 떨어지소.
떨어지소 떨어지소 땀내맡고 떨어지소.
행상꾼이 발이떨어져서 행상을 메고가니
김선달네 맏딸아가 신성타고 따리가거라
저그집을 돌아와서 동네명태 한테뜯어놓고
술한통 받아놓고 동네방내 사람모아놓고
동네방내 어르신네 이내이름 짓거들랑
청춘과수 짓지말고 새애기라 지어주소[57)]

가. 예쁘다고 소문난 여자를 찾아가나 만나지 못한다.
나. 거듭 찾아가니 여자가 치장하고 나와 유혹한다.
다. 남자가 거절하자 죽으라고 저주를 한다.
라. 남자가 장가가는 날 저주대로 죽는다.
마. 신부가 시댁에 가서 자신의 신세를 한탄한다.

이 각편에서 보면 맏딸애기의 구애와는 관계없이 남자의 사랑은 신부에게로 향해 있다. 남자와 맏딸애기와의 만남, 맏딸애기의 구애와 거절은 아주 간단하게 처리되는 반면 남자가 혼인날 죽어가면서 신부를 불러 마지막을 나누는 장면은 매우 애절하게 서술되어 있다. 처남을 통해 전해진 신랑

57) [김해시 상동면 14] 청상과부 한탄가, 김순이(여 66), 우계리 우계, 1982. 8. 12., 김승찬, 박기범 조사, 구비대계 8-9. * 조사자가 과부 한탄가를 부를 줄 아는가 물었더니, 잠시 기억을 더듬다가 불러 주었다. *

의 말은 신부에 대한 간절함으로 가득차 있다. "누우님요 누우님요 오늘오신 새매부가 누우님을 오라요 / 손목이나 지어보고 얼굴이나 간아보자하요." 한다. 신부가 큰방으로 들어가니 신랑은 "겉머리도 아파오고 속머리도 아파오고 눈쌀이 곧아지며 / 처자를 손을잡고 눈물을 지옴사" 죽고 만다. 이러한 서술은 남자를 맏딸애기가 아닌 신부의 사람으로 만들어놓고자 하는 '혼인한 여자'들의 입장이 반영된 것이라 할 수 있다.

하지만 신부는 그 '자신'의 남자와 한 번도 살아보지 못한 채 신랑을 보내야 하는 어처구니없는 상황이 당혹스럽다. 신부는 한 번도 보지 못한 신랑을 위해 상복을 입고 평생을 과부로 수절하며 살아야 하는 자신의 신세를 한탄한다. "삼단같은 이내머리 언제봤다 하옵시고 끝끝치도 푸라하요 / 언제봤다 하옵시고 꽃댕이를 나여두고 우묵신이 당한말가 / 언제봤다 하옵시고 공단비단 나여두고 지새옷이 당한말가 / 언제봤다 하옵시고 꽃가매를 나여두고 흰둥탓이 왼말이요"[58] 하며 고운 꽃신과 비단옷, 꽃가마를 놔두고 초라하고 거친 짚신과 베옷 차림을 하고, 흰 가마를 타야 하는 자신의 상황을 하소연하고 있다. 동네사람들에게 "청춘과수 짓지말고 새애기라 지어주소"라고 하는 것은 남편과 제대로 한 번 살아보지 못하고 '과부'로 불려야 하는 자신의 신세에 대한 원망이자, 다른 한편으로 한 번도 누려보지 못하고 깨져버린 '새애기'로서의 삶에 대한 좌절의 표현인 것이다.

이렇게 볼 때 <이사원네 맏딸애기> 노래의 '신부한탄형'은 사랑의 욕망을 허용하지 않는 현실로 인한 고통이 비단 맏딸애기뿐만 아니라 신부에게도 있음을 보여 준다. 맏딸애기의 고통이 이루지 못한 사랑의 좌절에 있다고 한다면, 신부의 고통은 다른 여자로 인해 잃어버린 남편의 사랑과 아내로서의 삶일 것이다. 하지만 정작 원망의 대상은 그 다른 여자가 아니라,

58) 구비대계에 실린 이 각편의 채록은 여러 군데에서 오류가 발견된다. 이 부분은 필자가 구비대계 음성서비스를 통해 다시 듣고 채록한 것이다. 꽃댕이, 공단비단, 꽃가매는 혼례에 필요한 신, 옷, 가마를 말하고, 우묵신, 지새옷, 흰둥은 상례에 필요한 신, 옷, 흰가마를 말한다.

한 번도 살아보지 못한 남자의 집에 가서 '청춘과부'로 살게끔 하는 현실이다. 신부가 몇 번이나 되풀이해서 머리를 풀고 상복을 입으라는 친정부모의 말에 대해 저항하는 것은, 그러므로 단지 자신의 신세에 대한 한탄이 아니라 수많은 청춘과부를 강요하고 묵인하는 사회적 현실에 대한 저항이라 할 것이다.

2.4. 저승결합형: 현실에서 이루지 못한 사랑의 역설적 실현

<이사원네 맏딸애기> 노래의 하위유형 중 '저승결합형'은 남자와 맏딸애기의 이승에서 이루어지지 못한 사랑이 죽은 남자의 묘가 벌어지고 맏딸애기가 그 묘로 들어감으로써 저승에서 이루어지는 내용으로 되어 있다. 서사무가 <치원대 양산복>과 서사민요 <처녀를 짝사랑하다 죽는 총각> 노래의 결말 단락을 함께 공유하고 있다. 이는 '처녀저주형'에서 이루지 못한 사랑을 저승에서나마 이루고자 하는 욕망이 실현된 것이라고 할 수 있다.

> (앞부분 생략)
> 머리가 우야주야 아파가주고 몬저디니
> 평풍넘에 앉인각시 이내머리 짚어주소
> 언제라고 선부라고 머리야 짚어주꼬 글꼬말고 짚어주소
> [타인: 언제봤던 선부라고]
> 그카다가 숨이딸깍 넘어가니
> 큰방에라 쫓어가여 엄마엄마 울엄마야
> 어제왔던 새선보가 숨이깔딱 넘어갔다
> 엄마야야 이웬말고 너가부지 한테캐라
> 아부지요 아부지요 무신잠을 그키자노
> 어제왔든 새사우가 숨이깔딱 넘어갔다
> 엄마야야 이웬일고 어제왔던 시선부가 숨가단말 웬말이고

천동겉이 올러와여 머리로 짚어보니 숨이깔딱 넘어간다
절머슴아 상두꾼을 불러라
큰머슴아 짚동풀어 헌들어라
동네사람 불러여 상두군에 힘을써라
서른들이 행상군에 발을맞차
이달선에 맞딸애기 시집가는 갈림질에 가이끄네
발이딱딱 붙어가주 오도가도 못하드로 요게다가 묻어노소
거게다가 묻어놓고 이선달네 맞딸애기 시집이라 가이끄네
가매채가 고게가니 다시아이가고 발이딱딱 들어붙어
거게드러 죽어지니 이선달네 맞딸애기
야야 그선부님이 나와가주 검어줘고 땡게뿌니
노랑나부 나오드니 처매치고 땡게가고
뿕은나부 나오드니 허리감어 안고들고
시퍼던나부 나오더니 저구리지고 땡게드니
밑에백이 갈라져서 미속으로 들어가여
이세상에 몬사는거 후세상에 살어보고
이세상에 원한진거 후세상에 풀어보고
이세상에 원한진거 훗날날 때 풀어내고 시원한은 다풀었다[59]

가. 예쁘다고 소문난 여자를 찾아가나 만나지 못한다.
나. 거듭 찾아가니 여자가 치장하고 나와 유혹한다.
다. 남자가 거절하자 죽으라고 저주를 한다.
라. 남자가 장가가는 날 저주대로 죽는다.
마. 죽은 신랑의 무덤이 벌어져 맏딸애기가 들어간다.

이 각편에서 보면 서술의 시점과 방식이 '신부한탄형'과 많은 차이를 보임을 알 수 있다. 즉 '신부한탄형'에서는 신랑의 죽음에 앞서 신랑과 신부간의 애틋한 이별 장면이 서술되는 데 비해 여기에서는 오히려 신랑이 신

59) [G29] 이해수(여 59, 용소동 거주, 친정은 죽전동), 영천군 화북면 상송동, 1969, 8. 20., 조동일, 서사민요연구.

부에게 자신의 머리를 짚어달라고 하자 신부는 "언제라고 선부라고 머리야 짚어주꼬(언제 본 선비라고 머리를 짚어줄꼬)" 하며 거부한다. 같은 창자가 이튿날 다시 부른 각편에서는 "첫날지녁 가이께네 겉머리가 하도아파 / 평풍넘에 앉인각시 내머리나 짚어도고 / 언제밨던 선보라고 머리조창 짚어주노 / 글꼬말고 이내머리 짚어도고 / 내죽겠네 내죽겠네 할수없이 내죽겠네 머리나 짚어도고 / 평풍넘에 앉인각시 이내머리 짚어도고 / 사정해도 아니짚고 숨이깔딱 넘어가니 참으로 죽었구나"[60] 하고 신부가 신랑의 사정에도 불구하고 머리를 짚어주지 않는 것으로 서술함으로써 신랑과 신부와의 사이에 상당한 거리가 있음을 강조하고 있다.

게다가 '신부한탄형'에서 신부가 청춘과부가 된 자신의 신세를 길게 한탄하는 데 비해, 여기에서는 그 부분이 간략하게 처리되고 신랑이 죽자마자 상두꾼들을 불러 상여가 나가며 이후 맏딸애기와의 결연이 이루어지는 부분을 중점적으로 서술하고 있다. 이 각편에서는 자세히 나타나있지 않지만 대부분 신랑의 상여가 맏딸애기 집 앞에 멈춰 떨어지지 않자 맏딸애기가 나와 자신의 속적삼을 벗어 덮어주는 것으로 되어 있다. '상여의 멈춤'은 남자의 마음이 맏딸애기에게로 향해 있음을 나타내는 것이며 속적삼을 덮어주는 행위는 의사 성행위가 이루어짐을 의미한다고 할 수 있다.

결국 남자의 무덤이 벌어져 맏딸애기가 무덤 안으로 들어감으로써 두 사람의 사랑은 죽음으로써 이루어진다. 위 각편의 창자가 "이세상에 몬사는거 후세상에 살어보고 / 이세상에 원한진거 후세상에 풀어보고 / 이세상에 원한진거 훗날날 때 풀어내고 / 시원한은 다풀었다"고 노래의 마지막을 서술하고 있듯이 이 세상에서 이루지 못한 사랑을 후세상에서 이루고, 이 세상에서 진 원한을 후세상에서 풀어내고 있는 것이다.

이렇게 볼 때 <이사원네 맏딸애기> 노래의 '저승결합형'은 '처녀저주형'

60) [G30] 이해수(여 59 죽전동), 영천군 화북면 용소동, 1969. 8. 21., 조동일, 서사민요연구.

에서 이루지 못한 사랑의 욕망과 좌절을 저승에서 실현함으로써 풀어내는 것이라 할 수 있다. 저승에서 사랑을 실현한다는 것은 죽음도 갈라놓을 수 없는 사랑에 대한 강한 의지의 표현이면서, 역설적으로 현실에서는 이러한 사랑이 도저히 불가능함을 뚜렷이 보여준다. 그러므로 '저승결합형'은 현실에서 이루지 못한 사랑의 역설적 실현이면서, 사랑의 실현을 가로막는 현실에 대한 비판이라 할 것이다.

2.5. 후실장가형: 첩을 두는 남편에 대한 비판

'후실장가형'은 <이선달네 맏딸애기> 노래와 핵심 서사가 거의 비슷하게 이루어져 있으나, 저주의 주체가 맏딸애기가 아닌 남자의 본처 또는 자식으로 되어 있는 경우이다. 이는 앞의 하위유형들에서 이사원네 맏딸애기를 저주의 주체로 그대로 두고 서두 부분에 후실장가 모티프를 부수단락으로 결합하는 경우와는 달리, '후실장가형'에서는 아예 저주의 주체가 본처 또는 자식으로 나타난다. 그러므로 이때 맏딸애기는 남편이 후실장가를 가서 맞는 새신부가 되는 셈이다.61)

하날같은 부모 두고 대궐겉은 집을 두고
바다같은 전지 두고 온달겉은 본아내 두고
앵두겉은 딸을 두고 욉씨겉은 아들 두고
뭐이 답답 후실 장개 갈라는가
채례채례(초례청에) 들거들랑 사모관대 부서집소
큰상이라고 받거들랑 큰상다리 부러집소

61) [상주군 청리면 5]에서처럼 남편이 이사원네 맏딸애기를 보러 간 것은 첩을 얻기 위해 인물 적간하러 간 것이라고 생각하고 있기조차 하다. [상주군 청리면 5] 큰어머니 노래, 김일임(여 62), 원장 1리 뒷뜰, 1981. 10. 18., 천혜숙, 강애희 조사, 구비대계 7-8.

첫날밤에 들거들랑 숨이 홀짝 넘어가소 [웃음]
아버지요 아버지요 어제 그제 오선 손님
지난 밤에 숨이 갔소 (중략)
삼년상을 다 지내고 대문 밖에 썩나서니
눈이 왔네 눈이 왔네 마디골에 눈이 왔네
저 눈으는 하월나먼 풀리련만은
이내 속은 언지나 풀리나 [웃음][62)]

가. 후실장가를 가는 남편(아버지)를 말린다.
나. 남편이 말을 듣지 않자 죽으라고 저주를 한다.
다. 남편이 장가가는 날 저주대로 죽는다.
라. 신부가 자신의 신세를 한탄한다.

대부분의 각편에서 본처는 남편에게 집에 아내와 자식도 있고, 살림도 넉넉하건만 무엇이 부족하여 후실장가를 가느냐며 말리지만, 남편은 듣지 않는다. 결국 후실장가 가는 남편에 대한 원망이 저주로 발화되며 그 말은 씨가 되어 남편이 죽고 만다. 이때 본처는 정작 남편이 저주대로 죽고 말자 실제 그런 결과가 오리라고는 예상치 않았기 때문에 여러 가지 반응을 나타낸다. 본처의 저주는 자신을 버리고 가는 남편에 대한 원망의 표현일 뿐 자신의 진정한 속마음은 아닌 것이다. 위 각편에서 "저 눈으는 하월나먼 풀리련만은 / 이내 속은 언지나 풀리나" 하는 것은 새신부의 한탄이기도 하고 본처의 한탄이기도 하다. 즉 이 말 속에는 남편의 죽음이 문제의 해결은 아니라는 착잡한 심정이 배어 있다.

이러한 양면성은 이 하위유형의 각편에서 부수단락으로 결합되는 '신부한탄' 단락 이후[63)] 본처의 '신부(첩)'에 대한 반응으로도 나타나는데, 본처는

62) [삼척 2-16] "하늘같은 부모 두고", 남귀옥(여 1924), 삼척군 하장면 갈전리 갈밭, 1994. 8. 26., 민요대전 강원.

63) '후실장가형'은 대부분 '신부한탄' 단락을 부수단락으로 갖고 있다. 맏딸애기의 저주로 되어 있는 하위유형들에서 부수단락으로 나타나는 '저승결합' 단락은 나타나지 않는다. 이는 '후실장가형'이 훨씬 더 현실적인 사고방식에 바탕을 두고 있음을 보여준다.

남편의 상여를 따라온 '신부'를 원망하기도 하고, 측은하게 여기기도 한다. 첩의 집에서 본집으로 실려오는 남편의 상여를 보며 본처는 "에이여나 요 못땐년 / 그만고수 안했으면 너잘살고 나잘살지 / 한강물에 째놀년아"[64] 하고 첩을 비난하기도 하며, "새댁이는 흰둥타고 행상으로 떠나가이/ 큰어마시 썩나서서 / 행상보니 윗슴나고 흰둥보니 눈물난다 / 내말이 정말이네"[65] 하고 첩에 대한 연민을 나타내기도 한다.

어떤 면에서 보면 남편의 축첩으로 인한 희생양은 본처만이 아니라 첩이기도 하다. 위 각편의 "이내 속은 언지나 풀리나"는 본처의 하소연이기도 하고 후처의 하소연이기도 하다. 남편을 잃은 것은 본처만이 아니라 후처이기도 하기 때문이다. 본처와 후처는 모두 조선조 축첩제도의 희생양이라 할 수 있다. 결국 이 하위유형은 본처의 입장에서 첩을 두는 남편에 대한 비판이 주가 되지만, 그러면서도 남편의 죽음으로 인해 과부로 살아야 하는 모진 팔자를 지닌 또 다른 여성에 대한 입장을 고려하고 있다는 점에서 본처, 후처를 넘어선 아내들의 목소리를 대변하고 있다.

2.6. 복합형(신부한탄+저승결합): 사랑으로 맺어지는 진정한 부부의 꿈

<이사원네 맏딸애기> 노래의 창자는 자신의 기억 또는 의지에 따라, 지역에 따라, 상황에 따라 '처녀저주형'을 부르기도 하고 '신부한탄형'을 부르기도 하며 '저승결합형'을 부르기도 한다. 이때 창자와 청중은 '처녀저주형'의 맏딸애기에, '신부한탄형'의 신부에, '저승결합형'의 신부나 맏딸애기 중 어느 한쪽에 감정을 이입하면서 노래를 향유하게 된다. 그러나 많은 경우는

64) [상주군 청리면 5] 큰어머니 노래, 김일임(여 62), 원장 1리 뒷뜰, 1981. 10. 18., 천혜숙, 강애희 조사, 구비대계 7-8.

65) [성주군 대가면 224] 큰어마이 노래, 박삼선(여 73), 1979. 4. 19., 강은해 조사, 구비대계 7-4.

아니지만 다음과 같은 각편은 <이사원네 맏딸애기> 유형이 갖출 수 있는 거의 모든 서사단락을 다 결합하고 있으면서, 신부와 맏딸애기의 입장을 대등하게 보여주고 있어 주목된다.

(앞부분 생략)
숨이가네 숨이가네 원통하다 서울양반
이를쭐을 알았시면 백년기약 왜했이리 원통키도 그지없다
중신애바 사신애바 무슨중침 받아먹고 날이른데 왜보냈노
음지몰에 초군들아 양지몰에 초군들아
과부라고 짓지말고 처녀라고 이름져라
어제날로 처녈러니 오늘새득 웬일이로 아이고아이고 내팔재야
청애도포 황애도포 굽우굽우 있근마는 어느선비 권건하러
독독이 있는술을 어느선비 권건하리
원통하다 우리백년 언지한번 다시보리
고마 숨이 가뿌렜다
초군들아 초군들에이 부대부대 부탁하자
음지몰에 초군들아 양지몰에 초군들아
너화넘차 할찍에야 처재라고 이름저레이 상부라고 짓지마라
황비단 매든허레 바띠가 가당항아
공비단 감든몸에 상포치매 가당항아
꽃댕여라 신든발에 음신이 가당항아 이게무신 꼴이로야
행상이 너화넘차 너화넘차 가든행상 그리가여
이사원네 맞딸애기 가다가 발이붙어 아니가니
행상꾼이 하는말이 이상하다 원통하다 애들하다
이사원네 맞딸애기 어디가고 아니오노
이사원네 맞딸애기 하잘났다 소문나디 오늘날로 어디갔노
그야야 썩나오며 서울양반 저리될줄 누아니 알아씨꼬
너화넘차 잘가세요
날안장할 때 이사원네 맞딸애기 신행가는 갈림길에
안장이나 해여주마 저승이나 만날소냐
그래서 발이 떨어지드라이도 그래 이사원네 맞딸애기 가는 길에 묻었지왜

그러저러 가가지고 안장하여 묻은후에
이사원네 맞딸애기 호인날을 정해놓고
하로이틀 지낸후에 호인날을 대킨즉은 호인정해 신행가니
서울양반 미앞에 미가갈라 지이께네
가매문을 열어치고 그미안에 들어가니
청조새가 두 마리가 하늘로 올가가며
이승에도 못산거로 저승이나 살아볼까66)

가. 예쁘다고 소문난 여자를 찾아가나 만나지 못한다.
나. 거듭 찾아가니 여자가 치장하고 나와 유혹한다.
다. 남자가 거절하자 죽으라고 저주를 한다.
라. 남자가 장가가는 날 저주대로 죽는다.
마. 신부가 자신의 신세를 한탄한다.
바. 죽은 신랑의 무덤이 벌어져 맏딸애기가 들어간다.

이 각편에서 보면 신랑과 신부의 거리는 앞의 '저승결합형'에 나타난 것보다 더욱더 멀어져 있다. 신부는 앓으면서 버선을 벗겨달라고 하고 머리를 짚어달라고 하는 신랑의 애원을 아주 매몰차게 거절한다. 심지어 도포를 벗겨달라는 요구에 "언제봤단 님이라고 임우품에 내가손이가노 / (남우 총각한테 손이가노 칸다)" 이는 신부가 남자를 자신의 신랑으로 채 받아들이지 못하는 상태에 있음을 드러내는 대목이다. 결국 신랑이 죽고 말자 "중신애바 사신애바 무슨중침 받아먹고 날이른데 왜보냈노 / 음지몰에 초군들아 양지몰에 초군들아 / 과부라고 짖지말고 처녀라고 이름져라"며 자신을 중매한 중신애비까지 원망하며 자신이 과부가 되어야 한다는 사실을 원통해하고 있다.

이에 반해 맏딸애기는 자신의 집 앞에 멈춘 상여 앞에 나와 "서울양반 저리될줄 누아니 알아씨꼬 / 너화넘차 잘가세요" 하며 초연하게 남자를 떠나보낸다. 남자는 자신의 무덤을 맏딸애기가 신행 가는 길목에 묻어달라고 유언을 함으로써 결국 맏딸애기는 남자의 무덤으로 들어가 함께 청조새가

66) [G15] 이순녀(71 석보면 택전동), 영양군 입암면 신구동, 1970. 1. 5., 조동일, 서사민요연구.

되어 하늘로 올라간다. 창자는 “이승에도 못산거로 저승이나 살아볼까” 하며 두 사람이 저승에서 부부가 되었음을 분명히 하고 있다.

결국 이 하위유형은 ‘신부한탄’과 ‘저승결합’의 두 서사단락을 함께 보여줌으로써 맏딸애기, 남자, 신부, 세 사람의 삼각관계에서 진정한 부부는 과연 누구인가를 생각하게 한다. 현실의 신부는 신랑을 한 번도 보지 못한 사람이라며 자신의 남편으로 쉽게 받아들이지 못한다. 그러나 맏딸애기는 남자에 대한 사랑을 표현함으로써 남자의 진정한 신부의 자리를 차지한다. 이 하위유형에서 창자와 향유층이 말하고자 한 것은 현실의 제도상으로 맺어진 부부보다 진정한 사랑으로 맺어진 부부가 참 부부임을 말하고자 한 것이 아닐까. 즉 한 번도 보지 못한 채 부부의 연을 맺고 살아야 하는 전통사회의 수많은 여성들이 꿈꾼 것은 진정한 사랑으로 맺어진 부부의 연이 아닐까 한다. 그것이 당대 여성들의 현실이고 꿈이며, 그 현실과 꿈이 이 노래를 생성하게 한 것일 게다.

3. 사회적 현실과 의식

<이사원네 맏딸애기> 노래에서 나오는 이야기는 실제 현실에서 일어날 법 하지 않은 내용으로 되어 있다. 자신의 구애를 뿌리치고 가는 남자를 저주해 죽음에 이르게 한다는 것은 현실이 아닌 꾸며낸 이야기처럼 생각된다. 그러나 현실에서도 이러한 일이 있었다는 것을 『조선왕조실록』의 다음과 같은 기록에서 확인할 수 있다.

> ○ (전략) 또 허지(許遲)의 아내 유씨(柳氏)의 죄는 심상한 것이 아니므로 사죄(死罪)에 해당될 듯하니, 검률(檢律)로 하여금 율문(律文)을 상고해 아뢰게 하라.”

하매, 정원이 회계(回啓)하기를,

"검률로 하여금 율문을 상고하게 했더니, 한 조목에는 '마매(魘魅)·부서(符書)·저주(咀呪) 등을 지어 살인하려고 하는 자는 모살(謀殺)로 논한다.' 하였고, 또 모살부조(謀殺夫條)에는 '죽이기를 꾀해서 그 일을 이미 행한 자는 참형한다.' 하였습니다. 유씨는 그 지아비를 죽이려 한 것이 아니고 다만 투기(妬忌)로 인하여 이와 같은 일을 저질렀을 뿐이니, 정률(正律)에 해당되지 않습니다."

하니, 전교하기를,

"유씨는 사족(士族)의 부녀라 의금부(義禁府)에 이송시키는 것은 온당치 못하다. 그렇기 때문에 전일 대신들이 증거에 의하여 죄를 정하는 것이 좋겠다고 의논해 오고 나의 생각에도 그것이 옳다고 여겼다. 그러므로 법사(法司)로 하여금 추고하게 했던 것이다. 그런데 이제 율문을 상고하니 곧 사죄에 해당한다 하여, 만일 유씨의 자복하는 공초(供招)를 받아 내지도 않고 사죄에 해당시켜서 계복(啓覆)까지 하게 된다면 또한 온당치 못하고, 더구나 이 사람은 사죄를 범하고 도망중에 있는 경우가 아니라서 증거에 의하여 죄를 정할 수 있는 유가 아니니 의금부에 이송해서 취초하는 것이 옳다."

하였다.[67]

○ 의금부가 유씨(柳氏)에 대한 법률을 적용, 저주살인(咀呪殺人) 및 처첩모살부(妻妾謀殺夫)에 해당한 형률로써 아뢰니, 전교하기를,

"장 1백으로 속죄하는 것은 너무 가벼운 듯하나 그 일이 투기에서 빚어진 것이니 어찌 이보다 지나친 형률을 쓸 수 있겠는가?"

하였다.[68]

○ 형조에서 계하기를,

"강계(江界)에 갇혀 있는 저주 살인(咀呪殺人) 죄인인 여자 동을지(冬乙只)는 율문에 의하여 응당 참형(斬刑)에 처해야 합니다."

하니, 그대로 따랐다.[69]

---

67) 『조선왕조실록』 중종 17년 임오(1522,가정 1) 6월28일 (계묘) 【원전】 16집 139면. 한국고전종합 DB 조선왕조실록(http://www.itkc.or.kr/)

68) 『조선왕조실록』 중종 17년 임오(1522,가정 1) 7월6일 (경술) 【원전】 16집 141면.

69) 『조선왕조실록』 세종 7년 을사(1425,홍희 1) 1월17일 (무자) 【원전】 2집 648면.

이들 기사에서 보면 양반 여성인 유씨와 평민 여성인 동을지가 저주살인을 하였다는 것을 짐작할 수 있다. 특히 유씨의 경우는 투기로 인하여 남편을 저주하였다는 것을 짐작할 수 있다. 하지만 판결에서는 저주를 죽음의 직접적인 원인으로 판단하지는 않은 듯하며, 다만 투기에서 빚어진 것이라 판단하여 장 100대의 형을 내리고 있다. 그에 비해 신분이 평민이나 천민인 듯한 여성 동을지의 경우는 자세한 설명은 나오지 않으나 남자를 저주하여 살인한 죄로 참형에 처해지고 있다. 이로 볼 때 실제 조선조 사회에서 첩을 본 남편이나 자신을 버린 남자를 증오해 저주하고 그로 인해 남자가 죽은 사실이 있었음을 알 수 있다. 서사민요를 부르는 가창자들이 '노래는 참말'이라고 하는 것은 이들 노래가 가창자들이 현실에서 실제 겪었던 경험을 바탕으로 해 만들어졌기 때문일 것이다.

그러므로 <이사원네 맏딸애기> 노래는 단지 여성들의 상상에 의해서 지어낸 사건이 아니라 실제 현실 속에서 일어났던 사건을 바탕으로 해 생성된 노래라 생각된다. 어떤 사건이 일회적인 해프닝으로 그대로 사라져버리지 않고 노래 속에 남아 계속되고 전승될 수 있었던 것은 사건 속 인물의 이야기가 한 사람의 이야기가 아닌 모두의 이야기일 수 있었기 때문이다. 그러므로 <이사원네 맏딸애기> 노래 속에서 이루어진, 자신을 버리고 가는 남자에 대한 비판은 비단 한 남자에 대한 비판이 아니라, 남자들에겐 축첩을 허용하면서도 여자들에겐 자유로운 사랑이나 재가조차 허용하지 않는 불평등한 조선조 사회의 섹슈얼리티(sexuality)에 대한 비판으로도 읽을 수 있을 것이다.

<이사원네 맏딸애기> 노래는 앞에서 살펴본 것처럼 여성의 사랑과 혼인에 대한 다양한 의식을 드러내 보이고 있다. 한편으로는 자유로운 사랑에 대한 욕망을 드러내면서, 다른 한편으로는 사랑하지 않는 남자와의 혼인으로 인한 좌절을 그려내고 있다. 이는 모두 여성의 욕망을 억제하고 자유로운 사랑을 허용하지 않았던 사회적 현실로 인한 것이라고 할 수 있다.

전통 사회에서 대부분의 여성은 사랑의 욕망을 제대로 표현하지 못하고 살았다. 설령 좋아하는 사람이 있었다고 하더라도 허용될 수 없었고, 선도 보지 않고 신랑이나 신랑집에 대해 아무 것도 모른 채 부모가 정해준 대로 혼인을 해야 했다. 이러한 현실은 여성들의 실제 경험담에 그대로 표현되어 있다.[70]

> 아이고, 말도 못허지. 그때는, 나는 인자 친정에서 살적에는 부유하게 살었어, 그런디, 중매로 결혼을 하니까, 공갈로 막 해서 인자, 속아서 왔지, 한마디로 해서 속아서. 여기서 나주 먼 마을, 거진 얼마 안 되. 인자 노안이니까. 그러고 대도, 여그 광주는 도, 도, 도시라 잘 산줄 알았지, 그거는 촌이고. 그러곤 또, 인제 아버지가 살은방(사랑방)을, 사른방(사랑방)을 계시니까, 그니까 사랑에 계시니까, 인자 손님들 많이 와서 접대해불먼 이러고 가고, 그러고 광주 함양 박씨집, 집이다 하며는 그래도 괜찮은 줄 알고, 노인들이 꼬박 속았지, 아버지 친정 아버지가 사랑방에 가마이 안거서 인자, 그것도 인자, 사우를 딱, 사우만 왔제, 나는 선을 안 비어, 선 안 비어 그때는 선도 안 비어줘. 그렇게, 그 때는 도민증이라는 거 쬐-깐한거 처음에 만든 거 있어. 동민, 도민증이야 도민증. 그걸러라도 보자게 했는갑대, 신랑이. [조사자 : 응, 할머니를.] 응, 그거라도 보자게 했던가, 그거, 그 사진 쬐끔 봤지, 나는 신랑 보도 못 했어. 그러고 결혼을 했어, 하이튼 간에, 그랬는디. 그때는 많이 그랬제, 다 이러고, 맞선보는 것이 여가는 없었어, 그때는 그때 시절은 우리 시절에나.[71]

제보자는 자신과 어른들이 속아서 혼인을 했으며, 선도 안보고 시집을 왔다고 한다. 그렇게 혼인한 남편은 어린 신부에게 두렵고 무서운 존재였다. 그러므로 혼인한 첫날밤은 물론이고 오랫동안 남편과 한방에서 자지 않

70) 이 글에서 인용하는 경험담은 필자가 공동연구원으로 참여한 [한국연구재단 기초학문지원사업 시집살이 이야기 조사연구팀]에서 조사한 것으로, 신동흔 외, 『시집살이 이야기 집성』 1-10, 도서출판 박이정, 2013에 수록되었다.

71) 나○○, 여・80세(1930년생), 광주광역시 서구 쌍촌동 놀이터, 2009. 8. 24., 김정경, 김예선, 김효실 조사.

는 '공방살이'72)를 겪었다. 공방살이는 신랑이 다른 여자를 가까이해 겪는 것만으로 여기기 쉬우나, 오히려 혼인 초에는 어린 신부가 신랑을 선뜻 받아들이지 못해 흔히 이루어졌다. 이는 시집살이 경험담에서 흔하게 나오는 레퍼토리 중의 하나이다.

열일곱에 장개를 초립이나 쓰고 참 양복입고, 째깐에 쟁개 오겄다 해서. 아 그랬더니 가매를 나도 타고 신랑도 있는디. 저 서창 거 큰 물이 있거든. 그 물을 건너가야돼. 신랑이 앞에 가매 타고 건너가는데, 신랑은 남자라 그냥 요렇게 두루, 멩주(명주) 두루매기를 입었는데 착 옆에다 요로고 건너가 그양 가매를 미고 건너고, 나는 가매를 타고 건넝게 가매문 열어본게. 이놈의 신랑을 본게 갓을 쓰고 두루매기를 입고 그양 토시를 쓰고 그러네. 쟁(정)이 3천리나 덜어지데. (모두 웃음) 째깐해가지고 [청중 : 무섭게 봐버렸구만.] 응. 초록쓰고 장개오고 그런줄 알았어. 그랬더니 두루매기를 입고 갓을 쓰고 막 그랬어. 토시도 막 쓰고. 그렁게 그양 정이 3백리나 떨어져. 장개와갖고.

첫날 때는 내가 어머니보고 그랬어. 친정어머니보고.

"엄마 어머니 나 그거 가며는 실컷 한테서 잔게. 내가 오늘 저녁에는 내가 어머니한테서 자지. 절대 자러 안들어간다."

고 그렁게. 막 줘어박으면서 별 소리 다 한다고 그래. [청중 : 공방들었는데 어떻게 할 것이여.] 공방들어 갖고 고상을 많이 했지. 미워갖고 베기 싫응게. [조사자 : 그 첫날밤 들어가셨어요?] 아 첫날밤 들어가도 그 사람은 그 사람대로 있고, 나는 나대로 쪼그리고 앉았지. 첫날밤에 상채려다 놓고 누가 그랬데요 뭐 그럼. 누가 그런거 손대겠어. [청중 : 그런것도 못 먹어보고.]73)

---

72) 공방살은 '부부간에 사이가 나쁜 살', 공방살이는 '남편없이 혼자 지내는 생활'로서 호남지역 여성 생애담 화자들은 남편과 아내가 성적으로 멀리하는 것을 '공방이 들었다', '공방을 살았다'라고 표현하며, 그 원인을 이 '공방살'에 두고 있다. 김정경, 「여성 생애담에 나타난 고난의 의미화 방식 연구: 호남지역 공방살이 이야기를 중심으로」, 『시집살이담의 존재양상과 문학적 · 역사적 성격』, 한국구비문학회 · 한국구술사연구소 공동학술대회 자료집, 2010. 12. 16.

73) 김○○, 여 · 91세(1918년생), 전라도 전주 우정목련아파트 우정노인정, 2008년 11월 28

이 이야기는 제보자가 혼인을 해서 한참 동안 '공방살이'를 했다면서 들려준 것으로, 처음 혼인했을 때 남편이 무섭고 두려워 시어머니 방에 가서 잤다고 한다. 이렇게 낯선 남자에게 혼인을 해 겪는 여성들의 심적 고통은 특히 <이사원네 맏딸애기> 노래 중 '신부한탄형'에 집중적으로 나타난다. 다음과 같은 대목은 이렇게 자신의 의지와는 상관없이 혼인에 내몰린 여성들의 심정을 잘 나타내고 있다.

> 신부방을 채례노니 아야지야 앓으면서
> [아까보다 빠진 거 더 합시더]
> 여보게 버선이나 빼여주게
> 에라야야 얄궂에라 언제밨단 님이라고 버선인들 가당항아
> 아야지야 앓는소리 진통이 찾아드니
> 무신경에 버선빼고 그리말고 빼께주소 도포나빼께 걸어주소
> 언제밨단 님이라고 임우품에 내가손이가노
> [남우 총각한테 손이가노 칸다]
> 평풍넘에 앉인신부 내머리나 짚어주소
> 얄궂게도 근다마는 머리라께 위에짚노
> 기대굶에 내가밨소 창굶으로 내가밨소
> 언제밨단 도령인데 규중처재 내가짚어
> 그도저도 내사싫다 나는간다 나는간다[74]

여기에서 보면 신랑이 첫날밤 느닷없이 앓아눕자 신부는 신랑이 버선을 벗겨달라고 해도 "어제밨단 임이라고 버선인들 가당한가"라고 거절하며, 도포를 벗겨 걸어달라고 하는데도 "언제밨단 임이라고 임우품에 내가손이 가노"라고 하며 말을 듣지 않고, 아픈 머리를 짚어달라고 해도 "얄궂게도 근다마는 머리라께 위에 짚노" 하며 정색을 한다. 신부는 계속해서 신랑이

일, 김정경, 김예선, 김효실 조사.

74) [G15] 이순녀(71 석보면 택전동), 영양군 입암면 신구동, 1970. 1. 5., 조동일, 서사민요연구.

아프다고 하자 "사랑문을 열어치며 아부지요 아부지요 / 무신청침 가담을고 날이른데 왜보냈노 / 오늘왔는 새손님이 겉머리야 속머리야 / 아야지야 앓건마는 어느누가 짚어주꼬" 하며 신랑을 선뜻 자신의 남편으로 받아들이지 못한다. 결국 신랑이 숨이 넘어가 버리자 "이를쭐을 알았시면 백년기약 왜했이리 원통키도 그지없다 / 중신애바 사신애바 무슨중침 받아먹고 날이른데 왜보냈노 / 음지몯에 초군들아 양지몯에 초군들아 / 과부라고 짖지말고 처녀라고 이름져라 / 어제날로 처녈러니 오늘새득 웬일이로 아이고아이고 내팔재야"라며 졸지에 과부가 되어버린 자신의 팔자를 한탄하는 것이다.

예전 여성들에게 혼인은 자신의 선택이 아닌 부모의 강요에 의해 어쩔 수 없이 가야하는 것이었고, 한번 시집을 가면 죽을 때까지 살아야 하는 운명적인 것으로 여겨졌다. 게다가 사랑 없이 혼인했기 때문인지 남편이 바람을 피우고 첩을 얻는 일 역시 다반사였다. 남편이 자신 외에 다른 여자를 보는 경우 이로 인해 속을 많이 썩었음 직한데도 이를 겪은 제보자들은 대부분 첩을 거두어들이며 함께 살았고 오히려 첩보다 남편이 더 미웠다는 이야기를 들려준다.

[조사자 : 할아버지는 여자 욕심이 많으셨어요?] 그람. 각시를 몇 개를 은었지. [조사자 : 몇 개 얻으셨어요?] 닛 얻었어. 닛 얻어가꼬 마지막 한 년은 애기꺼징 낳고. [조사자 : 그 각시들을 집에 들이시거나 하지는 않으셨어요?] 집이 들어 앉아, 내가 나, 나갈 때는 옷 한 벌 입고 옹께. 다섯 달두 살다, 여섯 달두 살다, 가거덩. 그러면 한 벌 입고 오면은 옷 떨어지면, 그때는 한복 입을 땐디, 몽당 치매에가 몽당 저고릴 주고, 옷 입고 가라고. [조사자 : 할머니 거를요?] 응. 내꺼. 또 한나는 양단 치매다 양단 저고리 주고. 입고 가라고.

[정정자 : 그 속 없는 여자들이 처자식이 여그가 다 있는데, 여그 와서 사는 여자들이, 참 속이 없지잉. 세상에 가정 있는 거를.] [조사자 : 목포여자들이었어요?] 응. 꺾다리 여자 한나, 또 여자 한나, 그 여자는 석 달 살다 나가고. [정정자 : 그러면 신방 꾸며줬소?] 응. 한 집이 살면서 밥해서 같이

먹고 한 집이 살면서, 이롷게 느그들하고 나하고 같이 사는 거매냥으로 같이 살았어. [정정자 : 세상에 처자식이 있어도, 세상에.] [조사자 : 그때 애기들도 있을 때잖아요?] 그람. [정정자 : 사는 여자들이 그것이 정상이 아니지요.] 긍께, 좋게 헝께, 내가 좋게 헝께 미안해서 간다드라. [조사자 : 나중에 갈 때?] 응. (중략)

[조사자 : 할아버지가 데려온 여자 중에 제일 미웠던 여자 애기 해주세요.] 할아버지가 데꼬 온 여자? [조사자 : 제일 얄미웠던 사람.] 한나 미운 사람 없더라. [조사자 : 그럼, 다 예뻐요 할머니?] 응. [조사자 : 뭐가 예뻐요?] 지두 외로워 하고, 나도 외로워 하는데, 뭐가 미워.[75]

이렇게 여자는 평생 한 남자만을 섬겨야 하는 반면 남자는 여러 여자를 거느리고 사는 것이 당연시되었던 불평등한 현실 속에서 여성들은 오히려 서로를 안쓰럽게 여기고 의지하고 살았던 것을 볼 수 있다. 첩을 여럿 둔 남자에 대해서는 원망과 증오를 느끼면서도 정작 첩에 대해서는 측은함을 가졌던 여성들의 의식이 바로 <이사원네 맏딸애기> 노래, 그중에서도 '신부한탄형'이나 '후실장가형'의 원천이 되었다고 생각된다. 특히 '후실장가형'에서 본처인 자신을 버려두고 후실장가를 가는 남편을 저주해 남편이 죽자, 흰 상여를 타고 행상을 따라가는 첩의 모습을 보고 "행상 보니 웃음 나고 흰등 보니 눈물 난다."라고 하는 데에 이러한 의식이 그대로 배어 있다.

시모랭이 돌거들랑 말다리나 부러지소
네모랭이 돌거들랑 방애채나 부러지소
행리청에 들거덜랑 사모관대 뿌사지소
점슴상을 받거들랑 수저분이 뿌러지소
지역상을 받거들랑 겉머리야 속머리야
서이깨는 앉고접고 앉어깨는 눕고접고
눕거들랑 아무가고영가시오 그러구러 지역상을받으이께

---

75) 정○○, 여 · 78세(1931년생), 전라남도 진도군 소포리 자택, 2008. 10. 24., 김정경, 김예선 조사.

걸머리야 속머리야 이방저방 나붓다가
신부방에 들어가니 서이께노 앉고접고
앉으께는 서고접다 눕으인네 이인가인하는구나
각시님이 썩나서서 연드라 연드라
쪽배기다 밥말어라 설강너에 칼간더라
서방인가 양반인가물리보자 한번물리 칼안나가
두번물리 칼안나가 삼시분을 거듭물리
큰어마시 말들었다 신랑이 고마내죽었구나
마당에다 백민묻고 담밖에다 백민묻어
동네방네 어르신네 과부이름 짓지말고
아해이름 지어주소 새댁이는 흰등타고
행상으로 떠나가이 큰어마시 썩나서서
행상보니 윘슴나고 흰등보니 눈물난다
내말이 정말이네[76)]

이러한 표현은 이 노래가 한 남자의 사랑을 차지하려는 투기를 넘어서서, 여성의 삶 자체에 대한 본질적인 연민과 여성으로서의 동지의식에 기반하고 있음을 보여 준다. 부부로서의 사랑을 온전히 누리지 못하는 불운한 여성들끼리의 동지의식은 본처만이 아니라 첩에게도 있었던 것으로 생각되는데, 이는 첩으로 살았던 여성들의 경험담에서 확인된다. 임 ○○의 경우 아들을 낳아주기 위해 후처로 들어갔으나 처음에 아들을 낳지 못하고 딸을 낳는 바람에 남편과 본처로부터 많은 구박을 받았다고 한다. 남편의 호적에도 자신이나 자식들을 올리지 못하고 살면서도 그것을 자신의 운명으로 받아들였다. 그러나 본처보다 남편이 더 미웠으며, 남편이 죽은 후에도 본처와 함께 살면서 본처가 죽을 때까지 본처의 병수발을 하며 살았다고 한다.

76) [성주군 대가면 224] 큰어마이 노래, 박삼선(여 73), 옥성 1동 여수동, 1979. 4. 19., 강은해 조사, 구비대계 7-4.

우리는 그 싸우지도 않고 살았어. 항상 딱한 마음이 있고 그래서. 예나 영감탱이나 비기싫지. 옷 빠는 것도 영감탱이가 옷이 드럽고 베기 싫지, 형님은 안 그랬어. [조사자 : 그래요?] 안 밉더라고. [조사자 : 왜?] 그렇게 나한테 그랬어도 그런 마음이 없더라고. 희한하다. [청중 : 좋을라고 그러지.] 영감탱이만 항상 영감탱이만 드러워. 옷도 빨라면. [조사자 : 빨기도 싫으시고 그럴 정도로 그런데, 형님은 안 그러셨어요?] 안 그렇데. 아 그게. [조사자 : 마음이 좋으셔서 그러지.] 그 희안하데. 그렇게 나한테 우리 형님이 저건 소리를 해도 안 그렇데. 그렇게 안 밉더라고.[77]

이렇게 볼 때 <이사원네 맏딸애기> 노래의 밑바탕에는 여성들에게 근본적으로 자유로운 의지에 의한 사랑과 혼인이 불가능했던 사회적 현실이 놓여 있음을 알 수 있다. 그러한 현실 속에서 억압되었던 사랑의 욕망이 자신을 버린 남자(남편)에 대한 원망과 증오로 비화되었고, 급기야는 남자(남편)에 대한 저주를 낳게 되었다고 할 수 있다. 그러면서도 남자(남편)과의 사랑의 부재로 인해 평생 불운한 삶을 살아야 했던 여성들에 대한 연민과 동지의식이 <이사원네 맏딸애기> 노래가 다양한 하위유형을 형성하면서 창작 전승되게 하는 원천적인 힘이 되었다고 할 것이다.

4. 맺음말

이 글에서는 <이사원네 맏딸애기> 노래를 '처녀치장형', '처녀저주형', '신부한탄형', '저승결합형', '후실장가형', '복합형(신부한탄+저승결합)'의 6가지 하위유형으로 나누고 각 하위유형의 서사적 특징과 의미를 살펴본 뒤, 이러한 노래가 형성될 수 있었던 사회적 현실과 여성들의 의식을 고찰하였

77) 임○○, 여 · 78세(1932년생), 전라북도 무주군 무주읍 죽산할머니 노인당, 2009. 9. 25., 김정경, 김정은, 오정미 조사.

다. 이는 <이사원네 맏딸애기> 노래를 하나의 유형으로 다루어 통괄적으로 살펴볼 경우 다양하게 실현되어 있는 하위유형이나 각편 차원의 세심한 의미를 놓치게 되기 때문이다.

<이사원네 맏딸애기> 노래는 '여자가 남자를 유혹하나 거절당하자 저주한다'는 핵심서사를 바탕으로 여자의 사랑에 대한 욕망과 좌절을 공통적으로 드러내면서, 각 하위유형별로 '처녀치장형'은 처녀의 사랑에 대한 욕망을, '처녀저주형'은 이룰 수 없는 사랑의 욕망과 좌절을, '신부한탄형'은 청상과부로 살아야 하는 빼앗긴 삶의 좌절을, 저승결합형은 이루지 못한 사랑의 역설적 실현을, '후실장가형'은 첩을 두는 남편에 대한 비판을, '복합형'은 사랑으로 맺어지는 진정한 부부의 꿈을 그리고 있다고 파악하였다.

<이사원네 맏딸애기> 노래는 자유로운 사랑과 혼인이 불가능했던 근대 이전 여성의 사회적 현실에서 형성된 것으로, 사랑의 욕망에 대한 강한 억압이 자신의 구애를 거절한 남자에 대한 저주라는 극단적 수단을 불러왔다고 할 수 있다. 또한 여성들은 <이사원네 맏딸애기> 노래 속 주인물인 처녀의 입장에 그치지 않고 혼인한 여성의 입장을 반영하여 '신부한탄형'이나 '복합형'과 같은 다양한 유형을 만들어내면서 여성과는 달리 남자에게는 축첩을 당연시했던 사회에 대한 비판과 여러 여자를 희생시킨 남자에 대한 원망과 증오를 드러냈다. 그러면서도 남편의 또 다른 여자에 대해서는 미움보다는 같은 여자로서의 연민과 동지의식을 지니고 있음도 보았다.

<이사원네 맏딸애기> 노래는 이와 같이 서사단락의 결합양상에 따라 다양한 하위유형을 이루면서 창작 전승되어 왔다. 이는 이 노래 자체가 가지고 있는 파격적 소재의 흡입력 때문이기도 하겠지만, 그 소재를 자신의 입장과 가치관에 따라 다양한 하위유형으로 새롭게 변형해내는 여성들의 창조적인 문학 능력이 있었기에 가능했다. 여성들은 <이사원네 맏딸애기> 노래를 함께 부르면서 여성 스스로의 욕망과 좌절, 억압적 현실에 대한 비판, 여성의 현실에 대한 자각을 표현하고 키워 나왔던 것이다.

4장_ <저승차사가 데리러 온 여자> 노래의 특징과 의미: <애운애기>, <허웅애기> 노래의 관계를 중심으로

1. 머리말

사람이 죽으면 가는 곳, 저승. 저승은 산 사람이 들어갈 수 없는 공간이다. 한번 저승으로 떠나면 다시 이승으로 돌아올 수 없는 곳이기도 하다. 그러기에 어느 날 갑자기 이승에서의 삶을 마치고 저승으로 간다는 것은 쉽게 받아들이기 어려운 일이었다. 특히 사랑하는 사람, 어머니, 자식의 죽음은 받아들이기 어려운 것이었다. 죽음을 조금이라도 미룰 수는 없을까. 죽음을 누군가 대신할 수는 없을까. 이승과 저승을 오갈 수는 없을까. 이러한 안타까움과 염원은 <애운애기> 또는 <허웅애기> 노래를 창조해냈다.[78]

우리 민족에게 죽음은 저승에서 염라대왕이 부르는 것이었고, 염라대왕의 심부름꾼인 저승차사(또는 강림도령)가 이승으로 내려와 사람을 저승으로 데려가는 것이었다. <애운애기> 또는 <허웅애기> 노래 속에서 저승차사가 데리러 온 사람은 모두 '젊은 여자'이다. 그것도 아름답거나, 노래나 춤을 잘 추거나, 살림을 잘 하거나, 길쌈을 잘하는, 아름답고 솜씨가 좋은 여

78) <애운애기> 또는 <허웅애기> 노래는 각기 작품의 주인물 이름을 따서 칭하는 서사민요 또는 서사무가의 유형이다. <애운애기> 노래에 대해서는 김영희, 「비극적 구전서사 <액운애기> 연구」, 『고전문학연구』 26, 한국고전문학회, 2004, 383~431면, <허운애기> 노래에 대해서는 강권용, 「제주도 특수본풀이연구: <원천강본풀이>, <세민황제본풀이>, <허궁애기본풀이>를 중심으로」, 경기대학교 석사학위논문, 2002에서 각기 신화적 특성을 밝힌 바 있으나, 이 글에서는 별도로 연구가 이루어진 두 노래 유형을 함께 다루며 그 관계와 특징을 비교하는 데 중점을 둔다.

자이다. 재주 또는 살림 솜씨가 저승에까지 소문이 나서 저승에서 데리러 온다. 그러나 그 여자는 재주와 솜씨가 좋기에 이승에서도 사랑을 받는 여자이고, 더욱이 아직 젊은 여자여서 젖을 먹이거나 보살펴야 할 어린아이들이 있다.

<애운애기> 노래는 영남을 중심으로 호남 지역에까지 널리 불리는 서사민요이다. 주로 삼을 삼으면서 부르거나 밭을 매면서 불렀다고 한다. <허웅애기>는 제주도 심방이 부르던 특수본풀이였다고 하나 근래에 와서 굿에서 거의 불리지 않게 되자 점차 온전한 사설이 사라지면서 대부분 설화로 전승된다. 그런데 이를 <검질매는 소리>로 부르는 것을 필자의 제주도 현장조사(2012. 8. 13 ~ 8. 16)에서 채록한 것은 뜻밖의 성과이다.[79] 이는 심방들이 부르는 서사무가와 일반인들이 향유하는 설화, 서사민요와의 관계망을 보여주는 자료로 주목할 만하다.

이들 노래 속 주인물의 이름은 지역에 따라 애운애기, 옥단춘, 허웅애기 등으로 다양하게 나타난다. 경북 성주와 상주 지역에서는 옥단춘으로 부르고, 호남과 영남 대부분 지역에서는 애운애기, 애원애기, 액운애기 등으로 부르며, 제주 지역에서는 허웅애기라 부른다. 논의의 편의상 노래 제목을 이중 어느 한 주인물 이름으로 통일하기보다는 모든 노래의 공통 화소인 '저승차사가 여자를 데리러오다'를 내세워 <저승차사가 데리러 온 여자> 노래라 부르기로 한다. 이 글에서는 다양한 방식으로 구연된 이들 노래의 특징과 의미를 살피고, 각 계열 노래의 관계를 고찰할 것이다. 이는 구비문학이 전승되면서 다양하게 이루어지는 각 갈래 간, 지역 간의 교섭 양상에 대한 탐구의 실마리를 열 수 있으리라 생각된다.

---

79) 2012년 8월 15일 제주시 한경면 고산리 경로당에서 김태일(여 73) 할머니에게서 조사한 것이다. 당시 제주대 강정식 교수가 안내하고 도와주어 조사가 가능했다. 이 지면을 빌어 강정식 교수에게 감사드린다.

2. <저승차사가 데리러 온 여자> 노래의 전승양상

현재까지 필자가 파악한 <저승차사가 데리러 온 여자> 노래는 모두 22편이다.[80] 이들 자료의 전승양상을 다양한 측면에서 파악하기 위해, 지역, 구연자의 성별, 구연방식, 주요 화소와 특징을 표로 제시하면 다음과 같다.

지역	각편 (출전)	구연자	구연 방식	송씨묘사	차사묘사	인정쓰기	대신가기	이별하기	저승애원	이승방문	할미만류	저승송환	주인물 명칭, 특징
호남 (1계열)	고흥군 도양읍 29 (구비대계)	장옥지 (여 77)	노래		○	○		○					1인칭, 저승명령이 오면 아무도 피할 수 없다. 저승사자가 잡으러왔을 때 부르는 노래
	고흥군 풍양면 6 (구비대계)	한정애 (여 54)	노래		○		○						한국자, 저승길은 막을 수 없다. 모친이 대신 간다 함
	보성군 노동면 26 (구비대계)	이혼례 (여 55)	노래	○	○		○	○					애원애기, 시어머니가 대신 간다고 함
영남 (1계열)	선산군 무을면 11 (구비대계)	박연식 (여 71)	노래+ 이야기	○	○			○					옥단춘(딸)
	상주군 상주읍 21 (구비대계)	한옥남 (여 70)	노래		○		○						옥단춘, 외모가 잘남

80) 전국적인 조사자료집인 『한국구비문학대계』와 『한국민요대전』 소재 자료를 1차 대상으로 하고, 제주 지역의 경우만 개인, 학교, 기타 기관 등에서 조사한 자료도 포함한 결과이다. 육지에서서도 지방자치단체 또는 문화원 등에서 발행한 자료집에서 발견되기도 하나 분포양상을 파악하는 데 있어 편중 현상을 보이게 되므로 표에서는 제외한다. 특히 『울산울주지방민요자료집』에서 <애운애기> 노래가 6편 집중적으로 조사된 것을 확인할 수 있다.

	상주군 청리면 22 (구비대계)	김모하 (여 74)	노래		○	○		○					옥단춘(딸), 외모가 잘남
	상주군 화서면 14 (구비대계)	김영희 (여 77)	노래	병	○			○					옥단춘(며느리), 회심곡과 결합
	성주군 대가면 22 (구비대계)	이차계 (여 60)	이야기 +노래	○	○			○					이운애기, 길쌈, 솜씨도 너무 야무면 복이 없다. 인생은 한번 가면 다시 못오는 길
	밀양군 산내면 32(구비)	권연조 (여 57)	노래+ 이야기	○	○		○	○					액운애기, 신랑이 대신 간다 함, 액운애기 때문에 대신 죽음은 없다.
	밀양군 상동면 8 (구비대계)	예학주 (여 70)	노래	○	○		○	○					애운애기, 시집살이, 쾌지나칭칭나네, 나물캔 후 쉬며 부름
	울주군 언양면 2 (구비대계)	이맹희 (여 77)	노래	○	○		○	○					애운애기, 시집살이, 차사를 가신들이 막아섬, 신랑이 대신 간다 함, 시누 때문에 이승에 못옴, 젊은 사람이 세상에 못 온다.
	울주군 상북면 7 (구비대계)	이용선 (여 72)	노래	○	○		○	○					애원애기, 고사리 노래, 신랑이 대신 간다 함.
	울진 11-28(민요대전)	김종순 (여1929)	노래		○			○					오동춘(딸), 식구들에게 이별인사, 삼삼을 때 부름

제주 (2계열)	안덕면 덕수리 12 (구비대계)	윤추월 (여 66)	이야기	○					○	○	○	○	허웅아기, 길쌈, 할미, 삼성, 대별왕 소별왕의 일월조정화소, 소렴풍습, 귀신이 말 못하게 함.
	조천면 선흘리 15(백록어문 10)	부의함 (여 81)	이야기	○					○	○	○	○	허웅애기, 소리춤, 침밷기, 이승 저승이 갈라짐, 돌과 나무의 말을 모르게 됨.
	성산읍 온평리 8(백록어문 2)	양송백 (여 81)	이야기							○	○	○	허운애기, 무덤을 잘 써서 부자가 됨.
	구좌읍 종달리49 (백록어문 16)	김순자 (여 67)	이야기							○	○	○	애기엄마, 애기 엄마가 빨리 죽으면 밤에 와서 젖을 먹인다.
	한경면 고산리 (진성기)	강을생 심방 (여 74)	노래	콩쥐팥쥐					○	○	○	○	허웅아기, 콩쥐팥쥐, 시어머니와 며느리사이가 나빠짐. 진성기, 『제주도무가본풀이사전』
	제주시 (임석재)	이방아 (여)	이야기	○					○	○	○	○	길쌈, 일월조정화소, 귀신말을 못알아듣게 함, 임석재, 『한국구전 설화-제주도』
	구좌읍 세화리 (김헌선)	오인숙 심방 (여1927)	이야기 +노래						○	○	○	○	허웅애기, 침밷기, 마고할미, 김헌선, 강권용, 「제주도 특수본풀이 연구」, 경기대 석사논문

제주 (3계열)	한경면 고산리 (서영숙)	김태일 (여 73)	이야기 +노래	○	○	○			○	○	○	○	허웅애기, 어렸을 때 어머니가 검질 매며 부름, 침뱉기, 마고할미, 필자 조사
	서귀포시 서귀동 (진성기)	이오생 심방	이야기 +노래	○	○	○			○	○	○	○	허웅아기, 진성기, 『탐라의 신화』
계	22			12	15	4	7	11	7	9	9	9	

여기에서 화소는 스토리의 전개 순서에 따랐다. 대체로 <애운애기> 노래는 '주인물의 솜씨묘사-차사의 모습 묘사-차사에게 인정쓰기-식구들에게 저승에 대신가기 부탁-식구들과 이별하기'로 주인물이 죽기 일어나는 화소로 이루어져 있고, <허웅애기> 노래는 '주인물이 저승에 불려가 저승차사(또는 염라대왕)에게 애원하기-주인물의 이승방문-할미의 만류와 금기 파기-차사에 의해 저승 송환'으로 주인물이 죽은 이후에 일어나는 화소로 이루어져 있다. 주요 화소의 공유 여부에 따라 <저승차사가 데리러 온 여자> 노래는 크게 세 계열로 나누어 볼 수 있다. 1)계열은 주로 죽음 이전의 화소에 집중돼 있는 반면, 2)계열은 죽음 이후의 화소에 집중돼 있으며, 3)계열은 죽음 이전에서부터 죽음 이후까지로 연속되어 있다. 각 계열의 주인물 명칭이 1)계열은 '애운애기'로, 2)계열은 '허웅애기'로 나오므로, 편의상 각 계열을 1) <애운애기> 계열: 저승차사가 데리러 오자 애원하는 여자, 2) <허웅애기> 계열: 저승에 불려가 애원해 이승에 다녀가는 여자, 3) <애운+허웅애기> 계열: 저승차사가 데리러와 저승에 갔다가 애원해 이승에 다녀가는 여자로 구분해 부르기로 한다.

<저승차사가 데리러 온 여자> 노래는 영남 지역에서 집중적으로 전승되긴 하지만, 호남과 제주 지역에서도 나타나므로 영남 일부 지역의 지역유형이라 볼 수 없다.[81] 영남과 호남 지역에서는 1)계열의 노래가 집중적으로

전승되고, 제주 지역에서는 2)계열의 노래가 집중적으로 전승된다. 3)계열의 노래는 1)계열과 2)계열의 노래가 융합된 것으로, 어느 시점에 제주 지역에서도 1)계열 노래와의 접촉이 이루어지면서 3)계열의 노래가 형성된 것으로 짐작된다. 이는 제주 지역의 경우 특히 호남과의 경제활동이나 혼인 등으로 인한 인적 교류가 비교적 활발하게 이루어졌기 때문에 호남 지역에서 부르는 1)계열 노래의 영향을 어느 정도 받았으리라 생각된다. 반대로 육지 지역에서는 2)계열이 전혀 전승되지 않는데, 이는 2)계열이 제주 지역의 굿과 상관성을 지닌 서사무가에서 유래된 것으로, 제주 지역을 떠나서는 전승력을 획득하지 못했음을 보여준다.

<저승차사가 데리러 온 여자> 노래는 모두 여성 제보자가 구연한 것이다. 이는 이 노래가 젖먹이를 둔 젊은 여자의 비극적 운명을 다룬 노래로서 여성들의 공감을 많이 얻을 수 있었기 때문이라 생각된다. 특히 이 노래뿐만 아니라 대부분의 서사민요 향유층이 여성들로 되어 있는 것은 서사민요가 주로 여성들이 일을 하면서 자기 또래들만의 집단에서 불리는 폐쇄적인 성격을 띠고 있기 때문이다. 울산·울주 지방 자료에서 한 남성 제보자가 이 노래를 부르자, 둘러앉은 할머니들이 "왜 여자들이나 하는 '잡된 소리'를 하느냐"며 못마땅해 하는 모습을 볼 수 있다.[82] 한편 제주 지역에서 조사된 2)계열과 3)계열 자료도 모두 일반 여성이나 여성 심방들이 구연하였다. 이는 이 노래가 굿에서 무가로 불렀다 하더라도 여성과 관계된 매우 제한된 제차에서 불렸지 않았을까 하는 추정을 하게 한다.

<저승차사가 데리러 온 여자> 노래 중 1) <애운애기> 계열은 육지 지

81) 김영희는 <액운애기> 노래를 밀양 동북부와 언양이 인접한 경남 일부에서 전승되는 지역 유형으로 보고 있으나, 필자가 앞에 정리한 자료 표에서 볼 수 있듯이 영남과 호남 등에서 두루 전승되는 유형으로 파악된다. 김영희, 앞의 논문, 2004, 391~395쪽 참조.

82) "여자들이나 하는 '잡된 소리'를 왜 하느냐는 청중의 지적에 제보자는 노래를 부르지 않겠다고 하였으나 조사자의 끈질긴 청에 의하여 이 노래를 구연했다." [울민 923], <시집살이 노래> 7, 이석백(남 72), 울주군 웅천면 석천리, 『울산울주지방민요자료집』, 679~681쪽.

역에서 삼을 삼거나 밭을 매면서 부른 노래이다.[83] 이는 서사민요의 일반적 기능과 일치하는 것이라 할 수 있다. 그러나 일반적인 서사민요가 그렇듯, 일할 때만 이 노래를 부른 것이 아니라 여럿이 모여 놀 때에도 유희요의 앞소리 사설로 원용해 부르기도 한다. 그 좋은 예가 "쾌지나칭칭나네"의 후렴을 붙이며 부르는 <칭칭이 소리>의 앞소리 사설로 부른 경우이다.[84] 이에 비해 2) <허웅애기> 계열은 본래 굿에서 본풀이로 부른 것이라고 한다.[85] 그러나 2)계열의 경우 제주 지역에서 처음에는 굿에서 노래로 불렀으나 점차 굿에서 부르지 않게 되면서 이야기로 전승되거나 이야기와 노래를 섞어 구연하는 것이 일반적이다.

3) <애운+허웅애기> 계열은 제주 지역에서 이야기와 노래를 섞어 가며 구연한 것으로, 하나는 이오생 심방이 본풀이에서 부른 것이라 하고[86] 다른 하나는 일반 사람이 검질 매면서(밭을 매면서) 부른 것으로 확인되었다.[87] 그

83) "가창자는 이 노래를 '삼삼는 이바구'라고 했다. 13세 무렵에 삼 삼을 때 어머니로부터 배웠다." [울진 11-28] 민요대전 경북, <춘아 춘아>, 김종순(여 1929), 울진군 기성면 황보1리 노송, 1993. 3. 18.

84) "앞 민요가 끝나고, 좌중에서 제보자에게 <나물캐는 노래>를 하라고 하니까, 서두를 시작하면서 <칭칭이>를 하라고 지시하고 불렀다. 처음에는 어색한 표정을 지었으나, 좌중에서 '쾌지나 칭칭 나네' 하고 뒷소리를 받으니까 흥이 나서 끝까지 불렀다. 이 민요를 <고사리 타령> 혹은 <칭칭이>라고도 부른다고 한다. 산에 가서 나물을 다 채취하고 여럿이 모여서 놀 때에도 부른다고 한다." [밀양군 상동면 8(2)], 구비대계 8-8, <나물캐는 노래>, 예학주(여 70), 매화리 안매화, 1981. 1. 12., 정상박 · 김현수 · 이정희 · 구관순 · 하정숙 조사.

85) <허웅애기>는 진성기에 의하면 특수본풀이의 하나로 <초공본풀이> 뒤에 구연되었다고 하고, 강권용에 의하면 <차사본풀이> 동방세기본 다음에 구연되었다고 하나 검증하기 어렵다. <허웅애기>가 제주에서 어떤 본풀이로 불렸는지에 대해서는 좀 더 면밀한 고찰이 필요하다. 강권용, 앞의 논문, 2002, 68쪽 참조.

86) 진성기는 "일부 <심방>들은 제의에서 <초공본> 다음에 구송되는가 하면, 또 한편에서는 전혀 제외되고 있음을 볼 수 있다. 그러나 결국 이들 <심방>들은 모두 한결같이 이 <허웅애기>가 <칭원한 귀신>(억울한 귀신-서운한 귀신)이라 하고, 또 어린애를 낳서 기리는 데 있어 평안하게 해주는 신이라는 데는 의견을 달리하지 않고 있음을 볼 수 있다."고 하고 있다. (진성기, 『탐라의 신화』, 민속원, 1980, 148쪽)

87) 조사자: "그 누구 심방한테 배웠어요?" 제보자: "아니, 우리 어머니 친정어머니한테 배웠어요. 옛날에 검질매면서 김매면서 했어요. (중략) 어릴 때 검질 맬 때 들은 말이네. 검

렇다면 3)계열은 서사무가이거나 서사무가가 더 이상 불리지 않게 되면서 민요화한 것이라 생각된다. 이때 서사무가가 민요화하면서 1) <애운애기> 계열 노래인 서사민요의 일상적, 현실적 요소가 추가, 강화되는 양상이 이루어진 것으로 볼 수 있지 않을까 한다.

3. <저승차사가 데리러 온 여자> 노래의 계열별 특징

3.1. <애운애기> 계열: 저승차사가 데리러 오자 애원하는 여자

1) <애운애기> 계열은 호남, 영남 지역에서 조사된 서사민요가 모두 여기 속한다. 호남에서는 고흥과 보성에서, 영남에서는 성주, 상주, 울주, 밀양 등에서 두루 조사되었다. 성주, 상주 지역에서는 주인물이 옥단춘으로, 기타 지역에서는 대부분 애운애기, 이운애기, 액운애기 등으로 불린다. 옥단춘은 주로 시집 안간 여자인 딸로 많이 나오고, 애운애기는 시집 간 여자인 며느리로 많이 나온다. 옥단춘은 미모가 뛰어나거나 노래, 춤 솜씨가 좋은 것으로 나오며, 애운애기는 음식 솜씨나 길쌈 솜씨 등 살림 솜씨가 뛰어난 것으로 나온다. 어느 경우이건 주인물의 명성이 저승에까지 알려져 저승에서 주인물이 필요하다고 여겨 데리러 온다.

> 매자구 짜자구(산나물 이름)를 쾌지나 칭칭 나네(이후 후렴은 /로 표기함)
> 열두접시 내여놓고 / 은쪽배기 손에들고 /
> 은따뱅이 입에물고 / 은동울랑 얍에끼고 /
> 대문밖을 썩나서니 / 애운애기 어잘한다 /

질 매며 할 때가 몇 살 안 돼. 한 열두 살 될 거라." <허웅애기>, 김태일(여 73), 제주시 한경면 고산리, 2012. 8. 15., 서영숙 조사.

> 저승꺼정 소문났네 / 저승차사 소문나여 /
> 쐬방마치 둘러메고 / 쐬도리깨 둘러메고 /[88]

이 노래는 밀양에서 부른 <칭칭이 소리>로 앞소리는 <애운애기> 사설로 되어 있다. 한 사람이 앞소리를 부르면 여러 사람이 후렴 "쾌지나 칭칭나네"를 반복해 불렀다. 제보자는 이 노래를 <고사리 타령>이라고도 하며, 산에 가서 나물을 다 채취하고 여럿이 모여서 놀 때에도 불렀다고 한다. 노래를 마치고 주인물이 효성 있게 시집살이를 잘하여 저승까지 소문이 나서 저승사자가 데려갔다는 설명도 덧붙였다. 1) <애운애기> 계열의 노래 앞부분에 주인물의 살림 솜씨 사설이 길게 나오는 것은 대부분의 <시집살이노래> 서두와 유사하다. 심지어 [울주군 언양면 2]에서는 주인물이 시집을 가서 구박을 받는 시집살이의 고난 사설이 앞부분에 길게 이어지기도 한다.

> [애운 애기가 시집을 가이꺼네, 그래 키 작다고 나무래고 손 작다고 나무래고 그라더란다. 이것도 이바구(이야기) 안 된다.] [조사자: 다했습니까?] [청중:하다 카구마는.] [조사자: 하이소.]
> 애운애기 거동봐라 애리다고 시집으로 가니꺼네
> 키작다고 나무래고 발작다고 나무래고
> 발이크먼 뭐로하며 키도크머 하늘에 별따가오나
> [그래 시집을 가가지고 그 인자 지가 인자 그거로 한다. 인자 하도 인자 키 작다고 나무래 쌓이꺼네.] [조사자: 숭(흉)을 보이꺼네.] [응, 인자 골이 나거등. 골이 나가(나서) 그래]
> 첫새북에 일어나여 명지베 쉰대자는(쉰 다섯 자는)
> 나잘반에 담아놓고 뒷대밭에 낫한가락 거머쥐고
> 새끼한단 거머쥐고 뒷대밭에 올라가여
> 죽성(죽순) 한단 비어다가 새별겉은 저동솥에 어리설쿰 데와가주
> 열두판상 갈라놓고 부지깽이 둘러미고

---

88) [밀양군 상동면 8] 나물 캐는 노래, 예학주(여 70), 매화리 안매화, 1981. 1. 12., 정상박 · 김현수 · 이정희 · 구관순 · 하정숙 조사, 구비대계 8-8.

뒷동산 올라가여 새한마리 훌기다가(후려 잡아다가)
열두판에 갈라놓고 갈라놓고 또하는말이
저아릿방에 아부님요 그만자고 일어나여
은대에 세수하고 놋대에 세수하고
아적진지(아침진지) 하옵소서 (중략)
새한마리 훌는거 열두판상 갈라놓고
새대가리 남았는거 구이머레(구유 머리에) 얹어놓이
앞집동세 줄라커이 뒷집동세 성낼끼고
뒷집동세 줄라커이 앞집동세 성낼끼고
여수겉은 저시누부 속곳말로 치키들고 마이와가 조와묵네(주워먹네)
[청중1: 웃음] [청중2: 참 우습다.]
애운애기 잘났다고 소문듣고 저승처사 거동봐라[89]

이렇게 주인물은 이승에서의 삶을 훌륭하게 사는 인물이다. 특히 견더내기 어려운 시집살이의 고난도 억척같이 일을 하며 극복해낸다. 이런 주인물의 살림 솜씨뿐만 아니라 인물 됨됨이가 저승에까지 소문나서 저승에서 데리러 온다. 저승에 데려다 쓰기 위해서라고 한다. 저승은 이승의 연장이며, 저승도 이승과 똑같은 생활양식을 지니고 있다는 인식이 있기에 이런 노래를 부를 수 있다. 그러나 저승이 이승보다 좋은 것은 아니다. 저승의 삶이 이승의 삶과 비슷하다 하더라도 저승에 간다는 것은 두렵고 무서운 일이다. 향유자들은 이승의 삶이 아무리 힘들고 어렵다 하더라도 이승이 저승보다 낫다고 여긴다. 그러기에 저승에 가는 것을 거부한다. 저승에 일찍 불려가는 것은 복이 없기 때문이라 생각한다. 게다가 복은 남보다 잘나거나 뛰어난 데 있지 않고 평범한 데 있다고 한다. [성주군 대가면 22]에서 제보자는 "솜씨도 너무 야무지면 복이 없다."고 덧붙인다. 주인물이 너무 뛰어나기 때문에 저승에서 데려간다고 생각한다. 지나치게 뛰어나기보다는 드러나지

89) [울주군 언양면 2] 애운 애기, 이맹희(여 77), 반곡리 진현, 1984. 7. 24., 류종목・신창환 조사, 구비대계 8-12.

않고 평범하게 사는 것이 천수를 누리는 길이라는 의식이 엿보인다.

주인물은 저승차사가 데리러 오자 식구들에게 인정을 쓸 물품을 달라거나, 자기 대신 갈 사람이 있는지 물어보며 저승 가는 것을 거부한다. 그러나 거의 모든 각편에서 주인물은 식구들에게서 인정에 쓸 물품을 받지 못한다. 일부 각편에서 동서가 손수 짠 베를 내주기도 하나 저승차사는 이를 거부한다. 각편에 따라 주인물은 식구들에게 저승에 대신 가겠느냐고 묻는다. 식구들은 거의 대부분 저승도 제각각 자기 몫이 있다며 거부한다. 일부 각편에서 남편이 대신 가겠다고 나서기도 하나 역시 받아들여지지 않는다.

> 저승채사 잡으러왔네 저승채사 잡으러와서
> 씨금씨금 씨어마니 이내대신 갈랍니까
> 어라이년 뭐라쿠노 소뿔도 각각이고 염줄도 목목이라[90]
> 니대신 니가가고 내대신 니가가지 니가는데 내가가노
> 씨금씨금 아부님요 이내대신 갈랍니까
> 어라이년 뭐라쿠노 니대신 니가가고 내대신 니가가지
> 소뿔도 각각이요 염줄도 목목이라
> 군자님요 군자님요 이내대신 갈랍니까
> 니대신 내가가마 어린애기 잘키아라[91]
> 어라어른들 하는말이 어림없는 소리마라 함부래 하지마라
> 아들하나 있는거로 우찌우찌 키았다고
> 누한테 죽으라고 못된소리 니가하노
> 가나이다 가나이다 저승채사 따러가나이다[92]

시어머니, 시아버지에게 자기 대신 저승을 가려냐고 묻자 한결같이 "소뿔도 각각이고 염줄도 몫몫이라"며 거절한다. 합리적인 말 같지만, 가족을

---

90) '염주도 몫몫이요, 쇠뿔도 각각이라'는 俗談에서 나온 말.
91) '신랑이 제일 낫더란다'라는 설명을 하고 다시 이 대문을 반복하여 불렀다
92) [울주군 상북면 7] 고사리 노래, 이용선(여 72), 명촌리 명촌, 1984. 8. 3., 정상박 · 성재옥 · 박정훈 조사, 구비대계 8-13.

위해 헌신해 온 며느리의 죽음에 조금의 안타까움도 비추지 않는 것은 매몰차게 여겨진다. 시부모는 오히려 아들이 아내를 위해 대신 가겠다고 나서자, "어림없는 소리마라 함부래 하지마라 / 아들하나 있는거로 우찌우찌 키았다고 / 누한테 죽으라고 못된소리 니가하노" 하며 야단을 치기까지 한다. 아들의 목숨은 귀히 여기고 며느리의 목숨은 경시하는 모순된 행동이 대사를 통해 여실히 표출되어 있다.

결국 주인물은 저승으로 떠나며 식구들과 이별 인사를 나눈다. 이때 대부분 "동솥에 앉힌 닭이 홰치거등 내오꾸나 / 부뜩안에 흐른밥티 눈나거등 내오꾸마"(울주군 언양면 2)와 같이 불가능한 상황을 나열함으로써 돌아오지 못함을 강조하는 역설이 쓰인다. 이는 고려 속요 <정석가>나 문충의 <오관산>에서도 불릴 만큼 관습화된 어구이다. 노래를 부르는 사람들은 대부분 노래를 부르고 나서 '사람은 누구나 죽을 수밖에 없고, 저승길은 피하지도 막지도 못하며, 한번 가면 다시 못 오는 길'이라는 설명을 덧붙인다. 젊은 나이에 닥친 느닷없는 죽음은 안타깝고 원망스럽지만 결국 인간으로서는 어쩔 수 없다는 운명론적인 체념 의식이 보인다.

1) <애운애기> 계열 노래들은 다른 계열 노래에 비교해볼 때 현실 중심주의적이다. 저승에 가기 전 이승에서 벌어지는 사건만 다룰 뿐, 저승에 가서 염라대왕을 만나거나 시왕을 만나거나 하는 화소는 거의 나타나지 않는다.[93] [밀양군 상동면 8]과 [울주군 언양면 2]에서는 <시집살이노래>에서 흔히 나오는 '시집살이로 인한 고난' 화소가 나오기도 한다. 두 각편의 시

93) <옥단춘> 노래에서는 옥단춘이 저승에 가서 열두 대문을 열 때마다 대문값을 내고, 방마다 여러 종류의 사람들이 앉아있는 것을 보고 처녀방으로 들어가는 장면이 나오기도 한다. 이는 <옥단춘> 노래가 <회심곡>계 노래와 복합된 양상으로 생각되는데, 2) 계열의 노래에서처럼 염라대왕에게 호소하는 화소가 나오지는 않는다. [상주군 청리면 22](구비대계 7-8) 참조. 한편 1) 애운애기 계열 노래 중 [울주군 언양면 2](구비대계 8-12)의 경우 저승차사가 애운애기 잘났다는 소문을 듣고 잡으러 오자 집안을 지키는 각종 가신들이 막아서는 장면이 나오나 이 역시 이승의 신들이라는 점에서 현실 중심적 사고에서 벗어나지 않는다.

집살이 화소는 주인물들의 고난을 강하게 부각시키며, 이러한 고난을 묵묵히 이겨내면서 살림살이를 잘 해내는 여성 주인물의 됨됨이를 돋보이게 한다. 그러나 그런 주인물이 결국 저승에 불려가 다시는 돌아오지 못한다는 점에서 노래의 주 정조는 매우 비극적이다. 이승에서 그리 착하고 살림 잘하고, 시집살이를 잘 견뎌내는 여자가 유독 젊은 나이에 저승에 가야만 한다는 것은 인간으로서는 이해할 수 없는 섭리이고, 현실의 원리이며, 인간이기에 넘어설 수 없는 현실적 한계이다. 1) <애운애기> 계열은 이 현실적 한계 때문에 애가 타는 '인간', 애운 애기의 노래이다.

3.2. <허웅애기> 계열: 저승에 불려가 애원해 이승에 다녀가는 여자

2) <허웅애기> 계열은 제주 지역에서 전승되는 노래와 이야기가 대부분 여기에 속한다. 본래 본풀이로 불렸으리라 추정되나 언제부터인가 굿에서 더 이상 불리지 않으면서 이제는 대부분 이야기로 구연한다. 그러므로 2)계열 노래가 본래 무가에서 어떻게 불렸을지 짐작하기 어렵다. 강을생 심방이 노래로 구연했으리라 짐작되는 진성기 편『제주도 무가 본풀이 사전』자료는 서두에 <콩데기 팥데기> 이야기가 삽입되면서 노래 본래의 모습을 추정하는데 혼선을 준다. 다른 모든 자료에 이 서두가 없을 뿐만 아니라, 이 자료에서 역시 처음에는 허웅애기가 콩데기의 계모로 나오다가, 나중에는 콩데기가 허웅애기가 되는 착오를 보이고 있어 본래 자료에 없는 부분이 구연자에 의해 덧붙여진 것이라 짐작된다. 그러므로 이 자료에서 앞부분의 <콩데기 팥데기> 이야기를 제외하고 보면 2)계열의 자료는 모두 주인물인 허웅애기가 저승에 불려갔다가 호소해 이승에 다녀가는 이야기가 공통 화소로 되어 있다.

허웅애기는 어린 자식을 여럿 둔 여자로, 살림살이 특히 길쌈을 잘해 저승에까지 소문이 난다. 이 부분은 1)계열의 노래 <애운애기>와 공통적이나

1)계열에서처럼 살림살이 사설이나 저승에 가지 않기 위해 저승차사에게 애원하는 사설은 전혀 나오지 않고 스토리 공간이 곧장 저승으로 나타난다.

> 옛날 옛적에
> 허궁애기 서른 두설 나던 해월애
> 똘 삼형제 놔두고 인간 아기되어 저승에 들어사난
> 저승에서 비새ᄀᆞ치 울다 본다 해여가니
> 염례대왕님이
> "어떤 일로 우느냐?"
> "우리집이 부모조상 없는 애기덜 똘 삼형제 버려두고
> 치마작에 덥는 애기덜 두어돈 저승오난 저승에서 살수가 어습네다."[94)]

저승에 와서 울기만 하는 허웅애기에게 염라대왕은 이유를 묻는다. 허웅애기가 이승에 남겨둔 자식들과 백발 부모 생각에 수심이 많아 그렇다고 하자 염라대왕은 "낮이랑 저싱에 들어오곡 / 밤이랑 인간에 나강그네 / 경 부모덜 공경ᄒᆞ고 / 애기덜 그늘루라"[95)]고 이승으로 내려보낸다. 저승의 윤리와 이승의 윤리가 다르지 않음을 보여주는 대목이다. 저승의 왕도 이승의 윤리를 중시여기며, 죽은 사람이 이승과 저승을 오갈 수 있다는 신화적 세계관이 이 노래의 기저를 이룬다. 그러기에 일부 각편에서는 노래의 시간적 배경을 삼성 시조가 땅에서 솟아날 무렵, 대별왕과 소별왕이 해와 둘을 하나로 조정할 무렵으로 제시한다. 이는 2)계열의 원 노래가 신화적 공간과 시간에서 형성된 노래였으리라는 것을 짐작케 한다.

> 허웅아기라고 ᄒᆞᆫ 이제 옛날에 아주 이제 우러 제주도 이제 이 우리 이

---

94) <허웅애기본풀이> 오인숙 심방(여 1927), 제주도 북제주군 구좌읍 세화리, 2002. 3. 26. 김헌선 조사. 강권용, 앞의 논문, 2002, 80쪽.

95) <허웅애기본>, 강을생(여 74), 제주시 한경면 고산리, 진성기, 『제주도무가본풀이사전』, 민속원, 1991, 621쪽

> 제주도가 아니고 우리 전국에서 이제 이 사람이 태어나서 뭐 거 저 어디 촘 멫(몇) 사람 나오지 아넌 때. 저 고·량·부 삼성 뭐 멫 사람 나오란 뭐 헌 때주게. 그땐 이제 그 옛날에는 이제 아주 그저 뭐 이제 하늘에는 해도 두 개 이제 둘도 두 개 그러면 낮이는 막 이제 더워서 죽고 밤에는 추워서 죽고 그러흐는 이제 시절이었던그라.[96]

하지만 허웅애기는 '신'이 아니라 평범한 '인간'이다. 그러면서도 살림이나 길쌈을 무척이나 잘해서 신에 의해 '선택'된 인간이다. 인간이면서도 신의 영역에 들어가기 위해서는 '금기'를 통과해야 한다. 밤에만 이승에 머무를 수 있으며, 가족 외의 사람이 이를 알게 해서도 안 된다. 각편에 따라 돌 위에 침을 뱉어 놓고 그 침이 마르기 전에 돌아와야 한다고 하기도 한다. 이 금기를 통과하면 허웅애기는 강림도령과 마찬가지로 이승과 저승을 오갈 수 있는 '신'적 존재가 될 수 있다. 그러나 허웅애기가 금기를 통과하는데 방해자가 존재한다. 다름 아닌 이웃집 할미이다. 할미는 평범한 사람으로 나오기도 하지만, 여신이자 지모신인 '마고할미'로 나오기도 한다.

> 동네에 청태산이 마구할마님이 호를 날은 이 애기덜 보고
> "너네덜은 어떠영허난 부모조상 없어도 옷도 깨끗허고 머리고 깨끗허고 밥은 누게가 출려주난 먹겠느냐"
> "이 밤 저 밤 밤중 야삼경 되면 어머님이 저승에서 오랑 우리덜 깨끗허게 다 출려주고 다시 저승덜에 가옵네다." (중략)
> 할마님은 오란
> "설은 애기야 매날 밤이 가질말라 나가 돈돈히 잘 곱저주마"
> 안고팡에 들어가고 지새독 소곱에 디려노안 뚜깨 더꺼나다.
> 저승에선 시간 넘어근 칠판에 꿈이 몰라도 아니 들어산다.
> "강림이야 이승 가고 저 허궁애기 돌앙오라 시간이 넘는디 아니오는구나."
> 이제는 이승덜에 강님이가 오랐구나
> 허궁애기 돌앙가저 오랐구나 허궁애기 본매본단

96) [안덕면 덕수리 12] 허웅아기, 윤추월(여 66), 덕수리 서부락, 현용준·현길언 조사, 구비대계 9-3.

지붕상상 조치머루 이꾸성냥 올라가고 안고팡을 굽어보난 지새독 속에 디려놓고
항두계를 더꺼꾸나 몸체는 돌앙갈 수 어섰더라 본전만 빠아전 저승덜에 들어간다.97)

이승의 마고할미는 허웅애기를 저승에 가지 못하게 하려고 꽁꽁 숨기지만, 염라대왕의 심부름꾼인 강림차사에 의해 다시 저승으로 붙들려가며 다시는 이승으로 오지 못하게 된다. 염라대왕이 저승을 다스리는 남신이라고 한다면, 마고할미는 이승의 아이들을 보살피는 여신이다. 남신과 여신, 저승신과 이승신의 대결이 벌어지지만 남신(저승신)의 압도적인 승리로 여신(이승신)은 그대로 주저앉고 만다. 현재 구연되는 자료에는 이러한 흔적이 거의 사라져버렸지만, 이는 2)계열 노래의 연원이 매우 오래되었음을 알려준다. 허웅애기는 이승과 저승을 오갈 수 있는 '신'이 될 수도 있었지만, 금기의 파기로 인해 '신'이 되지 못한 현실적 인간이다. 2)계열의 노래가 더 이상 본풀이로 불리지 않게 된 데에는 이런 이유도 있지 않을까 한다.

2) <허웅애기> 계열은 1) <애운애기> 계열에 비교해볼 때 초현실적이다. 1)계열이 주로 주인물이 저승에 불려가기 전 사건을 다룬다고 한다면, 2)계열은 주인물이 저승에 불려간 후 사건을 다룬다. 따라서 가족들과 인정이나 저승 대신가기로 인해 실랑이를 벌이지도 않는다. 1)계열에서 가족들과의 대결이 부각된다면, 2)계열에서는 염라대왕과의 대결이 부각된다. 조동일의 갈래 이론을 빈다면,98) 자아와 세계의 대결이 1)계열에서는 상호 우위에 의해 이루어진다면, 2)계열에서는 세계의 우위에 의해 이루어진다. 이는 1)계열이 현실의 노래인 서사민요이고, 2)계열이 초현실의 노래인 서사무가로 갈라지는 장르적 변별점이다. 2)계열 자료들은 한결같이 이로 인해

97) <허웅애기본풀이>, 오인숙 심방(여 1927), 제주도 북제주군 구좌읍 세화리, 2002. 3. 26. 김헌선 조사. 강권용(2002), 앞의 논문, 80~81쪽.
98) 조동일, 『한국문학의 갈래 이론』, 집문당, 1992, 210~242면.

이승과 저승이 갈라졌으며, 이후로 인간은 돌과 나무, 귀신의 말을 알아듣지 못하게 되었다고 설명하는 데 중점을 둔다.

> 허웅애기 때문에 이승과 저승이 더 곱갈랐덴 허주게. 이제 사름이 귀신과 생인을 온다간다허당 허웅애기 때문에 저승과 이승이 백지 한 장으로 차이가 나난 생사름은 귀신을 보지 못허고 귀신은 생사름을 놀아 댕기멍 본덴 허주게. 옛날엔 돌도 말을 한다, 낭도 말을 한다행 다 해나신디, 허웅애기 때문에 다 말모르기가 되어 부렀주.[99]

그러므로 2) <허웅애기> 계열 자료들은 신화이면서 전설적이다. 2)계열의 노래는 죽은 사람이 이승과 저승을 오갈 수 있었던 시대, 산 사람이 돌과 나무와 귀신과 대화를 나눌 수 있었던 시대, 신화시대에 대한 동경과 그리움을 담고 있는 '신이 되지 못한 인간'의 노래이다.

3.3. <애운+허웅애기> 계열: 저승에 갔다가 애원해 이승에 다녀가는 여자

3) <애운+허웅애기> 계열은 1)계열의 화소와 2)계열의 화소가 결합되어 있는 노래이다. 1)계열과 2)계열이 따로 있다가 3)계열이 형성된 것인지, 3)계열이 먼저 있다가 1)계열과 2)계열로 분화된 것인지 명확히 알기 어렵다. 문학의 형성 전개 과정상, 무가가 더 오래된 시원을 가지고 있다는 일반론에 기댄다면, 3)계열에서 1)계열로 세속화되었다는 것이 자연스럽다. 그러나 그렇다고 하기에는 1)계열의 모든 노래에 3)계열에 있는 저승에 간 이후의 사건이 전혀 남아있지 않다는 점이 석연치 않다. 3)계열에서 1)계열로 변화되었다고 한다면, 1)계열의 모든 노래에서 3)계열의 저승에 간 이후의 흔적

99) [백록 10-15] 허웅애기, 부의함(여 81), 제주시 북제주군 조천읍 선흘1리, 1992. 7. 24. 제주대 국어교육과 조사.

이 그토록 말끔하게 씻겨나가는 것이 가능할까. 하다못해 저승에 간 이후의 사건에 대해서 이야기로라도 구연해야 하는데, 1)계열의 구연자들은 한결같이 '사람이 한번 가면 돌아오지 못하는 길이 저승'이라고 말한다. 1)계열의 노래는 오히려 2)계열이나 3)계열의 저승 사건과는 아무 관련 없이 독자적으로 전승되어 온 듯이 보인다.

여기에서 서사민요가 먼저냐, 서사무가가 먼저냐에 대한 섣부른 판단은 유보하더라도, 3)계열은 서사민요로 불리는 1) <애운애기> 계열에서 펼 수 없었던 죽음 이후의 일과 서사무가(또는 신화)로 불리는 2) <허웅애기> 계열에서 알기 어려웠던 죽음 이전의 일이 한 편의 유기적인 서사로 전개된다는 점에서 그 자체로 매우 귀하고 소중하다. 3)계열은 필자가 추출한 22편의 자료 중에서 단 2편뿐이다. 하나는 진성기가 조사해 『남국의 설화』(또는 『탐라의 신화』)에 수록한 <허웅아기>(서귀포시 서귀동, 이오생 심방 구연)이고 다른 하나는 필자가 제주도 현장답사(2012. 8. 13~8.16) 시 채록한 <허웅애기>(한경면 고산리, 김태일 구연)이다. 앞의 것은 심방이 서사무가로 부른 것이라 추정되나 진성기가 표준어로 각색해 원래의 사설을 알기 어려운 것이 흠이다. 뒤의 것은 일반 사람이 검질 매면서 부르던 서사민요이나, 심방이 부르는 서사무가의 영향을 받아 형성된 것이라 짐작된다. 그러나 뒤의 노래를 구연한 김태일은 이 노래를 심방이 아닌 어머니에게서 배웠으며, 어려서 어머니가 검질 매면서 부르던 것을 들었다고 한다. 그런 점에서 김태일이 구연한 <허웅애기> 노래는 서사민요인 1) <애운애기> 계열의 노래와 친연성이 높다. 노래 사설 역시 육지 지역에서 조사된 <애운애기> 노래들의 사설과 매우 유사하다.

3) <애운+허웅애기> 계열 노래의 앞부분에서는 1) <애운애기> 계열 노래와 마찬가지로, 살림 솜씨가 좋은 주인물을 저승차사가 데리러 오자, 주인물은 식구들에게 저승차사에게 줄 인정을 해 달라고 부탁한다. 하지만 식구들은 모두 계집자식에게 소나 말을 팔아서 줄 인정은 없다고 거절한다.

어머니방에 달려가서
엄마! 엄마! / 이 밥 잡수고 / 저 차사 인정(뇌물)이나 걸어주어요
무엇으로 걸겠느냐? / 첫째에 얹은 솥으로요
계집자식 하나 없는건 살아도 / 솥 없어선 못살겠다 / 네나 먹고 네가 가라
아버지방에 달려가서
아빠! 아빠! / 이 밥 잡수고 / 저 차사 인정이나 걸어주어요
무엇으로 걸겠느냐? / 타는 말로 걸어주세요
계집자식 하나 없는건 살아도 / 타는 말 없어선 못살겠다 / 네나 먹고 네가 가라[100]

김태일 구연본에서는 모든 식구들이 거절하고 마지막으로 성님이 횃대 끝에 걸어 놓은 열두폭 치마를 내어주지만, 그 인정은 저승차사에게는 아무런 소용이 없고 저승의 열두 문을 열고 들어갈 때 쓰인다.[101] 이렇게 3)계열의 노래에서 정성껏 음식 장만을 해 식구들에게 대접한다든지, 인정을 걸어달라고 친정식구나 시댁식구들에게 부탁하는 것은 2)계열의 자료에는 전혀 나오지 않는, 1)계열과 3)계열의 노래에서 공통적으로 부각되는 요소이다.

하지만 반대로 3)계열의 뒷부분은 1) <애운애기> 계열에는 전혀 나오지 않는, 2) <허웅애기> 계열과의 공통적 화소로 이루어져 있다. 주인물은 저승 왕(또는 저승차사)의 허락을 받고 이승에 내려오지만 이웃집 할미 또는 마고할미의 만류에 의해 금기를 파기한다.

[경하난. 아이구 인저 한가단 열두문을 열어 들어가난
이젠 막 눈물이 주룩주룩 나는거라에 그 허웅아기가.
이젠 채사님이 그 관장이 채사님이 어떻해선 그렇게 눈물 나남시난.

100) <허웅아기>, 이오생 심방, 서귀포시 서귀동, 진성기편, 『남국의 설화』, 박문출판사, 1959초, 1964재, 78~85쪽.

101) "이제 성님이 허는말이 / 이아시야 나시야 이내말을 들어보라 / 저회에 열두폭치마 시내 그걸로 인정걸어 가래나난 / 허웅아기 그걸거전 저승에 들어가쟨하난 / 이문엽소 이문엽소 이문은 인정걸어서 가는 문이 / 아이구 인저 한가단 열두문을 열어 들어가난" <허웅애기>, 김태일(여 73), 제주시 한경면 고산리, 2012. 8. 15., 서영숙 조사.

어린애기 젖주는 아기 떼고 밥주는 애기 다 떼고
다 애기들이 다 떼고 왔수니까 이렇게 눈물 납니다.
이젠 이만커난 돌맹이 옛날에 덩두렁 없수까 그걸 탁 내노면서
그러며는 이 돌에 춤을(침을) 탁 밭앙(뱉어서)
그 춤을 멀기(마르기) 전에 이승에 갔다 오겠느냐.
예 갔다 오겠습니다. 경허난 이젠]
동네 사난 할망 하는 말은 그 아기덜 보난
이아기야 이아기야 어멍 업서두 어떵하난
지체로 고은옷 입고 머리단장 허여놓고 이영무신이난
아이구 우리 어머니 밤에 옵네다 밤이오면 왔다 만다
애기들 젖기른애기 젖먹여두고 밥기른 애기 밥멕여두고
[이거 심방(무당) 헌거라] 같수다 나난
아갸 아갸 따시랑(다시) 오건 따신디 고라주민
따신(다시는) 어멍 못가게 허게나난 경업수니다
[이제 도시(다시) 오라]
그 동네 할망 하는 말은
아이고 우리 정아 죽으면 둘이둘이 다 종가주고
나가지 못하게 아기들 나가지 못하게 저승에 들어가게 되난
어머님아 어머님아 한코만 우겨줍소 두코만 우겨줍소
문을 열어두 열지못하구
올레에 딱허냥 채시가 못들어오두냥
경허니시냥 상머루루 저 지붕으루
지붕으로 이젠 채시가 와 확 잡아가니냥
그다음은 저 저승에 들어가두 나오지 못하게 되었다
[그것이 그 마고할망이야]
[청중: 아조 왕이야 완전 좋구라.][102]

허웅애기는 밤에만 이승에 머물러야 한다는 염라대왕의 명령을 거역함으로써, 결국 다시 저승으로 잡혀가게 된다. 이오생 구연본에서는 마지막 부

102) <허웅애기>, 김태일(여 73), 제주시 한경면 고산리, 2012. 8. 15., 서영숙 조사.

분에 "만약에 이 할머니가 허웅아기를 숨기지 않았더라면, 사람은 죽어서도 이승과 저승을 왔다 갔다 하며 반반씩 살 것이었지만, 그렇지 않았기 때문에, 이제는 한번 죽으면 영영 들어오지 못하게 된 것입니다."[103]라고 함으로써 이승과 저승이 갈라진 사연을 설명한다.

이렇게 3) <애운+허웅애기> 계열 노래는 주인물의 저승에 가기를 거부하고 애원하는 '평범한 인간'으로서의 모습과, 이승과 저승을 오가며 아이를 돌보는 '신과 인간의 중간자'로서의 모습을 함께 보여준다.[104] 하지만 '이승과 저승을 왔다 갔다 하며 반반씩 산다'는 중간자의 지위는 처음부터 불안한 것이었다. 자신의 자유 의지에서 왕래하는 것이 아니라, 신의 허락과 감시 하에서 주어진 시간과 공간 속에서만 왕래할 수 있다는 한계가 지워져 있었다. 주인물의 갈망은 저승이 아닌 이승에서 밤낮을 모두 사는 것이었기 때문에 그 한계를 벗어날 수밖에 없는 것이다. 그 한계의 이탈은 결국 제한된 자유조차 빼앗기는 결과를 가져온다.[105]

그러므로 3) <애운+허웅애기> 계열의 노래는 현실적이면서 동시에 초현실적이다. 저승에 불려가지 않기 위해 식구들에게 인정을 달라며 애원하는 너무나 현실적인 모습과, 자식들을 돌보기 위해 이승과 저승을 오가는 지극히 초현실적 모습이 함께 나타난다. 1) <애운애기> 계열의 한계를 넘어서 이승으로 돌아오지만, 2) <허웅애기> 계열의 한계를 넘어섬으로써 이

103) <허웅아기>, 이오생 심방, 서귀포시 서귀동, 진성기편, 『남국의 설화,』 박문출판사, 1959초, 1964재, 78~85쪽.

104) 이런 면에서 3) 애운+허웅애기 계열 노래는 서사무가에서의 여성의 형성이 전능성 구현자로서의 모습에서 현실 생활인의 모습으로서 변모하는 양상을 보여주는 노래로도 주목할 만하다. 최원오, 「서사무가에 나타난 여성의 형상」, 『구비문학연구』 9, 한국구비문학회, 1999, 149쪽.

105) 3) <애운+허웅애기> 계열 노래의 주인물은 이승에서의 고난을 겪고 죽고 난 후 신직을 부여받지 못함으로써 하강의 구조만 지닐 뿐 상승의 구조는 지니지 못한다. 이 점에서 제주도의 <초공본풀이>나 육지의 <제석본풀이> 등의 서사무가의 구조와 구별된다. <초공본풀이>의 하강, 상승 구조에 대해서는 신연우, 「서사무가 <초공본풀이>의 짜임새와 미적 성취」, 『구비문학연구』 31, 2010, 348~350쪽 참조.

승을 영원히 떠나게 된다는 역설을 보여준다. 인간으로서의 한계를 뛰어넘은 여자, 그러나 그 능력은 인간 본래의 것이 아니라 신에게서 '주어진' 것임을 망각함으로써 다시 인간으로서의 한계에 갇혀버린 불행한 인간의 노래가 바로 3) <애운+허웅애기> 계열의 노래이다. 3)계열의 노래에 나타나는 구연자의 의식은 대체로 2)계열과 같이하지만, 2)계열에서 보이는 신화적 요소가 많이 거세되어 있다. 즉 2)계열에서 나오는 삼성혈, 일월조정 등 신화적 요소가 3)계열에서는 전혀 나오지 않는다. 그러므로 3)계열은 현실의 고난을 노래하는 서사민요 <애운애기> 노래와 이승과 저승이 갈라진 사연을 설명하는 서사무가 <허웅애기> 노래가 융합되어 있는 양상을 보인다.

이상에서 각기 살펴 본 세 계열 노래의 특징을 표로 정리해 비교해 보면 다음과 같다.

	1) <애운애기> 계열	2) <허웅애기> 계열	3) <애운+허웅애기> 계열
주인물	애운애기, 옥단춘	허웅애기	허웅애기
전승지역	호남, 영남	제주	제주
구연방식	노래	이야기+노래, 이야기	이야기+노래
갈래	서사민요	서사무가(또는 신화)	서사무가, 서사무가의 민요화
시간	멀지 않은 과거, 현재	이승과 저승이 갈라져 있지 않던 시대, 삼성이 나오고 일월이 조정되던 때	이승과 저승이 갈라져 있지 않던 시대.
공간	이승, 현실	저승, 초현실	이승 + 저승, 현실+초현실
주요 화소	시집살이, 살림 솜씨, 인정쓰기, 저승 대신가기, 식구들과 이별하기	염라대왕에게 호소하기, 이승과 저승 왕래하기, 할미로 인해 금기 어기기, 혼 빼가기(저승 송환)	살림 솜씨, 인정쓰기, 염라대왕에게 호소하기, 이승과 저승 왕래하기, 할미로 인해 금기 어기기, 혼 빼가기(저승 송환)

전승의식	저승길은 아무도 피할 수 없고 대신갈 수 없다.	이승과 저승이 갈라지고, 생인과 사자가 말을 나누지 못하게 되었다.	이승과 저승이 오갈 수 있었는데, 허웅애기(또는 할미)로 인해 오갈 수 없게 되었다.

여기에서 보면 육지 자료 1)계열과 제주 자료 2)·3)계열은 뚜렷한 차이점을 보인다. 육지 자료 1)계열은 살림 잘하는 애운애기를 저승차사가 데리러 와서 이를 늦추거나 막기 위해 애를 쓰나 결국 가족들과 이별을 한다는 데에 초점이 있다면, 제주 자료 2)·3)계열은 허웅애기가 저승에 갔다 눈물로 호소해 이승에 돌아오나 돌아가지 않고 숨었다가 다시는 이승에 돌아오지 못하게 되었다는 데에 초점이 있다. 즉 육지 자료 1)계열은 주인공의 죽음으로 인한 이별의 슬픔에, 제주 자료 2)계열과 3)계열은 공통적으로 이승과 저승이 갈라진 내력에 주안점을 두고 있다. 그러면서도 2)계열이 보다 초현실적 요소에, 3)계열은 현실적 요소에 기울어져 있다는 점으로 구별된다. 육지 자료 1)계열은 일반 여성이 길쌈을 하거나 밭을 매면서 불렀던 서사민요이고, 제주 자료 2)·3)계열은 심방이 본풀이로 불렀던 서사무가(또는 신화)이거나 일반 사람이 일하며 부르면서 서사민요화한 것이다.

이를 통해 우리는 서사민요와 서사무가(또는 신화)가 서로 영향을 주고받으며 변화하고 전승되는 양상을 포착할 수 있으며, 여기에서 두 갈래 간의 교섭 양상을 거칠게나마 추정해 볼 수 있다.

첫째, 서사무가는 굿의 제차에서 떨어져 나오거나 무당에 의해 불리지 않게 되면서 일반인에 의해 이야기 또는 이야기와 노래가 섞여 구연 전승되는 양상이 나타난다. 이는 제주도에서 조사된 2) <허웅애기> 계열의 자료들이 대부분 노래보다는 이야기로 전승되며 그러면서도 본래 서사무가가 지니고 있던 신성적, 초월적 성격을 그대로 지니고 있는 데에서 확인할 수 있다. 이는 현재 이야기로 남아있는 신화나 신화적 전설의 일부는 본래 서사무가와 같이 노래로 불리었으리라는 추정을 가능케 한다.

둘째, 인간의 죽음이라는 동일한 소재를 서사민요에서는 현실 공간에서 일어나는 고난과 이별에 초점을 맞추어 노래한다면, 서사무가에서는 현실과 초현실을 넘나드는 공간에서 일어나는 불가사의한 사건에 초점을 맞추어 노래한다는 차이가 있다. 이는 서사민요가 일상적 인간의 고난을 그리는 범인 서사시이고, 서사무가가 특별한 인간의 초월적 행위를 그리는 영웅 서사시라는 갈래의 차이를 확인케 한다. 하지만 제주도에서 채록된 2) <허웅애기> 계열 자료들은 모두 신직을 획득하는 데 실패한 인간의 이야기를 그리고 있다는 점에서 서사무가가 후대로 넘어오면서 전설화되는 양상을 보여준다.

셋째, 육지 지역의 서사민요와 제주 지역의 서사무가가 교섭하면서 새로운 형태의 융합 형태를 형성해내는 양상을 확인할 수 있다. 육지 지역에서는 서사민요가 활발하게 전승되는 데 비해, 제주 지역은 상대적으로 서사민요가 그리 활발하게 전승되지 않는다. 그러나 제주에서는 일반 여성들이 심방들이 불렀던 서사무가를 기억해 일하면서 부르면서 서사무가가 민요화하는 양상이 일어난다. 이때 서사무가를 그대로 부르기보다는 본래 알고 있었던 유사한 소재의 서사민요를 융합해 새로운 형태의 노래를 만들어내게 되는 데 그 좋은 예가 바로 3) <애운+허웅애기> 계열의 노래이다. 그런 면에서 필자가 채록한 김태일 구연본 <허웅애기> 노래는 서사민요와 서사무가의 융합 양상을 보여주는 귀중한 자료이다. 김태일 구연본 <허웅애기> 노래는 앞부분은 육지 지역의 서사민요로, 뒷부분은 제주 지역의 서사무가로 되어 있으며 두 지역의 노래를 하나로 융합해 유기적으로 완성된 노래를 형성해 내고 있다.

4. 맺음말

<저승차사가 데리러 온 여자> 노래는 젊은 여자의 죽음을 다루고 있는 노래로서, 서사민요와 서사무가(또는 신화) 등 다양한 갈래로 구비 전승되고 있어 각 갈래에 나타나는 여성 향유층의 의식을 비교 고찰해 볼 수 있을 뿐만 아니라, 갈래 간의 교섭과 융합 양상을 살펴볼 수 있는 좋은 자료가 된다. 주요 화소의 공유 여부에 따라 크게 세 계열로 나눌 수 있는데, 1) <애운애기> 계열: 저승차사가 데리러 오자 애원하는 여자, 2) <허웅애기> 계열: 저승에 불려가 애원해 이승에 다녀가는 여자, 3) <애운+허웅애기> 계열: 저승에 갔다가 애원해 이승에 다녀가는 여자가 그것이다. 1)계열은 영남과 호남 지역에서 두루 전승되는 서사민요이고, 2)계열은 제주 지역에서만 전승되는 서사무가(또는 신화)이며, 3)계열은 1)계열과 2)계열이 결합된 형태로 제주 지역에서 조사되었다. 1)계열은 살림 잘하는 애운애기의 급작스런 죽음과 가족과의 이별에 대한 안타까움에 초점이 있다면, 2)계열은 허웅애기의 금기 파기로 인해 이승과 저승이 갈라진 내력에 초점이 있다. 3)계열은 이 두 가지 요소가 복합되어 있다.

이렇게 <저승차사가 데리러 온 여자> 노래는 서사민요와 서사무가(또는 신화)의 경계를 넘나들면서 구비전승되고 있다. 그러나 같은 소재의 이야기가 각기 다른 갈래로 구연되고 전승되면서 각 갈래 본연의 특성을 체화하고 있는 것을 볼 수 있다. 특히 서사무가(또는 신화)가 비일상적 초현실 세계의 신성성에 서술의 주안점을 두고 있다면, 서사민요가 일상적 현실의 반복되는 고난에 초점을 두고 있다는 점이 그러하다. 지역의 향유자들이 오랜 세월 동안 택해온 갈래는 그러므로 그 지역 향유자들이 이야기 내용의 어떤 측면에 특히 공감하고 받아들여 왔느냐를 보여주는 척도가 되기도 한다. <저승차사가 데리러 온 여자>를 육지의 영·호남 지역에서는 주로 서사민

요로, 제주 지역에서는 주로 서사무가(또는 신화)로 전승하고 있다는 점은, 영·호남 지역 여성들은 주인물의 시집살이 고난과 느닷없는 죽음으로 인한 이별에, 제주 지역 여성들은 주인물이 이승과 저승을 오가다 어그러지게 된 기이한 사건에 더 큰 공감과 관심을 드러내고 있음을 말해주는 것이라 할 수 있다.

그러면서도 두 갈래, 두 지역의 노래-즉 서사민요와 서사무가, 육지의 노래와 제주의 노래는 서로 고립돼 전승되는 것이 아니라 어느 지점에서 서로 만나 새로운 노래와 이야기로 끊임없이 새롭게 창작 전승되어 왔음을 바로 이 <저승차사가 데리러 온 여자> 노래에서 확인할 수 있다. 앞으로 이러한 교섭과 융합의 양상에 대한 면밀한 고찰을 통해 서사민요와 서사무가, 육지와 제주의 노래 사이에 스며있는 보다 근원적인 의문점들을 풀어나가기 위한 작업을 지속적으로 펼쳐나갈 필요가 있다.

참고문헌

1. 자료

『강원구비문학전집』, 한림대학교 출판부, 1989.

『강원의 민요』 I · II, 강원도, 2001.

『백록어문』 1집~19집 (학술조사보고), 제주대학교 국어교육과 백록어문학회, 1986~2004.

『영남구전민요자료집』 1-3, 조희웅 · 조흥욱 · 조재현 편, 도서출판 월인, 2005.

『울산울주지방민요자료집』, 울산대학교 인문과학연구소 편, 1990.

『충남민요집』, 최문휘 편저, 한국예술문화단체총연합회 충청남도지회, 정문사, 1990.

『충북민요집』, 충청북도, 1994.

『한국구비문학대계』 전85권, 한국정신문화연구원, 1980~1989.

『한국민요대전』 경기 · 강원 · 충북 · 충남 · 전북 · 전남 · 경북 · 경남 · 제주편, ㈜문화방송, 1993~1995.

『한국민족문화대백과사전』, 한국학중앙연구원, 2009.(http://encykorea.aks.ac.kr/)

『한국의 발견: 강원도』, 뿌리깊은 나무, 1990.

『한국의 발견: 경상북도』, 뿌리깊은 나무, 1992.

『한국의 발견: 전라남도』, 뿌리깊은 나무, 1992.

『한국의 발견: 제주도』, 뿌리깊은 나무, 1992.

『호남구전자료집』 1-8, 조희웅 · 조흥욱 · 조재현 편, 도서출판 박이정, 2010.

강원도청 홈페이지 강원도, 강원도 민요 소개(http://www.provin.gangwon.kr)

김기현 · 권오경, 『영남의 소리』, 태학사, 1998.

김사엽 외, 『조선민요집성』, 정음사, 1948.

김소운, 『한국구전민요집』, 제일서방, 1933.

김영돈, 『제주도 민요연구』 상(자료편), 민속원, 1965초판, 2002 개정판.

김영삼, 『제주민요집』, 중앙문화사, 1958.

김영운 · 김혜정 · 이윤정, 『경기도의 향토민요』 상 · 하, 경기문화재단, 2006.

김영운 · 김혜리, 『경기민요』, 국립문화재 연구소, 2008.

김익두, 『전북의 민요』, 전북애향운동본부, 1989.
이창배 편저, 『한국가창대계』, 홍인문화사, 1976.
임동철 · 서영숙 편저, 『충북의 노동요』, 전국문화원연합회 충청북도지회, 1997.
임석재, 『한국구전설화-임석재 전집 9』 전라남도·제주도 편, 1993.
임석재 편저, 임석재 채록 『한국구연민요』 자료편, 집문당, 1997.
임석재 채록 『한국구연민요자료집』, 민속원, 2004.
지춘상, 『전남의 민요』, 전라남도, 1988.
진성기 편, 『남국의 설화』, 박문출판사, 1959초, 1964재.
진성기 편, 『탐라의 신화』, 민속원, 1980.
진성기, 『남국의 민요: 제주도민요집』, 제주민속연구소, 1958초판 1991 7판.
______, 『제주도무가본풀이사전』, 민속원, 1991.
한국구연민요연구회, 『한국구연민요』 연구편, 자료편, 집문당, 1997.

2. 논저

강권용, 「제주도 특수본풀이연구: <원천강본풀이>, <세민황제본풀이>, <허궁애기본풀이>를 중심으로」, 경기대학교 석사학위논문, 2002.
강등학, 「서사민요의 각편 구성의 일면: 시집살이노래를 중심으로」, 『도남학보』 제5집, 도남학회, 1982.
______, 「한국 민요의 사적 전개 양상」, 『구비문학연구』 5, 한국구비문학회, 1997, 97~122쪽.
______, 「아라리의 사설양상과 창자집단의 정서 지향에 관한 계량적 접근」, 『한국민요학』 7, 1999, 5~18쪽.
______, 「<모심는소리>와 <논매는소리>의 전국적 판도 및 농요의 권역에 관한 연구」, 『한국민속학』 38, 한국민속학회, 2003. 15~91쪽.
강명혜, 『고려속요 사설시조의 새로운 이해』, 북스힐, 2002.
강정미, 「<발매기 노래>의 사설 특성 연구: 경상남도와 전라남도 비교 분석」, 부경대 석사학위논문, 2008.
강진옥, 「여성민요 창자군의 문학세계」, 『한국고전여성작가연구』, 이혜순 외 6명 공저, 태학사, 1999.
고미숙, 『대안적 도덕교육』, 교육과학사, 2005.

고영화, 「관계 형성적 인식과 의사소통에 대하여: 대화체 가사를 중심으로」, 『국어교육학연구』 15, 국어교육학회, 2002, 103-126쪽.

고은지, 「20세기 전반 소통매체의 다양화와 잡가의 존재양상- 잡가집과 유성기 음반을 중심으로」, 『고전문학연구』 32, 100~138쪽.

고정옥, 『조선민요연구』, 수선사, 1949.

고혜경, 『서사민요의 일유형 연구: 부부결합형을 중심으로』, 이화여대 석사학위논문, 1983.

______, 「서사민요의 장르적 성격」, 『민요론집』 4, 민요학회, 1995, 35~51쪽.

구인환 외 5인, 고등학교 『문학 하』, (주)교학사, 2003.

구인환 외 5인, 고등학교 『문학 하』 교사용 지도서, (주)교학사, 2003.

권오성 외 5인, 『고전시가의 모든 것』, (주)꿈을 담는 틀, 2007.

권녕철, 『규방가사연구』, 이우출판사, 1980.

권영호, 「장끼전의 민요화와 그 의미」, 『문학과 언어』 11, 문학과 언어연구회, 1990, 131~ 158쪽.

권오경, 「영남민요의 전승과 특질」, 『우리말글』 25, 우리말글학회, 2002, 217-241면.

______, 「영남권 민요의 전승과 특질 연구: 전이지역을 중심으로」, 『우리말글』 29, 우리말글학회, 2003, 213-245쪽.

김경희, 『정서란 무엇인가』, 민음사, 1995.

김대행, 『웃음으로 눈물닦기』, 서울대학교 출판부, 2005.

김무헌, 『한국 민요문학론』, 집문당, 1987.

김문조 외, 『융합사회의 소통양식 변화와 사회진화방향 연구』, 정보통신정책연 구원, 2009.

김성문, 「만전춘별사의 시적 문맥과 정서 표출양상 연구」, 『우리문학연구』 21, 우리문학회, 2007.

김언순, 「조선여성의 유교적 여성상 내면화 연구: 여훈서와 규방가사를 중심으로」, 『페미니즘 연구』 제8권 1호, 한국여성연구소, 2008, 1-42쪽.

김영돈, 「제주도 민요 연구: 여성노동요를 중심으로」, 동국대 박사학위논문, 1983.

______, 『제주도 민요연구』 하(이론편), 민속원, 2002.

김영돈 외, 『제주의 민속』 I, 세시풍속, 통과의례, 전승연희, 제주도, 1993.

김영수, 「<만전춘별사>의 악장(樂章)적 성격 고찰」, 『동양학』 51, 단국대학교 동양학연구원, 2012.

김영진, 「충청북도의 문화배경과 민속과 주민 성품/ 이 양반들의 어제와 내일」, 『한국의 발견/충청북도 편』, 뿌리깊은 나무, 1992, 66-83쪽

김영희, 「비극적 구전서사 <액운애기> 연구」, 『고전문학연구』 26, 한국고전문학회, 2004, 383~431쪽.

김욱동, 『대화적 상상력: 바흐친의 문학이론』, 문학과 지성사, 1988.

김은철・백운복, 『신 문학의 이해』, 우리문학사, 1995.

김익두, 「전북 민요의 전반적 성격과 지역적 특성」, 『국어국문학』 116, 국어국문학회, 1996, 127-156쪽.

______, 「민요의 시학과 정치학: 전북지역 노동요의 공연학적/민족음악학적 해석」, 『한국민속학』 30, 한국민속학회, 1997, 23-48쪽.

김종군, 「<진주낭군>의 전승 양상과 서사의 의미」, 『온지논총』 29, 온지학회, 2011, 67-93면.

김창원, 「지역문학 연구의 방법과 방향: 조선 후기 근기 지역 국문시가를 예로 하여」, 『우리어문연구』 29, 우리어문학회, 2007, 239~264쪽.

______, 「지역 고전문학연구의 방법론적 모색」, 『어문론총』 49, 한국문학언어학회, 2008, 23~49쪽.

김천혜, 『소설 구조의 이론』, 문학과 지성사, 1990.

김학성, 「속요란 무엇인가」, 『고려가요 악장 연구』, 국어국문학회 편, 태학사, 1997.

______, 「시집살이노래의 서술구조와 장르적 본질」, 『한국시가 연구』 14, 한국시가학회, 2002, 263~295쪽.

김헌선, 「<허웅아기본풀이>의 정체와 기여」, 경기대학교 대학원생 세미나 발표요지, 2012. 10. 27., 1~10쪽.

______, 「여성구연자 박연악(朴連岳)의 이야기와 노래: 내기장기 노래를 예증삼아」, 『제37차 한국고전여성문학회 학술대회 발표논문집』, 한국고전여성문학회, 2012, 77-100쪽.

김혜진, 「시집살이 노래 수용에서 공감의 양상 연구: 결혼 이주 여성을 대상으로」, 『국어교육연구』 26, 서울대 국어교육연구소, 2010, 145~176쪽.

나승만, 「전남지역의 들노래 연구」, 전남대학교 박사학위논문, 1990.

류경자, 「무가 <당금애기>와 민요 '중노래・맏딸애기'류의 교섭양상과 변이」, 『한

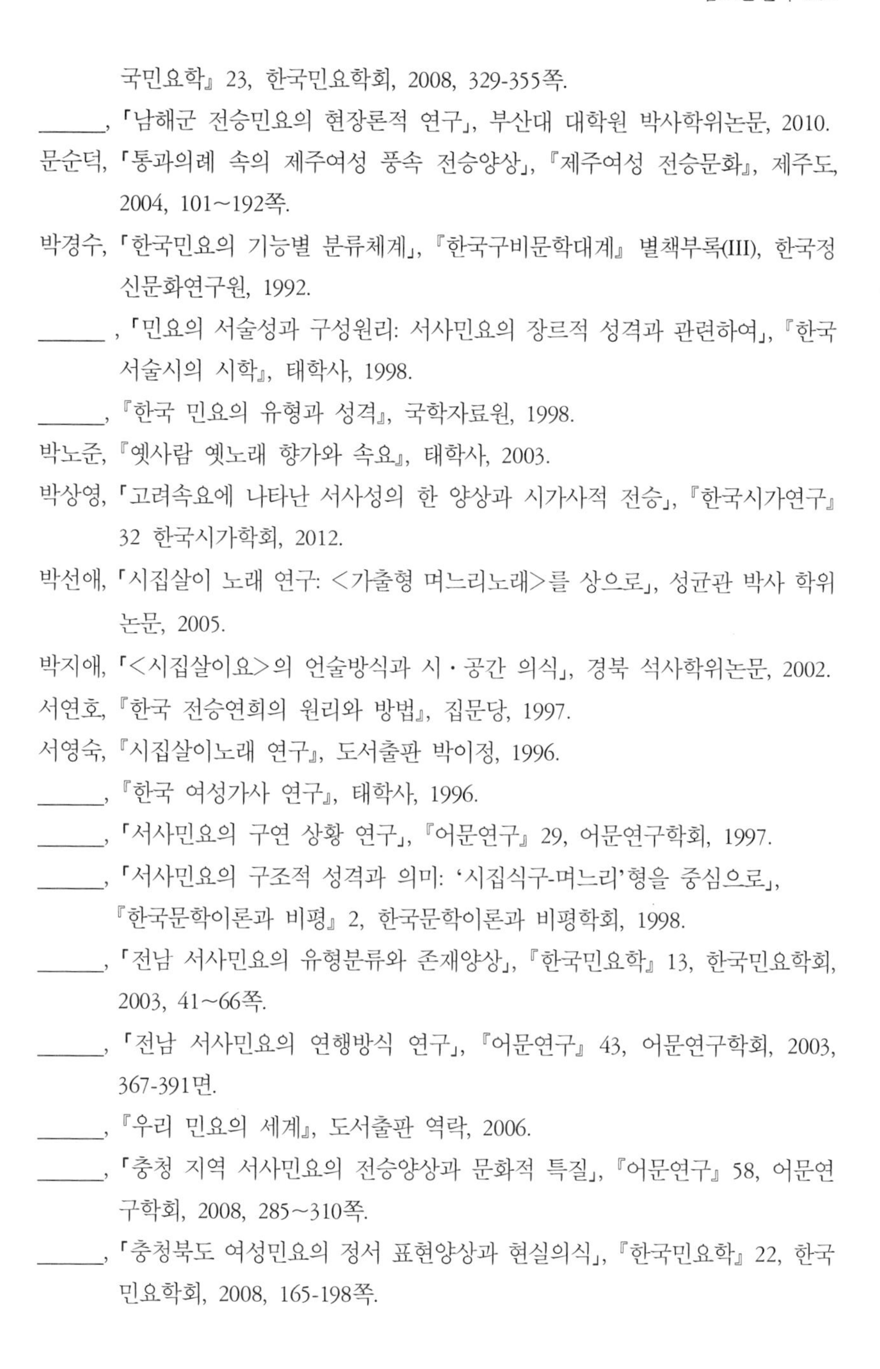

국민요학』 23, 한국민요학회, 2008, 329-355쪽.

______, 「남해군 전승민요의 현장론적 연구」, 부산대 대학원 박사학위논문, 2010.

문순덕, 「통과의례 속의 제주여성 풍속 전승양상」, 『제주여성 전승문화』, 제주도, 2004, 101~192쪽.

박경수, 「한국민요의 기능별 분류체계」, 『한국구비문학대계』 별책부록(III), 한국정신문화연구원, 1992.

______, 「민요의 서술성과 구성원리: 서사민요의 장르적 성격과 관련하여」, 『한국 서술시의 시학』, 태학사, 1998.

______, 『한국 민요의 유형과 성격』, 국학자료원, 1998.

박노준, 『옛사람 옛노래 향가와 속요』, 태학사, 2003.

박상영, 「고려속요에 나타난 서사성의 한 양상과 시가사적 전승」, 『한국시가연구』 32 한국시가학회, 2012.

박선애, 「시집살이 노래 연구: <가출형 며느리노래>를 상으로」, 성균관 박사 학위논문, 2005.

박지애, 「<시집살이요>의 언술방식과 시·공간 의식」, 경북 석사학위논문, 2002.

서연호, 『한국 전승연희의 원리와 방법』, 집문당, 1997.

서영숙, 『시집살이노래 연구』, 도서출판 박이정, 1996.

______, 『한국 여성가사 연구』, 태학사, 1996.

______, 「서사민요의 구연 상황 연구」, 『어문연구』 29, 어문연구학회, 1997.

______, 「서사민요의 구조적 성격과 의미: '시집식구-며느리'형을 중심으로」, 『한국문학이론과 비평』 2, 한국문학이론과 비평학회, 1998.

______, 「전남 서사민요의 유형분류와 존재양상」, 『한국민요학』 13, 한국민요학회, 2003, 41~66쪽.

______, 「전남 서사민요의 연행방식 연구」, 『어문연구』 43, 어문연구학회, 2003, 367-391면.

______, 『우리 민요의 세계』, 도서출판 역락, 2006.

______, 「충청 지역 서사민요의 전승양상과 문화적 특질」, 『어문연구』 58, 어문연구학회, 2008, 285~310쪽.

______, 「충청북도 여성민요의 정서 표현양상과 현실의식」, 『한국민요학』 22, 한국민요학회, 2008, 165-198쪽.

______, 「서사민요의 장르와 문학적 특징: 충청 지역 자료를 중심으로」, 『한국민요학』 23, 한국민요학회, 2008. 8., 387~430쪽.

______, 『한국서사민요의 날실과 씨실: 우리어머니들의 노래』, 도서출판 역락, 2009.

______, 「영남 지역 서사민요의 전승적 특질」, 『고시가연구』 26, 한국고시가문학회, 2010, 207~242쪽.

______, 「서사민요 <그릇 깬 며느리 노래>의 전승양상과 향유의식」, 『한국민요학』 29, 한국민요학회, 2010. 8., 161-186쪽.

______, 「서사민요 <친정부음 노래>의 서사구조와 향유의식」, 『새국어교육』 85, 한국국어교육학회, 2010. 8., 671-696쪽.

______, 「<쌍가락지 노래>의 서사구조와 전승양상」, 『어문연구』 65, 어문연구학회, 2010. 9., 207-237쪽.

______, 「<사촌형님 노래>에 나타난 체험과 정서의 소통」, 『한국민요학』 33, 한국민요학회, 2011, 121~160쪽.

______, 「<사촌형님 노래>의 소통 매체적 성격과 교육」, 『어문연구』 70, 어문연구학회, 2011, 159-194쪽.

______, 「서사민요 <이사원네 맏딸애기> 노래의 전승양상」, 『어문연구』 67, 어문연구학회, 2011. 3., 63-89쪽.

______, 「<이사원네 맏딸애기> 노래의 서사적 특징과 현실의식」, 『한국고전여성문학연구』 22, 한국고전여성문학회, 2011, 375-411쪽.

______, 「시집살이에 대한 알레고리: <꿩노래>와 <방아깨비 노래> 비교」, 『한국민요학』 31, 한국민요학회, 2011. 4., 64~70쪽.

______, 「시집살이 이야기와 시집살이 노래의 비교: 경험담, 노래, 전승담의 서술방식을 중심으로」, 『구비문학연구』 32, 한국구비문학회, 2011.6., 73~103쪽.

______, 「영·호남 서사민요의 소통과 경계: 데이터베이스를 통한 전승적 특질 비교」, 『고시가연구』 28, 한국고시가문학회, 2011, 8., 329~360쪽.

______, 「서사민요의 지역문학적 성격: 충청 지역을 중심으로」, 『한국시가연구』 32, 2012, 123~150쪽.

______, 「한국 서사민요에 나타난 지역문학의 창의와 융합 연구: 강원 지역을 중심으로」, 『한국문학이론과 비평』 56, 한국문학이론과 비평학회, 2012, 55~80쪽.

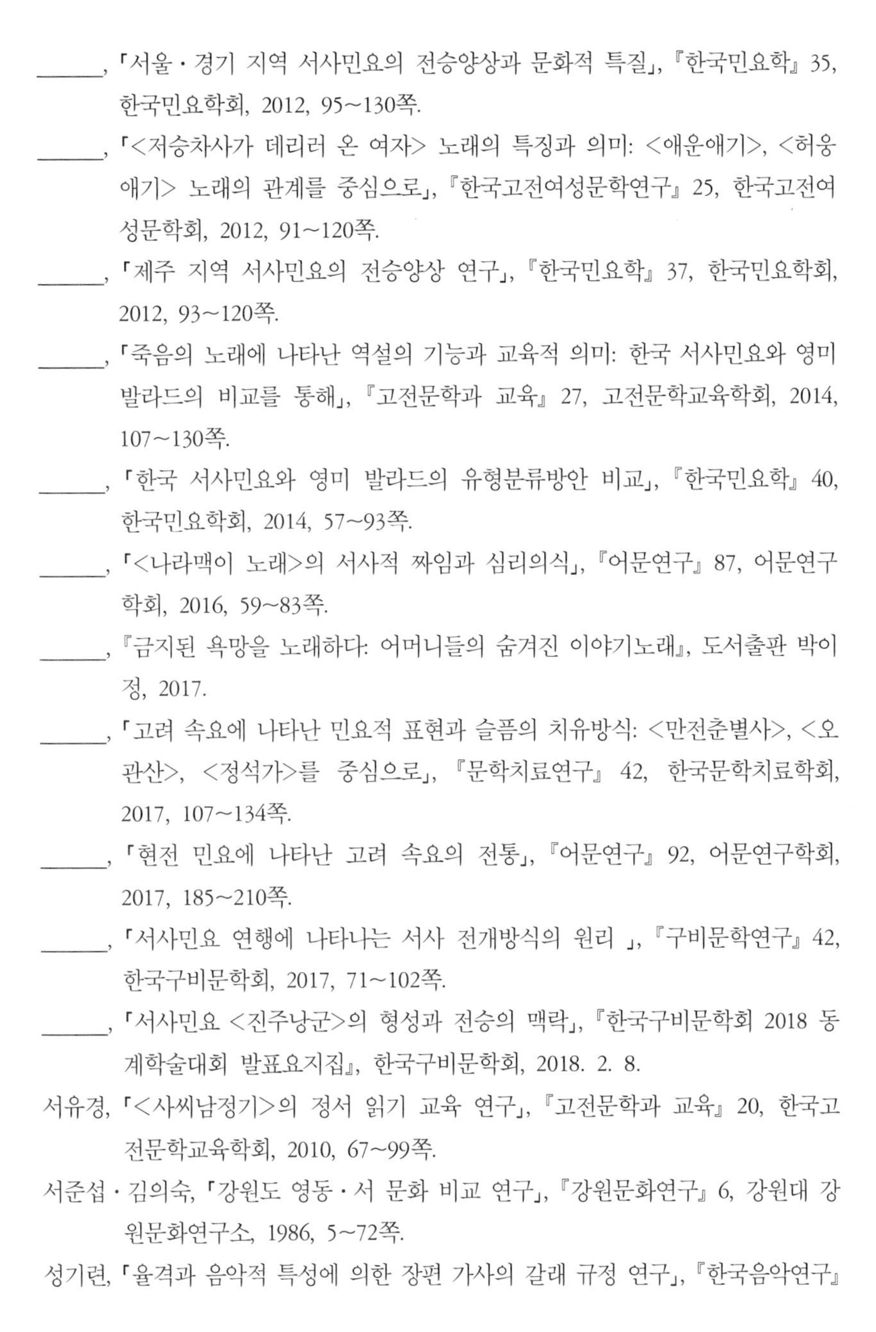

______, 「서울·경기 지역 서사민요의 전승양상과 문화적 특질」, 『한국민요학』 35, 한국민요학회, 2012, 95~130쪽.

______, 「<저승차사가 데리러 온 여자> 노래의 특징과 의미: <애운애기>, <허웅애기> 노래의 관계를 중심으로」, 『한국고전여성문학연구』 25, 한국고전여성문학회, 2012, 91~120쪽.

______, 「제주 지역 서사민요의 전승양상 연구」, 『한국민요학』 37, 한국민요학회, 2012, 93~120쪽.

______, 「죽음의 노래에 나타난 역설의 기능과 교육적 의미: 한국 서사민요와 영미 발라드의 비교를 통해」, 『고전문학과 교육』 27, 고전문학교육학회, 2014, 107~130쪽.

______, 「한국 서사민요와 영미 발라드의 유형분류방안 비교」, 『한국민요학』 40, 한국민요학회, 2014, 57~93쪽.

______, 「<나라맥이 노래>의 서사적 짜임과 심리의식」, 『어문연구』 87, 어문연구학회, 2016, 59~83쪽.

______, 『금지된 욕망을 노래하다: 어머니들의 숨겨진 이야기노래』, 도서출판 박이정, 2017.

______, 「고려 속요에 나타난 민요적 표현과 슬픔의 치유방식: <만전춘별사>, <오관산>, <정석가>를 중심으로」, 『문학치료연구』 42, 한국문학치료학회, 2017, 107~134쪽.

______, 「현전 민요에 나타난 고려 속요의 전통」, 『어문연구』 92, 어문연구학회, 2017, 185~210쪽.

______, 「서사민요 연행에 나타나는 서사 전개방식의 원리 」, 『구비문학연구』 42, 한국구비문학회, 2017, 71~102쪽.

______, 「서사민요 <진주낭군>의 형성과 전승의 맥락」, 『한국구비문학회 2018 동계학술대회 발표요지집』, 한국구비문학회, 2018. 2. 8.

서유경, 「<사씨남정기>의 정서 읽기 교육 연구」, 『고전문학과 교육』 20, 한국고전문학교육학회, 2010, 67~99쪽.

서준섭·김의숙, 「강원도 영동·서 문화 비교 연구」, 『강원문화연구』 6, 강원대 강원문화연구소, 1986, 5~72쪽.

성기련, 「율격과 음악적 특성에 의한 장편 가사의 갈래 규정 연구」, 『한국음악연구』

28집, 한국국악학회, 2000, 263-291쪽.
송동준, 「서사극과 한국 민속극」, 『한국의 민속예술』, 임재해 편, 문학과 지성사, 1988.
신동흔 외, 『시집살이 이야기 집성』 1-10, 도서출판 박이정, 2013.
신연우, 「서사무가 <초공본풀이>의 짜임새와 미적 성취」, 『구비문학연구』 31, 2010, 343~368쪽.
양영자, 「제주민요 시집살이노래 연구」, 제주대학교 석사학위논문, 1991.
______, 「제주민요의 배경론적 연구」, 제주대학교 박사학위논문, 1995
______, 「세시풍속과 전승민요」, 『제주여성 전승문화』 , 제주도, 2004, 15-98쪽.
양영자 외, 『제주여성 전승문화』, 제주도, 2004.
염은열, 『공감의 미학: 고려속요를 말하다』, 역락, 2013.
우한용 외, 『실용과 실천의 문학교육』, 새문사, 2009.
윤성현, 『속요의 아름다움』, 태학사, 2007.
이광규, 『한국가족의 구조 분석』, 일지사, 1980.
이대욱 외 22인, 『고전 운문문학』, (주)천재교육, 2009.
이성훈, 『해녀의 삶과 그 노래』, 민속원, 2005.
이옥희, 「대화체 민요의 존재양상과 소통미학」, 『한국민요학』 27, 한국민요학회, 2007. 12., 155~180쪽.
이익섭, 「영동말과 영서말이 크게 다르다」, 『한국의 발견/강원도』, 뿌리깊은 나무, 1992, 100~109쪽.
이정아, 「서사민요 연구: 양식적 특성을 중심으로」, 이화여대 석사논문, 1993.
______, 「시집살이 노래구연에 나타난 말하기 방식과 여성의식에 관한 연구」, 이화여 박사학위논문, 2006.
이정옥, 『내방가사의 향유자 연구, 도서출판 박이정, 1999.
이현수, 「꼬댁각시요 연구」, 『한국언어문학』 33, 한국언어문학회, 1994, 87~104쪽.
임동권, 『한국민요집』 I, 동국문화사, 1961.
임재해, 「민요의 사회적 생산과 수용의 양상」, 『한국의 민속예술』, 문학과 지성사, 1988.
______, 「설화 유형의 평가와 활용」, 『구비문학 9』, 한국정신문화연구원, 1990.
______, 「지역 문화주권의 인식과 문화창조력」, 『지역사회연구』 제15권 제2호, 한

국지역사회학회, 2007, 195~228쪽.
______, 「민요의 기능별 전승양상과 소리판의 상황」, 『전통과 상생의 산촌마을 신전』, 안동대학교 민속학연구소 편, 안동민속박물관, 2015, 249~280쪽.
장정룡, 「다복녀민요와 상실과 극복의 내면구조」, 『강원도 민속연구』, 국학자료원, 2002, 159~176쪽.
정명화 외, 『정서와 교육』, 학지사, 2005.
정종환, 「산청지역 서사민요 연구」, 동아대 대학원, 석사학위논문, 2004.
정혜인, 「경남 지역 서사민요의 유형적 특징과 교육적 적용」, 부산외대 교육대학원 석사학위논문, 2004.
조동일, 『서사민요 연구』, 계명대 출판부, 1970초판 1979 증보판.
______, 「『한국구비문학대계』 자료 수집과 설화 분류의 기본 원리」, 『정신문화연구』'85 겨울호, 한국정신문화연구원, 1985.
______, 「한국문학사와 구비문학사」, 『구비문학연구』 5, 한국구비문학회, 1997, 1~7쪽.
______, 「문학지리학, 어떻게 할 것인가?」, 『문학지리·한국인의 심상공간』 상, 김태준 편저, 논형, 2005, 20~26쪽.
______, 「한국문학통사」 3(4판), 지식산업사, 2005.
조영배, 「제주도 민요의 음조직과 선율구조에 관한 연구」, 서울대 석사학위논문, 1984.
______, 「제주도 민요의 음악양식 연구」, 한국학중앙연구원 박사학위논문, 1996.
______, 『제주도 노동요 연구』, 도서출판 예솔, 1992.
좌혜경, 「제주도 민요의 서술체 구성에 관한 고찰」, 『탐라문화』 11, 제주대 탐라문화연구소, 1991, 17~41쪽.
______, 『제주전승동요』, 집문당, 1993.
최미정, 『고려속요의 전승 연구』, 계명대출판부, 2002.
최자운, 「다복녀 민요의 유형과 서사민요적 성격」, 『한국민요학』 22, 한국민요학회, 2008, 347~376쪽.
최정락, 「영·호남 문학의 특성 고찰: 양 지역 조선조 문학의 대비를 통한」, 『어문학』 50, 한국어문학회, 1989, 301~326쪽.
최헌 외 3명, 「부산·경남 지방 전통민요 조사 연구: 기존학술연구 및 문화적 배경

연구를 중심으로」, 『한국민요학』 17, 287-310쪽.

최혜진, 「<장끼전> 작품군의 존재 양상과 전승과정 연구」, 『판소리연구』 30, 판소리학회, 2010, 353~395쪽.

한계전 외 4인, 고등학교 『문학 하』, (주)블랙박스, 2003.

허남춘, 「서사민요란 장르규정에 대한 이의」, 『고전시가와 가악의 전통』, 월인, 1999, 355~374쪽.

현승환, 『제주인의 일생』, 국립민속박물관, 2007.

황의종, 「경남 지역 민요의 음악적 특징」, 『한국민요대전』 경남편, (주)문화방송, 1994, 32-37쪽.

제롬 케이건, What is Emotion?, 노승영 역, 아카넷, 2009.

Ben-Amos, Dan, "Toward a definition of Folklore in Context", *Toward New Perspective in Folklore*, Austin & London: The Univ. of Texas Press, 1972.

Dundes, Alan, *International Folkloristics: Classic Contributions by the Founders of Folklore*, Rowman & Littlefield, 1999.

Leach, MacEdward, *The ballad book*, New York: A.S. Barnes & Company, INC., 1955.

Suh, Youngsook, "Meaning of death in tragic love songs: Comparison between Korean narrative songs and Anglo-American ballads", *Journal of Ethnography and Folklore* 1-2/2017, the Academy of Romania, 2017, pp.119~130.

서영숙

<진주낭군>의 시린 가슴 때문에 민중의 노래인 민요 연구에 대한 꿈을 키웠다. 여성으로서 여성의 노래를 연구해야 한다는 소명에 <시집살이노래>에서 시작해 <여성가사>로, <서사민요>로 연구 기반을 다져왔다. 나아가 우리 노래문학의 세계화를 위해 영미 유럽 여성들의 노래인 <발라드>와의 비교 연구로 영역을 넓혀 가고 있다. 현재 한남대학교 국어교육과에서 학생들과 함께 우리 노래문학을 어떻게 수용하고 재창조할지 고민하며 새로운 신명의 노래 문화를 이야기한다.

주요 저서

『시집살이노래 연구』, 『한국여성가사의 연구』, 『우리민요의 세계』, 『조선후기 가사의 동향과 모색』, 『한국 서사민요의 날실과 씨실: 우리 어머니들의 노래』, 『금지된 욕망을 노래하다: 어머니들의 숨겨진 이야기노래』

한국 서사민요의 짜임과 스밈

초판 1쇄 인쇄 2018년 2월 20일
초판 1쇄 발행 2018년 2월 27일

저　자 서영숙
펴낸이 이대현
편　집 홍혜정
표지디자인 안혜진

펴낸곳 도서출판 역락
주　소 서울시 서초구 동광로 46길 6-6 문창빌딩 2층
전　화 02-3409-2058, 2060
팩　스 02-3409-2059
등　록 1999년 4월 19일 제303-2002-000014호
이메일 youkrack@hanmail.net
역락블로그 http://blog.naver.com/youkrack3888

ISBN 979-11-6244-136-7 93810

이 도서의 국립중앙도서관 출판예정도서목록(CIP)은 서지정보유통지원시스템 홈페이지(http://seoji.nl.go.kr)와 국가자료공동목록시스템(http://www.nl.go.kr/kolisnet)에서 이용하실 수 있습니다.(CIP제어번호: CIP2018006702)